Diogenes Taschenbuch 24587

STEVEN PRICE, geboren 1976 in Victoria, British Columbia, ist ein kanadischer Lyriker und Autor. Seine Veröffentlichungen wurden mehrfach ausgezeichnet. Sein Roman *Die Frau in der Themse* erschien 2019 bei Diogenes. Er ist Dozent für Poesie und Literatur und lebt mit seiner Familie in Victoria.

Steven Price

Die Frau in der Themse

ROMAN

Aus dem Englischen von
Anna-Nina Kroll und Lisa Kögeböhn

Diogenes

Titel der 2016 bei McClelland & Stewart, Toronto,
erschienenen Originalausgabe: ›By Gaslight‹
Copyright © 2016 by Steven Price
Die deutsche Erstausgabe
erschien 2019 im Diogenes Verlag
Covermotiv: Foto © Roy Bishop /
Arcangel Penguin Random House, Canada

Die Arbeit der Übersetzerinnen am vorliegenden Text
wurde vom Deutschen Übersetzerfonds gefördert.

Für Cleo & Maddox
und in Erinnerung an Ellen Seligman

Wenn ein Mann bereit ist, Konsequenzen zu tragen,
sind seiner Tatkraft keine Grenzen gesetzt.

Alles, woran wir uns erinnern, wird eines Tages
vergessen sein.

Nimm dir alles.

Adam Foole

Ich bin wirklich und wahrhaftig überzeugt zu wissen,
wie ich diesen Mann anpacken muss. Ich kann ihn uns
zunutze machen.

William Pinkerton

TEIL I

Die Frau in der Themse

Eins

Er war der älteste Sohn.

Er trug seinen schwarzen Schnauzbart lang wie ein Gesetzloser, sein rechter Daumen steckte dort im Gürtel, wo ein Colt Navy hätte sein sollen. Er war keine vierzig, und doch wurde sein linkes Knie bei feuchtkaltem Wetter steif, einer explodierenden Konföderiertengranate am Antietam sei Dank. Er war sechzehn gewesen, und der Granatsplitter hatte aus seinem Knie geragt wie ein überzähliger Knochen, während die Erde um ihn herum spritzte und stob. Seitdem war er zweimal für ermordet gehalten worden und zweimal über seine vermeintlichen Mörder gekommen wie ein Rachegeist. Er hatte dreiundzwanzig Männer und einen Jungen erschossen, allesamt Gesetzlose, und nur der Tod des Jungen verfolgte ihn nicht. Er betrat Banken mit gesenktem Kopf und zusammengezogenen Augenbrauen, die bedrohlich großen Hände leer, Pranken, zum Würgen bereit. Wenn er auf eine volle Pferdebahn aufsprang, wichen Männer instinktiv zurück, Frauen verfolgten ihn mit Blicken, die Hauben gesenkt. Er war seit fünf Jahren nie länger als einen Monat am Stück zu Hause gewesen, obwohl er seine Frau und seine Töchter liebte, sie mit der Angst des starken Mannes vor Zerbrechlichem liebte. Er hatte lange gelbe Zähne, ein breites Gesicht, eingesunkene

Augen und Pupillen so dunkel wie die Schlingen seiner Eingeweide.

So weit, so gut.

Er verabscheute London. Das Kopfsteinpflaster war dreckig, selbst für einen Mann, dessen Geschäft der Dreck war, der den Sattel einem Bett vorzog und die ganze Nacht mit gezogenem Colt auf dem Abort eines Bordells hockte, bis der richtige Arsch hereintorkelte. Hier hatte er seit einem Monat nichts Grünes zu Gesicht bekommen, das nicht entweder Stechpalme oder irgendein anderer Zweig war, den man aus einer Landschaft herangekarrt hatte, die er sich nicht einmal vorstellen konnte. Zu Weihnachten hatte er beobachtet, wie sich die Armen auf einen Mann stürzten, ein Knäuel aus Lumpen und Gier; zu Neujahr hatte er gesehen, wie eine Dame ein Brunnenkressemädchen mit dem Fuß vom Trittbrett einer Kutsche stieß und sodann darüber fluchte, dass das Blut des Kindes ihre Schnürsenkel befleckte. Fäulnis fraß sich durch London, ein Elend, das älter und ärger war als alles, was er aus Chicago kannte.

Er war nicht das Gesetz. Dennoch. In Amerika gab es keinen Dieb, der ihn nicht fürchtete. Er selbst fürchtete keinen Lebenden und nur einen Toten, und das war sein Vater.

Es war bitterkalter Januar und jener Vater seit sechs Monaten begraben, als er sich schließlich nach Bermondsey hinab begab. Mit dem getrockneten Blut eines anderen Mannes an den Fingerknöcheln watete er durch den nächtlichen Nebel, seine eigenen Angelegenheiten in London waren beinahe erledigt. Jetzt suchte er nach einem Agenten seines Vaters, einem alten Freund.

Er war gekleidet wie ein Gentleman, obgleich er seine Handschuhe verloren hatte und seinen Spazierstock in der Faust trug wie einen Knüppel. Seine Manschette wies einen Fleck auf, der Ruß oder Erde hätte sein können, aber keines von beidem war. Als der Morgen anbrach, oder das, was in diesem elendigen Winter wohl als Morgen durchgehen musste, machte er halt in einer schmalen Gasse hinter Snow Fields, den Zylinder in der Hand, während der Frost im Gebälk der Ladenfronten knackte. Nebel ergoss sich faulig und gelb über das Kopfsteinpflaster, gesättigt von Kohlenrauch und einem beißenden Gestank, der die Nasenlöcher verklebte und im Rachen brannte. Dieser Nebel war überall, unentwegt, wehte durch die Straßen und waberte am Boden auseinander, ein lebendiges Wesen. In manchen Nächten zischte er leise, wie Dampf aus einem Ventil.

Vor sechs Wochen war er in diese Stadt gekommen, um eine Frau zu verhören, die gestern Abend nach einer langen Verfolgungsjagd auf der Blackfriars Bridge von der Balustrade gesprungen und im Fluss verschwunden war. Er erinnerte sich an die Dunkelheit, das schwarze Wasser, das schäumend über ihr zusammenschlug, das Klatschen der Polizistenstiefel auf dem Granitpflaster. Er spürte noch immer feucht und rauh die Brüstung an seinen Handgelenken.

Die Frau war vor dem Gesetz in dieser Stadt nicht auffällig geworden, als hätte sie sich dadurch ehrbar machen und von einem bewegten Leben freisprechen können, doch es hatte ebenso wenig geholfen wie alles andere. Sie hatte sich LeRoche genannt, in Wirklichkeit hieß sie jedoch Reckitt und war zehn Jahre zuvor Komplizin des berüchtigten Tresorknackers und Diebs Edward Shade gewesen. Shade war derjenige, hinter dem er eigentlich her war, und bis gestern Nacht war diese Reckitt seine einzige sichere Spur gewesen. Sie hatte kleine scharfe Zähne gehabt, lange weiße Finger und eine Stimme, die tief und teuflisch und betörend gewesen war.

Die Nacht schwand dahin, die Straßen füllten sich. In den oberen Fenstern des gegenüberliegenden Gebäudes schimmerte ein blasser Himmel, spiegelten sich die verschwommenen Silhouetten darunter, die vorbeiziehenden Umrisse der ersten Zugpferde vor ihren Wagen, die Schiebermützen der Stadtstreicher auf ihren Säcken, eingehüllt in dicke Wollschichten. Die eisenbeschlagenen Räder ratterten und quietschten in der Kälte. Er hustete, zündete sich eine Zigarre an und rauchte schweigend, die kleinen, tiefliegenden Augen wie die eines Meuchelmörders.

Nach einer Weile trat er die Zigarre aus, brachte seinen Hut mit einem Schlag in Form und setzte ihn auf. Er zog einen Revolver aus der Tasche, öffnete die Trommel mit einem Klicken, drehte sie und sah die Kammern durch, um etwas zu tun zu haben, und als er nicht mehr länger warten konnte, zog er eine Schulter hoch und ging über die Straße.

Wenn man ihn fragte, pflegte er zu sagen, er habe noch nie einen Gauner getroffen, der es nicht vorgezogen hätte, rechtschaffen zu sein. Es gebe keinen Gaukler, der nicht vor seinem eigenen Schatten zusammenzucke, sagte er. Dann fuhr er sich mit der Hand über das unrasierte Kinn und blickte grimmig auf gleich welchen Reporter herab, der gerade vor ihm stand, murmelte irgendeine undruckbare Gotteslästerung im Unterweltjargon, beugte sich vor und riss beiläufig die Seite aus dessen Notizblock. Fehlende Bildung führe geradewegs in die kriminelle Unterschicht und Recht und Gesetz ließen das Land im Stich, sagte er. Ein Mann sei immer mehr wert als ein Pferd, auch wenn man das nicht meinen sollte. Der schlauste Kerl, den er je getroffen habe, sei ein Gauner und das gutherzigste Weib eine Hure, denn auf der Welt gebe es solche und solche. Nur Schwachköpfe glaubten, die Dinge seien immer, wie sie scheinen.

Er ging nicht gleich hinein, sondern drückte sich stattdessen in eine Seitengasse. Hinter den mit Zeitungspapier beklebten Fenstern regte sich etwas, als er vorbeikam. Die Gasse war der reinste Schlammfluss, vorsichtig setzte er einen Fuß vor den anderen. Durch die Lücken in den Holzwänden erspähte er die zusammengekauerten Umrisse von Kindern, bloß Haut und Knochen, halbnackt, der Atem hing bei der Kälte in Wolken vor ihren Mündern. Unerschrocken hielten sie seinem Blick stand. Der Nebel war hier weniger dicht, der Gestank hingegen noch übler und beißender. Er duckte sich unter einem Tor hindurch in eine schmale Passage, stieg eine schiefe hölzerne Treppe hinab und öffnete eine unscheinbare Tür zu seiner Linken.

In der plötzlichen Stille konnte er das Schwappen des Flusses hören, das von den Abflussrohren unter den Bodendielen verstärkt wurde. Die Wände knarzten wie der Bauch eines Schiffs.

In der Pension roch es nach altem Fleisch, nach nassem, verrottendem Holz. Die gestreifte Tapete starrte vor Ruß, den jeder Rußsammler für einen halben Shilling mit dem Messer abgekratzt hätte. Auf dem Weg nach oben gab er acht, das Geländer nicht zu berühren. Im zweiten Stock verließ er das unbeleuchtete Treppenhaus, zählte fünf Türen ab und blieb vor der sechsten stehen. Nun, da sie nicht mehr der Kälte ausgesetzt waren, hatten seine aufgesprungenen Fingerknöchel zu schmerzen begonnen. Er klopfte nicht, sondern drückte vorsichtig die Klinke und stellte fest, dass nicht abgeschlossen war. Ein Blick in die Richtung, aus der er gekommen war, dann öffnete er die Tür.

Mr Porter?, rief er.

Seine Stimme klang in seinen eigenen Ohren rauh, heiser, wie die Stimme eines wesentlich älteren Mannes.

Benjamin Porter? Hallo?

Als seine Augen sich an das Dämmerlicht gewöhnt hatten, konnte er einen kleinen Schreibtisch ausmachen, eine Kommode und in einer Nische neben dem Fenster etwas, das wohl eine Spülküche sein sollte. In einem Winkel stand eine Pritsche, deren billige, mit Wollflocken gefüllte Matratze durchhing und an einer Ecke aufgeplatzt war. Der nackte Matratzenbezug war anscheinend schon geraume Zeit weder gewachst noch gereinigt worden. All das nahmen seine Augen mit der Macht der Gewohnheit wahr. Dann ächzte das Bett unter dem Gewicht von etwas, von jemandem, der in eine Decke gehüllt an der Wand lag.

Ben?

Wer ist denn da?

Die Stimme gehörte einer Frau. Sie drehte sich zu ihm um, eine grauhaarige Schwarze mit kurzgeschorenem Haar und runzligem, schrundigem Gesicht. Er kannte sie nicht. Doch dann blinzelte sie und reckte den Kopf, als wollte sie ihm über die Schulter schauen, und er entdeckte die lange, sichelförmige Narbe, die sich über Stirn und Wange zog.

Sally, sagte er leise.

Eine Ahnung flackerte in ihrem Blick auf, loderte dort eine Sekunde lang. Billy?

Vorsichtig trat er einen Schritt nach vorn.

Komm mal her zu mir. Lass dich angucken. Kleiner Laternen-Billy. Meine Güte.

So hat mich schon lange niemand mehr genannt.

Na, verflixt noch mal. Wie du gewachsen bist. Traut sich keiner mehr.

Er nahm den Hut ab, drehte ihn unbehaglich vor sich hin. In der Luft hingen Schweiß und Rauch und der fischige Gestank ungeleerter Nachttöpfe, wodurch die Wände näherzukommen und die Decke von oben herabzudrücken schien. Er kam sich groß, ungelenk, tolpatschig vor.

Tut mir leid, dass ich so früh vorbeikomme, sagte er. Er lächelte traurig. Sie war so alt geworden.

Ach papperlapapp, schnaubte sie. So früh isses nu auch wieder nich.

Ich war gerade in der Stadt und dachte, ich schau mal vorbei. Wollt mal sehen, wie es euch geht.

Auf dem Boden um den kleinen Schreibtisch stapelte sich das Papier, und eins der Beine des derben Stuhls davor war kürzer als die anderen drei. Selbst aus der Entfernung konnte er den Datumsstempel seines Büros in Chicago auf mehreren Blättern erkennen, er sah den Briefkopf seines Vaters und dessen altvertraute Unterschrift. Die Vorhänge waren zugezogen, doch so fadenscheinig, dass allmählich graues Licht ins Zimmer drang. Der Kamin war erloschen, die Asche kalt, an einer Schnur daneben hing ein uralter Bratspieß. Auf dem Sims ein glasierter Tonelefant, dessen Bemalung an den Beinen abplatzte. Oben in einer der Zimmerecken bewegte sich brodelnd der Putz, doch bei näherem Hinsehen erkannte er, dass es sich um eine Traube von Käfern handelte. Er wandte den Blick ab. Es gab keine Lampe, bloß einen einzelnen Kerzenstummel, der neben dem Bett auf dem Boden festgeschmolzen war. Er sah sie jetzt deutlicher. Ihre Hände waren schmutzig.

Wo ist Ben?, fragte er.

Och, er hätt dich gern gesehn. Hat dich immer so gemocht.

Habe ich ihn verpasst?

Kann man so sagen.

Er hob den Blick. Dann kamen ihre Worte bei ihm an.

Ach ja, sagte sie. Is schon gut.

Wann?

August. Da hat sein Herz nich mehr mitgemacht. Einfach so.

Das wusste ich nicht.

Nee.

Mein Vater hat immer nur Gutes von ihm erzählt.

Sie winkte unwirsch ab, die Fingerknöchel geschwollen und vernarbt.

Wieso hast du uns nicht geschrieben? Wir hätten bei den Kosten aushelfen können. Das weißt du.

Ach. Du hast eigene Sorgen.

Ich wusste nicht, ob du meinen Brief bekommen hast, sagte er leise. Ich meine, ob Ben ihn bekommen hat. Ich habe ihn an eure alte Adresse geschickt …

Hab ihn gekriegt.

Ben Porter. Ich habe ihn immer für unverwüstlich gehalten.

Und er sich erst.

Er war erstaunt über die Wut, die ihn überkam. Eine ganze Generation schien von der Erde zu verschwinden. Jene Nacht in Chicago vor fast dreißig Jahren. Der Regen, der auf den Wagen niederprasselte, die Plane, die unter dem Ansturm knatterte, die Räder, die sich tief in den Schlamm der Straßen jener Stadt gruben. Er war noch ein Kind gewesen, hatte vorn neben seinem Vater im Regen gesessen, die Laterne umklammert und mühsam versucht, sie trocken und am Brennen zu halten, während sein Vater vor sich hin fluchte, die Zügel knallen ließ und in die Dunkelheit spähte. Die Gruppe entlaufener Sklaven wurde vom grimmigen John Brown angeführt, und die elf Menschen hatten sich tagelang im Haus seines Vaters versteckt. Sie alle sollten schließlich wie Frachtstücke in einen Güterwaggon verladen und gen Norden nach Kanada geschickt werden. Acht Wochen lang waren sie auf gestohlenen Pferden durch die winterliche Prärie geritten und hatten dabei einen Mann verloren. Er kannte Benjamin und Sally und zwei andere, aber die Übrigen waren nur Bündel des Leids für ihn, starke Männer, die von der langen Reise dünne Arme bekommen hatten, Frauen mit fahlen Gesichtern und blutunterlaufenen Augen. Keine zwei Meilen vor dem Verladebahnhof war ihre Kutsche in einer tiefen Schlammpfütze stecken geblieben, er erinnerte sich noch gut an Ben Porters kräftige Gestalt, die sich gegen das Heck stemmte, die in die Hocke ging und den Wagen aus der Pfütze hievte, während der Regen in Strömen an seinen Armen und seinen kraftstrotzenden Beinen hinablief, und an den fremdartigen leisen Gesang der Frauen in der tosenden Dunkelheit.

Sally betrachtete ihn mit einem seltsamen Gesichtsausdruck. Du kannst bestimmt nen Tee gebrauchen, sagte sie.

Er sah sich in ihrem bescheidenen Zimmer um. Nickte. Danke. Tee wäre gut. Er machte Anstalten, ihr zur Hand zu gehen, aber sie wimmelte ihn ab und bedeutete ihm, sich zu setzen.

So schlimm is es auch noch nich, dass mich die alten Hufe hier nich mehr tragen.

Sie kam schwerfällig auf die Beine, packte einen der Bettpfosten und stützte sich mit ihrem krummen Unterarm darauf ab, dann humpelte sie zum Kamin. Sie brach ein Streichholz aus einem nahezu zahnlosen Kamm Überallzünder und zog es durch ein gefaltetes Stück Sandpapier. Er hörte ein Zischen, der beißende Geruch von Phosphor stieg ihm in die Nase, schließlich entzündete sie ein gezwirbeltes Stück Papier und beugte sich über den eisernen Kaminrost mit dem niedrigen Stapel aus Holzresten. Die Backsteinrückseite des Kamins war verrußt, als hätte sie versäumt, das letzte Feuer, das dort gebrannt hatte, zu löschen.

Milch oder Zucker?, fragte sie.

Schwarz.

Na, versüßt hast du dir den Tag ja schon anderweitig, wie ich sehe. Sie zeigte auf seine geschwollenen Knöchel.

Er lächelte.

Umständlich bugsierte sie den gusseisernen Kessel über den Kaminrost. Du bist umgezogen, sagte er vorsichtig. Er wollte sie nicht in Verlegenheit bringen. Ich hatte deine neue Adresse nicht.

Sie drehte sich zu ihm um und sah ihn an. Ein Auge zugekniffen, der Rücken unter dem Nachthemd gekrümmt und bucklig. Ich dachte, du bist Detektiv?

Wohl kein sonderlich guter. Was kann ich tun?

Och, das kocht gleich. Gibt nix zu helfen.

Den Tee meinte ich nicht.

Ich weiß, was du gemeint hast.

Er nickte.

Macht nich viel her, aber besser als wie gar kein Dach überm Kopf. Und meine Arme und Beine haben den Geist auf ihre alten Tage auch noch nich aufgegeben. Kann nu wirklich nich klagen.

Er hatte seinen Spazierstock an das Mauerwerk unter dem Kaminsims gelehnt und beobachtete nun, wie Sally mit ihren rauhen Händen über die silberne Greifenklaue fuhr, die den Knauf zierte. Wieder und wieder, als wollte sie sie glattpolieren. Als das Wasser kochte, wandte sie sich dem Feuer zu, goss den Tee auf und schlurfte hinüber zur Spüle, wo sie eine zarte weiße Porzellantasse auskippte.

Du bist geschäftlich hier, sagst du?, fragte sie durch den Raum.

Genau.

Hab gedacht, vielleicht bist du hinter dem einen Mörder her, von dem man so viel liest. Aus Leicester der.

Er hob schwer die Schultern. Beim Zustand ihrer Augen bezweifelte er, dass sie überhaupt noch lesen konnte. Ich war einer Betrügerin auf der Spur, in Philadelphia hatte sie eine Pechsträhne. Ben kannte sie.

Gewiss.

Gestern Nacht hätte ich sie fast gehabt, aber dann ist sie in den Fluss gesprungen. Wahrscheinlich wird ihre Leiche in ein, zwei Tagen angespült. Ich habe Shore informiert, dass ich hier bin, falls er mich braucht. Zumindest so lange, wie die Detektei mich entbehren kann.

Wen? Doch nich etwa Inspector Shore?

Chief Inspector Shore.

Sie schnaubte. Chief Inspector! Dieser Shore is nix Halbes und nix Ganzes, das sag ich dir.

Tja. Er ist ein Freund.

Ein Halunke is das.

Er runzelte unbehaglich die Stirn. Ich staune, dass Ben über ihn gesprochen hat, sagte er zögernd.

Zwischen uns gabs keine Geheimnisse, nich eins in zweiundsechzig Jahren. Und wenns um John Shore ging, erst recht nich. Sally trug die Tasse Tee mit zitternden Händen zu ihm herüber, beugte sich ganz nah zu ihm herunter und schenkte ihm ein langes, trauriges Lächeln, als wollte sie ihm damit etwas sagen. Hast n gutes Herz, Billy. Bloß erkennts nich immer, aus welchem Holz einer geschnitzt ist.

Sie setzte sich wieder auf ihr Bett. Sich selbst hatte sie keinen Tee eingeschenkt, was ihm mit Unbehagen auffiel. Unvermittelt schaute sie zu ihm auf und fragte: Wie lang, sagst du, bist du schon hier? Solltest du nich mal machen, dass du nach Hause kommst?

Tja.

Denk an deine Frau.

Margaret, ja. Und die Mädchen.

Is nich gut, so lange voneinander weg zu sein.

Stimmt.

Wider die Natur.

Tja.

Trinkst du den Tee noch, oder is der für die Ratten?

Er nahm einen Schluck. Die zarte Porzellantasse in seiner Pranke.

Sie nickte vor sich hin. Gutes Herz, ich sags ja.

Sonderlich gut kann es nicht sein, sagte er. Dafür ist zu viel Hass in mir. Er setzte seinen Hut auf und erhob sich langsam. Meinem Vater ging es genauso, fügte er hinzu.

Sie betrachtete ihn aus feuchten, runzligen Augen. Mein Mister Porter hat immer gesagt, wenn du ein Pferd beschlagen willst, frag am besten vorher nich nach.

Wie bitte?

Du willst dich doch wohl nich aus dem Staub machen, ohne mir zu sagen, warum du hergekommen bist?

Er war bereits auf halbem Weg zur Tür gewesen. Nein, sagte er. Na ja. Ich will dir keine Umstände machen.

Sie faltete die Hände über dem Bauch und lehnte ihren dürren Körper zurück in die grauen Laken. Umstände, sagte sie und ließ sich das Wort auf der Zunge zergehen. Weißt du, dies Jahr werd ich dreiundachtzig Jahre alt. Ich kenn keinen mehr, der noch nich tot is. Jeden Morgen wundere ich mich, dass ich noch da bin. Aber eins is sicher, wenn du das nächste Mal auf dieser Seite des Ozeans bist, will ich mausetot und begraben sein. Sterben müssen wir alle mal, da is nix Schlimmes dabei. Aber wenn du mich was fragen willst, dann tus jetzt.

Er sah sie lange an.

Na los. Spucks aus.

Er schüttelte den Kopf. Ich weiß nicht, wie viel Ben dir von seiner Arbeit erzählt hat. Von dem, was er für meinen Vater gemacht hat.

Hab deinen Brief gelesen. Die ollen Papiere liegen noch auf seinem Schreibtisch. Kannst sie alle haben.

Ja. Tja. Die werde ich mitnehmen müssen.

Aber das is nich alles.

Er räusperte sich. Nach dem Tod meines Vaters habe ich eine Akte in seinem privaten Tresor gefunden. Hunderte von Schriftstücken, Quittungen, Berichten. Am Aktendeckel hing ein Zettel, mit Bens Namen, mehreren Zahlen und einem Datum. Er zog aus seiner Innentasche einen gefalteten Umschlag, öffnete die komplizierte Verschlusslasche und nahm ein Blatt Papier heraus. Er gab es ihr. Sie hielt das Papier in der Hand, las jedoch nicht.

Bens Name steht bestimmt in vielen alten Akten.

Er nickte. Auf der Akte stand der Name Shade. Edward Shade.

Ihr Blick verfinsterte sich.

Sie lag nicht im Büro, sondern zu Hause im Tresor. Ich hatte gehofft, Ben könnte mir da weiterhelfen.

Unten auf der Straße klapperte ein Brougham vorbei.

Sally?

Edward Shade. Verflixt noch mal.

Du hast den Namen also schon mal gehört?

Nix *anderes* hab ich je zu hören gekriegt. Sie wandte das Gesicht dem schwachen Licht entgegen, das durchs Fenster fiel. Ben hat diesem Shade im Auftrag deines Vaters hier drüben jahrelang nachgestellt. Hat nie auch nur die geringste Spur gefunden, in zehn Jahren nich. Der Unmut stand ihr ins Gesicht geschrieben. Egal, wen du fragst, Billy, jeder hat seine eigene Version von Edward Shade. Ich will nich so tun, als wär meine die einzig wahre.

Ich würde sie gern hören.

Is aber eine ziemlich seltsame Geschichte.

Na los, erzähl schon.

Sie kniff die Augen zusammen, als schmerzten sie. Nickte. Das war ein paar Jahre nachm Krieg, sagte sie. Siebenundsechzig, achtundsechzig. Shade, oder einer, der sich als Shade ausgab, beging eine Reihe von Einbrüchen in New York und Baltimore. In Privathäuser, Villen. Vom Herrenhaus von einem Senator weiß ich. Hat Bilder gestohlen und Skulpturen, so was eben. Das hat er alles an die Privatadresse von deinem Vater in Chicago geschickt, ein Brief war dabei, in dem er sich bekannt und den rechtmäßigen Besitzer genannt hat. Wer Edward Shade war, das wusste keiner. Niemand hatte ihn je gesehen. Es war ein Name auf einem Brief, das war alles, was man sicher wusste. Die ersten Pakete kommen an, dein Vater gibt die Sachen diskret zurück an die Besitzer, und die fallen ihm fast um den Hals vor Freude. Aber als das immer so weiterging, kamen langsam Fragen auf. Jeden Monat aufs Neue, das wirkte verflucht verdächtig. Als wär das alles ein Schmierentheater, damit die Detektei besser dasteht. Eine New Yorker Zeitung hat die Geschichte aufgegriffen und sie wochenlang ausgeschlachtet. Kein gutes Haar haben die an der Detektei gelassen. Hat deinen Vater schlimm in die Bredouille gebracht, das sag ich dir.

Ich erinnere mich dunkel.

Bestimmt. Aber was hätt er machen sollen? Das war Diebesgut, da hat ein Mann wie dein Vater ja gar keine andere Wahl, als den Besitzern alles zurückzugeben.

Ja.

Und dann war der Fall gelöst und der Skandal aus der

Welt. Stellt sich raus, dass es gar keinen Shade gab. War ein ganzer Ring von Gaunern, die mit deinem Vater noch eine Rechnung offen hatten. Wollten ihn eigentlich erpressen, und wenn sie schon kein Druckmittel finden konnten, wollten sie ihm wenigstens sonst wie schaden. Edward Shade, das war nur ein Name, den die sich ausgedacht hatten.

Aber er hat Ben doch noch Jahre später nach ihm suchen lassen.

Bis zum Schluss. Dein Vater hatte da so seine Vermutungen.

Davon stand nichts in der Akte.

Sally nickte. Ein Geheimnis bewahrt man bestimmt nicht dadurch, dass mans aufschreibt.

Hat Ben auch mal von einer Charlotte Reckitt gesprochen?

Sally legte zwei Finger an die Lippen und musterte ihn. Reckitt?

Charlotte Reckitt. In der Akte lag eine Fotografie von ihr. Ihre Körpermaße standen auf der Rückseite, in Bens Handschrift. Es war auch ein Protokoll dabei, ein Verhör von neunundsiebzig. Darin befragt Ben sie zu irgendeinem Komplizen. Ben zufolge gab es in den Spelunken von Chicago Gerüchte über die beiden, aber sie wusste nichts oder tat jedenfalls so. Am Ende hat er sie laufenlassen. Diamantenraub, Bankraub, in Frankreich und den Niederlanden im Umlauf befindliche Fälschungen, solche Sachen. Den Aufzeichnungen meines Vaters zufolge muss dieser Komplize Shade gewesen sein. Im September habe ich ein Telegramm mit einer Beschreibung von Charlotte Reckitt hierher und nach Paris und an unsere Zweigstellen im Westen geschickt.

Shore hat mir im November geantwortet, sie wäre hier in London. Und hier stand Ben auf der Gehaltsliste meines Vaters.

Billy.

Vor seinem Tod, bei meinem letzten Besuch, hat er mir in die Augen gesehen und mich Edward genannt.

Billy.

Fast wären es die letzten Worte gewesen, die er zu mir gesagt hat.

Jetzt wirkte sie traurig. Mein Mister Porter war am Ende auch mächtig verwirrt. Ich hab deinen Vater geliebt, das weißt du. Und du weißt auch, dass mein Mister Porter und ich ein Leben lang in seiner Schuld standen. Aber vergiss diesen Edward Shade. Nimm die Papiere mit, mach nur. Lies sie, und du wirst sehen. Dein Vater hat mehr draus gemacht, als da war. Er war besessen. Shade hat ihn richtig krank gemacht.

Er musterte sie im Halbdunkel. Ich habe sie gefunden, Sally. Die Frau, die ich gestern Nacht verfolgt habe, die Frau, die sich das Leben genommen hat. Das war Charlotte Reckitt.

Verflixt noch eins.

Ich habe mit ihr gesprochen, bevor sie gesprungen ist, ich habe sie nach Shade gefragt. Sie kannte ihn.

Das hat sie dir gesagt?

Er schwieg, dann sagte er leise: Nicht direkt.

Sally breitete die Hände aus. Ach, Billy, sagte sie. Wenn du dem Atem von einem Mann nachjagst, was jagst du dann?

Er antwortete nicht.

Mein Mister Porter hat immer gesagt: Man muss sich jeden Morgen von neuem fragen, wem oder was man eigentlich nachjagt.

Na schön.

Wonach suchst du?

Er ging zum Fenster und schaute durch den Frost und den Ruß an der Scheibe zu den windschiefen Dächern der Lagerhäuser am Flussufer hinüber, spürte ihre Blicke im Rücken. Das Geräusch ihres Atems in der Dunkelheit. Was willst du damit sagen? Dass es Shade nie gegeben hat?

Sie schüttelte den Kopf. Geister kann man nich einfangen, Billy.

Ab wann geht es im Leben bergab?

Er dachte an die Porters von damals zurück, so wie er sie noch immer vor seinem inneren Auge sah. Sein regenglänzender Brustkorb im orangefarbenen Licht der Laterne, an der Haut klebte ein Wollhemd, die starken Schultern, die den Wagen aus dem Matsch hievten. Ihr leises Klagelied, das sie schutzlos und ohne Mantel im Wasser kniend gesungen hatte. Er dachte an die vergangenen Wochen, in denen er Charlotte Reckitt verfolgt hatte, von ihrem Reihenhaus in Hampstead zu den Galerien am Piccadilly, bis hinunter zu den Passagierdampfern auf der Themse war er ihr nachgegangen, hatte im Schein der Gaslaternen die zugezogenen Fenster ihres Hauses beobachtet. Immer in der Hoffnung, einen Blick auf Edward Shade zu erhaschen. Sie war eine kleine Frau mit feuchten Augen und schwarzem Haar gewesen, und plötzlich musste er daran denken, wie sie ihn auf der Treppe des Theaters auf der St. Martin's Lane angesehen hatte. Die Furcht in ihrem Blick. Ihre kleinen Hände. Sie war über die Brüstung in einen eiskalten Fluss gesprungen, wahrscheinlich würde man ihre Leiche am Morgen oder am Tag darauf finden.

So weit, so gut.

Er wurde dieses Jahr neununddreißig Jahre alt und war schon lange berühmt und schon lange einsam. In Chicago starb seine Frau langsam, aber sicher an einem Tumor von der Größe eines Vierteldollars, der hinter ihrem rechten Auge wucherte, wenngleich weder er noch sie zum jetzigen Zeitpunkt davon wussten. Weitere zehn Jahre sollten vergehen, ehe er sie niederrang. Er hatte den Sarg seines Vaters am Seil ins Grab gelassen und die erste Schaufel Erde hineingeworfen. Das Geräusch würde bis in alle Ewigkeit in ihm widerhallen. Ob er achtzig wurde oder nicht, ein Gutteil seines Lebens lag hinter ihm.

Ab wann geht es im Leben bergab? Er starrte in den roten Himmel und dachte an die Atlantiküberquerung und dann an seine Heimat. Der Nebel um ihn herum lichtete sich, die Passanten warfen gespenstische Schatten. Dann ging er hinunter zur Tooley Street, um die Pferdebahn zu seinem Hotel zu nehmen.

Und der Name? Ach ja.

Sein Name war William Pinkerton.

Zwei

Nun zu jemand anderem. In seinen Augen glänzte der Widerschein des Lichts, selbst wenn es gelöscht war, wie in Katzenaugen. Sie waren violett und hart wie Amethyst, und sie waren der Dunkelheit zugetan. Seinen Backenbart trug er modisch gestutzt, auch wenn das tiefe Schwarz darin längst zu Weiß geblichen war. Obwohl es eine rauhe Überfahrt gewesen war, hatte er selbst bei stürmischstem Wetter im Rauchsalon der RMS *Aurania* gesessen und mit einem befeuchteten Finger die geplätteten Seiten der *Times* umgeblättert. Auf diese Weise war er gesehen worden, und zwar von denen, auf die es ankam. Mit der hellbraunen Haut, die sich von seinem gestärkten weißen Kragen abhob, und den langen Fingern. In maßgeschneidertem Anzug und elegant geschnittener Weste, als wäre er Juwelier oder Fabrikant, eben zurück aus Bombay, dabei steckte er gerade finanziell schwer in der Klemme, und ehe er die Beine übereinanderschlug, zupfte er stets zwei Fingervoll Hosenstoff hoch, aus Sorge, er könne ausbeulen. Doch seine Manschettenknöpfe waren in Blattgold gefasste Smaragde, seine Krawattennadel diamantbesetzt. Fragte man ihn, ob es einen Zusammenhang gebe zwischen dem Erscheinungsbild eines Mannes und dem, was dahintersteckte, lächelte er ein trauriges, wissendes Lächeln, als hätte er ein langes Leben hinter sich und zu viel von der Welt gesehen, um irgendetwas als gegeben anzunehmen.

Weiter.

Nein, er war kein Lügner. Er war nur nicht der, der er zu sein schien. Er reiste mit einem kleinen Mädchen, das er als seine Tochter vorzustellen pflegte. Seine Stimme war leise und eigenartig hoch. Seine Mutter kam in einem schmalen Haus in Kalkutta zur Welt und hatte sich, als sie dreizehn und noch immer nicht verheiratet war, am Ufer des Hugli entlang zum Meer aufgemacht. An sonnigen Tagen leuchtete auch in seinem Gesicht das Goldbraun ihrer Haut, und die Schatten um seine Augen blühten lila wie Kaltwasser-Anemonen. Er war klein, wie sie klein gewesen war, mit starken, schmalen Schultern und kräftigen Handgelenken, und obwohl er sich seine ganze Kindheit hindurch Geschichten über die Leibesgröße seines aus Yorkshire stammenden Vaters hatte anhören müssen, hatte er selbst davon nicht das Geringste abbekommen. Er hatte sowohl in großer Armut als auch in großem Reichtum gelebt und wusste genau, welche der beiden Welten er bevorzugte. Nichtsdestotrotz brachte er keinerlei Verständnis für Verstöße gegen das Sittengesetz auf, denn für ihn war dieses Gesetz unumstößlich, und alle Menschen, die auf Gottes Erde wandelten, mussten sich an ihm messen. Kein Mensch sollte sich der Gewalt hingeben. Kein Mensch hatte das Recht, einen anderen zu benachteiligen. Um Notleidende musste man sich kümmern. Geriet er bei einer Partie Whist in Bedrängnis, räumte er schon mal ein, die Wahrheit sei seiner Erfahrung nach lediglich eine zur Eleganz veredelte Lüge und nichts auf dieser Welt heilig, im Jenseits aber womöglich alles. Im Zeitalter der Fabrikanten und Blaublüter war er aus eigener Kraft emporgekommen und schämte sich nicht, das zuzugeben.

Schon seit dreiundzwanzig Jahren hörte er auf den Namen Adam Foole. Er hatte bereits mehrfach ein Vermögen gemacht und es wieder verpulvert. In einigen Banken an der Ostküste war sein Name inzwischen geächtet, in anderen noch immer geachtet, in wieder anderen setzten die Direktoren hastig die Zwicker ab und sprangen von ihren Schreibtischen auf, um sich sein neuestes Wagnis anzuhören. Ein eleganter New Yorker Club reservierte ihm wochenlang einen eichenholzvertäfelten Raum, wenn er in der Stadt weilte, obschon er seine Rechnung seit drei Jahren nicht beglichen hatte. Seine Geschäfte waren vielfältig und breit gefächert und wie bei Privatanlegern üblich entsprechend vage, er ging mit seinen Kenntnissen nicht hausieren.

Sechs Wochen erst war er aus England fort gewesen, und es war einem Brief mit weiblicher Handschrift zu verdanken, dass es ihn so schnell wieder dorthin zurückzog. Worum es ging? Worum wohl.

Man konnte nie reich genug sein.

Nun stand er an der Reling des Ozeandampfers und spürte, wie das Stampfen der Maschinen unter seinen Füßen anschwoll und wie sie dann allmählich gedrosselt wurden. Es waren noch andere in der Kälte an Deck, wenn auch nicht viele, in dicke Schals oder Schiffsdecken mit dem Cunard-Schriftzug gehüllt, lehnten sie sich in den peitschenden Wind, schlangen die Arme um die Brust und zogen ihre Gehröcke fester um sich. Er trug die Mode der letzten Saison, einen zweireihigen Tweedmantel, eine zugeknöpfte

Anzugjacke und einen braunen Bowler, an dem der Wind riss.

Er spürte, wie sein Backenbart flatterte, und hob den Blick. Der Himmel war wolkenverhangen, aber hell genug, um sich leuchtend von den weißen Rümpfen der Rettungsboote abzuheben, die unter ihren Persennings über Deck hingen. Im Osten konnte er Liverpool wie einen Tintenfleck im Grau ausmachen. Die Fabrikschlote, ihre windschrägen braunen Rauchsäulen.

In diesem Augenblick kam ein Kind, noch keine elf Jahre alt, durch die Salontür, es zerrte am Band seiner Haube.

Um Himmels willen, Molly, rief er. Schau dich bloß einmal an. Deine Stiefel.

Das weiche Leder war von der Schuhspitze bis hinauf zu den Schnürsenkeln mit roter Kreide beschmutzt, als hätte sie gegen Gott weiß was getreten. Ich seh vielleicht schlimm aus, was?, fragte sie grinsend.

Komm her.

Ihr kühler Blick, ihre sommersprossige Nase. Sie warf sich gegen die Reling und legte die Arme darauf. Der Wind drückte ihr das Kleid gegen die Beine, der Umriss ihrer jungenhaften Hüften wurde sichtbar, und er wusste, dass ihre geknöpften Handschuhe ungepflegte, abgekaute Fingernägel verbargen. Er band ihr die Haube fester.

Was ist das fürn Geruch?, fragte sie.

Halt doch mal still. Kreosot.

Lautlos formte sie das Wort mit den Lippen nach.

Hat der Gepäckträger die Taschen abgeholt?, fragte er.

Ich hab sie im Gang stehen lassen. Genau als wie du mir gesagt hast.

Wie ich dir gesagt habe. Wie. Foole streckte die leere Hand aus, und sie richtete blinzelnd den dunklen Blick darauf.

Was?

Das weißt du genau.

Sie verzog das Gesicht, griff in ihren Ärmel, holte die fünf Pfund Trinkgeld hervor, die er ihr für den Gepäckträger gegeben hatte, und reichte sie ihm. Ich mag dich lieber, wenn wir reich sind, sagte sie.

Wortlos nahm er das Geld. Doch als sie sich abwandte, um über den Fluss zu blicken, fiel ihm etwas ins Auge, er griff in die Falten ihres Kleides und zog ein Gipspüppchen heraus. Wo hast du die her?, fragte er barsch.

Sie riss sie ihm aus der Hand, auf einmal ganz ungehalten.

Ist das die Puppe, mit der das Webster-Mädchen gespielt hat?

Nee.

Eingehend betrachtete er den schaumigen Wellenkamm, der vom Rumpf des Schiffes wegrollte, und sah sie dann erneut an. Was ist bloß in dich gefahren?

Sie weiß nicht, dass ich das war.

Darum geht es nicht.

Das Mädchen errötete und wich seinem Blick aus. Soll ich sie etwa zurückgeben?

Was denn sonst?

Dann *wissen* die aber, dass ich das war.

Er schüttelte den Kopf.

Sie schwieg einen Augenblick und starrte im silbrigen Glanz des River Mersey auf ihre Stiefel, dann sah sie ihn wieder an. Eh egal, sagte sie bockig. Sie hat noch tausend andere.

Er sah an ihr vorbei. Ein dünner Mann in begräbnisschwarzem Mantel und Hut war an Deck getreten und hielt die schwere Tür des Rauchsalons mit einer Hand auf. Er blinzelte in den Wind, dann hob er grüßend die Hand und ließ die Tür hinter sich zuschwingen. Auf dem weißgetünchten weitläufigen Deck gab es Nischen, in denen Messingspucknäpfe an den Boden genietet waren, und Bullaugen, die im grauen Tageslicht glänzten. Als der Mann auf sie zukam, waberte sein düsteres Spiegelbild neben ihm her.

Molly folgte Fooles Blick über ihre Schulter, murmelte etwas, um sich schließlich mit einem sarkastischen Knicks davonzustehlen und unterwegs mit der behandschuhten Hand auf die Reling zu schlagen. Die andere Hand hatte sie fest um den Hals der Puppe geschlossen.

In zehn Minuten in unserer Kabine, rief er ihr nach. Molly? Ich meine es ernst.

Sie hob einen Arm in den Wind, ohne sich umzudrehen.

Ihre Tochter?, fragte der Mann im Näherkommen. Ein hübsches Mädchen, Sir. Ist mir während der Überfahrt gar nicht aufgefallen.

Foole hob ergeben die Hände.

Der Gentleman lachte. Ich habe selbst jede Menge Nichten, Sir. Man sieht ihr den guten Stammbaum sofort an. Die Mutter ist?

Tot, sagte Foole leise. Er winkte ab. Das Leben geht weiter, obgleich unsere Herzen das anders sehen mögen.

Sie muss eine wahre Schönheit gewesen sein, Sir.

Foole räusperte sich.

Das sieht man den Zügen des Mädchens gleich an, fuhr der Mann fort. Ihre Tochter scheint wahrlich mit vielen Vorzügen gesegnet zu sein. Ein bemerkenswertes Exemplar.

Exemplar?

Der Gentleman lachte. Verzeihen Sie. Ich praktiziere schon so lange, dass mir die Alltagssprache abhandenkommt. *Deformation professionelle.*

Was war noch gleich Ihr Fachgebiet? Phrenologie?

Er nickte zufrieden. Phrenologie, Sir, genau. Die Wissenschaft des menschlichen Potentials. Verzeihung, und Ihr Spezialgebiet, sagten Sie, war …?

Ich sagte gar nichts.

Whist ist es jedenfalls nicht.

Schließlich erwiderte Foole sein Lächeln, wenn auch missmutig. Ich hatte eigentlich gehofft, in den letzten Tagen etwas davon zurückzugewinnen, sagte er. Zumindest hatte ich gehofft, nicht alles zu verlieren.

Das hatte ich auch für Sie gehofft, Sir.

Die Karten waren mir wohl nicht hold.

Der Phrenologe räusperte sich. Ich möchte nicht unverschämt sein, aber …

Foole griff in seine Weste, löste die Kette und hielt sie ihm hin, wog sie in der Hand. Die hat meinem Vater gehört.

Ein exquisites Stück.

Es war eine silberne Taschenuhr, die zwanzig Jahre zuvor in Philadelphia hergestellt worden war, mit schmaler Kupferumrandung und gitterartig gearbeitetem Goldfiligran in Form eines offenen Auges. Mit einem Klicken öffnete sich der Deckel, und darin eingraviert prangte die Inschrift: FÜR MEINEN SOHN.

Er schloss sie wieder. Wenn Sie so gut wären, setzte Foole an, würde ich Ihnen die Summe bei meiner Ankunft in London –

Bedauernd hob der Phrenologe den Zeigefinger, dessen Gelenke krumm und geschwollen waren. Er hatte den Blick kaum von der Uhr abgewandt.

Ich bin mir sicher, dass auf Sie Verlass ist, Sir. Aber hier geht es ums Prinzip, Sie verstehen? Man kann sich nicht einfach an einen Tisch setzen und sein Glück überstrapazieren, ohne die Konsequenzen zu tragen. Der Phrenologe nickte nun betrübt. Alles hat Konsequenzen, fuhr er fort. So ist es nun einmal. Das möchte ich Ihnen mit auf den Weg geben. So halten wir es hier in England mit der Ehre.

Selbstverständlich. Ich dachte nur, vielleicht –

Nein, nein.

Er war ein hochgewachsener Mann, wenn auch dünn, und nun trat er einen Schritt vor und baute sich vor Foole auf. Diese Bewegung war zugleich bedrohlich und um Zurückhaltung bemüht, und Foole spürte, wie sich die Reling in seine Rippen bohrte, er räusperte sich und gab dem Mann schließlich die Uhr. Etwas stach, schmerzte ihn in seinem Innern.

Der Phrenologe hielt die Uhr ins Licht, öffnete sie, ließ sie zuschnappen, schloss dann seine klauenartige Hand darum und ließ sie mit einer einzelnen fließenden Bewegung in seine Westentasche gleiten.

Foole verzog gequält das Gesicht. Ich begleiche stets meine Schuld, sagte er.

Gewiss, Sir.

Foole drehte sich um und betrachtete das langgestreckte flache Dach der Landebrücke von Pier Head, dessen Kai mit den breiten Bohlen gerade eben sichtbar wurde, dahinter tauchten die Verwaltungsgebäude auf. Flussaufwärts konnte er die gedrungenen, rußigen Ziegelbauten des Albert Dock erkennen. Die Luft war kalt und schneidend.

Und wie lange planen Sie, in Liverpool zu bleiben, Sir, wenn ich fragen darf?, fragte der Phrenologe. Sie nächtigen gewiss im Adelphi?

Wir reisen noch heute Abend weiter nach London. Mit der London North Western.

Ausgezeichnet, ausgezeichnet. Dürfte ich Ihnen die American Bar im Criterion am Piccadilly Circus empfehlen?

Foole ächzte. Und Sie sind auf dem Heimweg, nehme ich an.

In meine Praxis, ja. Ich habe mir in Boston eine überaus faszinierende Sammlung indianischer Schädel angeschaut. Höchst bemerkenswert. Foole beobachtete die linke Hand des Mannes, die seine Uhr unaufhörlich in der Manteltasche zwischen den Fingern drehte.

Das Stück ist von einigem persönlichen Wert, sagte Foole nach einer Weile. Er deutete mit einem Kopfnicken auf die Tasche des Mannes. Vielleicht können wir uns in naher Zukunft auf einen Rückkaufspreis einigen? Inklusive Zinsen natürlich.

Der Phrenologe zog die Hand aus der Tasche, strich sich über den Backenbart und spähte zum Frachthafen mit seinen Kränen und Flaschenzügen hinüber, deren Taue im Wind schaukelten. Wir werden sicher zu einer Einigung finden, Sir. Ich würde Ihnen ungern etwas entwenden, das für Sie von solcher Bedeutung ist. Hier meine Visitenkarte. Sollten Sie in Liverpool je einen Arzt benötigen oder einfach einen Abend in Gesellschaft verbringen wollen, wäre ich hocherfreut.

Ich fürchte, das könnte ich mir nicht leisten. Den Abend, meine ich.

Vielleicht gewinnen Sie ja Ihren Chronometer zurück.

Oder ich verliere mein letztes Hemd.

Der Phrenologe nahm demonstrativ Kragen und Manschetten des kleineren Mannes unter die Lupe. Hm, sagte er lächelnd. Eher unwahrscheinlich.

Foole war es plötzlich leid. Die dunklen Umrisse der Bootsrampen und die Arkaden des Anlegers glitten näher.

Der Phrenologe beobachtete ihn. Sie sind keine Spielernatur, Sir.

Foole lächelte verkniffen. Wer ist das schon.

Es war ein stählerner Koloss mit einer Verdrängung von knapp über siebentausend Tonnen, einer einzelnen Schiffsschraube und zwei rauchheißen Schornsteinen. Die Überfahrt hatte trotz düsteren Wetters gerade einmal elf Tage gedauert, der Rumpf hatte sich gehoben, die kalten grauen Wogen erklommen, ein jähes Abfallen, ehe er sich wieder anhob, bis niemand an Bord nicht mindestens einmal seekrank geworden war und die Messe sich bis auf einen einzigen Esser geleert hatte. Das Schiff war getakelt wie ein Dreimaster und hatte einen Mast vorn und zwei achtern, als wollte es an frühere Zeiten erinnern, aber sein opulenter Salon war mit all dem polierten Messing und dem genieteten Leder wie einer der modernen Raddampfer auf dem Mississippi ausgestattet. Jeden zweiten Abend gab ein französischer Magier in Frack und Zylinder seine Zaubertricks zum Besten, wobei ihn eine Dame auf dem Klavier begleitete. Bevor er schlafen ging, zog Foole einen kleinen braunen Umschlag hervor, öffnete den Brief darin und las ihn, formte die Worte lautlos mit den Lippen, dann lauschte er Mollys leisem Schnarchen, schob den Brief zurück in den Umschlag und legte ihn unter sein Kissen.

Ihre Handschrift hatte sich verändert in den zehn Jahren, die sie sich nicht gesehen hatten, und er fragte sich, was wohl aus ihr geworden war. Ihr Tonfall ließ ihn nichts Gutes ahnen. Sie schrieb mit einer Milde, die ihn angesichts ihrer gemeinsamen Vergangenheit erstaunte, und erwähnte mit keiner Silbe die Verfehlungen und den Verrat von damals. Jeden Morgen umklammerte er das glänzend lackierte Bettgestell, spürte das Schwanken des Schiffs und dachte daran, um wie viel näher er jetzt schon sein musste, und in ihm regte sich etwas, das er lange nicht gefühlt hatte. Unter denen, die in den Frühstückssalon taumelten, befanden sich auch ein amerikanischer Senator, den er aus der Zeitung kannte, sowie ein korpulenter Arzt aus Edinburgh, der unter Männern laut lachte, in Anwesenheit von Damen jedoch einwandfreie Manieren an den Tag legte. Er schien sich auf nahezu jedem Gebiet auszukennen und sprach beim Mittagessen von Boxkämpfen mit bloßen Fäusten, der Rechtmäßigkeit des britischen Empires sowie kürzlich in Frankreich durchgeführten obskuren Operationen. Des Nachts postulierte er die mögliche Existenz von Geistern, Foole hatte ihn vom ersten Augenblick an sehr gemocht. Eines Abends beklagte der Arzt sich über Detektivgeschichten, in denen die Kriminellen durch ihre eigene Dummheit zu Fall gebracht wurden, statt dass sich die Detektive durch ihre Intelligenz hervortäten, und Foole hatte angesichts dieser treffenden Beobachtung schmunzeln müssen, doch der Arzt hatte bloß gelacht und gesagt, Deduktion, mein Lieber, Deduktion. Er war auch unter jenen, die sich zusammengefunden hatten, um bis spät in die Nacht Whist zu spielen, und während die Getränke im Seegang Ellipsenform annahmen und die Männer geraucht und gelacht hatten, war es nur dem Arzt gelungen, sein wahres Gesicht zu verbergen. Oder vielmehr, dem Arzt und Foole. Er hatte noch niemanden getroffen, der sich besser bedeckt halten konnte. Nach fünf Tagen auf offener See hatte Foole sich an die beißende Salzluft und das Heben und Senken des Decks gewöhnt, auf dem er gegen den Wind gestemmt seinen allabendlichen Gesundheitsspaziergang absolvierte und danach nass bis auf die Haut und in die eiskalten Hände klatschend wieder hereinkam, worüber Molly jedes Mal voller Unverständnis den Kopf schüttelte.

Nichts davon spielte jetzt noch eine Rolle.

Die Tage waren vergangen. England nahte.

Am Vormittag hatte der Dampfer angelegt und seine beiden Gangways vertäut, Foole beobachtete, wie die Truhen und Kisten der Passagiere der ersten Klasse in Netzen auf den Kai hinabschaukelten. Wer sich über die Reling des Oberdecks lehnte, konnte es aus den Eingeweiden des Schiffs hervorbrodeln sehen, ein Gewühl aus Familien, Arbeitern und Herumtreibern, die Koffer oder Säcke schleppten, manche kauten Dauerwurst, andere hielten Flaschen in der Hand, ein Meer zerknautschter grauer Schiebermützen und brauner Hauben und verblichener Schals, das sich unter den tief dahinziehenden grauen Dampfwolken verlor und wieder sichtbar wurde, während die großen Kessel unter Deck ihren Druck herunterfuhren.

Foole durchquerte den Salon, nahm die Marmortreppe hinunter aufs zweite Deck und ging den breiten gasbeleuchteten Gang entlang zu der Zweite-Klasse-Kabine, die er mit Molly teilte. Dort wimmelten Gepäckträger und Passagiere durcheinander, einige hielten sich in der Eile die Hüte, er drehte den schweren Knauf seiner Tür, doch das Kind war nicht zu sehen.

Molly?, rief er.

Die Kabine war leer, die Betten waren gemacht und die Laken gemangelt, der Mahagonischreibtisch war wieder auf Hochglanz poliert. Er legte die fünf Pfund auf den Schreibtisch, dann besann er sich eines Besseren und steckte sie wieder ein. Ein Besatzungsmitglied klopfte an die Tür, sagte die verbleibenden Minuten an und ging weiter.

Er betrachtete sein Gesicht in dem kleinen an die Wand genieteten Spiegel. Die Falten um seine Augenwinkel wie Craquelé auf einem Ölgemälde. Das weiße Haar, die Sorgenfalten auf seiner dunklen Stirn. Die buschigen Augenbrauen mit einzelnen störrisch abstehenden Haaren. Wann war er alt geworden. Was würde sie wohl sagen, wenn sie ihn jetzt so sah.

Was würde sie sagen.

Ein Beben ging durch den Schiffsrumpf. Er setzte seinen Bowler auf, zog die gestärkten Manschetten zurecht, nahm den Spazierstock und ging hinaus an Deck. Die erste Klasse war mit sechsundneunzig registrierten Passagieren nahezu voll belegt gewesen, und Foole schob sich durch die Herumstehenden, bis er die Schlange an der Gangway erreicht hatte. Von Molly war weit und breit keine Spur, doch sie musste in der Nähe sein, irgendwo in der Menge.

Er arbeitete sich weiter vor, bis er hinter einem riesigen Mann in schlichtem Mantel und grober Leinenhose stand, der einen abgestoßenen Lederkoffer auf der Schulter trug. Er konnte den Kochwurstgestank auf der Haut des Mannes riechen, die graue Dreckschicht an seinem Hals sehen. Um sie herum die manikürten, maßgeschneiderten Silhouetten der Männer von Rang.

Ein Zollbeamter in Weiß kontrollierte auf der oberen Plattform des Piers die Fahrkarten und hielt den Riesen an, hob dessen Karte mit spitzen Fingern hoch.

Sie befinden sich in der falschen Klasse, Sir, sagte der Beamte. Wie sind Sie denn hier heraufgekommen?

Foole hörte den Riesen etwas Einsilbiges murmeln, woraufhin der Beamte die Fahrkarte sinken ließ.

Wie bitte?

Der Riese schwieg mürrisch.

Sie steigen dort unten aus, Sir, sagte der Beamte.

Er deutete hinunter in die dritte Klasse, auf die drangvolle Enge schiebender und fluchender ungewaschener Körper. Fooles Blick folgte dem behandschuhten Finger.

Der Riese zuckte mit einer gewaltigen fleischigen Schulter und drehte sich zur Seite. Seinem Äußeren nach zu urteilen, hätte er durchaus einer von diesen Faustkämpfern sein können.

Verzeihen Sie, Sir, rief Foole nach vorn. Könnten Sie den Gesellen nicht durchlassen? Wir haben heute noch andere Verpflichtungen, Sir.

Der Beamte wandte sich an Foole. Gehören Sie zusammen?

Der Riese funkelte ihn an.

Foole hob die Hände, den Stock an den Daumen gehängt. Er machte Anstalten, einen Schritt zurückzutreten, und stellte erstaunt fest, dass sich hinter ihm eine Lücke aufgetan hatte.

Ich lasse mir hier nichts befehlen, sagte der Beamte. Nicht von Ihnen, Sir, und ganz sicher nicht von so einem.

So einem? Was soll das denn heißen?, knurrte der Riese.

Der Beamte schnaubte und blickte an ihm vorbei. Treten Sie beiseite, Sir. Der Nächste.

Meine Papiere sind sauber, Mann.

Der Nächste!

Niemand rührte sich. Plötzlich ließ der Riese seinen Koffer auf die Rampe fallen, packte den Zollbeamten vorn an der Weste und hob ihn halb in die Luft.

Er flüsterte dem Mann etwas ins Ohr, Foole erkannte die Furcht in den Augen des Beamten. Er war auf einmal sehr müde. Trotzdem trat er vor. In Ordnung, sagte er. Das reicht.

Er hatte ein mulmiges Gefühl in der Magengrube.

Der Hemdkragen des Riesen stand offen, weil er zu eng war für seinen Hals, und halb versteckt in einem fleckigen Ärmel hielt er eine Flasche mit Hochprozentigem, die er nicht losließ, während er den Beamten in der Luft baumeln ließ. Die Lippen unter seinem schwarzen Bart waren rot und feucht.

Lassen Sie den Mann runter, sagte Foole. Das ist absolut unangemessen, Sir.

Der Zollbeamte röchelte. Die rosa Zunge, das Weiß seiner vorquellenden Augen. Die Messingknöpfe an seinem Kragen funkelten im Tageslicht wie Münzen.

Du, schnauzte der Riese. Du hältst die Klappe. Das geht dich nix an.

Foole nickte bedauernd. Er roch den Knoblauchatem des Mannes. Er war davon ausgegangen, dass noch andere vortreten würden, doch er blieb allein. Hier und da sah er Mollys rote Haube in der Menge auftauchen, als versuchte sie näher zu kommen. Ein Grauen durchfuhr ihn, ganz heiß erst, dann sehr kalt. Er nahm seinen Gehstock jetzt fest in die Hand.

Lassen Sie ihn runter, sagte er mit mehr Entschlossenheit.

Alles wurde still. Das Schiff in seiner Vertäuung, die Menschenmenge, die Möwen, die in Schwärmen über die Docks segelten.

Der Riese holte tief Luft und schüttelte den Kopf. Er langte herüber, und ehe Foole sich's versah, hatte er ihn träge geschubst, die Wucht des Stoßes war gewaltig, und Foole taumelte mit rudernden Armen rückwärts, um nicht das Gleichgewicht zu verlieren.

Klappe halten, hab ich gesagt!

Foole strich sich den Mantel glatt. Wut loderte plötzlich in ihm auf, er machte einen Schritt nach vorn und stieß den bulligen Mann mit aller Kraft in den Rücken. Der Riese ließ den Zollbeamten fallen und drehte sich um, starrte Foole entgeistert an.

Was isn jetzt los?, fragte er mit gesenkter Stimme, mit einem Male unsicher. Sein Blick überflog die versammelte Menge.

Es sind Damen anwesend, Sir, sagte Foole laut. Es gibt Zeugen. Gehen Sie, Sir.

Verwirrung huschte wie ein Schatten über das Gesicht des Riesen. Foole holte tief Luft.

Und dann stürzte sich der Riese ohne Vorwarnung auf ihn. Er hob beide Fäuste, dick wie die Blöcke eines Flaschenzugs, und schwang sie über dem Kopf, als wolle er Foole den Schädel einschlagen. Der Mann hatte einen ziemlichen Wanst und holte aus, um sein ganzes Gewicht in den Schlag zu legen, trotz seiner Größe war er flink. Doch als er die Fäuste niederschmetterte, wich Foole geschmeidig zurück und dann nach links aus und spürte den Luftzug dort, wo er gestanden hatte. Mit dem Stock verpasste er dem Riesen zwei schnelle feste Hiebe gegen die Schläfe, und der große Mann ging zu Boden.

Ein Knacken war zu hören, wie von einer Niete, die aus einem eisernen Kessel platzt. Foole sah, wie sich das Auge des Riesen mit Blut füllte und dann unter dessen Bart hervor ein rotes Rinnsal auf die Holzplanken und durch die Stahlverbindungen lief.

Bestürztes Schweigen legte sich über die Menge. Dann ein Wirbel von Stimmen, rempelnden Ellbogen, aschfahlen Gesichtern.

Du lieber Himmel, schrie ein Gepäckträger. Macht Platz, Platz da!

Foole ließ sich zur Seite drängeln. Dann trat er an die Reling und stand schweigend und reglos da, während die Möwen jenseits der Rampe in der Luft kreisten und Sturzflüge vollführten. Weit unter sich konnte er das gelbe Wasser des Mersey brodeln sehen.

Am silbernen Knauf seines Stocks schillerte ein kleiner Blutstropfen wie Öl, er zog sein gestärktes Taschentuch hervor und wischte ihn sorgfältig weg.

Es war der Brief einer Frau, der ihn zurück nach England gebracht hatte.

In einer Innentasche seines Überseekoffers verwahrte

er in einen alten Wollschal gewickelt eine Daguerreotypie, gerahmt und abgewetzt. Eine junge Frau mit Reifrock und Haube saß beinahe unkenntlich geworden in der offenen Tür eines Studios, hinter ihr stand er selbst als junger Mann, am Rand des Bildes ein sonnenbeschienenes Balkongeländer. Doch die Wärme dieser Sonne war längst erkaltet, ihr Gesicht längst verblasst, vom Grauschleier verzehrt, nur noch dunkle Striche, wo ihre Lippen und Augen einst finster gefunkelt hatten. Es spielte keine Rolle. Er kannte dieses Gesicht in- und auswendig. Ihr Hals, erinnerte er sich, hatte nach wilden Himbeeren im Sommer geduftet.

Diese Daguerreotypie war im September 1874 in der geschäftigen Hafenstadt Port Elizabeth in Südafrika aufgenommen worden. Damals war er arm gewesen. Der Name des Fotografen war de Hoeck und sein Studio ein schummriges Labyrinth von Räumen unmittelbar nördlich der Gartenanlagen, es stank nach Fixativ und anderen Chemikalien, die in Gläsern mit nachlässig verschraubten Deckeln außer Sichtweite hinter einem Vorhang standen. Foole hatte in einer Ecke gesessen und ihren Schal in den Fäusten gewrungen, während der Mann seine Linsen einstellte und sie betrübt in all ihrer Schönheit dagesessen hatte, dann war er aufgestanden und hatte sich zu ihr gestellt. Es war ihre letzte Woche in Afrika gewesen. Seine letzte Woche mit ihr. Soweit er wusste, lebte sie irgendwo in London und war unglücklich. Inzwischen musste sie dreißig sein und war sicher nicht mehr die, die sie einmal gewesen war.

Spielte das eine Rolle? Nein, es spielte keine Rolle.

Ihr Name war Charlotte Reckitt, und er hatte sie geliebt und liebte sie noch immer.

Drei

William Pinkerton durchmaß die kurze Lobby des Grand Metropolitan Hotel, ohne an der Rezeption seine Post abzuholen. Unter den Zwergpalmen, wo der Messingfußlauf der Bar in den Lobbybereich überging, saß ein Mann mit flachem Bowler und studierte die Zeitung. William bemerkte den Mann und wie er ihn ansah, doch verlangsamte er seine Schritte nicht. Er verspürte einen leichten Schwindel, eine Enge im Hals, ein Zittern in den Händen. Der Schein der Gaslampen wurde vom Messing, von den Spiegeln und dem Marmor am Boden zurückgeworfen, und irgendetwas daran verursachte ihm Übelkeit. Als das Faltgitter des Lifts geschlossen war, nickte der Liftboy, betätigte den Hebel, so dass der Aufzug sich unter seinem Gewicht ächzend in Bewegung setzte, fragte nicht nach der Etage. Auf dem Weg nach oben sah er, wie der Mann unter den Palmen seine Zeitung zusammenfaltete, sie unter den Arm schob und hinausging.

Als er aufschließen wollte, öffnete sich seine Zimmertür von selbst. Er spürte, wie sich ihm die Nackenhaare aufstellten.

Hallo?, rief er hinein.

Alles war still.

Zeigen Sie sich, rief er jetzt in schärferem Ton.

Schließlich verzog er das Gesicht, legte Spazierstock und
Hut auf der Konsole im Flur ab und schloss die Tür. Er
machte sich nur verrückt, dachte er. Er rollte die Papiere
von Sally Porter auseinander, öffnete das flache Zigarrenschränkchen und legte sie hinein. Trat zurück auf die Fußmatte und säuberte sich erschöpft die Schuhe am Stiefel-
schaber, schüttelte seinen Chesterfield ab und hängte ihn
an den Mantelständer aus Eichenholz. In dem kleinen Salon
zu seiner Linken konnte er die schemenhaften Umrisse
von Sofas, Korbstühlen und Zargentischchen ausmachen,
die dort zusammengekauert warteten. Er fuhr sich mit der
Hand über den Nacken.

Benjamin Porter war tot.

Das war doch nicht richtig. Er wusste, dass die Welt kein
sonderlich gerechter Ort war, und trotzdem war ihm nach
seinem Besuch bei Sally beklommen zumute. Er spürte, wie
sich die altbekannte Melancholie über ihn legte, die träge,
drückende Müdigkeit einer Ermittlung, die zu Ende ging.
Immer, wenn er einen Fall abgeschlossen hatte, wanderte er
ruhelos, grüblerisch Zimmer für Zimmer durch sein Haus
in Chicago, wie ein Mann, der gerade vom Krankenbett
aufgestanden war. Margaret wusste, dass sie ihn in solchen
Momenten nicht ansprechen durfte, dass sie ihn seiner Einsamkeit und Schwermut überlassen musste. Doch diesmal
war es anders. Seit er Sallys Zimmerchen verlassen hatte,
wurde er das Gefühl nicht los, eine Gestalt husche vor ihm
her und verlasse den Raum immer genau dann, wenn er ihn
betrat, immer nur fast sichtbar. *Geister kann man nich einfangen*, hatte Sally gesagt. Beiden war bewusst gewesen,
welchen Geist sie meinte. Er hatte seinen Vater im Leben

nicht geliebt, und er liebte ihn auch im Tode nicht. Aber Trauer, das wusste er, wog schwerer als die Liebe zwischen den Lebenden und den Toten.

Das Zimmermädchen war da gewesen. Er wusste nicht, wie viel Uhr es war, aber es musste noch immer früh sein. Die Matratze war gewendet, Laken und Kissenbezüge gewechselt worden. Die grünen Vorhänge an den Messingstangen im Schlafzimmer waren offen und fielen mit elegantem Schwung zu beiden Seiten der großen Fenster zur Straße. Mit einem metallischen Schaben der Ringe zog er sie zu. Fenster für Fenster verdunkelte sich der Raum, bis nur noch dünne Streifen Tageslicht schräg auf den Boden fielen. Als er sich umdrehte, konnte er noch immer die feuchten Abdrücke seiner Schuhe auf dem Teppich erkennen. Aber das war ihm egal. Er dachte an Sally Porters heruntergekommenes Zimmer und schämte sich.

In der Mitte des Raums stand ein altmodisches Himmelbett aus spanischem Mahagoni, das groß genug für zwei war. William schälte sich aus seinem Cutaway, zog die Krawattennadel heraus und lockerte seine Krawatte. Dann legte er sich auf das frischbezogene Bett und schloss die Augen. Er öffnete weder seine Weste noch den gestärkten Kragen und zog auch den schweren Vorhang des Himmelbetts nicht zu. Im Halbdunkel schaute ihn das graue Gesicht seiner Frau aus ihrem silbernen Rahmen an.

Er wachte von einem Hämmern an der Tür auf, von einer gedämpften Stimme, die ihn rief. Er drehte sich um, schloss die Augen wieder und zog sich ein rüschenbesetztes Kissen über den Kopf.

Als er das nächste Mal erwachte, hatte sich das Klopf-geräusch verändert. Eine hohe, nasale Stimme rief durch das Holz.

Mr Pinkerton, Sir? Mr Pinkerton?

Er befeuchtete seine Lippen.

Sind Sie wach, Sir? Mr Pinkerton?

Er öffnete ein träges Auge.

Sir? Chief Inspector Shore schickt mich.

Taumelnd kam er auf die Beine und schaute sich an-gestrengt im Raum um, ohne etwas wiederzuerkennen. Er hörte das leise Hufgeklapper der Pferde auf der Straße, die Rufe der fliegenden Händler an der Ecke. Es war noch immer Morgen.

Sir?

Sekunde!, bellte er.

Als er aufschloss und die Tür öffnete, stand vor ihm ein Junge in Cordhose, dicker Jacke und einer zerknautschten Kappe aus nasser roter Wolle. Keine zehn Jahre alt, wenn überhaupt. Die gerötete Nase glänzte, und er leckte erst an der feucht glitzernden Oberlippe und blinzelte zwei-mal, dann nahm er die Kappe ab. Seine Fingernägel waren schwarz. William kannte ihn nicht.

Er spähte in beide Richtungen den Korridor hinunter und schaute dann finster auf den Jungen hinab.

Hast eine ganz schöne Ausdauer, du kleiner Teufel, was?

Sir?

Wie viel Uhr haben wir?

Halb elf, Sir.

Und du hast vorhin nicht geklopft?

Sir?

Er schüttelte den Kopf. Egal. Was will Shore denn?

Der Junge richtete sich auf. Wenn Sie mitkommen würden, Sir. Sie sollen sich etwas ansehen.

Was denn?

Bitte, Sir. Er hat gesagt, ich soll nichts sagen.

Du bist ein Kurier vom Yard?

Ja, Sir.

Hat er die Leiche gefunden?

Welche Leiche denn, Sir?

Gegenüber öffnete sich eine Tür. Ein Mann mit rotem Haar und gewachstem Schnurrbart kam in Hemdsärmeln heraus, mit Tinte an den Fingern, und William funkelte ihn an und fuhr sich dann mit einer geschundenen Hand durchs Gesicht.

Herrgott noch mal, sagte er und schob den Jungen an der Schulter aus dem Korridor. Wehe, es geht nicht um Charlotte Reckitt.

Offiziell war er gar nicht in London.

Er war am letzten Freitag im November angekommen, als das Geschäft in der Chicagoer Niederlassung zum Jahresende abflaute, und seitdem waren bereits sechs Wochen vergangen. Es war das erste Weihnachten nach dem Tod seines Vaters gewesen, und er dachte mit schlechtem Gewissen an seine Töchter und voller Kummer an die vorwurfsvollen Briefe seiner Frau. Sein Bruder hatte von der New Yorker Niederlassung aus geschrieben und sich über seine Abwesenheit gewundert, aber er schrieb nicht zurück.

Seit der Beerdigung des Vaters hielten sie nur sporadisch Kontakt, aber zwischen den Brüdern war es nie anders gewesen, es war also nicht so bedeutsam, wie es hätte sein können. Robert war der Zweitgeborene und hatte in den Augen des Vaters kaum etwas richtig machen können, William wusste das und hatte seinen Bruder auf dem Friedhof mit schwerem Herzen beobachtet. Sie waren die Unterlagen im Büro ihres Vaters nach ausstehenden Aufträgen durchgegangen, aber für den alten Mann hatte es in jenen letzten Monaten nicht viel zu tun gegeben, und sein Schreibtisch war ungewöhnlich aufgeräumt gewesen. Robert nahm eine Rennpferdstatuette aus Messing mit, sonst nichts. Den ganzen Juli hindurch hatte William schlecht geschlafen und so lange gearbeitet, wie es draußen hell war, um sein Herz zum Schweigen zu bringen, aber nichts schien helfen zu wollen. Im September fuhr er schließlich zu seiner Mutter und aß schweigend mit ihr zu Abend, während die Kerzen in den Wandhaltern flackerten, und als sie ihm einen Gutenachtkuss gab, folgte er ihr schwerfällig die Treppe hinauf und begab sich in das Arbeitszimmer seines Vaters. Er saß eine Weile im Dunkeln. Dann machte er ein Feuer im Kamin und fing an, die Unterlagen durchzusehen.

Es war Mitternacht, er hatte den Tresor seines Vaters geöffnet und war dabei auf die Akte *Shade* gestoßen. Die grüntapezierten Wände, der Schreibtisch, der sich glänzend im Fenster spiegelte. Das Haus um ihn herum knackte. Er kniete inmitten einer Flut von Papieren und las aufmerksam. Die Akte enthielt Vermerke und Notizen in der gedrungenen Handschrift seines Vaters, und zwischen den Unterlagen zu Shades Komplizen fand er eine alte Fotografie von Charlotte Reckitt mitsamt ihren Körpermaßen auf der Rückseite. Außerdem gab es eine Liste von teilweise bekannten

Decknamen. Die Akte roch nach den Zigarren seines Vaters, William klappte sie zu und dachte nach. Wenige Tage später schickte er ein Rundschreiben mit Charlotte Reckitts Beschreibung heraus, bekam jedoch keine Rückmeldung und dachte schließlich kaum noch an sie.

Im Oktober dann erreichte ihn die Nachricht von einem missglückten Bankraub in Philadelphia. Solche Berichte aus den Niederlassungen der Detektei waren für ihn an der Tagesordnung, und fast hätte er ihn gar nicht gelesen. Von seinem ledernen Schreibtischsessel aus hatte er in die spätherbstliche Sonne geblickt, während der Verkehr auf der Straße unter ihm dahinfloss. Er spürte eine Leere in sich aufsteigen. Dann fing er an, die Seiten zu überfliegen, hielt plötzlich inne, blätterte zur ersten Seite zurück und begann noch einmal von vorne zu lesen, diesmal genauer.

Der Täter war gestört worden, hatte sich überstürzt aus dem Staub gemacht. Dennoch hatten Agenten der Detektei die Umgebung unter die Lupe genommen. Eine gewisse Eliza LeRoche, jung verwitwet, hatte in der letzten Septemberwoche einen Laden auf der Congress Street gepachtet, vorgeblich zum Verkauf von Dr. Gilliams Heilöl & Wunderkur. Die schlanken grünen Fläschchen waren in den Schaufenstern zu Pyramiden übereinandergestellt, es gab illustrierte Handzettel mit Referenzen aus Südamerika und im Voraus bezahlte tägliche Anzeigen im *Philadelphia Inquirer*. Doch verborgen durch einen mit Japanlack überzogenen Paravent im hinteren Teil des Ladens, führte ein Tunnel geradewegs unter einen der Tresorräume der benachbarten Bank. Die Handschrift der LeRoche befand sich auf dem Pachtvertrag und den Papieren, die sie inmitten des gesamten Bestands von Dr. Gilliams Heilöl & Wunderkur zurückgelassen hatte. Ein Paar sauberer hochhackiger Stiefel mit gebundener Schleife war ordentlich am Eingang des Tunnels abgestellt worden. Irgendetwas an der Sache ließ ihm keine Ruhe, und zwei Tage später erinnerte sich William beim Frühstück, woher ihm der Name bekannt vorkam, ließ den Löffel in seinen Haferbrei sinken und starrte auf seine Hände, auch Margaret hatte aufgehört zu essen und beobachtete ihn.

Sorgsam holte er Erkundigungen ein. Ein paar von den Straßenkehrjungen, die in der Hoffnung auf ein Trinkgeld den Pferdedreck vor den Füßen der Passanten wegfegten, hatten sie gesehen, als sie ihren Laden in den frühen Morgenstunden des 7. Oktobers verriegelt hatte. Ein Briefträger gab an, sie habe mit europäischem Akzent gesprochen und dass sie entweder Irin oder Polin sein müsse. Die hochhackigen Stiefel waren von Smiley & Sons in Glasgow geschustert und eigentlich nur in Großbritannien verkauft worden, doch im vergangenen halben Jahr hatte man mehrere Bestellungen nach Philadelphia geschickt. Im August waren drei Paar in ein an LeRoche vermietetes Stadthaus in unmittelbarer Nähe des Independence Square geliefert worden. Dann hatten zwei der Straßenkehrer Charlotte Reckitt auf einem Foto in der Verbrecherkartei erkannt, das Haar kürzer, ja, ein bisschen älter, genau, aber diese Augen, das war sie.

Er schickte ein weiteres Rundschreiben nach Toronto, San Francisco, London, Paris. Im November wurde die Frau am Piccadilly gesichtet, woraufhin William sein Büro absperrte und seinem Sekretär einen schönen Abend wünschte. Als er

schweigend die Stufen hinabging, spürte er die Blicke seiner
Angestellten im Nacken und wusste bereits, was seine Frau
dazu sagen und dass es keinen Unterschied machen würde.
Er kaufte bei der Cunard Line einen Fahrschein nach Liverpool für die gleiche Woche und schickte John Shore von
Scotland Yard ein Telegramm. Er würde Charlotte Reckitt
selbst aufspüren. Es waren keine Antworten, die er suchte,
es war etwas anderes.

Am dritten Abend fand er ihr Haus in Hampstead. In der
letzten Woche des Jahres 1884 wusste er, dass er die Frau in
die Enge getrieben hatte, und sie wusste es auch. Am 30. Dezember ließ sie sich für die Neujahrsfestlichkeiten eine neue
Frisur machen, und William folgte ihr von der Oper nach
Hause und beobachtete, wie sie gedehnte, stille, erschöpfte
Stunden lang von Fenster zu Fenster glitt und dabei mit
Zeigefinger und Daumen über die Juwelen an ihrem Hals
fuhr. Jedes Mal, wenn sie am Fenster auftauchte, tippte er
sich draußen wie zum Gruß an den Hut, wobei die Straßenlaterne halbmondförmige Schatten über seine Augen warf.
Er wollte gesehen werden. Er wollte sie wissen lassen, dass
es vorbei war.

Dabei spielte es keine Rolle, dass er sie im Grunde ganz
sympathisch fand. Wenn man in seiner Welt ein Auge zu-
drückte, bekam man in der nächsten Sekunde von hinten
eins übergezogen. Hielt man die andere Wange hin, wachte
man mit ausgestülpten Taschen und ohne Taschenuhr wieder auf.

Der Junge trat vor ihm auf die Straße.

Die silbrigen Wölbungen des Kopfsteinpflasters, das eingeglaste Dunkel der Gaslaternen. Orangefarbener Nebel dicht über dem Boden.

Der Junge hatte einen Hansom in der Kälte warten lassen, was William registrierte, jedoch unerwähnt ließ. Als er sich am Handlauf festhielt und hinaufschwang, spürte er die Federn unter seinem Gewicht nachgeben, die Stute senkte den Kopf in ihren Futtersack, und direkt vor Williams Augen fiel ein dicker grüner Pferdeapfel aufs Pflaster.

Hinter ihnen ließ der Kutscher auf dem Bock die Leinen knallen und schnalzte mit der Zunge, woraufhin sich die Kutsche ruckelnd in Bewegung setzte. Allerdings nicht in Richtung Whitehall.

Wo fahren wir hin?

Pitchcott, Sir.

Zum Leichenhaus? Was gibt es denn da?

Leichen, Sir.

William erlaubte sich ein müdes Lächeln. Ist es Charlotte Reckitt, mein Sohn?

Der Junge grinste zurück. Mir erzählen die doch nix.

William schüttelte den Kopf.

Die kalte Luft roch nach Schnee, obgleich es nicht geschneit hatte. Der Nebel loderte um die Hufe des Pferdes, stob auseinander, wurde verwirbelt und schloss sich wieder, während der Hansom durch die Kälte klapperte. William kannte sich mit Pferden aus und betrachtete voller Sorge das bereifte Kopfsteinpflaster, auf dem die Hufe kaum Halt fanden und das Tier jederzeit zu Boden gehen konnte.

In der Kurve am Long Acre sah er einen Briefträger in seiner scharlachroten Uniform, der Atem hing ihm in Wolken vorm Gesicht. Die hohen schmalen Gebäude warfen

Schatten auf die Ladengeschäfte. Und dann waren sie mittendrin im Verkehr und in der dumpfen Betriebsamkeit des Tages. Er beobachtete einen Kohleschipper, der mit hochgekrempelten Ärmeln und einem Haken in den Fäusten die schwere Eisenluke vor einer Zuckerbäckerei aufzog. Ein Fuchsschimmel mit angespanntem Karren stand still am Straßenrand. Als junger Mann war ihm diese Arbeit mehr als vertraut gewesen, er hatte die Schinderei gehasst. Kontoristen mit schwarzen Mänteln und Zylindern drängten sich auf den Gehwegen, andere trotteten grimmig zwischen den langsam fahrenden Pferdebahnen und Omnibussen, und William lehnte sich zurück und schloss die Augen.

Er spürte, wie der Junge auf der Sitzbank neben ihm hin- und hergeworfen wurde.

Wie heißt du, mein Sohn?

Ollie, Sir.

Oliver?

Bloß Ollie, Sir. Ich mach mir nix aus Schnickschnack.

William lächelte und öffnete ein Auge. Machst du das hier schon lange, Ollie?

Fast ein halbes Jahr, Sir.

Und gefällt es dir?

Der Junge zuckte mit den Schultern und wischte sich mit dem Ärmel die Nase. Das Geld stimmt jedenfalls.

Das klingt vernünftig.

Ollie nickte. Ist auch eher ein Sprungbrett, Sir. Um da hinzukommen, wo ich hinwill.

Und das wäre?

Polizist will ich werden.

William nickte ernst. Das ist ein hartes Leben.

Hart ist jedes Leben, wenn man eine Familie zu versorgen hat, Sir.

Sehr richtig.

Der Junge nickte altklug und schaute zu, wie die Straße vorüberzog. Plötzlich schnellte er herum, hämmerte gegen das Dach des Hansom und rief: Wir wollen doch zu Pitchcott, Kutscher! Fahren Sie hier die Frith runter.

William betrachtete ihn, die laufende Nase, die roten Lippen, die graue Haut. Dann fragte er: Und musst du das, Ollie? Eine Familie versorgen?

Der Junge grinste. Na, ich bin noch nich verheiratet, Sir, wenns das ist, was Sie meinen.

Nein.

Bringt einem doch nix als Ärger ein.

William lachte. Ein kluges Kerlchen bist du.

So klug nun auch wieder nich, Sir, sagte Ollie bescheiden, beugte sich vor und schaute wieder auf die Straße, dann kam der Hansom auch schon klappernd zum Stehen.

Pitchcott, da wären wir, Sir, sagte der Junge.

William spähte nach draußen. Sie hatten vor einer gedrungenen, nichtssagenden Fassade an der Ecke zwischen einem Hutmacher und einer baufälligen Wundarztpraxis gehalten. Die Fenster darüber waren dunkel und wirkten unbewohnt. William stolperte, als er sich von der Kutsche hinunterschwang, und wäre beinahe gefallen, schaffte es gerade noch, sich mit einer Hand am Schlag festzuhalten. Er klopfte sich ab und drehte sich nach dem Jungen um, aber der kletterte auf der anderen Seite herunter und streckte dem Kutscher sein kupfernes Zweipencestück entgegen.

William griff in die Tasche und zog ein weißes Taschentuch hervor. Hier, Ollie, sagte er. Das kannst du besser gebrauchen als ich. Nimm schon, ist sauber.

Der Junge grinste wieder. Ein sauberer Shilling wär mir noch lieber.

Zweifelsohne.

Das da drüben ist der Chief Inspector, Sir.

William nickte und blieb, wo er war, dann seufzte er und schaute in den kalten Himmel und das schmerzende weiße Loch darin, das die Sonne nicht zu durchdringen vermochte.

John Shore lehnte mit verschränkten Armen und überkreuzten Beinen am Backsteineingang, und als er William sah, stieß er sich ab und kam auf ihn zu. Sein Arm hinterließ einen hellen Flecken auf der rußigen Mauer. Er biss auf eine Bruyèrepfeife, und der Gehrock hing ihm lose von den Schultern, teilte sich aufgeknöpft über seinem dicken Bauch. Die karierte Hose war an den Knien mit grauem Schlamm bespritzt, der Zylinder ungebürstet. Er wirkte abgeschlafft und traurig, fand William.

Der Chief Inspector versenkte die Hände in den Taschen. Gut geschlafen?

William zuckte mit den Schultern.

Tut mir leid wegen der Uhrzeit.

Wo ist sie angespült worden?

Wer?

Geht es nicht um Charlotte Reckitt?

Shores Augen waren rot gerändert und entzündet. Na ja, sagte er. Ich wollte, dass du es dir selbst ansiehst.

Shore hatte ein rotes Gesicht und dicke, gutdurchblutete Finger, die William an italienische Würste erinnerten. Zehn Jahre lang hatte er mit Williams Vater zusammengearbeitet,

Anfragen an den Yard weitergeleitet, sich mit dem alten Pinkerton getroffen, wenn der in London weilte, und die wilden Räuberpistolen aufgesaugt, die er immer gern zum Besten gegeben hatte. Shore war Sohn eines Fleischermeisters und hatte einmal von seiner einsamen Kindheit erzählt, in der er mit einem Korb voller Schlachtabfälle auf der Schulter von Haus zu Haus ziehen musste, während über ihm die Vögel kreisten. Sein Vater, erzählte er, band jedes Jahr vor Weihnachten ein lebendiges Kalb in seinem Laden an, das zitternde Wesen war mit *6 d / Pfund* auf der Brust gebrandmarkt. Daran müsse er jedes Mal denken, erzählte er, wenn er jemanden in Gewahrsam nahm. *Wieso das?*, hatte William gefragt. *Trägt ein Mann seinen Wert etwa auch auf der Brust?*

Nicht seinen Wert, hatte Shore geantwortet. *Den Preis, für den er anfängt zu singen.*

Er führte ihn durch eine rußige Tür ohne Sichtfenster, dafür mit einem uralten Eisenschloss, das vermutlich keinen Einbruch verhindern konnte, wohl aber einen Ausbruch. Die Luft im Innern war drückend, das Gas der Lampen voll aufgedreht. Putz bröckelte bis auf Schulterhöhe von den feuchten Wänden, und die Decke war nicht viel höher. Ein übler Gestank, der nicht vom Gas rührte, erfüllte den Korridor, William räusperte sich, kniff die Augen zusammen und bereute nun, dem Jungen sein Taschentuch geschenkt zu haben.

Dein Vater hatte immer eine Pfeife dabei, sagte Shore. Du hast wahrscheinlich nicht …?

William verzog das Gesicht. Ich bin nicht zum ersten Mal im Leichenhaus, sagte er. Und damit zog er seine Pfeife aus der Manteltasche, stopfte sie und zündete sie an. Es war eine alte Kirschholzpfeife aus Virginia mit Borkenresten, sie erinnerte ihn an den Krieg. Linker Hand stand die Tür zu einem verwaisten Aktenzimmer offen, Papiere waren über den kleinen Schreibtisch verstreut. Eine einzelne Kerze brannte darauf. Die dunkle Vertäfelung dahinter wirkte aufgeweicht und abgelebt.

Muss ich mich anmelden?

So ein Laden ist das hier nicht. Hast du schon gefrühstückt?

Nein.

Wahrscheinlich besser so. Wie geht's deiner Hand?

Wie sieht's denn aus?

Sehr schmuck. Damit würdest du bestens nach Millbank passen.

William ächzte. Bringen wir die Sache hinter uns, sagte er.

Die Leichenhalle war langgezogen, niedrig und schlecht beleuchtet. An beiden Wänden standen kurze Tische, dazwischen war je ein schmaler Gang frei, und auf den Tischen lagen Leichen, manche zugedeckt, manche nicht. Die Beine der Toten ragten über die Tischkante hinaus in die Luft, und der Geruch, den sie verbreiteten, war faulig mit einer einzigartig süßlichen Note, die William noch aus der Zeit kannte, in der er auf den Bahnstrecken des Mittleren Westens die Toten überführt hatte. Er zog energisch an seiner Pfeife.

An der Tür stand ein junger Inspector mit hängenden Schultern in tadelloser blauer Uniform, der sich aufrichtete und höflich nickte, als sie näher kamen. Er war glattrasiert und hatte bereits schütter werdendes Haar.

Shore blickte an ihm vorbei ins Halbdunkel. Mr Blackwell, wer ist denn hier der diensthabende Gehilfe?

Mr Cruikes, Sir.

Am Ende des langen Raums torkelte ein Mann in einer besudelten Schürze zwischen den Tischen mit den Toten hin und her. Schräg einfallende Schatten, schräg einfallendes Licht. Er summte leise bei der Arbeit.

Der ist doch betrunken.

Das bringt der Beruf so mit sich, sagte Shore grimmig. Hauptsache, sie bekommen die Leichen trotzdem rein- und rausgeschafft und größtenteils ordentlich markiert. Wir werden Mr Cruikes nicht brauchen, Inspector.

Verstanden, Sir.

William sagte nichts. Shore führte sie zwischen den Tischen entlang, in der Stille waren nur ihre Schritte zu vernehmen. Er blieb stehen und zog das Wachstuch von einer der Leichen zurück, William trat näher.

Ein abgetrennter Frauenkopf. Ein Torso. Die Beine fehlten, und den Stümpfen nach zu urteilen, waren sie grob abgesägt worden. Die Gesichtshaut war grau und aufgequollen und das schwarze Haar geschoren. Der Kopf wurde von einem zusammengefalteten Handtuch gestützt, damit er nicht umkippte. Die Augen waren blind in die Höhlen gedreht und die Lippen leicht geöffnet. Die Haut des Torsos glühte im Gegensatz zum Kopf in dem gespenstischen Licht, als würde er von innen heraus leuchten. Erhabene Schnitte waren sichtbar, wo eine Klinge unter die Rippen und in den Bauch gefahren war.

Shore beobachtete ihn. Ist sie das?

Was ist mit ihrem Haar passiert?

Das ist das Erste, was dir dazu einfällt? Die Frau ist in Stücke geschnitten worden!

William nahm die Pfeife aus den Zähnen, hängte sie sich

in den Mundwinkel und sagte leise: Das sieht wirklich ganz nach ihr aus.

Charlotte Reckitt.

Ja.

Denke ich auch. Bisher hat sie noch keiner identifiziert. Aber den Nachbarn aus Hampstead haben wir hergeholt, und der hat sie ebenfalls erkannt. Gesichtsform und so weiter.

Was ist passiert? Ist sie von einem Flussdampfer erwischt worden?

Shore schüttelte den Kopf. Ein Ire hat den Kopf heute Morgen an den Docks aus dem Fluss gefischt. Mr Blackwell war als Erster vor Ort.

William blickte den Inspector flüchtig an, und der junge Mann runzelte mit großem Ernst die Stirn.

Sein Name ist Malone, Sir. Er war an den Landungsstegen, wo sie ein Schiff gelöscht haben, das gerade erst aus Holland kam. Zwiebeln hatte es geladen.

Zwiebeln?

Blumenzwiebeln, Sir.

Das ist mir schon klar, Constable. Er beugte sich näher zu der Leiche hinab, zog das Wachstuch bis zur Hüfte hinunter und nahm den Torso in Augenschein. Die fleckige Haut an den Oberarmen, wo sie möglicherweise gepackt und geschüttelt worden war. Der zarte Brustkorb, die weich fallenden Brüste, die Brustwarzen blau vor Kälte. Wo sind die Beine?

Das wissen wir noch nicht, Sir.

Der Kopf wurde doch in den Docks gefunden. Wo war der Rest?

Das ist das Seltsame. Shore räusperte sich. Ein Constable

hat den Torso in einem Sack verschnürt auf einer Baustelle draußen an der Edgware Road gefunden. Das war um fünf Uhr heute Morgen.

Ich verstehe nicht ganz. Er war nicht im Fluss?

Shore verneinte. Aber Mr Cruikes hat die Schnittstellen an Hals und Torso überprüft. Sie passen zusammen.

William blickte die Leiche mit neuem Interesse an. Der Kopf sieht nicht frisch aus.

Aye. Das macht der Fluss.

William ging um den Tisch herum. Sieh dir die Stichwunden an, sagte er. Ist Wasser in der Lunge?

Wir glauben, sie wurde mit einem Messer angegriffen, Sir, sagte der Inspector. Dann hat man sie zerstückelt. Als sie schon tot war, mein ich.

Sie glauben nicht, dass sie sich selbst Gewalt angetan hat?

Sich selbst, Sir?

Er will Sie nur veralbern, Constable.

William wandte sich wieder an Shore. Ganz schön viel Aufwand für eine Ertrunkene.

Aye.

Warum tut man so etwas? Aus Rache?

Meine Vermutung ist, dass der Kopf in einem Sack beschwert wurde, um ihn im Fluss zu versenken. Damit das Opfer nicht zu identifizieren ist. Irgendwas muss schiefgegangen sein, der Sack hat sich gelöst, ist aufgetaucht. Der Nachbar erinnert sich, dass er vor zwei Wochen draußen in Hampstead erst einen Mann hat schreien hören und dann, wie etwas Schweres über den Boden geschleift wurde. Er sagt, er wäre zu dem Zeitpunkt gerade mit seinem Hund vor die Tür gegangen.

Vor zwei Wochen. Und wie hilft uns das hier weiter?

Shore wirkte müde. Er nahm die Pfeife aus dem Mund und rieb lustlos das Mundstück. Frauen wie diese werden nicht einfach so ermordet.

Frauen wie diese.

Aye.

William erwiderte nichts. Dann sagte er: Irgendwo muss es Beweise geben. Man kann keine Leiche zerstückeln und die Bescherung spurlos beseitigen.

Es sei denn, es ist im Fluss passiert.

Dann hat es jemand gesehen. In so einer Leiche ist ziemlich viel Blut, John.

Aye.

Es ergibt einfach keinen Sinn.

Du weißt doch, wie das bei solchen Leuten ist. Vielleicht hat eins ihrer Opfer sie aufgespürt. Vielleicht wollte sie ein Ding mit dem Falschen drehen. Vielleicht hatte sie etwas gegen jemanden in der Hand und wollte damit zu uns kommen.

Nachdem sie aus dem Fluss gestiegen war, meinst du?

Vielleicht wollte jemand verhindern, dass sie die Stadt verlässt. Oder vielleicht hatte es auch gar nichts mit ihr zu tun, vielleicht war sie einfach zur falschen Zeit am falschen Ort. Ich weiß es nicht, William. Vielleicht ist sie das ja auch überhaupt nicht.

Glaubst du das wirklich?

Vielleicht war sie schwanger, Sir, sagte der Inspector.

Shore fuhr sich mit der Hand durch sein schütteres Haar, schaute zur Tür und dann wieder die Frau auf dem Tisch an. Wie zum Teufel kommen Sie denn jetzt darauf?

Wie bei dem Tabitha-Fall in Brighton letzten Sommer, Sir. Wo das Dienstmädchen von seiner Herrin umgebracht wurde.

William blickte am Chief Inspector vorbei und sah den Inspector an. Wo ist Dr. Breck?, fragte er. Lass ihn die Frau mal gründlich unter die Lupe nehmen, vielleicht findet er etwas heraus. Wenn Wasser in der Lunge ist, liegt hier ein ganz anderes Verbrechen vor.

Shore blickte ihn finster an. Ich regle meine Angelegenheiten schon selbst, danke.

Na gut.

Mr Blackwell, bellte Shore den jungen Inspector an. Sorgen Sie dafür, dass Dr. Breck sich die Frau anschaut. Er wandte sich wieder an William. Du glaubst nicht, dass sie schwanger gewesen sein könnte?

Nein.

Falls sie schwanger war, ist wahrscheinlich ein Mann beteiligt.

Was du nicht sagst.

Welchen Eindruck hattest du von ihr? Von ihrem Charakter, meine ich.

William runzelte die Stirn und wandte den Blick ab. Charlotte Reckitt hatte kein Problem, das zwanzig Dollar nicht hätten lösen können. Nur hatte sie diese Art Probleme öfter. Er trat einen Schritt vor und berührte ihr kaltes Handgelenk. Die Haut fühlte sich wie ein Schwamm an. Er murmelte: Wie ist es möglich, dass eine Frau mitten in der Nacht von einer Brücke springt und am nächsten Morgen zerstückelt in unterschiedlichen Stadtteilen wiederauftaucht?

Dein Vater hätte bestimmt eine Theorie parat gehabt.

William ging nicht darauf ein. Wo sind die Beine?, fragte er. Was ist mit den Haaren passiert?

Inspector Blackwell räusperte sich. Ich würde wetten, sie hat sie zur Tarnung abgeschnitten, Sir.

Warum sollte sie sich so viel Mühe machen?

Der Inspector runzelte die Stirn.

Warum hat sie keine Wunden an Händen und Armen? Wenn sie angegriffen worden wäre, hätte sie doch versucht, den Täter abzuwehren.

Vielleicht hat sie geschlafen, Sir.

Phantastisch. Wo. In ihrem Bett?

Der Inspector nickte.

Sie glauben also, sie ist von der Brücke gesprungen, ans Ufer geschwommen, hat sich zu Hause die Haare geschnitten, ist dann zu Bett gegangen, wurde dort angegriffen, der Mörder hat sie zerstückelt und ist die ganze Nacht lang mit Säcken voller Leichenteile zwischen Edgware Road und Fluss hin- und hergelaufen?

Der Inspector wurde rot.

Vielleicht hat sie sich gar nicht gewehrt, schlug Shore vor. Vielleicht kannte sie ihren Angreifer.

Vielleicht. William zeigte auf die bläulichgrünen Flecken an ihren Unterarmen, knapp oberhalb der Handgelenke. Wahrscheinlicher ist, dass sie gefesselt war. Ich würde noch mal mit diesem Malone sprechen. Er wandte sich an den Inspector. Haben Sie eine Adresse?

Inspector Blackwell wurde noch röter. Arbeiter geben einem nicht einfach so ihre Adresse, Sir. Und schon gar nicht uns. Aber ich weiß, wie er aussieht. Ich kann ihn bis ins kleinste Detail beschreiben.

In Ordnung, sagte Shore. Wir finden ihn also, wenn wir ihn brauchen.

Aber sicher. Wie viele irische Malones kann es in den Docks schon geben? William senkte den Kopf und massierte sich müde den Nacken. Sind wir hier fertig, John?

Shore nickte.

William wandte sich zum Gehen, doch der Chief Inspector starrte noch immer die geschwollenen Lippen der Frau an. Ganz langsam deckte er ihren Torso, ihren Kopf wieder mit dem Wachstuch zu. Er schaute auf, über den Tränensäcken waren seine Augen tiefschwarz. Nur damit du es weißt, sagte er. Hier bringt keiner eine Frau um, weil sie schwanger ist. Man enterbt sie oder schickt sie zu Verwandten aufs Land. Oder man setzt die Nuggets draußen in der Kälte aus, wenn sie geboren sind.

William sah dem Chief Inspector in die Augen. Nuggets?, fragte er.

Aye.

Ihr Engländer, murmelte er.

Vier

Engländer?, blaffte der Gefängniswärter. Er war für die Hafenzellen zuständig und blickte grimmig über die eckigen kleinen Gläser einer uralten Brille hinweg.

Engländer, wiederholte Foole. Gerade aus Boston gekommen, auf der *Aurania*. Groß, schwarzer Bart, korpulent. Er soll beim Ausstieg aus der ersten Klasse einen Mann angegriffen haben.

Der Wärter kratzte sich die angegrauten Koteletten. Lehnte sich auf seinem hohen Drehhocker zurück, dessen Rückenlehne unter dem Gewicht ächzte. Warf ihm immer wieder schiefe Blicke zu wie irgendeinem Wilden, der sich als Weißer verkleidet hatte, und Foole kratzte mit seinem Spazierstock im Staub auf dem Boden, beide Hände umfassten gereizt den Knauf.

Ich glaube, er blutete am Kopf, fügte er hinzu.

Und was bitte schön wollnse dann mit der fraglichen Person?

Tageslicht fiel schräg durch eine lange Reihe von Bleiglasfenstern, die Kälte des Wassers kroch die Wände hinauf. Foole holte ein Paar hellgrüner Handschuhe hervor, klemmte sich den Stock unter den linken Arm und zog langsam erst den einen, dann den anderen Handschuh über.

Dieser Schuppen war allem Anschein nach ein Behelfs-
gefängnis, auch wenn die niedrige Decke längst vom Rauch
der Lampen geschwärzt war, die rostigen Striemen unter
den Fenstern deuteten auf stetige Rinnsale über Jahre hin.
Ein kleiner, schäbiger, schmaler Raum, in dem es nach dem
Abfall der Fischlokale am Kai stank. Foole hatte den Blick
keine Sekunde vom Wärter abgewandt, und sein Blick war
kalt und verschleiert und machte deutlich, dass diese Sache
niemanden außer ihn selbst etwas anging.

Als er keine Antwort bekam, zuckte der Wärter mit den
Schultern. Na schön, wiese wollen, grunzte er. Er stand auf,
kam hinter seinem Pult hervor und führte Foole einen Flur
entlang zu einer verschlossenen Zelle. Er war noch kleiner
als Foole und stützte sich beim Gehen das Kreuz, als hätte
er in jungen Jahren eine Verletzung erlitten.

Als sie die hinterste Zelle erreichten, schloss er die Faust
um einen der Gitterstäbe. Den hier meinense aber nich, oder?

Der Riese saß zusammengesunken auf einer stählernen
Bank, die mit Ketten an der Wand befestigt war, und hob
nicht einmal den Kopf.

Doch, genau den, sagte Foole.

Sag bloß. In seinem Auftrag kommense aber nich, oder?

Foole lächelte. Schwerlich. Ich bin der Mann, den er
angegriffen hat.

Der Wärter runzelte die Stirn, nahm seine Brille ab,
putzte sie. Ich weiß ja nich, wie man so was regelt, da wose
herkommen, sagte er. Aber hier halten wir uns an Gesetze.
Da kannich nich einfach wegschaun. Leider.

Es dauerte einen Augenblick, bis Foole verstand, was
der Mann meinte. Ich bin nicht gekommen, um ihm etwas

anzutun, sagte er. Ich bin hier, weil ich nicht wünsche, dass er belangt wird.

Se wollen keine Anzeige erstatten? Der Wärter warf einen ungläubigen Blick in die Zelle des Riesen. Bei allem Respekt. Se meinen, wir solln ihn freilassen?

Ja.

Aber warum zum Teufel?

Nennen Sie mich rührselig.

Die meisten würdense wahrscheinlich ganz anders nennen. Verzeihnse.

Foole zog einen Shilling hervor und hielt ihn dem Wärter hin. Für Ihre Mühe, sagte er.

War keine Mühe, erwiderte der Wärter. Ich mach hier bloß meine Arbeit. Aber seine haarigen Finger schlossen sich dennoch um die Münze. Aber ihn hierzubehalten bringt ja auch nix, sagte er. Wennse die Sache nich weiter verfolgen wolln. Bleibt allerdings noch das kleine Problem mit der Geldbuße.

Foole wartete ab.

Ungebührliches Benehmen, Trunkenheit in der Öffentlichkeit. Wär nochmal n Shilling.

Foole holte den letzten Shilling aus seiner Tasche und betrachtete ihn einen Augenblick lang zwischen den Fingern, dann gab er ihn dem Wärter.

Also, Mann, rief er über die Schulter des Wärters. War doch nichts als ein Missverständnis, nicht wahr?

Der Riese saß reglos da, vornübergebeugt, und das struppige schwarze Haar quoll zwischen seinen Fingern hervor.

Womöglich begegnense dem Monster nachher auf der Straße, sagte der Wärter. Brauchense vielleicht Geleit?

Ich komme zurecht.

Se wolln doch jetzt nich einfach mit dem hier rausspazieren?

Spazieren? Foole grinste bei dem Gedanken und zog seine Handschuhe zurecht. Das nun nicht, sagte er. Nein, ich beabsichtige, dem Mann ein Getränk zu spendieren.

Der Riese hieß Japheth Fludd. Schweigend ging Foole neben ihm her die Water Street entlang, vorbei am Sitz der Cunard Line, dann nahmen sie die Castle Street bis zum Derby Square und tauchten ins Gewimmel der Lord Street mit ihren Pferdekutschen, Beamten und Matrosen auf Landgang, die mit den Händen in den Taschen und Pfeife zwischen den Zähnen herumstolzierten. Schließlich bogen sie in eine schmale Gasse ein und huschten noch immer schweigend ein paar Stufen hinunter in eine finstere Spelunke und setzten sich in einer Ecke ans Ende einer verschrammten Holzplatte auf Böcken, die als Tisch diente. Zwei Huren, die am anderen Ende hockten, schauten erst den ramponierten Riesen und dann einander an und setzten sich an einen anderen Tisch. Gleich darauf stand ein kleines Mädchen mit Jungenmütze und blauem Arbeitsanzug von seinem Platz unter dem einzigen Fenster auf und kam grinsend zu ihnen herüber. Futterstoff quoll an den Schulternähten aus dem Anzug. Die Kleine schwang ein Köfferchen vor sich her.

Habt euch ganz schön Zeit gelassen, sagte sie. Schöne Ferien gehabt?

Foole zwinkerte. Hallo, Molly.

Der verdammte Mistkerl hat mir fast die Rübe eingehauen, murmelte Fludd. Guck dir ma mein Gesicht an.

Mit einem spöttischen Seufzer rutschte sie auf die Bank. Du glaubst, du hast es schwer? Ogottogott, ich sag dir, dann hast du noch nie versucht, dich aus Röcken rauszupellen.

Ich denk ma, unser Mr Adam hier hat schon einige mehr davon ausgezogen als du, Kindchen. Und damit mein ich nich, dass *er* sie vorher anhatte.

Fludds Wange verfärbte sich allmählich, die Blutergüsse unter seinen Augen wurden dunkler. Bei diesem Anblick verspürte Foole einen leisen Anflug von Reue, aber er wusste, dass der große Mann schon ganz anderes weggesteckt hatte und dass Gewalt für ihn einfach zum Leben dazugehörte. Fludds Vater war Gefängnispfarrer in Australien gewesen, und etwas von dem Temperament der Verbannten hatte sich anscheinend in seinem Blut niedergeschlagen. Er hatte sechs Jahre und drei Monate wegen versuchten Mordes in einem Staatsgefängnis außerhalb von New York gesessen, nachdem er einen korrupten Polizeiwachtmeister gestellt und ihm den Schädel zertrümmert hatte, und Foole und Molly waren unter anderem nach Amerika gereist, um ihn bei seiner Entlassung in Empfang zu nehmen und zurück nach London zu bringen. Diese sechs Jahre hatten neue Narben in das Gesicht des Riesen gekerbt, und Foole stellte beim Betrachten seines alten Freunds mit Schrecken fest, wie sehr der Mann gealtert war.

Jetzt legte Foole eine Hand auf den Tisch. Und, was gibt es heut Schönes für uns, Molly?, fragte er.

Pastete. Und Bratkartoffeln.

Er meint die Sore, Mäuschen.

Mollys Grinsen verschwand aus ihrem Gesicht, und als sie Fludd ansah, war ihr Blick ausdruckslos und hart und ließ sie älter wirken, als sie war. Na los, sagte sie. Sag das noch mal.

Wasn, Mäuschen?

Japheth, mahnte Foole.

Molly sog wütend an ihrer Oberlippe. Sie war eine geschickte Taschendiebin, und während Fludd im Gefängnis gesessen hatte, Fooles Mündel und Komplizin gewesen. Vor drei Wochen waren sich die beiden zum ersten Mal begegnet. Das war am 9. Dezember gewesen, dem Morgen, an dem Fludd, einen Sack mit Kleidung über der Schulter, aus dem Gefängnistor gestapft war und seine Stiefelabdrücke sich lautlos mit Schnee gefüllt hatten. Nahezu ihre ersten Worte zu dem Riesen waren eine knurrende Warnung gewesen, sie niemals Mäuschen zu nennen.

Jetzt drehte sie sich mit leidendem Blick zu Foole um. Er weiß, dass er mich nicht so nennen soll, sagte sie. Er weiß das ganz genau.

Och, ich mach doch nur Spaß, grinste Fludd. Ich meins nich so, weiß sie doch.

Ist das eine Entschuldigung?

Sicher.

Molly blickte missmutig drein. Sag es. Sprichs aus, sonst gildet es nicht.

Was denn?

Dass du dich entschuldigst, du elender Hundsfott.

So, das reicht, sagte Foole mit müdem Blick. Und zwar beide. Ich meine es ernst.

Im gleichen Augenblick trat der Kneipenwirt mit zwei fettigen Tellern in der Armbeuge und drei Pints zwischen den Fäusten an ihren Tisch. Eine Pastete, die in grauem Fett schwamm. Würste auf pappigem Brei. Schlappe Scheiben, die wohl Kartoffeln sein sollten. Fludd griff nach seinem Pint.

Weißt du, sagte Molly. Wenn ich mir dein Gesicht so anschaue, ich meine, jetzt, wo ich es mir ganz genau anschaue …

Was.

Sieht schon scheußlich aus. Wo Adam dich getroffen hat.

Fludd betastete vorsichtig seine Blessuren.

Fast wie Rinderpastete.

Verdammich nochma, Mr Adam. Du und dein verfluchter Stock.

Foole schob einen Bissen Pastete im Mund hin und her.

Auf welcher Seite hat er dich erwischt?, fragte Molly. Links?

Fludd sah sie lange an, dann sagte er: Rechts wars. Hier.

Demonstrativ betrachtete sie beide Seiten seines Gesichts. Und auf der Nase auch?

Du verdammtes Luder, sagte Fludd. An der Schläfe.

Aber er grinste dabei, genau wie das Mädchen.

Du solltest Gott dafür danken, dass ich dir nur auf den Kopf geschlagen habe, sagte Foole. Den brauchst du doch ohnehin nicht.

Molly hatte ein Kartenspiel hervorgeholt, mischte geschickt, teilte je eine *Dead Man's Hand* aus, eine an Fludd, eine an Foole, und zog sich schließlich selbst eine Karte und legte sie verdeckt hin. Das war die sauberste Art und Weise, die Beute aufzuteilen. Sie spielten ihre Karten und kassierten ein, was Molly den Passagieren auf der Gangway der *Aurania* aus den Taschen gezogen hatte. Fludd schaufelte sich eine Gabel voll Pastete in den Mund und zog eine Fleischfaser heraus, dann schob er seinen Teller beiseite, deckte ein gutes Blatt auf, und Molly reichte ihm das erste Stück seines Anteils, dann tat Foole es ihm gleich. Es war ein leichtsinniges Unterfangen gewesen, mochten sie noch so knapp bei Kasse sein, aber die Hauptsache war, dass Fludd und das Mädchen nicht aus der Übung kamen.

Fludd deckte die zweite Hand auf, leerte sein Pint und wischte sich über den Bart. Er fischte eine Wurst nach der anderen aus dem Schleim und warf sie Foole auf den Teller.

Foole schüttelte den Kopf. Schmecken die nicht?

Fludd zuckte mit den Schultern.

Molly brach in Gelächter aus. Er ist immer noch so ein verfluchter Gemüsefresser.

Ihr beide dachtet wohl, ich würd aufgeben, was? Ihr dachtet wohl, ich würd nich durchhalten?

Foole schüttelte den Kopf. Ich dachte, ich hätte dir ein bisschen Vernunft eingeprügelt.

Gemüse ist nicht gut für dich, lachte Molly. Ist einfach nicht gesund. Du verschrumpelst uns noch.

Los, rück noch was von dem Zaster raus, sagte Fludd.

Molly schob ihm einen Sovereign hin. Hier, damit kannst du deine Kohlköpfe bezahlen.

Sie spielten noch eine Weile und teilten die Sore auf, Foole behielt die Tür im Auge, aber es kam niemand, den er kannte, und der Kneipenwirt legte sich auch nicht das Handtuch über die linke Schulter. Das wäre das Zeichen gewesen, sich zu verdünnisieren.

Fludd war unruhig geworden. Er hatte bereits drei Pints hinuntergekippt und rollte ein leeres Glas zwischen seinen Pranken hin und her. Wie viel Uhr geht unser Zug?

Halb sechs.

Und wie lange ham wir dann noch?

Foole griff unwillkürlich nach seiner Taschenuhr, doch dann erinnerte er sich an den Phrenologen und hielt inne.

Molly zwinkerte ihm zu.

Genüsslich griff sie ins Innenfutter ihres Anzugs und zog eine silberne Taschenuhr mit eingelassenem Goldfiligran in Form eines Auges hervor. Sie ließ den Deckel aufspringen. Die Uhr hatte eine Kupferumrandung und eine Gravur. Mal sehen, murmelte sie. Wenn der große Zeiger auf der –

O du wunderbares Wesen, sagte Foole. Du gibst wahrlich eine gute Tochter ab.

Lachend ließ sie die Uhr zuschnappen. Und du gibst einen lausigen Papa ab. Willst du uns nicht langsam mal verraten, warum wir wieder in England sind?

Foole hob die Hände und drehte die Handgelenke nach außen.

Ja bitte?, sagte sie. Was soll das heißen?

Das heißt, wenn du nich fragst, muss er dich auch nich anlügen, sagte Fludd. Aus dem kriegste nix raus, Kleine. Is jetz noch Zeit für nen letzten Humpen, oder was?

Molly nahm einen großen Schluck von ihrem Bitter und schmatzte den Riesen an. Hats was mit dem Brief zu tun? Ist das der Auftrag?

Foole hörte nicht auf zu lächeln, aber die Stimmung schlug um. Welchen Brief meinst du bitte?, fragte er höflich.

Plötzlich blickte sie unbehaglich drein.

Brief?, fragte Fludd. Entgeistert schaute er von einem zum anderen. Verdammich nochma. Hab ich nu Zeit für n Pint oder nich?

Hast du nicht, sagte Foole, ohne ihn anzusehen. Zu Molly sagte er: Eine alte Freundin ist in Schwierigkeiten. Sie hat geschrieben und uns hergebeten. Wir sollen ihr behilflich sein.

Molly hatte den Blick gesenkt.

Wer denn?, fragte Fludd. Ich kann nich gleich wieder anfangen zu klauen, Mr Adam.

Foole hatte den Blick nicht von Molly abgewandt. Du müsstest dich noch einmal umziehen, sagte er. Meine Bediensteten sind mit etwas mehr Geschmack gekleidet.

Sie wollte etwas sagen, dann biss sie sich auf die Zunge, aber sie konnte nicht anders. Und was ist mit Japheth?, fragte sie. Der darf das anlassen?

Kümmer dich nicht um ihn.

Also zog sie ein Kleiderbündel aus ihrem Köfferchen, stand missmutig auf und ging zum Tresen hinüber, wo der Wirt die schwere Tresenklappe anhob, sie duckte sich darunter hinweg und war verschwunden.

Das is vielleicht ma n gruseliger kleiner Kneifer, was?, sagte Fludd. N Kind war die wohl nie, was?

Nicht, seit ich sie kenne.

Nie?

Foole sah ihn an. Du hast deine Antwort, Japheth, sagte er leise.

Foole hatte sie in jenem ersten Jahr nach Fludds Verhaftung in New York als Ganeff für ein heikles Ablenkungsmanöver bei einem kleineren Raub im Hyde Park angeheuert, und sie war so schlau und so überzeugend gewesen, dass ihm Zweifel an ihrem Alter kamen. Sie lebte damals mit sieben anderen Straßenkindern in der Obhut von zwei Schwestern, beide halbblind und grausam. Die ältere war Witwe, hieß Sharper, und man erzählte sich, sie habe ihren Mann vergiftet. Molly hatten sie *Mäuschen* genannt, was Foole zunächst für einen Ausdruck von Zärtlichkeit gehalten hatte. Ihr einziger Freund während dieser Jahre war ein vierjähriger Junge namens Peter gewesen, der Holz holte und Nachttöpfe leerte und sich nachts auf der Suche nach Wärme an Molly schmiegte. Sie liebte ihn wie einen Bruder. Die kleinen Langfinger aus der sogenannten Sharper-Bande konnten stunden- oder wochenweise gemietet werden, und Mrs Sharper stellte keine Fragen, solange sie ihre Ware unbeschädigt zurückerhielt. Foole kaufte ihr das Kind an dessen sechstem Geburtstag ab, ohne etwas von dem kleinen Peter zu ahnen, und da wusste sie sich bereits in Lumpen zu kleiden mit nackten Füßchen, um besser rennen zu können, und sie wusste auch, dass sie sich Fett auf die Fingerspitzen schmieren musste, damit sie leichter in die Handtaschen der Damen glitten. Sie hatte flinke Finger, lang für ihr Alter, und er hatte diese Finger vom ersten Augenblick an bewundert. Zwei Wochen nachdem er sie gekauft hatte, schenkte er ihr die Freiheit, und sie war sofort losgezogen, um nach Peter zu suchen, und bei Sonnenuntergang allein zurückgekehrt. Sie hatte Blut an den Ärmeln und im Gesicht gehabt, aber es war nicht ihres gewesen, er hatte sie nicht danach gefragt, und sie hatte auch von sich aus nichts gesagt. Sie konnte jedem pfeifenden Puhler mit Leichtigkeit entwischen und unter dem Bauch eines Brauereipferds hindurch eine Straße überqueren. Aber sie stahl nur auf Anweisung und händigte ihm klaglos die Beute aus, ohne einen Penny für sich zu behalten. Sie hatte ein Talent dafür, Akzente nachzuahmen, und war schlauer als hungrig. Foole lehrte sie eigenhändig lesen, und sie lernte so schnell, als wüsste sie bereits, was für ein Glück sie hatte. Gekleidet war sie wie ein Junge, es sei denn, sie sollte sich für einen Auftrag umziehen, und selbst dann geschah es nur unter Protest. Trotz aller Sticheleien hatten Fludd und sie sich nahezu unmittelbar nach der Entlassung des Riesen angefreundet, und die drei gaben schon jetzt eine merkwürdige kleine Familie ab. Molly, jedermanns und niemandes Kind. Foole hatte beobachtet, wie sie den Süßigkeitenverkäufern an so manchem Sonntag die Pfefferminzstangen aus der Hand schmeichelte, er hatte gehört, wie sie zum Einschlafen das Alphabet rückwärts aufsagte, und wenn er ihr blasses, im Traum versunkenes Gesichtchen betrachtete, hätte er schwören können, ein lieblicher Zug umspiele ihren Mund. Konnte nicht etwas Besseres aus ihr werden? Natürlich konnte es das. War sie niemals ein Kind gewesen? Natürlich war sie das. Ein Kind war sie noch immer.

Deswegen war ihm ja so schwer ums Herz.

Von der Spelunke aus gingen sie auf das glänzende runde Dach des Bahnhofs Lime Street zu. Es bestand nur aus Eisen und Glas und kam Foole in seinem fließenden Schwung wie ein Wunder vor, wie aus erstarrtem Wasser, ein Zeugnis des neuen Zeitalters. Unmittelbar dahinter ragte das düstere Château des North Western Hotel auf, dessen ominöse neue elektrische Beleuchtung an diesem schummrigen Nachmittag gerade angegangen war, auf der anderen Straßenseite sah er die trommelartige Fassade des Picton Reading Room, er dachte an die kannelierten Säulen und die Kohlebogenlampen im Innern, und ihm wurde bewusst, wie modern das britische Empire war.

Der Bahnhof war kalt und groß, in dem riesigen Bauwerk hallte laut das Stimmengewirr wider. Zuletzt war er an einem Sommermorgen anderthalb Jahre zuvor hier gewesen, ohne einen Shilling in der Tasche, damals war der Bahnhof eine Kuppel aus Licht gewesen, und er hatte seine seltsame neuartige Schönheit bewundert. Nun lag eine dünne Schicht Kohlenstaub auf Schaltern und Geländern, zerknüllten Einwickelpapieren und alten, in die Ecke getretenen Fahrkarten, an der Seite boten verschiedene Stände Bücher, Zeitungen und Reiseproviant feil. Der warme Duft von Gebäck vermischte sich mit dem Pfeifenrauch der Matrosen und dem beißenden Teergeruch von den Gleisen. Der Gepäckträger, dem er ihre Fahrkarten aushändigte, nickte und zeigte ihm, wo ein Schaffner am mittleren Bahnsteig die Kelle für den Zug nach London gehoben hatte, und sie sahen, dass die Waggons sich bereits füllten. Sie hatten ihr Gepäck vorausgeschickt, und Molly zog los, um es aufzutreiben. Er sah das Mädchen im Jungenanzug, die Haare unter der Schiebermütze verborgen, in der Menge verschwinden, und er spürte einen wilden Beschützerinstinkt, doch er schluckte ihn hinunter. Fludd zog eine Grimasse und trug seinen Koffer mit beiden Fäusten vor sich her zum Bahnsteig. Auch er hatte sich umgezogen und trug nun einen schwarzen Gehrock und eine graue Hose und hatte seinen Bart gestutzt, so dass ihn niemand von der *Aurania* wiedererkannt hätte, außer an seiner Größe vielleicht. Foole blieb in der Schlange vor dem vergitterten Telegraphenschalter stehen und wartete, bis er dran war, kritzelte dem Beamten eine hastige Nachricht hin und ließ sie abschicken. Dann kaufte er sich die *Times,* rückte Bowler und Manschetten zurecht und klemmte sich die zusammengefaltete Zeitung unter den Arm.

Er erspähte Molly, die mit einem der Gepäckträger diskutierte, beobachtete, wie sie die Arme in die Luft warf, den Kopf schüttelte und dann kehrtmachte. Sie biss sich auf die Lippe, griff in ihre Tasche und warf etwas in einen Abfalleimer, dann sah sie ihn und kam auf ihn zu.

Wo liegt das Problem?, fragte er.

Sie schob sich die Kappe aus der Stirn und machte ein grimmiges Gesicht. Kein Problem, sagte sie. Die wollen bloß immer was absahnen.

Und das Gepäck?

Schon aufgeladen.

Foole nickte. Sie lief voraus, und gerade als er sich ebenfalls zum Gehen wandte, fiel ihm etwas im Abfalleimer ins Auge. Rosa Stoff in Form eines menschlichen Körpers. Blasses Porzellan, das im Licht aufleuchtete wie Phosphor. Es war die Puppe, die Molly dem Webster-Mädchen auf dem Schiff gestohlen hatte. Foole verzog das Gesicht und schaute ihr durch die Dampfschwaden auf dem Bahnsteig hinterher, aber Molly und Fludd waren bereits eingestiegen. Der Kopf der Puppe war abgerissen und dem Körper hinterhergeworfen worden. Er war einst mit feinem Pinsel bemalt gewesen, inzwischen jedoch bestoßen und stumpf, auch wenn das gelbe Haar immer noch weich wirkte. Die grünen Augen waren aus geschliffenem Glas und bewegten sich unter den schweren Lidern, wenn der Kopf bewegt wurde.

Foole starrte, die Puppe starrte zurück, und der Tag schien ihm licht und schwermütig.

Als er ihr Abteil betrat, breitete sich auf einmal Erschöpfung in seinen Beinen aus, und er ließ sich, begierig nach Schlaf, mit einem Stöhnen nieder. Fludd pulte sich in den Zähnen, seine massigen Knie füllten den Raum zwischen den Sitzen aus. Molly lehnte mit dem Gesicht zur Tür am Fenster, als hätte sie die ganze Zeit nach ihm Ausschau gehalten, als hätte sie immer noch Angst, er könne verschwinden.

Die Sitzreihen waren aus dunklem polierten Eichenholz wie profane Kirchenbänke, wenn auch jeweils mit Samtkissen gepolstert, die von einer Messingleiste an Ort und Stelle gehalten wurden, Foole rückte seines zurecht, schlug die Beine übereinander und seine Zeitung auf. Sie hatten sich Fußwärmer gemietet, und er spürte die Wärme in seine Schuhe steigen. Er hörte das Hämmern der Stiefel über ihnen auf dem Dach, wo die Träger noch die letzten Gepäckstücke festzurrten, dann ertönte ein schrilles Pfeifen, Dampf zischte, der Zug bebte und setzte sich, ganz langsam, in Bewegung. Auf den Bahnsteigen zu beiden Seiten waren noch immer Männer, die winkten und neben den Waggons herliefen und Päckchen und Taschentücher durch die Fenster reichten, er beobachtete sie mit ausdruckslosem Gesicht, die Zeitung aufgeschlagen auf den Knien.

Molly räusperte sich. Wer ist sie?, fragte sie leise.

Er sah sie überrascht an.

In ihrem Blick lag eine Anspannung, die er verstand oder zu verstehen glaubte.

Was redet ihrn da?, fragte Fludd gereizt. Er hantierte mit seinem Sitzkissen. Wer soll wer sein?

Foole schwieg.

Molly fing seinen Blick auf. Dann griff sie in ihre Westentasche und zog die Daguerreotypie von ihm und Charlotte Reckitt hervor, die vor all den Jahren in der Sonne von Port Elizabeth aufgenommen worden war, betrachtete sie eingehend und kniff dabei ein Auge zu.

Gib das her, sagte Foole. Was machst du da mit deinem Auge?

Molly blinzelte und blinzelte. Wer ist das?, fragte sie wieder. Die sieht fett aus. Ist die fett? Was ist mit ihrem Auge los?

Wovon redest du?

Ihr Auge. Guck doch mal.

Fludd beugte seinen massigen Körper vor und sah sich die Daguerreotypie an. Ist das Charlotte Reckitt?

Wer ist Charlotte Racket?

Das Auge sieht wirklich komisch aus. Fludd kniff sein eigenes Auge zu.

Wer ist Charlotte Racket?, wiederholte Molly.

Gib das her, sagte Foole noch einmal, böse funkelnd, und setzte sich aufrecht hin.

Ach, is nur n Kratzer, Kleine, guck. Fludd rieb der Frau mit einer dicken Fingerkuppe übers Gesicht. Genau aufm Auge.

Wer ist denn nun diese vermaledeite Charlotte Racket?, fragte Molly erneut, doch Foole riss ihr die Daguerreotypie aus den Händen und lehnte sich verärgert wieder zurück.

Reckitt, Kleine, sagte Fludd und verzog das Gesicht. Charlotte Reckitt. Die Liebste von Mr Adam, früher mal. Haste ihr nie von Charlotte Reckitt erzählt? Das war vielleicht was mit der. Nix als Scherereien.

Wo hast du das her?, fragte er Molly.

Sie zuckte mit den Schultern. Aus der Kabine. Hast es fallen lassen.

Er sah sie an. Von wegen.

Du hast nie von ihr erzählt, murmelte sie.

Les sociétés ont les criminels qu'elles méritent, sagte er.

Fludd lachte.

Molly schaute mürrisch, misstrauisch drein.

Das hat Lacassagne gesagt, erklärte er und rieb sich die Augen. Der Waggon ratterte und quietschte, während sie langsam aus dem Bahnhof hinausfuhren, durch die hohen Backsteinmauern hinein in die kurzen Tunnel, die Wände dampfend und nass und glänzend im schwindenden Licht, und dann das dunkle Flackern, als der Zug beschleunigte und wieder aus der Erde emporstieg und die Stadt verließ. Foole blickte nachdenklich aus dem Fenster und sagte dann zu Fludd: Lacassagne arbeitet als kriminologischer Experte für die Sûreté in Paris. Ein interessanter Mann. Ganz nach deinem Geschmack, Japheth.

Foole konnte Molly ansehen, dass sie nicht nach der Übersetzung fragen wollte, er verspürte eine leise Genugtuung und unmittelbar darauf eine Abneigung gegen sich selbst, dass er solcherlei Gefühle hegte. Sie war eigensinnig, aber was hatte er auch anderes erwartet.

Das heißt, man kriegt, was man verdient, Mäuschen, sagte Fludd zu ihr.

Es heißt, wenn ich mit einer Taschendiebin reise …, sagte Foole schulterzuckend. Er lächelte, um seine Worte abzumildern, und strich die Zeitung auf seinen Knien glatt, sein Blick glitt, ohne sie zu lesen, über die Spalten. Charlotte Reckitt, sagte er resigniert, hat mir einen Brief geschrieben.

Mrs Sykes hat ihn an unser Hotel in New York weitergeleitet. Charlotte kam aus dem Gaunermilieu, Molly, wurde nie gefasst. Unvergleichliches Fingerspitzengefühl. Du warst noch nicht mal geboren, da hat sie schon mit Lug und Trug hantiert wie keine Zweite. Sein Blick begegnete dem von Fludd. Sie will mich treffen.

Fludd schnaubte. Ich dachte, sie hätte sich zur Ruhe gesetzt.

Sieht nicht so aus.

Wie lange bin ich denn im Kahn gewesen? Du hast doch wohl nich vergessen, was sie mit dir gemacht hat, Mr Adam?

Ich habe gar nichts vergessen.

Molly war ganz still geworden.

Fludd blickte unbehaglich zu ihr hinüber, räusperte sich und rieb sich mit seinen Pranken die Knie. Aber, aber, Kleine, is alles lange her. Früher, als es bloß Mr Adam und mich gab. Charlotte Reckitts Onkel Martin, der war fast der Einzigste, vor dem wir alle Angst hatten. Wenn man so einem Preller den Rücken zukehrt, tja. Ham ihn den Priester genannt, weil er in jungen Jahren ausm Priesteramt geworfen wurde. Redete immer gern von ner höheren Berufung. Weißt du noch, was der mit dem Burschen in Bristol gemacht hat, Mr Adam? Mit dem schlimmen Bein? Er sah Molly an. Hat dem Jungen die Nase aus dem Gesicht geschnitten, als der seinen Rausch ausgeschlafen hat. Martin Reckitts Hände, die waren immer trocken. Als wär er ne Eidechse. Ham nur selten mit ihm zusammengearbeitet, aber dann war da das Ding in Südafrika, bei dem Mr Adam mitgemacht hat. Da hat Mr Adam auch Charlotte kennengelernt. Ich hab sie später ein-, zweimal getroffen, nachdem alles schiefgelaufen war, nachdem Mr Adam das Treffen in Brindisi verpasst hatte. Dadrüber ham wir uns alle verkracht und versucht, uns aus dem Weg zu gehen. Hat auch ganz gut geklappt. Oder? Er wandte Foole sein bulliges Gesicht zu, einen langen Augenblick, während die Schienen unter ihnen entlangratterten, war sein Blick im Schatten unlesbar, und als Foole nichts erwiderte, fragte er leise: Was schreibt sie denn?

Foole fuhr unwillig mit dem Finger über den Rand der Zeitung. Es geht um ein Ding, sagte er. Seit einem halben Jahr in der Planung. Sie wird von irgendeinem Detektiv beschattet und braucht noch einen Mitstreiter. Sie geht nicht ins Detail …

Natürlich nich. Is der Scheißpope von Onkel auch dabei?

Martin sitzt in Millbank.

Fludd warf ihm einen langen abwägenden Blick zu. Immer noch Gast Ihrer Majestät?

Scheint so.

Er stieß einen leisen Pfiff aus. Und du bist dir sicher, dass du dir da nich den Kopf verdrehen lässt?

Foole spürte, wie ihm die Hitze in die Wangen stieg. Ich habe nicht gesagt, wir würden da mitmachen. Ich ziehe es in Erwägung, mehr nicht. Könnte sich als profitabel erweisen.

Wär ja zur Abwechslung mal ganz nett, murmelte Molly.

Keine anderen Gründe?, fragte Fludd.

Alles andere ist Vergangenheit, Japheth.

Char-lotte Reck-itt, sagte Molly leise. Char-lotte Reck-itt.

Das nervt, sagte Fludd.

Was denn?

Die Vergangenheit.

Du hast nie von ihr erzählt, Adam, sagte Molly. Warum nicht?

Foole zuckte müde mit den Schultern.

Die Lokomotive hatte nun Fahrt aufgenommen, der Abend zog dunkel herauf. Liverpool lag hinter ihnen wie ein schlechter Traum.

Molly trat beständig, rhythmisch gegen Fludds Sitz. Und flüsterte im Takt ihrer Tritte.

Char-lotte, Reck-itt. Char-lotte, Reck-itt.

Die Stunden verstrichen.

Sie waren schon einige Zeit durch die Nacht gefahren, als Foole die *Times* schließlich zusammenfaltete, sie auf den leeren Sitz neben sich legte und sein Spiegelbild anstarrte. Seine Augen wie kleine brennende Laternen im Glas. Draußen zog und zog der Winter vorbei. Er spürte die Schwellen unter ihnen rumpeln, wie sich der Waggon in die Kurve legte. Dann verlagerte sich das Gewicht, und das Rattern wurde zu einem hohlen Klappern, woraus er schloss, dass sie eine hölzerne Bockbrücke passierten. Ein mulmiges Gefühl beschlich ihn. Er dachte an das schwarze Wasser, das tief unter ihnen schäumte, er dachte an den Fall und den Aufschlag. Dann erinnerte er sich an den letzten Nachmittag mit Charlotte in Port Elizabeth, an die Beiläufigkeit, mit der sie ihn in der Hotellobby begrüßt hatte. Wie das Sonnenlicht schräg durch die großen grünen Blätter gefallen war und wie ihre Haut geduftet hatte. Er wusste, dass es riskant war, sie zu treffen. Er wusste, dass ihr die Erinnerung womöglich besser gefiel als der Mann, der aus ihm geworden war. Er rieb sich die Augen.

Kurz darauf hatten sie wieder festen Boden unter sich, Foole verzog das Gesicht, massierte sich die schmerzenden Oberschenkel und erhob sich. Molly war schon vor einiger Zeit aufgestanden und nicht zurückgekommen, Foole seufzte nun, knöpfte sich die Anzugjacke zu und schob die Abteiltür auf. Er ließ Fludd mit offenem Mund schnarchend zurück, die Pranken zwischen den Knien baumelnd.

Auf dem Gang war es still, die Doppellampen an jedem Ende waren zu einem schwachen Flämmchen heruntergedreht und spiegelten sich verzerrt in den Fenstern der Türen. Foole ging langsam nach hinten, mit ausgestreckten Händen, als laufe er gegen starken Wind an.

Er rüttelte mit beiden Händen an der Waggontür, bis sie aufging.

Das Getöse in der Finsternis war gewaltig. Er blinzelte in die Kälte und entdeckte Molly am Geländer, ein schmales, konturloses Bündel, die Arme fest um den Leib geschlungen. Eine einsame Laterne schwankte über ihr.

Konntest wohl nicht schlafen?, brüllte er ihr über den Lärm der Gleise zu.

Ist ruhiger hier draußen, schrie sie.

Er nickte und stellte sich neben sie, umfasste mit seinen blassen Händen das eisige Geländer, und so aneinandergelehnt blieben sie eine Zeitlang stehen. Nach einer Weile sagte Molly etwas, das er nicht verstand, und er beugte sich näher zu ihr.

Ich hab gefragt, ob du das nie bereut hast, Adam?

Überrascht blickte er zu ihr hinab, auf das Schattenspiel in ihrem Gesicht. Was bereut?, brüllte er.

Sie zuckte mit den Schultern.

Hör mir mal gut zu, schrie er. Er drehte sie zu sich um, und der Wind fuhr ihr peitschend ins Haar. Die Welt nimmt uns weg, was sie will. Das heißt aber noch lange nicht, dass wir es zulassen müssen. Wir sind nicht auf irgendjemandes Geheiß hier.

Sie biss sich auf die Lippe.

Menschen wie uns geht es nur darum, was uns im Leben bleibt. Wie bei dir und Peter. Er wird dir immer bleiben. So jemand ist Charlotte für mich. Die Kälte trieb ihm Tränen in die Augen. Was hast du mit der Puppe gemacht?, brüllte er. Hast du sie verloren?

Sie blickte auf zu ihm, die Schatten verzerrten ihr Gesicht. Ach, die Puppe, schrie sie. Das war nur ein Spiel. Das war nicht wie in echt.

Die Laterne über der Tür schaukelte und klapperte, der Bogen der Gleise verlor sich im Schein der Gaslampe in der Unendlichkeit.

Was, wenn du sie wiederhaben könntest, schrie er. Würdest du sie wollen?

Er griff in die Anzugtasche und zog den Porzellankopf der Puppe in den Lichtkegel. Den Körper aus Musselin hatte er nicht gerettet, und als er jetzt ihr Gesicht sah, bereute er es.

Lass das bloß Japheth nicht sehen, schrie er. Sonst kannst du dir das bis in alle Ewigkeit anhören.

Mit beiden Händen nahm sie den Puppenkopf. Ihm kam es auf einmal vor, als wäre die Dunkelheit, durch die sie fuhren, nicht nur Raum, sondern auch Zeit, und sein Jahrhundert fast vorübergezogen, er stellte sich das Mädchen als sehr alte Frau vor, wenn er selbst längst nicht mehr war, und plötzlich kam ihm das alles schrecklich einsam vor. Die Vergangenheit ist stets im Anbruch. Für uns wie für alle anderen, dachte er. Er legte ihr eine kalte Hand auf die Schulter, aber er konnte ihren Körper durch den dicken Mantel nicht spüren, und so standen sie da, während sich um sie herum die kalte Nacht vertiefte und vorüberzog ins Nichts.

Fünf

William kam aus dem Leichenhaus und fühlte sich leer, niedergeschlagen. Er konnte nicht sagen, ob Charlotte Reckitt ihr Ende verdient hatte, und er redete sich zu, es sei ihm egal, aber das stimmte nicht. Er dachte an ihre geschundene Kopfhaut, hier und dort waren einzelne Haarsträhnen übrig geblieben, und an das Blut, dachte daran, wie ihr Körper zerstückelt worden war, und daran, dass in Gottes Namen noch immer ihre Beine fehlten. Gegen seinen Willen kamen ihm seine Töchter in Chicago in den Sinn, seine Frau Margaret. Er murmelte einen Fluch, klopfte sich die Ärmel ab, als könnte er dadurch den Gestank der Toten loswerden, und trat schließlich in den Nebel.

Die Frith Street wirkte trotz allen Lichtscheins trostlos, die bleichen Gestalten, die vorbeihuschten, die eintönigen, freudlosen Rufe der Straßenhändler im Nebel. Er hörte das Schlingern und Knarren eines Omnibusses auf dem Kopfsteinpflaster, die durchdringende Stimme des Nachrichtenausrufers, der ihm mit beiden Armen voller Flugblätter hinterhertrottete, das leise Tacktacktack eines Bestatterhammers ein paar Türen weiter. Er kniff die Augen zu, lüpfte seinen Zylinder und fuhr sich mit Daumen und Zeigefinger über die heiße Kopfhaut. Schwach konnte er in nördlicher Richtung die grauen Bäume am Soho Square erkennen. Im

Vorbeigehen sah er sich schattenhaft über die Schaufenster wabern. Am Eingang einer Ladenpassage mischte er sich unter die Leute und bahnte sich seinen Weg zwischen den geschnitzten Holzsäulen und schlammbespritzten Karren, vorbei an wackligen Tischen mit Stoffballen, reihenweise zusammengeklappten Brillen, dampfenden Pasteten, Kugelhämmern, diversen Tintensorten, Papierstapeln, Handschuhen, Hauben und Stolen. Er empfand sich hell leuchtend, durchsichtig, als wäre er nicht ganz da. Männer mit schmutzigen Krawatten riefen ihn im Gedränge an. Altersfleckige Hände in fingerlosen Armstulpen krallten sich in seine Ärmel, umklammerten seine Handgelenke. Er schüttelte sie ab.

Und dann wirbelte er plötzlich herum, griff sich mit der rechten Hand blitzartig an die Uhrentasche und packte ein klebriges kleines Handgelenk.

Es war eine junge Taschendiebin mit grüner Tournüre und grüner Haube, eine lange braune Haarsträhne hatte sich gelöst und hing ihr am Hals herab. Sie kam ihm müde und unterernährt vor, ihre Haut war durchscheinend, die blauen Adern auf der Stirn sichtbar. Er überflog die Menge, aber falls irgendwo ein Komplize lauerte, entdeckte er ihn nicht. Mit der freien Hand umklammerte sie einen winzigen Handschuh aus feinem grauen Leder, und in ihren tiefliegenden Augen stand Furcht. Er blickte sie finster an, aber mehr brachte er nicht übers Herz.

Er ließ sie los.

Wortlos sprang sie zurück und rieb sich das Handgelenk, das rot wurde, wo seine starken Finger sie gepackt hatten, dann zog sie sich wutentbrannt den Glacéhandschuh an. Als sie ihn wieder ansah, war ihr Mund zu einer hässlichen

Fratze verzerrt. Und dann war sie auch schon in der Menge verschwunden.

Er starrte auf die Stelle, an der sie gestanden hatte, und er dachte an Charlotte Reckitt, erstaunt über die eigene Traurigkeit.

Es wurde Zeit, dass er London hinter sich ließ. Er war in der Annahme in die Stadt gekommen, die Detektei werde schon zwei Wochen lang von selbst laufen, doch aus den zwei Wochen waren sechs geworden, und noch immer war er Shade nicht auf die Schliche gekommen. Sally Porter hatte recht. Was Edward Shade auch immer für seinen Vater gewesen war, er musste es nicht zwangsläufig auch für ihn werden.

Doch trotz alledem stellte er sich an den Bordstein, hielt einen vorbeifahrenden Brougham an und rief dem Fahrer zu: Nach Hampstead, Mann!

Denn wenn Charlotte Reckitt irgendeinen Hinweis auf den Geist Edward Shade hinterlassen hatte, dann in dem hohen, finsteren Reihenhaus, in dem sie gewohnt hatte.

Der Brougham war uralt, Bock und Bank waren offen, und die übergroßen Räder standen an allen vier Ecken ungeschlacht ab. William kauerte sich auf den klammen Sitz, starrte auf das breite Kreuz des Kutschers und verfluchte sein Glück. Die Federn der Hinterräder hatten schon bessere Zeiten gesehen, und so hielt er sich auf den unebenen Straßen zähneknirschend am Haltegriff fest und spürte jede Unebenheit bis in die Knochen. Das Haar des Kutschers war lang und lag in fettigen Strähnen platt über seinem Kragen. William wandte den Blick ab.

An der New Oxford Street überlegte er es sich anders und ließ den Brougham Richtung Strand abbiegen. Am Union Telegram Office beim Embankment stieg er aus, bezahlte den Kutscher und ging, sich ungelenk den Nacken reibend, hinein. Augenblicklich hüllte ihn feuchtwarme Zigarrenluft ein. Das Telegraphenamt erinnerte an eine kleine Bank mit dem Säuleneingang, den hohen, geschnitzten Türen und dem langen Schalter, der sich an der Wand unter den Fenstern entlangzog. William ging an ein Stehpult, nahm Zettel und Stift aus dem Drahtkörbchen und schrieb eine Nachricht an seine Frau in Chicago. Sie lautete schlicht: BALD ALLES ERLEDIGT UND WIEDER DAHEIM.

Er leckte die Mine des Stifts an und zählte die Buchstaben in den Kästchen, legte den Stift dann zur Seite und stellte sich in die Schlange. Seidenkordeln markierten den Wartebereich, der Marmorboden glänzte, und der Schalter, die Geländer und Fensterrahmen waren aus dunklem polierten Eichenholz, als stammten sie von einem schiffbrüchig gewordenen Schoner. Der Beamte war ein junger Mann mit hoch auf der Stirn sitzendem grünen Augenschirm, er erinnerte William an die Croupiers in den Spielhäusern, die er einige Jahre zuvor regelmäßig frequentiert hatte, auch wenn die Fingernägel des Mannes zu sauber waren und seine Haut zu weich.

Er schrieb seine Chicagoer Adresse auf, und der Beamte schaute erst ihn, dann den Namen Pinkerton und dann wieder ihn an, sagte jedoch nichts. Seine Angelegenheiten gingen nur ihn selbst etwas an. Er öffnete seine Brieftasche und nahm einen Fünfpfundschein heraus.

Als er wieder auf die Straße trat, stand der Brougham noch immer am Straßenrand, und weil er nirgendwo ein anderes Fuhrwerk entdecken konnte, stieg er seufzend wieder auf das knarrende Trittbrett.

Gehts weiter, der Herr? Der Kutscher drehte sich grinsend zu ihm um. Ham auf Sie gewartet. Nur für den Fall, nich wahr?

Wundervoll, murmelte William.

Hampstead?

William nickte und schaute auf das Kopfsteinpflaster, auf die eisenbeschlagenen Räder des Brougham. Kutscher!, rief er.

Der Mann wandte sich blinzelnd auf seinem Bock um.

Ich habe es nicht eilig.

Als sie die New Street in Hampstead erreichten, stützte er eine Hand auf sein schmerzendes Knie und stieg noch steifer als zuvor aus dem Brougham. Er trat schmatzend in eine tiefe Schlammpfütze, zog den Fuß heraus und schüttelte ihn ab. Mantel und Zylinder waren klamm geworden, und er bezahlte den Kutscher, stieg die kurze Treppe hinauf und klopfte an der Tür.

Charlotte Reckitts Reihenhaus war ein schroffer, finsterer Backsteinbau mit grünlackiertem Treppengeländer und einem kleinen Beet vorne heraus, das in der Winterkälte traurig vor sich hin welkte. Hinter den schmiedeeisernen Gittern an den oberen Fenstern konnte er bis auf nackten Musselin und ein welliges Stück Himmel auf den unebenen Scheiben nichts erkennen. Sie hatte kein Dienstmädchen gehabt, und das Haus wirkte trostlos, verlassen. Auf den Stufen waren jetzt schmutzige Fußabdrücke von John Shores Constables, die den ganzen Morgen hier ein und aus gegangen waren.

Er hatte nicht damit gerechnet, dass jemand auf sein Klopfen reagieren würde, und er hatte kein schlechtes Gewissen dabei, einbrechen zu müssen. Was auch immer das hier war, es war keine offizielle Ermittlung, und niemand würde seine Methoden in Frage stellen. Er wandte sich um und blickte über die Straße, ein älterer Herr mit Zylinder und angegrautem Backenbart rief dem Brougham hinterher, der abbremste und stehen blieb. Als er mit seinem neuen Fahrgast ruckartig wieder anfuhr, griff dieser nach seinem Hut, und William musste grinsen.

Die Tür vor William schwang auf. Ein Inspector in Zivil mit grauem Gehrock spähte zu ihm heraus, die silberne Kette seiner Taschenuhr glänzte in der Dunkelheit. William brauchte eine Sekunde, um sich den Namen des Mannes in Erinnerung zu rufen.

Blackwell, sagte er.

Der Inspector nickte. Mr Shore dachte, Sie bräuchten vielleicht jemanden, der Ihnen zur Hand geht, Sir.

William setzte verärgert den Hut ab, hielt ihn unsanft an der Krempe fest. Fuhr sich mit der Hand durchs Haar, und der Londoner Ruß darin färbte sie schwarz. Er hatte Shore gegenüber nicht erwähnt, dass er herkommen wollte. John ist also hier?, fragte er.

Verzeihen Sie bitte, Sir. Der Chief ist mit den Fenianern beschäftigt, Sir.

Den Fenianern.

Mit der Bombe, Sir. Die Iren haben sie in der Untergrundbahn gezündet. Blackwell blinzelte. Letzten Freitag an der Gower Street. Haben Sie nichts davon gehört, Sir?

William fuhr sich müde mit einem Zeigefinger unter dem

Auge entlang. Er hatte nichts davon gehört und wusste nicht, was er dazu sagen sollte. Gab es Verletzte?, fragte er.

Ich glaube schon, Sir.

Er trat stirnrunzelnd ein, und Blackwell schloss die Tür hinter ihm. Zwischen den Kerzenhaltern an den Wänden hingen noch Gold- und Silbergirlanden von den Feiertagen, und in einer Fensternische stand eine abgegriffene Trompete inmitten von Tannennadeln. Dann sind nur Sie hier?, fragte er.

Nur ich und der Geist, Sir.

Sie haben nicht zufällig irgendwo ein blutverschmiertes Hackebeil gefunden?

Nein, Sir.

Eine Axt vielleicht.

Blackwells Augen standen unter den schweren Lidern leicht vor, und William betrachtete sie genau. Sie verliehen dem Mann einen verblüfften Ausdruck, als wäre er gerade beim Kartenspielen hereingelegt worden. Andererseits musste jeder Schwindler, der etwas auf sich hielt, genau so aussehen. Hier gibt es nichts, Sir, betonte Blackwell noch einmal leise. Ich passe nur ein bisschen auf das Haus auf. Wenn Sie verstehen, was ich meine.

Blackwell war also instruiert worden zu warten, falls William hier auftauchte. Shore war auf seine Art ein guter Mann, aber er war auch eifersüchtig, und es behagte ihm nicht, dass der Sohn eines Allan Pinkerton in seiner Stadt weilte.

Oben irgendwas Interessantes?, fragte er.

Sieht so aus, als wäre dort nur ein Raum bewohnt worden, Sir. Der Chief geht davon aus, dass er Miss Reckitt gehört hat. Die Stube –

John war hier?

Heute Morgen, Sir.

Es schien, als beschämte ihn diese Antwort.

William ging weiter, legte eine Hand auf das Treppengeländer und spähte angestrengt die dunkle Treppe hinauf. Halb erwartete er, Charlotte Reckitts schattenhafte Gestalt anklagend zurückschauen zu sehen. Der Kronleuchter im Eingang hinter ihm war noch nicht auf Gas umgestellt, und seine Arme zeichneten sich feingliedrig gegen die Dunkelheit ab wie eine schaurige Spinne. In den Wandhaltern steckten Kerzen, deren Dochte nicht gekürzt worden waren. Sein Blick folgte den Zierleisten, der Holzvertäfelung, ihre Konturen von einer Schicht frischen Staubs weichgezeichnet. Dicker weißer Teppich lag auf der Treppe, und er sah den Dreck, den die Constables mit ihren Stiefeln darauf verteilt hatten. Er schüttelte den Kopf.

Kühl schmiegte sich das Ulmenholz des Geländers in seine verletzte Hand, als er die Treppe hinaufstieg. Die dritte Stufe von unten ächzte unter dem Gewicht, was er stumm zur Kenntnis nahm. Auf dem Treppenabsatz im ersten Stock hing eine altmodisch gearbeitete neue Uhr, die um elf Uhr siebenunddreißig stehengeblieben war, und zwei Türen führten zur Rückseite des Hauses. Eine stand offen, sein Blick fiel auf das massive Mobiliar eines Studierzimmers. Als er sich umdrehte, entdeckte er ein Nähzimmer, das auf die Straße hinausging. Ausgekippte Schubladen, ein Gewirr von Kleidern, Reifröcken und Hutschachteln, auf den Teppichen verstreute Papiere.

Haben Sie das so vorgefunden?, rief er über die Schulter.

Nein, Sir. Die Kollegen waren ziemlich gründlich, Sir.

Er stöhnte auf. Die Dielen knarrten, als er auf das Nähzimmer zuging und das Durcheinander betrachtete. Die Tür zum nach vorn liegenden Schlafzimmer war angelehnt, und er öffnete sie lustlos, runzelte ob der Dunkelheit dahinter die Stirn und ging zum Fenster, um die Vorhänge aufzuziehen. Eine Staubwolke stob auf und bildete wirbelnde Muster im kalten Licht. Es war das Schlafzimmer einer Frau und tadellos aufgeräumt.

Blackwell war hinterhergekommen und sagte leise: Sir?

Was ist oben?

Zwei weitere Schlafzimmer, Sir. Sie sind möbliert, aber wir glauben nicht, dass sie bewohnt werden.

Möbliert.

Genau, Sir. Das Haus muss so vermietet worden sein.

Er ging die Treppe wieder hinunter und nahm ganz methodisch erst die Spülküche und die Vorratskammer unter die Lupe, dann die Kochküche, öffnete Schubladen, schraubte Gläser auf, klopfte mit zwei Fingern an die Wand, um Geheimfächer zu finden. Der Spültisch war hölzern und das Becken mit Blei ausgekleidet, und er fuhr mit dem Finger über die Verbindungsstellen, ertastete jedoch nichts. Er durchsuchte das Wasserklosett vor der Tür. Er wusste nicht, wonach er suchte, aber er wurde das Gefühl nicht los, dass diese Frau irgendetwas von Interesse hinterlassen hatte. Er bohrte Finger in Kissen und Polster in der Stube, schob die Weihnachtskugeln und bemalten Eier beiseite und wickelte die Girlanden von den Bücherregalen, um jedes Buch einzeln durchzublättern. Er machte dabei sehr wenig Unordnung, und der Inspector folgte ihm stets auf dem Fuß.

Warum macht sich eine allein lebende Frau solche Mühe mit der Dekoration?, fragte er.

Weiß ich nicht, Sir.

Er ging wieder hinauf ins Studierzimmer, fand auch dort keinen Hinweis und arbeitete sich zurück zum Schlafzimmer.

John findet es wahrscheinlich unfein, ein Damenzimmer zu durchsuchen, murmelte er.

Blackwell runzelte die Stirn. Ich glaube, er hat den Raum höchstselbst durchsucht, Sir.

Inzwischen war William warm, er zog seinen Mantel aus und legte ihn auf das Bett. Zwei Kerzen auf verschnörkelten Silberständern standen auf dem Kaminsims. Unter einer Chaiselongue in der Ecke registrierte er einen flachen Korb mit unberührter Wäsche. Am Toilettentisch fuhr er mit Daumen und Zeigefinger die Husse auf der Stuhllehne entlang, doch sie fühlte sich sauber und weich an und sagte ihm wenig. Er zog den Stuhl vor und setzte sich hin. Sein eigenes Bild im Wandspiegel erschien ihm riesenhaft, blass, bedrohlich. Er schob eine silberne, rußgeschwärzte Haarbürste zur Seite, einen Handschuhspanner und einen Stapel unbenutzter Briefumschläge. Wofür hat sie die wohl gebraucht?

Um ihre Briefe zu verschicken, Sir.

Er stöhnte. Wem hätte sie denn schreiben sollen?

Blackwell stieß einen seltsamen Laut aus, und als William zu ihm hinübersah, nahm er mit spitzen Fingern etwas vom Chiffonier und runzelte die Stirn.

Was ist das?

Ihre Visitenkarte, Sir.

Williams Blick verfinsterte sich. Er hatte die Karte am Silvesterabend auf ihre Türschwelle gelegt, um sie aus der

Reserve zu locken. Er nahm sie Blackwell aus der Hand und steckte sie ein, der Inspector blickte ihn skeptisch an, sagte jedoch nichts, und schließlich drehte William sich wieder um und zog der Reihe nach die Schubladen des Toilettentischs auf, ohne etwas zu finden. Er ging auf alle viere und fuhr mit der Hand über die Sockelleisten, und als er das metallene Waschtischchen erreichte, schob er es grob mit der Schulter beiseite, woraufhin eine Messingkanne scheppernd zu Boden fiel, aber davon ließ er sich nicht aufhalten. Hier ist nichts, sagte er. Zumindest keine Aussparung.

Nein, Sir.

Er ließ sich auf den Knien zurücksinken, zerrte an seinem Kragen. Das ist doch irrwitzig. Ich möchte Sie mal was fragen, Inspector. Haben Sie irgendwo Hinweise auf einen Kampf gefunden?

Blackwell räusperte sich. Wenn ich recht verstanden habe, war sie gefesselt, Sir.

Vielleicht.

Blackwell fixierte ihn. Sie sind nicht überzeugt, Sir?

Überzeugt?, wiederholte er. Warum hätte sie hierher zurückkehren sollen? Wer hat ihre Leiche zerstückelt? Wer hat die Leiche entsorgt? Wozu in Gottes Namen die abgeschnittenen Haare?

Vielleicht dachte sie, sie könnte entkommen, und wurde in letzter Sekunde überrascht, Sir.

Beide schwiegen einen Augenblick.

Vielleicht hängt gar nicht alles zusammen, Sir. Vielleicht ist es ein einziges Detail, das uns auf die falsche Fährte führt.

Und was sollte das sein?

Das weiß ich nicht, Sir. Wenn sie es lebend aus dem Fluss

herausgeschafft hat, brauchte sie sicher was Trockenes zum Anziehen. Vielleicht hat sie die Gelegenheit genutzt und auch ihr Äußeres verändert. Sich zum Beispiel die Haare abgeschnitten. Vielleicht wurde sie erst hinterher auf ganz gewöhnliche Weise umgebracht. Bei einem Überfall zum Beispiel.

In Gottes Namen. Seit wann zerhacken denn Straßendiebe ihre Opfer?

Blackwell runzelte die Stirn. Oder was, wenn es um etwas Persönliches ging? Ein verschmähter Liebhaber? Das würde zur Gewaltanwendung an der Leiche passen.

Aber nicht zu der Sache mit ihrem Haar. Das ergibt keinen Sinn. Charlotte Reckitt zerstückelt, kahl, die Leiche in Säcken an zwei verschiedenen Orten. Von den Beinen fehlt noch immer jede Spur. Jemand war hinter ihr her, irgendjemand, den ich nie zu Gesicht bekommen habe. Sie ist von der Brücke gesprungen, weil sie es aussehen lassen wollte, als wäre sie tot.

Also war es Täuschung, Sir.

Aber sie wollte nicht mich täuschen.

Wie können Sie sich da so sicher sein, Sir?

Weil es unlogisch ist, sagte er, und seine Gedanken eilten weiter. Er dachte an die Begegnung vor dem Theater. Sein harter Griff um ihre schmalen Handgelenke, das Weiß ihrer Augen, die ihn voller Panik anstarrten. Ich hatte nichts gegen sie in der Hand, und das war ihr klar. Sie ist ein alter Hase, sie kennt das Gesetz, sie wusste, dass ich hier gar keine Befugnisse habe. Sie war auf der Flucht vor etwas anderem. Jemand anderem.

Ihren Mördern.

Warum rannte sie so zielsicher den ganzen Weg zur Blackfriars Bridge? Was war auf der Brücke? Was hat auf der anderen Seite auf sie gewartet?

Vielleicht war es keine Sache, Sir. Vielleicht war es eine Person. Ein Komplize.

Was, wenn sie selbst den Lockvogel gespielt hat? Was, wenn sie mich nicht zu der Brücke hin-, sondern von etwas anderem weggelotst hat?

Es gibt noch eine weitere Möglichkeit, Sir.

William blickte den Mann an.

Natürlich nur, wenn es kein Unfall war. Wir ziehen jede Woche Dutzende von Leichen aus dem Fluss, Sir. Aber angenommen, die Dame wurde ermordet …

Sie glauben, sie wurde versehentlich getötet.

Genau, Sir. Vielleicht wollte der Mörder gar nicht, dass sie stirbt. Oder die Mörder. Vielleicht ist etwas schiefgelaufen. Die Beseitigung im Fluss könnte ein Versuch gewesen sein, die Ermittlungen in die Irre zu führen.

Wenn sie derart in Schwierigkeiten steckte, hätte ich eher angenommen, dass sie sich *freiwillig* festnehmen ließe.

Blackwell nickte. Nirgendwo ist es sicherer als im Gefängnis, Sir.

Mein Vater hat immer gesagt, eine Mauer ist zu beiden Seiten eine Mauer, wer kann schon sagen, welche Seite welche ist.

Genau, Sir. Ob wir ein- oder ausgesperrt werden.

Exakt.

Wir haben den Verlust Ihres Vaters alle sehr bedauert, Sir.

Er sah Blackwell lange an, dann verließ er den Raum und ging die Treppe ins oberste Stockwerk hinauf. Die beiden kleineren Schlafzimmer waren unbenutzt, tadellos aufgeräumt, die Bettwäsche festgesteckt, unter den Betten strahlten weiß die Nachttöpfe aus Porzellan. Der Boden war staubig, feuchte Stiefelabdrücke waren darauf zu sehen. Als er den Kleiderschrank im zweiten Zimmer öffnete, fand er auf den Einlegebrettern eine ganze Reihe teurer Herrenanzüge und Mäntel. Aus einer offenen Schachtel stank es nach Mottenkugeln. Die Kleidung war frisch, jedoch schon seit einiger Zeit nicht mehr getragen worden und sah für William aus, als wäre sie bereits seit zehn Jahren außer Mode.

Die werden ihrem Onkel gehören, Sir, sagte Blackwell von der Tür aus.

Martin Reckitt sitzt im Kittchen, sagte William. Und es ist davon auszugehen, dass er dort sterben wird.

In Millbank, Sir, genau. Aber das ist inzwischen fast ausschließlich Militärgefängnis, Sir. Wenn ich recht informiert bin, soll er nach Süden auf die Gefängnisschiffe verlegt werden, wenn dort nächstes Jahr die Tore geschlossen werden.

William runzelte abwesend die Stirn. Ich wusste gar nicht, dass Millbank geschlossen werden soll.

Fehlende Mittel, Sir.

William ging ans Fenster und legte eine Hand ans Glas, es war kalt. Ich sollte mal mit ihm sprechen. Er war früher Priester, stimmt das?

So wurde es mir berichtet, Sir.

Williams Blick wanderte nun durch den Raum, er sagte nichts weiter und ging schließlich auf einen großen Vogelkäfig zu, der von einem weißen Laken bedeckt in einer Ecke hing, vorsichtig zog er das Laken herunter. Der Käfig war leer. Was ist mit den Lerchen passiert?, fragte er.

Blackwell stand über einen Waschtisch gebeugt. Lerchen, Sir?

William öffnete das Törchen und zupfte eine Feder aus dem Einstreu. Warum sollte jemand ihre Vögel stehlen?

Vielleicht haben sie etwas gesehen, das nicht für ihre Augen bestimmt war, Sir.

Die Vögel?

Sie haben recht, gesungen hätten sie wohl kaum.

William starrte ihn an. Machen Sie Witze, Inspector?

Soll ich eine Beschreibung der beiden Knastvögel rausgeben, Sir?

Verschonen Sie mich, Inspector.

Vielleicht waren da einfach ein paar Spaßvögel am Werk, Sir.

Blackwell. Es reicht.

Jawohl, Sir, sagte er. Und damit drehte William sich um und schob nach doppelten Böden tastend einen Messingtopf im Schrank zur Seite.

In dieser Nacht bekam er kein Auge zu. Das Bett war warm von dem in Stoff eingeschlagenen heißen Stein, den das Zimmermädchen ihm hineingelegt hatte, aber resigniert stand er in der Kälte des Raums auf. Er wickelte sich in eine Decke und holte Ben Porters Papiere aus dem Zigarrenschränkchen, um sich zu beschäftigen. Er sah noch immer Charlotte Reckitts Leiche vor sich. In einem Ohrensessel am Kamin schlug er die Beine übereinander und fing an, die Papiere in seinem Schoß durchzugehen. Die Lampen erzeugten ein schwaches, schwefelgelbes Licht, das einem Mann mit guten Augen das Lesen gerade eben ermöglichte, und er wusste, wenn er nicht bald eine Mütze Schlaf bekam, würde er zu nichts zu gebrauchen sein.

Er fuhr sich mit den Händen übers Gesicht.

Bens Berichte reichten gut vierzehn Jahre zurück. William las, las es noch einmal und spürte Ärger in sich aufsteigen. Soweit er wusste, hatte sein Vater Ben Porter nur gelegentlich als Agenten und Informanten eingesetzt in Fällen, bei denen Verbrecher nach England verschwanden, aber das entsprach offenbar nicht der Wahrheit. Porter hatte über zwanzig Jahre lang nahezu ausschließlich für die Pinkerton-Detektei gearbeitet, und während der letzten zehn Jahre seines Lebens war er nur noch für Edward Shade zuständig gewesen.

Den Unterlagen zufolge hatte Porter bereits seit 1869 das Londoner East End unter die Lupe genommen, als die Täterbeschreibung eines amerikanischen Diebs herausgegeben wurde. Er hatte sich Arbeit als Balkenträger in einem Speicher in den Surrey Docks gesucht, um die Gegend im Auge zu behalten, fand jedoch keinerlei Hinweise. Dann machte das Gerücht die Runde, ein Amerikaner namens Donald Rolson habe Räumlichkeiten am Piccadilly gemietet, und Porter hatte dort als Briefträger angefangen, um sich mit der Umgebung vertraut zu machen. Rolson hatte angeblich eine private Spielhölle für die gehobene Gesellschaft im West End aufgezogen, aber Porter konnte ihm nichts nachweisen, und kaum war das Gerücht aufgekommen, war die Unternehmung auch schon wieder beendet und alle Beteiligten von der Erdoberfläche verschwunden. In Porters Berichten entstand das Bild eines Schattens, das Echo eines Mannes, der womöglich nie existiert hatte: eins achtzig groß mit langen Armen und schlanker, athletischer Figur; vielleicht aber auch nur eins achtundsechzig, beleibt und mit den kurzen Armen eines Krämers; ein Mann ohne Gesichtsbehaarung, der das braune Haar stets geschoren trug; oder ein Mann mit Glatze und sorgfältig frisiertem Backenbart; ein Mann mit katzenhaften grauen Augen, den eine stille Verbissenheit umgab; oder ein heiterer, tolpatschiger Gefährte, der sich gern in der guten Gesellschaft aufhielt; ein Mann ohne Furcht vor Gott, Gesetz oder Staat; oder ein Mann, der sich vor sich selbst und allem anderen fürchtete. Er mochte Edward Shade oder Donald Rolson oder William Peters Mackenzie sein. Er mochte verheiratet sein oder nicht. Einer der letzten Briefe von Williams Vater deutete an, dass zwei Edward Shades gemeinsame Sache machten und Porter ein Auge auf beide haben sollte.

William dachte an seinen Vater mit den kräftigen Böttcherschultern, den schottischen Wutausbrüchen und seiner rechtschaffenen Empörung, er erinnerte sich an das Zwiebeln des Gürtels auf seinen Jungenoberschenkeln. Er las die Handschrift auf den Seitenrändern, die wilden Mutmaßungen seines Vaters, und schüttelte den Kopf.

Irrwitzig.

Ungehalten schob er die Papiere beiseite.

Sechs

Hausnummer 82 in der Half Moon Street ragte aus dem Nebel.

Foole fuhr mit einem kalten Daumen über den Knauf seines Spazierstocks. Er fühlte, was er immer fühlte, wenn er es sah, das kleine Messingschild, das er vor so vielen Jahren eigenhändig ans Geländer geschraubt hatte: *Fooles Raritäten-Emporium. Import & Export. Nur nach Vereinbarung.*

Sie waren mit einer Droschke direkt aus dem erstickenden Qualm des Bahnhofs Gower Street gekommen, und er war erschöpft ausgestiegen. Nun ging er gebückt mit einer Hand am Geländer, und gelber Dunst fasste nach seinen Knöcheln, wallte vorbei. Die Haustür stand offen, Fludd tastete im Halbdunkel herum. Ein träges Hämmern von Eisen auf Eisen drang vom Dach auf der gegenüberliegenden Straßenseite, und obgleich er sich danach umschaute, konnte er keine Bauarbeiter entdecken. Die Fenster des Reihenhauses gegenüber waren dunkel, die Vorhänge zugezogen, der braune Putz wirkte trist in der Kälte. Er wandte sich ab.

Um ihn herum schwebten Rußflocken, Asche und Kohlenstaub durch die Luft wie unheilvoller Schnee. Ein im Dunst verschwommener Schemen hievte polternd einen Koffer Stufe für Stufe die geweißte Steintreppe hinauf auf ihn zu. Es war Molly. Dann drückte sich Fludd vorbei, stieg wieder hinab in den Nebel, wo die Kutsche noch immer entladen wurde. All das gedämpft, traumähnlich, gespenstisch.

Das schäbige Erdgeschoss des Hauses war bis obenhin gefüllt mit Artefakten und Objekten, eingeschifft aus allen Winkeln des Empires. Antike asiatische Vasen, Spiegel aus Australien, Minerale und Kristalle aus den Bergen Ostafrikas, indianischer Kopfschmuck, eine Truhe voller rostiger Sextanten aus einem Wrack in der Karibik. Foole liebte das geheimnisvolle Labyrinth seines Emporiums. Er hatte nur wenige Kunden. Es gab keine Preisliste.

Vor vier Jahren hatte er dieses große Haus in der begehrten Lage oberhalb des Piccadilly und gegenüber dem Green Park unbesehen gemietet und die Miete für sechs Monate im Voraus über einen Grundstücksmakler gezahlt, der von Chelsea aus operierte. Er hatte auf einer Bleibe mit teurer Ausstattung bestanden, inklusive Geschirr, türkischer Teppiche und Klosettschüsseln auf jedem Stockwerk sowie Rosshaarmatratzen mit Rohleinenbezügen unter dem Federbett. Eine Haushälterin und ihre Tochter wurden engagiert, sie waren von einem Geschäftspartner für ihre Diskretion gepriesen worden und bekamen einen großzügigen Lohn. Die vorherigen Bewohner hatten das Mietverhältnis überstürzt gekündigt, nachdem ihr zweites Kind tot geboren worden war, und selbst jetzt noch haftete dem Haus ein Hauch von Krankheit an. Foole war seiner Haushälterin durch die klammen Räume gefolgt, während sie berichtete, was sie aus dem Haus gemacht hatte. Sie empfand die Totgeburt des zweiten Kindes eher als moralisches denn als körperliches Versagen und schürzte die Lippen, wann immer das Thema zur Sprache kam.

Ihr Name war Sykes und Hettie der ihrer ätherischen Tochter, sie war die Witwe eines Gehängten, eine energische, breithüftige Frau von vierzig Jahren. Stets trug sie eine Hand zur Faust geballt, wenn er sie zu sich rief, dann spannte sich die Haut weiß um ihre Knöchel. Ihm gefiel die Härte, die er in ihr sah, die Strenge. Sie wurde von Molly wie von einer Katze geduldet, und das reichte Foole. Mrs Sykes trug eine mit Fett und Schuhwichse befleckte Schürze, wenn sie nicht servierte, und eine strenge Rüschenhaube, die ihr graues Haar zurückhielt, doch in ihren Augen lag eine solch zornige, lebendige Intelligenz, dass er sich fragte, was noch in ihr schlummern mochte.

Mr Foole, Sir, sagte sie jetzt zu ihm. Dieses Haus ist reichlich groß für Hettie und mich, mit kaum einem Penny in der Börse. Wie lange gedenken Sie denn diesmal zu bleiben?

Sie stand am Fuß der Treppe inmitten der Sammlung chinesischer Vasen in der Eingangshalle und wischte sich die Hände an der Schürze ab.

Foole lächelte sie an. Ich freue mich auch, Sie zu sehen.

Fludd tauchte in der Tür auf und trat sich die Stiefel ab, und Foole streckte die Hand aus. Mrs Sykes, sagte er, dies ist mein geschätzter Freund Mr Fludd. Er kehrt nach langer Zeit außer Landes zu uns zurück. Ich dachte, er könnte das Ostzimmer bekommen, gegenüber von Molly.

Ma'am, sagte Fludd schüchtern und zog seinen Hut.

Japheth Fludd. In voller Lebensgröße, na so was. Sie warf dem Riesen einen seltsam verschlagenen Blick zu, als begutachte sie ein Stück Fleisch. Oh, über Sie hab ich schon so manche Geschichte gehört, Sir. Ich richte das Zimmer her,

Mr Foole. Aber die Stiefel, die wird er ausziehen müssen, eh er hochgeht.

Einen Augenblick lang betrachteten alle drei schweigend Fludds Stiefel.

Es mochte am schlechten Licht oder an der körperlichen Betätigung liegen, aber Foole hatte den Eindruck, als wäre der große Mann unter seinem Bart rot geworden. Foole räusperte sich. Japheth, lass Mrs Sykes wissen, was du brauchst, und sie wird dafür sorgen, dass du es bekommst. Sie ist ein wahres Juwel. Er blickte seine Haushälterin liebevoll an und fragte sich, wie viel er ihr wohl verraten sollte, doch dann konnte er nicht umhin, lächelnd zu sagen: Womöglich bekommen wir noch einen Gast.

Etwa eine Dame, Sir?

Wie kommen Sie denn darauf?

Zwinkernd legte sie einen Zeigefinger an die Lippen. Nun. Wo haben Sie die Kleine gelassen? Hat sie Hunger?

Andauernd, lachte Foole. Ich würde zuerst in der Speisekammer nach ihr suchen.

Die ersten Tage nach seiner Rückkehr waren erdrückend. Er kümmerte sich um das Haus, annoncierte seine Rückkehr in den entsprechenden Kreisen und wickelte einige dringende Wertpapiergeschäfte ab. Mrs Sykes bestand darauf, Raum für Raum jedes einzelne Stück durchzugehen, das in seiner Abwesenheit verkauft worden war, und in einem Bestandsbuch zu katalogisieren. Foole musste alles abzeichnen, und sei es nur, um das Hauspersonal zur Rechtschaffenheit anzuhalten, wie sie erklärte, um dann nahtlos wegen der Kosten vor sich hin zu grummeln, ein ganzes Haus mitten im

Winter zu heizen. Wären Sie doch bloß im Sommer zu uns zurückgekehrt, Mr Foole, sagte sie mürrisch, dann hätt ich Ihnen ohne weiteres sechs Shilling die Tonne Kohle sparen können. Unsere Gläubiger lassen sich nicht mehr lange vertrösten. Ihm gefiel, dass sie *unsere* sagte, ihm wurde vor Dankbarkeit ganz warm ums Herz. Die Kellerklingel stand nicht mehr still, Lumpensammler, Geschirrmädchen, Hausierer, die Kaninchen, scheffelweise Erbsen und Wurzeln und getrocknete Kräuter im Bund verkauften. Morgens die Brunnenkressemädchen, nachmittags die Fleischerlehrlinge, und vor dem Tee schrien die Muschelverkäufer draußen auf der Straße. Foole arbeitete bis spät in die Nacht in einem Studierzimmer voller Glasvitrinen, wo Truhendeckel offen standen und der lange Mahagonischreibtisch im Schein der Gaslampen glänzte und die blasse, spindeldürre Hettie mit einem Tablett voller Geschirr und Krügen mit heißem Wasser zum Waschen ein und aus ging. Foole lächelte sie an und deutete in die Ecke, wo Fludd mit einem Bleistift in der Hand über seinen Berechnungen saß, wo Molly einen Ranzen voller Dietriche und Schraubenzieher säuberte, und er sah, wie das Mädchen beim Anblick der beiden schüchtern errötete.

Am Morgen des zweiten Tages kam Foole herunter und stolperte über Fludd, der mit hochgekrempelten Ärmeln das eiserne Kamingitter im Salon auf Hochglanz polierte. Mit einem trockenen Leder in der einen Pranke hielt er inne, wippte zurück auf die Fersen und fuhr sich mit dem Handrücken durchs Gesicht. Neben ihm stand ein kleines Schraubglas mit Graphitpaste.

Grundgütiger, wie riecht es denn hier?, fragte Foole mit

gedämpfter Stimme. Hat Mrs Sykes dich etwa zur Arbeit verdonnert?

Sie meint, du kannst dir keinen richtigen Hausburschen leisten. Fludd grinste erschöpft. Och, mir macht das nix aus. Alles leichter als Steine klopfen.

Wo ist sie?

Fludd zuckte mit den Schultern.

Er fand sie in der Küche im Keller, die Röcke zwischen den Beinen hochgebunden, kippte sie Eimer um Eimer kaltes Wasser mit Karbol aufs Linoleum. Die silbrige Wasserzunge hing sekundenlang in der Luft. Dann das Platschen und Schwemmen und Zurückschwappen und Schrubben mit dem Besen, während sie finster dreinblickend durch die Küche stampfte und das Wasser durch die offene Tür und die überflutete Kellerstufe hinunter in die Gasse dirigierte. Auf dem Herd schwelte ein Schwefelring.

Mrs Sykes!, rief er ihr von der Tür aus zu. Mrs Sykes!

Sie schreckte auf und warf ihm einen tadelnden Blick zu.

Der Tranchiertisch war vor den Schrank geschoben worden, die beiden Windsor-Stühle umgedreht darauf, und mitten auf dem Küchenboden stand ein Bottich mit schaumiger Lauge, darin die Einzelteile eines Bettgestells. Foole sah die braune Blümchentapete unter der niedrigen Decke, wo sich der dicke Balken krumm und verzogen über die gesamte Länge des Hauses erstreckte, den Bratschirm und den gusseisernen Herd zwischen der Treppe und dem verdreckten kleinen Fenster und schüttelte den Kopf.

Das kommt alles vom letzten Hausmädchen, was hier war, Sir, sagte Mrs Sykes. Das hat inner Küche geschlafen und war eine richtige Drecksau.

Foole watete durchs Wasser, nahm das Döschen Keating's Insektenpulver vom Tisch und drehte es in der Hand.

Sie ist doch schon seit Wochen fort, sagte er. Bettwanzen?

Aye. Aber machen Sie sich mal keine Sorgen, Sir. Vor mir ist keine Wanze sicher.

Schaffen Sie das Bettzeug weg, sagte er unvermittelt. Das Gestell, die Matratze, alles. Gehen Sie los und kaufen eines aus Eisen. Das liegt am alten Holz, Mrs Sykes, das bekommen Sie niemals ganz sauber.

Sie stand mit einer Hand am grauen Besen in der Nässe. Nicht notwendig, Sir, das ist ein gutes Bett. Ich krieg das schon hin.

Daran habe ich keinen Zweifel. Sprechen Sie mit Mr Fludd, der gibt Ihnen das Geld. Und Mrs Sykes?

Sir?

Ihre Gewissenhaftigkeit wurde zur Kenntnis genommen.

Sie wurde rot, knickste und fasste sich ins zerzauste Haar.

Sein Blick fiel in die Speisekammer hinter ihr, auf das Grau der getünchten Wände, wo eine Schüssel mit blanken Hühnerknochen im Licht glänzte.

Die ganze Zeit über staute sich etwas in ihm auf, eine Art Schwindel, den er schon kannte, wenn er im Begriff war, ein größeres Ding zu drehen, das schmerzhafte Kribbeln in Fingerspitzen und Zähnen, das er in seiner Kindheit gespürt hatte, wenn sich die Gewitterwolken über Boston entluden. Bei allem, was er tat, Papiere auspacken, Akten sortieren, seine Anzüge und Kragen in ihren Schachteln zurechtrücken, nach Hettie klingeln, damit sie saubere Handtücher und heißes Wasser aus dem Kessel zum Rasieren brachte, bei allem, was er tat, dachte er an Charlotte. Als hätte sich ein Haken tief in seinen Schädel gebohrt. War es wirklich schon zehn Jahre her? Wie sehr hatte er sich inzwischen verändert? Auch sie würde älter sein, ja, erschöpfter, ja, vielleicht sogar unnachgiebiger, als er es selbst geworden war. Von den Frauen, die er in seinem Leben gekannt hatte, hätte keine ihn dazu verführen können, seine Arbeit niederzulegen, seinen Beruf hinter sich zu lassen, sich einen rechtschaffenen Ruf zuzulegen. Keine – bis auf eine. Und die hätte ihn niemals darum gebeten.

Er erinnerte sich an sie, auf der Terrasse des Kaffeehauses über dem Meer in Port Elizabeth. Sie hatte ihm von den französischen Abenteurern erzählt, die im Nahen Osten Hunderte von Tontafeln in einer Höhle entdeckt hatten, und es schien ihr wichtig zu sein, als spräche sie von etwas, das sich unter den Worten verbarg, etwas, das über die Sprache hinausging. Er erinnerte sich an den silbrigen Widerschein der Wellen, erinnerte sich daran, eine Hand an die Augen gehoben zu haben, um ihr Gesicht trotz des blendenden Wassers erkennen zu können. Die Tafeln waren in einer Sprache beschrieben, die niemand je zuvor gesehen hatte, und viele hatten sie für Werke der Dichtkunst gehalten, für historische Aufzeichnungen, eine Chronik von Königen. Der Wind hatte die Falten ihres weißen Kleids gelüpft. Die Meeresvögel hoch oben im Aufwind. Als sie entziffert worden waren, hatte sich herausgestellt, dass es lediglich Geschäftsberichte waren, Transportdokumente, Bestandslisten. In jedem Leben gibt es einen Schatten des Möglichen, sagte sie zu ihm. Des Beinahe und des Hätte-sein-Könnens. Es gibt Geschichten, die sich nie ereignet haben. Was wir Buchführung nennen, heißt in Wirklichkeit: Ich war hier, mich hat es gegeben, das hier ist tatsächlich einmal geschehen. So war es.

All das behielt er für sich, verlor darüber kein Wort, während jene ersten Tage verstrichen. Die seltsame Häuslichkeit setzte sich fort. Er stand mit Mrs Sykes in der Biegung der Kellertreppe und ging mit ihr die Liste der Vorräte durch, als ein leiser, kehliger Gesang den Flur erfüllte. Beide hielten inne. Da tänzelte Molly in ihr Blickfeld, einen Ascheneimer übers Handgelenk gehängt, die Hände in die Hüften gestemmt, mit losen Hemdzipfeln und temperamentvoll schwingendem Hinterteil.

Sie stolzierte vorbei, ohne sie zu bemerken. Die Salontür ging auf und wieder zu.

Mrs Sykes räusperte sich.

Was ein wunderliches Ding, murmelte sie und wrang den Putzlappen in ihren Fäusten.

Am Mittag des dritten Tages läutete ein Bote am Lieferanteneingang im Keller und wurde von Mrs Sykes durch die Küche und die Dienstbotentreppe hinauf ins Emporium geführt. Molly nahm die kleine Kiste entgegen, konnte sie jedoch nicht halten, Fludd stürzte vor und fing sie ab, half ihr, sie zwischen den Regalen abzustellen. Ein grimmiger Ausdruck huschte über Mollys Gesicht, und sie bedankte sich nicht. Foole beobachtete den ganzen Vorgang von seinem Schreibtisch aus. Die verzogenen Dielenbretter knarrten unter Fludds Füßen.

In der Kiste lagen kleine versteinerte Ammoniten, eingebettet in Kalksteinblöcke, die unter der Hand aus Genf eingeschifft worden waren, und ein Strohpolster und doppelter Boden verbargen mehrere Schmuckanhänger aus Saphiren und Rubinen, die einem Schweizer Juwelier gestohlen worden waren. Unbeeindruckt drehte Molly jedes Stück im Licht, das durchs Fenster fiel, und gab es dann an Fludd weiter, der es Foole reichte. Molly fand, man sollte annehmen, ihre Partner auf dem Festland hätten einen schärferen Blick. Foole schwieg einen Augenblick, dann trug er ihr auf, die Anhänger mit einer Beteiligung von siebzig Prozent des Schätzwerts von ihrem üblichen Kontakt versetzen zu lassen und das Geschäft selbst abzuwickeln.

Das willst du der Kleinen überlassen?, fragte Fludd schroff. Kennt sie überhaupt die Margen?

Foole blinzelte. Die Margen?

Molly stieß ein spitzes Lachen aus, schüttelte den Kopf und tat, als müsse sie sich eine Lachträne wegwischen. Margen, sagte sie. Wer arbeitet denn noch mit Margen? Wir ziehen in beiden Richtungen Prozente ab, Jappy, alter Junge. Margen!, grinste sie kopfschüttelnd.

Es hat sich einiges geändert, seit du zuletzt draußen warst, sagte Foole. Du wirst schnell wieder auf dem Laufenden sein.

Aye.

Margen!, kicherte Molly noch immer.

Molly? Was ist denn in dich gefahren?

Das Mädchen hörte auf zu grinsen, sah ihn an. Sie legte das letzte Fossil zurück in die Kiste. Kaute an einem Nagel und spuckte eine Mondsichel ins Feuer. Nix, sagte sie.

Foole stieß ein Knurren aus, zog an seinem Bart. Japheth, sagte er. Könntest du bitte –

Nix ist in mich gefahren, unterbrach Molly ihn lautstark. Außer Charlotte Scheißreckitt und ihr oller Liebesbrief. Sie zog einen zerknitterten Umschlag hervor und nahm Charlottes Brief heraus, wobei sie Foole unentwegt anfunkelte.

Ich werde dich nicht fragen, wo du den herhast, sagte er.

Mein lieber Mr Foole, fing sie mit bebender Fistelstimme an zu lesen. Sie kniff ein Auge zu wie eine Fledermaus.

Molly.

Ich schreibe dir in dem Wissen, wie viel Zeit zwischen uns verflossen ist –

Er schob abrupt seinen Stuhl zurück und sprang auf, die Fingerspitzen auf dem Schreibtisch. Das reicht, Molly.

… und wie dein Respekt für mich in den letzten zehn Jahren gelitten haben muss …

Ach, Kleine, sagte Fludd mit seiner tiefen Grummelstimme. Das is nich richtich. Er griff über ihre Schulter und nahm ihr das Blatt aus der Hand. Wo hast du überhaupt so gut lesen gelernt?, fragte er. Liest ja wie n Prediger.

Sie lernt schnell, sagte Foole gepresst.

Molly wurde rot. Warst du schon bei diesem Mr Utterson? Erzählst du uns jetzt mal, was fürn Ding ihr da plant?

Fludd wandte sich von dem Mädchen ab und sah Foole forschend an. Utterson? Der Anwalt?

Mhm, machte Molly.

Kriegst du etwa immer noch Berichte von dem? Mr Adam?

Herrgott noch mal, sagte Foole, kann ich denn nicht mal etwas Geschäftliches für mich behalten?

Fludd ging nicht darauf ein, sondern rieb sich stattdessen den Bart und wandte sich Molly zu. Gabriel Utterson hat

Mr Adam immer aufm Laufenden gehalten, was Charlotte vorhatte, sagte er. Ham ihn ne Zeitlang regelmäßig getroffen. Is nu aber schon Jahre her.

Oho, rief Molly. Wütend sprang sie auf. Ne richtige Romanze also, was? Wie lange wolltest du das vor mir geheim halten?

Fludd fing an zu lachen. Die Kleine is ja richtig eifersüchtig.

Gar nich!

Ich soll ihn heute Nachmittag treffen, sagte Foole. Er hob eine Hand. Setz dich bitte. Daran ist gar nichts geheim. Charlotte hat bei Gabriel Einzelheiten zu dem Ding hinterlegt, die ich mir ansehen soll, und wenn ich dann immer noch Interesse habe, soll ich zu ihr nach Hampstead kommen.

Molly sog die Lippen ein, blähte die Nasenlöcher. Was ein Glück, dass ich heute noch nix vorhab.

Ich soll allein kommen, Molly.

Warum? Sie wurde laut. Hast wohl Schiss, dass deine schielende Schnepfe auch da ist, was?

Foole sah an ihr vorbei seinen alten Freund an, bedauernd. Der Brief ist eindeutig, Japheth. Ich soll ohne Begleitung zu ihm in die Gaunt Street kommen. Ich erzähle dir heute Abend, was ich aus ihm herausbekommen konnte.

Aye, und ob. Fludd deutete auf den Brief auf Fooles Schreibtisch. Aber das kommt mir nich koscher vor. Is der ganze Brief so, wie Molly den eben vorgelesen hat? Als wär nix zwischen Charlotte und dir gewesen, was ma ans Licht muss?

Oh, das kommt noch schlimmer, rief Molly. Es wird fast schon ekelig.

Die Kleine hat ja nich oft recht, sagte Fludd und zog eine Grimasse. Aber das könnt einer der seltnen Fälle sein. Gabriel war nie einer von uns, dem war noch nie zu trauen.

Aber er war auch nie gefährlich.

Scheiß drauf. Fludd raufte sich den Bart. Wehe, du gehst da alleine hin, Mr Adam.

Tut er nich, rief Molly.

Gabriel ist noch wunderlicher geworden als früher, sagte Foole mit finsterer Miene. Er ist vorsichtig. Mehr haben Charlottes Anweisungen nicht zu bedeuten. Wenn ich in Gesellschaft komme, weigert er sich womöglich, mich zu empfangen. Selbst wenn es nur Molly ist. Und wenn sie mir schaden wollen –, setzte Foole an und brach dann ab.

Er starrte aus dem Fenster. Irgendwo in der Gasse hinter der Gartenmauer ratterte ein Karren, und etwas streifte durchs hohe Gras wie ein Schatten. Schließlich nickte er. Er konnte Fludds Besorgnis verstehen, und obwohl er es nicht laut aussprach, wusste er, dass auch er dem Brief nicht vollends traute. Molly legte ihm eine Hand auf den Arm, und Foole sah sie an.

Nun gut, sagte er und gab nach. Nun gut. Eindringlich blickte er Molly in die Augen. Aber du verhältst dich mucksmäuschenstill und tust genau, was ich dir sage. Haben wir uns verstanden?

Molly grinste durchtrieben. Aber sicher doch. Natürlich. Ja.

Ich meine es ernst, Molly. Du hältst den Mund.

Sie hörte gar nicht mehr auf zu grinsen. Sie hatte eine Handvoll Stroh aus der Kiste gerupft, die sie nun mit einem Zwinkern fein säuberlich wieder zurückstopfte, und verließ dann vor sich hin summend das Zimmer. Als sie fort war, stand Fludd auf, schloss die Tür und horchte einen Augenblick, dann setzte er sich wieder. Ich frag dich nich, wozu das Ganze gut sein soll, sagte er mit gedämpfter Stimme.

Foole nickte. Das weiß ich zu schätzen.

Du und Charlotte, ihr habt ne Vergangenheit. Und ich denk ma, so ne Loyalität is was, wo ich ja auch was von hab. Aber ich hoff ma, dass das Ganze noch ne Perspektive hat, die ich nich erkenn. Er blickte auf. Du hast ja wohl nich vergessen, wie ihr Onkel war?

Martin hat nichts damit zu tun.

Martin Reckitt is n ganz übler Bursche, das steht ja wohl fest. Nichma die Kirche wollte den haben.

Er war nie Priester.

Die ham ihm das Amt weggenommen.

Unsinn. Er wurde geweiht, hat sein Amt aber nie ausgeübt. Er war nie Priester, Japheth. Er ist einer anderen Berufung gefolgt.

Scheiß drauf. Du weißt genau, was er getan hat, Mr Adam.

Alles, was er getan hat, war, mich alleinzulassen.

Der hat dich dem sicheren Tod überlassen.

Foole nickte und schwieg, dann sagte er: Aber erst hat er mich gesundgepflegt. Er hätte einfach alles nehmen und verschwinden können. Hat er aber nicht.

Aye, und er hätt dir auch die Kehle durchschneiden können. Es gibt viele Möglichkeiten, jemand abzumurksen. Dass er eine der anderen vorgezogen hat, machts nich weniger zum Verrat.

Für mich schon, erwiderte Foole ruhig. Außerdem ist Charlotte nicht wie ihr Onkel.

Und da liegst du falsch, sagte Fludd. Er sah ihn mit einem seltsamen Ausdruck an, dann ließ er die gewaltigen Knöchel knacken und verschränkte die Arme. Noch was, sagte er. Gibt wohl keinen rechten Weg, das zu sagen. Gestern Abend hab ich unserer Freundin in Bermondsey einen Besuch abgestattet. Auf die alten Zeiten, sozusagen.

Ich weiß.

Fludd blinzelte. Schnüffelst du mir etwa nach?

Ich wollte mich vergewissern, dass du nicht in Schwierigkeiten gerätst. Wie geht es ihr?

Fludd schüttelte seinen zottigen Kopf. Sie meint, auf Charlotte Reckitt können wir lange warten. Die Sache aus dem Brief, dass sie von nem Detektiv gejagt wird? Das is der verfluchte Pinkerton, der hinter ihr her is.

Foole hob den Blick. Pinkerton?

Aye.

Pinkerton ist tot, Japheth.

Nich der. Dem sein Sohn. William.

Foole spürte, wie etwas in seinem Magen nachgab. Er rieb sich das Gesicht, starrte in den Garten hinaus, in den Dunst, der durch das Buschwerk rollte, auf den kahlen Apfelbaum an der Steinmauer. Als er sich wieder umdrehte, knetete sich Fludd die riesige Schulter, als wollte er einen Schmerz daraus vertreiben.

Sieht aus, als wär er hinter nem Kerl her, mit dem Charlotte ma was zu schaffen hatte, sagte Fludd. Einer von den Edelgaunern. Aber irgendwas is da noch im Gange, die Puhler sind ganz ausm Häuschen. Und Pinkerton hat seine dreckigen Finger bis zum Ellbogen in der Sache.

In welcher Sache?

Fludd sah ihn lange und ruhig an. Sie hat den Namen nich ausgesprochen. Aber wir wissen ja wohl beide, wer gemeint is.

Edward Shade.

Fludd nickte. Genau wie sein Pa.

Foole stand auf und ging wieder ans Fenster, verschränkte die Hände hinter dem Rücken und stand einen Augenblick so da.

Willst du, dass ich was unternehm?

Foole schwieg. Nein, sagte er schließlich. Doch. Wir sollten ein Auge auf Mr William Pinkerton haben. Setz einen von unseren Gassenspitzeln auf ihn an, und lass mich wissen, wenn er wieder in Bermondsey auftaucht. Foole starrte in den Nebel und grübelte und starrte. Glaubst du an Konsequenzen, Japheth?, fragte er.

Kein Stück, sagte der Riese. Und so leb ich auch mein Leben.

Manchmal jagst du mir Angst ein.

Nur manchma?

Foole drehte sich um. Fludd grinste ihn aus der Dunkelheit an.

Am späten Nachmittag machten Molly und er sich auf den Weg zu Utterson. Sie gingen hinunter zum Piccadilly und winkten einen Hansom heran. Foole wies den Fahrer an, sie nach Bishopsgate in die Gaunt Street zu bringen. Molly warf ihm einen Blick zu, eine Weile fuhren sie schweigend, dann wandte sie sich zu ihm um, wischte sich eine Rußflocke aus dem Gesicht und fragte ihn geradeheraus: Bishopsgate? Was für ein Anwalt wohnt denn bitte schön in Bishopsgate?

Er schenkte ihr ein geheimnisvolles Lächeln und zupfte am Bund ihrer Kniehose, wo sich ein Faden gelöst hatte. Das sollte sich Mrs Sykes mal ansehen, sagte er.

Sie schmollte, verschränkte die Arme und blickte finster auf die Straße. Vor einem hohen Reihenhaus hielten sie an. Der Verfall war nicht zu übersehen, das Treppengeländer unlackiert und das Mauerwerk rußverschmiert, der uralte Türklopfer aus Holz war an der feuchten Luft grün geworden. Foole klopfte zweimal, dann trat er einen Schritt zurück und strich sich über die Ärmel.

Der wohnt hier doch nicht ganz alleine, oder?, fragte Molly und verzog das Gesicht. Verdammte Platzverschwendung.

Das Haus gehört seiner Schwester, er wohnt bei ihr.

Sie stieß ein spitzes Lachen aus.

Sei still, murmelte Foole. Da gibt es nichts zu lachen. Sie war eine Memsahib in Britisch-Indien, bevor sie zurück nach England gekommen ist, und war schon im Geschäft, als du noch nicht mal Nüsse, geschweige denn Schlösser knacken konntest. Egal, was du zu ihr sagst, sie wird es nie vergessen.

Ich kann gut auf mich selbst aufpassen.

Er warf Molly einen langen Blick zu. Sie würde dir eher die Kehle durchschneiden, als dir ein Getränk anzubieten. Und das wäre noch nett von ihr.

In diesem Augenblick öffnete sich die Tür bebend und quietschend, und er richtete sich auf. Ein großer Sikh in blauer Livree, mit goldener Kopfbedeckung und orientalischen Schnabelschuhen nickte wortlos, Foole verbeugte sich feierlich und stellte sich vor. Der Diener trat zur Seite, die Hände mit den weißen Handschuhen ausgestreckt. Foole entledigte sich seines Zylinders, des Spazierstocks und der Handschuhe, dann trat der Diener hinter ihn, der Boden knarrte unter seinem Gewicht, und ihm wurde behutsam der Gehrock abgenommen.

Ist Mr Utterson zu Hause?, fragte Foole.

Der Diener gestikulierte Richtung Molly und antwortete nicht, doch als Foole aufblickte, sah er, dass eine Frau aus dem Dunkel des Flurs getreten war.

Miss Utterson, sagte er und verbeugte sich.

Keshub ist stumm, Mr Foole, sagte sie. Er kann Ihnen nicht helfen.

Fuelle klang sein Name aus ihrem Mund.

Sie sind nicht allein gekommen, Sir, fügte sie hinzu.

Ihre Stimme, wie raschelnde Seide. Er hatte sie seit Jahren nicht gehört. Sie trug eine dicke Schicht Mascara aus Asche und Holundersaft, wie er wusste, und hatte ihre Augen mit Kohlestift umrandet wie eine orientalische Konkubine. Ihr langer, blasser Hals und die scharf gezeichneten Schlüsselbeine leuchteten weiß in der Nachmittagsdämmerung. Dann wandte sie sich in einer fließenden Bewegung zum Gehen, und er begriff, dass er ihr folgen sollte. Der Diener ging vor ihnen den langen Korridor entlang, zog den Vorhang vor einer Tür zur Seite, und die Dame schritt in den dahinterliegenden Rauchsalon. Vor vielen Jahren waren Foole und sie Geliebte und später Freunde gewesen, und er fand sie noch immer katzenhaft und schön. Die schweren Zeiten hatten sich um ihre Augen abgezeichnet, doch es machte die geheimnisvolle Aura, die sie umgab, nur tiefer und trauriger und sie umso anziehender. Im Frühjahr 1857 war sie auf der

Suche nach einem Ehemann nach Britisch-Indien gereist und fünfzehn Jahre später allein zurückgekehrt, und soweit Foole wusste, war sie noch immer unverheiratet. Sie hatte ihm von dieser ersten Reise erzählt, von der Exkursion über Land durch Ägypten, von ihrer Angst vor Banditen und wie sie dann später im Freien an Deck eines P&O-Dampfers geschlafen hatte, unter dem Kreuz des Südens. Fliegende Fische in flatternden Bögen wie Feen des Meeres. Leuchtendes Kielwasser auf windstiller See. Indien hatte ihre Sinne mit einem Rausch von Rot und Pink und Orange bestürmt, mit gelben Saris, blau durchsetzt, der Mischung aus Ingwer, Nelken, Kurkuma, dem Rauch von Sandelholz und brennendem Kuhmist, dem Klingen von Glocken und über die Straße quietschenden Ochsenkarren. All das hatte sie ihm erzählt, während sie ihm mit ihren kühlen Händen über den nackten Rücken strich, eines Nachmittags vor Jahren, und er hatte ihr mit halbgeschlossenen Lidern gelauscht und an sein Afrika gedacht. Sie musste inzwischen zweiundfünfzig sein.

An der Tür blieb er stehen.

Schlanke Gaslampen brannten niedrig an den Wänden. Sein Blick wanderte über das Seerosenbassin in der Mitte des Raumes, die scharlachroten Kissen im Kreis darum herum drapiert, die himmelhohe Decke verlor sich im Schatten. An den Wänden Damastquadrate, die einen golden, die anderen rotgrün mit Spalieren, in denen Vögel saßen. Ein bemalter Paravent in einer Ecke. In einer anderen eine große Wasserpfeife in schwarzem Japanlack, deren Schläuche sich wie Schlangen um den Fuß kringelten. Foole konnte den gedämpften Straßenlärm durch die geschlossenen Vorhänge hören, die vom fahlen Licht draußen leuchteten.

Was ist denn das alles?, fragte Foole mit einem Lächeln. Molly war mit ihm hereingekommen und stand halb verborgen vom Vorhang in der Tür, er legte dem Kind eine Hand auf die Schulter, um es zurückzuhalten.

Gefällt es Ihnen nicht?

Es ist ein Wunder.

Ein schwaches Kräuseln ihrer Lippen. Die Augenlider schlossen sich kurz, als das Kompliment bei ihr ankam. Trinken Sie etwas, murmelte sie. Es war keine Frage.

Ihr Diener hatte sich in die Dunkelheit zurückgezogen. Sie trat an einen Serviertisch, öffnete eine Kristallkaraffe und goss Sherry in zwei dicke Gläser, blickte zu Molly in der Tür hinüber, als überlege sie. Dann ließ sie sich auf ein Kissen nieder, die Beine seitlich angewinkelt, und strich ihre Röcke um sich herum glatt.

Es ist lange her, sagte sie.

Er lächelte. So lange nun auch wieder nicht.

Waren Sie zu Ihrem Vergnügen auf Reisen?

Geschäftlich.

Gibt es da einen Unterschied? Er erkannte die träge Anmut, mit der sie ihre langen Beine an den Knöcheln übereinanderlegte. Mein Bruder ist nicht hier. Worum geht es?

Charlotte Reckitt.

Sie wartete.

Sie hat Gabriel Anweisungen für mich hinterlassen.

Charlotte Reckitt, sagte sie und legte sich einen diamantberingten Finger an die Lippen. Nein. Der Name sagt mir nichts. Ist sie eine Huren –

Rose, unterbrach er sie. Molly kicherte im Halbdunkel hinter ihnen.

Mhm?

Haben wir das wirklich nötig? Als sie nichts erwiderte, runzelte er die Stirn und sagte: Charlotte ist immer noch die beste Hochstaplerin in London. Ihr Onkel sitzt seit vierundsiebzig in Millbank –

Ach, genau. Der berühmte Martin Reckitt.

Du erinnerst dich an Martin.

Natürlich. Gabriel vertritt ihn noch immer.

Foole schwieg, sah sie skeptisch an. Ich war der Ansicht, Gabriel hätte seine Klientel gewechselt.

Einige seiner besonders geschätzten Klienten hat er behalten.

Foole beugte sich vor. Ist Martin immer noch im Geschäft?

Martin Reckitt ist ein vorbildlicher Insasse von Millbank, Mr Foole. Seine gute Führung zeugt von seiner Läuterung. Und nichts gelangt nach Millbank oder hinaus, außer auf dem ordnungsgemäßen Wege.

Ist er immer noch im Geschäft, Rose?

Sie verschränkte die beringten Finger, die Augen im gedämpften Licht verborgen. Ich weiß tatsächlich noch, dass er eine Nichte hatte, sagte sie. Ja. Jetzt erinnere ich mich. Ihr Blick zuckte gelangweilt über Molly, die in ihrem Jungenanzug neben der Tapisserie an der Tür stand. Eine richtige kleine Schönheit, sagte sie leise und klopfte auffordernd auf das Kissen neben sich.

Der Junge steht dort ganz gut, sagte er.

Der Junge?

Er hörte Molly im Halbdunkel atmen, doch er drehte sich nicht zu ihr um, und sie rührte sich nicht vom Fleck.

In Britisch-Indien, murmelte Rose, haben wir gelernt, unsere Gelüste den Gegebenheiten anzupassen. Man muss sich dem Unerwarteten hingeben, nicht? Doch sie musterte Molly mit kaltem, ausdruckslosem Blick, als begutachte sie ein Stück Fleisch, und Foole spürte eine jähe Bedrohung.

Er räusperte sich. Rose.

Ja, sagte sie endlich und senkte den Blick. Sprich weiter.

Charlotte hat sich mit mir in Verbindung gesetzt. Sie plant etwas, und Gabriel weiß, worum es geht. Ich sollte ihn hier treffen, heute. Ist er denn nicht da?

Du solltest allein kommen, sagte sie.

Foole verzog das Gesicht.

Mir scheint, es ist wieder genau wie in Madrid.

Das hat mit Madrid rein gar nichts zu tun.

Anweisungen zu befolgen war noch nie deine Stärke. Doch sie sagte es sanft, und Foole nippte an seinem Sherry, lächelte traurig.

Ich habe ganz andere Erinnerungen an Madrid, sagte er.

Mir scheint, du hast auch immer noch eine Verbindung zu ihr. Zu dieser Nichte.

Foole spürte, wie sein Lächeln gefror, er wandte den Blick ab. Ich habe seit Jahren nicht mit Charlotte gesprochen, sagte er ruhig. Aber ja, da ist etwas. Natürlich. Immer gewesen.

Nun beugte sie sich vor und senkte die Stimme. Mein lieber, lieber Mann, murmelte sie. Ich habe mich immer gefragt: Auf welchem Pfad wandelt wohl mein guter Mr Foole? Er schreibt nicht, er besucht mich nicht. Welch Überraschung, ihn wieder in London zu wissen.

Wir waren alle sehr beschäftigt, Rose. Ich erinnere mich immer gern an dich.

Sie lächelte ein rauchiges Lächeln.

Und dein Bruder? Dem geht es hoffentlich gut.

Mein Bruder wird sich nicht mit dir treffen. Seit der Asperton-Geschichte zieht er es vor, sich aus dem Milieu rauszuhalten.

Aber Charlottes Brief war unmissverständlich.

Es ist dieser Tage recht gefährlich, deine Charlotte zu kennen.

Foole befeuchtete sich die Lippen. Wie meinst du das?

Du solltest dich lieber von ihr fernhalten.

Meinst du wegen Pinkerton?

Sie hielt seinen Blick. Mr Pinkerton ist seit Wochen in London und sucht nach Miss Reckitt, ja. Und zwar nicht im Auftrag seiner Detektei, sondern auf eigene Faust. Als wir sie das letzte Mal getroffen haben, hat sie uns von ihm erzählt. Er habe nach einem ehemaligen Partner gefragt, nach jemandem, hinter dem sein Vater her war. Sie hat nicht verraten, wer. Sie hatte Angst. Und dann ist sie verschwunden.

Verschwunden.

Letzten Donnerstag, ja. Hast du nicht davon gehört? Anscheinend rechnet der Yard damit, dass ihre Leiche flussabwärts angespült wird, aber du und ich, wir wissen beide, dass das nichts heißen muss. Gabriel hat eigene Nachforschungen angestellt. Sicher ist nur, dass sie die Stadt nicht verlassen hat. Zumindest nicht auf den üblichen Wegen. Miss Utterson sah, welche Wirkung ihre Worte hatten, sie verstummte, und nach einer Weile griff sie hinter sich und holte einen kleinen, parfümierten Umschlag aus Reispapier hervor. Miss Reckitt hat uns gebeten, dir den hier zu übermitteln.

Der Umschlag war leer. Auf der Vorderseite stand eine Adresse in Hampstead.

Ist das ihre?, fragte Foole mit heiserer Stimme.

Im Halbdunkel legte Miss Utterson die Stirn in Falten, dann entspannte sich ihr Gesicht langsam und sphinxartig. Ich würde dir nicht empfehlen, sie zu besuchen. Die Polizei scheint sich in dem Haus breitgemacht zu haben.

Also ist die Sache abgeblasen, sagte er langsam. Und Gabriel wäscht seine Hände in Unschuld. Was glaubt er denn, ist sie noch in der Stadt? Was glaubst du?

Miss Utterson sah ihn an. Weißt du es noch? Weißt du noch, wie es in Spanien war? Das, was geschehen ist, ist kein Zufall gewesen. Ich habe eine Gabe.

Rose, sagte er ungehalten. Er schüttelte den Kopf, hielt inne. Erinnerte sich daran, wie es gewesen war. In der Nacht vor ihrem letzten Coup in Madrid hatte sie den exakten Ablauf des Überfalls am nächsten Tag geträumt, einschließlich des Hinterhalts der Polizei und der tödlichen Schüsse auf ihren Tresorknacker. Am Morgen vor dem Raub hatte er es noch lachend abgetan. Am Abend, als sie sich in ihrem Hotelzimmer versteckten, hatte er ihr nicht mehr in die Augen sehen können.

Sie war still, als dächte sie über etwas nach. Dann suchte sie seinen Blick mit ihren dunkel geschminkten Augen. Die Geister offenbaren sich durch mich, sagte sie.

Die Geister.

Verlorene Seelen. Ja.

Du bist ein Medium.

Ich empfange nur. Das ist nicht das Gleiche.

Er hatte gerüchteweise von Gabriels Interesse an diesem

Gebiet gehört, doch damit hatte er nicht gerechnet. In den Jahren nach dem Bürgerkrieg hatte er hier und da Anzeigen für Séancen in der Zeitung gesehen, das Ganze allerdings nie für sehr glaubwürdig gehalten. Es steckten einfach zu viele Möglichkeiten für einen Betrug darin. Er sah sie an, ließ den Blick über das seltsame exotische Mobiliar schweifen, dann sah er wieder sie an. Die Schatten wurden länger. Er stellte sein Getränk mit einem leisen Klirren zu seinen Füßen ab. Er dachte an Charlotte und Hampstead.

Auf der anderen Seite herrscht große Aufregung, sagte sie. Ich habe ihren Namen gehört.

Herrgott noch mal.

Sie neigte den Kopf, die langen Ohrringe klimperten.

Rose, sagte er. Seine Stimme klang schneidend. Wehe, du bindest mir hier einen Bären auf. Er sah sie scharf an. Du weißt, dass ich nicht gern veralbert werde.

Sie legte ihm ihre kühle Hand auf den Arm. Unsere Köchin in Kalkutta hat immer gesagt: Wenn eine Stimme spricht, die lange geschwiegen hat, wird man ihr selbstverständlich zuhören. Diese Stimme spricht jetzt zu dir.

Ich weiß wirklich nicht, was du meinst.

O doch, sagte sie. Die Seelen kommunizieren durch mich, nicht mit mir. Gabriel hält den Kreis zusammen, und ich erfahre erst später, was gesagt wurde. Es ist wie ein Schlaf, wenn es über mich kommt. Was ich dir über Miss Reckitt erzähle, ist wahr.

Du erzählst mir, dass die Toten über sie sprechen.

Der Tod ist nur ein Anfang.

Er warf Molly einen Blick zu, die dastand und lauschte. In ihrem Gesicht erkannte er eine bockige Missbilligung, und er wusste, dass sie so ihre Angst verdeckte. Sie wrang ihr Handgelenk. Du gibst Gabriel bitte Bescheid, dass ich hier war, sagte er und stand auf. Danke für den Sherry.

Als sie schon im Gehen begriffen waren, packte Miss Utterson mit ihrer edelsteinbesetzten Klaue Mollys Kinn und hob ihr Gesicht an, damit sie es besser sehen konnte. Foole sah den Zorn in den Augen des Kindes. Ich weiß, was du in deinem Herzen verbirgst, Kleines. Auch mir wurde als Mädchen Leid zugefügt. Die Welt ist nicht gut zu den Unschuldigen.

Mollys Blick flackerte.

Miss Utterson gab sie frei, strich sich über die Haare. Der riesige Sikh tauchte hinter ihnen auf, hielt die Tür, den Blick geradeaus gerichtet.

Mr Foole, sagte sie. Ich hoffe, Sie beehren uns bald wieder.

Zur Antwort drückte er die Lippen auf die Innenseite ihres Handgelenks.

Es war, als existiere Molly überhaupt nicht. Doch dann murmelte die alternde Memsahib: Ach, schenk ihm bloß nicht dein Herz, Kleines. Und dabei legte sie ihre kühle Hand an Fooles Wange und hielt seinen Blick.

Auf der Straße fühlte er sich seltsam, durchbrochen von Licht, als würde eine geheime Angst aus ihm herausscheinen. Es kam ihm vor, als müssten sich all die geschäftigen Passanten abwenden und die Augen vor diesem Licht schützen. Molly fasste ihn mit ihrer kleinen Hand am Handgelenk und sagte: O Adam, bloß weil die Polente da in der Brühe nach ihr sucht, heißt das nicht, dass sie drinliegt. Er wusste nicht, was er erwidern sollte. Es war so ungewohnt liebenswürdig von ihr, und er stellte fest, wie ihn diese Geste berührte. Er ließ sie mit voller Börse an einem Hansom-Stand in Bishops-gate zurück, zog seine Handschuhe zurecht und starrte in den Nebel, dann machte er sich auf den Weg zum Finsbury Circus. Nieselregen hatte eingesetzt, mehr Dunst als Regen, doch Foole beachtete ihn nicht, auch als sich dicke Tropfen auf der Gabardine bildeten und herabrollten. An einem Blumenstand kaufte er eine Handvoll blaue Schwertlilien, als wollte er Rose Uttersons Worte entkräften, dann änderte er seine Meinung und begann, sie eine nach der anderen auf die Straße zu werfen, nur um schließlich nochmals seine Meinung zu ändern.

Der Regen wurde stärker. Ein Hansom fuhr ihn langsam durch die feuchte Kälte, und er sah zu, wie die nassen Flanken des Pferdes sich glänzend durch den Regenvorhang bewegten. Wasser spritzte aufs Dach, wo die Leinen durch ihre Führungen liefen. Wieder und wieder las er die Adresse in Hampstead, die er bekommen hatte. Schon bald ließen sie die dämmernde Stadt hinter sich und fuhren den Hügel hinauf an halbfertigen Reihenhäusern vorbei, der niedrige Himmel wölbte sich über die verwilderten Grundstücke und den Schlamm, dann bogen sie ab in eine Straße mit teuren neuen Backsteinhäusern, und der Hansom kam zum Stehen.

Foole betrachtete die angegebene Adresse. Dann stieg er aus. Sein Herz hämmerte ihm in der Brust. Er stand da, der Regen tropfte von der Krempe seines Zylinders, und er malte sich aus, wie sie aussehen würde, wenn sie die Tür öffnete, wie ihr Haar in der Nässe duften würde.

Seine Faust um die leuchtenden Blüten war kalt geworden. Er sah die verwischten Stiefelabdrücke auf der geweißten Türschwelle. Als er anklopfte, horchte er, vernahm jedoch keine Antwort von drinnen. Es brannte kein Licht in den Fenstern. Er nahm die Blumen von einer Hand in die andere. Dann klapperten Schlüssel an der Tür.

Ein Fremder in grauem Gehrock stand vor ihm, betrachtete den Strauß in der Dunkelheit, seine hervorquellenden Augen schwerlidrig und traurig. Der Mann hatte die steife Haltung eines Polizeibeamten in Zivil, und da schärfte sich etwas in Foole, sein Verlust nahm Gestalt an, wie die Umrisse abgedeckter Möbel in einem verlassenen Haus.

Ist Miss Reckitt nicht zu Hause?, fragte er.

Der Inspector räusperte sich, warf einen Blick an ihm vorbei auf den wartenden Hansom auf der Straße, auf die Schwertlilien in Fooles Hand. Ich muss Ihnen leider mitteilen, Sir –, setzte er an.

Krachend schloss sich eine Tür in Fooles Herzen.

Alle Morgen dieser Welt

Sie hatten sich auf der Dachterrasse eines sonnenbeschienenen Hotels in Port Elizabeth kennengelernt und waren einander auf Anhieb unsympathisch gewesen. Er fand sie verschlagen, misstrauisch. Sie fand ihn unterkühlt. Er nahm ihre Hand zum Kuss, und sie fühlte sich heiß, trocken, schuppig an. Bei seiner Berührung zuckte sie zusammen. Sie kam ihm winzig vor, blass, ein theatralisches Wesen, dessen Gesten unaufrichtig wirkten, und er kam ihr schroff vor, auf die unwirsche Weise amerikanischer Männer. Drinnen in der Bar klimperte ein Gast schüchtern auf dem Pianoforte herum, und der Klang drang durch die Lamellenfenster zu den dreien heraus wie durch Wasser. Er schlug die Beine übereinander. Sie strich ihr Kleid glatt. Der Dritte im Bunde war achtundzwanzig Jahre älter, ließ die Eiswürfel in seinem Glas kreisen und lächelte, lächelte, lächelte im Gitterschatten des Flechtwerks.

Schaumgekrönte Wellen hoben und brachen sich in der Tiefe unter ihnen, Seevögel kreisten in der Gischt. Später würde sich Adam Foole an das Licht an jenem Nachmittag erinnern, den weißen Sandstrand, der sich gen Osten erstreckte wie der Schwung eines Augenlids.

Sie sagte, ihr Name sei Charlotte. Sie sei Schauspielerin auf den Bühnen Londons gewesen.

Er sagte, er habe nichts fürs Theater übrig, noch nie gehabt.

Wäre er in diesen Dingen erfahrener gewesen, hätte er womöglich die Anzeichen bemerkt und die Wendung gefürchtet, die sein Leben nehmen würde. Doch das, was nun in ihm geschah, war noch nie geschehen, und daher konnte er es nicht benennen.

Er war jung. Er war allein übers Kap gekommen, als Straußenfeder-Händler namens Bentley, und war dann gen Osten nach Port Elizabeth gereist, wo er sich ins beste Hotel einmietete und auf die Ankunft seines Komplizen wartete. Das Hafenhotel am untersten Zipfel der Welt brummte nur so durch den Diamantenhandel, und diese brodelnde Betriebsamkeit verließ er ab und an mit dem Pferd, ritt tagelang, kehrte aus dem Landesinneren mit umfangreichen Federkäufen zurück, die er dann in Kisten verpackte und in ein gemietetes Lagerhaus im Südosten Londons verschiffte. Die Federmode war der letzte Schrei, und kein Damenhut kam ohne langen, gebogenen Straußenfederschmuck aus. In Port Elizabeth eröffnete er außerdem ein Büro in der Nähe der Docks, stellte einen Sekretär ein und suchte per Zeitungsannonce nach Aufkäufern. Er war peinlich darauf bedacht, sich im Salon des Hotels, in den Restaurants mit Blick auf die Inseln vor der Küste und auch im Postamt selbst lautstark über die Frachtkosten zu beklagen. Er spendierte den Gästen Getränke und erwähnte lobend seinen Handelspartner. Er lachte, rauchte, spielte bis spät in die Nacht Whist. Er aß allein in seine Bücher vertieft wie jeder ernsthafte Geschäftsmann, kurz, er machte sich beliebt.

In alledem war es immer wieder das Licht, das ihn erstaunte. Wie es grell und blechern auf die Straße knallte. Wenn er in dieses Licht hinaustrat, legten sich Fältchen um seine Augen, die unter dem Staub in den Wimpern funkelten.

Sein ganzes Leben hatte er geglaubt, das Glück sei genau so ein Licht und müsse wie jedes Licht mit Dunkelheit einhergehen, und er hatte gelernt, solches Dunkel mit traumwandlerischer Sicherheit aufzuspüren. Obgleich er von Natur aus eine Vorliebe für gestärkte Kragen und maßgeschneiderte Anzüge hatte, war ihm der Schmutz der Straße nicht fremd, er wusste, dass die Diamantenfelder in Kimberley den Bodensatz der Welt angezogen hatten wie ein Abfluss den Seifenschaum. Er war noch immer erstaunt über die Atmosphäre dieser afrikanischen Diamantenstadt, wie sehr sie ihn an die Grenzgebiete nach dem Krieg in den Vereinigten Staaten erinnerte. Er stand am Bahnsteig und beobachtete die hoffnungsfrohen Neuankömmlinge mit ihren blitzblanken Schuhen und Pfannen. Er spähte über die Kante des riesigen Tagebaus ins Leere. Verblüfft über die Menschenmengen ging er die heiße, staubige Hauptstraße entlang. Rabbis mit langem Bart, Pfanne und zusammengerollter Decke auf dem Rücken, polnische Revolutionäre und Russen, die unbeholfen ihre Schaufel in den weichen weißen Händen hielten. Zu Hause hätten sie in diesen Händen vielleicht Flugblätter oder Bomben gehalten. Er sah ehemalige Sträflinge aus den australischen Kolonien mit tätowierten Fingerknöcheln und ohne einen einzigen Zahn im Mund, und er sah Krim-Veteranen, denen ein Arm fehlte oder die an Krücken gingen und ein hochgestecktes

Hosenbein trugen, wo ein Schenkel hätte sein sollen. Er sah Banditen aus dem Baltikum mit farbenprächtiger weiter Kleidung und Pistole über der Schulter, und er sah mal mehr, mal weniger entkleidete Frauen, die sich über das Balkongeländer klappriger Brettersaloons beugten. Ein jeder war bewaffnet, selbst die Straßenprediger, die betrunken wankend auf ihren Kisten standen und mit erhobener Faust in die Menge brüllten. Was er nicht sah, war die Polizei.

Er wartete. Er lauschte. Die Diamanten wurden offenbar nicht mit der neuen Eisenbahn transportiert, sondern aus De Beers und den anderen Minen rund um Kimberley in einen Konvoi bewaffneter Kutschen verladen und im Eiltempo durch das flache Wüstenland befördert. Per Seilfähre und Brücke überquerten die Kutschen sechs Flüsse unterschiedlicher Breite und hielten lediglich, um die Pferde zu tränken. Sie fuhren bei Nacht, mit Burengewehren aus den Fenstern und auf den Springbock-Felsen kauernden Männern, nach Zeitplänen, die exakt auf das Ablegen der Dampfer von Port Elizabeth nach England abgestimmt waren. Die Diamanten verharrten an keinem Ort länger als drei Minuten. An jeder Zwischenstation registrierte ein Hilfsposten ihr Passieren sowie auf die Minute genau die Uhrzeit und nickte dem vorbeijagenden Kutscher zu.

Foole hatte das Treffen mit seinem Komplizen fünf Wochen nach seiner eigenen Ankunft im Hotel in Port Elizabeth angesetzt. Fludd war in London geblieben, um die eintreffende Ware in Empfang zu nehmen, nicht zuletzt aufgrund seiner Körpergröße und respekteinflößenden Erscheinung. Was sie brauchten, hatte Foole erklärt, war jemand, der völlig in seiner Maskerade aufgehen konnte.

Sie hatten gehört, Martin Reckitt sei genau der Richtige. Der alternde englische Dieb, der in der Unterwelt für Umsicht, Besonnenheit und elegantes Auftreten bekannt war, verstand sich auf die Kunst der Manipulation. Er hatte flinke Finger. Er hatte das Priesterseminar besucht, doch statt seine grausame Natur zu mildern, hatte sein Glaube sie pervertiert und verstärkt, bis alles Böse, was er tat, in den Augen seines Gottes rechtmäßig war. Doch obgleich er keine Gnade kannte und man ihm nicht trauen konnte, war Reckitt professionell und hatte einen Ruf zu verlieren.

Umso wütender war Foole, als Reckitt das Mädchen mitbrachte.

Es ist anders, als Sie denken, sagte der ältere der beiden Diebe und zog die Manschetten seines Leinenjacketts zurecht. Sie saßen in Korbstühlen unter einer Palme auf der Dachterrasse, geschützt vor der Hitze. Sie ist meine Nichte.

Sie ist ein Risiko.

Sie ist eine Bereicherung, Sir. Sie werden schon sehen.

Foole folgte seinem Blick. Drinnen, an einem der offenen Fenster, saß eine junge Frau in grüner Tournüre auf dem Sofa, die Arme träge nach links und rechts ausgestreckt, in der Hand ein gefährlich zur Seite geneigtes Glas. Sie hob das blasse Gesicht und blickte die Männer unverwandt an.

Nein, sagte Foole. Auf keinen Fall.

Mit sechsundzwanzig war er zwar Jahrzehnte jünger als Reckitt, doch bereits jetzt steckte in ihm der schwere Eisenkern, der bald Männer in Angst und Schrecken versetzen würde, die dreimal so alt waren wie er. Schaffen Sie sie fort, sagte er auf seine ruhige Art. Durch das offene Gittergeflecht sah er den Dachgarten. Einen anmutig gewundenen Pfad durch das Blätterwerk. Damen in weißen Kleidern unter Sonnenschirmen, Hüte mit Blumen beladen. Er schloss die Augen, drückte sich mit Daumen und Zeigefinger gegen die Stirn. In der Luft der schwere Duft der Rosen.

Mein lieber Mr Bentley, sagte Reckitt. Sie werden feststellen, dass meine Nichte einige ungewöhnliche Talente besitzt.

Foole öffnete die Augen. Die junge Frau hatte sich erhoben, kam auf sie zu und lächelte ihren Onkel an. Ein breiter Mund, große weiße Pferdezähne. Ein Muttermal mitten auf der Stirn trübte ihre Erscheinung. Zu weit auseinanderstehende grüne Augen, die sonnenverbrannte Nase zu schmal.

Er sah ihre Finger nervös um den Rand ihres Glases krabbeln wie die Beine kleiner Krebse, dann wandte er den Blick ab.

Lange Zeit später sollte er ein anderes Wesen in ihr sehen, eines voller Anmut. Reckitt würde längst abgereist sein, in dem langen, trockenen Monat, nachdem bewaffnete Buren in den Hafen eingefallen waren, Taschen durchsucht und Männer aus Dampferkabinen gezerrt hatten. Foole würde ins kühle Bettzeug zurücksinken und mit der flachen Hand die weiche, blasse Mulde über ihrer Hüfte entlangfahren. Ein Krug mit kaltem Wasser, der auf dem Waschtisch an der gegenüberliegenden Wand beschlug. Fliegen auf der bestoßenen blauen Emaille. Der durchlässige Musselin, der sich in der heißen Mittagsluft blähte. Die Hitze dessen, was er in sich trug, würde ihn verblüffen, der Genuss, den er daraus zog, aus dieser Sache, die er vorher nicht gekannt hatte. Er würde über ihren Schenkel streichen und die Röte seiner eigenen vernarbten Haut bestaunen, die weiche Furche ihres Geschlechts, vor ihm verborgen wie eine Falte in Samt. Ihre grünen Augen fest geschlossen, als schliefe sie.

Doch sie schlief nicht. Er würde wortlos neben ihr liegen, er würde es wissen, und in die sengende Mittagshitze hinausblinzeln. Der Himmel durchdringend blau, der Ozean beinahe grün, wo das Sonnenlicht ihn durchschien. Die langgezogenen Strände weiß und von einer Reinheit, die sich bereits beim Betrachten aufzuheben und zu verblassen schien, wie ein Traum im Erwachen. In der Hitze, die auf den Dächern flimmerte, sollte es Foole vorkommen, als würde alles, die Pferde im Staub mit ihren zuckenden Schweifen, die stehenden, unbesetzten Omnibusse, die staubigen Bohlenwege unter den Veranden, als würde all das zittern. Er würde mit einer Hand auf ihrer Haut und der anderen schlaff geöffnet daliegen und sich durcheinander fühlen, nicht ganz er selbst, wie ein Geist.

Er konnte nicht genug von ihr bekommen. Sein Verlangen erstaunte ihn, erstaunte und ängstigte ihn. Er hatte nicht gewusst, dass so etwas möglich war. An manchen Tagen sah er ihr beim Entkleiden zu, träge, geheimnisvoll, als denke sie über jeden Handgriff nach, ehe sie ihn tat, ein Knopf öffnete sich, Pause, dann ein zweiter Knopf, jedes Häkchen ihres Korsetts so langsam geöffnet, als schlafwandle sie. Schicht für Schicht, Spitze, Krinoline, bis das seltsame, skelettartige Gerüst ihrer Kleider offenlag, jedes Teil so grazil, mit solchem Sehnen abgelegt.

Er strich mit der flachen Hand von ihrer Hüfte zu den Rippen und spürte, wie sie sich regte. Er beugte sich über sie und küsste sie aufs Schlüsselbein. Bist du wach?, flüsterte er.

Mhm, murmelte sie. Sie drückte die Lippen auf die unnatürlich hellen Haare seines Unterarms. Du schmeckst salzig, sagte sie. Sie setzte sich auf und schmiegte den nackten Rücken an seine Brust, er legte die Arme um sie. So blickten sie durchs offene Fenster auf den unerhört blauen Hafen, und plötzlich überkam ihn beim Gedanken an ihren Onkel die Angst.

Wir hätten nicht so dumm sein sollen, sagte er leise. Wir haben einen Fehler gemacht.

Du hast Gewissensbisse, sagte sie. Das gefällt mir. Ein Dieb mit Gewissen.

Ihr Kopf auf seiner Brust, ihr weiches Haar auf seinem Oberarm wie ein Schatten.

Jeder hat ein Gewissen.

Das glaubst du?

Nur nicht unbedingt so, wie manche es sich wünschen würden.

Sie bewegte sich in seinem Arm. Die Vorhänge wallten.

Nicht jeder, sagte sie.

Er konnte spüren, wie sich ihre schmalen Rippen beim Atmen hoben und senkten. Wo Haut auf Haut lag, hatte er zu schwitzen begonnen.

Sie drehte sich um und legte ihm die Hand auf die Brust. Du glaubst immer noch, du hättest in dieser Sache ein Wörtchen mitzureden gehabt, was?, murmelte sie. Du musst kein schlechtes Gewissen haben. Du hattest nie eine Wahl.

Er lächelte. Mit offenem Haar und abgewaschener Schminke sah sie so frisch aus, so jung.

Ach, nein?, fragte er.

Wenn du wüsstest, sagte sie lächelnd. Mit einem Finger

strich sie ihm sachte übers Lid. Du hast so schöne Augen, sagte sie. Wusstest du das? Mädchenaugen.

Er schloss die Augen und lehnte den Kopf zurück. Noch schöner, sagte er.

All das sollte noch kommen, es lag unsichtbar und unmöglich und überaus real vor ihnen, wie eine Hand, die sich im Schlaf über ihnen ausstreckte. Reckitt blickte vom hohen Ross seines Alters auf Foole herab, als dulde er ihn wie einen ungezogenen Neffen, und Foole runzelte die Stirn, sagte jedoch nichts. Jahre später sollte ihm staunend aufgehen, dass der Mann, der ihm damals vorkam, als hätte er gut und gerne sieben Jahrzehnte auf dem Buckel, kaum älter als fünfzig gewesen sein konnte. Die schlaffe Haut an seinem Hals, die blauen Adern auf seinen Händen, die buschigen Brauen. Die wässrigen Augen, die ihm durch den Raum folgten. Foole begriff, dass Reckitt gefährlich war, auch jenseits dessen, was er für seinen Lebensunterhalt tat. Genau wie seine Nichte.

Charlotte traf er beim Dinner am zweiten Abend wieder. An dem runden, aus einem Stück afrikanischem Grenadill geschnitzten Tisch saß außer ihm und den Reckitts ein älterer, elegant gekleideter Franzose. Ein stiller Gentleman mit lichtem blonden Haar, glattrasiert wie ein protestantischer Pastor, saß neben Charlotte und war puterrot.

Charlotte lachte und lächelte und verzauberte die Männer einen um den anderen. Während Foole dies beobachtete, spürte er einen hässlichen, kalten, echsenhaften Ausdruck über sein Gesicht huschen. Er lachte zu laut über ihre Witze. Nickte zu begeistert bei ihren Geschichten.

Sie wandte sich von ihm ab, natürlich. Und was sind Sie

von Beruf, Sir?, fragte sie den Franzosen zu ihrer Rechten. Das blaue Seidenkleid ließ ihre Schultern bloß, der Stoff schimmerte im Licht der Lampen.

Ah, sagte er. Ich arbeite als Agent für einen Diamantenankäufer in Marseille, Mademoiselle.

Ach, wunderbar, sagte sie lächelnd. Wie vornehm.

Mademoiselle ist zu gütig.

Sie legte dem Franzosen sanft eine Hand auf den Arm. Das ist doch gewiss aufregend, oder?

Wir befinden uns in einem aufregenden Land, meine Liebe, warf Reckitt ein.

Der Franzose lächelte hinter seinem gewachsten weißen Schnauzbart. Sein Smoking war tiefschwarz, sein Kragen von steifem, blendendem Weiß. Dann sagte er: Aber verglichen mit dem Rest der Welt doch eher in einem winzig kleinen, *non*? Er verlagerte sein Gewicht und neigte den Kopf, als wolle er Charlotte ein Geheimnis verraten, sprach jedoch in die Runde. Alles eine Frage der, wie sagt man, Qualität? Wie gelangt man an den Stein? Stein ist Stein, gewiss, aber gleichzeitig so viel mehr. *C'est impossible.* Er nahm ihre Hand, senkte den Blick darauf und sagte durch seine trockenen Lippen: In Paris herrscht stets eine große Nachfrage nach Schönheit.

Foole verdrehte die Augen.

Geben Sie acht, nicht den Kopf zu verlieren, Sir, sagte Reckitt. Dazu scheint der Franzose zu neigen.

Wie meinen, Monsieur?

Über all der Schönheit, meine ich.

Charlotte warf ihrem Onkel einen Blick zu. Wie gefährlich es sein muss, hier über solche Dinge zu verhandeln,

Sir. Das mag ich mir gar nicht ausmalen. Arbeiten Sie denn wirklich ohne Polizeischutz?

Fooles Miene verfinsterte sich. Wie ungeschickt, ein unnötig gefährlicher Schachzug. Doch die Herren am Tisch schienen nichts bemerkt zu haben.

Ah, Mademoiselle, Diamanten interessieren die *sauvages* nicht. Und die Engländer wissen, dass sie die *compagnie* besser nicht behelligen sollten. Aber zum Glück verfügen wir über das zuverlässigste Mittel zur Rechtsdurchsetzung, das man sich wünschen kann, *n'est-ce pas*? Er zwinkerte. *L'argent, mademoiselle.* Geld.

Wunderbar, sagte Charlotte und klatschte in die Hände.

Ich glaube, in Südafrika hat es tatsächlich noch nie einen Diamantendiebstahl gegeben, sagte der stille Gentleman zu ihrer Linken. Charlotte warf ihm einen flüchtigen Blick zu, woraufhin er errötete und konzentriert sein Weinglas in Augenschein nahm.

Ist das wahr, Sir?, fragte sie.

Nicht, wenn man einen Südafrikaner fragt, murmelte Foole.

Ein Südafrikaner, lachte Reckitt. Wie absurd.

Gibt es so etwas überhaupt, Sir?, fragte Charlotte.

Der Franzose lächelte. Dieses Land ist nahezu unberührt, das versichere ich Ihnen.

Der Braten auf Fooles Teller glänzte grau im tiefstehenden Licht, er stocherte angewidert darin herum.

Sie haben die Hände einer *comtesse,* sagte der Franzose. *Très jolies. Non. Parfaites.*

Charlotte senkte den Blick. Mein Onkel fand es unschicklich, mich in Gesellschaft so vieler Männer zu zeigen …

Hochgezogene Brauen, protestierendes Gemurmel.

… aber ich habe zu ihm gesagt, wer könnte solche Gentlemen abweisen? Vor allem an einem so wilden Ort wie *Afrika.*

Bei diesem letzten Wort senkte sie die Stimme, als plaudere sie ein besonders schmutziges Geheimnis aus.

Ach, dort sind wir also?, fragte Foole säuerlich.

Der Franzose winkte dem Kellner zu, der am Serviertisch stand. *Pour mademoiselle,* sagte er mit einem Fingerschnipsen.

Ein dunkelhäutiges Handgelenk, das in einem weißen Handschuh verschwand. Das gleichmäßige Gluckern des Burgunders in der Stille, das Klirren von Kristall auf Kristall.

Manch einer würde behaupten, dies sei nicht der rechte Ort für eine unverheiratete Dame, sagte Charlotte.

Ach, aber wir sind, wie sagt man, entzückt von unserem Glück, sagte der Franzose. Er tätschelte das Tischtuch zwischen ihnen, als wäre es ihr Knie.

Sie schmeicheln mir, Sir.

Non. C'est vrai. Er strich sich mit einem langen Daumen über den Schnauzer, dann legte er die Finger an die Lippen und lächelte.

Foole schaute auf seinen Teller.

Und Sie, Sir, was tun Sie beruflich, das meinen Onkel so derart reizt?

Foole blickte überrascht auf. Ich?, fragte er. Er hörte den Verdruss in seiner Stimme. Sie haben uns doch sicher darüber sprechen hören, Miss Reckitt. Wir bauen Kontakte für unser Importunternehmen in London auf. Straußenfedern.

Ah oui, sagte der Franzose lächelnd. Vor fünf Jahren gab es eine große Nachfrage in Paris, Monsieur. Überaus profitabel, *non?*

Die Engländer folgen den Franzosen auf allen Gebieten, merkte der stille Gentleman höflich an.

Sogar bis nach Waterloo, murmelte Reckitt.

Strauße, sagte Charlotte. Schreckliche Biester, habe ich gehört.

Strauße sind Vögel, sagte Foole gereizt, keine Biester.

Aber überaus schrecklich. Der Franzose beugte sich zu Charlotte hinüber. Schreckliche Klauen, *oui.* Sie täuschen sich nicht, Mademoiselle.

Mir ist jedenfalls noch kein Strauß untergekommen, der aus Menschen Hüte gemacht hätte. Foole tupfte sich mit der Serviette den Mund ab, legte sie zerknüllt neben seinen Teller und begegnete Charlottes Blick. Aber wenn Damen wie Sie nach Hüten verlangen, die ihrer Schönheit angemessen sind, und hier hielt er mit einem angedeuteten Schulterzucken inne. Nun. Dann müssen wir alle unseren Teil beitragen. Selbst die Strauße.

Monsieur!, sagte der Franzose und wurde rot.

Ohne den alten Mann zu beachten, winkte Foole ab. Charlotte sah ihn noch immer an. Möchten Sie etwas über Strauße erfahren, Miss Reckitt? Um sie zu finden, muss man wochenlang bis ins Hochland reisen. Sie sind groß wie ein Brauereipferd und dünn, und wenn sie rennen, wirkt es, als wollten sie eine schreckliche Nachricht vergessen, die ihnen gerade zu Ohren gekommen ist. Man hört sie aus fünfzig Meter Entfernung, sie klingen wie Wind in trockenem Gras. Es heißt, sie bilden lebenslange Partnerschaften, weil sie nicht fliegen können. Wussten Sie, dass sie die einzigen Wildtiere sind, die bekanntermaßen weinen, wenn sie eines ihrer Jungen verlieren? Schweigen hatte sich über den Tisch gelegt, und er sah seine Tischnachbarn einen nach dem anderen mit einem trockenen Lächeln an. Sie haben wunderschöne Augen, fügte er hinzu, traurige Augen, und ellenlange Wimpern. Und wenn sie glücklich sind, vollführen sie ein entzückendes, albernes Tänzchen und wirbeln dabei Staubwolken auf, die meilenweit zu sehen sind. An den Füßen haben sie scharfe Krallen, und sie nutzen diese, ja, diese schrecklichen Klauen, um auf der Suche nach essbaren Larven Baumrinde aufzukratzen. Kämpfen habe ich noch keinen gesehen, nicht einmal zur Selbstverteidigung. Was kann ich Ihnen noch erzählen? Er zuckte leicht mit den Schultern und sah Charlotte mit seinen seltsam hellen Augen an. Wenn sie Angst haben, stecken sie den Kopf in den Sand und stehen mit zitterndem Hinterteil da. O ja, das ist ein ziemlich komischer Anblick. Und dann kann jeder x-beliebige Jäger hingehen und ihnen mit der Axt den Kopf abhacken.

Grundgütiger, Sir, rief Reckitt aus. Sie vergessen sich.

Foole sah ihn an.

Das ist ja entsetzlich, was Sie da sagen, Sir, bemerkte Charlotte ruhig.

In der Tat, stimmte ihr der Franzose zu. Was für ein respektloser Ton.

Charlotte ballte eine Faust um ihre Serviette. Vom heutigen Tage an, sagte sie, werde ich keine einzige Straußenfeder mehr tragen, Sir. Wieso haben Sie denn überhaupt einen derart grausamen Beruf gewählt?

Foole betrachtete sie, wider Willen beeindruckt. Sie

spielte mit derart müheloser Anmut für ein Publikum, dem nicht einmal bewusst war, dass es einer Vorstellung beiwohnte.

Mein junger Kompagnon übertreibt etwas, sagte Reckitt in die Runde.

Foole starrte in seinen Schoß, dann sagte er hölzern: Verzeihen Sie, Miss Reckitt. Gentlemen. Ich habe mich vergessen. Er seufzte, sah ihre entsetzte Miene und begriff, dass sie sich königlich amüsierte. Diese langen Reisen ins Landesinnere, fuhr er fort, fordern ihren Tribut. Man vergisst die Feinheiten des höflichen Umgangs.

Oh, Mr Bentley, ich bin schon darüber hinweg, sagte sie liebreizend. Ihre hohe blasse Stirn schien das tiefstehende Licht einzufangen und aus eigener Kraft zu leuchten.

Foole verneigte sich feierlich als Zeichen seiner Erkenntlichkeit.

Es war überaus reizend, Sie alle kennenzulernen, Gentlemen, sagte sie. Wie kühn Sie alle sind. Wie findig. Sie haben ja keine Ahnung, wie sehr ich Männer bewundere, die willens sind, an einem derart gefährlichen, unzivilisierten Ort ihren Geschäften nachzugehen. Sie lächelte alle der Reihe nach an und ließ sie vor Freude erröten, dann faltete sie ihre Serviette, legte sie sorgsam vor sich, als bereite sie sich auf ihren Abgang vor.

Schweigen legte sich über den Tisch.

Ich mache in Knöpfen, sagte der stille Gentleman zu ihrer Linken urplötzlich.

Die Tage vergingen. Foole sah sie im Gedränge in der Ladenpassage, tief über einen Schaukasten mit Diamanthalsketten gebeugt. Er sah sie die Hoteltreppe herunterkommen, das Gesicht abgewandt, den Hals entblößt wie der geschwungene Stiel einer Lilie. Er überquerte die drückend heiße Straße nahe seinem Büro am Hafen und erhaschte durch den Dunstschleier einen Blick auf eine junge Frau, die affektiert aus einer Droschke stieg, und erkannte auf den zweiten Blick, dass es jemand anders war. Doch vor dem Dinner an jenem Abend sah er sie im Dachgarten allein bei einem unberührten Glas Wein sitzen und ging zu ihr hinaus, ohne zu wissen, warum.

Mr Bentley, sagte sie, hielt sich schützend die Hand über die Augen und schaute eindringlich zu ihm herauf. Was für eine angenehme Überraschung. Bitte setzen Sie sich doch. Mein Onkel meint, Sie würden mir aus dem Weg gehen.

Ich war beschäftigt.

Beschäftigt damit, mir aus dem Weg zu gehen?

Er schüttelte den Kopf. Ganz bestimmt nicht.

Meine Darbietung neulich Abend hat Ihnen nicht gefallen. Sie hob eine behandschuhte Hand. Nein, bitte, streiten Sie es nicht ab. Das ist schon in Ordnung. Martin sagt auch, ich muss zurückhaltender sein.

Foole setzte sich. Blinzelte in der Abendsonne zu ihr hinüber. Sind Sie wirklich seine Nichte?

Sie zweifeln daran.

Er zuckte mit den Schultern.

Sie beugte sich vor und nahm ihr Glas, hielt es zwischen zwei Fingern und dem Daumen am Stiel und schien über etwas nachzudenken, dann sagte sie mit einem Lächeln: Wir sind nicht blutsverwandt, wenn Sie das meinen. Aber ja, er ist ein Onkel für mich.

Sie meinen, er ist wie ein Onkel für Sie.

Wenn ich das gemeint hätte, Mr Bentley, dann hätte ich es so gesagt.

Er sah sie lange an. Natürlich. Es geht mich auch überhaupt nichts an.

Sie glauben, Sie wären mir böse.

Ich bin Ihnen nicht böse.

Ich weiß.

Er runzelte verärgert die Stirn.

Sie befeuchtete die Lippen, ihr weicher Mund öffnete sich dabei nur wenig. Sie stellte ihr Glas wieder auf der Tischdecke ab. Martin hat mich von der Straße geholt, als ich elf Jahre alt war, sagte sie nach einer Weile. Sie hielt Fooles Blick stand. Ich war im Armenhaus. Er kam an die Tür, sehr gut gekleidet, und er zeigte auf mich und sagte zu der Aufseherin, ich sei sein Mündel und er komme, um mich abzuholen. Ich hatte ihn noch nie in meinem Leben gesehen.

Ich verstehe nicht.

Ich habe es auch nicht verstanden. Bis heute nicht. Er spricht nicht darüber, und ich frage nicht nach. Eine Zeitlang habe ich geglaubt, er müsse meine Mutter gekannt haben, aber inzwischen weiß ich nicht mehr, ob das stimmt. Sie ist an der Cholera gestorben, als ich sechs war. Als Charlotte ihn ansah, war ihr Ausdruck ganz befreit, ganz rein, und zum ersten Mal fühlte sich Foole zu einer Frau hingezogen. Martin hat mich aufgenommen, sagte sie, hat mich gelehrt, was ich kann. Ich verdanke ihm alles.

Foole zog eine Augenbraue hoch.

Sie glauben nicht, dass er so ein Mann ist.

Foole zuckte mit den Schultern.

Es gibt nichts, was ich nicht für ihn tun würde, Mr Bentley. Nichts.

Foole nickte.

Sie überlegen, wie viel davon Sie mir glauben sollen, sagte sie.

Wider Willen lächelte er. Es liegt mir fern, Sie zu beleidigen, das könnte ich also niemals zugeben. Sie sind eine geheimnisvolle Frau, Miss Reckitt.

Mit einem schüchternen Seitenblick lächelte sie ihn an. Verehren Sie mich, Mr Bentley?

Sie würden es merken, wenn ich Sie verehrte, sagte er.

Sie lachte. Das klingt ja beinahe wie eine Drohung, Sir.

Eine in Spitze gewandete ältere Dame schwebte heran und sah sich suchend nach einem Sitzplatz um.

Die Schwierigkeit besteht natürlich darin, die Fixkosten zu minimieren, sagte Foole plötzlich. Lagerkosten, Frachtrechnungen, Importabgaben: Mit diesen Details muss man sich auskennen.

Alles eine Frage des Profits, ja.

Die Dame blieb kurz stehen, lächelte zögerlich und schwebte weiter ihres Weges.

Und genau deshalb bin ich persönlich hier, wissen Sie, fügte Foole laut hinzu und sah, wie die Dame am nächsten Tisch innehielt. Dort saß der französische Diamantenagent, und Foole beobachtete, wie er galant aufstand und der Dame einen Stuhl zurechtrückte. Ihre Blicke trafen sich, er nickte, und Foole erwiderte sein Nicken.

Glauben Sie wirklich, dass er Diamantenagent ist?, fragte Charlotte mit gedämpfter Stimme.

Ich glaube nicht einmal, dass er Franzose ist.

Mit der Zeit spürte Foole die Aufregung. Der Plan war simpel. Sie würden zu einem verlassenen Straßenabschnitt reiten und ein Seil quer darüberspannen, um die Pferde zu Fall zu bringen. Die Postkutsche würde umkippen, sie würden den Kutscher überwältigen und den Buren entwaffnen. Vertrauen Sie mir, sagte er, als er Reckitt eines Nachmittags in einer Hafenschenke einweihte, so wird es im Mittleren Westen seit dem Krieg gemacht. Da kann nichts schiefgehen.

Wir sind doch keine Banditen, sagte Reckitt. Das ist nicht unser Stil.

Foole grinste. Drei Nächte später würde Neumond sein. Reckitt sollte ihn vor der Stadt an einem Felsen etwas abseits der Straße treffen und sich auf einen anstrengenden Ritt einstellen. Foole bestand auf Revolvern und Gewehren, glaubte jedoch nicht, dass sie zum Einsatz kommen würden. Wir sind keine Mörder. Die brauchen wir nur, damit sie nicht übermütig werden. Doch als er sich in jener Nacht dem Treffpunkt näherte, sah er zwei Reiter in der Dunkelheit auf ihn warten, er zügelte sein Pferd, zog seinen Revolver und rief durch die felsige Stille, und einen Augenblick später vernahm er Reckitts heisere Stimme.

Charlotte, sagte Reckitt. Mr Bentley ist offenbar eingetroffen.

Foole fluchte.

Sie ritten hintereinander. Jeder, der ihre langsame Karawane sah, würde sie für drei Diamantenschürfer halten, die auf ihren Kleppern über Staub und Steine knirschten, die kühle Luft umspielte ihre Hände an den Zügeln. Aufgerollte Decken eng an den Flanken, die Satteltaschen voll. Das dumpfe Klirren von Pfanne und Spaten, die hinter dem

Sattel festgeschnallt waren. Eine Decke über den Schultern des zweiten Reiters. Foole fröstelte, als er die Sterne auf ihrer spiralförmigen Achse über ihnen betrachtete, sie leuchteten silbern wie Kohlenstaub. Um diese Uhrzeit schimmerte das Veld seltsam bläulich, uralt und unwirtlich wie eine Gletscherlandschaft. Foole dachte an die einheimischen Xhosa, ihre unerbittlichen Blicke, wenn sie ihn an den hohen Wegscheiden vorbeireiten sahen, er erinnerte sich an die Geschichten, die er von ihrem Aufstand gehört hatte und von den langen glatten Klingen ihrer Speere, und erschauderte. Fürchten Sie sie, Sir, hatte ein Händler in der Stadt ihn gewarnt. Die sind schlimmer als jedes wilde Tier, wenn die auf der Jagd sind.

Auf einer kleinen Anhöhe zügelte er sein Pferd, legte ihm die Hand an den heißen Hals und ließ den Blick über die Landschaft schweifen, das Buschland und die Steppe, die sich unter ihnen ausbreiteten. Am anderen Ende der Senke ragte ein Dolomitkamm auf und verlor sich im Himmel. Ein paar Meilen unter ihnen konnte er das schwache orangefarbene Flackern eines Kochfeuers neben der Straße ausmachen.

Charlotte hielt neben ihm an. Sie sind so hell, sagte sie.

Er schob seinen Hut zurück und folgte ihrem Blick nach oben. Nickte. Wir müssen vorsichtig sein.

So habe ich das nicht gemeint.

Er sah sie an.

Die ersten Diamanten der Nacht, murmelte sie.

Hoffen wir mal, dass es nicht die einzigen sind, sagte Reckitt, als er zu ihnen aufschloss. Er hatte sein linkes Handgelenk unter die rechte Achsel geschoben und verzog das Gesicht.

Wieder das Handgelenk?

Nein.

Nebeneinander saßen sie im Sattel, die Pferde schnaubten leise.

Und wo ist jetzt diese Kluft?, fragte Charlotte.

Foole warf Reckitt einen Blick zu. Über welche Kluft spricht sie?, fragte er.

Der ältere Mann lachte nicht.

Sie ritten auf eine enge Schlucht zu, die ein Gletscher vor Urzeiten bei seinem Rückzug in den Kalkstein geschnitten hatte. Man nannte sie in der Gegend auch Chinesenschlucht wegen ihres Ausgangs, einem Engpass mit steilen Wänden, zwischen die kein querliegendes Reiskorn gepasst hätte. Langsam ritt Foole eine niedrige Böschung hinunter, dann über die Ebene hinweg, querfeldein, weg von der Straße. Ungefähr elf Kilometer weiter gab es eine Haarnadelkurve, dann einen Fluss und die Schlucht selbst, Foole wollte, wenn möglich, keinem anderen Reisenden über den Weg laufen.

Der Himmel wurde fahl. In der Stunde vor Sonnenaufgang stiegen sie ab und ließen ihre Pferde an einem flachen Strom im Veld ausruhen. Ein Mann mit Lendenschurz und Speer tauchte aus dem Dunkel auf, er trieb eine Schafherde vor sich her und machte im grauen Morgenlicht einen weiten Bogen um sie, den Blick abgewandt. Seine sehnige Brust glänzte. Seine braunen Fäuste. Foole hockte mit Reckitts Gewehr über dem Knie im strohigen Gras und lauschte dem Getrappel der Hufe auf dem felsigen Boden, dem Läuten einer verbeulten Blechglocke, die der Schäfer an einem Lederriemen um den Hals trug. Dann zog der Mann weiter ins steinige Grasland und seine Gefolgschaft mit ihm, wie eine Vorwarnung.

An der Chinesenschlucht saßen sie ab, nahmen ein aufgerolltes Seil von Fooles Sattelknopf und knoteten es doppelt ungefähr auf Höhe eines Pferdehalses quer über den Ausgang der Schlucht. Straff und erbarmungslos gespannt wie ein Draht hing es nahezu unsichtbar im Dämmerlicht. Sie schwiegen, nur das Knirschen ihrer Stiefel auf dem steinigen Boden und ihr leiser Atem bei der Arbeit waren zu hören. Charlotte schickte er mit den drei Pferden fünfzig Meter ins Buschland, und als er Reckitts finstere Miene sah, hob er lediglich wütend die Hand und weigerte sich, darüber zu diskutieren. Er wollte verdammt sein, wenn er das Mädchen bleiben ließ. Auf beiden Seiten der felsigen Mündung lag Geröll von Erdrutschen vergangener Winter, am östlichen Hang stand ein einsamer Baum windschief und bizarr in menschliche Form gekrümmt, dort verschanzte sich Foole mit seinen beiden Pistolen auf einem flachen weißen Felsen vor sich. Reckitt ging ein paar Dutzend Schritte weiter und hockte sich in eine Nische zwischen zwei Gesteinsbrocken, von wo aus er die Postkutsche würde kommen sehen.

Sie warteten. Foole spürte den kalten Sand unter den Knien. Mit geschlossenen Augen saß er da, die Hände auf der Erde. Ein Dröhnen, wie eine Lokomotive, die tief unter ihm vorbeifuhr. Er wischte sich die Hände an der Hose ab und spannte den Hahn der Pistolen. Sein Herz klopfte unerbittlich in seiner Brust. Er hatte den Atem angehalten und stieß jetzt langsam und bedächtig die Luft aus. Dann hörte er es, das Rattern der eisenbeschlagenen Räder, das dumpfe Getrappel von Hufen auf der sandigen Straße. Er stand auf, stellte sich neben den Baum.

Und da kam sie, die Postkutsche, im Galopp preschte sie

durch die Schlucht auf sie zu, und Foole kam es vor, als lege sich eine lange unmenschliche Stille über ihn und Reckitt und den Pass und verharre dort, auf einmal war da nichts mehr, keine Postkutsche, keine Pferde, bloß das schwache friedliche Dämmerlicht jener langen Stunde vor Tagesanbruch.

Dann ein Kreischen, wie heißes Eisen in Wasser getaucht.

Ein jähes Krachen in der grauen Luft.

Pferde schrien.

Er hörte das Seil knarren, sich wie eine vorbeizischende Kugel aus dem Knoten lösen, dann fiel die Kutsche in einer Staubwolke ächzend auf die Seite, und Schmerzensschreie ertönten in dem Durcheinander. All das sah und hörte Foole mit dem Tuch über Mund und Nase und je einer Pistole in der Hand und trat schließlich vor, als wolle er in das brodelnde Wirrwarr hineinwaten wie in tiefe Brandung, hob eine Pistole und feuerte einen Schuss in den Himmel.

Er sah drei der Pferde im Staub strampeln, in ihren Geschirren verfangen. Zwischen ihnen lag ein Mann mit dem Gesicht nach unten auf der Erde, er war hinuntergeschleudert worden und rührte sich nicht, aber Foole konnte nicht erkennen, ob es der Kutscher oder die Burenwache war. Ein zweiter Schuss ertönte, und einen Augenblick lang dachte er, es sei Reckitt, der schösse. Doch als nach einem dritten und vierten Schuss direkt neben ihm Rinde und Zweige splitterten, schaute Foole sich um und entdeckte zwei Männer, die neben dem Wrack knieten, mit Winchester-Repetierern, die sie im Morgenlicht schwenkten, und dann fingen sie an, wie wild um sich zu schießen, so dass Foole gezwungen war, in Deckung zu gehen.

Er schoss mit eingezogenem Kopf und zusammengekniffenen Augen zurück, als er hörte, wie Reckitts Gewehr, endlich, das Feuer erwiderte. Er kroch zur Seite und spähte hinüber. Foole sah den älteren Dieb im Staub kauern, den Kopf in den Händen, der Hut neben ihm am Boden, doch aus seinem Gewehr wurde noch immer geschossen, Foole verstand es nicht.

Da sah er sie. Gelassen stand sie neben dem Geröllhügel. Charlottes Silhouette, schießend und nachladend und schießend, als hätte sie von Kindesbeinen an nie etwas anderes getan.

Sie flohen. Angsterfüllt klammerten sie sich an ihren Pferden fest, die Hüte wirbelten durch den Staub davon. Erst nach mehreren Kilometern wurden sie langsamer und ritten grimmig schweigend unter rotem Himmel weiter. Reckitt hielt sich ein Taschentuch an die Schläfe, wo eine Kugel ihn gestreift und kopfüber in den Staub befördert hatte. Drei Kilometer vor Port Elizabeth zogen sie sich um, teilten sich auf und ritten getrennt in die Stadt hinein. Zwar würden sie mehrere Stunden vor der Postkutsche eintreffen, fürchteten aber, dass man sie im Nachhinein erkannte. Vor den Stallungen des Hotels saß Foole ab, band sich sein Tuch um den Hals, sattelte das Pferd ab und ging hinauf in sein Zimmer. Eine Lampe brannte, die hölzernen Läden standen in der Hitze offen. Charlotte saß mit Straßenstaub am Kinn zusammengesunken am Schreibpult.

Reckitt mit dem Rücken zum Fenster, ruhiger. Bleich, die stoppeligen Wangen schmutzig, die dunklen Augen hohl. Foole spürte, dass in seiner Abwesenheit ein Beschluss gefasst worden war, er wusste, dass er jetzt auf der Hut sein musste.

Das sollten Sie kaschieren, sagte Foole nüchtern und deutete auf die blutige Stirn des Mannes.

Reckitt warf seiner Nichte einen Blick zu, sichtlich angespannt.

Was.

Mein Onkel ist der Ansicht, dies entspräche nicht der Abmachung, die Sie in London getroffen haben, sagte Charlotte mit gedämpfter Stimme.

Mir wurde gesagt, Sie gingen methodisch vor, murmelte Reckitt. Sie seien talentiert.

Und mir wurde gesagt, Sie würden jedes Ding durchziehen.

Soll heißen, Sir?

Foole spürte eine stechende Wut, schluckte sie jedoch hinunter. Auf dem Korridor öffnete sich eine Tür, und alle drei verstummten, dann näherten sich die Stimmen zweier Männer und gingen vorüber, kurz darauf fügte Foole flüsternd hinzu: Soll heißen, wenn Sie Ihre Stellung gehalten und das Gewehr seinem Zweck gemäß benutzt hätten, wären wir erst gar nicht in dieser Lage.

Wir benutzen keine Gewehre, Sir, zischte Reckitt. Das ist nicht unser Stil. Wir sind doch keine Straßenräuber.

Wir benutzen, was auch immer nötig ist. Ich hätte Sie für fähig gehalten, solche Prinzipien anzuerkennen.

Prinzipien.

Foole dämpfte seine Stimme noch weiter. Wenn Sie getan hätten, was Sie tun sollten, hätten sich die Wachen ergeben. Wir hätten bekommen, was wir wollten. Wir wären nicht gescheitert.

Charlotte legte ihre schmale Hand auf die Armlehne ihres

Stuhls. Aber es gab einen dritten Mann, Mr Foole. Das ist der entscheidende Punkt.

Reckitt blinzelte sie mit seinen kalten, trägen Augen an, sagte nichts.

Eine Haarsträhne war ihr ins Gesicht gefallen. Sie sah müde aus. Foole wandte sich ab. Denken Sie an den Gewinn, Martin, sagte er. Das ist noch niemandem gelungen. Wir werden die Ersten sein.

Aber sicher nicht unter Ihrer Führung.

Foole hielt noch immer die Satteltaschen über dem Arm und zog sich mit den Zähnen den Handschuh der freien Hand aus. Ich verstehe ja, wenn das Mädchen aus der Sache rauswill. Aber wenn Sie jetzt kneifen –

Niemand kneift hier, zischte Reckitt. Wir ziehen uns aus dem Plan eines Verrückten zurück. Das ist nicht das Gleiche. Sie, Sir, können froh sein, dass Sie mit heiler Haut davongekommen sind. Wissen Sie, was die Buren mit Banditen machen?

Uns waren lediglich nicht alle Fakten bekannt.

Mir wäre fast der Kopf von den Schultern geschossen worden. Sie haben das Leben meiner Nichte aufs Spiel gesetzt –

Sie haben das Leben Ihrer Nichte aufs Spiel gesetzt, blaffte Foole. Ich wollte sie von vornherein nicht dabeihaben. Wenn Sie jetzt kneifen wollen, Sir, dann schieben Sie es ja nicht auf das Wohlergehen Ihrer Nichte. Als er Reckitt im Schein der Laterne betrachtete, konnte er etwas Leichenhaftes durch seine Haut scheinen sehen, und das Gefühl, das er dabei hatte, gefiel ihm ganz und gar nicht.

Reckitts Schatten fiel verzerrt und riesenhaft an die Wand.

Sie täten gut daran, die ganze Sache abzublasen, sagte er. Sie sind kein Dick Turpin.

Charlotte stand auf. Foole begriff, dass die Nacht sich dem Ende zuneigte.

Ich werde diese Diamanten besitzen, Martin, sagte er.

Charlotte räusperte sich.

Das werden Sie nicht, Sir. Reckitt blickte ihn mitleidig an.

Ich bleibe, sagte Charlotte.

Foole glaubte, er hätte sich verhört. Reckitt und er drehten sich gleichzeitig zu ihr um und starrten sie an. Ihr schwarzes Haar in Dunkelheit gehüllt, die Augen feucht und dunkel. Er wollte schlucken, doch seine Kehle war ausgetrocknet, und auf einmal wusste er nicht mehr, was er sagen sollte.

Ich bleibe, sagte sie wieder. Einer muss ja bleiben. Oder willst du Mr Foole lieber sich selbst überlassen, Onkel?

Bosheit flackerte über Reckitts Gesicht, war sogleich wieder verschwunden.

Sehr viel später würde er begreifen, dass es nicht ihre Schuld war. Trotzdem hätte er den Schwindel durchschauen müssen. Das Ausspähen des Opfers, das Einwickeln, die Kunst des Zuschlagens.

Genau wie in der Liebe eigentlich.

Am Morgen verließ Reckitt sie. Nichts konnte ihn zum Bleiben bewegen. Die Männer hatten sich wieder vertragen, obgleich zumindest Foole sich ausgelaugt fühlte, bloßgestellt und verzweifelt, doch Reckitt wirkte ungerührt. Foole gefiel es nicht, dass Reckitt vor ihm wieder in der Londoner Unterwelt ankommen würde, wo in seinen Händen lag, wie er die Geschichte darstellte. Er würde Fludd schreiben, doch die wesentlichen Details musste er aus Gründen der Vorsicht aussparen. Charlotte, Reckitt und er hatten die ganze Nacht verschiedene Möglichkeiten erwogen, am Ende jedoch beschlossen, beim ursprünglichen Plan zu bleiben. Foole sollte mit den Diamanten im Gepäck allein und in gemächlichem Tempo nach Brindisi reisen, wo ein Komplize auf ihn warten würde. Nur hatte er diesmal darauf bestanden, dass dieser Komplize Charlotte sein sollte und nicht Martin.

Am Bahnhof stand Reckitt mit seinem Köfferchen zwischen den Füßen da, der große Schrankkoffer bereits aufgegeben und verstaut, nun wieder ganz der adrette Gentleman-Dieb in Gehrock und Zylinder, der sich zerstreut über die Ärmel strich. Sein Silberhaar glänzte.

Die Neuigkeit wird vor uns eintreffen, murmelte Foole. Sobald Sie davon lesen –

Werde ich Charlottes Überfahrt nach Brindisi buchen. Ja.

Foole nickte.

Der alte Dieb fasste Charlotte an den behandschuhten Händen. Solltest du deine Meinung ändern oder sollte irgendetwas schiefgehen, werde ich dir das Geld für deine Rückkehr telegraphieren. Pass gut auf dich auf. Er warf Foole einen eisigen Blick zu. Ich übergebe sie in Ihre Obhut, Sir. Enttäuschen Sie mich nicht. Der Schaffner ging über den Bahnsteig und forderte die Fahrkarteninhaber zum Einsteigen auf. Dampfschwaden zischten aus dem Kessel, Passagiere riefen darüber hinweg. Als Foole das Gesicht hob, sah er geschwärzte Stahlträger, rußblinde Oberlichter, einen bewaffneten Buren, der von einem Steg zu ihm herunterstarrte.

Geh schon, sagte sie.

Foole dachte bereits über eine andere Möglichkeit nach. Am Morgen hatte er beobachtet, wie die ramponierte Postkutsche in der Stadt angekommen war, der Dampfer hatte längst abgelegt, hatte gesehen, wie die Burenwachen ausgestiegen waren und die Blicke wachsam über die Menge hatten schweifen lassen, wie sie die Lieferung ins Postamt brachten und dort im Tresor deponierten, bis der nächste Dampfer anlegte. Die Abendzeitungen waren voll von Gerüchten und Mutmaßungen. Amerikanische Banditen aus dem Mittleren Westen. Australische Sträflinge. Ein ausgeklügeltes Betrugsmanöver von Eingeweihten. Doch Foole hatte auch den gebückten Gang des stellvertretenden Postmeisters gesehen, die geäderten Hände, die vor Altersschwäche zitterten, den Augenschirm, der schief auf fettigem Haar saß, und in seinem Herzen war etwas ganz still geworden.

Die Tage ohne Reckitt zogen vorbei. Er sah Charlotte in der Hotellobby, sah sie am Bahnhof. Eines Nachmittags traf er sie auf der Hotelterrasse, sie hakte sich unter, und in ihrer leichten Baumwollkleidung spazierten sie nach draußen ins weiße Sonnenlicht und hinunter zum Hafen und betraten ein Restaurant, nur sie beide, als wären sie Mann und Frau. Er blickte sie an und konnte den staubigen Gewehrschützen, der im fahlgrauen Licht dastand und ohne innezuhalten und ohne Hast nachlud und zielte und schoss, nicht in ihr sehen. Er stellte sie sich am Theater vor, und es ergab keinen Sinn.

Sie haben so etwas schon einmal gemacht, sagte er zu ihr.

Sie lächelte. Ein- oder zweimal.

Wer sind Sie?

Miss Charlotte Reckitt. Sie streckte die Hand aus. Sehr erfreut, Ihre Bekanntschaft zu machen, Sir.

Das war nicht meine Frage.

Sie wissen doch, wie das ist, sagte sie mit einem Lächeln. Gesetzlos zu sein ist wie Trinken. Sie ließ die Eiswürfel in ihrem Glas klimpern und warf ihm einen verschmitzten Blick zu. Ein Glas, und man kann nicht mehr aufhören.

Als der Plan in seinem Kopf Gestalt annahm, begann er Vorkehrungen zu treffen. Er schrieb Briefe und verließ die Stadt, um sie per Einschreiben an sich selbst zu schicken, und wenn er sie im Postamt abholte, lächelte er freundlich und plauderte mit dem stellvertretenden Postmeister. Eines Nachmittags schrieb er gerade, als Charlotte sich ihm näherte, über seine Schulter lugte und den Brief studierte.

Er legte den Stift nieder. Sind Sie neugierig?

Sie sah ihn entrüstet an. Ich bin doch nicht neugierig.

Er schwieg.

Fass wird mit zwei s geschrieben, sagte sie.

Ihre Fußgelenke sah er zum ersten Mal, als sie am selben Abend die Treppe herunter in den Speisesaal kam. Er hatte getrunken. Beim Anblick der blauen Seide ihres Kleids und ihres rabenschwarzen Haars, das in dichten Locken glänzte, erfüllte ihn eine unerwartete Freude.

Was ist?, fragte sie.

Der leichte Schwindel, den er bereits zuvor verspürt hatte, war wieder da, eine Art beschwingter Leichtsinnigkeit. Es lag nicht am Wein, nicht nur am Wein jedenfalls.

Er dachte an ihre schlanke Gestalt in der Dämmerung, mit dem Gewehr vor der Brust, ihre mühelose Balance, wie ein Ast, der über einen Fluss ragt. Sie aß nicht sonderlich viel. Später, als sie die Treppe hinaufging, konnte er nicht umhin zu sehen, wie ihre Röcke die Knöchel mit jeder Stufe umspielten wie das Wasser des ebbenden Meeres. In ihrem Zimmer stand er reglos da, spürte ihren weichen Mund auf seinem und wusste nicht, was er mit seiner Zunge tun sollte. Sie legte ihm ihre heißen Hände auf die Brust und drückte ihn langsam aufs Bett, und in der Dunkelheit sah er, wie sie ihr Haar löste.

Am Morgen trafen sie sich wieder. Am Nachmittag. In keiner anderen Stadt wäre das möglich gewesen. Vielleicht in Paris. Sie war ins Zimmer ihres Onkels ganz am Ende des oberen Stockwerks gezogen, und es war unheimlich, sich dort aufzuhalten. Foole wollte ihr etwas geben, das sie mit keinem anderen Mann erlebt hatte, doch er wusste nicht, was. Er brauchte lange, um zu begreifen, dass dieses Verlangen selbst ein Geschenk war. Er nahm von ihr nichts, was er in Händen hätte halten können. Im sanften Nachmittagslicht stand er über ihr und zog ihr das Laken von den schweißfeuchten Beinen, und dann schloss sie die Augen, räkelte sich und seufzte.

Er hatte sich noch nicht verloren. In jenen ersten Tagen fühlte er sich befriedigt und so erschöpft, dass er nicht ohne plötzliche Schwäche in den Beinen aufstehen konnte. Eine Reinheit schien in ihm zu erwachsen, eine konzentrierte Klarheit. Er erzählte ihr von den Lieferungen aus den Minen und grübelte endlos über mögliche Schwachstellen nach. Beobachtete die Dampfer im Hafen, die Buren mit ihren Gewehren an den Docks, während die Kisten verladen wurden. Sie strich ihm mit der Hand über den Ärmel, zupfte ihm einen losen Faden von der Manschette. Er versuchte, nicht an ihren Onkel zu denken und daran, was der davon halten würde, sie beide so zu sehen. Er wusste, dass es Betrug war, eine Unprofessionalität, die er einem Komplizen nicht hätte durchgehen lassen. Trotzdem hörte es nicht auf.

Während alledem rang ein Teil von ihm mit einem Plan. Er sollte einfach sein und in seiner Einfachheit elegant. Es gab zwei Fooles, den Mann, der das Leben genoss, der aß und schlief und liebte, und den anderen, sein Schattenselbst, gedankenverloren und hager, unrasiert und wild.

Und jener andere kam seinem wahren Wesen näher.

Und dann nahm der Plan endlich Gestalt an. Er wusste, dass die Burenkutschen nahezu auf die Minute genau im Hafen ankamen, wenn ihre Diamanten nach England verschifft werden sollten. Diese Postkutschen waren schwer bewaffnet und unterbrachen ihre Fahrt durchs Veld nur zum Wechseln der Pferde, bremsten erst in den Docks, Staubwolken hinter sich herwirbelnd. Doch nach seinem gescheiterten Coup hatte er die Schwachstelle des Systems erkannt: Wenn die Kutschen zu spät im Hafen ankamen, wurden die Diamanten über Nacht im Tresor des Postamts eingeschlossen. Er hatte den Tresor gesehen und wusste, dass er ohne Schwierigkeiten geknackt werden konnte. Er wusste außerdem, dass die heikelsten Punkte auf dem Weg von den Minen nach Port Elizabeth die unbemannten Fährüberfahrten waren und dass ein gekapptes Seil die Postkutsche um Stunden zurückwerfen würde. Doch ein Seil konnte nicht gekappt werden, ohne die Buren auf die Sabotage aufmerksam zu machen und auf diese Weise für erhöhte Wachsamkeit zu sorgen.

Was wir brauchen, raunte Charlotte ihm eines Nachts zu, ist höhere Gewalt.

Er grinste. Soll ich den Herrn um einen Gefallen bitten? Mhm.

Und dann beten wir einfach, dass ein Seil reißt?

Sie drehte sich herum und küsste ihn auf die Lider. Sei nicht albern, flüsterte sie. Die Fähre muss doch nicht ausfallen. Wir müssen es nur so aussehen lassen.

Also warten wir auf einen Sturm.

Genau, wir warten. Sie strampelte sich aus dem Laken frei, setzte sich rittlings auf ihn, und ihr Gesicht schwebte im Dunkeln geisterhaft über ihm. Langsam begann sie ihre Hüfte zu bewegen. Wir warten, murmelte sie, bis die Buren unsere Stümperei in der Schlucht vergessen haben.

Bis zur Regenzeit ist es noch Wochen hin, sagte er.

Mhm. Etliche Wochen.

Er fasste sie bei den Handgelenken und zog sie zu sich.

Wie sollen wir die Zeit bloß herumkriegen?, flüsterte sie ihm ins Ohr.

Und so begann es. In der zweiten Woche fuhr er allein mit dem Personenzug nach Kapstadt und schickte zwei Eilpakete an sein Postfach in Port Elizabeth, und in der darauffolgenden Woche ging er genau zur Schließzeit zum Postamt und klopfte flehentlich ans Fenster. Der stellvertretende Postmeister war ein erfahrener Whist-Spieler aus dem Mittleren Westen Amerikas, gegen den Foole einige Wochen zuvor mehrere Spiele verloren hatte, und sie begrüßten sich lächelnd, als der ältere Mann ihn einließ. Es war keine Bank, es gab keine Wachen. Der Name des stellvertretenden Postmeisters war Holloway, er war untersetzt und rotgesichtig wie eine der afrikanischen Kröten, und Foole tat leid, welche Rolle ihm in dieser Sache zukam. Dennoch nahm er, sobald der Mann ihm den Rücken zuwandte, die Schlüssel von ihrem Haken hinter dem Tresen, drückte sie in die Wachskugel in der Tasche seines Gehrocks und hängte sie eilig wieder hin, ehe der Mann zurückkehrte.

Mit diesem Negativabdruck der Postamtsschlüssel goss er später am selben Abend an einem improvisierten Arbeitstisch über der Hotelbadewanne Kopien davon, wobei er das Feuer aus dem Badeofen benutzte und eine Kelle, die Charlotte besorgt hatte, und die fertigen Schlüssel bewahrte er in einer kleinen Schachtel in ihrem Schrankkoffer auf. Es erstaunte ihn, dass er ihr derart vertraute. Er spazierte ohne sie durch die Passagen und musterte die Auslagen, die Hände hinter dem Rücken verschränkt, kehrte mit verschnürten Pappschachteln zurück, darin kleine Figürchen, Porzellantassen, eine Kette aus polierten Eisenholzperlen. Im Hafen herrschte geschäftiges Treiben. Jeden Tag gingen Hoffnungsfrohe an Land und die Verzweifelten und Verlorenen an Bord der Schiffe. Keiner von ihnen wusste, was Foole wusste. Auf der Straße, in der Menge, wurden Sprachen gesprochen, die er nie wieder hören würde, er stand auf den Gehwegen, sah zu, wie die Kutschen vorbeiklapperten, und fühlte sich im Bann eines glorreichen, geheimen Schicksals.

Bin ich ein gefallenes Mädchen?, fragte sie ihn eines Nachmittags.

Er fuhr ihr mit den Fingern durchs Haar, übers Ohr.

Ich rechne ständig damit, dass er um die Ecke spaziertkommt, sagte sie. Manchmal hat er so einen Blick. Als ob er genau weiß, was du getan hast.

Er ist in London, Charlotte. Er weiß von nichts.

Sie schwieg.

Woher sollte er es denn wissen?

Sie sah ihn eindringlich an. Du bist anders als er, murmelte sie.

Das will ich doch hoffen.

Sie lächelte ein schiefes kleines Lächeln, das nur die Spitzen ihrer Zähne entblößte, wandte dann den Blick ab. Ich hatte ja keine Ahnung, wie du bist, nicht die leiseste Ahnung, sagte sie. Du bist wie ein Stein, den man unter Wasser hält. Plötzlich fangen seine Farben zu leuchten an.

Später am Abend sagte sie: Ich muss dich etwas fragen, und du musst mir ehrlich darauf antworten.

Tastende Finger auf seinem Gesicht, die seine Augenbrauen nachfuhren, seine Lippen.

Ich merke es, wenn du mich anlügst, flüsterte sie.

Aber was immer es war, er glitt bereits hinüber in den Schlaf, silbrigen Schweiß auf der Haut, hörte sie noch wie aus weiter Ferne sprechen, und dann war er auch schon eingeschlafen. Am nächsten Morgen erinnerte er sich nicht mehr an die Frage.

Sie zogen in ein kleineres Hotel. Ein blaues Eckhaus, der Name weißgetüncht an der Seitenwand im ersten Stockwerk. Foole ging über die ausgetretenen Dielen der Lobby, spürte ihre behandschuhten Finger an seinem Handgelenk und das Herz schwer in seiner Brust, und an der Rezeption unterschrieb er für sie beide. Das Gästebuch war alt, der Ledereinband rissig. Die Sonne fiel schräg durch die speckigen Fenster, ließ den Staub in der Luft leuchten. Die losen Stufen klapperten, als Charlotte und er ins Obergeschoss hinaufstiegen. Ihr Zimmer ging mit Blick aufs Postamt auf die Straße hinaus und war von der Morgensonne aufgeheizt, und als Foole das Fenster öffnete, um Luft hereinzulassen, hörte er das Bett unter Charlottes Gewicht quietschen, wie ein Lebewohl.

Sie warteten auf Sturm, doch das Wetter hielt sich. In der Zwischenzeit waren sie freundlich und charmant zu allen. Sie machten sich bekannt. Sie unternahmen Abendspaziergänge am Hafen und steckten über geteilten Tellern und Weinflaschen die Köpfe zusammen. Er hatte auch vorher schon bei Frauen gelegen, allerdings immer nur im Tausch gegen Geld, und das Verlangen, das er nun verspürte, war anders als die reine Lust, es war neu für ihn. Morgens lag sie bäuchlings im Bett, ein Kissen untergeschoben und die Laken zu Boden gestrampelt, und er drang langsam in sie ein, schob sich mit kreisendem Becken tiefer. An manchen Tagen saß sie im Waschzuber, mit erhobenen Armen, während er mit einem kühlen Lappen über das weiche schwarze Haar in ihren Achseln fuhr, das graue Wasser über ihrem Nacken, den Schulterblättern auswrang und sie ihm mit einer Intensität in die Augen sah, die so intim war wie Trauer. Ihre Haut verblüffte ihn, die Blässe, als werde sie von innen angeleuchtet. Nachts setzte sie sich rittlings auf ihn, noch mit hochgestecktem Haar, legte sich die Hände auf die Pobacken und bog den Rücken durch, und später konnte er sich selbst auf ihren Lippen schmecken. Er war jung, ihr Körper war die Welt. Und er wollte sie einnehmen.

Sie konnte derb sein, gehässig, sie konnte launisch sein und liebevoll. Sie wollte nicht immer berührt werden. Eines

Nachts drehte sie sich abrupt von ihm weg und zog sich zurück.

Er stützte sich auf einen Ellbogen. Ich dachte, das magst du.

Du bist ganz woanders, sagte sie. Sie stand auf und begann sich anzuziehen. Du siehst überhaupt nichts, wenn du mich anschaust. Du denkst an die Lieferung.

Stimmt doch gar nicht.

Es stimmt.

Ich liebe dich, sagte er. Sobald es ausgesprochen war, wusste er, dass es die Wahrheit war.

Mit unergründlichem Gesichtsausdruck stand sie da und sah ihn an, dann schien sie plötzlich wütend zu sein. Er verstand nicht. Als sie nach ihrer Wäsche griff, verdeckten die Haare ihr Gesicht wie ein Regenvorhang.

Wag es ja nicht, mich zu bemitleiden. Glaubst du, du hast mich verdorben? Glaubst du, du wärst der Erste?

Charlotte, sagte er verwirrt.

Wag es ja nicht, wiederholte sie.

Er beobachtete, wie sie aufgebracht mit ihrem Mieder kämpfte.

Wo willst du denn hin?, fragte er. Charlotte. Warte.

Besorg dir doch einen Spiegel, spuckte sie aus, und versuch, den zu ficken.

Am Morgen saß sie an ihrem gewohnten Tisch, und er näherte sich ihr vorsichtig, doch sie lächelte, als wäre nichts gewesen, und legte ihre Serviette vor sich hin.

Guck dir mal den alten Hummer da an, flüsterte sie und nickte zu einem Tisch auf der anderen Seite des Raumes.

Er dachte zunächst, sie wollte auf letzte Nacht anspielen. Ein alterndes Pärchen beim Frühstück, schweigend nach langer und einsamer Ehe. Der Mann mit seinem roten Gesicht und dem dichten, furchteinflößenden Schnauzer, wie ein Kolonialherrscher, ein Monokel grimmig vors Auge gekniffen. Neben ihm seine Frau in rotbraunem Krepp, die blutleeren Lippen zusammengepresst, Missbilligung tief in die Stirn gefurcht. Die Hände unsichtbar in ihrem Schoß, während sie die Speisekarte beäugte. Der Mann las die Frühausgabe der örtlichen Tageszeitung, die er starr vor sich hielt und dabei mit den Seiten raschelte.

Charlotte grinste. Das ist gar nicht seine Frau. Sie heißt Mrs Picquet und führt das beste Bordell in ganz Kimberley.

Ach Quatsch, sagte er mit einem Lächeln.

Doch, wirklich. Sie ist geradezu berüchtigt, ein wahrhaft ruchloses Weib. Sein Name ist Sweeney, er besitzt eine Damenboutique hier in der Stadt. *Très cher.*

Woher willst du das denn wissen?

Sie zwinkerte.

Ihr Treffen ist bestimmt nur geschäftlicher Natur, sagte er.

O ja, ganz bestimmt, sagte sie verschmitzt lächelnd. Und wo, glaubst du, hat sie ihre Hände gerade?

So lief es. Unvorhersehbar, grundlos, jäh und heftig wie ein vorbeiziehendes Tief, und dann war wieder alles ruhig. An jenem Morgen hatte er sie fragen wollen, wo sie die Nacht verbracht hatte, aber er brachte es nicht fertig. Mit ihr fühlte er sich wie ein Junge, und er verstand nicht ansatzweise, das wurde ihm nun bewusst, was das zwischen ihnen war.

Sie warteten. Die Wochen vergingen, und noch immer war kein Sturm in Sicht. Riesige gepanzerte Insekten wie Kreaturen aus einem längst vergangenen Erdzeitalter prasselten gegen die Vorhänge, tickten gegen die Lampen. Morgens sammelte er sie in der flachen Hand, warf sie aus dem Fenster. Der Diamantenraub verlor allmählich jegliche Wahrhaftigkeit, jede Realität, ihre Tage schienen zu flimmern. Foole hatte nicht gewusst, dass man Zufriedenheit finden konnte, indem man eine Sache, und nur diese, tagein, tagaus wiederholte, Nacht für Nacht in erschöpfter Vollkommenheit.

Sie gingen am Wasser spazieren und liehen sich gusseiserne Fahrräder am Stand eines Ungarn und schwankten und schlenkerten darauf an den Omnibussen vorbei, lachten die Pferde in ihren Geschirren übermütig an, während sie mit ihren riesigen Vorderrädern die unebenen Straßen entlangholperten. An den Grünanlagen standen sie Schlange und kauften französisches Eis mit Papaya-Geschmack, warfen die Holzlöffelchen fort und schleckten ihr Eis bis zu den Fingern hinunter wie Kinder. Foole nahm sie mit in das Büro, das er angemietet hatte, und stellte sie dem Sekretär vor, der die Federlieferungen abwickelte, und während sie durch den kleinen Raum schlenderte und mit ihrem behandschuhten Finger über Schreibpult, Bücherregal und Fensterbank fuhr und Kringel im Staub hinterließ, beugte sich Foole über die Bücher und versuchte, ihr nicht auf die Hüften zu starren. In der dritten Woche kehrte er ins Veld zurück, um Federn abzuholen, doch er feilschte nicht wegen ihrer Qualität, die Stammesältesten nahmen sein Geld und sahen ihn mitleidig an. Sind Sie krank?, fragten sie ihn, und er dachte darüber nach und kam zu dem Schluss, er sei es womöglich. Ihm wurde bewusst, dass es den netten jungen Mr Bentley nicht mehr gab, und er trauerte um ihn, als er dieses falsche Leben zerriss, aufriss wie einen dicken Umschlag, bis alles daraus hervorquoll, und zwar sowohl Glück als auch Zeit.

Dann wachte er eines Morgens auf und sah Charlotte am Fenster stehen, dahinter einen aufgewühlten schwarzen Himmel. In ein Laken gewickelt wie ein Abbild ihres eigenen Todes, die Arme irgendwo in den weißen Falten verborgen, und ihr blasses Gesicht vollkommen unbewegt, unsagbar schön, und nur ihre Augen dunkel.

Es ist so weit, sagte sie.

Der Sturm riss die Dächer von den Baracken östlich des Hafens. Ein heißer Wind fuhr nieder und schlug die Porzellankacheln aus der Fassade der Hauptverwaltung, der Regen peitschte schräg gegen die Hotelfenster. Im Hafen rollten die schweren Dampfer und wurden gegen die Kaimauern gedrückt. Das Wasser stieg und schob sich wie ein Keil in die Stadt, überschwemmte die Straße mit demolierten Pflügen, Bruchstücken von Veranden und schaukelnden Hundekadavern, Akazienäste trieben kreiselnd in den Strudeln. Durchnässte, matschige Lumpen, die einmal Hemden gewesen waren. Zersplitterte Kisten. Räder, von der Strömung zerbrochen. In der zweiten Nacht war das Schlimmste vorüber, und Foole und Charlotte ritten schweigend aus der Stadt, auf demselben Wege wie zuvor, und als sie durch die Chinesenschlucht kamen, nun vom Regen ausgespült und bis auf die Riefen im Kalkstein frei gewaschen, dachte er an das letzte Mal, mit Reckitt, und es kam ihm vor wie eine Reise aus einer anderen Zeit, einem anderen Leben.

Als die Nacht in eine rote Morgendämmerung überging,

saßen sie auf ihren Pferden und blickten auf die Neben-
gebäude und den wackligen Zaun einer Rastschenke. Sie sah
verlassen aus, doch sie wussten, dass sie es nicht sein würde,
deshalb ritten sie weiträumig um das Grundstück herum,
obgleich ihre Pferde müde waren und sie selbst hungrig,
und kehrten etwa drei Kilometer weiter auf die Straße zurück. Um sie herum erstreckte sich das lange, gelbe Gras
des Velds, im Osten ragte ein einsamer Affenbrotbaum aus
dem grauen Dunst. Sie hörten den gurgelnden Fluss, lange
bevor sie ihn sahen.

Der Anleger der Seilfähre schien seit Jahren nicht instand
gesetzt worden zu sein, die mit Balken verbundenen Pfähle
waren wettergegerbt und windschief. Das über den Fluss ge-
spannte Seil schwang in der Luft, und auf der anderen Seite
konnte er die flache Fähre erkennen, die im Hochwasser
schaukelte, das Seil knarrte unter ihrem Gewicht.

Bist du sicher, dass sie überhaupt bis hierhin durchkom-
men?, fragte Charlotte. Nach diesem Sturm?

Er stieg von seinem Pferd und ging knirschend über den
Kies zu dem Pfahl, an dem das Seil befestigt war. Sein Rü-
cken schmerzte. Die Luft kam ihm schon jetzt heiß vor. Das
Wasser floss schnell und schlammig dahin und zerrte an der
Fähre. Er besah sich das Schwungrad, das am gegenüber-
liegenden Ufer vor sich hin rostete, ging wieder zu seinem
Pferd und nahm ein sehr altes, sehr scharfes Messer aus der
Satteltasche.

Nun, sagte er. Das werden wir ja sehen.

Er machte sich ans Werk.

Es war ein gezacktes Messer, das er in New Orleans von
einem Fischer bekommen hatte, und er mochte die lange

Klinge, die geschwungene Form. Er stellte sich mit seinem ganzen Körpergewicht auf das Seil und sägte am straff gespannten Ende, und allmählich zerfransten die Stränge und rissen einer nach dem anderen. Ein Ächzen ertönte, plötzlich ein Knacken, wie von frischem Holz im Feuer. Er spürte das Zerren der Fähre, während er sich abmühte und Charlotte die Pferde beruhigte, und als er durch war, zuckte das Seil und schlängelte sich mit einem heftigen Ruck unter seinem Stiefel heraus sirrend ins Wasser. Seine Hand brannte. Er sah zu, wie die Fähre sich schwerfällig drehte und flussabwärts kreiselte, bis sie auf eine Sandbank auflief. Sie bäumte sich in der Strömung auf, hob und drehte sich, ohne jedoch zu kentern.

Adam?, rief sie ihm zu. War es das?

Mit dem Fuß verwischte er ihre Stiefelabdrücke im Staub. Die Erde war bereits trocken, als hätte es gar nicht geregnet, er stolperte durchs Geröll, hockte sich am Ufer ins flache Wasser, der Fluss strömte ihm kalt um die Knöchel, und er füllte ihre Trinkschläuche und kletterte erschöpft wieder hinauf. Charlotte führte die Pferde heran, er rieb sich übers Gesicht und richtete den Blick erst auf die Wagenspuren und dann gen Himmel.

Keine Stunde später kamen drei Postkutschen eine nach der anderen lärmend durch die gedrungenen Jacarandas gerast. Hinten auf jeder Kutsche thronte schwankend ein Bure, den Winchester-Repetierer über dem Knie, die Kutscher beugten sich mit den Leinen in den Fäusten nach vorn. Als sie sich dem Fähranleger näherten, wurden sie langsamer. Es war noch früh, die Sonne stand irgendwo hinter ihnen. Die erste Wache stieg ab, trat im Staub nach dem schweren Seil und starrte flussabwärts, wo die Fähre auf Grund gelaufen war. Die Tür der Kutsche ging auf, und ein blonder Mann stieg aus, streckte sich. Er schritt die Leinen ab, überprüfte das Gepäcknetz auf dem Dach. An seiner Hüfte glänzte ein Colt im Holster. Er blieb am Hinterrad stehen und starrte mit einer Hand auf dem Patronengürtel in die Ferne.

All das beobachteten Foole und Charlotte aus zweihundertfünfzig Metern Entfernung über den grasbewachsenen Rand einer Düne hinweg. Die Pferde grasten hinter ihnen. Beide hatten den Hut abgesetzt, beschatteten ihre Augen mit der Hand, und die Fliegen bissen.

Genug gesehen?, fragte Foole.

Charlotte drehte sich um und ließ sich hinunterrutschen, der Sand schwoll unter ihrem Hinterteil an wie eine Welle. Am Fuß der Düne stand sie auf, fegte sich den weißen Sand von der Hose. Ihr Blick brannte, als sie herauf zu Foole sah.

Ja, sagte sie. Ich denke schon.

Es dämmerte bereits, als die Postkutschen durch den Hafen zum leeren Ankerplatz des Dampfers klapperten. Die Kutscher stiegen ab und klopften sich den Staub vom Hut, und die Wachen machten sich zur Poststelle auf. Ihr Schiff nach England hatte sechs Stunden zuvor abgelegt, sie hatten es nicht mehr eilig. Noch immer schoben sich Menschenmengen durch die Straßen, Foole stand mit hohem Zylinder unter dem quietschenden Schild eines Barbiers an einer Straßenecke und beobachtete die erschöpften Wachen. Dann drehte er sich um und ging zügig zurück ins Hotel.

Sie nahmen eine stille Mahlzeit ein, und diesmal verspürte Foole nicht die köstliche Furcht, die ihn für gewöhnlich packte, wenn ein Diebstahl zu gelingen schien. Er beobachtete, wie grazil sie mit ihren schmalen Fingern das Messer hielt und ihr Steak schnitt, und dachte, dass all das bald vorbei sein würde. Ihm war von Anfang an bewusst gewesen, dass es nur ein Traum war und wie jeder Traum irgendwann ein Ende nehmen musste, doch dieses Ende hätte ruhig noch etwas auf sich warten lassen können. Sie hielt den Kopf gesenkt, kaute traurig. Keiner von beiden rührte seinen Wein an.

Sie gingen schon früh aufs Zimmer, löschten das Licht und liefen dann in der Dunkelheit auf und ab, warteten, dass die Stunden vergingen. Noch einmal besprachen sie praktische Fragen. Wie sie ausreisen würde. Welche Dampfschifflinie sie nach London nehmen sollte. Wie viel Trinkgeld sie dem Droschkenkutscher in Kapstadt geben sollte.

Jeder, der das Land verließ, erinnerte er sie, würde unter Verdacht stehen. Wenn sie dich am Hafen fragen, gib zu, dass du von dem Diebstahl gehört hast. Sei entgegenkommend, wenn sie dein Gepäck durchsuchen.

Ich weiß, was ich zu tun habe.

Er nickte in der Dunkelheit.

Und du reist über Land.

Ins Landesinnere, ja, mit einer Kiste Federn. Er kratzte sich das Kinn, die Stoppeln wie Glas. Ich bin schließlich Federhändler, sagte er. Wenn ich es landeinwärts über die Grenze schaffe, kann ich von der Küste aus nach Sues segeln, und von dort aus in die Adria. Mit etwas Glück treffen wir uns in Brindisi und umrunden dann ganz gemächlich Spanien, bis etwas Gras über die Sache gewachsen ist.

Ihr Gesichtsausdruck blieb unbewegt. Wie lange wirst du brauchen?

Er zuckte mit den Schultern, seine Augen klein im Dunkel. Er wollte, dass sie aussprach, was sie beschäftigte, denn er verstand es nicht. Sie hatten einander schließlich nichts versprochen. Spielt das eine Rolle?, fragte er.

Wahrscheinlich nicht.

Er sah sie an, sie erwiderte seinen Blick, und so standen sie schweigend da. Das Hotel kam ihm sehr still vor.

Gib mir drei Monate, sagte er zögernd. Und dann: Du wirst vor mir in Brindisi sein. Hab Geduld. Frage im Adelphi nach mir.

Im Adelphi.

Am Hafen. Dort werde ich hinkommen.

Sie legte in der Dunkelheit eine Hand an seine Wange. Sie hielt etwas Warmes, Glattes darin, und als er es ihr aus der Hand nahm, stellte er fest, dass es eine kleine Opalbrosche war. Er trat einen Schritt zurück und hielt die Brosche ans Fenster. Die Zartheit ihres Filigrans, die feinen Goldspiralen darin wie Spitze.

Die hat meiner Mutter gehört, sagte sie leise. Martin hat sie mir geschenkt, als er mich aus dem Armenhaus geholt hat. Er hat mir erzählt, meine Mutter habe sie ihm einst als Vertrauensbeweis überlassen. Er meinte, es sei eine Art Versprechen von ihm an sie gewesen.

Foole schloss seine Hand darum.

Komm her, sagte er.

Später in derselben Nacht zog er sich an, nahm die nachgemachten Schlüssel und zwängte sich durchs Fenster, Charlotte hielt es für ihn hoch. Er kroch an der Dachkante entlang und ließ sich auf eine Regentonne in der Gasse hinunter, immer im Schatten. Er verschaffte sich Zutritt zum Postamt, blieb unmittelbar hinter der Tür stehen und horchte, dann schloss er ab. Am Tresen vorbei ging er zum Tresor für Einschreiben. Durch das Fenster in der Ladenfront fiel schwaches graues Licht, eine andere Art von Dunkelheit. Der Tresor war modern, aus Gusseisen und von einer angesehenen Firma aus Baltimore, Foole kannte das Fabrikat genau. Er brauchte keine fünf Minuten, um ihn zu öffnen, dann kniete er eine Weile mit den Händen im Schoß da und spähte hinein. Er dachte an Charlotte. Ihm war bewusst, dass sie sich bereits verabschiedet hatte. Wie seltsam ihm der Morgen vorkommen würde, wenn sie fort war und die Sonne aufginge wie an jedem anderen Tag, wenn die roten Wolken am Himmel verglühten. Schritte ertönten, ein Rütteln an der Türklinke und dann Stiefel, die sich über den Gehweg entfernten. Die Nachtwache auf ihrer Runde. Er zögerte nicht länger. Er nahm die drei schwarzen Filzbeutel heraus, warf einen Blick in jeden und nahm dann sicherheitshalber noch die kleine Menge Bargeld und Staatsanleihen aus der Ablage des Tresors. Er schloss und drehte die Verriegelung, sperrte das Gebäude hinter sich ab und kletterte behende über die Dachkante zurück ins Hotel.

In der Nacht hatte er noch lange wachgelegen. Obwohl ihr Gepäck nicht mehr da war, rechnete er ständig damit, dass die Tür aufging, sie das Laken hob und mit ihren kühlen Beinen neben ihn ins Bett schlüpfte. Am Morgen hörte er auf dem Gehweg Männer rufen, trappelnde Schritte, dann Pferde die Straße hoch und runter galoppieren. Eine Polizeipfeife trillerte.

Er stand auf, wickelte sich ins Laken und trat ans Fenster. Der Himmel war blassrosa, die kalten Dächer der Stadt dampften in der Morgenhitze. Still lag das Hafenwasser im Schatten, als hätte sich die Nacht dort verdichtet und sinke auf den Grund hinab. Männer in roten Uniformen hatten sich vor dem Postamt versammelt, und der stellvertretende Postmeister duckte sich mit zerzaustem Haar durch die Tür. Foole wandte sich ab.

Im Sonnenlicht auf dem Sekretär fand er ihre Opalbrosche. Er nahm sie in die Hand. Sie fühlte sich warm an. Da stand er im Sonnenaufgang am Ende der Welt und hielt sie umschlossen, als wäre es ihre Hand, ihre Wärme.

TEIL II

Die Frau in der Themse

Sieben

Adam Foole stand zitternd auf ihrer Türschwelle in Hampstead, in der Faust die Schwertlilien, die im Nieselregen die Köpfe hängen ließen. Er sah den Inspector an, dann wieder weg. *Und Sie wären, Sir? Ein Kompagnon von Miss Reckitt?* Nein, das wäre er nicht. Er hörte, wie die Stute des Kutschers am Bordstein den Kopf schüttelte und mit einem beschlagenen Huf aufstampfte, nahm den Zylinder ab, und setzte ihn wieder auf, als er den Nebel kalt in seinem Haar spürte. Er konnte keinen klaren Gedanken fassen. *Und seit wann kennen Sie die fragliche Dame?* Kennen ist so eine vielschichtige Angelegenheit. *Genau wie die des Herzens.* Genau wie die des Herzens. Foole taumelte rückwärts, blickte auf, nickte höflich. *Ich bedaure, Ihnen mitteilen zu müssen, Sir, dass ihr Leichnam vor drei Tagen –* Ja. *Uns ist nicht gestattet –* Ja.

Wut grub sich hart wie eine Faust in seine Rippen, und ihm wurde bewusst, dass er sich daran festhalten musste. Er machte kehrt, hörte seine Schuhe auf dem trostlosen Pflaster knirschen, und am Bordstein stieg er wie blind in den Hansom.

Sie war nicht mehr jung, das war sein erster Gedanke. Dann: Es muss ein Irrtum vorliegen. Wäre ich eine Woche früher gekommen, könnte sie noch leben. Er erinnerte sich an den weißen Bogen, den die afrikanische Sonne wie eine Sense auf ihren Arm in den zerwühlten Laken zeichnete. Die feinen Härchen auf ihrem Bein, das vor Schweiß glänzte. Das einschläfernde Surren des hölzernen Ventilators, der seine Flügel unter der hohen Decke drehte, die Lamellenfenster, den heißen Straßenstaub.

Der Hansom setzte sich mit einem Ruck in Bewegung. Ein Erzittern der Zügel in der Kälte, das Pferd geriet kurz ins Schlittern, und schon ging es weiter.

Gewiss, er hatte ganze zehn Jahre nicht mit ihr gesprochen. Doch er hatte sie aus der Ferne beobachtet. Solange seine Finanzen es zuließen, hatte der Anwalt Utterson ihm per Brief mitgeteilt, was sie unternahm, und er hatte den Mann für seine Berichte gut entlohnt. Utterson war gerissen und zwielichtig, aber doch so etwas wie ein Freund, und irgendwie hatte Foole trotz Fludds Warnungen über die Jahre hinweg beinahe Vertrauen zu ihm gefasst. Durch Utterson hatte er von Charlottes Liaison mit einem Bankier in Lissabon gehört, und als sie geendet hatte, war er dorthin gereist und hatte im Oktober desselben Jahres einen riskanten und ehrgeizigen Coup mit Anleihen gelandet, um den Ruf des Mannes zu ruinieren. Doch statt sie gewinnbringend zurückzuverkaufen, hatte er Fludd und sich selbst überrascht und sie im Kamin verbrannt, während der Riese vor lauter Frust Möbel umwarf. So war es immer, würde es immer sein. Durch Utterson hatte er auch von ihrem Coup in San Francisco erfahren, im Jahre 1879, mit einer Beute von rund fünfzigtausend Dollar. Damals war ihm aufgegangen, dass ihr Talent nicht zu unterschätzen war, und als er ein paar Tage später hörte, dass sie geheiratet hatte, um das Geld an Land zu ziehen, war er in eine wochenlange Raserei verfallen, in der nicht einmal Fludd gewagt hatte, ihn anzusprechen. Er hatte sie stets nur beobachtet, sie jedoch nie kontaktiert, und im Laufe der Jahre wurde ihm bewusst, dass er das auch nicht wollte. Doch wenn er hörte, sie sei in London, ging er aufmerksam durch die Straßen, jederzeit gefasst darauf, ihr zu begegnen. Hatte er im Laufe der Jahre weniger oft an sie gedacht? Jeden September zum Jahrestag ihres Raubs in Port Elizabeth kaufte er einen Strauß Schwertlilien, ging hinunter zur Themse und stand dort allein, ganz in seine Erinnerungen versunken. Und dann öffnete er die Hand und sah zu, wie sich die Stiele entwirrten und die Blütenblätter davontrieben, mit Wasser vollliefen und untergingen.

Ihre früheste Erinnerung war an Wasser. Das hatte sie ihm zumindest erzählt. An warmes, silbriges Wasser an einem sonnenbeschienenen grünen Ort, Wasser, das sanft durch die Finger ihrer Mutter rann.

Er fand es seltsam, dass ihm der Gedanke daran ausgerechnet jetzt kam. Ehe ihre Mutter gestorben war, ehe Charlotte ins Armenhaus gegeben worden war, waren ihre Mutter und sie im Sommer zur Kirchzeit durch den Hyde Park spaziert, hatten am See auf der Bank gesessen und die Schwäne vorbeigleiten sehen. Daran erinnerte sie sich. Sie musste vier oder fünf gewesen sein. Die wie in Marmor gehauenen weißen Schwäne und das Gesicht ihrer Mutter, das leuchtend weiß in der Sonne strahlte. Es war eine Momentaufnahme des Glücks, die sie jahrelang mit sich tragen sollte. Foole lauschte ihrer Erzählung, und Traurigkeit breitete sich in seinem Herzen aus. Sie hatten an einem Tisch im Freien gesessen und im Schatten des Bahnhofs von Port Elizabeth Eis gegessen, und er hatte sie zögerlich nach ihrer Zeit im Armenhaus in Whitechapel gefragt.

Sie sagte, die Schwäne, jene sonnenbeschienenen Stunden im Park, all das sei in einem anderen Leben geschehen. Sie sagte, sie sei sechs gewesen, als ihre Mutter starb, und zwei Wochen nachdem man sie ins Leichenhaus gekarrt hatte, wurde Charlotte von einer Dame der Ladies' Aid Society sang- und klanglos vor den Toren des Armenhauses abgesetzt. Die Dame trug weiche weiße Handschuhe, einen teuren grünen Hut, ein mitleidiges Lächeln auf den Lippen. Sie hatten in einer Bäckerei um die Ecke haltgemacht, und Charlotte hielt das warme Brötchen, das sie ihr geschenkt hatte, noch in der Hand. Dann kam eine Aufseherin heraus, eine untersetzte Frau mit roten, sommersprossigen Armen, die sich das warme Brötchen in die eigene Rocktasche steckte und Charlotte einen langen Gang hinunterschob, durch eine Schreibstube, dann einen zweiten Gang entlang. Ausdruckslos erzählte Charlotte, wie sie von der Aufseherin ausgezogen, mit eimerweise kaltem Wasser übergossen und mit Karbol und einer Pferdebürste krebsrot geschrubbt wurde. So begann mein zweites Leben, sagte sie. Sie schlief in einem langgestreckten Raum mit hart gewordenen Mädchen zu viert in einem Bett, und unter ihr Keuchen und Husten mischte sich des Nachts das Rascheln der Ratten zwischen ihren Schuhen und den hinuntergestrampelten Decken. Eine war immer krank. Jeden Winter wanderte das Fieber von einem Ende des Schlafsaals zum anderen, um dann bei Frühlingsanbruch den Rückweg entlang der

Bettenreihen anzutreten. Man gab ihnen bergeweise Werg, das sie mit einem Nagel auseinanderzupfen mussten, während eine Aufseherin ihnen aus der Bibel vorlas. Die Mahlzeiten wurden schweigend erduldet, und das war ihre ganze Erziehung. Für Fehltritte wurde den Mädchen mit dem Gürtel auf die Handrücken geschlagen, oder sie wurden in eine finstere Kammer unter der Treppe gesperrt. In manchen Nächten wurden sie geweckt und gezwungen, im Gänsemarsch Weidenkörbe auf dem Kopf zu balancieren, und wenn eine stolperte, wurden alle verdroschen. Während der Körperertüchtigung im Hof standen sie oft am Zaun, die Stirn ans kalte Gitter gedrückt, und starrten hinaus in die vorüberziehende Welt. Wir haben alle nur gewartet, sagte sie. Worauf auch immer.

Konntet ihr nicht einfach gehen?, hatte er gefragt.

Das haben viele getan.

Aber dann kam dein Onkel.

Dann kam mein Onkel, sagte sie und nickte. Ja.

Am späten Nachmittag war das Licht allmählich erloschen, als schließe sich eine Faust um die Sonne, und Foole fühlte sich in eine trübe, orangefarbene Dunkelheit gehoben. Er erinnerte sich, die Zollstelle passiert zu haben und dem Kutscher die drei Pennys nach hinten in die Hand gelegt zu haben, während sein Herz raste. Er erinnerte sich an die Schlammseen auf der Straße, wie sich die Räder langsam durch das tiefe Wasser pflügten, an den kalten Ledersitz unter sich. In der Old Bond Street stießen Kutschen zusammen, und er sah, wie eine alte Frau in den Matsch gestoßen wurde, als der Nebel einsetzte.

Er hatte ihn ganz vergessen, diesen Londoner Nebel, der ohne Vorwarnung aufzog, undurchsichtig wie die Nacht, braun und erstickend.

An den Ladenfronten brannte schwach die Gasbeleuchtung. Am Piccadilly kletterte Foole aus dem Hansom, stand zitternd am Bordstein. Er kam kaum zu Atem. Fackeljungen waren unterwegs, um die Straße zu beleuchten, und sie bewegten sich wie blassrote Schreckgestalten durch den Dunst. Er hangelte sich an den Ladenfronten entlang, stolperte über die Zinnkannen einer Milchfrau, die am Straßenrand kauerte. Er hörte das Klappern und Zischen eines Backkartoffelstands in der Nähe und roch die gerösteten Maronen, konnte den Stand jedoch nicht sehen. Als er die Hand vors Gesicht hob, wirkte sie geisterhaft im Dunstschleier.

Er hustete und stolperte weiter.

Wie lange irrte er umher. Unter seinem Stiefel schmatzte etwas, dann rauschte ein ratterndes Dröhnen vorbei. Dann wieder brauner Nebel. Dann lehnte er an einem Laternenpfahl, als ein Laternenanzünder in gummiertem Mantel seine Leiter gegen die Querstrebe knallte. Verzieh dich, murmelte er. Dann wieder Nebel. Eine Gestalt rempelte ihn unsanft an, eilte weiter.

Er war nicht sicher, in welche Straße er eingebogen war. Er blieb stehen, begriff, dass er sich einen Ort suchen musste, an dem er den Nebel abwarten konnte. Neben ihm tauchte eine breite Steintreppe auf, und er stieg nach oben, die Granitbalustrade rauh unter den Handschuhen.

Blinzelnd stand er in der plötzlichen Wärme einer Kunstgalerie. Frauen in eleganten Kleidern saßen auf der gegenüberliegenden Seite des Raumes und tranken aus hauchdünnen Porzellantassen, Männer in Regenmänteln standen auf ihre Spazierstöcke gestützt am Teetresen, und da er den Singsang in ihren Stimmen nicht ertrug, wandte er sich ab und ging an einem Aufseher vorbei zu den Gemälden.

Sehr viel später sollte er sich darüber wundern, wie unwahrscheinlich dieser Fund gewesen war. Solch ein Gemälde zu solch einem Zeitpunkt. Er würde sich fragen, ob er wohl in der *Times* davon gelesen hatte, auf der Reise nach London. Oder auf der Straße davon gehört hatte. Er konnte sich nicht entsinnen, das Eintrittsgeld bezahlt zu haben, obgleich er es getan haben musste. Er war gegangen wie von einem Lichtstrom getragen, er erinnerte sich daran, wie unwohl er sich in seiner Haut gefühlt hatte. Überall standen murmelnde Grüppchen, Damen mit Glacéhandschuhen, Herren mit gebürstetem Zylinder. Er schlüpfte in einen zweiten Ausstellungsraum, durchquerte ihn und ging ohne innezuhalten, als würde er davon angezogen, auf die Wand zu, vor der sich die Menschentraube am dichtesten drängte. Ein Fenster ging zur Straße hinaus, der orangefarbene Nebel zog unter ihm vorüber, der Lampenschein im Innern fiel ausgelaugt und blass über die gebohnerten Dielen, und ihm kam es vor, als hätte sich ein Schweigen über alles gelegt. Einsam stand er im Gedränge, starrte die umstehenden Leute an, und dann schien sich die Menge vor ihm zu teilen, und in seiner Trauer trat er vor, hob den Blick und sah das Gemälde.

Charlotte.

Er näherte sich, das Blut rauschte ihm in den Ohren. Natürlich war sie es nicht. Das wusste er. Sah die verkrustete Schicht gelber Farbe, wo ein Pinsel oder Palettmesser ihre Kehle bearbeitet hatte. Den verschwommenen Ruß, wo ihr

Haar sich im Dunkel verlor. Als er sich vorbeugte, erkannte er die rote Untermalung rund um ihre Augen, deren gespenstischer Schatten wie eine unsichtbare Welt unter der sichtbaren lag. Er hatte sich nie für Kunst begeistert. Doch er spürte die Gänsehaut im Nacken, an den Armen. Die Frau auf dem Gemälde starrte ihn mit Charlottes Gesicht, Charlottes Augen an. Ihr Blick war direkt und stechend und hielt seinen gefangen, als warte sie darauf, dass er ihr eine gewichtige Antwort gab. Doch es war eine Antwort auf eine unausgesprochene Frage, auf die er bloß unglücklich nicken und sich abwenden konnte.

All die Jahre zuvor in Brindisi hatte er sie im Stich gelassen. So war es und nicht anders. Drei Wochen nach dem Raub hatte er Port Elizabeth verlassen und war über Land gen Norden gereist, ins Herz Afrikas, die ungeschliffenen Diamanten unter einem doppelten Boden in seinem Schrankkoffer verborgen. Er hatte den Koffer mit Straußenfedern gefüllt und die langwierigere Ostroute gewählt, immer auf der Hut und immer in Gedanken an Charlotte. Ehe der Monat vorbei war, würde sie ihn in Brindisi erwarten. Sie war sein Ziel. Dann wurde er krank. In Maputo wurde ihm klar, dass er so nicht weiterreisen konnte, und er nahm eine Koje auf einem belgischen Handelsschiff, das die Küste entlang an Sansibar vorbei nach Norden segelte. In Dschibuti fand er eine Überfahrt nach Italien. Als er endlich sein Gepäck in Brindisi ausschiffte, war er so schwach, dass er sich kaum noch auf den Beinen halten konnte. Er war fast sieben Wochen unterwegs gewesen.

Er hatte es rechtzeitig zu ihrem Rendezvous geschafft,

doch als er im Fiebertaumel ins Adelphi wankte, war Charlotte nicht da. Er fürchtete, ihr könne etwas zugestoßen sein. In seinem gebrochenen Französisch fragte er überall herum, doch niemand hatte sie gesehen. Es war auch nichts für ihn hinterlegt worden, kein Bündel Geldscheine, kein Telegramm. Schwindlig und benommen malte Foole sich aus, dass Martin Reckitt von ihrem Stelldichein erfahren und sie von ihm, den Diamanten, von allem ferngehalten haben musste. Er hatte sich seit langer Zeit weder rasiert noch gewaschen. Die Hotelrechnung wuchs. Er schickte ein wirres Telegramm an Fludd in London, gab es jedoch an eine falsche Adresse auf, und es kam nie an. Die Wochen vergingen. Eines Tages, als er auf dem Weg zum Zollhaus durch den Hafen stolperte, brach er an einer Säule zusammen und konnte nicht mehr aufstehen. Der sonnenbeschienene Marmor war heiß an seinem Hals, der Himmel strahlend blau. Hunde, Esel und Karren schoben sich durch die Menge. Da spürte er eine Hand auf der Schulter, hob den fiebergetrübten Blick und erkannte Martin Reckitt.

Es war kein Traum. Der alte Dieb zog ihn hoch, stützte ihn und brachte ihn ins Hotel. Dort päppelte er Foole wieder auf. Am zweiten Tag holte Reckitt die Diamanten in ihren schwarzen Filzbeuteln aus dem Zollhaus, wo Foole sie deponiert hatte. Doch er blieb. Gab ihm zu essen, wusch ihn. Saß mit ihm in dem trostlosen, leeren Hotelzimmer, das Hemd wegen der Hitze abgelegt, und drückte einen nassen Lappen über Fooles Lippen aus, als dieser nicht trinken konnte. Murmelte alldieweil über Vertrauen und Verrat und die Verführung seiner Nichte. Die Kehle hätte er Foole durchschneiden sollen. Ihn in der Gosse verrecken lassen.

Reckitt war früher Priester gewesen, zumindest beinahe, und vielleicht war es ein Rest Gnade, der Foole das Leben rettete. Foole sollte sich später kaum an diese Zeit erinnern. Er wusste noch, dass er nach Charlotte gefragt hatte. War sie auch krank, war sie in Schwierigkeiten? Hatten die Buren sie in Kapstadt verhört?

Reckitt hatte sich in der flimmernden Hitze über ihn gebeugt, seine Haut gerötet. Charlotte ist in England, Mr Foole, machen Sie sich um sie keine Sorgen. Reckitt goss ein Glas Wasser ein. Ich nehme an, sie hat es Ihnen nicht gesagt?

Mühsam versuchte Foole sich aufzusetzen. Was gesagt?

Bosheit im Blick des alten Diebes. Sie wird heiraten. Im neuen Jahr.

Foole sank zurück, versuchte zu sprechen, schlief wieder ein. Als er am Morgen die Augen aufschlug, hatte Reckitt die Diamanten genommen, die Hotelrechnung beglichen und sich aus dem Staub gemacht. Ohne ein Wort des Abschieds. Am selben Tag setzten die Hotelangestellten Foole auf die Straße, noch immer geschwächt, ohne einen Shilling in der Tasche.

Zu dieser Zeit segelte Reckitt bereits zurück nach England, seinem Schicksal entgegen. Die Diamanten würden in seinem Gepäck entdeckt, der alte Dieb verhaftet und zu zwanzig Jahren in Millbank verurteilt werden.

Doch am ersten Abend nach Reckitts Verschwinden hatte Foole zitternd unter der abgebrochenen Säule gesessen, die das Ende der Via Appia markierte, ohne davon etwas zu ahnen, verwirrt, verletzt. Er spähte den Hügel hinauf zu dem letzten noch geöffneten Kaffeehaus, bis die Lichter erloschen, dann ging er langsam hinab, an den umgedrehten Fischerbötchen am Strand entlang, der Sand kalt und fest unter seinen Füßen. Am Morgen hatte er sich zum Büro der Dampfschiffgesellschaft geschleppt und den jungen Angestellten beim Öffnen beobachtet, doch irgendetwas hielt ihn zurück, er ging nicht hinein. Stattdessen tingelte er durch die Konditoreien, während Straßenmusik gedämpft durch die verwinkelten Gassen drang, aß die kalten Blätterteigteilchen, die am Abend dutzendweise von den alten Bäckern weggeworfen wurden, und klammerte sich an die irre Hoffnung, wenn er nur lange genug wartete, würde Charlotte womöglich zu ihm kommen. Er wusste, dass es aussichtslos war. Aber irgendwo auf der Welt bewegte sich dieses launenhafte Wesen, in das er sich verliebt hatte, als sein Gegenpol, und er konnte einfach nicht hinnehmen, dass die Zukunft, die er sich auf dem langen, staubigen Marsch durch Afrika ausgemalt hatte, als er in fieberhafter Erregung von ihren gemeinsamen Nächten in Port Elizabeth geträumt hatte, nicht stattfinden sollte.

Seine eigene früheste Erinnerung war keine an Wasser, sondern an Feuer. Er saß in einem Kellerraum auf einem rissigen Tisch aus Teakholz, die Beinchen über die Kante ins Leere baumelnd, das Hemd aufgeknöpft, während hinter ihm ein gewaltiges Feuer zischte und knackte. Der Schein der Flammen spiegelte sich im polierten Holz. Ein Mann mit runden Gläsern vor den Augen, und auch in diesen Gläsern loderten die Flammen. Er wusste, dass sein Vater irgendwo im Schatten stand, aber er kam nicht, obgleich Foole weinte. Der Mann hatte eine Glatze und vier goldene Schneidezähne, und auf seiner flackernden Stirn stand der Schweiß, als er sich vorbeugte, sein Ohr an die Brust des Jungen drückte und ihm mit zwei eiskalten Fingern auf den Rücken klopfte. In der anderen Hand funkelte ein Skalpell, und dann sah der Mann Foole an und fragte ihn, wo es weh täte. Er erinnerte sich an diese Angst, die so greifbar war, als könne er sie in die Hand nehmen und in seine Tasche stecken. Ein Teller mit Reisschleim stand halb verdeckt neben seinem Bein. Der Mann sagte zu ihm: Ich sollte es einfach aus dir rausschneiden. Raus damit und ein für alle Mal abhaken. Er hielt das Skalpell zwischen Daumen und Zeigefinger, wie Erwachsene sonst Schreibgeräte hielten, und das jagte Foole nur noch mehr Angst ein. Der Mann sagte: Ich hör's in deiner Brust, Bürschchen. Genau da! Und er tippte Foole auf die Stelle, an der das Herz sitzt. Und auf einmal spürte er es auch. Und obwohl er nicht wusste, was es war, sollte er es sich jahrelang dort vorstellen, lebendig wand es sich in ihm, die kleinen Kiefer mahlten, es fraß ihn von innen heraus auf.

Acht

Am dritten Nachmittag, als der Nebel sich etwas ge-
lichtet hatte, kehrte William Pinkerton noch einmal
zur Blackfriars Bridge zurück. Mit einer Hand an der Balustrade stand er an der Stelle, an der Charlotte Reckitt hin-
abgefallen war, hockte sich in den Matsch, untersuchte die
Brüstung, beugte sich in luftiger kühler Höhe darüber, auf
der Suche nach einem Hinweis auf ihr Entkommen. Ein ver-
heddertes Stück Kleiderstoff, ein schlammiger Fußabdruck
auf einem Stein. Irgendetwas.

Er spürte, wie der nasskalt verkrustete Hosensaum sich
an seine Knöchel schmiegte, und hielt von Zeit zu Zeit inne,
um ein Bein auszuschütteln, ihm war gleichgültig, wie das
aussehen musste. Dann bewegte er sich wieder ein paar Fuß
weiter, wobei der graue Straßenschlamm unter seinen Stiefeln schmatzte. Das Wasser des Flusses stand hoch und hatte
die Farbe von verbranntem Korkholz, und er sah zu, wie die
Fährdampfer im Nebel verschwanden. Ein Gedanke nahm
Gestalt an, den er nicht abschütteln konnte. Er wusste, dass
Charlotte Reckitts Leiche zerstückelt in der Frith Street lag,
doch er wusste auch, dass ein Mann immer nur sah, was er
zu sehen erwartete. Zum Teufel damit. Die Frau war tot.

Er ballte die lädierte Faust.

Was war hier passiert? Er stand in der Kälte und versuchte

angestrengt, sich zu erinnern, fuhr sich im Nachmittagslicht mit der schmerzenden Hand über die Augen. Die Nacht war kalt gewesen. Er hatte den Frost unter den Schuhen gespürt, das Rutschen, das Knirschen. Er erinnerte sich an Polizisten, die irgendwo in seinem Rücken in ihre Pfeifen geblasen hatten, aber er hatte nicht gewusst, ob sie hinter ihm her waren oder hinter Charlotte Reckitt oder hinter jemand ganz anderem. Er erinnerte sich an Charlotte auf dem Gehweg, wie sie auf die Brüstung zurannte, hinaufkletterte und sich umdrehte, ihn wütend und nach Atem ringend anfunkelte. Der Wind, der raschelnd in die hellen Röcke unter ihrem Mantel fuhr, wie sich die Stiefel eng um ihre Knöchel legten. Das Haar in die Augen geweht, so dass er ihre Miene nicht lesen konnte. Er war auf sie zugestürzt, und sie hatte sich rückwärts in die Dunkelheit gelehnt, eine Ohrmuschel sichtbar, war mit geradem Rücken und ausgestreckten Armen gefallen und verschwunden.

Am nächsten Morgen erwachte er vor Tagesanbruch, und hinter seinem linken Auge zog ein stechender Schmerz herauf wie ein blutroter Sonnenaufgang. Er stieg mit einer Hand an der Handtuchstange in seine Kleider, um das Gleichgewicht nicht zu verlieren, ging hinunter und frühstückte Würstchen und Eier und zwei Tassen starken schwarzen Tee, ohne einmal den Blick zu heben. Dann zahlte er und trat hinaus auf die Straße, wo er einen Hansom zu den Docks in Wapping herbeiwinkte.

Der Tag war ein dünner Nebel, ein feiner Grauschleier, wie von Kohlenstaub getönt, und er stellte den Mantelkragen auf. Der Hansom klapperte los. Wapping galt schon am Morgen, wenn überall angeheuert wurde, als finstere Ecke mit seinen ineinandergewachsenen Hinterhöfen und windschiefen Läden in den verwinkelten Gassen. Ein Gestank von Gerbmittel, Talg, Fischinnereien, verrottenden Gemüseabfällen stieg aus den offenen Rinnsteinen. Er sah in Schaufenster voller Messingsextanten und Chronometer, aufgeklappter Seefahrerkompasse, deren papierne Preisschildchen staubig in den Vitrinen baumelten. Segelmacher im Dutzend, in den Auslagen geteerte Taue und Seile, aufgerollt wie Schlangen, und an jeder Ecke die Händler mit ihren billigen Konfektionsartikeln, Hängematten, Ölzeug und roter oder blauer Flanellware, die aneinandergeknotet in den Türrahmen hing. Karren mit Bergen von stinkendem Hundekot zum Lederbeizen wurden vorbeigerollt. In der Menge riefen die Zeitungsjungen die Nachricht vom Bombenanschlag der Fenier am Vortag, und er hörte, wie der Kutscher hinter ihm sich räusperte und ausspuckte und lautstark die Nasenlöcher frei blies.

Allesamt deportieren, rief der Kutscher ihm zu. Australien kann gar nich ungemütlich genuch sein für solches Pack.

William reagierte nicht.

Der Kutscher fügte noch etwas Unverständliches hinzu und lehnte sich dann unter Quietschen auf seinem Bock zurück.

William massierte sich mit zwei Fingern die Schläfen, um den Schmerz zu lindern. Draußen sah er anzüglich grinsende Frauen ohne Kopfbedeckung, die sich von der Tageszeit nicht beirren ließen, und Seemänner in weiten Jacken. Außerdem Zollbeamte in blauen Mänteln mit

Messingknöpfen, tätowierte Seebären mit Ringen in den Ohren und die indischen Lascars mit ihren bunten Wickeltüchern auf dem Kopf. Sehnige Knaben schlüpften trotz der Kälte barfuß zwischen den Karren hin und her und trugen dabei das bisschen, das sie konnten. Als der Hansom zum Stehen kam, stieg William aus, und der Kutscher wies mit seiner Peitsche auf die hohen, offenstehenden Eisentore der London Docks. Er sah Hunderte Masten im Grau aufragen wie die kahlen Stämme eines verheerten Waldes.

Ein Shilling, sechs Pence, brummelte der Kutscher.

William schaute ihn an, er sprach leise. Wie viel noch gleich?

Der Kutscher räusperte sich, blinzelte in den Himmel, als fürchte er, es könne gleich anfangen zu regnen. Sagen wir: ein Shilling, korrigierte er sich. Spezialpreis, äh, nur für Sie, Sir.

William nickte. Er gab dem Mann einen Shilling und zwei Pence. Für Ihre Mühen, sagte er.

Wenn William in den Spiegel blickte, schaute inzwischen immer öfter sein Vater zurück. Dabei spielte es keine Rolle, dass sein Vater auf Strümpfen nur knapp die eins siebzig überragt, mit vierzig Jahren im Gegensatz zu Williams strammen hundertzwei Kilo nur fünfundsiebzig gewogen hatte und Williams affenartige Arme beinahe bis zu den Knien reichten. Denn auch sein Vater hatte ein Melassefass umschließen und es ohne Mühe anderthalb Meter hoch auf einen Pritschenwagen heben können. William erinnerte sich, dass der alte Mann sein Haar immer glatt nach hinten geölt getragen und wie es ihm im Juli in der Hitze in dicken schwarzen Locken vom Kopf abgestanden hatte. Ein ausgesprochener Schotte. Er verachtete alles, was er nicht mit eigenen Augen gesehen, in der Hand gewogen oder sich durch die Finger hatte rieseln lassen. Er trank acht Gläser Wasser am Tag und zwang seiner Familie das Gleiche auf. Trank nicht einen Tropfen Alkohol, noch nicht einmal ein kaltes Ale im Hochsommer. Aß voller Genuss Kartoffeln mit Schale. Dreizehn Jahre lang fuhr er seine Kinder mit durchgedrücktem Rücken und ernster Miene auf unbefestigten Straßen zur siebenundzwanzig Kilometer entfernten Kirche, doch als der Pastor eines Sonntags eine Lanze für die Sklaverei brach, stand er auf, nahm seinen Hut und ging, und er kehrte nie wieder zurück. William fürchtete, liebte und hasste ihn, solange er lebte, und doch verging kein Tag, an dem er sich nicht ebenso sehr wünschte, wie er zu sein. Man konnte Allan Pinkerton nicht attraktiv nennen, doch die Überzeugung in seinen Fäusten steckte jeden Mann an. Er war als Böttcher nach Amerika gekommen, dann Sheriff geworden, und als er sich schließlich als Privatdetektiv selbständig machte, gab es im gesamten Land noch nichts Vergleichbares, und er wurde etwas gänzlich Neues, etwas Unaufhaltsames und Urgewaltiges und Beängstigendes.

Zeitlebens wurde er von einer wiederkehrenden Krankheit geplagt, die ihn mit einem verbrannten Geruch in der Nase aufwachen ließ. An solchen Morgen blinzelte er unter blutroten Lidern und sagte kein Wort. Der Schotte in ihm misstraute Ärzten, der Pionier in ihm mischte sich seine eigenen Arzneien zusammen. Myrtenbeere, Sellerie, Radieschen, warme Milch. Andere, übler riechende Tränke. Seinen Bart stutzte er mit einer Barbierschere, die er in einem Einmachglas auf einem Regalbrett nahe der Regentonne aufbewahrte. Neben dem Schuppen hing eine mit Strick und Nägeln befestigte Spiegelscherbe, und dort wusch er sich bei Wind und Wetter, um sich in Bescheidenheit zu üben. Er ging mit den Hühnern zu Bett, stand mit ihnen wieder auf und machte seinen täglichen Spaziergang, ob es schneite oder die Sonne schien. Sobald die Tür des ungeheizten Hauses ins Schloss fiel, schlug William die Decke zurück und rüttelte seinen jüngeren Bruder wach, und zusammen erledigten sie ihre Aufgaben im Haushalt. Wenn es überhaupt etwas gab, auf das sein Vater sich etwas einbildete, dann auf die Wirkung körperlicher Stärke. Er hatte in den Slums von Glasgow unter einem professionellen Faustkämpfer trainiert und nahm William an seinem achten Geburtstag mit zu einem Kampf zwischen Tom Heenan und Johnny Roberts in einem Lagerhaus in den Docks von Chicago. Heenan war der Größere, aber jung und noch kein Champion, und als er Roberts in vier Runden k. o. schlug, stürmte die aufgepeitschte Menge den Ring mit Messern und Ketten. Sein Vater drückte William an die Wand und bestand darauf, dass er sich die Schlägerei ansah. Es geht nie darum, *was* passiert, hatte sein Vater gemurmelt. Schau hin. Es geht darum, *wem* es passiert. Nur darauf kommt es an.

Sein Vater sprach kaum über seine Wurzeln. Er überließ es seiner Frau, abends mit feuchten Augen schottische Balladen zu singen. Er hielt nichts davon, in der Vergangenheit zu schwelgen, er nahm aus der Gegenwart mit, was er konnte, und schritt damit erbarmungslos wie ein Messer in die Zukunft. Doch eines Nachmittags, als William neun Jahre alt war, erzählte er ihm von seinem eigenen Vater, der in Glasgow unter der Erde lag. Sie standen im ungemähten Gras hinter dem Holzschuppen. Williams Großvater und alle sechs seiner Großonkel hätten Augen von einem Silber wie erkaltendes Eisen gehabt, und dass man im Schottland seiner Jugend geglaubt habe, dies seien die Augen von Highlandkriegern. Augen, in denen von Geburt an Brutalität lag. All diese Männer waren Schmiede gewesen, und wie um die Legende zu bestätigen, hatte jeder von ihnen noch vor seinem achtzehnten Lebensjahr einen Mann im Faustkampf getötet. Sie selbst waren alle auf die eine oder andere Weise von Engländern ums Leben gebracht worden.

William hatte staunend sein eigenes Gesicht berührt. Habe ich auch solche Augen, Pa?

Du, hatte sein Vater gebrummt. Du kommst nach deiner Mutter.

Als er auf die Tore der Dockanlagen zuging, hörte er es bereits. Ein gedämpftes Dröhnen, das durch das Kopfsteinpflaster heraufdrang, als wären tief unter ihm in der Erde gewaltige Maschinen am Werk.

Dann bog er um die Ecke und sah sie. Hunderte von Männern, die sich in die Hände bliesen, vor Kälte mit den Füßen aufstampften. Constables mit Schlagstöcken und Hafenaufseher hielten die Menge mit träge schwenkenden Armen zurück, und die Arbeiter harrten aus, rauchten, zerlumpt, verdrossen, ausgemergelt, ungewaschen und stinkend, die Fäuste zum Wärmen in der Hose versenkt. Es war erst halb acht, und plötzlich fing der Pulk an zu wogen, Gesichter wurden lauschend emporgereckt, schließlich öffneten sich kreischend die großen Eisentore, und Schulter an Schulter strömten die Männer der Nachtschicht heraus, den Atemdampf vor dem Gesicht wie eine Herde Vieh, die auf die Weide getrieben wurde. Er hörte die Vorarbeiter auf ihren Plattformen Namen brüllen wie einen Segen, und er sah die Ausgezehrten und verlorenen Seelen der Stadt rufen und winken und das Weiß ihrer Augen hervortreten in ihrem verzweifelten Flehen um Arbeit.

Irgendwo darunter musste auch der Ire Malone sein, der Charlotte Reckitts Kopf gefunden hatte.

William packte seine Brieftasche mit einer Hand und fluchte leise über die Aussichtslosigkeit, den Mann hier zu finden. Dann mischte er sich ins Gemenge und betrat eine andere Welt.

Langsam ging er den Kai entlang von einem Becken zum anderen, sah die Schiffe auf unterschiedlichen Höhen in den Schleusen. Die grüne Kupferverkleidung am Rumpf eines amerikanischen Schoners, der mit Seetang und Seepocken bewachsen hoch über ihm aufragte und in der leichten Brise knarrte, auf dem Achterschiff angebunden eine meckernde Ziege, und dahinter die Planken und Laufstege, die sich von Schiff zu Schiff verzweigten. Andere Schiffe trieben tief unten, Leitern waren an die Kaimauern gelehnt, an denen dunkelhäutige Matrosen in müder Reihe hinaufkletterten. Er sah einen schweren Mehlsack, der unförmig und träge an seinen Ketten über dem Kai kreiselte wie ein Gehängter mit Hinrichtungshaube über dem Kopf, und er beobachtete, wie ein Arbeiter den Leinensack führte, als wollte er die Füße des Toten gerade halten. Er roch den Fisch, der in offenen Kisten glitzerte, und das kräftige Aroma der Tabakbündel, das sich mit dem Duft von Zimt und Rum vermischte. Er kam an einer offenen Kiste mit Horn und Elfenbein vorbei, an dem das Fleisch in Fetzen hing und vor sich hin rottete, der Gestank trieb ihm die Tränen in die Augen. Seine Schuhe klebten vom verschütteten Zucker, und mit jedem Schritt schälten sich seine Sohlen unangenehm laut von den Holzbohlen ab. Blinzelnd und zitternd fragte er sich, ob er wohl etwas ausbrütete.

Er spazierte durch die Lagerhäuser, die niedrigen Speicher mit den riesenhaften mahlenden Schaufelrädern, die sich durch die Dächer drehten, braunes Wasser, das träge unter den beladenen Schaufeln schwappte, und bahnte sich einen Weg zwischen den mit Kork und Rohschwefel gefüllten Kisten. Das Rumpeln leerer Fässer auf dem Pflaster, das Klirren und Zischen von Ketten, die spritzend aus dem Fluss gezogen wurden, das blecherne Hämmern der Böttcher. Er begab sich in die Gewölbekeller der Lagerhäuser mit ihrem faulenden Holz und dem verschütteten Wein, wo Laternen orangefarben an eisernen Ringen glommen, und dann stieg er durch die Tunnel auf der anderen Seite wieder hinauf, und überall, wo er hinkam, musterten ihn die Männer unbehaglich, hielten jedoch nicht inne in ihrer Arbeit, und an jedem Becken blieb er stehen und fragte herum, doch kein Mann hatte von dem gehört, den er suchte.

Ein Vorarbeiter schließlich wandte sich nicht ab, sondern spuckte eine schleimige Tabakpfütze auf den Kai und hörte zu. William beobachtete den Tabak, der brodelte wie ein Tropfen Fett. Der Kopfschmerz kroch tiefer. Der Trupp des Mannes löschte gerade ein Kohlenschiff, das an einer ramponierten Ankerboje im Strom lag, und er beobachtete die Kohlenschipper, die in ihren schweren, schwarzbefleckten

Mänteln und groben Baumwollhosen auf den Leitern herumkraxelten.

Wer? Malone? Der Vorarbeiter wischte sich mit dem Handgelenk über die Stirn. Gibtn Molloy, der manchma für uns arbeitet. Dürres Kerlchen, große Hände, Ire. Aber das is kein Schutenführer. Der is hier Schauermann, wenn Saison is.

Hat er letzten Freitag Blumenzwiebeln verladen?

Der Vorarbeiter zuckte mit den Schultern, schob seinen Kautabak von der einen in die andere Backe.

Es geht um den Kopf.

Welchen Kopf?

Wurde hier nicht letzten Freitag ein Frauenkopf aus dem Wasser gezogen?

Na, daran würd ich mich wohl erinnern.

William runzelte die Stirn. Sie haben hier letzten Freitag keine Frauenleiche gefunden?

Ach, wir kriegen hier jede Menge Leichen zu Gesicht. Er grinste. Aber die schwörn alle Stein und Bein, sie wärn zum Arbeiten hier.

William lächelte.

Passense mal auf. Ich sach den Jungs immer, die sollen die Ungezieferschleudern zurück innen Fluss rollen. Is einfach zu viel Heckmeck, wenn man eine rauszieht. Da kommen wir ja hier zu nix mehr.

Ungezieferschleudern?

Der Vorarbeiter kniff ein Auge zusammen, spuckte noch einmal aus.

Gibt es hier noch andere Docks, an denen an dem Tag Blumenzwiebeln abgeladen wurden?

Schreib ich vielleicht die Ladelisten?

Natürlich nicht. Nein.

Guckense sich die Gammler doch ma an, murmelte er. Er wies mit dem Kopf auf eine Gruppe Arbeiter, die an einem Pfeiler lehnten, wo sich ein Kessel an seinen Ketten drehte. Als wärn die garnich hier. Da hat man morgens kaum Auswahl. Man geht runter zum Bird & Whistle und heuert den erstbesten Metzger oder Krim-Veteranen an, der einem unterkommt. Mit Glück is mal n Schreiber dabei oder n ehemaliger Hausdiener, wer will, kann direkt anfangen. Braucht man nix für können, nur schleppen und hin und her latschen. Nu kommt mal in die Hufe, ihr Täubchen, brüllte er. Macht euch die Röcke dreckig.

Eingezogene Köpfe, plötzliche Geschäftigkeit.

Sind nich alle unbrauchbar, sagte er. Aber fast.

William nickte. Sie driftet ab, sagte er mit Blick auf das Kohlenschiff.

Aye, sie krängt. Wird immer ersma schlimmer, eh sie zur Ruhe kommt. Der Vorarbeiter wandte sich ab, ohne ihm die Hand zu geben, doch dann hielt er noch einmal an und rief über die Schulter zurück: Sie könntens mal an St. Katherine versuchen. Da sindse hirnverbrannt genug, nen Schädel ausm Wasser zu ziehn.

William tippte sich an den Hut, aber da war der Mann auch schon im Getöse verschwunden.

Das hatte er fragen wollen.

Wo wurde der Kopf geborgen. Wie sah er aus. War er eingepackt und verschnürt oder nicht. Wie lange war er der schmutzigen Luft an den Docks ausgesetzt gewesen, wer hatte ihn angefasst und wer nicht. War er noch in weitere Tücher gewickelt gewesen. War irgendetwas herausgefallen, als das Bündel aus dem Wasser gezogen wurde. Wo war der Bootshaken, mit dem es herausgefischt worden war. Warum war es überhaupt herausgeholt und nicht zurück in den Fluss gestoßen worden. Welche Rolle spielte die Strömung, und woher kam sie aller Wahrscheinlichkeit nach. Wie viele andere Leichen waren in dieser Woche gefunden worden. In diesem Monat. Diesem Jahr. Was war mit dem Haar der Frau.

Ja. Was war mit dem Haar.

Ach ja, und wo war der Mistkerl, der das Ding herausgezogen hatte.

Scotland Yard hatte sich auf dem ehemaligen Palastgelände am Whitehall Place 4 ausgebreitet wie ein Krebsgeschwür, bis man auch die umstehenden Gebäude und Remisen, Nummer 3 und 5, 21 und 22, übernommen hatte, und es war noch immer nicht genug Platz. Williams Vater hatte ihm von einer Zeit erzählt, in der das alte Gebäude für seinen Zweck noch überdimensioniert gewirkt hatte, doch das konnte William sich heute nicht mehr vorstellen. Der Besuchereingang lag auf der Rückseite des Gebäudes, und er schüttelte sich die Kälte aus dem Genick, als er vom engen, kopfsteingepflasterten Great Scotland Yard hineinkam. Am Pult des Empfangsbeamten in der Back Hall blieb er stehen, wartete, nannte seinen Namen. Das Pult war hoch und stand auf einem Podest, auf der schrägen Schreibfläche lag ein ledergebundenes Besucherregister, und der Empfangsbeamte thronte auf seinem Hocker dahinter, einen Bleistift in der einen Hand, die andere flach auf dem Knie. Der Mann war ein untersetzter, ungehobelter Polizeiveteran mit wuchtigem Hals und grauem Walross-Schnurrbart, der ihm eine rauhbeinige Würde verlieh. Der Zeigefinger seiner rechten Hand sah aus, als wäre er vor langer Zeit einmal gebrochen und schlecht gerichtet worden. William fragte nach John Shore, und der Beamte beäugte ihn, wie er dort grauhaarig und ohne Hut stand, noch immer den Gestank der Docks an sich, lehnte sich dann hinter seinem Pult hervor und packte einen Laufburschen, der gerade vorbeikam, am Kragen.

Bring den guten Herrn hier zu John Blunt, Bursche, sagte er. Und mach gefälligst hinne. So viele amerikanische Detektive kommen hier nicht vorbei, da können wir uns nicht leisten, allzu grob zu ihnen zu sein.

William verzog das Gesicht. Sein Kopf schmerzte, und er schloss für einen Moment die Augen. Ich bin mit Shore verabredet. Nicht Blunt.

Aye, der Beamte nickte gereizt. Ich weiß schon, zu wem Sie wollen. Gehen Sie mit.

Der Laufbursche nahm die Treppe zu den Büros, und William folgte ihm, überrascht, wie steif sein schlimmes Bein war. Shores Büro war ein enger Raum mit niedriger Decke, in den ein Bücherregal aus Schwarznussholz und zwei Knopfsessel gestopft waren, der Schreibtisch des Chief Inspector beanspruchte das gesamte restliche Viertel. Durch ein hohes Fenster fiel etwas Licht herein, und Inspector Blackwell stand dort am Vorhang, das Haar zurückgekämmt, die Uniform pfefferminzfrisch.

Shore deutete zur Begrüßung ein Aufstehen an.

Ihnen auch einen guten Morgen, Mr Blunt, sagte William.

Shore lächelte müde. Ein Spitzname.

Als Kompliment gemeint, nehme ich an.

Das sind sie doch immer. Shore lehnte sich zurück, saß mit runden Schultern und rotem Gesicht in seiner zerknitterten Weste. Die Hemdsärmel hatte er hochgekrempelt, und er machte keine Anstalten, etwas an seinem Aufzug zu ändern. Eine Drahtbrille saß auf seiner Nasenspitze, er schaute über den Rand der Gläser und dann wieder auf seinen Schreibtisch. Überall auf dem Boden standen Kartons mit Akten und Berichten, und William nahm einen Karton mit Deckel von einem der beiden Ledersessel, stellte ihn zu seinen Füßen ab und setzte sich unaufgefordert. Der Chief Inspector fuhr sich unwirsch mit den Fingerknöcheln über den Hals.

Diese verdammten Fenianer. Erklär mir doch mal bitte, wie Bomben in der Untergrundbahn die Iren von der Herrschaft der Engländer befreien sollen. Und was dieser arme Tropf damit zu tun hatte.

Raschelnd schob er einen Bericht über den Schreibtisch, und William nahm ihn an sich, ohne daraufzuschauen.

Shore löste die Drahtbügel von seinen roten Ohren. Er war Hutmacher, Herrgott noch mal! Auf dem Weg zur Arbeit.

Hutmacher.

Eine echte Bedrohung für die Unabhängigkeit der Iren.

Nach kurzem Zögern sagte William: Mein Vater ist aus Edinburgh geflohen, um euch Engländern zu entkommen. Er hat immer gesagt, man kann im Geschirr gehen oder die Zügel halten, beides führt in die gleiche Richtung, die Frage ist nur, was man lieber macht.

Dein Vater war ein weiser Mann.

William verzog das Gesicht. Etwas sträubte sich in ihm, als er das Kompliment aus Shores Mund hörte. Er wechselte das Thema. Mit den Fenianern habt ihr wohl schon eine Weile zu tun, sagte er.

Aye. Wir stehen unter enormem Druck. Das Innenministerium will, dass die Sache ein Ende hat, Premier Gladstone will, dass die Sache ein Ende hat. Wir müssen das Übel an der Wurzel packen. Er blinzelte und sah William missbilligend an. Was willst du überhaupt hier?

Ich war in den Docks. Keine Spur von einem Malone.

Shore seufzte und lehnte sich zurück, eine Hand auf den Papieren vor sich. Er sah Blackwell an und dann wieder William. Dr. Breck sollte in Kürze hier eintreffen. Er hat noch mit dieser Sauerei in der Gower Street zu tun, aber ihn kannst du zu deiner Charlotte Reckitt befragen.

Das werde ich tun. Das Sackleinen, in dem ihr Torso gefunden wurde, könnte eventuell Aufschluss geben.

Das Sackleinen. Aye.

Blackwell räusperte sich. Er stand am Fenster, als würde er für ein Porträt Modell stehen. Maria Marten hat sich die Haare abgeschnitten, bevor sie sich mit Corder getroffen hat, Sir. Um sich unkenntlich zu machen.

Maria Marten?, fragte William. Ist das ein aktueller Fall?

Shore stöhnte. Maria Marten wurde vom Scheunenschlächter ermordet. Vor fünfzig Jahren.

William schüttelte den Kopf. Dann können wir ihn wohl ausschließen.

Shore hatte ein Kästchen mit losem Tabak geöffnet und angefangen, seine Pfeife zu stopfen. William sah die rote

Lokomotive im Deckel und beobachtete, wie der Chief das Mundstück in den Fingern drehte, es sich dann wohl doch anders überlegte und die Pfeife mit der einen Hand wieder einsteckte, während er mit der anderen den Deckel des Kästchens schloss. Das war noch zu Zeiten von Jack Ketch, sagte er. Bevor es überhaupt eine richtige Polizei gab. Corder war ein wohlhabender Bauer, der Miss Marten ins Unglück gebracht hatte. Hat sie eines Nachts in eine Scheune gelockt, zweimal mit dem Messer zugestochen und ihr zur Sicherheit noch durchs Auge geschossen, dann hat er sie dort verscharrt. Ist in die Provinz gezogen und hat ihren Eltern schätzungsweise ein Jahr lang geschrieben und ihnen vorgegaukelt, sie wäre mit ihm durchgebrannt. Der Legende nach hat Martens Mutter geträumt, dass ihre Tochter ermordet worden war, woraufhin der Vater in der Scheune mit einer Harke im Lehm stocherte und schließlich ein schwarzes, verfaultes Etwas ausbuddelte, das sich als seine Tochter herausstellte.

Ich nehme an, Corder wurde dafür gehängt?

Shore hob resigniert die Hände. Hinterher hat man ihn in den Präparationssälen der Universität auseinandergenommen, und Teile von ihm wurden im ganzen Land verkauft. Ein Lederhändler in der Oxford Street hat noch immer seinen Skalp in einem Einmachglas im Schaufenster.

Den würde ich mir gern ansehen.

Aye. Erinnert dich bestimmt an zu Hause, was?

Na ja. Eigentlich bewahren wir unsere eingelegten Skalpe lieber im Wohnzimmer auf.

Shore lachte. Was soll man machen, sagte er. So ist das eben heutzutage.

Ein jähes Klopfen an der Tür.

Herein, bellte Shore.

Ein Mann trat ein. Er stützte sich auf einen Spazierstock mit goldener Spitze, sein Oberkörper mager und steif wie eine alte Sense. Er trug einen gepflegten Zylinder mit breiter Krempe, der seine Brillengläser zu Kreisen aus Schatten und Draht machte und eine seltsam verzerrte Linie auf seine Nase zeichnete. Eine lila Krawatte hing verdreht von seinem Kragen, die Krawattennadel stach in absurdem Winkel hinein. William beobachtete, wie sein Kopf auf dem Hals schlingerte, schlangenartig, grotesk.

Ach, Dr. Breck, sagte Shore. Er stand zur Begrüßung auf. Sie haben sicher schon von Mr Pinkerton aus Chicago gehört. Mr Pinkerton, das ist unser Dr. Breck. Mr Blackwell kennen Sie ja.

William stand ebenfalls auf. Die Finger des Arztes waren rot und wund, als würde er regelmäßig und ohne Schutzhandschuhe mit Chemikalien hantieren, und die Nägel starrten vor Dreck. Seine Hand lag warm in Williams, wurde aber sofort zurückgezogen, als ekle ihn die Berührung der Lebenden.

Herr Doktor, sagte William. Er hakte einen Finger in seine Weste. Mr Shore hat mich informiert, dass Sie den Kopf untersucht haben.

Breck warf Shore einen finsteren Blick zu. Meint er den aus dem Fluss?

Gibt es noch mehr?, fragte William.

Mehr, als Sie sich vorstellen können, Sir, erwiderte Breck mürrisch. Er legte seinen Spazierstock zur Seite, setzte die Brille ab, zog ein Schnupftuch aus der Westentasche und fing an, die Gläser zu polieren. Es hätte grausamer sein können, sagte er.

William dachte kurz darüber nach, was das bedeuten sollte. Sie war also tot, bevor sie enthauptet wurde.

Korrekt.

Ihre Arme waren gefesselt?

Von wem wissen Sie das, Mr Pinkerton?

Mr Pinkerton hat so seine Theorien, Dr. Breck, erklärte Shore. Er war dabei, als ich Kopf und Torso in Augenschein genommen habe.

Er zählt eins und eins zusammen, Sir, sagte Blackwell.

Brecks Gesichtsausdruck wurde kaum freundlicher. Das Opfer war ungefähr eins zweiundsechzig groß. Es hatte schwarzes Haar. Hatte mehrere Tage lang nichts gegessen. Die Arme weisen Blutergüsse auf, als wäre sie grob gepackt worden. Höchstwahrscheinlich gefesselt. Die Stichwunden am Torso sind ihr offenbar nicht im Affekt zugefügt worden. Sie wirken sehr überlegt platziert, sind oberflächlich und sauber, als hätte sich der Körper beim Herausziehen der Klinge nicht bewegt. Die Klinge der Tatwaffe hatte nur eine Schneide und war leicht gebogen. Die Stichwunden sind als Todesursache nicht tief genug, und die Reglosigkeit passt zu dem Gift, das ich nachweisen konnte. Das Opfer muss zum fraglichen Zeitpunkt bewusstlos gewesen sein.

Shore ächzte. Gift, sagen Sie?

Arsen?, fragte William.

Ihr Amerikaner immer mit eurem Arsen, murmelte Breck. Nein. Chloroform.

Dann ist sie betäubt worden, sagte Shore langsam. Betäubt, dann gefesselt, mit dem Messer verletzt, enthauptet, und dann wurden die Leichenteile an verschiedenen Orten in der Stadt verteilt. Wollen Sie uns das sagen, Doktor?

Verdammt aufwendig, überlegte William laut.

Fast *zu* aufwendig.

Es ist, wie es ist. Ich gebe hier nur die Fakten wieder.

Aber wie deuten wir diese Fakten nun?, sagte William. Also. Sie wurde betäubt, um sie ruhigzustellen, nehme ich an. Warum sie dann noch fesseln?

Derjenige muss wohl damit gerechnet haben, dass sie wieder aufwacht.

Ist sie aber nicht. Die Stichwunden wurden ihr zugefügt, als sie bewusstlos war.

Zu viel Chloroform, sagte Shore, kann das beim Menschen zum Tode führen?

Es scheint ganz so. Breck umfasste den Knauf seines Spazierstocks mit beiden Händen.

Wozu so viele Stichwunden?, fragte Shore. Wenn sie doch schon bewusstlos war und sich nicht gewehrt hat.

Wie viele Stichwunden haben Sie gezählt, Doktor?

Zwei am linken Oberarm. Drei am Torso. Eine neben dem Herzen. Der Einstichwinkel ist bei allen schräg. Was darauf hindeutet, dass ein größerer Angreifer von unten zugestochen hat.

William überlegte. Woran war sie dann gefesselt? Ein Stuhl war es nicht. Kann sie im Stehen gefesselt gewesen sein, an einen Pfeiler? Der von Ihnen beschriebene Winkel würde bedeuten, dass der Angreifer sich unterhalb befand –

Ein Stuhl ist unwahrscheinlich, unterbrach ihn Breck. Es sei denn, er hätte auf einer Art Podest gestanden. Oder der Angreifer wäre eine recht kleine Person gewesen. Eine Frau zum Beispiel.

Shore wirkte entsetzt. Eine Frau?

Ich frage mich immer noch, sagte William, wozu die vielen oberflächlichen Stiche.

Der Angreifer war vielleicht schwach, überlegte Shore. Oder gehemmt. Vielleicht war es sein erstes Mal.

Er wollte sie aufwecken, Sir, sagte Blackwell leise.

Die Männer verstummten. William musterte den jungen Inspector, fuhr sich mit der Hand übers Kinn.

Wenn sie betäubt und gefesselt war, Sir, dann sollten die oberflächlichen Stiche sie aufwecken.

Interessant, sagte William. Sie sollte also gar nicht sterben. Jedenfalls nicht sofort.

Vielleicht sollte sie Informationen liefern, Sir, fuhr Blackwell fort. Sie haben doch gesagt, sie hätte jede Menge fragwürdige Bekanntschaften gehabt.

Ich habe gesagt, sie gehörte zu den Edelgaunern, korrigierte William. Ich weiß nicht, wen sie alles zum Feind hatte.

Breck machte bereits Anstalten zu gehen.

Einen Moment noch, Herr Doktor, sagte William. Sind Sie vertraut mit Bertillons Methoden?

Breck sah William unwillig an. Ich kenne Monsieur Bertillon, ja. Und ich weiß auch, auf welche Weise er Personen identifizieren will. Wir haben uns im letzten Frühjahr über einen Fall verständigt.

Wenn Sie die Maße der Frau nehmen würden …

Das ist nicht ganz einfach bei so vielen fehlenden Teilen, Mr Pinkerton. Aber das habe ich natürlich bereits getan. Soweit es mir möglich war.

Die Angaben hätte ich gern in Kopie an mein Büro in Chicago, sagte William. Ich werde einen Agenten abstellen, der unsere Akten durchgeht. Vielleicht kommen wir dadurch auf einen Decknamen.

Das ist Sache von Scotland Yard, Sir. Nicht meine.

Schicken Sie Ihre Ergebnisse an mich, Dr. Breck, sagte Shore. Ich kümmere mich darum. Nun zum Bombenanschlag, Doktor.

Der Arzt rieb sich teilnahmslos die dünnhäutigen Hände. Wenn Sie mir eine Leiche bringen, schaue ich sie mir an. Mit einem Eimer voller Kleinteile kann ich nichts anfangen.

Mehr gibt es nicht, sagte Shore.

Breck befeuchtete sich die Lippen mit der Spitze seiner langen rosa Zunge. Was ich Ihnen sagen kann, ist, dass es eine Bombenexplosion gegeben hat. Ihr unglückseliger Hutmacher stand direkt daneben. Oder darauf. Oder vielleicht hat er die Bombe sogar getragen. Er muss ihr jedenfalls sehr nah gewesen sein.

Shore sah ihn mit unverhohlener Ungeduld an. Na, großartig.

Mr Blackwell, sagte Breck, wären Sie so gut, mich zu den Habseligkeiten des Hutmachers zu begleiten?

Eine letzte Frage noch, Doktor, sagte William. Charlotte Reckitt – war sie in Umständen?

Breck hielt inne, die Hand auf der Türklinke. Wäre sie schwanger gewesen, Mr Pinkerton, hätte ich es wohl erwähnt. Wenn Sie mich nun entschuldigen würden, Gentlemen.

Breck und Blackwell verließen das Büro, und Shore wartete eine Weile, nachdem die Tür ins Schloss gefallen war, dann fragte er vorsichtig: Was hältst du von unserem lieben Doktor?

William schüttelte müde den Kopf.

Shore stand auf und holte eine kleine silberne Flasche und zwei Gläser. Dein Vater war auch nicht gerade begeistert von ihm, erklärte er. Aber Breck weiß, wie man Leichen zum Sprechen bringt. Er hat uns im letzten Jahr geholfen, den Toms-Mord aufzuklären. Ein Stückchen Zellstoff, das er an der Leiche entdeckte, konnte einer Flugschrift im Besitz des Mörders zugeordnet werden. Wie magst du deinen Whiskey?

Am liebsten in der Flasche im Schrank.

Nimm doch lieber ein Glas. Shore setzte sich mit einem Ächzen wieder hin. Unser Mr Blackwell ist ein ganz schön helles Köpfchen, was?

So kann man es auch ausdrücken.

Er war letztes Jahr Amateurchampion im Faustkampf.

Blackwell? Das glaube ich nicht.

Aye. Und dass er auch noch Sensationsromane liest, sollte man nicht meinen, was?

Groschenheftchen?

Wilkie Collins und Konsorten. Liegt stapelweise bei ihm auf dem Schreibtisch. Lesende Gesetzeshüter waren mir schon immer suspekt.

William ließ das Glas kreisen, und die rauchige Flüssigkeit darin wurde dunkler.

Shore zog eine Augenbraue hoch. Was ist?

Charlotte Reckitt hat einen Onkel in Millbank, sagte William, und das Lächeln wich aus Shores Gesicht. Ein ehemaliger Priester. Ich würde mich ganz gern mal mit ihm unterhalten. Kannst du das arrangieren?

Du willst Martin Reckitt verhören.

Vor meiner Abreise, ja, sagte William. Nur um sicherzugehen, dass ich nichts übersehen habe. Vielleicht weiß er etwas über Charlottes Geschäfte, ihre Komplizen. Ich habe eine Akte zu schließen. Dann hielt er inne. Du kennst den Mann?

Ich kenne den Mann. Aye.

Und?

Nichts und. Ich wüsste nicht, was Martin Reckitt zu der Sache beitragen sollte, das nicht zwangsläufig eine dreiste Lüge wäre. Der Mistkerl ist seit Jahren weggesperrt.

William verlagerte sein Gewicht auf dem Sessel und bohrte den Ellbogen in die Armlehne. Seine Hose war eng, kniff am Bauch. Du hast ihn gar nicht erwähnt, sagte er und zog fragend die Augenbrauen hoch. Die Nichte taucht zerstückelt an unterschiedlichen Stellen in der Stadt auf, und du erwähnst mit keinem Wort, dass du ihren Onkel kennst?

Shore sah ihn verärgert an. Der Mann steht doch auch in deinen Akten. Hier gibt es keine Verschwörung aufzudecken. Was in aller Welt sollte er denn damit zu tun haben? Nach einem Moment des Schweigens reichte er William einen Bilderrahmen, darin die fleckige Fotografie eines Grabsteins, an dessen Fuß eine Inschrift prangte, die William nicht entziffern konnte.

Fürchtet euch nicht vor denen, die den Leib töten, die Seele aber nicht töten können, trug Shore vor. *Sondern fürchtet euch eher vor dem, der Seele und Leib in der Hölle verderben kann.*

Nett, stellte William fest.

Das ist das Grab von Fanny Adams. Sie wurde vor zwanzig Jahren oben in Alton ermordet. An einem sonnigen Tag auf einem Feld zerstückelt, und der Mörder ist einfach davonspaziert. Sie war zehn Jahre alt.

Mein Gott, murmelte William. Was ist denn das hier für ein Land?

Es ist eine Mahnung, erklärte Shore und ignorierte die Frage. Rachewerkzeuge, William. Das ist es, was wir sind.

William legte die Fotografie von einem Knie aufs andere. Stumpfe Werkzeuge, wenn überhaupt, sagte er. Weiß er schon von ihrem Tod?

Wer?

Meine Güte, Charlotte Reckitts Onkel natürlich.

Shore rückte seinen Stuhl geräuschvoll näher an den Schreibtisch heran. Du warst am Freitag in der New Street, sagte er. Was hast du da gefunden? Als William nicht antwortete, fuhr er fort: Genau, nichts. Weil wir nämlich schon alles durchgegangen sind. Weil es dort nichts zu finden gibt. Charlotte Reckitt ist aller Wahrscheinlichkeit nach einem Vergeltungsmord zum Opfer gefallen. Schlechte Menschen betrügen schlechte Menschen und werden dafür bestraft. Manchmal bekommen sie eben doch, was sie verdient haben. Geh zurück nach Chicago, William, fahr nach Hause. Shore hielt inne, als wollte er noch etwas hinzufügen. Er verzog das Gesicht. Dann sprach er es aus. Wenn du hierbleibst, kommst du deinem Edward Shade auch nicht näher.

William blickte ihn scharf an. Edward Shade?

Hast du geglaubt, ich hätte das nicht mitbekommen? Du hast in jeder Spelunke in London herumgeschnüffelt. Machst nicht gerade ein Geheimnis draus.

Du bist mir gefolgt.

Ich bitte dich. So dramatisch war es nicht.

William beugte sich vor, drehte das Glas in den Händen. Mit leiser Stimme sagte er: Edward Shade ist ein Geist, John. Er ist nicht echt.

Und ob Shade echt war! Waschecht! Er ist in eurem Bürgerkrieg ums Leben gekommen.

Was redest du denn da?

Hat dein Vater dir nie davon erzählt?

William spürte, wie ihm das Blut in die Wangen stieg. Mir wovon erzählt?

Shores dicke rote Finger bewegten sich nicht. Nun denn, sagte er. Ich weiß nur, was mir dein Vater erzählt hat. Shade hat im Krieg als Agent für ihn gearbeitet. Als Spion. Er ging freiwillig in den Süden, um dort Informationen zu beschaffen, und dann ist irgendetwas passiert. Was, weiß ich nicht, aber er wurde gefangen genommen. Die Konföderierten haben ihn gefoltert. Und das war das Letzte, was dein Vater von ihm hörte. Ich gehe davon aus, dass Shade in Gefangenschaft gestorben ist oder standrechtlich als Spion erschossen wurde oder dergleichen. Wenn ich recht verstanden habe, gab es irgendeine Art Beweis, etwas ziemlich Überzeugendes. Zwei Gräber, eines trug den Namen eines anderen Spions, der mit Shade in Verbindung stand. Aber dann, es muss ungefähr ein Jahr nach Ende des Krieges gewesen sein, kam dein Vater plötzlich auf die Idee, dass Shade vielleicht doch überlebt hatte. Ich weiß nicht, weshalb. Ich glaube, er wünschte es sich einfach, er wollte daran glauben, dass Shade dem Krieg den Rücken gekehrt hatte und untergetaucht war. Er hat sich wahrscheinlich nie verziehen, dass er den Burschen im Stich gelassen hat. Und davon hat er dir nie erzählt?

William schüttelte den Kopf. Es gibt also ein Grab?

Aye. In Virginia.

Warum hätte mein Vater auf einmal meinen sollen, dass er doch nicht tot war? Das ergibt doch keinen Sinn.

Das habe ich ihm auch gesagt.

William blickte Shore an. Es gab Berichte, sagte er, in einer Akte. Im privaten Tresor meines Vaters. Aufzeichnungen zu krummen Dingern, an denen Shade beteiligt war. Allesamt nach dem Krieg datiert.

Gerüchte über krumme Dinger, meinst du. Und nie gab es irgendeinen handfesten Beweis für seine Beteiligung. Habe ich recht?

William schaute finster.

Dann frag doch den alten Benjamin Porter, wenn du noch zweifelst, sagte Shore mit einem Schulterzucken. Sally und er waren dabei, als Shade die Seiten gewechselt hat. Sie waren diejenigen, die mit ihm losgeritten sind. Sie waren die Letzten, die ihn lebend gesehen haben.

Sally Porter?

Aye. Und Benjamin.

Ich war mit Ben in Virginia, sagte William langsam. Zweiundsechzig.

Shore warf ihm einen seltsamen Blick zu. Dein Vater hat die alten Porters hier drüben jahrelang nach Shade suchen lassen. Wahrscheinlich, weil sie wussten, wie er aussieht. Ich nehme an, die beiden leben immer noch irgendwo in der Stadt.

William rieb sich das Gesicht mit beiden Händen. Er dachte an Sally Porter in ihrem Elendsquartier, die über ihre Bekanntschaft mit Shade kein Wort verloren hatte.

William? Alles in Ordnung?

Nach kurzem Zögern stand er auf, knöpfte seinen Chesterfield zu und blickte düster auf den Chief Inspector hinab. Fädle mir ein Gespräch mit Reckitts Onkel ein, John. Lass mich die Sache beenden und zurück nach Chicago fahren. Ich bin nicht hier, um mich in irgendwas hineinziehen zu lassen.

Shore sah William in die Augen.

Ich würde sagen, du steckst schon mittendrin.

Er verließ Whitehall Place mit aschfahlem Gesicht, seine verletzte Hand zitterte. Sein Vater war eine Urgewalt für ihn gewesen, die ihn gebrandmarkt hatte, und er konnte die längst erkalteten Spuren noch immer auf seinem Körper spüren. Was sie gemeinsam gehabt hatten, hatte ihm der Tod des alten Mannes genommen, und nun war William mit seiner Reue allein. Er konnte seiner Frau nicht erklären, dass er nicht wusste wohin mit der Erinnerung an seinen Vater. Nahe war er ihm nie gewesen. Während des Krieges hatte Allan Pinkerton ein ganzes Netzwerk von Spionen unterhalten, doch kaum je mit seinen Söhnen darüber gesprochen. Auch die Personalie Edward Shade hatte er lieber mit Fremden vom Yard verhandelt und es nie für notwendig erachtet, sich seinem eigen Fleisch und Blut anzuvertrauen. William war wütend auf Sally Porter und war es doch nicht. Alles, was er über die gewalttätige Vergangenheit seines Vaters wusste, über seine Gewohnheiten, seine Tinkturen, über die Geschichten hinter jedem einzelnen Andenken in seinem Rollsekretär, die Kartätschenkugel, die aus seinem Sattel gezogen worden war, die Schnürriemen, die ihn in

Detroit beinahe erdrosselt hätten, die getrockneten Narzissen und den Morgentau, die zwischen den Seiten einer Bibel von Edinburgh bis nach Übersee gebracht worden waren, all das gehörte in ein anderes Leben. All das und doch nichts davon hatte den Mann zu Lebzeiten ausgemacht.

Mit dem Tod seines Vaters hatte auch William eine Schwelle überschritten. So viel war sicher. Er war überrascht gewesen. Liebe war nicht der richtige Ausdruck für das, was er für seinen Vater empfunden hatte. Er wusste, dass ein Teil von ihm tot und vermodernd in Chicago in der feuchten Erde lag. Er hielt sich am kalten Gusseisen einer Straßenlaterne vor Scotland Yard fest und starrte in den Nebel.

Neun

William Pinkerton. Was war der Erstgeborene des berühmten Detektivs, wenn nicht ein bloßer Hauch, ein Gerücht, eine Alptraumgestalt, die sich in der Halbwelt bewegte und jedermann in Angst und Schrecken versetzte. Wenige waren ihm begegnet, die nicht fortan ihre Tage mit Kreidestrichen an Gefängniswänden zählten oder Knochenbrüche zu beklagen hatten. Foole gehörte nicht dazu. Er hatte von unmenschlicher Kraft gehört, gewiss, von einem Mann, der tagelang ohne Schlaf auskam, der ohne Essen und Trinken in der kargen Einöde der westlichen Territorien überlebte und dabei Pferd um Pferd in den Staub ritt, der sich unbehelligt durch die faulig feuchten Docks von New York bewegte. Der Mann war dreißig, nein, vierzig, nein, fünfzig, nein, der Mann alterte nicht. Es hieß, er könne Lügen von Gesichtern ablesen wie den Wind von einem bewegten See. Er könne ein Bierglas mit der wettergegerbten Hand zerquetschen, ohne einen Tropfen Blut zu verlieren. Wenn er freitags in Chicago war, mischte er sich in Madisons Spelunke mit einem wachsamen Lächeln unter Kneifer und Ganeffe, stand unbeteiligt am Tresen, trank in aller Ruhe einen Cider und beobachtete das Diebesvolk, das wiederum ihn beobachtete. Manche schworen, er könne einen Bullen mit Blicken töten. Andere schworen, ihm wären als Kind die

Augenlider abgesengt worden, daher würde er nie blinzeln. In Virginia war er beobachtet worden, wie er von einem fahrenden Eisenbahnwaggon auf ein galoppierendes Pferd sprang, das Gewehr in Anschlag brachte und einen Mann erschoss, ehe dieser auch nur seine Waffe ziehen konnte. In den Black Hills hatte er einen Sheriff mit bloßen Fäusten gefügig gemacht, sich dabei alle Finger gebrochen und seinen Revolver danach mit den Handgelenken aufgehoben. Foole hatte gehört, das Einzige, was er mehr hasste als die Unterwelt, sei das Gesetz, was stets mit einem wissenden Grinsen erzählt wurde. Es gab Männer, die behaupteten, seine Kinder seien nicht von ihm. Andere widersprachen und schworen bei ihrer Sore, die Kinder seines Bruders seien auch von ihm. Jedenfalls war man sich einig, dass dieser Mann nicht wie andere Männer sei, ihm fehlte, was den Menschen gewöhnlich ausmachte, und überhaupt sei er ein Mann ohne Schwächen, ein Mann ohne Erbarmen. Im Laufe der Jahre hörte Foole immer weiter ausufernde Mythen, und immer wieder rieb er sich verwundert die Augen und versuchte, sich den leibhaftigen Sohn des Allan Pinkerton auszumalen.

Und das war der Mann, der Charlotte in den Tod getrieben hatte.

Fludd hielt das für unheimliches Pech. Seufzend kam er von seinen Erkundigungen zurück und schüttelte den zotteligen Kopf. Verdammich nochma, Mr Adam, murmelte er am Bohlentisch in der Küche. Ich habs grad ausm Bau rausgeschafft und will da so schnell nich wieder rein. Ne ganze Weile nich. Bring mich ja nich in die Bredouille.

Erzähl mir von ihm, sagte Foole leise. Erzähl mir, was du gehört hast.

Ein langer, kläglicher Blick aus rotgeränderten Augen, die Brauen flehend zusammengezogen. Mr Adam …

Nun erzähl schon, wiederholte Foole.

Die Vormittage verwischten zu Nachmittagen und die Nachmittage zu Abenden, und Foole musste sich manchmal plötzlich mit einer Hand an der Wand abstützen, die Augen geschlossen, und sah das Gemälde aus der Galerie wieder vor sich. Oder er starrte durch die Fenster des Emporiums hinaus in den wabernden braunen Nebel, erinnerte sich wirr an die Farbe, den Pinselstrich, das Leuchten in diesen Augen und dachte mit einer Wucht an Charlotte, die ihn erschütterte. Er wachte und schlief und aß in hölzerner Starre, was Molly und Fludd sorgte und Mrs Sykes veranlasste, sich knallend ein Geschirrtuch über die Schulter zu schlagen, die Lippen zu schürzen und den Raum zu verlassen, sobald er ihn betrat. Foole gefiel der Gedanke nicht, dass William Pinkerton allein mit Charlotte gewesen war, als sie starb, doch Fludds Nachforschungen zu den Umständen ihres Todes ergaben nichts als das düstere Gerücht, sie sei verstümmelt worden. Da fragste besser Gabriel, sagte der Riese am zweiten Abend widerwillig. Nein, erwiderte Foole, ganz sicher nicht, wusste jedoch zugleich, dass sein alter Freund recht hatte. Als er das Haus in der Half Moon Street besorgten Schrittes verließ, spürte er, wie sich der Blick des großen Mannes aus einem der oberen Fenster in seinen Rücken bohrte, und kaum war er am kalten Piccadilly angelangt, winkte er einen Hansom heran und fuhr den Rest des Weges zu den Inns of Court einsam und gedankenverloren.

Gabriel Utterson hatte seine Existenz auf dem Umstand

aufgebaut, stets zu wissen, was andere in Erfahrung bringen und was sie unbedingt verheimlichen wollten. Foole hatte ihn einst als Komplizen betrachtet, irgendwann im Laufe der langen Jahre seiner Spitzeldienste als Freund, dann hatte er sich gänzlich von ihm abgewandt und sich schließlich doch wieder auf seine Qualitäten zurückbesonnen. Er dachte an die Dutzende von Briefen, die der Mann ihm zu Charlotte und ihren Verhältnissen geschrieben hatte, und schüttelte voller Abscheu den Kopf. Als er über eine gefrorene Schlammpfütze auf der Straße hinwegstieg, zog er das Kinn ein hinter den Kragen, wollte die entgegenkommenden Justizbeamten weder erkennen noch erkannt werden. Am Ende eines Innenhofes stieß er auf eine schwere Eichentür, drückte probeweise die Klinke, ging hinauf und fand auf dem Treppenabsatz im zweiten Stock Uttersons Namen auf einem Messingschild. Er ließ den Finger einen Moment lang über dem Klingelknopf schweben, öffnete dann aber die Tür und trat ein.

Es war noch immer das gleiche Büro mit der hohen Decke, wenn auch schäbiger, als er es in Erinnerung hatte. Beleuchtet lediglich von einer einzelnen Gaslampe an der Wand hinter dem Pult des Anwaltsgehilfen, daneben öffnete sich eine große Flügeltür. Doch der dort über eine Akte gebeugte Mann war kein Schreiber, und Foole sah ihn einen Augenblick lang irritiert an, ehe er sich räusperte.

Was ist denn aus Ihrem Gehilfen geworden?

Utterson blickte erschrocken auf. Er hatte harte kleine Augen wie Nagelköpfe, wie hineingetrieben verbargen sie sich tief in den Falten seines Gesichts. Doch nun waren violette Ringe darunter sichtbar. Sein Körper war weicher als noch ein Jahr zuvor, das Fleisch hing an ihm hinunter wie ein Wassersack, der leckt und immer schlaffer wird. Foole betrachtete die langgliedrigen, schmucklosen Hände, die bis aufs Bett abgekauten Nägel, das Grübchen im Kinn. Borstige Haare sprossen ihm in Büscheln aus den Ohren.

Mr Adam Foole, sagte Utterson und legte den Stift nieder. Hallo, Gabriel.

Keiner von beiden lächelte. Der Anwalt warf einen missbilligenden Blick zur Tür. Ich sehe keinen Sinn in einer Klingel, wenn meine Besucher es nicht für nötig halten, sie zu benutzen. Dann lehnte er sich zurück, seufzte. Ich musste innerhalb von sechs Monaten drei Schreiber entlassen, sagte er. Stellen Sie sich das vor. Tja.

Er führte Foole in ein angrenzendes Büro, schloss die Tür, zog die Vorhänge zu und deutete dann auf ein Sofa an der Wand. Foole ging hinüber, in der Hand seinen Hut mit den hineingestopften Handschuhen, doch er setzte sich nicht. Die andere Hand hatte er um den Spazierstock geballt, mit zu viel Knöchel und Nachdruck für einen freundschaftlichen Besuch. Utterson hatte einen Drehhocker hinter seinem Schreibtisch hervorgerollt. Lassen Sie sich anschauen, sagte er. Wie laufen die Geschäfte, immer noch nicht besser? Haben Sie Ihren Mr Fludd heil zurückbekommen? Hat der Aufenthalt in Amerika ihn gänzlich zugrunde gerichtet?

Charlotte ist tot, sagte Foole.

Uttersons farblose Augen verengten sich zu Schlitzen.

Haben Sie das gewusst?

Der Anwalt befeuchtete sich die Lippen. Ich habe Gerüchte gehört, sagte er. Ja. Er schwieg einen Moment, erhob sich dann und schenkte an einer Anrichte zwei Gläser

Brandy ein, Foole legte den Hut auf dem Sofa ab und nahm das Glas entgegen. Was wissen Sie?, fragte Utterson.

Nur, dass ermittelt wird.

Ermittelt, sagte Utterson stirnrunzelnd. Foole setzte sich endlich, betrachtete eine Weile das schmutzig gelbe Licht aus dem Hof, das die Vorhänge beleuchtete, und wartete, dann sagte Utterson: Ein Teil von ihr wurde an der Edgware Road aufgefunden, Sir. Ein anderer Teil, er hustete bellend, aus der Themse gezogen.

Foole kniff die Augen zu.

Ihr Kopf, Sir. Ein Hafenarbeiter hat ihn vor fünf Tagen geborgen. Utterson beugte sich über seinen Schreibtisch, der Drehhocker quietschte widerwillig. Soweit ich weiß, fehlen noch immer Teile von ihr.

Teile.

Ihre Beine.

Foole schwieg, ließ die Worte auf sich wirken. Ich dachte, sie sei ertrunken, sagte er schließlich. Mir wurde gesagt, sie sei ertrunken. Wie ist das möglich?

Wir sind hier in London, Sir. Alles ist möglich.

Aber wenn sie von der Blackfriars gesprungen ist –

Gesprungen, sagte Utterson scharf. Er hob eine Hand an die Brust, das Doppelkinn quoll ihm über den Kragen. Das scheint wenig wahrscheinlich, nicht wahr, bedenkt man den Zustand ihrer Leiche. Utterson senkte die Stimme. Ich sage das nur ungern, Sir. Aber mir ist ein Gerücht zu Ohren gekommen …

Wen hat sie gegen sich aufgebracht, Gabriel?

Das kann ich natürlich nicht abschließend beurteilen …

Wen?

Pinkertons Sohn. William.

Foole blinzelte, runzelte die Stirn. Langsam nahm er einen großen Schluck Brandy, starrte zu Boden, dann schüttelte er den Kopf. William Pinkerton hat Charlotte nicht zerstückelt, sagte er.

Nicht?

Nein.

Wie Sie meinen.

Das ist doch lächerlich. Wieso sollte er?

Utterson zuckte mit den Schultern. Sie hatte jedenfalls Angst vor ihm, Sir. Sie sagte, er verhalte sich unberechenbar, bedrohlich. Sie fürchtete wohl, er könne gewalttätig werden. Sie konnte sich nicht erklären, woher er so viel über sie wusste, ehemalige Kompagnons, Einzelheiten vergangener Geschäfte, irgendetwas über ihren Aufenthalt in Philadelphia letzten Herbst. Manches davon lag Jahre zurück. Sie glaubte, jemand habe Informationen an ihn weitergegeben. Wer hätte ihr das antun können, Sir? Ich habe nicht die leiseste Ahnung. Man müsste William Pinkerton selbst danach fragen. Allerdings, fügte Utterson bedauernd hinzu, sind wir beide kaum so leichtsinnig.

Was wollte er bloß von ihr? Warum ist Pinkerton hier?

Mr Foole …

Doch er sprach nicht weiter, und Foole stellte das Glas ab, umfasste seine Knie und saß mit durchgedrücktem Rücken da. Nach langem Schweigen sagte er: Charlotte hat Ihnen Anweisungen für mich hinterlassen.

Die sind jetzt gegenstandslos.

Was hätten Sie mir denn mitteilen sollen?

Utterson räusperte sich. Er zupfte einen unsichtbaren

Faden von der Unterseite seines Ärmels, spitzte die Lippen und schob die Zunge in die Wange, als überlege er. Sie wollte ihren Onkel aus Millbank befreien, murmelte er. Darum ging es. Mir sind keine Einzelheiten bekannt. Aber als sie mich nach möglicher Unterstützung fragte, schlug ich Sie vor. Natürlich war Charlotte der Ansicht, Sie würden nicht dabei sein wollen. In Anbetracht Ihrer gemeinsamen Vergangenheit und Ihrer Vergangenheit mit Mr Reckitt.

Natürlich.

Ich versicherte ihr, das sei nicht der Fall.

Foole nickte langsam.

Millbank schließt seine Pforten, Mr Foole. Die Zellen werden geleert. Mr Reckitt soll im März auf eins der Gefängnisschiffe im Süden verlegt werden. Wenn ich recht verstanden habe, hatte Miss Reckitt einen Verbündeten im Innern, der für einen Zählfehler beim Transport sorgen sollte. Utterson leckte sich die Lippen. Für ein derartiges Unternehmen hätte es natürlich keine, äh, Entlohnung gegeben. Zumindest nicht im finanziellen Sinne. Was ebenfalls Grund für ihre Sorge war, keine Mannschaft zusammenzubekommen. Ich sagte ihr –

Und das hätte Rose mir nicht schon gestern erzählen können?, unterbrach ihn Foole.

Der Anwalt schwieg. Dann sah er sich um, blätterte in den Dokumenten auf seinem Schreibtisch, als suche er etwas. Er sagte: Rose hat kein Recht dazu, diese Geheimnisse zu enthüllen, Sir. Miss Reckitt hat die Nachricht mir anvertraut. Sie wies mich natürlich an, Ihnen ihre Adresse auszuhändigen. Aber sie wollte Sie auch wissen lassen, dass ihr Onkel ihr die Wahrheit über Brindisi erzählt hat. Er bereue, was geschehen ist, und wolle es wiedergutmachen. Sie sprach von Wut und dann von Erleichterung. Sir, ich glaube, sie sah eine Zukunft für Sie beide. Utterson schien weitersprechen zu wollen, tat es jedoch nicht, aber dann musste er es sich anders überlegt haben, denn er zog die buschigen Brauen hoch und fragte leise: Wann haben Sie Charlotte zum letzten Mal gesehen, Mr Foole?

Und Sie?

Am Abend ihres Verschwindens, Sir. Sie war, wie schon gesagt, verängstigt.

Foole fuhr sich mit der Zunge über die Zähne. Ich habe sie zuletzt in der Royal Albert gesehen, sagte er. Sie waren dabei.

Ich erinnere mich.

Sie sah aus, als hätte sie einen Geist gesehen.

Sie haben damals allerdings nicht miteinander gesprochen.

Nein.

Charlotte hatte sich, nun ja, ziemlich verändert. In den letzten Jahren, meine ich. Vielleicht war sie nicht mehr der Mensch, an den Sie sich erinnern. Ich schätze, Ihre Gefühle für sie haben nicht nachgelassen?

Wir haben uns alle verändert, Gabriel.

Und dennoch würden Sie hier nicht sitzen, Sir, wenn Sie sich allzu sehr verändert hätten.

Foole schwieg.

Nach Mr Reckitts Verhaftung distanzierte sich Charlotte, wurde gleichgültig. Sie löste ihre Verbindungen, und eine Zeitlang glaubte ich, sie hätte dem Milieu wirklich den Rücken gekehrt. Ich weiß, dass sie eine Weile als Witwe in

Stratford gewohnt hat. Und dass sie schließlich ins Ausland ging, in die Schweiz, meine ich. Das war vor fünf Jahren. Als sie mich letztes Jahr im August aufsuchte, war sie gealtert. Ich meine nicht im Gesicht, Sir. Ich meine ihren Blick. Es war beunruhigend. Als ob sie ausgehöhlt und mit etwas Bedrohlichem ausgestopft worden wäre.

Foole wusste nicht, was er sagen sollte. Aus ihrem Brief war nichts davon hervorgegangen. Die Verhaftung ihres Onkels musste ihr sehr zu schaffen gemacht haben. Dann sah er überrascht auf. Weiß er es?, fragte er. Hat Martin schon davon erfahren?

Ich gehe davon aus, dass der Yard bereits bei ihm war. Oder es noch vorhat. Sie werden ihn sicher befragen.

Aber Sie haben ihn nicht gesehen.

Bei welcher Gelegenheit denn bitte schön? Er ist inhaftiert, Sir, ohne jegliche Aussicht auf Entlassung.

Foole legte sich den Spazierstock über die Knie. Sie sollten mit ihm sprechen. Sagen Sie es ihm persönlich. Er hat es verdient, das von einem Freund zu erfahren.

Uttersons schmale Lippen kräuselten sich. Von einem Freund.

Ich meine es ernst.

Die Blicke der beiden Männer trafen sich über dem ausladenden Schreibtisch des Anwalts.

Ihr Interesse an Mr Reckitts Wohlergehen erstaunt mich, Sir. Utterson fuhr sich mit der Hand über die zerknitterte, gewölbte Weste. Vielleicht sollten Sie ihn selbst aufsuchen.

Foole sah das fahle Licht auf dem Gesicht des Anwalts glänzen, auf seiner fettigen, vernarbten Haut. Fludds Abneigung gegen den Mann fiel ihm ein.

Darf ich fragen, woher Ihre plötzliche Besorgnis stammt, Sir?

Sie kennen die Antwort.

Ach, stimmt, er hat Ihnen ja in Brindisi das Leben gerettet. Sie messen dieser Schuld heute mehr Gewicht bei als früher. Ich erinnere mich an Zeiten, da waren Sie der Ansicht, er hätte Ihr Leben zerstört. Utterson sah ihn mit hartem, ausdruckslosem Blick an. Sie sollten stattdessen lieber Miss Reckitt die Ehre erweisen. Ihre sterblichen Überreste befinden sich bei Pitchcott, soviel ich weiß.

Foole sah auf. Pitchcott.

Das Leichenhaus. In der Frith Street. Ich kenne dort jemanden, ich könnte eine Leichenschau für Sie arrangieren, wenn Sie wollen. Wobei es womöglich eine ziemlich drastische Erfahrung sein wird, jedenfalls nichts für schwache –

Frith Street, sagte Foole, ohne vollends zu begreifen.

Sie ist jetzt an einem besseren Ort, Sir.

Haben Roses Geister Ihnen das verraten?, fragte er in beißendem Ton. Er hatte nicht vorgehabt, den Spiritismus zu erwähnen, und war überrascht von seiner eigenen Gehässigkeit.

Utterson schien nach Worten zu suchen. Ich habe zunächst auch nicht daran glauben wollen, Mr Foole. Aber es ist nicht so, wie Sie es sich vorstellen. Man muss sich vor dem Tod nicht fürchten. Seine Hände lagen flach vor ihm auf dem Schreibtisch. Manche treten unmittelbar in die unterste Sphäre über, sagte er. Anderen ist nicht gleich bewusst, dass sie Geist geworden sind, und es dauert eine Weile, bis sie sich damit abgefunden haben. Doch sie verspüren keinen Schmerz. So lehrt es auch die Bibel, Sir. Es ist nichts Unchristliches daran.

Foole stand auf.

Sie haben sicher gehört, dass unsere Mutter vor zwei Jahren ins Geistige entrückt wurde, fuhr Utterson fort. Es war ein Trost für mich und meine Schwester zu hören, dass sie in Frieden ruht. Trauer lässt niemanden unberührt, Sir. Sie ist nichts, wogegen wir ankämpfen sollten.

Foole schwieg.

Nein, Sir, ergänzte Utterson. Wir müssen die Trauer als Geschenk empfinden. Nur so wissen wir, dass wir geliebt haben.

Als Geschenk, dachte Foole mutlos, ihm war noch nie etwas geschenkt worden. Und Charlotte war bleich und zitternd in die Welt zurückgeholt worden, von einem Onkel, den sie nicht kannte, aber dessen Namen sie erhalten sollte. Komm, Kind, hatte er ihr durch das verschlossene Tor zugerufen, eine schimmernde Silhouette in der Wintersonne. Unter dem Zylinder hatte er sich den Schal doppelt um den Hals geschlungen, so dass nur seine Augen zu sehen waren. Zitternd stand sie vor dem Armenhaus, als er einen Handschuh auszog, durch die Schnörkel des Eisenzauns griff und ihr seine, wie es ihr vorkam, riesige, weiche und parfümierte Hand auf die Wange legte. Dann hatte die Aufseherin das schwere schwarze Pferdetor klirrend aufgeschlossen, es mühsam aufgezogen und die ganze Zeit gezetert, wie langsam Charlotte sei. Er war so groß, so schlank und elegant, so alt, hatte sie Foole im ersten Licht des Tages zugeflüstert, Jahre zuvor, in Südafrika. Reckitt hatte damals in einem prachtvollen Haus südlich des Piccadilly gewohnt, und die ersten zwei Tage hatte sie kein Wort über die Lippen gebracht, aus Angst, das Ganze beruhe auf einem Irrtum. Am dritten Tag hatte ihr Onkel sie in seine Studierstube gerufen und ihr gesagt, er stehe in der Schuld ihrer Mutter und habe nicht gewusst, dass sie gestorben war, sonst hätte er sie schon früher beglichen. Er strahlte eine Traurigkeit aus, in seinen Augen lag eine Trägheit, als würde er bei allem, was er sah, verweilen, damit es seinen Blick nicht für immer verließ. War da Liebe? Doch, schon. Sie lernte Lesen, Schreiben und Rechnen, Geographie, Geschichte und die klassischen Sprachen, alles unter einer irischen Gouvernante, bis sie anderen Mädchen ihres Alters weit voraus war. Er kleidete sie gut, nahm sie mit ins Theater, besuchte mit ihr Gartenanlagen und Ausstellungen. Einmal im Monat stieg er mit ihr nach Whitechapel hinab, wo sie durch den Dreck und den Schmutz schritten, damit sie die echte Welt nicht vergaß, die jetzt vor ihr verborgen war, die eigentlich rechtmäßig die ihre war. Und an ihrem sechzehnten Geburtstag sagte er ihr die Wahrheit über seine Berufung und seinen Plan, aus ihr eine Betrügerin und Diebin zu machen. Es gibt nichts, was ein anderer besitzt, das nicht dir gehören könnte, sagte er zu ihr. Nimm dir alles. Von diesem Abend an begann ihre eigentliche Lehrzeit. Ihrem Äußeren zum Trotz war sie ein Geschöpf dieser verborgenen Welt, außer ihrem Onkel war sie niemandem etwas schuldig, und es gab kein Gesetz, das sie für ihn nicht gebrochen hätte.

Ich wäre dort drinnen gestorben, sagte sie und biss sich auf die Lippe. Hätte es ihn nicht gegeben, dann wäre ich da drinnen gestorben.

Das weißt du doch gar nicht, sagte Foole stirnrunzelnd.

Daran musste er jetzt denken, und an sie, und er fühlte

vieles, aber was er am stärksten empfand, war Scham. Er
war so jung gewesen. Sie waren beide so jung gewesen. Das
vor ihnen liegende Leben war ihnen wie eine Ewigkeit vorgekommen.

Als er Uttersons Büro verließ, war es nach Mitternacht, er
ging durch leere Seitenstraßen, sein Stock kratzte über das
Kopfsteinpflaster, und er begegnete niemandem. Eine dunklere Nacht begann aus dem Fluss aufzulodern und durch die
Stadt zu kriechen, und der Kohlenebel lichtete sich zu einem
wässrigen Grau, waberte schleierhaft, gespenstisch und still.
Er hatte Hut und Handschuhe auf Uttersons Sofa vergessen,
war nun mit bloßem Kopf unterwegs, und die Kälte strich
ihm durchs Haar. Ein Schmerz stieg in ihm auf, der, das
wusste er, wenig mit Gabriel oder seiner Schwester zu tun
hatte, und trotzdem war er da. Als er den Strand erreichte,
suchte er sich keinen Hansom, sondern bog stattdessen nach
Norden ab, durchquerte eine kleine, unbeleuchtete Grünanlage und ging dann weiter in westlicher Richtung. Auf
einem gepflasterten Platz verlangsamte er seinen Schritt,
blieb stehen, lehnte sich unauffällig an eine Steinbalustrade
und hob den Blick. Auf der anderen Straßenseite stand das
Grand Metropolitan, hell erleuchtet, wie ein Palast.

Irgendwo da drinnen musste William Pinkerton schlafen. Foole legte die Handflächen auf den kalten, tauben-
verschmutzten Granit und betrachtete die unbeleuchteten
Fenster, die Marmorsäulen, die sich in der Nacht verloren.
Keinen Moment glaubte er, dass der Mann Charlotte von
der Brücke gestoßen hatte. Das war nicht Pinkertons Stil,
ganz gleich, wie vertraut er mit Gewalt war. Rings um Foole

rührten sich die schlafenden Gestalten der Stadtstreicher, wälzten sich, husteten, und er stand lange zwischen ihnen wie ein schattenhafter Besucher. Nach einer Weile hörte er ein leises Pfeifen, Schritte auf dem mit Reif überzogenen Kopfsteinpflaster. Aus dem Nebel tauchten drei Männer in zerknitterter Abendgarderobe auf, die Zylinder gefährlich schief. Arm in Arm, die Spazierstöcke am Ellbogen, die Kleider stanken nach Gin. Einer holte mit dem Stock aus, hieb auf die Fußsohlen der schlafenden Bettler, und der größte der drei tippte sich an den Hut und zwinkerte Foole im Vorbeigehen zu.

Foole sah ihnen mit dampfendem Atem hinterher. Dann löste er sich aus der Dunkelheit, machte kehrt und ging leise davon.

Zehn

Shade war also echt, es hatte ihn wirklich gegeben. William starrte zitternd in den Nebel am Great Scotland Yard. Wut stieg in ihm auf. Wenn Sally Porter Shade kannte, ihn während des Krieges in einem knarrenden Wagen durchs Hinterland Virginias kutschiert hatte, dann war sie eine dreiste Lügnerin. Sie hatte Shade als Hirngespinst bezeichnet, als Trugbild. Vielleicht wollte sie ihn nur davor schützen, dass sich die Wahnvorstellung seines Vaters vererbte. Vielleicht hütete sie aber auch eines seiner Geheimnisse. William ließ die Fuhrwerke und Omnibusse passieren, überquerte dann die regennasse Straße und ging weiter. Nein. Sein Vater hatte Shade einst für tot gehalten, und was auch immer seine Überzeugung geändert hatte, Sally wusste davon. Unvermittelt blieb William stehen und starrte auf seine Schuhe, in Erinnerung versunken. Zur ersten Weihnacht nach der Niederlage der Konföderierten hatte sein Vater, während der Truthahn auf den Tellern kalt wurde, am Kopf des Tisches gestanden, sein Glas erhoben und einen Toast gesprochen. Der große Mahagonitisch schimmerte, das Geschirr glänzte im Kerzenlicht, das traurige runde Gesicht seiner Mutter war emporgereckt. Es war das erste Mal, dass William seinen Vater, der sich nun finster mit der Serviette den Schnurrbart abtupfte, Wein trinken sah.

Den Toast hatte er auf die Opfer des Krieges ausgebracht. Eine lange Liste. William hatte dagesessen, mit pochendem Bein, und seinen Vater angesehen. Die meisten der Namen kannte er nicht, konnte nur wenige zuordnen. Mr Lincoln natürlich. Pryce Lewis. Der Spion Timothy Webster.

Und der Letzte in dieser langen Reihe, erinnerte sich William plötzlich, während er eine Kutsche mit baumelnden Laternen durch den Nebel kriechen sah, war ein Junge namens Edward gewesen.

Er ging im Regen den Haymarket entlang in ein heruntergekommenes indisches Speisehaus über einer Schneiderwerkstatt. Er blieb stehen und blickte die Treppe mit den ausgetretenen Stufen und dem wurmstichigen alten Geländer empor, dann wischte er sich übers nasse Gesicht und stieg langsam hinauf. Er hatte das Lokal in seiner zweiten Woche in London entdeckt, nahm nun am Fenster Platz und bestellte Curry und ein Pint Bitter. Auf dem Tisch stand eine altertümliche Öllampe, die allem Anschein nach seit Jahrzehnten nicht mehr gesäubert worden war. Von irgendwoher tönte Geschirrgeklapper, und als er den Kopf hob, sah er den Messingfußlauf der Theke glänzen, einen Strahl Nachmittagslicht in einem geleerten Glas mit fettigen Fingerabdrücken. Er wandte den Blick ab.

Er dachte an jene Herbstnacht in seinem zwölften Jahr, in der er Sally Porter zum ersten Mal gesehen hatte. Die Laterne, die ihr gespenstisches, unstetes Licht in die Küche warf, seine Mutter, die langsam und Rolle für Rolle die besudelten Baumwollverbände von Sallys Kopf löste. Sie war am zwölften Tag ihrer Flucht von einem Rudel Hunde gejagt worden und hatte sich das Gesicht dabei von der Stirn bis über die Wange an einem Zaun aufgerissen. William erinnerte sich an das leise Murmeln seiner Mutter in der Dunkelheit. Er hatte am Fenster gestanden und die Vorhänge mit zwei Fingern zugehalten. Auf einem Küchenstuhl lagen die gewundenen braunen Bandagen wie Zwiebelschalen. Die Ruhe in Sallys Augen. Dieser feste Blick. Während sein Vater durchs Haus schlich und Decken für die anderen zusammensuchte, die sich im Schuppen versteckten.

Er fuhr sich widerwillig mit dem Handgelenk über den Mund. Sally hatte kein Wort über den echten Edward Shade verloren, den Mann, der im Krieg umgekommen war. Wenn Shore zu glauben war, hatte sie absichtlich geschwiegen. Natürlich schuldete sie ihm nichts, und was auch immer sie seinem Vater schuldig gewesen war, hatten Ben und sie zehnfach zurückgezahlt. Doch hatte er die Porters immer für Freunde seines Vaters gehalten und tat dies noch immer. Er fragte sich, welchen Groll sie wohl hegte, besann sich jedoch eines Besseren und kam zu dem Schluss, dass es sich nicht um Groll handeln konnte. Sally hatte gesagt, sein Vater habe einen Geist gejagt, und sie konnte das nur wohlwollend meinen. Oder ist das nur, was du glauben willst?, hörte er seine Frau Margaret schnippisch fragen. Auf der Straße unter ihm erregte eine schnelle Bewegung seine Aufmerksamkeit. Ein Mann in Gehrock und Bowler tauchte aus dem lichten Nebel auf. Er ging hastig, blieb stehen, schaute sich nervös um, ging weiter.

Als er um die Ecke bog, kam er an einer schlanken Frau vorbei, die den Pelzkragen ihres Mantels eng zugezogen hatte, und William stutzte, beugte sich vor, wischte mit dem

Ärmel über die verdreckte Glasscheibe. Sie stand gänzlich unbewegt an der Ecke, den Kopf gesenkt und die Hände vor dem Körper verschränkt, das ausladende blaue Blumenarrangement des Hutes verdeckte ihr Gesicht. Durch das Glas beobachtete er, wie sie sich mit einem hellen Handschuh eine dunkle Haarsträhne unter den Hut steckte, dann hob sie den Blick, sah direkt in das Fenster, hinter dem er saß, und selbst auf die Entfernung erkannte er sie.

Grundgütiger, flüsterte er.

Es war Charlotte Reckitt.

Sie hielt seinen Blick unfassbare Sekunden lang. Dann wandte sie sich ab, huschte um die Ecke und war verschwunden. Er hörte das Blut in seinen Ohren rauschen und blinzelte verdattert. Wie konnte das sein? Er runzelte die Stirn und rieb sich abwesend die Handfläche, die vom Schmutz der Stadt dunkel gerändert war, dann drehte er sie um, sah, dass der Handrücken vollkommen rußschwarz war, und ließ davon ab. Er dachte nach. Er hatte schlecht geschlafen. Vielleicht spielte ihm seine Müdigkeit einen Streich. Trotzdem stand er auf, knallte eine Handvoll Kupfermünzen auf den Tisch, polterte die Treppe hinunter und hinaus in die Kälte.

Sie war den Haymarket entlang nach Norden gegangen, und er wandte sich mit grimmiger Miene in die gleiche Richtung, doch an der Einmündung der Jermyn Street sah er sie nicht. Einem Straßenhändler, der gerade einen Eimer schrumpeliger Äpfel auf seinem Stand arrangierte, fiel die Kinnlade hinunter, als William plötzlich aus dem Nebel auftauchte.

Er packte den Mann am Arm. Eine Frau im Mantel, sagte er. Blauer Hut. Wo lang?

Der Straßenhändler wand sich verdutzt aus seinem Griff.

Etwa zwanzig Schritte zuvor hatte William eine kleine Gasse passiert, also machte er kehrt und lief zurück. Eine Bettlerin kauerte gleich um die Ecke in einem Haufen Lumpen, und William ließ ein Zweipencestück zwischen den Fingerknöcheln aufblitzen.

Frau mit blauem Hut, sagte er schnaufend.

Sie beäugte die Münze mit gehetztem Blick, nickte. Links neben ihrem Kopf tropfte stinkende Brühe aus einem Rohr.

Holla, murmelte sie. Komischer Gang? Mit pechschwarze Haare?

Er gab ihr die Münze, die erst in ihren Klauen und dann in ihren Lumpen verschwand. Sie deutete mit spitzem Kinn die Gasse hinunter, die hinter einer windschiefen Ecke verschwand. Scharen von Kindern hockten barfuß und hustend auf den Hintertreppen der Wohnhäuser.

Köpfe drehten sich, als er vorbeiging. Die Gasse wand sich um die enge Kurve und führte wieder zurück, und als er am Tor eines Innenhofs vorbeikam, warf sich zu seiner Linken ein rostfarbener Köter bellend gegen die Gitterstäbe. Dann stand er auf der Panton Street, für einen Augenblick ratlos. Schließlich entdeckte er einen Kehrjungen, der zusammengekrümmt in der Kälte auf seinem Strohbesen lehnte. Statt Schuhen trug das Kind Zeitungspapier an den nackten Füßen. Es nahm den Penny, den William ihm hinhielt und zeigte über die Straße hinweg in eine weitere Gasse.

Wo kommt die raus?, fragte William.

Coventry Street, Sir.

Wo genau?

Der Junge hustete rasselnd, seine Augen waren glasig vor Kälte. Beim Bonbonladen, Sir, sagte er.

William griff in seine Tasche und gab ihm ein Pfund. Der Junge starrte die Münze verblüfft an.

William trat auf die Straße, winkte einen vorbeifahrenden Hansom heran und wies den Kutscher an, ihn um den Block zu dem Süßwarenladen auf der Coventry Street zu bringen.

Madame Froissard, die wo die Schokoladenelefanten verkauft, Sir?

Das nehme ich an.

Ganz recht, Sir.

Machen Sie schnell.

Die Frau, die er verfolgte, musste die Straßen ebenso gut wie die Abkürzungen dazwischen kennen. Wenn sie nicht Charlotte Reckitt war, dann jemand wie sie, der sich vor den dunkleren Winkeln der Stadt nicht fürchtete. Eine Dame hätte sich hier nicht einmal am helllichten Tage aufgehalten. Ihn beschlich der Verdacht, dass diese Frau, wer auch immer sie war, ihn an irgendein Ziel führen würde.

Der Hansom bog zweimal ab, um vor Froissards lilagelber Markise und den vereisten Schaufenstern stehen zu bleiben, und William hielt Ausschau von der anderen Straßenseite, konnte die Frau jedoch nirgends entdecken. An der Einmündung der Gasse stieg er aus und bat den Kutscher zu warten.

Zwei Zeitungsverkäufer stritten auf dem Gehweg, und um sie herum hatte sich eine kleine Menschentraube gebildet. William zog einen älteren Herrn zur Seite. Er trug einen abgewetzten Zylinder, um den er einen Streifen Fliegenpapier mit toten Fliegen gewickelt hatte, und ein Köfferchen mit Waren.

Fangen Sie sie im Flug, Sir, sagte der Mann grinsend. Ihm fehlten die Schneidezähne.

Eine Frau mit blauem Hut, muss hier aus der Gasse gekommen sein, sagte William. Schwarze Haare, Mantel, Pelzkragen.

Der alte Mann mit dem grauen Backenbart wies gen Osten die Straße hinunter.

William murmelte einen Dank, überquerte die geschäftige Straße, stieg wieder in den Hansom und gab Anweisung, langsam zu fahren. Er musste ihr dicht auf den Fersen sein. Er nannte dem Kutscher die Farbe ihres Hutes und worauf er achten sollte und suchte im Vorbeifahren die Schaufenster ab.

Macht Sie zum Hahnrei, wie?, fragte der Kutscher.

So ähnlich.

Wenn mein Weib mir Hörner aufsetzen tät, ich würd ihr alle Finger brechen. Einen nachm andern.

An der Ecke Leicester Square stieg William erneut aus und fragte an einer Omnibushaltestelle eine Dame mit Regenschirm, ob sie die Frau gesehen hätte.

Ich habe den Omnibus leider gerade verpasst, erwiderte sie. Vielleicht hat Ihre Freundin ihn bekommen?

Er nickte. Dachte kurz nach, dann duckte er sich mit seinem Zylinder unter den Leinen hindurch wieder in den Hansom und sagte dem Kutscher, er solle den Omnibus einholen. Dieser fuhr zügig, schlängelte sich zwischen den anderen Fuhrwerken hindurch, und schon bald kam die hohe, schwankende Omnibuskonstruktion in Sicht, der rot-weiße Schriftzug von Tooleys Messerpolitur auf den Seitenwänden, die geschwungene Treppe zum Oberdeck. Dort oben, auf den Bänken in Fahrtrichtung, war deutlich die Silhouette der Frau zu sehen.

Nicht zu nah ran, rief er dem Kutscher zu. Aber verlieren Sie ihn nicht.

Der Omnibus fuhr den Long Acre bis zur Drury Lane hinunter. Dann bog er nach Süden ab und war außer Sichtweite. Als der Hansom ihn eingeholt hatte, stieg die Frau mit dem blauen Hut gerade aus. Sie rutschte mit ihren Stiefeln auf den nassen Stufen aus, und ihre Röcke blähten sich, doch sie fand Halt, stieg schließlich aus dem Straßenmatsch und trat sich den Dreck von den Schuhen, dann richtete sie ihren Hut und ging auf der Wych Street Richtung Osten.

Als er sicher war, welchen Weg sie nehmen würde, wies William den Kutscher an zu überholen, stieg an der nächsten Ecke aus und zahlte mehr, als er schuldig war.

Der Kutscher grinste und tippte sich an die Mütze. Verpassen Sie ihr von mir auch eine, Sir.

William schlüpfte in den schmalen Eingang eines Gebäudes und wartete. Er spürte das Blut in seinen Schläfen pochen. Eine Minute verging, dann zwei. Und dann war die Frau da, glitt um die Ecke, und William schnitt ihr den Weg ab.

Hallo, Charlotte, sagte er.

Die Frau schaute erschrocken auf. Ich muss doch sehr bitten!, fuhr sie ihn an.

Sie war es nicht.

Die schlaffe Haut am Hals, die pockennarbigen Wangen. Er schüttelte beschämt den Kopf.

Verzeihen Sie bitte, sagte er, ich war mir sicher, Sie sehen jemandem sehr ähnlich …

Ihm versagte die Stimme. Sie musste einmal sehr gut ausgesehen haben. Sie hatte schwarze, intelligente Augen, lange

Wimpern. Er war verunsichert, und der Schreck saß ihm noch immer in den Gliedern. Londons Nebel, der graue Fluss, die kalte und nagende Einsamkeit der Straßen, all das setzte ihm auf einmal zu. Er spürte etwas in sich aufsteigen, eine vertraute Dunkelheit.

Zum Teufel damit, murmelte er.

Sein Irrtum hatte einen Grund, das wusste er, und der war so greifbar wie ein Nickel. Man konnte ihn zwischen Daumen und Zeigefinger reiben und sich etwas wünschen.

Dieser Gedanke ging ihm durch den Kopf, während er in der Kälte stand und der Verkehr über die dunklen Wegplatten floss und die Pferde schnaubten und mit den Schweifen schlugen, und plötzlich wusste er, was es war, das ihn die ganze Zeit gestört hatte. Warum er eine unschuldige Frau verfolgt hatte. Warum er nicht hatte schlafen können.

Charlotte Reckitt war nicht tot.

Es war vertrackt. Es trug einen Hauch von Wahnsinn, der an seinen Vater und dessen Shade-Besessenheit erinnerte, doch er konnte nicht anders, er war überzeugt. Sein Bauchgefühl hatte ihm durch große Notlagen hindurch geholfen, aber das war in einem anderen Land, in einer anderen Welt gewesen. London machte ihn nervös, ließ ihn an sich zweifeln. Er hatte noch immer nichts gegessen. Also ging er nun zurück durch den Dunst zu einem Kaffeehaus, an dem er vorbeigekommen war, und suchte sich einen Tisch im hinteren Bereich, setzte sich mit dem breiten Rücken zur Wand auf eines der schmiedeeisernen Stühlchen, die für französische Damen gebaut waren, und versuchte noch einmal, alles zu durchdenken. Ein Kotelett briet und spritzte auf dem

Rost hinter der Theke. Das Licht fiel an diesem Spätnach-mittag blau durch die großen Glasscheiben und verdunkelte sich, wenn die Kauflustigen draußen vorbeischlenderten, doch es war warm, und William spürte, wie seine Zehen langsam und pochend auftauten. Wenn sie noch am Leben war, musste es eine Spur geben, irgendeinen Hinweis.

Er aß langsam, wischte sich zwischen den Bissen den Schnurrbart ab. Vielleicht litten die Männer der Familie Pinkerton an einer Geisteskrankheit. Einem Ermittlungs-wahn, der sie sinnlos Tote verfolgen ließ. Edward Shade im Falle seines Vaters. Charlotte Reckitt bei ihm selbst. Er schloss die Augen, rieb sich die Schläfen, lächelte verbittert. Sein Vater musste ungefähr im gleichen Alter gewesen sein, als er anfing, Shade zu jagen.

Als er gerade die letzten Bissen nahm, stand ein riesen-hafter, zotteliger Mann in knappsitzendem Gehrock auf und kam durch den Zigarrenrauch auf ihn zu.

Mr Pinkerton, nehm ich an?, sagte er mit rauher Stimme.

Williams Muskeln spannten sich. Er legte sein Besteck ab.

Der Riese blinzelte langsam, und etwas kippte, schlug um in seinem Blick. Diese Augen waren bösartig, solche Augen gehörten zu jemandem, der eingesessen hatte. Wo die Handrücken aus dem Mantel ragten, prangte je eine wulstige Narbe, und eine schmale, grausame trug er an der Kehle, als wäre er aufgeknüpft worden und hätte überlebt, noch dazu war die Spitze seines linken Ohrs sauber abgetrennt. Er hielt einen verbeulten Hut in der Faust.

Ich hab Sie hier sitzen sehn, Sir, und da hab ich mir gesagt, vielleicht ham wir hier nen Gentleman, der bereit is, nem Mann zuzuhörn.

Kenne ich Sie?

Nen gesetzestreuen Bürger wie mich?, fragte der Riese grinsend und schüttelte den Kopf. Wüsste nich, woher.

William lächelte müde.

Ich bins auch gar nich, der reden will. Sondern mein Boss. Kann ich mich hinsetzen?

Nein.

Doch da hatte der Riese schon einen Stuhl genommen und saß, die massigen Schenkel angezogen, der gewaltige Rücken gekrümmt, die Hände in dem einigermaßen gelungenen Versuch gefaltet, einen friedfertigen Mann mit einer friedfertigen Mission darzustellen. Seine Stimme war gedämpft, und seine Worte klangen wohlüberlegt, als wäre er es nicht gewohnt, sich Fremden gegenüber zurückzuhalten. Is nich besonders schlau von Ihnen, oder? Nein sagen, bevor Sie überhaupt wissen, worums geht, Mr Pinkerton.

William dachte an die rasante Verfolgungsjagd durch das Straßengewirr, es war beinahe unmöglich, dass ihm jemand gefolgt war. Wie haben Sie mich gefunden?, fragte er.

Och, das war Glück, erwiderte der Riese und zuckte mit den Schultern. Pures Glück.

Glück, wiederholte William tonlos. Wie lange folgen Sie mir schon?

Der Riese zog eine Augenbraue hoch.

Sie kommen nicht aus England.

Um mich gehts hier nich. Mein Auftraggeber is an nem Treffen interessiert. Er hat n Angebot für Sie.

Warum ist er dann nicht selbst hier?

Weil er trauert. Und weil er noch nich weiß, ob Sie koscher sind.

William musterte das vernarbte Gesicht des Mannes und schnaubte. Wohl kaum. Wen betrauert er denn?

Charlotte Reckitt.

William wurde hellhörig. Er richtete die Krempe seines Zylinders, als müsste er sich gegen Regen schützen, schob seinen Teller von sich und legte ein paar Münzen auf die Tischdecke. Wie heißen Sie?, fragte er.

Mein Auftraggeber heißt Foole, antwortete der Riese. Den kennen Sie wahrscheinlich nich.

Danach habe ich nicht gefragt.

Mein Name is nich wichtig.

Der Riese saß mit einer gespreizten Pranke auf dem Schenkel da, in Reichweite seiner Waffe, so er denn eine unter den Mantelschößen trug, und William taxierte ihn. Dann stand er auf. Er hatte kein gutes Gefühl bei der Sache.

Ich bin noch nicht interessiert, sagte er. Das können Sie Ihrem Mr Foole ausrichten.

Noch nich?

Noch nicht. Und damit schob er sich an ihm vorbei und trat durch die getäfelte Tür auf die Straße. Die kalte Luft und der Lärm drangen auf ihn ein.

Der Riese holte ihn am Hansom-Stand ein.

Mr Pinkerton.

William wandte den Blick ab, spuckte in eine schaumgekrönte Pfütze. In den Anfangsjahren war er oft von Dieben und Mordgesellen angesprochen worden, die ihm Abmachungen anbieten wollten. Er hatte ihnen damals nicht getraut, und er traute auch dieser Sache heute nicht. Ein Wallach mit grauen Fesseln hob den Kopf und schaute sie mit einem großen Auge an. Ein Kutscher in flickenübersäter

Wollkleidung kam aus dem Pub auf der gegenüberliegenden Straßenseite, sah sie und eilte herbei.

Es wird gemunkelt. Über den Abend auf der Blackfriars Bridge.

Ganz bestimmt.

So was wie: Vielleicht is sie ja gar nich gesprungen.

Es kümmert mich einen Dreck, welche Gerüchte in der Halbwelt umgehen, sagte William. Er wandte sich ab, kletterte in den Hansom und warf die Tür zu. Halten Sie sich von mir fern.

Doch der Riese beugte sich durchs Fenster, sein Kopf auf gleicher Höhe wie Williams. Acht riesige Finger gruben sich in die Samtauskleidung der Tür. Der Hansom knarrte unter seinem Gewicht. Sie ham im Grand Metropolitan bis Monatsende bezahlt, flüsterte der Riese. Und das Geld dafür kommt nich von der Detektei. Sie verfolgen Charlotte Reckitt ohne Auftrag und wollen Sachen über Edward Shade wissen. Is ja nich so, als würden wir in Ihren Angelegenheiten rumschnüffeln, aber …

Der Kutscher kletterte auf seinen Bock am Heck des Hansom, der dabei ins Schaukeln geriet. Meister?, rief er herunter.

… Shore hat Sie rufen lassen, als n Frauenkopf aus der Suppe gezogen wurd. Und Sie ham ihn doch selber gesehn.

William beobachtete, wie sich Falten in die feste graue Haut um die Augen des Riesen legten. Die borstigen schwarzen Barthaare, die grauen Sprenkel darin. Braune Zähne, wenn der Mann das Gesicht verzog.

Treten Sie zurück, sagte er. Kutscher!

Springt auch was für Sie bei raus, wenn Sie zuhörn.

Kutscher!

Er is flüssig.

Ich bin nicht käuflich. Wenn Ihr Auftraggeber einen Detektiv will, soll er sich einen aus England suchen. Los jetzt. Scheren Sie sich fort. Er trat die Tür des Hansoms wie einen Hund.

Der Riese zuckte zurück, doch er blieb stehen. Mein Mr Foole, der hat Informationen über Charlotte Reckitt. Informationen, die Sie interessiern könnten.

Hat er das also.

Aye.

William hielt die Leinen des Hansom fest. Was für Informationen?

Das könnse ihn selber fragen.

Was will er denn im Gegenzug von mir?

Tja, umsonst wird er bestimmt nix sagen. Also, treffen Sie ihn?

William ließ den Blick schweifen und schaute dann wieder den riesenhaften Mann an. Sagen Sie Ihrem Mr Foole, wenn ich mit ihm sprechen will, dann finde ich ihn schon selbst. Er wandte sich ab und hielt dann doch noch einmal inne. Karren klapperten, Menschen strömten vorbei. Wagen Sie es noch einmal, mir zu folgen, murmelte er, beinahe freundlich.

Der Riese ließ die Tür los.

Elf

Foole beobachtete, wie Fludd durch die Küchentür hereinpolterte, ein steifes Knie über die Sitzfläche schwang und sich mit quietschnassen Stiefeln rittlings auf den Stuhl neben Molly setzte, doch als sie ihn im Spaß mit der Schulter anrempelte, warf er ihr einen Blick zu, der sie innehalten ließ.

Ist es nicht gut gelaufen?, fragte sie.

Och, und wie, brummte Fludd. Wenn du es gut nennst, in nen Bärenzwinger zu steigen und der Bestie in die Eier zu kneifen, ohne gefressen zu werden. Er hatte die Arme über der Stuhllehne verschränkt und das Kinn missmutig darauf abgelegt. Pinkerton kanns nich leiden, wenn man ihn verfolgt, Mr Adam, sagte er. Du kennst meine Meinung. Steck dir bloß n Messer ein, wenn du immer noch meinst, dass du mit dem Dreckskerl reden musst.

Molly prustete los.

Foole sah den tropfnassen schmollenden Riesen nüchtern an. Dann ist er also zu einem Treffen bereit?

Fludds Nase war nass vom Regen, und er wischte sie sich mit einem Taschentuch über der Faust ab. Dann nahm er von einem Teller auf dem Tisch einen Keks, den er sich zwischen die Zähne steckte, und je zwei in die Hand und stand auf. Treffen tut er sich mit dir, Mr Adam, sagte er mit finsterer Miene. Daran solls nich scheitern.

Als er nach oben verschwunden war, grinste Molly Foole an. Armer alter Jappy, murmelte sie. Ich hab vor William Pinkerton keine Angst.

Foole musterte sie, wie sie dasaß, die kleinen Fäuste geballt, die Beine unter dem Tisch baumelnd.

Das solltest du aber, erwiderte er scharf.

Er folgte Fludd nach oben in das neue Badezimmer im ersten Stock, wo der Mann bis zu den Schultern in der gusseisernen Wanne lag und die Arme auf dem Rand ausstreckte. Der Fliesenboden war nicht kalt, trotzdem kräuselten sich bedrohliche Dampfschwaden um die angewinkelten Knie des Riesen. Foole trat ein, nahm ein Handtuch vom Stuhl, setzte sich. Ein schwaches Feuer brannte im Badeofen. Er sah zu, wie sich Fludd mit einem Krug heißes Wasser von einer Schulter zur anderen über die Brust goss, das Gesicht abgewandt, und Foole schlug die Beine übereinander und wartete.

Schließlich fluchte Fludd und funkelte ihn böse an. Na los, brummte er. Na los, nu sag schon. Das Fleisch seiner Arme schwabbelte, aus seinem Bart tropfte schwarz der Schmutz.

Du willst ja wohl nicht behaupten, er wäre nicht gründlich, sagte Foole.

Pinkerton?

Ja, wer denn sonst?

Der Riese schmollte, plantschte. Ich würd mir auch gerne n schönes Paar Titten zum Dranrumspielen wachsen lassen, sagte er und hob in einer kruden Geste seine weichen rosa Brüste an. Heißt nich, dass das ne gute Idee is. Kann genauso gut sein, dass Pinkerton dich allemacht, und zack, guckste dir die Radieschen von unten an. Der Kerl is gefährlich.

Zweifellos.

Fludd beäugte ihn misstrauisch. Wischte sich Wasser aus den Augen. Jetz tu ma bloß nich so, als wärst du ganz meiner Meinung, sagte er. Als er sich bewegte, schwappte ein Schwall Badewasser über den Wannenrand und ergoss sich über die Fliesen. Vollkommen irre, einen wie den anzuheuern. Mir doch scheißegal, was fürn Meisterdetektiv das is. Der steckt doch erstma die Nase in deine ganzen Angelegenheiten, eh der auch nur einen Finger für dich rührt.

Ich habe nicht vor, ihn anzuheuern.

Völlig meschugge, hirnverbrannt is das doch!

Ich habe nicht vor, ihn anzuheuern, wiederholte Foole, diesmal lauter. Der teerartige Geruch des Badewassers stieg ihm in die Nase, ein Gestank wie aus dem Abort. Aber Pinkerton ist hartnäckig, fuhr er fort. Du kennst doch seinen Ruf. Wenn er Charlottes Mörder finden will, dann findet er ihn.

Fludd brütete schweigend vor sich hin.

Ihm stehen alle Ressourcen des Yard zur Verfügung, Japheth.

Ich kapier nich, wieso wir das nich selber regeln können.

Regeln?, fragte Foole scharf. Wir sind keine Mörder, Japheth. Das ist nicht unsere Art. Ich habe schon vor langer Zeit gelernt, dass ich kein Talent für Gewalt habe.

Aber Pinkerton, oder was?

Foole musterte seinen alten Freund. Ja, sagte er ruhig. Ich glaube schon.

Und das soll der einzigste Grund sein? Dasser gründlich

is? Fludd stand auf, schmierig-schwarzes Wasser lief dampfend an ihm hinab, als er sich im schwachen Licht saubergeschrubbt und grimmig zu voller Größe aufbaute. Ein schwarzer Haarteppich auf seinem Bauch, die Schenkel von schrägen Peitschennarben überzogen, ein gewaltiger roter Schwanz, der zwischen seinen Beinen baumelte. Die derben Gefängnistätowierungen auf Schultern und Schlüsselbeinen kannte Foole noch nicht. Platschend stieg der Riese aus der Wanne, nahm das Handtuch, das Foole ihm hinhielt, und rubbelte sich kräftig ab, ohne ihn dabei aus den Augen zu lassen.

Ich hab auch Talente, brummte er.

Das weiß ich doch.

Pass ma auf, dass du Pinkerton nich noch selber zum Opfer fällst. Dem kannste sonst was erzählen, der glaubt dir eh nix, das wissen wir doch beide.

Tja.

Was kann das denn bitte schön sein, was Mr William Scheißpinkerton dazu bringen soll, sich für dich die Hände schmutzig zu machen? Asche will er nich, das hat er selber gesagt.

Foole rieb sich die Augen und runzelte die Stirn. Ich habe ihm mehr zu bieten.

Mehr als die Wahrheit? Und was soll das bitte sein?

Was ist es denn, was jeder Mensch will?

Fludd legte den Kopf schief und bohrte sich das Handtuch ins nasse Ohr. Och, das is einfach, sagte er und zog eine Grimasse. Immer das, was wir nich haben können.

Haste schonma vom Sarazenen gehört?, fragte Fludd später, als er sich beruhigt hatte und im Hinterzimmer des Emporiums am Feuer saß. Die Vorhänge waren zugezogen, im Raum war es schummrig.

Foole rührte seinen Tee um und dachte nach. Der aus Wapping?

Aye, aus der Kanalisation, da in den Tunnelnischen. Vor sechs, sieben Jahren. N Riesenkerl war das, mit ner entstellten Visage. Durch die Backe konnte man die Zähne sehen, und statt ner Nase hatte der bloß Löcher im Gesicht. Fludd fuhr sich mit der Hand über das pomadige Haar und kniff ein Auge zu, als wollte er Fooles Gesichtsausdruck prüfen. Es heißt, er hat im Krimkrieg gekämpft und is von dort so zerfetzt zurückgekommen. Alle Frauenzimmer kippten sofort um, wenn sie ihn sahen. Er hat dann unter der Roberts Street gewohnt, oder irgendwo da, wo er abtauchen konnte. Fludd warf ihm einen finsteren Blick zu. Das war n richtiger Spezialist. Konnte sich seine Opfer irgendwann aussuchen. Hat einem nie in die Augen geguckt, immer nur so drumrum. Als könnte der die Knochen unten drunter sehen. Pinkerton macht das genauso. Hast du den nie getroffen, den Sarazenen, mein ich?

Foole schüttelte den Kopf, ließ ein Stück Zucker in seinen Tee fallen. Es gluckerte.

Hab jahrelang nich an den gedacht. Aber hör mir ma zu. Dieser Kerl, dieser Sarazene, das war sozusagen sein Markenzeichen, dass er den Kopf abgehackt und innen Fluss geschmissen hat.

Es gibt Dutzende Gründe, aus denen ein Kopf im Fluss landet, sagte Foole.

Aye. Aber jetz kommts: Charlotte kannte den Dreckskerl.

Foole erstarrte, die Tasse am Mund.

Hab sie ma zusammen gesehen, unten im Finchie's, vor Jahren. Es hieß, der Sarazene war regelmäßig einer von Charlotte Reckitts Leuten, sie hat den für Monate am Stück angeheuert. Und wenn man dann ma bedenkt, was mit ihr passiert is …

Du meinst, es war jemand aus dem Milieu?

Ich hab keinen Zweifel dran, dass Charlotte Reckitt den Kerl kannte, der sie abgemurkst hat.

Foole verzog das Gesicht. Wenn ich mich recht entsinne, pflegte der Sarazene seine Opfer aber nicht stückweise in Säcken auf die Stadt zu verteilen.

Der hat gar nix verteilt. Dem seine Leichen sind immer einfach verschwunden. Fludd räusperte sich. Als wir in New York warn, da hat Molly mir ne Geschichte erzählt, die die olle Mrs Sharper und der ihre Schwester den kleinen Kneifern immer erzählt ham. Damit die auch ja kuschen. Ne Geschichte über nen Kunden, bei dem sogar der ollen Sharper ihre Schwester Bammel gekriegt hat. Das war alles schon Jahre vor Molly. Die Sharper hat den Kunden immer Knochenmahler genannt, so wie in dem einen Märchen. Der, der den Bälgern die Rübe abschneidet. Bloß, dieses Monstrum war echt. Is nachts immer zur Sharper gekommen, hat sich inner Gasse rumgedrückt und durch die Fenster gelinst. Is immer nur wegen einer gekommen, Franzosen-Anne, son älteres Mädchen. Molly sagt, er war lieb zu ihr wie ne Katze zu ner Ratte, die sie in die Ecke getrieben hat, aber sie auch genauso zu ihm. Einma hat sie ihm n Messer in die heile Backe gerammt, als sie dachte, der vergnügt sich mit nem andern Flittchen. Warn so gut wie verheiratet, die beiden.

Du meinst, sie hat vom Sarazenen gesprochen?

Nich nur ich mein das. Man munkelt, Charlotte Reckitt hätte den Sarazenen ma um seine Sore geprellt, und dann sind die beiden im Streit auseinander. Und es is kein Geheimnis, dass es danach bergab mit ihm ging. Ich hab mich umgehört, und zwei Kerle ham mir das bestätigt, unabhängig voneinander.

Unter unseren Leuten wird davon geredet?

Son Pech macht schnell die Runde, Mr Adam. Kein Wunder, wenn einer aus den eigenen Reihen zerhackstückt wird. Selbst eine, die sich seit Jahren ausm Milieu zurückgezogen hat. Ihr Name is noch nich vergessen.

Foole musterte Fludd eingehend. Der Mann muss doch inzwischen sechzig, ach was, Mitte sechzig sein. Lebt der überhaupt noch?

Der Riese zuckte mit den Schultern.

Du meinst es ernst, oder?

Kommt mir jedenfalls nich unwahrscheinlich vor.

Foole nahm einen großen Schluck Tee. Ich höre, sagte er.

Fludd nickte emotionslos, kniff die Augenbrauen zusammen. Gibt Kerle, die furchtbar nachtragend sind, Mr Adam. Ich weiß das. Und wenn man ma bedenkt, was der Teufel alles durchgemacht hat, nachdem deine Charlotte ihn gelinkt hat und seine Franzosen-Anne die Fäule gekriegt hat und die Sharper sie weggejagt hat. Wenn ich der Scheißkerl wär, würd ich Charlotte Reckitt die Schuld für mein Pech geben. Und ich wär so sauer, ich würd mich rächen wollen.

Foole strich mit dem Finger über den Rand seiner Untertasse. Im Haus war es still. Das ist ewig her, murmelte er. Wieso sollte er so lange warten?

Du bist doch selber ganz schön nachtragend, sagte Fludd. Aber was ich eigentlich sagen will: Vielleicht brauchst du Pinkerton ja gar nich. Wenn du jemand auftreiben könntest, der den Sarazenen früher ma gekannt hat …

Du meinst die Hure.

Franzosen-Anne, genau. Ich dachte, wenn sich vielleicht Molly ma umhört, also, vielleicht bei der ollen Mrs Sharper nachfragt. Vielleicht wissen die ja, wo die Braut hin is.

Foole starrte seinen Freund an. Das kann ich von Molly nicht verlangen.

Klar kannst du das.

Nein, du verstehst nicht. Sie ist dort nicht im Guten weggegangen.

Fludd zuckte mit den massigen Schultern. Dann eben nich.

Foole starrte in den Kamin, wo die Kohlen bedrohlich pulsierten und glühten, und spielte mit seiner Teetasse. Als er hineinsah, trieben die braunen Blätter zusammen und wieder auseinander, als würde das Schicksal Ballett tanzen. Mit ihr war ein kleiner Junge da, Peter, murmelte er. Vier Jahre alt. Molly und er gehörten zu einer Bande, er war wie ein Bruder für sie. Als sie seinetwegen noch einmal zurückgegangen ist, war er weg, die Schwestern hatten ihn vor die Tür gesetzt. War vermutlich längst tot.

Draußen auf dem Flur näherten sich Schritte, gingen vorbei, verklangen.

Sie würde nie wieder dort hingehen. Nicht zur Sharper.

Und ob, grummelte Fludd. Wenn dus bist, der sie fragt, macht sies.

Am Abend ging er hinauf zu ihrem Zimmer, die Tür war

angelehnt. Es war ein kleiner Raum, tapeziert und schummrig durch den Giebel, unter dem sie bäuchlings lag, bis zur Taille zugedeckt. Eine arabische Lampe brannte auf ihrem Nachttisch. Aufgeschlagen vor ihr lag ein Spannungsroman, auf rauhes, hauchdünnes Papier gedruckt, die Schrift verlaufen und unleserlich, und Foole sah sie an, diesen geliebten kleinen Menschen mit der schweren Vergangenheit, ihren Mund, ein grausames Werkzeug manchmal, mit dem sie schmollte oder spöttisch grinste, die langen Zähne unsichtbar. Sie wusste noch nicht, wer sie war, wusste nicht, welche Schönheit vor ihr lag. Das war etwas, das ihr eines Morgens aufgehen würde, und diese Erkenntnis ließe sich nie wieder rückgängig machen. Halb vom Bettzeug verborgen entdeckte er den angestoßenen Puppenkopf, den sie dem Mädchen auf dem Dampfer gestohlen hatte, das Glasauge starr an die Decke gerichtet, und ein schmerzender Kloß im Hals raubte ihm beinahe den Atem. Als sie erschrocken von ihrem Buch aufblickte, spürte er ihre Lebendigkeit wie einen Sog, der einen Mann spurlos verschlingen konnte.

Willst du weiter an der Tür lauern wie ein verdammter Wegelagerer?, fragte sie.

Er hielt sich am Türrahmen fest. Er setzte schon zur Frage an, doch dann brachte er es nicht über sich. Stattdessen sagte er: Ich gehe nachher noch mal aus.

Sie stützte sich auf einen Ellbogen. Zur Sharper?

Er starrte sie an.

Ein verschlagener Blick, der sich verfinsterte. Mach den Mund zu, sonst verschluckst du noch ne Fliege.

Japheth hat wohl geplaudert, was?

Sie grinste. Kann sein, dass ihm was rausgerutscht ist.

Schon in Ordnung. Ich hab längst keinen Schiss mehr vor den beiden, Adam.

Nun gut.

Und was bist du bloß fürn Glückspilz. Sie warf ihm einen ironischen Blick zu. Ich hab heute Abend noch nix vor.

Er sah, wie sich der Lampenschein in ihren Wimpern verfing, und empfand genau das Gegenteil, spürte, wie sich eine altbekannte Traurigkeit fledermausartig und bucklig in seinem Herzen regte. Ich hätte dich nicht darum gebeten, sagte er.

Weiß ich doch.

Sie waren die letzten beiden von fünf halbblinden Schwestern, die einst atemberaubende Schönheiten gewesen waren und von deren Ehemännern keiner die Hochzeitsnacht überlebt hatte. Die beiden jüngsten waren 1862 als Giftmischerinnen gehängt worden, und die zweitälteste hatte schon vorher die Cholera dahingerafft. Mrs Sharper waren in ihrer Kindheit als Taschendiebin die Finger abgehackt worden, und sie hatte sich für ein beträchtliches Sümmchen hölzerne Prothesen anfertigen lassen, die sie in ihre Stümpfe schraubte und ohne Handschuhe trug. Sie alle waren 1851, im Jahr der großen Weltausstellung in London, wie ein Rattenschwarm aus dem Schlamm und Schmutz von Wapping aufgetaucht, ohne diese Welt je ganz zu verlassen, und unter den Elenden und Mittellosen waren ihre Namen auch dreißig Jahre später noch gefürchtet. Sie hatten einst eine Bande von bis zu zwei Dutzend minderjährigen Kneifern befehligt, doch als ihr Augenlicht immer weiter schwand, hatten sie sich in ihr Schicksal gefügt und die Geschäfte aufgegeben. In ihrem ersten Jahr in Freiheit war Molly immer wieder weinend aus dem Schlaf hochgeschreckt und hatte sich an Fooles Bett geschlichen, der seine Decke beiseitegezogen und sie hatte darunterschlüpfen lassen. Damals war sie sechs Jahre alt gewesen und hatte stets geträumt, sie hätte den labyrinthischen Weg zum Haus der Sharper vergessen. Willst du denn zu ihnen zurück?, fragte er sie dann und strich ihr übers Haar. Vermisst du sie? Doch da hatte sie sich schon murmelnd und seufzend umgedreht, war längst wieder eingeschlafen, und am nächsten Morgen erinnerte sie sich an nichts.

Jetzt, unterwegs, musterte Foole sie und erinnerte sich daran. Als ihr Hansom die Weiterfahrt verweigerte, stiegen Foole und Molly aus und gingen durch Höfe, in denen es tropfte, unter Torbögen hindurch und halbverfallene Treppen hinunter, immer in Sichtweite der fauligen Themse. Schließlich blieben sie vor einer unauffälligen Tür stehen, deren weißer Lack abgeblättert war, und Foole klopfte.

Die Tür öffnete sich unverzüglich. Ein alter Seemann mit breiten Schultern und tätowierten Fingerknöcheln spähte mit finsterem Blick nach draußen. Unter seinem Arm klemmte eine Krücke. Sein Kopf war blank wie ein Shilling und glänzte im fahlen Licht, und dort, wo sein linkes Knie einst gewesen war, hatte er das leere Hosenbein hochgesteckt. Als sein Blick auf Molly fiel, entspannte sich etwas in seinem Gesicht.

Mäuschen, bist du das?, flüsterte er. Was machst du denn wieder hier?

Wir würden gern mit Mrs Sharper reden, sagte Foole.

Lass uns rein, Krücke, sagte Molly.

Nach kurzem Zögern stieß der Mann ein Grunzen aus und humpelte beiseite. Schloss die Tür hinter ihnen ab und spähte ein letztes Mal durch das Guckloch, dann führte er sie gebückt hinein. Das Haus war düster, zugig, kalt. Eine Treppe endete an einer Tür im Dunkeln, und durch die Wände drang hohes, gedämpftes Gelächter. Am Wohnzimmer angekommen, kündigte Krücke sie lautstark an, dann verzog er sich wieder. Eine einzelne Lampe mit Rosenschirm gab einen kümmerlichen Schein ab, und Foole wartete darauf, dass sich seine Augen an das Dämmerlicht gewöhnten. Es roch nach Schweiß, eingelegtem Hering und Narzissen, die in einer Vase auf der Konsole standen. Molly drückte sich an seine Seite, und allmählich konnten seine Augen Möbel ausmachen, Vorhänge, das Pianoforte unter seiner Filzhülle. Auf einer Polsterbank neben einer Standuhr fläzte sich ein Mädchen, fließend, träge, noch keine fünfzehn, und sah Foole mit leerem Blick an. Dann rührte sich ein gewaltiges, uraltes Etwas im Schatten, ein Polster knarzte in einer anderen Ecke, und das Mädchen wandte traumverloren das Gesicht zwischen den beiden hin und her.

Lass uns allein, ertönte leise eine Stimme.

Das Mädchen erhob sich, ihr Ausschnitt verrutschte, das Kleid glitt ihr von der Schulter, und das Haar fiel ihr wie ein Wasserfall ins Gesicht. Die Tür schloss sich. Eine drückende Stille legte sich über den Raum.

Unsere Gäste müssen Nachsicht mit uns haben, Schwester, sagte eine andere Stimme. Wir haben ihnen nichts anzubieten.

Langsam wurde ein sitzender Schemen sichtbar. Dunkelheit sammelte sich in den ausgemergelten Wangen einer

Frau, klauenartige Finger klammerten sich um die niedrigen Armlehnen, das Kinn lauschend in die Höhe gereckt. Blind drehte sie den Kopf.

Sie sind erstaunt, Schwester, ertönte ein Flüstern. Sie sehen, wie wir leiden.

Sie hätten nicht gedacht, dass die Krankheit schon so weit fortgeschritten ist.

Hätten sie nicht, Schwester.

Auf der anderen Seite des Raumes regte sich nun eine zweite Gestalt, so dass der Schein der Lampe auch ihre entsetzliche Blindheit einfing. Bläulichrote Narben um die Augenhöhlen, wo die Skalpelle der Wundärzte versagt hatten. Die Haut weiß gepudert, das Haar in kunstvollen Wellen. Sie trug eine altmodische Bluse mit beinernen Knöpfen und hochgeschlossenem Kragen, über ihren Knien lag eine Decke. Sie legte eine Patience auf dem Tischchen neben sich, fuhr mit geisterhaften Fingerspitzen über jede Karte, die sie umdrehte. Foole erkannte sie sofort.

Du hast uns deinen Mr Foole mitgebracht, Mäuschen, murmelte Mrs Sharper und wandte den Kopf erst zur einen, dann zur anderen Seite. Drehte eine Karte in der Hand. Oder hat er dich hergebracht? Er wünscht doch nicht etwa, dass wir dich zurückkaufen?

Nein, flüsterte Molly.

Es war das erste Wort aus ihrem Mund, und nun erschauderten die Schwestern und drehten beide wie von einer Schnur gezogen die Köpfe in ihre Richtung. Mrs Sharper legte ihre Karten beiseite.

Ach, da bist du, Mäuschen, sagte sie.

Foole spürte ein Kribbeln auf der Haut. Molly war neben

ihm erstarrt, er legte ihr die Hand aufs Haar und wollte gerade den Kopf schütteln, als ihm einfiel, dass es keinen Sinn hatte. Wir haben eine Frage zu einem Ihrer Kunden, sagte er. Einem Mann, der früher öfters kam. Wir stören Sie nur ungern und entschädigen Sie natürlich für Ihre Mühen.

Er will etwas über einen Kunden wissen, Schwester.

Für wen hält er sich, Schwester? Wir verraten keine Einzelheiten.

Ihm jedenfalls nicht.

Bloß Verwandten, Schwester. Bloß unserem eigenen Fleisch und Blut.

Molly warf Foole einen verstohlenen Blick zu. Ich war nie euer Fleisch und Blut. Ich war euer Eigentum. Ihr habt mich verkauft.

In ein glücklicheres Leben, Kindchen. Du bist doch glücklich, oder? Als Molly nichts erwiderte, murmelte die alte Frau: Siehst du.

Oh, wie weh sie uns tut, Schwester. Ist sie deshalb hergekommen? Um uns weh zu tun?

Wütend schüttelte Molly Fooles Hand ab. Ich bin gekommen, um euch nach dem Knochenmahler zu fragen, sagte sie. Wegen sonst nix.

Mrs Sharper hob ihr entstelltes Gesicht. Der Knochenmahler, raunte sie.

Molly griff nach einem kleinen Messingbriefbeschwerer in Form des Crystal Palace und drehte ihn gedankenverloren hin und her. Er hatte was mit einem von euren Kneifermädels zu tun. Wir haben gehört, ihr wisst vielleicht, wo sie abgeblieben ist.

Leg das wieder hin!, keifte Mrs Sharper. Nichts anfassen.

Wir hatten viele von denen, Kindchen.

Sie hieß Franzosen-Anne. Ihr habt ihr so das Gesicht zerschnitten, dass sie nicht mehr arbeiten konnte, und dann habt ihr sie runter in die Docks geschickt.

Die dünnere der beiden Schwestern legte im Schatten den Kopf schief, als versuche sie, einen Geruch zu erhaschen. Du erzählst uns was von Verletzungen? Wer hat denn dem armen Jungen weh getan?

Welchem Jungen?

Peter.

Ich hab Peter nie verletzt. Er war wie mein kleiner Bruder.

Und trotzdem hast du ihn verlassen. Das ist grausamer als jede Verletzung. Du bist mit deinem werten Mr Foole abgehauen und hast ihn alleingelassen. Armes diebisches Peterchen. Wie er geweint hat, als du nicht zurückgekommen bist, um ihn zu holen.

Peter war kein Dieb, sagte Molly.

Und ob er das war, Kindchen.

Unverbesserlich und verdorben war er.

Er war kein Dieb. Ihr habt ihn vor die Tür gesetzt, obwohl ihr genau wusstet, dass er es nicht schaffen würde. Er war nicht mal sechs.

Er sollte zurückgeben, was er uns gestohlen hatte, zischte die dünnere Schwester. Er hat sich geweigert.

Er wollte dich suchen, du würdest dich um ihn kümmern, sagte Mrs Sharper. Was blieb uns anderes übrig?

Hat er dich denn nicht gefunden, Kindchen?

Molly schwieg.

Komm her, Mäuschen. Mrs Sharper streckte die verkrüppelte Hand aus. Ich will dich sehen. Sie hielt die Hand eine Weile ausgestreckt, wie um das Unaussprechliche zu berühren, dann zog sie sie zurück, und sie verschwand im trüben Zwielicht. Molly ging auf sie zu.

Molly, sagte Foole scharf.

Doch sie warf ihm bloß einen kurzen abwesenden Blick zu und ging weiter. Er begriff, dass es etwas Persönliches war, etwas, das mit Schmerz und Wut zu tun hatte und in gewisser Weise sogar mit Liebe. Molly kniete sich zu Füßen der Frau hin, hob das Gesicht, und Mrs Sharper fuhr langsam, methodisch, mit der gesunden Hand darüber. Wie Spinnenbeine krochen die grauen Finger über Mollys Lider.

Wie groß du geworden bist, Mäuschen, flüsterte sie. So feine Gesichtszüge. Du wirst noch eine richtige Schönheit.

Molly schlug die Augen auf. Ihr Gesicht war unbewegt.

Zwei lange Finger hoben ihr Kinn an. Und was will dein Mr Foole von Jonathan Cooper, Kindchen?

Foole hielt den Atem an. Er hatte Molly angestarrt, etwas in ihrem Gesicht, das sie nicht zu unterdrücken vermochte. Cooper, sagte er nun, nahm den Namen vorsichtig in den Mund. Jonathan Cooper.

Was hast du ihm erzählt, Mäuschen? Dass Cooper kein Gesicht hatte? Ist dein Mr Foole wegen seiner besonderen Fähigkeiten auf der Suche nach ihm oder hat er etwas angestellt? Ah ja, das ist es. Er hat euch verärgert. Ihre Nasenflügel blähten sich, als sie einen langen, tiefen Atemzug tat, dann hielten ihre kriechenden Hände still. Als er herkam, konnten wir noch sehen. Wir erinnern uns an ihn. Immer grinste er, als wäre alles ein großer Witz. Aber seine Augen waren grässlich, tiefschwarz, immer tränend. O nein, er weinte nicht. Und dieses Loch in seiner Wange. Er war groß wie ein Pferd, aber sein Rücken so krumm, dass er nicht gerade stehen konnte. Er kam immer in den frühen Morgenstunden zu Anne. Hat ihr mit dem Finger übers Ohr gestrichen und ihr was in seinem gebrochenen Italienisch zugeraunt.

Italienisch?, fragte Foole.

Mrs Sharper ignorierte ihn.

Er hat nie einer Gewalt angetan, Schwester, rief die dünnere der beiden herüber. Dir nicht und unsern Mädchen auch nicht. Aber die beiden haben sich immer gezankt, so dass –

So ein Wildfang, diese Anne. Schrecklich eifersüchtig.

Eine eifersüchtige Hure, Schwester.

Foole wischte sich die feuchte Hand am Hosenbein ab. Seine Zunge fühlte sich geschwollen an, die schlechte Luft in der Stube waberte um ihn herum, lähmte seine Gedanken. Die Geschichten, die sie euch erzählt haben, unterbrach er an Molly gerichtet. Über den Knochenmahler, was er mit den Kleinsten machte. Frag sie …

Frag uns was.

Foole räusperte sich.

Er glaubt nicht, dass wir ihnen die Wahrheit erzählt haben, Schwester.

Die Wahrheit? Mrs Sharper winkte mit ihrer verkrüppelten Hand ab. Die Wahrheit in Geschichten ist eine andere Art von Wahrheit, aber das macht sie nicht weniger echt. Wir kannten schon immer die Wahrheit über Mr Coopers Natur.

O ja, wir wussten, was er war, Schwester.

Genau wie Anne.

Genau wie Anne. Deshalb hat sie uns ja auch verlassen, Schwester.

Sie hat euch nicht verlassen, sagte Molly. Sie starrte die alte Frau mit einer Faszination an, die Foole nicht gefiel. Ihr habt sie weggejagt.

Wir haben sie erwischt, wie sie uns bestohlen hat, Mäuschen. Wir hatten keine andere Wahl. Wir konnten doch keine Diebin beherbergen.

Foole zog die Zunge durch die Schneidezähne, als wollte er sie schärfen. Er nahm zwei Fünf-Pfund-Scheine aus der Tasche, trat vor und legte sie vor Mrs Sharper auf den Kartentisch. Ich würde Franzosen-Anne gern finden, sagte er kühl. Ich würde gern mit ihr sprechen.

Die Scheine verschwanden in Mrs Sharpers rechter Faust, sie hob sie an die Brust und fuhr mit dem Daumen über die Kanten. Es raschelte, als sie die Scheine in ihrer Bluse verbarg.

Die Dünnere sog schmatzend an ihren Zähnen. Ist es das, was ich glaube, Schwester?

Ja.

Sehr gut. Sie wollen Franzosen-Anne finden, Mr Foole? Suchen Sie unterm Kalk.

In der Kalkgrube? Also ist sie tot?

In Mrs Sharpers Augen lag ein träges, schwelendes Funkeln. Franzosen-Anne ist tot, ja, sagte sie. Aber die Frau, die einmal Franzosen-Anne war, nicht. Sie lebt.

Sie wandte den Kopf in seine Richtung. Seine Nackenhaare stellten sich auf. Sie sah ihm in die Augen. Das war nicht möglich, und doch war es so.

Sie durchkämmt die Mündungen der Abwasserkanäle

südlich von Blackfriars, zischte Mrs Sharper. Haust mit den anderen Schlammwühlern da unten in der Kanalisation. Wird jetzt Schlamm-Annie genannt. Sie kommt nie ans Tageslicht. Haben wir zumindest gehört.

Die Berserker, Schwester.

Mrs Sharper stöhnte und verlagerte ihr Gewicht. Foole hörte das Klackern ihrer Holzfinger auf der Armlehne. Das Leben in den Tunneln ist hart, Mr Foole. Das überlebt niemand allzu lange. Die Berserker gehen jetzt dort unten um, nicht mal die Polizei traut sich noch hinein. Die reißen einen Mann in Stücke und werfen die Überreste den Ratten zum Fraß vor, aus Jux und Dollerei.

Foole fasste den schlanken Spazierstock fester. Woran erkenne ich sie?, fragte er.

An den Narben.

Genau. Mrs Sharper deutete sich in der Dunkelheit mit der kaputten Hand ins Gesicht. Hier und hier, sagte sie. Mit dem Daumen zeichnete sie lange Sicheln von beiden Mundwinkeln über die Wangen hinauf bis zu den Ohren.

Und dieser Cooper? Ist der bei ihr?

Nun zuckte die Dünnere listig mit den Schultern. Das ist fünfzehn Jahre her, Mr Foole. Unser Knochenmahler war nützlich, um die Kleinen einzuschüchtern, sonst nichts. Sie drehte das unheilvolle Gesicht von einer Seite zur anderen. In diesem Leben bleiben die Verlorenen verloren, sagte sie. Und Mr Cooper war schon immer einer von ihnen.

Die Toten kehren nicht zurück, Schwester.

Nicht wahr, Kindchen?

Beide hoben gleichzeitig das Gesicht und suchten mit ihren milchigen Augen im Zwielicht.

Kindchen?

Mäuschen?

Nicht wahr?

Bis in den Nachmittag des folgenden Tages schlief er. Er träumte, eine leuchtende Wimper schwebe neben seinem Bett, und dann wuchs sie, wurde länger, und als sie sich über ihn beugte, erkannte er, dass es ein Kind war. Es hatte Schwingen aus brennendem Licht, doch sein Gesicht lag im Schatten, und er traute sich nicht, es anzusehen. *Was willst du?*, fragte er, doch das Kind hob nur die Hand und zeigte auf sein Herz.

Er erwachte mit hämmerndem Herzen. Seine Hemdbrust war klamm und sein linker Arm taub, weil er darauf gelegen hatte, und noch immer verstört stand er auf. Er spritzte sich kaltes Wasser aus der Waschschüssel ins Gesicht, trocknete sich ab und betrachtete forschend seine Augen im Wandspiegel. Er erkannte sie nicht. Dann wechselte er den Kragen, nahm seinen Gehrock und ging die Treppe hinunter ins Emporium. Am Fenster war Fludd über den Rollsekretär gebeugt mit irgendwelcher Korrespondenz beschäftigt, und er schickte ihn hinaus in den Regen, um einen Hansom anzuhalten. Er lehnte sich in den Dunst, als er die Eingangsstufen zur Straße hinunterging, und während der Fahrt kam es Foole vor, als wollte der Nebel kein Ende nehmen.

An der Tür des Leichenhauses öffnete ihm ein stotternder Gehilfe und führte ihn ins Innere. Verkniffener Mund, schwarzes Zahnfleisch, Dreck in den Fältchen um die roten Augen. Schweigend gingen sie einen schmalen Korridor entlang und durch eine schwere Tür hinein in den Untergrund,

und als der Mann ihm beim Aufhalten der Tür nahe kam, merkte Foole, dass seine Schürze nach Gin roch. Der Gehilfe reichte ihm eine Handlaterne mit halbgeschlossener Blende und gestikulierte in die Tiefe.

Dann verschwand der Mann wieder in die Richtung, aus der sie gekommen waren.

Leichen lagen aufgereiht auf Metalltischen an beiden Wänden, und Foole ging vorbei, ohne sie eines Blickes zu würdigen. Umrisse erhoben sich aus dem Schatten und verschwanden wieder. Gefasst ging er weiter. Er war nicht zum ersten Mal unter Toten.

Am anderen Ende stand an einer feuchtkalten Backsteinmauer eine Reihe von Schränken. Er stellte die Laterne auf einem Tisch ab und näherte sich dem größten Schrank. Er hörte das Scharren seiner Schuhe auf dem Steinfußboden, das Rascheln seines Mantels.

Der Schrank war unverschlossen. Seine Metalltüren bebten und schepperten, als er sie öffnete, und das Geräusch echote in die Dunkelheit. Auf dem oberen Einlegeboden standen Aktenkartons, im zweiten und dritten Fach Glasgefäße verschiedenster Größe, deren düsterer Inhalt darin schwebte wie deformierte Abgüsse aus Madame Tussauds Wachsfigurenkabinett, und im untersten Fach ein großer Glasbehälter, zu schwer, um ihn zu bewegen, und gefüllt mit einer verdichteten Finsternis, als entziehe sich dort irgendein Grauen gerade eben der Sicht.

Zuerst wusste er nicht, was er vor sich hatte. Dann erkannte er es, fahl, wie durch einen Schleier, wie etwas, das aus den Tiefen des Ozeans geborgen worden war, die Wunden erhaben und im Formalin aufklaffend wie winzige gefurchte Münder. Ein Frauentorso in der Schwebe, schattenhaft.

Lange Zeit stand er da, dann bückte er sich schließlich und nahm ein kleineres Gefäß heraus, stellte es auf den Tisch neben die Laterne. Er öffnete die Blende, und kaltes Licht ergoss sich durch die Glasscheibe. Er beugte sich vor. An der Rundung des Gefäßes klebte ein Schild mit Zahlen und Buchstaben zur Identifikation der Überreste darin. Sie sagten ihm nichts. Als er das Gefäß drehte, um an dem Etikett vorbeischauen zu können, drehten sich von der Laterne beleuchtet Schwebeteilchen in einem trägen Strudel in der trüben Flüssigkeit, und er begriff, dass dies Teile von ihr waren, die sich im Formalin abgelöst hatten. Und dann, langsam, wandte der Kopf ihm das Gesicht zu.

Er erkannte sie nicht wieder. Alles war schlaff, die Wangen wölbten sich in der Schwebe nach oben, ihre Augen waren milchig und glatt. Der Kopf war durch das Gewicht der Schädeldecke leicht nach hinten geneigt, als hätte er den schweren Schraubdeckel angestarrt, als er sich geschlossen hatte, und dann stieß er in der Drehung mit der Schläfe gegen die Glaswand des Gefäßes, und Foole sah zu und fühlte nichts, was er hätte benennen können.

Sie hatten zwei Tage zuvor in Boston abgelegt, als die Silvesterfeierlichkeiten über die *Aurania* kamen, und er erinnerte sich, wie er in der eisigen Nachtluft an Deck vor dem Salon gestanden und durch die hell erleuchteten Fenster die Passagiere im Innern beim Lachen und Trinken beobachtet hatte. Ein ins Klavier gehämmertes Liedchen über einen Matrosen und sein Paddel, das Ganze leicht zweideutig und abstoßend. Die Lichtstreifen, die durch die großen Fenster schräg über Deck fielen. Ein Wirrwarr von Fräcken und Damen in Seidenkleidern und Schultertüchern, das Haar nach französischer Mode raffiniert hochgesteckt. Er hatte sich gefragt, ob es da draußen in der kalten schwarzen See womöglich Augen gebe, vielleicht die einzigen Überlebenden irgendeines Unglücks, und wie die Passagiere der *Aurania* auf diese verborgenen Beobachter wirken mussten, singend und trinkend in ihrem eigenen Lichtschein dahinsegelnd, während vollkommene Dunkelheit sie einhüllte und nicht einer hinausblickte und die Schwärze als das erkannte, was sie war. Er wusste noch, dass er durch das beschlagene Glas wie durch die Scheibe eines Aquariums hineingespäht und einen Blick auf Molly erhascht hatte, die neben einem Messingglobus stand, den Stiel eines Kristallglases in der Hand, den Blick gesenkt, und wie sich die Musik in seinen Ohren plötzlich verzerrt und verlangsamt hatte, als sie den Kopf hob. Er winkte ihr zu, doch sie reagierte nicht. Sie konnte lediglich ihr wässriges Spiegelbild im Glas sehen. Wie winzig wir sind, wie blind. Wie wenig wir sehen, und wie sehr wir unter Beobachtung stehen.

Der Kopf drehte sich langsam weiter in der trüben, gelben Flüssigkeit.

Charlotte, flüsterte er. Ach. Charlotte.

Und schloss die Augen.

Zwölf

Wilhelm öffnete die Augen.

Er hatte Kopfschmerzen. Es war bereits Mittag. Das Laken war verrutscht und hatte sich um seinen Schädel gewickelt wie ein Leichentuch, er riss es herunter und warf es ungehalten beiseite. Er sah den Rußabdruck, den sein Haar nachts darauf hinterlassen hatte. Er stieg aus dem Bett, zog sich an und stand eine Weile rauchend am Fenster, er musste noch einmal zu Sally Porter, ob er wollte oder nicht. Der Nebel auf der Straße war dicht, der Tag düster, und die Gaslampen mussten vom Dienstmädchen angezündet und wieder gelöscht worden sein, bevor er aufgewacht war, denn das Glas war noch warm. Seine Gedanken wanderten zu dem Riesen, der ihn zwei Tage zuvor behelligt und im Flüsterton das Phantom Edward Shade erwähnt hatte. Williams Blick verfinsterte sich, und er biss fest auf den Stiel seiner Pfeife.

Er setzte sich an den schmalen Schreibtisch, nahm einen Bogen Hotelbriefpapier, entkorkte ein Tintenfässchen und schrieb Folgendes:

Männlich, Mitte vierzig, unbest. Akzent. England? Australien? Augen braun, fast schw., Haar u. Bart schw. Ca. 2 m u. 120 kg. Gibt an, von einem Mr Fool beauftragt worden zu sein (in den Akten?), wahrsch. ein Deckname. Bedrohliches Auftreten. Rauher Umgangston. Div. Identifikationsmerkmale: lange Narbe am Hals, als wäre er schon einmal gehängt worden. Spitze des li. Ohrs fehlt. Narben auf Händen u. Fingerknöcheln: u. a. kreisrundes Brandmal auf li. Handgelenk (Schüreisen? Brandeisen?). Sternförmige Narbe über re. Auge. Auftreten u. Aussehen eines Berufskriminellen. Hat wahrsch. schon eingesessen. Abgleich mit Verbrecherkartei usw. Identifizieren. Alles schicken.

Er pustete die Tinte trocken und las das Schreiben noch einmal langsam durch, dann faltete er es und adressierte den Umschlag an die Pinkerton-Detektei in Chicago.

Er dachte an Isabelle, seine Älteste, und die lange Krankheit, die sie im Herbst durchlitten hatte, daran, wie Margaret und er um sie gebangt hatten. Sie wurde dieses Jahr achtzehn. Ihr ganzes Leben lang war sie kränklich gewesen, und die überdeutlich hervortretenden Knochen ihrer Handgelenke versetzten ihn noch immer in Sorge. Er erinnerte sich an den sauren Geruch ihres Krankenzimmers und das Kondenswasser, das in der Morgensonne an den Fensterscheiben hinabgeronnen war, und daran, wie er inmitten ihrer fortgestrampelten Decken gestanden und auf sie hinabgeblickt hatte. Wie hilflos er sich gefühlt hatte.

Eines Abends im vergangenen November war Margaret hinauf in sein Studierzimmer gekommen, als die Mädchen schon schliefen. William saß ohne Licht da, eine Hand geöffnet auf dem Schreibtisch, als hätte er sie vergessen. Die

Platane vor dem Fenster reckte die nackten weißen Äste empor, und darüber schien der Mond im kalten Profil.

Was hast du jetzt vor?, fragte Margaret von der Tür aus.

Sie trug eine Kerze auf einem Halter, und der weiche, wächserne Schein brachte ihn wieder zu sich. Sie trat ein, stellte die Kerze auf den Rand seines Schreibtischs zwischen die aufgeschlagenen Akten. Nahm lustlos Papiere in die Hand, die Zeugenaussage von Charlotte Reckitt, die Beschattungsprotokolle und offiziellen Meldungen der Agenten seines Vaters. Zuletzt betrachtete sie die Fotografie aus der Verbrecherkartei.

Ist sie das?, fragte sie leise.

Er nickte. Charlotte Reckitt, sagte er. Für meinen Vater stand außer Zweifel, dass sie ihn zu Shade führen würde.

Sie ist hübsch.

Er spürte das Blut in seine Wangen steigen. Sie ist eine falsche Schlange, sagte er.

Und sie ist in London.

So scheint es.

Sie schwiegen, und William betrachtete die schlanke Silhouette seiner Frau in ihrem Nachthemd. Sie war noch immer schön. Auf den Zaunpfählen im Garten lauerten Eulen auf Beute, aber jetzt schwiegen sie, und in dieser Stille spürte William, wie etwas in ihm zerbrach. In den Monaten seit der Beerdigung hatte er immer wieder von Charlotte Reckitt, von seinem Vater und Edward Shade gesprochen, und Margaret war eine geduldige Zuhörerin gewesen, doch jedes Mitgefühl hatte Grenzen. Sie wandte sich leise zum Gehen, die Kerze nahm sie mit. In der Tür hielt sie noch einmal inne.

Du willst zu ihr, murmelte Margaret. Es war eigentlich

keine Frage. Als er nicht antwortete, fügte sie hinzu: Weil dein Vater es gewollt hätte.

Er zuckte unbehaglich mit den Schultern. Ein silberner Schatten fiel im Kerzenlicht messerscharf unter Margarets Nase und über ihre Lippen. Ihre Augen konnte er nicht erkennen.

Zum Teufel mit deinem Vater.

Der Tag war bereits fortgeschritten, langsam musste er sich auf den Weg über die Themse und zu Snow Fields machen, um mit Sally Porter zu sprechen. Sie sollte ihm erklären, warum Shore gesagt hatte, Edward Shade sei im Krieg umgekommen. Er versprach sich reichlich wenig davon, doch etwas anderes wusste er nicht mit sich anzufangen. Er hätte nicht so lange schlafen sollen.

Sorgfältig verschloss er seine Tür, ging den Korridor hinunter und schlug auf den Fahrstuhlknopf. In der Manteltasche trug er seinen Colt Navy. Es waren für ihn einige der wenigen Annehmlichkeiten der modernen Welt, die Schusswaffen und die Eisenbahn und die Fahrstühle mit den gepolsterten Sitzbänken und den feinen Mahagonischnitzereien. Als der Käfig sich ratternd schloss, nickte er dem Fahrstuhlführer zu und steckte die Hände in die Taschen. Es war ein anderer junger Mann als sonst, diesen hatte er noch nie gesehen. Sie schwiegen.

In der Lobby fläzte sich eine vertraute Gestalt unter den Palmwedeln.

Tag, Inspector.

Blackwell drehte sich erschrocken um. Mr Pinkerton, Sir, sagte er. Sie sind wach.

Körperlich jedenfalls.

Blackwell nickte. Unruhig schob er seinen Hut von einer in die andere Hand.

Was gibt es denn? Hat John schon alles arrangiert?

Verzeihen Sie bitte vielmals, wie meinen, Sir?

Nicht so unterwürfig, Blackwell, das steht Ihnen nicht. Hat Mr Shore Sie geschickt, um mich nach Millbank zu begleiten?

Millbank, Sir?

William sah ihn forschend an. Blackwell. Warum sind Sie hier?

Wegen der Beine, Sir. Sie wurden in einem Sack in der Nähe von Southwark Park gefunden. In Bermondsey.

Beide?

Schon während er die Frage aussprach, war sie ihm unangenehm, und er fuhr sich mit der Hand über den Kiefer.

Ja, Sir, erwiderte Blackwell. Beide.

Sie traten durch die Glastüren in den grauen Nachmittag. Auf der Straße war es still, trüb und auf unheimliche Weise leer, und obwohl Samstag war, fragte sich William plötzlich, wo der ganze Verkehr geblieben war. Einen Augenblick später kam Blackwell in einem Hansom vorgefahren, den er an der Ecke herbeigewinkt hatte, hielt ihm die Hand hin, und William kletterte mit grimmiger Miene hinein.

Sie fuhren über die Westminster Bridge, durch die Zollstation, in das enge Straßengewirr von Bermondsey. Seifenschaum brodelte in den Gräben. Vor sich hin faulende Holzpfähle ragten aus dem grünen Wasser. Stinkende Gerbergruben, in denen Männer mit langen Stäben die getränkten Häute rührten. Die Lagerhäuser über knarrenden

Anlegestellen, zerlumpte Kinder, die daran entlangtrotteten.

William unterdrückte ein Gähnen und betrachtete die niedrigen Ladenfronten und Lagerhäuser mit einer gewissen Traurigkeit. Er dachte an Sally Porter und ihr mickriges Zimmerchen und spürte plötzlich ein Stechen in der Brust, er schnappte nach Luft. Soweit er wusste, hatte Sally beinahe ihr gesamtes Leben in Freiheit für seinen Vater gearbeitet und war deswegen in viele seiner Geheimnisse eingeweiht gewesen, es war unvernünftig, ihr das zu verübeln. Vielleicht war es auch nicht ihre Unaufrichtigkeit, die ihn störte, sondern dass sie diese hatte verschleiern wollen, doch das stimmte so nicht. Draußen in der giftigen Luft hatte sich schwarzer Teer auf den Fenstersimsen abgelagert. Unter den Gehwegbohlen goren die Straßengräben vor sich hin, übelriechende Blasen stiegen langsam daraus auf, strangulierte, gefrorene Hundeleichen lagen verkrümmt im Gebüsch. Er stellte sich vor, wie Sally, während sich seine Schritte entfernten, regungslos in ihrem schäbigen Zimmer verharrt und gelauscht und an den jungen Edward Shade gedacht hatte. Ein Hirngespinst. Einen Geist. Sie bogen erst auf die Jamaica und dann auf die Drummond Road ab und fuhren klappernd an den Schornsteinen der gewaltigen Fabrik von Peek, Frean & Co. vorbei, deren Öfen eine scheußliche Süße verströmten.

Der Stadtteil wird von den Einwohnern auch als Keksviertel bezeichnet, Sir, murmelte Blackwell.

Der Hansom hielt vor einem überwucherten Grundstück gegenüber einer Fabrik mit eingeschlagenen Scheiben und bröckelndem Schornstein, und William glaubte zuerst, sie sei verlassen. Doch dann entdeckte er die bleichen Gesichter in den oberen Fenstern und betrachtete deren Sensationslust selbst mit einer gewissen Neugier.

Ein Constable stand am Rande des Platzes und hielt seinen Knüppel locker in der Faust, obwohl die Schaulustigen sich vorsahen und der Straße fernblieben. Ladenbesitzer standen in Schürze und mit hochgekrempelten Ärmeln in ihren Türen und spähten aus ihrem jeweiligen Dunkel heraus. Die Luft war stickig, dick, übelriechend. Der Nebel dicht. William konnte die dürren Umrisse von Dr. Breck erkennen, der in die Hocke ging, wieder aufstand.

Da haben wir's, es steht in der Nachmittagsausgabe, murmelte Shore, als sie näher kamen. In seinen Augen lag ein spröder Glanz.

POLIZEI DEMENTIERT, VOM KOPF IN DER THEMSE GEWUSST ZU HABEN.

Zeig mal her.

Shore hatte die zusammengerollte Zeitung dumpf klatschend gegen seinen Oberschenkel geschlagen. Du stehst auch drin.

Die sind das Papier nicht wert, auf dem sie gedruckt werden. Die Hälfte ist erstunken und erlogen. Dennoch nahm er die Zeitung.

SCOTLAND YARD WIRD BEI DEN ERMITTLUNGEN VON WILLIAM PINKERTON UNTERSTÜTZT, DEM DERZEITIGEN GESCHÄFTSFÜHRER DES PINKERTON DEFEKTIVBÜROS MIT SITZ IN CHICAGO UND NEW YORK.

Er schaute auf. Defektiv?

Aye.

Habt ihr hier drüben keine Korrekturleser?

Shore lächelte und zeigte dabei seine kleinen braunen Zähne.

Robert wird schnauben vor Wut.

Dein Bruder ist wohl ein Hitzkopf, was?

William stapfte am Chief Inspector vorbei zu dem Sack, der halbversteckt im hohen Gestrüpp des Grabens lag. Ein Hitzkopf, ja. Deswegen ist er auch so ein exzellenter Defektiv. Hat das schon jemand angefasst?

Aye. Dr. Breck und ein paar von den Jungs, als sie hier ankamen.

William kniete sich neben den Sack, zog die Handschuhe aus und hob vorsichtig die Öffnung an. Die Beine waren mit den Füßen voran hineingestopft, und der bleiche, zertrümmerte Knochen trat splitternd aus den Stümpfen hervor. Irgendetwas daran war so grausam falsch, dass es ihm schlimmer vorkam als alles, was er je zuvor gesehen hatte. Sein Beruf brachte es mit sich, dass er oft in den Schlachthöfen von Chicago unterwegs war, und nun musste er an die baumelnden Kadaver an ihren Ketten im Kühlhaus und das Grausen denken, das ihn beim Hindurchgehen stets packte. Als könne man das Echo von Gewalt und Schmerz in diesen nüchternen Lagerhäusern hören. Er machte den Sack wieder zu. Das Sackleinen war trocken und blutverkrustet.

Weiter vorn erkannte er die Umrisse der Constables, die sich auf dem zerfurchten Untergrund voranarbeiteten.

Er dachte an den weiten Himmel über dem Mittleren Westen und die unkomplizierten kugeldurchsiebten Leichen der Banditen, die in ihren Särgen auf den Bohlenwegen ausgestellt worden waren, und was für eine ehrliche und saubere Arbeit das gewesen war.

Und?, fragte Shore. Was meinst du?

William richtete sich auf, schwieg.

Aye, stöhnte Shore. Da hat sich jemand ganz schöne Mühe gemacht, um das loszuwerden.

Was, im Gestrüpp? In einem Graben?

Am verdammten anderen Ende der Stadt, knurrte Shore. Hätte die Beine einfach versenken können wie den Kopf.

Ich gehe davon aus, dass niemand etwas gesehen hat?

Hat doch nie einer. Nicht in Bermondsey.

Hast du mit den Anwohnern gesprochen?

Aye.

Williams Blick ruhte wieder auf dem Sackleinen, er dachte nach. Wie lang liegt der schon hier?

Shore schüttelte den Kopf. Seit heute Morgen, meint Dr. Breck. Das Blut ist auf dem Sack getrocknet, die Beine müssen also kurz nach dem Abtrennen hineingesteckt worden sein. Und der Sack ist zwar kalt, aber nur von unten ein wenig feucht. Heute Nacht hat es geregnet, da war er also noch nicht da.

Und niemand hat etwas gesehen.

Wie gesagt. Die Ärmste.

Ein Schmatzen von Schritten im weichen Morast. Ein Schniefen. Breck tauchte aus dem Dunst auf und drehte die Finger in einem Taschentuch sauber, als hätte er gerade in etwas Unappetitlichem gewühlt. Keine Fußabdrücke um die Überreste herum, sagte er knapp.

Jetzt schon, murmelte William.

Was ich hingegen gefunden habe, Breck wandte sich um und gestikulierte in Richtung eines trüben, mit grauer Brunnenkresse umstandenen Rinnsals, sind mehrere undeutliche Abdrücke, die zu dem Park da drüben führen. Wahrscheinlich von einem mit Stoff umwickelten Paar Schuhe, um die Spuren zu verwischen.

Was sagt uns das?, fragte Shore.

Dass der Sack von einer einzelnen Person abgeladen wurde, sagte William leise.

Und dass er oder sie so vorausschauend war, Fußabdrücke im Vorhinein zu bedenken, fuhr Breck fort. Vielleicht sollten die Schuhe auch nur vor dem Morast geschützt werden.

Sie?, fragte William.

Geschützt?, fragte Shore. Weil sie teuer waren, meinen Sie?

Breck zuckte mit den Schultern.

Sie?, wiederholte William.

Breck beugte sich über seinen Koffer, öffnete ihn und sah nicht auf, als er sagte: Vielleicht. Es kann sein, dass die Leiche zerstückelt wurde, weil sie im Ganzen zu schwer war. Und es kann sein, dass die Fußspuren uns einen wichtigen Hinweis auf den Täter hätten liefern können. Zum Beispiel, dass es sich um Abdrücke von Damenschuhen handelt.

Möglich, sagte William. Aber ist das auch wahrscheinlich?

Möglich, sagte Breck. Er förderte eine seltsame Apparatur aus seinem Koffer zutage. Sie sah aus wie eine Handlaterne, war jedoch mit einer komplizierten Reihe von Linsen und Refraktoren ausgestattet und auf einen kurzen Griff montiert, und als Breck die Blende öffnete, fiel ein heller Lichtstrahl auf den Sack. Er hatte den Zylinder abgenommen, seinen Mantel über den offenen Kofferdeckel gelegt, die Brille ab- und dafür eine Ledermaske aufgesetzt, deren Schnüre im Nacken verschnallt wurden, so dass diverse Vergrößerungsgläser an filigranen Stangen vor die Augen geschoben werden konnten. Als er aufsah, traten seine Augen schaurig vergrößert hervor. Er grinste seltsam listig.

Gentlemen, sagte er.

Um Gottes willen. Shore fasste sich an den Hut. Sie wollen uns wohl blamieren, Dr. Breck.

Dazu brauchen Sie meine Hilfe nicht, Sir.

William sah ihm interessiert bei der Arbeit zu. Der hagere Mann kniete im Matsch. Er führte den blendenden Lichtstrahl mit der einen Hand über das Sackleinen und hob mit einem kleinen gabelförmigen Stahlinstrument in der anderen den Saum an. Er öffnete den Sack, roch an der Innenseite, ohne den Inhalt zu bewegen. Dann legte er den Kopf schief und fragte: Mr Pinkerton, wissen Sie, was ein Kollodiumplättchen ist?

William runzelte die Stirn. Er hatte nicht die geringste Ahnung.

In dem Lederkästchen im Koffer, sagte Breck. Da finden Sie eine Reihe von Glasplättchen. Bringen Sie mir eins.

Das Glasplättchen war mit einer klebrigen Substanz bestrichen, und der Arzt nahm es ihm wortlos aus der Hand und machte sich wieder an die Arbeit.

Was haben Sie gefunden?, fragte Shore.

Kann ich noch nicht mit Sicherheit sagen.

Breck reichte William das Kollodiumplättchen, und er hielt es vorsichtig hoch und erkannte zwei winzige weiße Insekten.

Der Sack ist nicht offen hier abgelegt worden, Sir. Hat sich jemand daran zu schaffen gemacht? Ich habe Sie doch eigens darauf hingewiesen, dass Sie niemanden auch nur in die Nähe lassen sollen. Muss ich Ihren Constables denn immer wieder erklären, was Kontamination ist?

Schweigen.

Da entfuhr Breck ein dumpfes, kehliges Stöhnen, und er beugte sich weiter hinunter. Die Haare auf den Beinen sind dunkel, sagte er. Aber wie Sie sehen werden, Mr Shore, erscheinen sie hier an den Follikeln grau, nicht wahr? Höchst interessant. Mr Pinkerton, ein weiteres Plättchen.

William tat wie ihm geheißen. Der Doktor nahm eine zweite und eine dritte Probe.

Shore gab William einen Wink, und sie traten einen Schritt zur Seite, weg von den Beweisstücken. Wann geht wohl die Abendausgabe in den Verkauf?, fragte er.

William rieb sich die kalten Hände. Worauf willst du hinaus?

Der Sack wurde heute Morgen hier abgelegt. Wenn die Meldung vom Kopf schon draußen war, ist es sehr gut möglich, dass er bewusst abgelegt wurde.

Wie meinst du das?

Ich meine, vielleicht ging es gar nicht darum, etwas zu verstecken.

William schwieg.

Wir sollten diesen Sack heute finden.

Und morgen steht es in der Zeitung.

Shore nickte. Aber warum in Gottes Namen tut jemand so etwas? Welchen Sinn hat das Ganze? Schrecken zu verbreiten? Uns zu verspotten?

Vielleicht sollte es eine Botschaft sein.

Eine Botschaft.

William zuckte mit den Schultern. Dann sagte er: Jetzt könnt ihr sie ja begraben.

Das macht ihr in Chicago vielleicht so.

Unsere Toten begraben?

Die Beweise begraben.

Ich schätze schon. So verrückt sind wir wohl.

Sie scheint keinerlei Verwandtschaft zu haben. Bis auf den Onkel. Nein, mit dem Begraben warten wir noch ein Weilchen.

Bis du die Sache im Griff hast?

Oder bis jemand Anspruch auf ihren Leichnam erhebt. Shore wischte sich mit dem Daumen das Wasser von der Stirn. Der Nebel war feucht, und William spürte die Nässe durch seinen Mantel kriechen. Ach, was ich noch fragen wollte, sagte Shore. Meine Frau hofft schon die ganze Zeit, dass du uns mal beehrst. Unsere Köchin macht eine ziemlich gute Blutwurst.

Blutwurst.

Aye.

Wenn ich noch lang genug hier bin, nehme ich die Herausforderung vielleicht an. Frau und Kinder warten auf mich, John. Und die Detektei braucht mich.

Dein Defektivbüro, meinst du?

William lächelte.

Klingt ganz so, als hättest du zwei Ehefrauen, sagte Shore.

Das sagt Margaret auch immer.

Wenn Dr. Breck fertig ist, wird hier alles geräumt, Leute, wandte sich Shore plötzlich an die beiden Constables, die das Gebüsch durchstreiften. Bisschen sorgfältig, das Ganze. Alles kann von Bedeutung sein. Er wandte sich wieder an William. Und was Martin Reckitt angeht, sagte er, nimm Blackwell am Mittwoch mit, und sieh zu, ob du was aus ihm rauskriegst. Ich habe dir deine Audienz besorgt.

William schaute den Männern bei der Arbeit im Nebel zu.

Gut.

Schließlich ging er weiter zu Sally Porters Behausung in Snow Fields.

Wenn Shore recht hatte und die Porters Shade tatsächlich durch Virginia geschmuggelt hatten, dann hatte Sally ihn angelogen. Hatte ihm zitternd in der Dunkelheit gegenübergesessen und gelogen. Und sein Vater hatte dasselbe getan. Er dachte noch einmal zurück an den Weihnachtstoast auf die Kriegsopfer der Union, an diese traurige Reihe von Namen, an den Jungen Edward, der ganz am Ende dieser Liste gestanden hatte. Weshalb sein Vater dessen Tod im Nachhinein in Frage gestellt hatte, blieb ein Rätsel. Klar war nur, dass er daran geglaubt hatte. Und sein Vater war einiges gewesen, aber ganz sicher kein Dummkopf. Vielleicht würde Sally ihm sagen, wie es zu diesem Sinneswandel gekommen war.

Er ging über die klappernden Gehwegbohlen, sprach mit niemandem und ignorierte die Rufe der Bettler aus dem Straßengraben. Der Fund der Beine hatte ihn erschöpft, die ganze schäbige Angelegenheit traurig gemacht. Er hatte eigentlich vorgehabt, hinterher die Pubs um die London Docks abzuklappern, doch als der Nachmittag in den Abend überging, wurde ihm klar, dass das warten musste. Plötzlich wusste er wieder, wo er war, bog links ab, schlüpfte in eine erbärmliche Gasse, durch ein kaputtes Eisentor und erreichte das Haus, in dem Sally Porter wohnte. Ein Hund beschnüffelte ein Lumpenbündel im Dunkel, und als William eintrat, hob das Tier die Schnauze und knurrte ihn an. William hielt inne und schaute den Hund an. Dann wandte er sich ab. Die wurmstichige Treppe erbebte unter seinen schweren Schritten, doch auf dem Absatz im zweiten Stock blieb er plötzlich stehen. Ihre Tür stand offen.

Er wartete im kalten Flur ab, rückte seinen Hut zurecht, spähte hinter sich, horchte. Aus ihrem Zimmer drangen erhobene Stimmen, er zog die Brauen zusammen und tastete in der Manteltasche nach seinem Colt, dann näherte er sich langsam.

Es war eine Familie.

Offenbar bettelarm und verwahrlost, zankten sie sich im Chaos.

Er blieb einen Augenblick lang verwirrt in der Tür stehen. Der alte Schreibtisch von Porter war umgedreht und an die Wand geschoben worden, und der Elefant mit der abgeplatzten Glasur stand noch auf dem Sims über dem alten Kamin, nur hatte jemand einen Lumpen zum Trocknen über den Rüssel gehängt.

Die Frau, das Mädchen, die Mutter der Brut schlug gerade lauthals schreiend nach einem der Kinder, als sie jedoch William entdeckte, nahm sie ein Messer vom Tisch, und mit einem Mal verstummte die ganze Meute.

Hallo, sagte er mit einem unguten Gefühl im Bauch.

Sie sprang so unmittelbar und schnell auf ihn zu, dass er zurückwich, obwohl er dreimal so groß wie sie und mit

Messern bestens vertraut war. Sie stand in der Tür und hielt in ihren Rockschößen ein Kind am Kopf zurück, dem der Dreck und die Wut im Gesicht standen.

Wir bezahlen nich doppelt, fauchte sie. Und alles andere kannste auch vergessen.

Er hob beschwichtigend die Hände. Wo ist denn Sally?, fragte er.

Sie kniff die Augen zusammen. Bist nich für die Miete hier?

Ich bin nicht wegen der Miete hier.

Das Bett war mit einer grünen Decke auf einem Seil verhängt, hinter der ein langes, tiefes, gequältes Husten anhob und gegen die sich ein Ellbogen abzeichnete, dann rief eine heisere Männerstimme: Wer is da, Maggs? Was willer?

Haste vielleicht selber n Maul? Frag ihn doch.

Sie hatte schmale, spitze Schultern, die Hände waren nicht größer als die eines Kindes, und ihr rötliches Haar war kurz über der Kopfhaut geschoren, sie musste es für Geld verkauft haben. Das Kind brüllte an ihrem Bein, zupfte an ihrem Kleidsaum.

Was willer?, rief der Mann erneut.

Die Miete willer schon mal nich, rief sie, dann blickte sie William finster an. Also? Was is jetz?

Ich suche jemanden, antwortete William. Er fischte einen Shilling hervor. Die Frau, die hier vorher gewohnt hat, die alte schwarze Frau. Wissen Sie etwas über sie? Wo sie jetzt ist?

Die Münze verschwand in ihrer Hand wie Wasser, und plötzlich wagte sie einen koketten Blick, lehnte sich gegen den Türrahmen. Sie konnte nicht älter als sechzehn sein.

Wollnse vielleicht erstmal reinkomm, Mister?, fragte sie. Kommse doch einfach rein.

Ich war letzte Woche hier, sagte er. Er trat einen Schritt zurück und schaute erst den Flur hinunter und dann das Mädchen an. Letzte Woche habe ich noch mit ihr gesprochen. Genau hier.

Aha, letzte Woche.

Sie hat mit keinem Wort erwähnt, dass sie ausziehen wollte.

Gottverdammich, Maggs, rief der Mann aus dem Bett. Mach die beschissene Tür zu.

Warte doch mal, bellte sie über die Schulter zurück. Sie schaute entnervt zu William herauf. Letzte Woche is doch ne Ewigkeit her. Uns hat man nur gesagt, hier hätt sich keiner abgemurkst, und wir konnten sofort einziehn. Mehr Fragen ham wir nich gestellt. Die war also ein Neger?

Er nickte.

Eine echte Negerfrau?

Er nickte.

Tja, im Kamin verstecktse sich nich, und wir hamse auch nich gegrillt und aufgefressen. Sie schüttelte den Kopf, als hätte sie ihn bereits abgeschrieben, und machte Anstalten, die Tür zu schließen.

Er streckte eine Hand aus und hielt die Tür fest. Sie kann doch nicht einfach verschwunden sein, sagte er.

Die junge Frau zuckte ungehalten mit den Schultern. Soll vorkommen, sagte sie.

Er trat aus dem Haus, und seine Nackenhaare kribbelten, als würde er durch den Dunstschleier beobachtet, doch er sah niemanden. Er machte zwei Schritte rückwärts in den Straßenmatsch und schaute blinzelnd an Snow Fields mit seinen zerbrochenen Scheiben hinauf, suchte Sallys Fenster. Für ihn war es nichts Neues, dass Menschen verschwanden, sich einfach in Luft auflösten. Warum ihn das jetzt so erstaunte, vermochte er selbst nicht zu sagen. Er trottete die Tooley Street hinauf, hielt an der Vine Street inne und schaute sich unbehaglich um, es stank nach dem Schlamm des Flusses, die Gebäude lehnten sich waghalsig in den Nebel. Wo auch immer Sally hin war, sie hatte ihre Möbel zurückgelassen, und ob sie deswegen tot war oder sich einfach eine neue Bleibe gesucht hatte, blieb ihm ein Rätsel. Zum Teufel damit, dachte er plötzlich. Es waren etliche Jahre vergangen, seit sie sich das letzte Mal gesehen hatten, und egal wie sehr sie seinen Vater geliebt hatte, William war sie nichts schuldig. Undeutliche Gestalten glitten an den Gebäuden vorüber, er konnte ihre Gesichter nicht ausmachen. Immer aufdringlicher hatte er das Gefühl, dass irgendeine Gestalt auf ihn lauerte, also huschte er in einen kleinen Innenhof, durchquerte ihn zügig, die Schuhsohlen rutschten im Matsch. Er zwängte sich durch eine Zaunlücke und wandte sich Richtung Pickle Herring Street, wo der kleine gusseiserne Pavillon zum Fußgängertunnel stand, der den Fluss wie ein bewehrter Vorposten überblickte. Die Brücken waren noch offen für Fußgänger, doch in der Tower Subway würde weniger los sein, und falls er wirklich verfolgt würde, konnte er seinen Schatten dort abschütteln. Er schaute sich um, zog den Kopf ein, zahlte seinen Halfpenny und stieg hinab.

Bei jedem Schritt auf der hölzernen Wendeltreppe löste sich feiner Staub. Das Mauerwerk war mit fettigem Schmutz überzogen, die Gaslampen in ihren blauen Kugeln leuchteten schwächlich und wurden dunkler, je tiefer es ging, je schlechter die Luft wurde. Unten angekommen, stand er etwa fünfzehn Meter unter dem Flussufer in einer Gewölbekammer und blickte den runden Eingang der Eisenröhre an, als handelte es sich um die Schwelle zu einer Art Jenseits, dann schaute er den Treppenhausschacht empor zu dem kleinen Lichtpunkt hoch oben über sich. Als er in den Tunnel trat und seinen Weg unter dem Fluss hindurch langsam fortsetzte, verdickte sich die Luft zu einem festen Grau.

Der Gang zog sich in die Länge, die Leere war unheimlich. Schienen verliefen entlang der gesamten Strecke, dereinst gelegt für eine Röhrenbahn, die längst dem Ruin anheimgefallen war. Durch die Eisenwände des Tunnels hörte er das schwere Stampfen eines Raddampfers auf dem Fluss über sich. Wenn er sich umdrehte, konnte er nicht sehen, wo er herkam, und schaute er nach vorn, konnte er nicht sehen, wohin er ging.

Er hörte sie, bevor er jemanden sah. Das Knirschen von Schuhsohlen hinter sich, das überlaute Rascheln der Mäntel, ein krächzendes Husten. Er erkannte die Zielstrebigkeit der nahenden Schritte und war bereits zu vielen Straßenräubern über den Weg gelaufen, um zu irren. Mit geballten Fäusten drehte er sich um und wartete ab. Dann, durch den Dunst: zwei monströse Schemen, verzerrt und verwaschen im Dunkel, das spärliche Gaslicht hinter ihnen zischte.

Er bewegte sich nicht und meinte, das Gewicht des Flusses drücke durch die Erde auf ihn herab.

Geben Sie sich zu erkennen!, rief er.

Seine Stimme hallte von den Tunnelwänden wider.

Die beiden Gestalten standen undurchdringlich und unheimlich schweigend da und beobachteten ihn aus dem Dunst heraus. Dann ein leises Knirschen der Steinchen auf den Bodenfliesen, und William spürte, wie sich seine Nackenhaare aufstellten, er machte einen Halbschritt zurück, Knie gebeugt, Fäuste vor dem Gesicht.

Jetzt geben Sie sich doch endlich zu erkennen, Herrgott!

Mr Pinkerton, sagte eine Stimme.

William zog seinen Colt und spannte in der langgezogenen Stille des Tunnels bewusst den Hahn.

Wir haben nicht die Absicht, Gewalt auszuüben, sagte der Mann leise und trat ins Licht. Das kann ich Ihnen versichern, Sir.

Er war klein, mit schmalen Schultern und dünnem Hals. Sein langer Backenbart war weiß und bildete einen harten Kontrast zu seiner dunklen Haut. Er hielt einen teuren Spazierstock mit silberner Spitze in der einen Hand und hakte den Daumen der anderen in seine seidene Westentasche. Die hängenden Mundwinkel ließen ihn im Halbdunkel abgekämpft wirken, betrübt, aufgewühlt durch ein unbestimmtes Leid. William war unbehaglich zumute. Er behielt seinen Revolver in der Hand.

Mein Name ist Adam Foole, sagte der kleine Mann. Mein Diener hat bereits mit Ihnen gesprochen, wenn ich recht informiert bin. Bitte verzeihen Sie, dass ich auf diese Art und Weise mit Ihnen in Kontakt trete –

Was wollen Sie?

Das Gleiche wie Sie, Mr Pinkerton. Den Mörder von Charlotte Reckitt finden.

Williams Blick wanderte zu der anderen, gewaltigen Gestalt, die beinahe nur aus gebeugten Schultern und Bein zu bestehen schien und deren Bowler an der Tunneldecke zerdrückt wurde. Den Kerl erkannte er sofort. Es war der Riese aus dem Kaffeehaus. Sagen Sie Ihrem Mann, er soll vortreten, sagte er. Ins Licht. Wo ich ihn sehen kann.

Das ist nicht notwendig.

Treten Sie vor, rief William.

Der Riese rührte sich nicht.

Er kommt in friedlicher Absicht, Mr Pinkerton, murmelte der andere Mann. Seine Augen lagen im Schatten, seine Miene war in der Dunkelheit ungerührt, die schmalen Hände waren völlig reglos, doch er trug eine Anspannung in sich, die William als echte Trauer erkannte. Wie mir zu Ohren gekommen ist, sind Sie ein zielstrebiger Mann, Sir, ein Mann der Tat. Deswegen komme ich auf Sie zu. Ich brauche Ihre Hilfe.

Ich bin nicht käuflich.

Ich möchte Sie nicht beauftragen, Mr Pinkerton. Ich möchte Sie um Hilfe bitten. Privat.

Williams Blick taxierte die beiden Männer. Er hatte seinen Revolver noch immer nicht entspannt.

Es wäre auch zu Ihrem Vorteil, Sir.

Welches Interesse haben Sie an Charlotte Reckitt?

Wie bitte?

Welches Interesse Sie an ihr haben.

Ich habe nur ein Interesse an ihrem Mörder. Der kleine Mann hielt inne, hob den Blick. Charlotte hat mir einmal viel bedeutet, sagte er. Aber unsere Lebenswege trennten sich. Ich habe immer bedauert, welche Richtung der ihre nahm. Sie war kein schlechter Mensch, Mr Pinkerton, und niemals grausam. Auch wenn sie sich mit zwielichtigen Subjekten einließ.

William runzelte die Stirn. Sie beide, Sie kannten sich … Intim. Ja. Ich schäme mich nicht dafür.

William horchte auf Geräusche im Tunnel, doch es war nichts zu hören. Falls noch andere an dem Hinterhalt beteiligt waren, waren sie nicht in der Nähe. William sah die Augen des Mannes im Schatten seines Zylinders aufblitzen.

Es gibt eine Stadt unter der Stadt, Mr Pinkerton. Wenn Sie Antworten wollen, müssen Sie es dort versuchen.

William verlagerte sein Gewicht, trat näher.

Mr Pinkerton, sagte der Riese. Das is nah genug.

Der kleine Mann beachtete ihn nicht. Es gibt einen Mann namens Jonathan Cooper, sagte er stattdessen. Nannte sich früher Sarazene. Er war in gewissen Kreisen dafür berühmt, dass er seinen Opfern den Kopf abschnitt und ihn die Themse hinabschwimmen ließ. Vielleicht haben Sie schon mal von ihm gehört? Er hat mit Charlotte zusammengearbeitet, und als ihre Zusammenarbeit endete, tauchte er unter. Es hieß, sie habe ihn hintergangen, ihn geprellt. Das schwache Gaslicht fing sich in Fooles Zügen, der Blick aus seinen lila Augen war stechend. Die Verstümmelungen am Oberkörper, um sie leiden zu sehen. Der abgesägte Kopf. Das ist Coopers Werk, Mr Pinkerton.

Einen Kopf kann jeder abschneiden.

Sie kannte ihn.

Sagen Sie.

Adam Foole versuchte ein müdes Lächeln. Diesen Mann, den Sarazenen, finden Sie nur, wenn Sie die Frau finden, der er verfallen war. Eine Schlammwühlerin, hört auf den Namen Annie. Sie lebt in der Kanalisation südlich der Black-friars Bridge.

Ich soll mich also in die Kloake begeben.

Zu den Nischen im Tunnel, ja.

Gehen Sie doch selbst, wenn Sie so genau wissen, wo sie zu finden ist.

Und was soll ich tun, wenn die Schlammwühlerin mich zu diesem Sarazenen bringt? Schauen Sie mich doch mal an, Sir. Er streckte die Arme aus, der Spazierstock baumelte von einem lila Handschuh. Sie hingegen, Sir, Sie sind der berüchtigte William Pinkerton. Sie überwältigen jeden Kerl und ringen ihm ein Geständnis ab. Nein. Für gute Arbeit sucht man sich jemanden mit dem entsprechenden Talent.

Ihr Mitarbeiter sieht so aus, als wäre er der Aufgabe durchaus gewachsen.

Aber er verkörpert nicht das Gesetz, Mr Pinkerton. Und er ist auch nicht der größte Detektiv unserer Zeit.

William spuckte aus. Ich verkörpere das Gesetz genauso wenig.

Nun ja, sagte der Mann und schnalzte mit der Zunge. Vielleicht umso besser.

So läuft das nicht, murmelte William und trat näher. Ich kenne Leute von Ihrem Schlag. Sie und ich haben nicht die gleichen Erwartungen.

Plötzlich glitt der Riese lässig und katzengleich aus der Dunkelheit und baute sich hinter Adam Foole auf, William sah einen Schlagring aufblitzen. Das is jetzt wirklich nah genug, knurrte der Riese. Gehn Sie zurück!

William schaute ihn an.

Gentlemen, sagte Foole und wandte sich um. Es reicht. Mein Diener will Ihnen nichts zuleide tun, Mr Pinkerton. Wir waren nur auf einen Moment unter vier Augen mit Ihnen aus. Was glauben Sie denn, habe ich von der ganzen Sache?

Rache, sagte William.

Keine Gerechtigkeit?

Nein, keine Gerechtigkeit. Und jetzt erzählen Sie mir nicht, das wäre ein und dasselbe.

Oh, manchmal ist es das, Mr Pinkerton. Wie Sie sehr wohl wissen.

Wut flammte in William auf. Auf welcher Seite des Gesetzes mochte ein Mann mit solchen Gedanken stehen. Die Grenze war unscharf und trug wenig dazu bei, Richtig und Falsch auseinanderzuhalten. Ob das sein Gegenüber zu einem besseren oder schlechteren Menschen machte, konnte William nicht sagen.

Lassen Sie es sich durch den Kopf gehen. Mehr verlange ich gar nicht.

Ich bin nicht interessiert.

Foole legte die Stirn in Falten und blies eine bärtige Wange auf, dann nickte er kaum merklich. Ich habe Miss Reckitt vor zehn Jahren etwas versprochen, sagte er, und dieses Versprechen gedenke ich zu halten. Ich weiß, das werden Sie verstehen. Ich habe Ihre Karriere interessiert verfolgt, Sie sind kein Mann, der sein Wort bricht. So verschieden sind wir gar nicht, Sie und ich. Er klopfte mit seinem Spazierstock auf die Gleise. Es gibt da einen Jungen am Waterloo Place, einen Waffenschmiedelehrling, Albert. Sollten Sie es sich anders überlegen, schicken Sie ihn nach mir.

William blickte von dem kleinen Mann zu seinem Begleiter, der nun wieder im Dunst lauerte. Wie kommen Sie darauf, dass ich Ihnen vertrauen würde?

Ach, Vertrauen, sagte der kleine Mann, und plötzlich war sein Blick so hart, dass es William einen Schauer über den Rücken jagte. Das kann ich von Ihnen nicht erwarten. Charlotte hatte es nicht verdient, so zu sterben, Mr Pinkerton. Ich weiß, dass Sie ihr eine Heidenangst eingejagt haben. Aber ihren Tod haben Sie nicht zu verschulden.

William schwieg lange. Woher wusste Foole das? Er hatte Charlotte Reckitt wochenlang beschattet, und dieser Mann war ihm dabei nie untergekommen.

Ich bin bereit, Ihnen etwas im Tausch anzubieten. Einen Bericht, der Sie interessieren könnte. Wie mir zugetragen wurde, haben Sie in jeder Spelunke der Stadt nach einem Mann gefragt, den es nicht gibt. Sie haben nicht gerade ein Geheimnis daraus gemacht.

William spürte das Dröhnen des Wassers durch die Tunnelmauern und fuhr sich über den Nacken. Die Hand zitterte. Edward Shade, sagte er.

Genau.

Shade ist tot, sagte er barsch. Er ist im Krieg gestorben. Wer hat Ihnen denn das erzählt?

William hielt inne, sah den Mann an.

Adam Foole hob den müden Blick, schaute ihm aus dem Dunkel in die Augen. Es war nicht der Krieg, der den Jungen umgebracht hat, Mr Pinkerton, murmelte er. Sondern Ihr Vater.

Der Phantomzug

Als William Pinkerton den Namen Edward Shade zum ersten Mal hörte, war er zweiundzwanzig Jahre alt und trank im gasbeleuchteten Saloon des Rand Hotel in Cincinnati Schnaps. Er stand mit seinem Vater und George Bangs an der Bar, und alle drei hatten den Stiefelabsatz in den Messingfußlauf eingehakt und den breitkrempigen Hut vor sich abgelegt. Er ahnte noch nicht, dass er seinen Vater an dieses Gerücht verlieren sollte, wie andere Söhne ihre Väter an die Pocken oder Überschwemmungen oder Feuer fangende Gardinen verloren. Seinen Vater mit dem grauen Bart, den starken, sehnigen Unterarmen und den Händen, die so rauh und schwielig waren, dass sie krank aussahen. Seinen Vater, der mit seinen durchdringenden grauen Augen wie ein Prophet aus dem Alten Testament wirkte. Als kleiner Junge war er ihm auf Schritt und Tritt gefolgt, und nicht ein einziges Mal hatte er miterlebt, dass er einen Fehler eingestehen musste. In den Feldern vor Chicago hatte er von ihm gelernt, wie man eine Decke am Sattel befestigte, in den Sägewerken, wie man das Gewicht in die Säge legen musste, und an den Flüssen, wie man Forellen mit nur einem Schnitt ausnahm. All das hatte er in sich getragen, als er im zweiten Jahr des Krieges in McClellans Reihen für ihn spioniert hatte, und er trug es noch immer in sich, gutgeölt und feuerbereit wie die Kugel im Patronenlager eines Gewehrs. Es war das Jahr, in dem sie hinter den Renos her waren. Der Krieg war seit drei Wintern vorbei.

Ihnen gefällt das nicht, sagte sein Vater zu Bangs, und die Muskeln an seinem Hals traten hervor, als er sich umwandte.

Stimmt.

Ihnen gefällt nicht, dass ich hinter John Reno her bin?

Mir gefällt Ihr Interesse an einer Stadt wie Seymour nicht.

Im Blick seines Vaters glomm für gewöhnlich ein charakteristisches Feuer, nun jedoch huschte ein Schatten hindurch. Er war nicht so hochgewachsen wie seine beiden Söhne, aber dafür war er hart wie Hickory-Holz und hatte Fäuste so schwer wie schottische Bibeln.

Seymour ist ein Krebsgeschwür, sagte er schließlich gedämpft. Man hätte es schon vor Jahren niederbrennen sollen.

Mag sein.

Sein Vater nahm einen Schluck milchiger Flüssigkeit. Das Schnapsglas klirrte auf der Theke.

Sie werden ihn hier nicht finden, sagte Bangs unvermittelt. Shade ist nicht der Typ, der nach Westen zieht, Allan. Wenn er überhaupt noch lebt. Wenn er überhaupt jemals gelebt hat.

William fuhr mit einem Finger über den Messingrand seines Schnapsglases und schaute die Älteren an. Ich dachte, es ginge um John Reno, sagte er.

Bangs blickte Allan Pinkerton prüfend an, als würde er das Gewicht auf einer unsichtbaren Waagschale ausbalancieren. Dann sagte er zu William: Dein Vater vermutet, dass in Seymour mehr als nur John Reno und seine Brüder zu finden sind. Edward Shade gibt uns schon seit … seit wann, seit sechsundsechzig Rätsel auf, oder?

Sein Vater ächzte.

Allan?

Wir überrumpeln John Reno aus dem Hinterhalt, sagte sein Vater und überging das zuvor Gesagte. Haftbefehl hin oder her. Schlagen wir der Schlange den Kopf ab. Dann werden wir sehen, wozu seine Brüder imstande sind. Willie!

Ja, Sir?

Kümmer dich um die Pferde.

William stand auf.

Sie wollen ihn entführen!, rief Bangs aufgebracht. Wir haben in Indiana keine Befugnisse.

William schaute seinen Vater an.

Ganz genau, sagte sein Vater.

Bangs schüttelte den Kopf. Der Zweck heiligt nicht alle Mittel, Allan. Sag du es ihm, William, auf mich hört er ja nicht.

William setzte seinen Hut auf.

Manchmal schon, Mr Bangs.

Die Renos waren eine rauhbeinige, erbarmungslose achtköpfige Familie, und John war der zweitälteste Sohn. Im letzten Jahr des Krieges war er drei Kilometer nordwestlich von Seymour, Indiana, mit seinen Brüdern aus den Niederungen des White River galoppiert, zwei Colts im Hüftholster und die Fingerkuppen seiner Lederhandschuhe abgeschnitten. Er war ein kräftiger Mann mit den geraden Schultern und hohen Wangenknochen eines Blackfoot-Kriegers und den langen Armen und kräftigen Händen seiner französischen Vorfahren, er hatte schwarzes Haar und war anziehend wie der Teufel persönlich. In den Wochen nach der Schlacht von Appomattox hatte er, nachdem dort mehrere Feuer ausgebrochen waren, den Großteil des nahen Städtchens Rockford aufgekauft, und auch den Rest würde er durch Bestechung und indem er Angst und Schrecken verbreitete noch in seinen Besitz bringen. Im Herbst des Jahres 1865 stahlen und mordeten seine Brüder Simeon, William, Frank und er sich durch das County wie ein Überfallkommando der Konföderierten, und im Frühjahr 1866 stürmte er das Schatzamt von Clinton County und jagte das Gebäude mit Schwarzpulver in die Luft. Im gleichen Jahr versetzten die Renos das Land in Aufruhr, indem sie während der Fahrt 15 000 Dollar aus einem Waggon des Adams Express raubten, und diese Neuheit, für die es noch gar keine Bezeichnung gab, dieser *Eisenbahnraub*, weckte das Interesse der Pinkerton-Detektei.

Als sie Anfang 1867 schließlich 22 065 Dollar aus dem Schatzamt von Davies County in Gallatin, Missouri, entwendeten, krempelten die Pinkertons die Ärmel hoch und machten sich an die Arbeit.

Was wissen wir über den Mann?, fragte sein Vater am selben Tag. Er trug seine Brille, deren Gläser im Licht funkelten wie zwei Münzen, er klang müde, seine Haut wirkte im trüben Licht des Nachmittags grau und ausgelaugt. Erzähl mir was über diesen Winscott.

William stand am Fenster und schaute in den Regen hinaus, sein fleckiger Wachsmantel spannte an den Schultern, die verzogenen Dielen knarrten unter seinem Gewicht. Irgendwo im Hotel spielte ein Klavier, und eine leise Frauenstimme sang dazu. Ein Windstoß fuhr gegen die Fensterscheibe, die dünnen Wände ächzten. Er blätterte seine Papiere durch und überflog die Notizen am Rand, dann las er vor: Dick Winscott, sagte er, sechsunddreißig Jahre alt, schwarze Haare, Narbe über dem linken Auge. Führt den Saloon in Seymour. Ist seit Kriegsende bei uns und arbeitet von der Zweigstelle in Denver aus. Jim McParland bürgt für ihn.

Sein Vater kaute auf der Unterlippe, der drahtige Bart bewegte sich mit.

Er ist groß, fast eins neunzig. Geschickt mit den Fäusten. Hautfarbe sehr dunkel – dunkel wie ein Mexikaner, steht hier. Ein Schneidezahn fehlt. Führt jede Menge Schießeisen mit sich und ist ein guter Schütze. Laut eigener Aussage hat er in der zweiten Schlacht am Bull Run in der Artillerie gekämpft. Er hatte Glück oder Geschick genug, dabei nicht über den Jordan zu gehen. William schaute von seinen Notizen auf. So oder so profitieren wir davon. Seit letztem Frühjahr, als wir ihn dorthin beordert haben, in Seymour aktiv. McParland hat ihm eine neue Identität verschafft, mir liegt hier die Kopie eines Strafregisterauszugs vor, und anscheinend haben sie sogar ein altes Wanted-Plakat für ihn gefälscht.

Gut.

William hatte den Mann zwei Jahre zuvor in Denver kennengelernt. Er hatte sich in einem Treppenhaus herumgedrückt, einen fleckigen Vorreiterhut tief ins Gesicht gezogen, und heißer Stallgeruch war von seinem Hemd ausgegangen. Er sah aus wie jeder andere aus den Grenzgebieten.

Welche Bedenken gibt es?

William fuhr sich mit der Hand übers Kinn. Er hatte sich seit mehreren Tagen weder rasiert noch gewaschen, und der Straßenstaub juckte unter seinem Kragen. Die Renos scheinen ihm zu trauen, sagte er. Die Schwierigkeit wird darin liegen, John Reno festzusetzen, ohne Winscott dabei als einen von uns zu enttarnen.

Warum?

Mein Gott, Pa! Ich bin doch kein Anfänger mehr.

Hüte deine Zunge. Also bitte, warum?

Weil wir noch einen ganzen Stall voller Renos einzufangen haben.

Gut. Was ist dabei das Wichtigste?

Williams Blick fiel auf die vier Pistolen auf dem Bett, das Enfield-Gewehr lag quer darüber. Schnelligkeit, erwiderte er. Damit wir ihn nicht erschießen müssen.

Und wenn er nicht allein ist?

William überlegte kurz. Er wird allein sein. Laut Winscott müssten wir ihn dingfest machen können, wenn er ihn zum Postexpress locken kann. Und wenn wir ihn kriegen, bevor er ziehen kann, ist er gefesselt und geknebelt, ehe auch nur einer seiner Brüder sein Pferd satteln kann.

Sein Vater nahm die Brille ab und rieb sich mit zwei Fingern die Schläfe. Mit seinem kurzen grauen Haar und dem geschorenen Bart wirkte sein Kopf vierschrötig und ungeschlacht wie der eines Sträflings. Wenn der wirklich allein kommt, fress ich einen Besen, murmelte er.

Schon wieder der Kopf?

Lass mich bloß in Ruhe. Deine Mutter geht mir damit schon genug auf die Nerven. William blickte seinen Vater besorgt an, aber der funkelte angriffslustig zurück. Wenn er nicht allein ist, gehen wir trotzdem vor wie geplant, fuhr sein Vater fort. Das ist unsere einzige Chance, ihn zu übervorteilen. Was?

Nichts.

Sein Vater setzte die Brille wieder auf und musterte seinen Sohn. Raus damit.

Bist du ganz sicher, dass du so vorgehen willst?

Wenn es zum Kampf kommt, dann ist das eben so. Je früher, desto besser. Du kennst mein Motto.

Fäuste zeigen.

Fäuste zeigen. Schlag als Erster zu, und zwar so fest, dass der andere nicht mehr aufsteht. Fairness ist was für Dummköpfe, Willie. Sein Vater überschlug die Beine und stellte sie wieder nebeneinander. Das Thema schien für ihn erledigt zu sein, doch dann murmelte er: Ich habe weiß Gott schon ohne dein Gejammer genug zu tun.

Das war doch kein Gejammer.

Und ich sage dir eins. Erst wenn ich tot bin und Gras über mein Grab wächst, erst dann wirst du wissen, was es wirklich heißt, die Verantwortung zu tragen.

Wie du meinst.

Aber solange ich noch am Leben bin, führe ich diese Detektei. Ich habe immer recht, und daran wird sich auch nichts ändern. Das kannst du Mr Bangs ausrichten.

Was hat der denn damit zu tun?

Ich führe die Detektei, wiederholte er. Bis dass der Tod mich holt. Dann könnt ihr meine Leiche fleddern, wie ihr wollt, alles Gute dafür.

William blies die Wangen auf.

Sein Vater holte eine silberne Taschenuhr hervor und

horchte, ob sie noch tickte. Wo ist er denn eigentlich, unser Mr Bangs?

Verärgert ließ William die Papiere sinken und musterte seinen Vater, er setzte zum Sprechen an, hielt sich dann aber doch lieber zurück.

Ist der Zug startbereit?, fragte sein Vater.

Unsere Männer stehen unten am Bahnhof. Sie sind zu fünft. Und wir haben ein paar richtige Grobiane ausgewählt, fügte er mit einem vorsichtigen Grinsen hinzu. Die Lok steht unter Dampf, wir warten nur noch auf das Kommando. Mr Bangs müsste im Telegraphenamt sein. Nur für den Fall.

Was wissen sie?

Bisher nichts.

Sein Vater brummte zufrieden. Gut.

William sah zu, wie die Dämmerung langsam hereinbrach. Er glaubte nicht, dass sie heute noch ausrücken würden. Dieser Shade, setzte er an.

Sein Vater beugte sich vor und fingerte an seinen Stiefeln herum.

Pa? Was ist da sechsundsechzig passiert?

Sein Vater lehnte sich zurück und rührte sich nicht weiter. Was denn?

Edward Shade. Muss ich mir Sorgen machen?

Nein.

Na dann.

Ich meine es ernst.

Ja, schon verstanden.

Sein Vater schaute ihn aus blutunterlaufenen, harten Augen an, und William erkannte in diesem Blick etwas, das ihm nicht gefiel, etwas, das er selbst in sich trug. Es hing mit Schicksal und Verrat zusammen und mit einer Gnadenlosigkeit, einem Loch im Herzen, wo Schuldgefühle hätten sitzen sollen.

Dann legte sein Vater die Hände in den Schoß und verzog das Gesicht. Du bist zweiundzwanzig Jahre alt, murmelte er. Als ich so alt war wie du, versteckte ich mich daheim in Schottland auf dem Clyde an Bord eines Schiffs vor den britischen Rotröcken, weil ich ihrer Politik in die Quere gekommen war, und deine Mutter saß auf dem Zwischendeck und wartete auf mich. Ich hätte nur ein Wort sagen müssen, und sie wäre mir bis in die Hölle gefolgt. Du meinst, du willst die Welt kennenlernen, Junge. Aber das willst du nicht.

William spürte, wie ihm die Röte ins Gesicht stieg.

Wenn du etwas über Edward Shade wissen musst, sagte sein Vater leise, dann werde ich es dir schon erzählen.

Viele Jahrzehnte später sollte William auf einem Polizeikongress in Nebraska mit einer gewissen Nostalgie von jenen Jahren erzählen. Verstehen Sie mich nicht falsch, sagte er und hob das Glas an die Lippen, die Gesetzlosen und Räuber waren eiskalte Mörder und niemandem genehm. Die meisten besaßen einfach zu viel Wagemut und waren zu faul zum Arbeiten. Das waren übriggebliebene Draufgänger aus dem Bürgerkrieg ohne jede Zukunft, vor allem in den Grenzgebieten im Südwesten und der Mitte des Landes. William legte die Stirn in Falten und betrachtete seine Manschetten wie in Erinnerung versunken, doch schließlich fand sein Blick wieder zurück, er schaute den jungen Kommissar zu seiner Linken an und sagte: Dieser Krieg hat eine ganze Generation von Jungen zugrunde gerichtet. Man kann nicht Tag für Tag Menschen niedermetzeln und hinterher weitermachen, als wäre nichts gewesen. Ich habe Männer gekannt, die nach dem Krieg nur noch für die Schlachthöfe zu gebrauchen waren. Er schnitt ein Stückchen von seinem blutigen Steak ab, kaute genüsslich, wischte sich den Schnauzer mit einer bestickten Serviette ab und verzog das Gesicht. Wie dem auch sei, die Gesetzlosen waren damals ziemlich clever. Nein, Dynamit haben sie bis in die neunziger Jahre nicht verwendet. Aber grobkörniges Schwarzpulver Nr. 4 sprengte die Türen eines Expresswaggons ebenso gut auf und nahm die Finger gleich mit, außerdem ließ sich damit jedwedes Schießeisen befüllen. Er hörte eine Müdigkeit in seiner Stimme mitschwingen, die er sich nicht erklären konnte, aber er schluckte sie im Schein der elektrischen Kronleuchter hinunter. Damals konnte ein Eisenbahnraub noch nicht landesweit geahndet werden, fügte er hinzu. Expresswaggons waren Privatbesitz. Sobald eine Gang die Grenze des Bundesstaats oder Countys überquerte, hatte sie keine Strafe mehr zu befürchten. Deswegen kamen wohl wir oder besser gesagt mein Vater ins Spiel.

Diverse Nachfragen nahm er höflich nickend entgegen, ein Koloss von einem Mann mit wässrigen Augen und Krähenfüßen, die von langen Tagen im Sattel unter der erbarmungslosen Sonne zeugten. Von Altersflecken übersät und zittrig die großen Hände, mit denen er einst schneller gezogen hatte als jeder Bandit.

Inzwischen hatte er einen Bauch, war ein schwerer, stämmiger Mann mit breiten Schultern und einem Schnurrbart, den der Tabak mit den Jahren rostrot gefärbt hatte. Er faltete die Serviette, legte sie auf seinen Teller und blinzelte müde, bevor er sagte: Wir waren zu der Zeit schon sehr gut organisiert. Geschwätzig war er nie gewesen, und mit der Zeit zog er die Einsamkeit der Gesellschaft immer mehr vor, doch wenn es darauf ankam, war er ein guter Redner. Dann erzählte er: In den Anfangsjahren schickten unsere Informanten Steckbriefe von Gesetzlosen und deren Verbündeten an die Zweigstellen in Denver und Chicago. Manchmal legten sie sogar eine Fotografie bei. So erkannten wir zum Beispiel John Reno und seinen Bruder Frank. Die meisten dieser Jungs ließen sich gern ablichten. Sie wollten schließlich bekannt werden. Ja, wir hatten alles Mögliche dabei – Saloonwirte, Viehzüchter, Eisenbahner, Minenarbeiter. Sie würden sich wundern. Nichts war zu banal. Mein Vater pflegte stets zu sagen, der Klatsch eines Rancharbeiters sei ihm mehr wert als ein Dutzend offizieller Nachrichten. Tja. Gerüchte haben wohl immer eine Faszination auf ihn ausgeübt.

Und schließlich verstummte er und betrachtete in Erinnerung versunken die Kratzer auf seinem Teller.

Das Hotel war sechs Blocks vom Bahnhof entfernt, und die beiden Männer, Vater und Sohn, machten sich mit hochgeklapptem Kragen und gesenktem Kopf auf den Weg durch den Regen. Säbelbeinig und mit entschlossenem, unbeeindrucktem Gang stapften sie flusswärts durch den Schlamm der Central Avenue. Der Regen fiel schräg, das schwache orangefarbene Leuchten der Sturmlaternen spiegelte sich auf den Flanken der zusammengedrängten Pferde an den Anbindepfosten und warf krumme Schatten auf die Wagenspuren und die schwarzen Lachen der Straße. William blinzelte sich das Wasser aus den Augen und ging weiter. Der Regen war kalt, er ließ die Haut an den Knöcheln aufspringen und die Manschetten an den Handgelenken scheuern, und William bereute, seine Handschuhe im Koffer im Hotel gelassen zu haben. Das Enfield-Gewehr hatte er in ein Wachstuch gewickelt, damit das Pulver trocken blieb, und trug es locker an der Seite.

Sein Vater hustete, zog den Kopf ein, spuckte aus, dann stieg er auf den klappernden Bohlenweg und betrat das Bahnhofsgebäude. Jeder von ihnen trug zwei Pistolen, und beide Männer waren die Ruhe selbst.

In der Mitte des kleinen Warteraums brannte in einem Kohlenbecken ein schwaches Feuer, an der Wand befand sich ein Kabuff für den Schaffner, und Buchenholzbänke zogen sich Rücken an Rücken über die gesamte Länge. Der Raum war leer bis auf die fünf Agenten, die mit aufgeschlagenen Zeitungen und Pfeifenstielen zwischen den Zähnen herumlungerten, den Hut schlaff neben sich abgelegt oder über ein Knie gehängt. Sie waren groß, allesamt größer als William, doch als sie seinen Vater erblickten, sprangen sie beflissen auf.

Schon gut, Jungs, sagte sein Vater und schaute zu ihnen auf. Es ist noch nicht so weit.

Schwungvoll nahm er den Hut ab, schüttelte ihn trocken und setzte ihn wieder auf.

Von Williams Wachsmantel troff der Regen, um ihn herum bildete sich eine Pfütze, und er wischte sich das Wasser aus dem Gesicht und stampfte den Matsch von den Stiefeln. Am nächsten Tag konnte eine Unzahl von Dingen schiefgehen und jeder dieser Männer umkommen, und er fragte sich zum wiederholten Male, welcher Schlag Mensch wohl eine solche Arbeit wählte und was Vertrauen für jene bedeuten mochte, die das eigene Leben verkauften.

Sein Vater ging zwischen den Männern umher. Hier ein Nicken, da ein Schulterklopfen. Volksnah. Ist Mr Bangs schon hier gewesen?, fragte er.

Er war grad erst da, Mr Pinkerton, Sir, sagte einer der Männer. Der Mund so groß, als würde ein Flaschenboden hineinpassen, die schiefen gelben Zähne wie Klaviertasten. Sein Blick war finster.

Und wo ist er jetzt?, fragte William.

Erst da schauten die Männer ihn zum ersten Mal an, und in ihren Blicken lag etwas Hartes, Feindseliges.

Ist er zurück ins Telegraphenamt?, fragte sein Vater.

Ja, Sir, erwiderte ein anderer Mann.

Mr Pinkerton? Weswegen sind wir denn eigentlich hier, Sir?, fragte der Erste.

Der Vater warf dem Sohn einen Blick zu.

Willie?

William sah seinem Vater in die Augen. Das erklären wir euch, wenn es so weit ist, sagte er knapp und schaute in die Runde. Heute Abend wird wahrscheinlich nichts mehr passieren. Aber haltet euch trotzdem bereit.

Stiefelscharren. Allgemeines Gemurmel und geballte Fäuste in Hosentaschen.

William sah seinen Vater noch einmal an, legte das Gewehr auf der Bank ab und ging wieder hinaus.

Er stapfte im wirbelnden Regen die 4th hinauf und überquerte die Elm Street, machte dann einen Satz aus dem Schlamm heraus und öffnete die Tür des Telegraphenamts.

Drinnen war es warm vom Feuer, und Bangs saß auf einer Bank unter einem Werbeplakat für Kondensmilch und Mr Bilmackens wunderheilenden Ziegenkäse, er schaute auf, als William eintrat.

Nichts?

Bangs setzte seine Brille auf und bedachte den Beamten mit einem flüchtigen Blick. Grüner Augenschirm und Ärmelhalter, abgekauter Bleistift hinter dem Ohr. Er prüfte die vor ihm liegenden Papiere auffallend intensiv. Bangs stand auf und bedeutete William, auf die Veranda hinauszugehen. Die Glocke klingelte, und die Tür schwang hinter ihnen zu.

Sind alle noch auf Position?, fragte Bangs.

William nickte.

Ich glaube, heute wird es nichts mehr, sagte Bangs. Es fährt nur noch der eine Express, und das innerhalb der nächsten Stunde.

Er war ein kleiner, ein hässlicher Mann. Wegen einer Verletzung, die er sich vor dem Krieg zugezogen hatte, ging er mit einwärts gedrehtem linken Fuß, die zur Klaue verkrümmte linke Hand trug er stets in der Manteltasche. Als kleiner Junge hatte William sich vor ihm gefürchtet. Bangs hatte kleine Zähne, die beim Sprechen nicht zu sehen waren, so dass nur die Spitze der blassen Zunge in einer schwarzen Mundhöhle zuckte, und wenn er lachte, klappten seine schmalen Lippen auf wie die Kiemen einer Forelle. Vernarbte Wangen von irgendeiner Kinderkrankheit, harte grüne Augen hinter einer schiefen Brille. Er war einst Journalist, dann Wachmann am New Yorker Kristallpalast gewesen, und die Bücher der Detektei führte er seit ihrer Gründung dreizehn Jahre zuvor.

Wie geht es Margaret?, fragt er nun und schaute dabei zu den Lichtern des Bahnhofs hinüber.

Sie ist schön wie eh und je, erwiderte William. Und hat die Nase voll wie eh und je.

Bangs lächelte. Eine Frau wie sie weiß ihren Gefährten gern an ihrer Seite.

Der Gefährte hätte auch nichts dagegen.

Tja. Bangs nickte. Wir sind hier ja bald fertig.

Ich kann das Warten nicht ausstehen. Der Regen wurde schwächer, der Wind drehte. William stützte sich mit beiden Unterarmen auf das Verandageländer und verschränkte die eisigen Hände. Auf der anderen Straßenseite brannte die Gasbeleuchtung des Opernhauses und warf Lichtkegel an die Steinfassade. Er hörte die reißenden Wasser des Ohio von fern in der Dunkelheit rauschen. Meinen Sie, wir können diesem Winscott trauen?

Ich glaube schon.

William dachte nach. Erzählen Sie mir von Edward Shade.

Danach solltest du deinen Vater fragen.

Ich frage aber Sie.

Der Ältere war trotz seines kümmerlichen Auftretens ein harter, unnachgiebiger Mann. Er schien einem Gedanken nachzuhängen, zuckte nach einer Weile mit den Schultern, als hätte er eine Entscheidung getroffen, und sagte dann: Was willst du wissen?

Was sechsundsechzig passiert ist.

Bangs schob mit einem Finger seine Brille hoch. Er sagte: Ein Eisenbahnraub in New York. Der Wachmann war eingeschlafen, und die Diebe sägten bei voller Fahrt ein Loch in die Tür, knüppelten ihn nieder, dann sprangen sie mit der

Beute aus dem Zug und machten sich davon. Der Wachmann wurde ohnmächtig und mit Schaum vorm Mund aufgefunden. Viel mehr Hinweise gab es nicht, die Sägespuren in der Tür, ein paar Seifenflocken zwischen den Dielenbrettern. Aber etwas stimmte nicht daran. Irgendwann während des Verhörs sprach der Wachmann von einem Tunnel in der Bronx, in den der Zug gerade eingefahren sei, als die Diebe zuschlugen. Dabei hätte er das gar nicht wissen können, wenn er in einem fensterlosen Waggon geschlafen hätte. Da knickte er ein. Gestand, dass er mit den Dieben gemeinsame Sache gemacht und sich Seife auf die Lippen gerieben hatte, bis es schäumte. Die Diebe waren zwei Männer, die uns noch nicht untergekommen waren, Crakes und Stone, und wir verfolgten sie bis nach Toronto, nahmen sie dort fest und verfrachteten sie zurück nach Süden. In ihrem Zimmer fanden wir ein Sägemesser, das wir den Spuren in der Waggontür zuordnen konnten, und damit landeten sie in White Plains, New York, im Gefängnis. Seltsam war nur, dass alle Zeugen sich einig waren, dass in Toronto ein dritter Mann dabei gewesen sei, ein Mann mit dunkler Hautfarbe und einer Narbe im Gesicht, ein Mann mit Namen Edward.

William nickte.

Es war nicht Edward Shade, sagte Bangs. Wir hatten keinerlei Anlass zu der Annahme.

Mein Vater glaubte es aber trotzdem.

Du musst doch davon gehört haben.

William schüttelte den Kopf. Haben Sie den Mann aufspüren können? Diesen Edward?

Bangs lächelte zerknirscht. Drei Wochen nach der Verhaftung grub jemand einen Tunnel unter das Gefängnis,

Crakes und Stone konnten ausbrechen und verschwanden spurlos. Einen Monat später wurde mittels eines ähnlichen Tunnels in die Boylston Bank in Boston eingebrochen und über eine Million Dollar in Wertpapieren entwendet. Und natürlich waren es wieder Crakes und Stone. Da war dein Vater natürlich längst fuchsteufelswild und sandte zwei Dutzend Agenten aus, um sie dingfest zu machen, doch wer auch immer der Kopf des Ganzen war, vielleicht dieser Edward, er war zu gewieft. Er trat über einen korrupten Anwalt mit dem Bankdirektor in Kontakt und bot an, ihm die Papiere für einen Bruchteil des Wertes zurückzuverkaufen. Die Bank willigte ein. Sie glaubten wohl, es sei billiger, als uns für unsere Ermittlungen zu bezahlen. Wir konnten nichts tun. Wir nehmen an, dass sie bei dem Boylston-Bruch zu viert waren – Crakes und Stone, die wir schon kannten, ein Tresorknacker aus England und dieser mysteriöse Edward. Alle vier segelten von Kanada aus nach Europa, und wir konnten nur tatenlos zusehen.

Was geschah mit den gestohlenen Papieren?

Allesamt zurückgeführt. Bis auf den letzten Cent.

William war perplex. Das verstehe ich nicht, murmelte er. Und was hat es jetzt mit diesem Shade auf sich?

Bangs schüttelte den Kopf und kramte nach seiner Pfeife, doch als er sie hervorzog, musste er feststellen, dass sie nass geworden war. Er fing an, sie trockenzuschütteln, gab dann aber auf.

Mr Bangs?

Hör zu, Junge, sagte Bangs. Er ist dein Vater, und ich bewundere ihn mehr als jeden anderen auf der Welt. Aber jeder irrt sich mal. Es war folgendermaßen: Ein Zeuge identifizierte einen dritten Mann, den er bei dem Überfall auf den Zug vom Tatort hatte fliehen sehen, er beschrieb ihn als soundso groß, mit dem und dem Aussehen und soundso einer Narbe im Gesicht. Dunkelhäutig wie ein Halbmexikaner. Ein Mann, auf den diese Beschreibung zutraf, wurde auch beim Ausbruch in White Plains gesichtet. So weit, so gut. Ein Informant in New York liefert uns den Namen Edward. Und als wir den Bankdirektor in Boston damit konfrontieren, erklärt er, ein wohlhabender Mexikaner von gleicher Größe und mit Narbe auf der Wange habe zwei Wochen vor dem Überfall ein Konto bei ihm eröffnet.

Aha.

Bangs warf ihm einen Blick zu. Alle Zeugen sagten, sie hätten die Narbe gesehen. Hinterher zog jeder einzelne die Aussage zurück. Crakes und Stone hatten beide dicke Bärte, falls du in die Richtung denkst. Die waren es nicht. Manchmal meinen die Leute, sie hätten etwas gesehen, und hinterher stellt sich raus, dass es, na ja, du weißt schon.

Gar nicht so war.

Genau.

Mein Vater will nicht darüber sprechen.

Es ist ihm sicher peinlich.

War es denn so schlimm?

Bangs schob sich den Hut aus der Stirn. In der New Yorker *Police Gazette* wurden Witze darüber gedruckt. Zu Weihnachten schickte ihm jemand Pflaster, diese kleinen, die man benutzt, wenn man sich beim Rasieren geschnitten hat. Aus den Tageszeitungen wurde es Gott sei Dank herausgehalten.

Hätte also schlimmer kommen können.

Könnte man meinen.

Nicht?

Bangs stieß sich vom Geländer ab, den schlimmen Arm in der Kälte vor dem Körper gekrümmt. Das spielte keine Rolle, Junge. Nicht für deinen Vater. Du weißt doch, warum wir hier sind, oder?

Um John Reno festzusetzen.

Bangs starrte in den Regen. John Reno, murmelte er. Genau.

Sie warteten den ganzen Abend und schliefen schließlich schlecht in ihrer Straßenkleidung, Stiefel und Mäntel lagen neben den Betten bereit, und auch am nächsten Tag warteten sie. William spürte die Ungeduld seines Vaters. Der Regen war in der Nacht vorübergezogen, und die Straßen waren bevölkert von Angestellten, die aus den Kontoren kamen, und Fuhrwerken, die im Matsch stecken blieben, und Damen, die angewidert ihre Röcke rafften.

William konnte seine Nervosität nicht unterdrücken, schritt unter den großen Fenstern in der Hotellobby auf und ab, ohne den Eingang aus den Augen zu lassen, ging zum Bahnhof, kam zurück, und erst am späten Nachmittag, als es bereits wieder zu dämmern begann, erreichte sie das erlösende Telegramm.

Es geht los, meldete er seinem Vater unverzüglich.

Der gab nur einen ungerührten Laut von sich.

Dick Winscott würde dafür sorgen, dass John Reno um sechzehn Uhr zehn in Seymour auf dem Bahnsteig stand, um in den Postexpress zu steigen. William und sein Vater betraten ein weiteres Mal den Warteraum der Cincinnati

& Indianapolis Railway, die Männer, die gestern schon da gewesen waren, starrten auf die Gleise und richteten ihre Hüte, wobei der Bahnhofsvorsteher sie missbilligend beäugte. Dann schwang die Tür hinter ihnen geräuschvoll auf, und Bangs schlurfte mit doppelt um den Hals geschlungenem Schal und loderndem Blick aus der Kälte herein.

Bereit?, fragte er.

Sein Vater nahm die Männer in Augenschein, selbst ihm war langsam etwas Nervosität anzumerken, und er fragte zurück: Ist der Waggon angekuppelt?

Bangs nickte. In der Tür reichte er William die Hand und wünschte ihm Glück.

Wir sind nicht diejenigen, die Glück brauchen, entgegnete William zwinkernd. Warten Sie nicht auf uns.

Und damit tippte er sich an den Hut und wandte sich zum Gehen.

Unter Eisenbahnern bezeichnete man ein solches Gefährt als Phantomzug. Die Lok kauerte in der Kälte auf den Gleisen und spie Dampf wie ein urzeitliches Ungetüm, eine bullige, achtachsige Schlepptenderlok, die schwere Fracht gewohnt war, der Kessel scheunengroß. Tauben umkreisten die Rauchkammer und ließen sich immer wieder kurz nieder und pickten verschüttetes Frachtgut von den Laderampen. William blies die Backen auf, langsam beschlichen ihn erste Zweifel. Manche der Männer waren schon eingestiegen, andere schleppten aufgerolltes Seil aus den Verschlägen neben den Gleisen. Die Grant-Lokomotivwerke hatten die Maschine auf Leistung getrimmt, 1867 war sie an die B&O-Eisenbahngesellschaft verkauft worden, und Williams

Vater hatte sie sich nun aufgrund ihrer Schnelligkeit ausge-
liehen. Sie glänzte schwarz, die rotgoldenen Verzierungen
traten markant hervor, und die Kolben klapperten, als die
Feuerbüchse geschürt und der Kessel unter Volldampf gesetzt wurden. Sein Vater wollte vermeiden, dass John Reno
ahnte, was da auf den Gleisen auf ihn zukam, daher war
nur ein einziger Passagierwaggon an die Lok gekuppelt,
und nun lehnte sich der Heizer aus dem Führerstand und
nickte grimmig, woraufhin der Rest der Männer an Bord
kletterte.

Ohne weitere Verzögerungen wurden mit einem Ruck die
Bremsen gelöst, die Treibstangen stampften und kurbelten,
und die Räder setzten sich in Bewegung. William warf einen letzten Blick auf den Bahnhof, dann trottete er langsam
neben dem Zug her und schwang sich schließlich hinein.

Der Waggon war mit Samt ausgekleidet und roch nach
Rauch und Schweiß, die Bänke waren hintereinander auf-
gereiht wie bei einem Omnibus, es gab Messingfußläufe
auf Stiefelhöhe und Gepäcknetze unter der Decke, in jeder
Ecke des Waggons brannte schwach eine Gaslampe. Sein
Vater blieb stehen, hielt sich an den Haltestangen auf beiden
Seiten des Gangs fest und schaute die sitzenden Männer an.

Wenn Sie mich kennen, dann wissen Sie, dass ich kein
Mann großer Worte bin, sagte er.

Die schwere Lokomotive fuhr ratternd aus dem Talkessel
hinaus, der graue Ohio floss auf einer Seite vorbei.

Wir sind auf dem Weg nach Seymour, Indiana, um John
Reno auszuschalten. Der Ablauf ist einfach und sollte rei-
bungslos klappen. Wenn wir auf dem Bahnsteig ankommen,
bleiben Sie dicht hinter mir. Greifen Sie nicht ein, ehe wir

auf Position sind, dann jedoch ohne zu zögern. Sie kennen seinen Ruf.

William spürte, wie der Waggon schlingernd eine Weiche passierte, dann fuhren sie mit voller Geschwindigkeit Richtung Seymour.

Er wird in Begleitung eines Mannes unterwegs sein, eines Saloonwirtes mit Namen Winscott, erklärte sein Vater. An dem haben wir kein Interesse. Den Berichten zufolge ist er ungefährlich, aber falls er uns in die Quere kommt …

Er ließ die Worte in der Luft hängen, und die Männer nickten.

Reno hat kein Problem damit zu töten, also seien Sie schnell. Er fuhr sich mit der Hand über den Mund, als würde er über etwas nachdenken, und fügte dann hinzu: Ich habe den Lokführer angewiesen, ohne Rücksicht auf Verluste ein- und wieder auszufahren, und er hat uns drei Minuten gegeben, bis der Postexpress kommt. Sie wissen, was das heißt.

Zwei der Agenten überprüften ihre Revolver. William beobachtete ihre flinken Hände. Ein Klicken, Schwingen, Drehen, wieder Klicken, das Metall blitzte nur so.

Ist noch irgendetwas unklar?, fragte sein Vater. Mr Wyatt?

Der Mann mit den gelben Zähnen und dem großen Mund wandte den Blick vom Fenster ab und nickte. Sir.

Ich möchte, dass Sie ein besonderes Augenmerk auf seine Waffen haben. Er wird zwei dabeihaben, und zusätzlich ein Messer im Stiefel, wenn unsere Informationen korrekt sind. Mr Müller?

Ein Mann mit roter Mähne, der mit seinem Bart, dem breiten Kreuz und der markanten Stirn aussah wie ein Holzfäller, scharrte mit den Stiefeln und brummte. Mit beiden Händen auf den Knien saß er da, die massigen Schenkel nahmen zwei Plätze in Anspruch, und der Bauch hing ihm über den Gürtel.

Mr Müller, Sie legen dem Kerl die Handschellen an. William packt seine Arme von hinten, und Sie befördern dann seine Handgelenke in die Eisen.

Der große Hesse nickte.

Williams Vater griff in seine Westentasche. Hier ist eine Fotografie von John Reno, die letztes Frühjahr in Seymour aufgenommen wurde.

Der Mann, der ihm am nächsten saß, nahm sie wortlos entgegen, faltete sie auseinander und reichte sie weiter.

An diesem Mann gibt es nichts Liebens- oder Bemitleidenswertes, fügte sein Vater hinzu. Er hat gemordet und gestohlen und unbescholtene Bürger ins Jenseits befördert, und zwar ohne jegliche Skrupel. Wenn Sie eine Schwester, Frau oder Mutter haben, dann ist das der Mann, vor dem sie sich abends im Bett fürchtet.

William gab die Fotografie ohne hinzuschauen an seinen Hintermann weiter.

Sein Vater holte seine Taschenuhr hervor, hielt sie vorsichtig in der Hand. Sie haben vierunddreißig Minuten, meine Herren. Tun Sie, was Sie tun müssen.

Neunundzwanzig Minuten später nahm sein Vater den Hut an der Krone vom Nebensitz und zog ihn sich tief in die Augen, dann stand er schwankend auf und justierte seine Revolver.

Er duckte sich, um zu sehen, wie die zaunumstandenen

Felder vorbeizogen, Eichenhaine ragten grau und hoch-geschossen und nackt in die Kälte.

Willkommen in Seymour, rief sein Vater.

William spürte, wie die Spannung im Waggon stieg, und als er sein Gesicht im Fenster gespiegelt sah, erkannte er weder Furcht noch Freude oder Aufregung darin, sondern etwas Unbekanntes, und erst viele Jahre später sollte er ver-stehen, dass so panische Angst in den Augen eines zwei-undzwanzigjährigen Jungen aussah. Er dachte an seine Frau zu Hause, und an seine kleine Tochter in ihrer Wiege, und wollte nicht sterben. Wie sein Vater ging er davon aus, dass John Reno nicht ohne Verbündete auf dem Bahnsteig von Seymour stehen würde, eiskalte Mörder, die schießen wür-den, ohne auch nur mit der Wimper zu zucken. Was ihm am meisten Sorgen machte, war die Ungewissheit. Er würde Renos Männer nicht erkennen, nichtsahnend konnte er an einer Faust in der Weste oder einem Messer in der Hand vorbeilaufen.

Als er den Blick hob, schaute sein Vater ihn an.

Drei Minuten, rief er über das Stampfen der Lokomotive hinweg. Denken Sie dran, wir kommen an, schnappen ihn und verschwinden wieder. Wir erregen kein Aufsehen, wenn es sich vermeiden lässt.

Sie fuhren in eine Kurve, und dann verlangsamte sich das Tempo. Der Bahnsteig schwenkte in Sicht.

Also dann, rief sein Vater. Mr Wyatt, Mr Müller, William, wir steigen vorn aus. Der Rest hinten. Bewahren Sie Ruhe.

Am Gleis drängten sich Männer und Frauen mit Hauben und Tournüren, sie alle warteten auf den Postexpress. Er suchte den schmalen Bahnsteig ab und erkannte keines der

Gesichter. Sie fuhren am Wasserspeicher und einem kleinen Außengebäude aus Holz vorbei, dessen einst blauer
Lack verwittert war und in der Kälte abblätterte, und dabei
fuhren sie noch immer mit einer solchen Geschwindigkeit,
dass William kurz glaubte, sie würden über den Bahnhof
hinausschießen, bis der Waggon von mehrmaligem scharfen
Bremsen durchgerüttelt wurde und schnaufend mitten in
der versammelten Menge zum Stehen kam.

Williams Vater schaute von den Gesichtern auf dem
Bahnsteig auf die Fotografie in seiner Hand und wieder
in die Gesichter, und dann rief er plötzlich: Da, im blauen
Staubmantel. Ganz hinten.

William sah ihn nicht.

Die Männer waren schon unterwegs, Stiefel stampften
durch den Gang, der Boden erzitterte unter ihren schweren
Schritten. William schwang sich hinter Müller hinaus, Wyatt
hinter ihm, und in einer Reihe durchmaßen sie die Umstehenden, neugierig wandten einige die Köpfe. Es roch nach
Regen und Pferd. Er sah nicht, wohin es ging, blieb dem
Hessen dicht auf den Fersen, und auf einmal teilte sich die
Menge, und die anderen Männer bildeten einen losen Kreis
um zwei Gestalten, die augenscheinlich ins Gespräch vertieft waren und die Köpfe gesenkt hielten. Sein Vater trat vor
und sagte etwas, und da schaute der Größere auf und griff
nach seiner Waffe.

Es ging alles ganz schnell. William stürzte von hinten
heran, umklammerte Renos Brustkorb, ein Arm entglitt
ihm, doch dann hatte er ihn, er klemmte beide Arme ein,
und Müller stürzte sich ebenfalls ins Getümmel, verdrehte
dem Gesetzlosen die Handgelenke und schloss die eisernen

Handschellen. Der Mann wand sich, und William wurde mit dem Gesicht in seinen Nacken gedrückt, er schmeckte Pech, Speichel, Schweiß, Reno senkte den Kopf und ließ ihn jäh gegen Williams Stirn krachen. Benommen taumelte er, doch er ließ nicht los. Dann griff Wyatt ein und schlug zweimal mit der Faust zu, zog die Pistolen leise klirrend aus Renos Gürtel, und schließlich kam Williams Vater dazu, hieb Reno den Hut vom Kopf und zog ihm einen leeren Mehlsack über das wutverzerrte Gesicht.

Die Menge um sie herum war auseinandergestoben. Reno schrie unter dem Sack, und William suchte die Gesichter in der Menge nach etwaigen Komplizen ab, doch alles, was er sah, war Entsetzen. Winscott schrie Zeter und Mordio und packte den nächststehenden Mann an den Armen, doch wieder trat Wyatt vor, legte Winscott zwei starke Hände auf die Brust und stieß ihn rückwärts in die Menge. All das registrierte William, während er den um sich tretenden Mann wegzerrte, Müller bekam nur mit Mühe einen Stiefel zu fassen, dann packte ein anderer den zweiten Fuß, und so trugen sie ihn fast im Laufschritt wie einen Futtersack durch die zurückweichende Menge.

Verdammt!, rief sein Vater. Macht schneller, los!

William meinte, einen Cowboy durch die Menge auf sie zudrängen zu sehen, er hatte seinen Vater aus den Augen verloren, doch dann ging der Cowboy zu Boden, und sie hievten den sich noch immer windenden Reno in den Eisenbahnwaggon. Als er sich umdrehte, sah er, dass Winscott ein Messer gezogen hatte, und William beobachtete, wie sein Vater Winscott mit einem starken Arm zu sich heran und ihm den Revolverknauf über den Schädel zog, dem Mann sackten die Beine weg wie einem Kalb auf frischem Eis, blutüberströmt brach er zusammen.

Sein Vater rannte auf das Trittbrett zu und schwang sich in den Waggon, gab dem Lokführer einen Wink, und schon waren sie wieder unterwegs.

An Bord jubelten die Männer, schlugen sich mit den Hüten auf die Schenkel und klopften sich gegenseitig auf die Schulter, William jedoch wandte sich ab und beobachtete durchs Fenster, wie der Bahnsteig in der Ferne kleiner wurde. Es gab keinerlei Anzeichen, dass sie verfolgt wurden.

Als er schließlich ans andere Ende des schwankenden Waggons ging, schlug ihm das Herz noch immer bis zum Hals, und er atmete schwer durch den Mund.

John Reno. Höchstpersönlich. Die Handgelenke in Eisenschellen auf dem Rücken. Doppelt mit neuem weißen, sich überkreuzenden Seil gefesselt, so dass er beinahe aussah wie ein für den Transport verschnürtes Päckchen. Ohne Hut stand ihm das lange schwarze Haar in fettigen Büscheln vom Kopf ab, das linke Auge und der Mund waren angeschwollen. Müller hielt ihn fest, damit er nicht auf den Boden rutschte.

William setzte sich. Hakte einen Daumen in die Weste, nickte Müller zu. Der Hesse grinste zurück. Als er Reno musterte, wurde ihm mulmig zumute. Am vorderen Ende des Waggons lachten und jubelten die Männer und ließen eine Flasche herumgehen, dann kam sein Vater den Gang herunter.

Er zog den Mantel aus und legte ihn über den Sitz, setzte sich, unterdessen beobachtete William, wie der Blick des hochgewachsenen Mannes auf die zwei Revolver an der Hüfte seines Vaters fiel.

Sie ham keine Ahnung, was Sie da gerade gemacht ham, sagte er. Das is nich mal legal.

Williams Vater zog die Augenbrauen hoch, grinste seinen Sohn an.

Gucken Sie gefälligst her, wenn ich mit Ihnen rede, brüllte Reno unvermittelt.

Williams Vater schaute ihn an, der Mann am Boden wirkte aggressiv, bedrohlich. Mein Name is John Reno, und meine Brüder sind Frank und Simeon, geben Sie jedem von uns zwei Pistolen, und wir fürchten keinen unter den Lebenden.

Ganz wunderbar, sagte sein Vater.

Reno wandte den Kopf und spuckte aus. Sein Zahnfleisch blutete.

Williams Vater beugte sich zu ihm hinunter. Wissen Sie, wer ich bin, John?

Reno grinste mit blutverschmiertem Mund. Ne gestiefelte Leiche sind Sie.

Aus dem vorderen Teil des Waggons rief Wyatt: Welche Kragenweite trägst du, Johnny-Boy? In Gallatin gibt's nen Richter, der das wissen will.

Reno reagierte nicht.

Das Lächeln war aus dem Gesicht seines Vaters gewichen.

Sie mögen sich vor niemandem fürchten, sagte sein Vater leise. Aber mich werden Sie fürchten lernen.

Der Zug ratterte und schwankte, und William wurde in seinem Sitz gewiegt. Müllers Knöchel waren weiß, wo sie Renos Arme umfasst hielten.

Sie sind nich die Polizei, sagte Reno.

Nein.

Reno wandte den Blick ab und starrte hinaus auf die vorbeiziehenden Felder. Hinter den Fenstern verschwand die Prärie des Mittleren Westens, und in der Ferne sah William das orangefarbene Leuchten einer Siedlung.

Im Waggon wurde es stetig dunkler.

Ich beschreibe Ihnen jetzt einen Mann, sagte sein Vater mit ruhiger Stimme. Ich beschreibe einen Mann, und Sie sagen mir, ob Sie schon einmal von ihm gehört haben.

In jenem ersten Herbst nach Margarets Tod sollte William in den Abendstunden oft allein mit einem Stapel Bücher seines Vaters dasitzen und die Geschichten vom *Auge, das niemals schläft* noch einmal lesen, seine eigenen Hände von Altersflecken überzogen. Diese Bücher, das wusste er, hatte sein Vater nicht selbst geschrieben, doch es machte keinen Unterschied. Unter dem Zirpen der Grillen und dem schneidenden Wind im hohen Gras hörte er ganz leise und undeutlich dessen rauhe Stimme. Hörte, wie er brüllend seine Agentinnen in Schutz nahm, sah ihn wieder wutschäumend aus dem Büro stürmen. Sah ihn Quittungen zerknüllen und George Bangs' Protest niederwalzen. Wenn er an seinen Vater dachte, stellte er sich manchmal eine Welle vor, die an den Strand rollte und sich wieder zurückzog und im Sand einen Fremdkörper hinterließ, glattpoliert, Zeugnis einer anderen Welt. Sein Vater in dem Haus auf dem Land, wie er bei jedem Wetter seinen Zwanzig-Kilometer-Spaziergang absolvierte oder nach seinem allmorgendlichen kalten Bad mit roten Wangen die Treppe herunterkam und Wasser von seinem stahlgrauen Haar in den Kragen troff. An all das dachte er, und auch an die langen abendlichen Zugfahrten, während derer sein Vater grübelnd sein verschwommenes Spiegelbild im Fenster betrachtet und über das Rattern der Gleise hinweg von der Natur des Unsichtbaren gesprochen hatte, und darüber, was man alles sehen konnte, wenn man nur wollte. William wusste, dass sein Vater nicht an die unsichtbare Welt glaubte. Erst mit der Zeit verstand er, dass er das Phantom Edward Shade im Sinn gehabt haben musste.

In keinem der Bücher über die Pinkerton-Detektei wurde eine solche Figur, ob nun echt oder eingebildet, auch nur mit einem Wort erwähnt. William hatte einst geglaubt, der Grund dafür sei die Scham des verspotteten Mannes, doch mit zunehmendem Alter dachte er anders darüber. Sein Vater wollte Shade nicht preisgeben, wollte das köstliche Rätselraten um Shades Existenz geheim und für sich behalten.

Als sein Vater gebrechlicher wurde, saß er gern mit wackelndem Kopf inmitten der Blumen im Garten, William schwieg neben ihm und beobachtete, wie die Bienen von Rose zu Rose flogen. Und manchmal kam es ihm vor, als würde noch ein Dritter neben ihnen sitzen, ein Gespenst, auf dem der Blick seines Vaters von Zeit zu Zeit ruhte. Dann schaute der alte Mann in seiner Verwirrung den Sohn staunend an, legte ihm eine zitternde Hand aufs Knie und murmelte mit feuchten Augen: Ach, ich habe so lange nach dir gesucht.

Und William schwieg auch dazu.

All das sollte zu Sepia verblassen, im Nebel verschwinden. Auch Williams eigenes Augenlicht schwand allmählich. Senil geworden, blätterte er, die Füße flach aufgestellt und die Knie gespreizt, in den Büchern seines Vaters und schaute auf die Felder hinaus und dachte an jenen Tag in Seymour, den Tag, an dem sein Vater für die Verhaftung von John Reno gesorgt hatte, und dann schüttelte er den Kopf über den Irrsinn all dessen, was einst geschehen und Realität gewesen war.

Drei Tage nachdem sie John Reno im Gerichtsgebäude von Gallatin, Missouri, abgeliefert hatten, öffnete William das Tor zu seinem Vorgarten in Chicago, stapfte durch den Tiefschnee zur Eingangstür und schabte sich auf der Verandatreppe, mit einer Hand am frostigen Geländer, das Eis von den Stiefeln. Als er aufschaute, sah er durch die erleuchteten Wohnzimmerfenster seine Frau, die im Nachthemd mit einem anderen Mann tanzte.

Die kalte Luft brannte ihm in der Lunge.

Der Mann war ihr Bruder, der aus Kalifornien angereist war, das wusste er, und doch schmerzte ihn der Anblick. Überrascht von diesem Schmerz stand er lange schwankend in der schneedurchwehten Dunkelheit, den Koffer zu seinen Füßen, Gesicht und Hände waren nass.

Schließlich verbeugte sich ihr Bruder überschwenglich, das orangefarbene Licht spielte dabei auf seinem Backenbart, seine Frau machte einen Knicks, und dann zündete der Mann eine Öllampe an und zog sich ins obere Stockwerk zurück. William stand mit dampfendem Atem und knisterndem Frost in den Haaren da und wartete ab, und als seine Frau in der Küche auf der Rückseite des Hauses verschwunden war, nahm er seinen Koffer, ging um das Haus herum zum Hintereingang und trat ein.

In jenem Winter war sie zwanzig Jahre alt und schöner

als alles, was er bis dahin gesehen hatte. Sie hatte kräftige weiße Hände, einen langen Hals und Haare von der Farbe der Sonne, die auf dem Flusswasser spielt. Ihre Stimme war tief für eine Frau, das hatte er schon immer an ihr geliebt. Sie waren seit einem Jahr verheiratet, und schon konnte er sich kein anderes Leben mehr vorstellen.

Als er die Tür zuzog, hielt sie sich mit beiden Händen an der Lehne eines Küchenstuhls fest und starrte ihn entgeistert an. Sie sah so jung aus, so mädchenhaft.

Überraschung, sagte er.

Guter Gott, hast du mich erschreckt, William, hauchte sie. Sie kam zu ihm, zog seinen Kopf zu sich hinunter und gab ihm einen langen Kuss. Er hielt kurz inne, wischte sich den Schnee vom Schnurrbart, und schon küsste sie ihn wieder. Guter Gott, wiederholte sie. Was machst du denn hier? Ich dachte, du hättest morgen gesagt. Ich hätte doch etwas zu essen vorbereitet. Ich wollte gerade ins Bett gehen. David ist schon raufgegangen. Sie schlug sich die Hand vor den Mund. David ist hier, sagte sie.

Ist schon gut. Ich weiß.

Wir haben noch Eintopf, sagte sie. Hast du Hunger? Plötzlich hielt sie inne und schaute ihn skeptisch an. Wie lange hast du denn schon da draußen gestanden?

Er zuckte mit den Schultern.

Lass dich mal ansehen, sagte sie.

Er stellte sich aufrecht hin.

Du bist nicht angeschossen worden.

Nein, Ma'am.

Das war schlau von dir. Und du hast noch alle Zähne.

Ja, Ma'am.

Sie schwieg kurz, dann seufzte sie: Ach, William. Ach, siehst du müde aus.

Er wusste nicht, was er darauf erwidern sollte.

Komm, setz dich, sagte sie. Sie nahm ihm den Hut ab, half ihm aus dem tropfenden Wachsmantel und trug ihn in den Salon. Um seine Stiefel bildete sich eine Pfütze, und er trat sich die Sohlen auf der Fußmatte im Eingang ab. Ich sagte, du sollst dich setzen, rief Margaret aus dem Flur.

Er setzte sich.

Sie kam wieder herein. Vergiss David, sagte sie. David kann warten. Für Besuch haben wir noch jede Menge Zeit. Sie stellte einen Topf auf den Herd, nahm das Seihtuch vom Eintopf des Vortags, schöpfte ein wenig heraus, öffnete die Herdklappe und schürte die Kohlen.

Wie geht es dem Baby?, fragte er und ließ sie dabei nicht aus den Augen.

Sie lächelte, ohne sich umzudrehen. Wenn sie satt ist, ist sie zufrieden. Sie hat dich vermisst.

Er nickte.

Sie schenkte ein Glas Milch ein und stellte es ihm hin, dann deckte sie Besteck und einen Teller und sah ihn lange prüfend an. Ist es denn erledigt, fragte sie. Ist es vorbei?

Er schüttelte den Kopf.

Du musst noch mal zurück.

Er breitete die Hände aus, die Geste hatte er sich von seinem Vater abgeschaut. Die anderen sind noch immer auf freiem Fuß, sagte er. Frank ist unser größtes Problem. Ich gehe davon aus, dass er übernimmt, jetzt wo sein Bruder gefasst ist.

Meinst du, sie werden versuchen, ihn zu befreien?

Wenn nicht, stehe ich wie ein Dummkopf da.

Ach was!

Doch. Ich habe meinem Vater gesagt, er soll sich genau darauf einstellen. William warf seiner Frau einen flüchtigen Blick zu. Er legte die großen Hände auf den Tisch und schloss die Augen. Es sind gar nicht die Renos, die mir Sorgen machen, sagte er müde. Die gesamte Bevölkerung im Umkreis ist wütend auf diesen Banditen. Wenn der Gouverneur nicht aufpasst, steht da ganz schnell ein Lynchmob von fünfhundert Mann vor der Tür.

Deinem Vater würde das gefallen.

William öffnete die Augen wieder. Margaret kam zu ihm herüber, schob mit der Hüfte den Tisch beiseite, so dass sie sich auf seinen Schoß setzen konnte, und legte ihm die Arme um den Hals. Sie rümpfte die Nase.

Ich habe mich nicht gewaschen, sagte er.

Er legte ihr die Hände um die Hüften, wie um sie hochzuheben, doch er wartete noch.

Und was hält Mr William Pinkerton davon?, fragte sie.

Wovon?

Von Lynchjustiz. Siehst du das ähnlich wie dein Vater?

Er verzog das Gesicht und sah sie prüfend an. Als ihm klar wurde, dass sie es ernst meinte, sagte er: Mein Vater wurde an einem Ort geboren, an dem Gerechtigkeit und Gesetz nichts miteinander zu tun hatten.

Meinst du, hier ist das anders?

Ich glaube, es könnte einmal anders sein.

Sie gab ihm einen sanften Kuss. Gute Antwort.

Er ließ sie nicht aus den Augen, als sie aufstand und sich das Nachthemd glattstrich.

He, du, sagte er. Komm zurück.

Sie schlug mit dem Geschirrtuch nach ihm. Finger weg. Ich bin verheiratet.

Haben Sie vielleicht noch eine Schwester?

Ich dachte, du hättest Hunger.

Dachte ich auch.

Tja, sagte sie. Willst du mich nicht fragen, was ich davon halte?

Wovon?

Sie verdrehte die Augen.

Na gut, sagte er. Was halten Sie, Mrs Pinkerton, von einem Lynchmob, der in ein Gerichtsgebäude einbricht, einen Mann an den Stiefeln herauszerrt und ihn ohne Prozess aufknüpft?

Gut, dass Sie fragen, erwiderte sie. Ich würde sagen, es gefällt mir nicht. Nein, ganz und gar nicht.

Sein Blick wanderte zum Herd, wo der Eintopf köchelte, doch sie war noch nicht fertig. Ihre Stimme nahm einen ernsten Ton an. Manchmal, wenn du schlecht träumst, gibst du im Schlaf so ein Wimmern von dir. Fast wie eine Taube.

Eine Taube?

Sie spitzte die Lippen und gurrte.

Niemals.

O doch. Dann muss ich dich immer kurz an der Schulter rütteln. Du wachst davon nicht auf, aber du drehst dich um. Wahrscheinlich geht der Traum dann anders weiter. Auf jeden Fall hörst du auf zu wimmern.

Ich wimmere nicht, protestierte er. Sie war so wunderschön, wie sie ihn anlächelte, das Haar fiel ihr in einem langen, dicken Keltenzopf über den Rücken.

Ich glaube, so steht es mit diesem Land gerade, fuhr sie fort. Es will von Gerechtigkeit nichts wissen. Es gibt sie, sie ist nur kein Teil des Traums. Könnte sie aber sein. Wir schlafen, und wenn das Wimmern zu laut wird, kommt etwas und schüttelt uns so lange, bis es weg ist, hinein in einen anderen Traum.

William fuhr sich durchs Gesicht. Vielleicht wachen wir ja auch irgendwann auf.

Niemand wacht auf. Nicht richtig jedenfalls. Willst du den Eintopf noch?

Er seufzte.

Du hast also keinen Hunger mehr?

Er lächelte. Ich glaube, meine Kiefer sind zu müde.

Sie legte ihm eine Hand in den Nacken, und sie war warm und sauber und genau richtig. Er legte seine eigene, rauhe Hand darauf. In dieser Position verharrten sie, während der Schnee in der stillen Schwärze vor den Fenstern vom Himmel wirbelte und die Flammen der Öllampen kleiner wurden.

Du siehst auch müde aus, sagte er schließlich.

Das bin ich.

Die Erfindung des Teufels

Dreizehn

Als William erwachte, fuhren seine Finger tastend durch die kalten, zerwühlten Laken, suchten nach seiner Frau. Bis in den frühen Morgen hinein hatte ihn der Mann aus dem Tunnel verfolgt, von einem Lichtstrahl hervorgehobene Wangenknochen, Fragmente eines Backenbartes, die kummervolle klare Düsternis in seinem Blick. Foole. Adam Foole. William schlug die Augen auf, holte Atem, dachte zurück an die enorme Trauer, die der Mann in sich getragen hatte, wegen einer Frau, die einst seine Liebe gewesen war. Er musste an Wintermorgen mit Margaret denken, wie sie ihre Pantoffeln unter der Bettdecke anzog und die Matratze dabei in Schwingung versetzte. Sie haderte mit dem zusätzlichen Gewicht nach ihren Schwangerschaften, ihn jedoch störte es nicht, er liebte die weiche Wärme ihres Körpers noch immer.

Schwaches Tageslicht drang durch die Vorhänge, und er schlug die Decken zurück, schlurfte über den eisigen Fußboden zur Waschschüssel, goss kaltes Wasser aus der Kanne hinein und wrang den Waschlappen aus. Shade war aller Wahrscheinlichkeit nach nicht mehr am Leben, wie auch immer der Tod ihn ereilt haben mochte. Shore glaubte es, und dieser Foole behauptete das Gleiche, so unterschiedlich ihre Erklärungen auch waren. Margaret hätte jetzt gefragt, was sein Herz ihm sagte. Im Laufe der Zeit hatte er gelernt, ihrem Rat zu vertrauen. Ihr zuzuhören half ihm stets, die eigenen Gedanken zu sortieren. Er dachte wieder an die stille, unzweifelhafte Trauer, die Adam Foole ausgestrahlt hatte, als er die Anschuldigungen gegen Williams Vater vorbrachte. Zum Teufel damit. Was sagte ihm sein Herz? Sein Herz glaubte an den Sarazenen, obwohl es dazu keinerlei Grund gab und die Schlammwühlerin Annie wahrscheinlich längst in der Pestgrube irgendeines Friedhofs verrottete.

Konnte sein Vater Edward Shade wirklich umgebracht haben? Er wusste genau, was Margaret gesagt hätte: Ich habe deinen Vater auch geliebt, Willie. Aber der Mann war zu allem fähig.

Mit fünfzehn Jahren hatte er sich in die älteste der Ashling-Schwestern verliebt, blond, eitel, flatterhaft. Über Monate hinweg war er so von ihr geblendet, dass er kein anderes Mädchen mehr ansah. Traumverloren schwänzte er seine Seminare an der University of Notre Dame, um ihr Schokolade und Rosen zu kaufen. Der Name dieser Schwester war Alice, und wie die Heldin eines englischen Romans fiel sie ihm regelmäßig ohnmächtig in die Arme, wobei sie seine Wange mit den Lippen streifte und William die neue, rohe Kraft seiner Muskeln spürte. Alice Ashling ritt nachmittags häufig mit zwei Schulfreundinnen in den öffentlichen Grünanlagen, und William stand mit einer Hand am Stamm einer Platane und beobachtete, wie sie vorbeigaloppierte, wendete und wieder in die andere Richtung galoppierte. Unverwandt schaute sie zu ihm herüber, lächelte, während ihre Freundinnen sie kichernd ermahnten.

Das war im Oktober 1861 gewesen. Im November tanzte sie den ganzen Abend mit einem Jungen, der bereits neunzehn und Offizier in der Kavallerie der Nordstaaten war, während William sich am Rande der gebohnerten Tanzfläche herumdrückte und die Blume in seinem Knopfloch zerquetschte. An seinem Arm war sie auf den Ball gekommen, doch verlassen würde sie ihn am Arm eines anderen. William war verzweifelt, maßlos enttäuscht. In Gedanken malte er sich aus, wie er selbst in Washington in die Armee eintreten würde, wo sein Vater zur Aufklärung feindlicher Truppenbewegungen eingesetzt war, sah sich unter Beschuss bei irgendeiner heroischen Tat in einem Maisfeld in Virginia. Alles dummes Zeug. Als er sich die feuchten Augen rieb und schon gehen wollte, stand plötzlich ein junges Mädchen neben ihm, im weißen Kleid, mit Blumen im Haar.

Irgendwoher kannte er sie. Die Nacht wurde dunkler, die Tanzfläche trat in den Hintergrund. Gemeinsam schauten sie zu, wie Alice sich in die Arme des Offiziers schmiegte.

Sie ist die falsche Schwester für dich, Pinkerton, sagte das Mädchen.

Und da wusste er, wer sie war. Margaret Ashling, vierzehn Jahre alt, still und schön, lächelte ihn frech durch ihre Wimpern an. Sie hielt ihm eine zierliche Hand hin. Zu seiner eigenen Überraschung ergriff er sie.

Sie haben wirklich Glück, Sir, dass ich ganz zufällig eine exzellente Tänzerin bin, sagte sie, zog ihn in Richtung der Orchestermuschel, während die Geigen um sie herum anschwollen. Lassen Sie sich einfach von mir führen.

Margaret erzählte diese Geschichte immer wieder gern. Wenn William gefragt wurde, wie er sie gefunden habe, warf sie ihm ein kühles Lächeln zu und sagte: *Er hat nicht mich gefunden* …

Woraufhin er lachend den Kopf schüttelte und ihre Hand nahm. *Wie ich sie gefunden habe?*, wiederholte er grinsend. *Schwierig habe ich sie gefunden und stur und halsstarrig* …

Im grünen Licht der tiefhängenden Palmwedel klopfte er auf die Theke und wartete, doch als der Rezeptionist nachschaute, war noch kein Telegramm aus Chicago gekommen. Missmutig verzog er das Gesicht. Er war mehr denn je gespannt, ob seine Beschreibung von Adam Fooles Diener zu einem Eintrag in der Verbrecherkartei der Detektei passte und ob es dort irgendwelche Aufzeichnungen über seinen Auftraggeber gab. Er rief sich dessen schmale Statur in Erinnerung, sein dunkles Gesicht, die Augen darin wie in Wachs gedrückte Amethyste. Als der Portier ihm die große Glastür aufhielt und die tosende Kälte der Straße an ihm zerrte, knöpfte er seinen Chesterfield zu und zog die Schultern hoch. Selbst nach zwanzig Jahren Detektivarbeit konnte ihn sein eigenes Wesen und die Verheerung, die es manchmal anrichtete, noch irritieren. Er bekannte sich freimütig zu seiner Faszination für die Unterwelt, seiner Schwäche für Schurken aller Couleur, und ebenso zu seinem Drang, ihnen das Handwerk zu legen, sei es mit der Faust oder durch den Strick. Margaret war überzeugt, dass seine Furchtlosigkeit, seine Insichgekehrtheit, seine Ruhelosigkeit dem gleichen düsteren, flüssigen Kern entsprangen: der Liebe zu einem Vater, der ihn scheinbar nicht in gleichem Maße wiedergeliebt hatte. *Es ist ein schwieriges Unterfangen, sich selbst lieben zu lernen*, sagte sie eines Nachts und fuhr ihm mit den

Fingern durchs Haar. Ein guter Mensch zu sein hat nichts mit der Anerkennung anderer zu tun, Willie.

William überquerte im Laufschritt die Straße, drängte sich hinein in das warme Speiselokal mit den Stuckverzierungen aus der Restaurationszeit und den beschlagenen Scheiben. An beiden Enden des Gastraums brannten Holzfeuer in großen Kaminen, klammerten die leeren Tische ein. Er hätte gern mit Margaret über diesen Foole gesprochen. Den Schlagschatten ihres Schweigens vermessen. Er saß ganz am Ende des Raums mit dem Rücken zum Feuer, und aus Gewohnheit behielten seine tiefliegenden Augen die Tür im Blick, als der Kellner kam und umständlich seine Bestellung aufnahm. Dass Adam Foole von seinem Vater und Shade gesprochen hatte, ließ ihn einfach nicht los. Wahrscheinlich war es reine Manipulation, doch der Mann hatte behauptet, eine intime Beziehung zu Charlotte Reckitt gehabt zu haben, und diese wiederum wusste möglicherweise, wie Shade zu Tode gekommen war. William war ein Mann, der seinem Bauchgefühl mehr traute als seinem Verstand, bis er jedoch zu dieser Einstellung gelangt war, hatte er einige Liter seines eigenen Blutes vergießen müssen. Es gab solche und solche Fakten, das wusste er. Wenn du Pik ziehst, hatte sein Vater immer gesagt, versuch nicht, Kreuz zu spielen.

Er breitete die Serviette auf seinem Schoß aus, musterte die Tischdecke und fragte sich, wie schon sein ganzes Leben, was wohl sein Vater tun würde.

Der Himmel war weiß, und eine ebenso weiße Sonne brannte ein unsichtbares Loch in den Dunst. John Shore kam ihm in der schmalen Gasse des Great Scotland Yard entgegen. Ein kalter Wind umfuhr sie, blätterte in den losen Papieren, die Shore sich unter den Arm geklemmt hatte. Der Chief Inspector schüttelte kurz angebunden den Kopf, blickte nervös an ihm vorbei.

Jonathan Cooper?, murmelte er. Aye, an den erinnere ich mich. Eine ganze Generation ist beim Yard mit den Geschichten über Cooper groß geworden. Der Sarazene wurde er genannt. Warum fragst du?

William zuckte mit den Schultern. Wahrscheinlich ist es nichts.

Ich bin spät dran, komm ein Stück mit. Shore schlug ein scharfes Tempo an. Vor zehn, vielleicht fünfzehn Jahren, erzählte er, tauchten auf einmal abgetrennte Köpfe in der Themse auf. Neunzehn waren es am Ende, nur ein einziger fehlte zu einer hübschen runden Zahl. Der Chief zuckte mit den Schultern, sein Gesicht war rot, sein Atem ging schwer. Es gibt hier viele Mordfälle, die gar nicht gemeldet werden, die nicht aufgeklärt werden können, die überhaupt nicht aktenkundig werden. So war es jedenfalls lange. Das Seltsame an diesen Köpfen war allerdings, dass der Rest der Leichen nie gefunden wurde. Und die Köpfe hatten alle die gleichen Schnittmale, grob ausgefranst. Man hat es wohl gleich erkannt.

Wie bei dieser Reckitt?

Shore verlangsamte seinen Schritt. Darum geht es also?

Ein Marktkarren klapperte vorbei und zog eine Spur aus welken Kohlblättern hinter sich her. Zwei kleine Straßenkinder mit Lumpen an den Füßen schlüpften zwischen Pferdebeinen hindurch, rannten hinterher und sammelten die Blätter in der Kälte auf.

Es gab ihn also wirklich, diesen Cooper, sagte William.

Cooper hat Charlotte Reckitt nicht um die Ecke gebracht, William. Der Mann ist seit Jahren verschollen. Der liegt längst selbst unter der Erde.

Gibt es dafür einen Beweis?

Shore winkte einem vorbeifahrenden Hansom, doch der hielt nicht an. Eine Leiche habe ich nie zu Gesicht bekommen, wenn du das wissen willst. Aber ich würde meinen Ruf darauf verwetten. Ein Mann wie der hört nicht einfach auf zu morden. Was führst du im Schilde, William?

William antwortete nicht. Stattdessen fragte er: Was kannst du mir noch über ihn erzählen?

Nicht viel. Er war ein ziemlicher Riese. Hat im Krimkrieg gedient, in einem Überfallkommando von osmanischen Freischärlern. Sie brandschatzten die russischen Dörfer und schnitten den Christen die Köpfe ab. Frauen, Kindern, allen. Die Köpfe warfen sie in die Donau. Trieben bis runter nach Warna, wo die Briten und Franzosen stationiert waren und unsere Jungs sie mit Bootshaken aus dem Schilf fischten. Beim ersten Angriff der Russen zerfetzte ihm dann eine Musketenkugel das Gesicht. Traf ihn an der linken Wange, trat im rechten Mundwinkel wieder aus und nahm dreiundzwanzig Zähne und einen Großteil der Zunge mit. Er war auf einen Baum geklettert, um den Feind ins Visier zu nehmen. Dort haben sie ihn auch aufgehängt, stundenlang soll er dort an den Füßen gebaumelt haben, ehe er sich befreien und einen Arzt suchen konnte. Wie durch ein Wunder brachte ihn das nicht um.

Ein Hansom hielt am Straßenrand, und Shore kletterte hinein. Lass die Sache ruhen, William, rief er über die Schulter. Das rate ich dir.

William hob die Hand zum Gruß, der Kutscher lehnte sich schon mit den Leinenschlaufen in der Hand vor, doch dann stieg William einer plötzlichen Regung folgend auf das Trittbrett, legte eine Hand auf den Kutschenschlag und beugte sich hinein. Eine Sache noch. Hast du schon mal von einem Mann namens Adam Foole gehört?

Adam Foole?

Weg da!, rief der Kutscher verärgert. Runter mit Ihnen!

Foole, genau, sagte William.

Shore brummte. Nie gehört. Wer ist das?

William setzte zu einer Antwort an, doch dann schaute er die Straße hinunter, ließ den Hansom los und trat zurück. Ach, niemand.

Am Nachmittag kehrte er ins Grand Metropolitan zurück. Der Rezeptionist zupfte seine Manschetten zurecht und war sehr zuvorkommend. Nein, leider noch immer kein Telegramm aus Chicago, Mr Pinkerton, Sir. William ließ die Halswirbel knacken und fragte sich, ob die Verzögerung wohl etwas zu bedeuten habe. Oben in seinem Zimmer putzte er sich müde die Sohlen ab, zog seinen Chesterfield jedoch nicht aus, sondern holte die Akten von Shade und Charlotte Reckitt und nahm sie mit in den Rauchsalon auf der ersten Etage. Hohe Fenster, lange Perserteppiche und Knopfsofas, um diese Uhrzeit war alles leer bis auf zwei Herren, die außer Hörweite in einer blauen Rauchwolke miteinander sprachen. William setzte sich ans Feuer, der weiße Tag sickerte durch die Vorhänge. Er suchte in den Akten nach irgendeinem Hinweis auf Adam Foole, nach etwas, das dessen Anschuldigungen belegen könnte, doch nach einer Stunde hatte er noch immer nichts gefunden. Sprach Foole etwa als ein Komplize von Edward Shade? Das hielt William für unwahrscheinlich. Eher vermutete er Charlotte Reckitt als Quelle hinter seiner Geschichte. Und doch hatte es geklungen, als wäre er selbst dabei gewesen. *Es war nicht der Krieg, der den Jungen umgebracht hat.* William zupfte den Hosenstoff an seinen Knien zurecht und breitete die Unterlagen vor sich aus. Er nahm Charlotte Reckitts Fotografie aus der Verbrecherkartei in die Hand. Jugendlich, kalt, brutal. Abweisender Blick unter schweren Lidern, breiter Mund, kohlschwarzes Haar, glatt hinuntergestrichen für die Kamera. Er klappte die Akte zu.

Über den Sarazenen hatte er jedenfalls nicht gelogen. Das allein machte den Mann und seine Behauptungen nicht glaubwürdig. Aber es war immerhin etwas. Wenn es ihn wirklich gab, dann lohnte es sich, ihn ausfindig zu machen. Dazu bräuchte William Pläne für die Londoner Abwasserkanäle, und er überlegte, bei welcher Behörde er wohl darum ersuchen konnte. In der Zwischenzeit würde Breck die mikroskopisch kleinen Geheimnisse in Charlotte Reckitts Fleisch unter die Lupe nehmen und könnte ihm damit vielleicht einen Hinweis auf den Sarazenen liefern. William lockerte seinen Kragen, hielt plötzlich inne, starrte zu Boden und lächelte grimmig in sich hinein. Einen Hinweis auf den Sarazenen, dachte er. Du glaubst es also doch.

Just in dem Augenblick schallte das Gelächter der beiden anderen Herren zu ihm herüber, fröhlich, verwaschen, falsch. William verzog das Gesicht. Plötzlich verstand er diesen Foole: Zehn Jahre waren vergangen, und er hatte nie die Chance gehabt, sein Leben mit dieser Frau zu teilen. Was hätte er selbst getan, wenn Margaret ermordet worden wäre? Würde sein Herz ebensolches Unheil, solche Verderbnis erfüllen? Er staunte, mit welcher Würde der Mann seine Trauer trug. William fragte sich, ob er das gleiche Risiko eingegangen wäre. Er konnte nicht sicher sein. William schloss die Augen. Man weiß nichts über sich, dachte er, bis man auf die Probe gestellt wird.

Und dann?

Er öffnete die Augen wieder. Und dann helfe Gott, welche Entscheidung man auch treffen mag.

Lange Nächte, zermürbende Nächte. Am Dienstag stand William übermüdet auf, wusch sich, zog sich an, frühstückte und fuhr um zehn Uhr mit einem Hansom zum Metropolitan Board of Works, dem städtischen Bauamt. Der Nebel war braun, unergründlich, als würde er von einem dunklen Raum in den nächsten gehen.

London, dachte er angewidert und wischte sich mit seinem Taschentuch über den Hals.

Am Trafalgar Square stieg er aus und ging hastig die Mall hinunter, bis er Spring Gardens erreichte. Bereits beim Betreten des Bauamts war er entnervt und noch immer müde. An der Rezeption gab er seine Visitenkarte ab und bat darum, vom Aufsichtsbevollmächtigten für die Kanalisation empfangen zu werden, mit tonloser Stimme fügte er hinzu, es handle sich um eine Polizeiangelegenheit. Der Empfangsbeamte beäugte ihn skeptisch, verwies ihn aber den Flur hinunter an die nächste Abteilung, wo er erneut seine Karte überreichte und sein Anliegen vorbrachte und erneut unbeeindruckt angewiesen wurde, sich zu setzen und zu warten.

Ihm gegenüber schlief eine alte Frau im Sitzen, schwarze Haare sprossen auf ihrer Oberlippe, ihr leises Schnarchen wirkte beruhigend. William schloss ebenfalls die Augen. Etwas an dieser Alten, eine gewisse resignierte Stärke, erinnerte ihn an seine Mutter. Eine Stunde verrann, Beamte kamen und gingen. Als die zweite Stunde vorbei war, stand er auf und hakte nach, woraufhin ihm ungerührt mitgeteilt wurde, es werde sich bald jemand um ihn kümmern. Vielleicht hätte er besser Shores Hilfe in Anspruch nehmen sollen. Zur Mittagszeit wachte die Alte mit einem Grunzen auf und nahm die Füße von einem Körbchen, aus dem sie Brot und Wurst hervorkramte. Sie aß mit gesenktem Blick, die trockenen, schmalen Lippen bewegten sich beim Kauen kaninchenhaft. Dann lehnte sie sich zurück, verschränkte die Arme und schloss die Augen wieder.

Endlich trat ein zerzauster Beamter durch die Tür, blinzelte. Hinter ihm sah William reihenweise westentragende Kontoristen mit Ärmelhaltern, die Köpfe eifrig geneigt. Der Mann hielt die Türklinke seltsam weibisch, mit abgespreiztem Handgelenk, und in der anderen Hand mit spitzen Fingern Williams Visitenkarte, als würde sie vor Schmutz starren.

Mr Pinkerton?, rief er und schaute sich suchend um, als wäre William nicht der einzige Mann im Raum.

William stand mit steifen Gliedern auf. Hier, sagte er. Er trat vor, baute sich zu seiner vollen Größe auf, senkte die Stimme. Ich komme wegen der Pläne für die Abwasserkanäle –

Ich weiß, warum Sie hier sind, Sir. Die Bazalgette-Pläne, ja?

William wusste nicht, was ein Bazalgette war.

Es handelt sich um eine Polizeiangelegenheit, sagen Sie?
William nickte. Die Umständlichkeit des Beamten weckte
sofort eine Abneigung in ihm. Chief Inspector Shore schickt
mich, log er.

Der Beamte musterte ihn, seine Größe, die schwieligen
Hände, den langen schwarzen Schnurrbart. Er schnippte
mit dem Fingernagel gegen Williams Visitenkarte. Aber Sie
selbst sind nicht beim Yard?

Natürlich nicht, sagte William. Ungeduld mischte sich
in seine Stimme.

Der Mann zog die Augenbrauen hoch.

Ich bin Detektiv aus Amerika, erklärte William und
bewahrte nur unter großer Anstrengung die Ruhe. Wir arbeiten an einem gemeinsamen Fall. Sein Unmut über diesen
kleinen, aufgeblasenen Mann wuchs. Herrgott noch mal, ich
warte hier seit Stunden. Ist das wirklich alles nötig? Zeigen
Sie mir jetzt entweder die Pläne oder den Weg zu Ihrem
Vorgesetzten. Das ist mir einerlei.

Es hatte etwas Selbstgefälliges, wie der Beamte sich nun
entschuldigte. Aber Mr Shore weiß doch, dass das MBW
seine Pläne nicht in Spring Gardens aufbewahrt, Mr Pinkerton, sagte er. Keine Ahnung, was er sich dabei gedacht hat,
Sie hierherzuschicken.

Was sagen Sie da?

Sie müssen zum Staatsarchiv. Auf der Chancery Lane, Sir.
Zum öffentlichen Lesesaal für Recherchezwecke. Der Beamte schüttelte so süffisant den Kopf, dass William ihm am
liebsten eine runtergehauen hätte. Natürlich brauchen Sie
auch dort Referenzen, Sir. Vielleicht wäre ein Empfehlungsschreiben von Mr Shore hilfreich.

Zum Teufel damit, dachte William. Zum Teufel mit der verdammten englischen Bürokratie. Eine Stunde später betrat er noch immer in düsterer Stimmung das Staatsarchiv an der Chancery Lane, der Winternachmittag in seinem Rücken erlosch bereits. Ein alter Mann mit abgeschnittenen Wollhandschuhen, der sich fröstelnd in die Hände blies, blinzelte zu ihm auf, der Blick aus hellen Augen verschwamm.

Wird einfach nie richtig warm hier drin, flüsterte er, nie, Sir, nein.

William fürchtete schon, er sei verrückt, doch dann räusperte sich der Mann und sagte mit hoher Stimme: Ja, ja, wonach suchen Sie denn?

Städtische Baupläne?, fragte William vorsichtig. Kanalisationspläne, um genau zu sein.

Der Alte nickte und führte ihn durch einen langen mit Gaslampen beleuchteten Gang in einen leeren Raum voller Tische und willkürlich angeordneter Stühle, wobei er die ganze Zeit vor sich hin murmelte. Sind Sie dann auch Schriftsteller?, fragte er.

Was bin ich?

Dieser Mr Dickens war früher regelmäßig hier gewesen. Ich erinnere mich noch ganz genau dran, ja. Wir haben immer über Vögel geredet. Zugvögel haben wir beide am liebsten gemocht. Faszinierender Mann, dieser Mr Dickens. Was der da geschrieben hat, war aber nicht mein Geschmack gewesen.

William schüttelte den Kopf, nahm den Hut ab, legte ihn auf einem der Tische ab. Gibt es jemanden, an den ich mich wegen Plänen für die Abwasserkanäle wenden kann?, fragte er. Es ist eine Polizeiangelegenheit.

Das sind die Abwasserkanäle doch immer, sagte der Alte in vieldeutigem Tonfall.

Doch dann schlüpfte er mit Williams Visitenkarte wieder hinaus, und kurz darauf kam ein rundlicher kahlköpfiger Mann in grüner Weste mit fischartigen Glubschaugen den Korridor herunter. William setzte erneut zu seiner Erklärung an, doch der Mann wedelte nur mit seiner Karte und hob Einhalt gebietend die Hand.

Ich weiß, wer Sie sind, Mr Pinkerton, Sir, sagte er. Was kann ich für Sie tun?

Der Mann war William auf Anhieb sympathisch. Die Pläne, die der Beamte aus einem verschlossenen Archiv holte, waren aufgerollt und mit Schnur verknotet. Er klemmte sie auf einem schrägen Skizzentisch fest und strich sie mit seinen weichen Fingern glatt. Er sagte: Die großen Sammelröhren brauchen Sie nicht, Sir, Sie werden sich die Straßenkanalisation anschauen wollen. Das hier sind die Entwürfe von Mr Bazalgette, Sir, so wie er die Kanäle zu bauen hoffte. Aber bei den Bauarbeiten musste oft improvisiert werden, Sir. Was hier steht, und was da unten wirklich ist, sagte er und zeigte zu Boden, das sind oft zwei Paar Schuhe. Aber dafür kann niemand etwas, Sir. Teilweise gab es bereits Kammern und Gewölbe und alte Kanalisationstunnel. Man arbeitete mit dem, was man vorfand, verstärkte einfach das Mauerwerk. Und folgte dabei grob den Entwürfen. Sie sagten, die Sache sei für eine polizeiliche Untersuchung?

Genau. Die Kanalisation rund um die Blackfriars Bridge ist besonders von Interesse.

Das hier, der Beamte blätterte in den Unterlagen, bis er

das gesuchte Blatt gefunden hatte, das ist die Nebenröhre, die unterhalb der Brücke zur Themse läuft. Da sind die Einlaufkammern, Sir. Da und da. Ich weiß aber ganz sicher, dass dieser Tunnel nie gebaut wurde. Hier müssten eigentlich zwei parallele Tunnel eingezeichnet sein, in Viertelgröße, die von hier nach hier gehen.

Das wissen Sie sicher? Waren Sie schon mal in den Tunneln?

Vor zwei Jahren. Er öffnete den Mund, schabte mit der Zunge über eine Reihe schiefer Zähne. Ich habe früher beim Bauamt gearbeitet, und es musste eine Sicherheitsbegehung durchgeführt werden. Schlimme Zustände da unten in den Tunneln. Ich weiß nicht, wie man das aushält, wenn man da regelmäßig runtermuss.

Ich habe die Geschichten gehört.

Ach, Sie meinen die Berserker.

Die was?

Der Beamte blickte ihn forschend an. Die Berserker, Sir. Man sagt, sie leben in den Tunneln, kommen nie ans Tageslicht. Sie leben mit massenweise Ratten und fallen über jeden her, der sich in ihr Revier wagt. Die Rattenfänger und Kanalarbeiter erzählen grauenhafte Geschichten über sie. Ich habe noch nie einen mit eigenen Augen gesehen, Sir. Die Schlammwühler hingegen, die sind was anderes. Von denen haben wir drei, vier, fünf weghuschen sehen, sobald unsere Laternen ihren Behausungen zu nahe kamen. Ganz schön schüchternes Völkchen, die sammeln Müll an den Kanalisationsmündungen. Nein, Sir, die wahre Gefahr droht, wenn Sie sich verlaufen. Man verliert schnell die Orientierung, und die Akustik in den Tunneln trägt noch zur Verwirrung bei.

Wir haben unseren Weg mit Kreide markiert. Der Beamte schwieg einen Augenblick, in Erinnerung versunken. Dann sagte er: Das Mauerwerk da unten ist glitschig, Sie betreten die Kanäle auf eigene Gefahr. Einmal ausgerutscht und in diesen Gewässern gelandet, wird man in die Tiefe gezogen und ertrinkt mit ziemlicher Sicherheit, Sir. Sie müssen doch nicht dort runter, hoffe ich?

Im Gebäude war es still. Irgendwo tropfte Wasser. Der Nachmittag schwand im gleichen Takt dahin.

William musterte den Mann, zog die Augenbrauen hoch. Sie waren mir eine große Hilfe, sagte er.

Am Abend im Hotel zog er sich bis zur Hüfte aus, schrubbte sich an der Waschschüssel und dachte nach. Er hatte eine Kopie der Tunnelpläne mitgenommen, aber wie er nun wusste, entsprachen diese nicht der Realität. Am nächsten Morgen würde er nach Millbank fahren, um Charlotte Reckitts Onkel zu treffen. Er starrte sich in dem angelaufenen Spiegel an, die Tränensäcke, die zwei Tage alten Bartstoppeln. Verschmierte Asche am Haaransatz, wo sein Hut gesessen hatte, das fettige Haar plattgedrückt.

Und Adam Foole?, grübelte er weiter. Wer war er? Was hatte er vor?

William packte den Rand der Waschschüssel fester. Seine Mörderaugen blitzten, schwarz, ungerührt.

Na los, finde es heraus, provozierten sie ihn.

Vierzehn

Er kam 1848 auf dem Küchenfußboden eines großen Hauses in Kalkutta zur Welt, während um ihn herum die Frauen ihre Totenklage anstimmten.

Sein Name war damals nicht Adam und auch nicht Foole. Hinter einer offenen Tür versank eine späte Sonne im Dunst, und so wurde er in die nahende Dunkelheit hineingeboren. Dem Tod seiner Mutter entrissen, in ein Laken gewickelt, von Hand zu Hand einer Amme gereicht, während ringsum die Blutlachen auf dem Fliesenboden erkalteten. Das war seine Welt, sein Vermächtnis. Und obgleich als Bankert geboren, wuchs er geliebt auf, im langen Schatten eines bengalischen Mädchens, das sich für kleines Geld verdungen hatte, groß-gezogen von einem englischen Vater, der als Kaufmann eine Flotte von sechs Schiffen befehligte, eine rentable Reederei besaß und seinen Mischlingssohn vergötterte. Dieser Vater waberte geisterhaft wie ein Rauchschwaden um die Ränder seiner Erinnerung, und obwohl er keine Stimme hatte und nicht sprach, gab es für ihn keinen Menschen von größerer Bedeutung. Vor ihm waren schon zwei Mädchen da gewesen, eines davon ein Albino, und beide waren im Jahr seiner Ge-burt ertrunken. Er malte sich Dinge über diese Geister aus, wie über die Gesichter an Bahnhöfen, die ihrerseits durch ihn hindurchschauten, als hätten sie einen Geist gesehen.

Jemand musste ihm von ihnen erzählt haben. Wie sonst war die Erinnerung an zwei Mädchen in Weiß zu erklären, die Hand in Hand an seinem Bett standen, während er sich die Augen zuhielt und am ganzen Leib zitterte. In ihrem Blick hatte solche Missgunst gelegen. Als sie verschwanden, hinterließen sie nasse Fußabdrücke und ein Grauen, das seine ganze Kindheit beherrschte.

Inzwischen empfand er jene ersten Jahre in Kalkutta wie ein hinter sich gelassenes Leben, als spähe er durch abgebrochene Zaunlatten in einen Hof, wo ein Kind, das aussah wie er, lachte wie er, allein mit Stock und Reifen spielte, seine Rufe nicht hörte, nicht in seine Richtung sah. White Town war in seinem Gedächtnis zu einem Schemen verwischt. Er erinnerte sich an Hitze, an gewaltige, schnaubende schwarze Rinder an einem Fluss. Stiefelabdrücke, die sich lautlos mit Wasser füllten. Die Rufe der Straßenhändler. Die schwielige Hand seines Vaters in seinem Nacken, während sie durch einen warmen Regen bergan gingen.

Sein Vater, ja, der. Edward Benlowes war ein hünenhafter Mann aus Yorkshire gewesen, mit Schultern wie Bootsplanken und einem drahtigen Bart, der ihm gerade vom Kinn abstand wie bei den Assyrerkönigen. Auf seiner Stirn lag ein öliger Glanz, wenn er allabendlich langsam die Straße heraufkam, an der Sandesh-Bäckerei mit ihren farbenfrohen Gebäckteilchen und der Kolonialverwaltung vorbeischlurfte, den Hut lüpfte und sich im staubigen Licht übers Haar strich. Daran erinnerte sich Foole, oder glaubte er sich zu erinnern. Die Unterarme seines Vaters hatten vor Kraft, vor Pragmatismus nur so gestrotzt. Im Jahr 1841 hatte Kapitän Benlowes sein erstes Handelsschiff in den Dienst der

Ostindien-Kompanie gestellt und war mitten im brodelnden Opiumkrieg an der Küste entlang zwischen Speichern und Lagerhäusern gesegelt und hatte dabei nicht ein einziges Mal unpünktlich geliefert. Irgendwo in Fooles Gedächtnis verbarg sich eine Erinnerung daran, wie sein Vater ihn in der feuchten Abendluft wie einen Seesack über die Schulter geworfen hatte, während Insekten gegen die Scheiben eines Wintergartens schlugen und eine alte Frau mit verschränkten Armen lächelnd danebenstand. War das eine echte Erinnerung? Er wollte es nur zu gern glauben.

Doch alles, was er wirklich wusste, war ihm erzählt worden. So war es nun einmal. Ein schüchternes Kind, ein wachsamer Junge. Er hatte spät laufen gelernt, dafür ohne je hinzufallen. Er hatte spät sprechen gelernt, dafür gleich in ganzen Sätzen. Irgendwo existierte eine Fotoplatte, die mit einer Balgenkamera aufgenommen worden war, und auf dem unscharfen Bild blickte er als Zweijähriger ernst, gleichgültig, schwarzhaarig und helläugig in die Kamera, ein dicker englischer Koloniejunge, der in seinem weißen Anzug schwitzte.

All das war sein erstes Leben gewesen. Davon war fast nichts mehr da, Erinnerungsblitze, Bruchstücke, der schwache Duft von Gewürzen oder die drückende Hitze der Sommerabende. Er war vier Jahre alt, als sein Vater beschloss, ihn auf eine Überfahrt nach Baltimore mitzunehmen. Im Hafen hatte er schon häufig an Bord der Schiffe gespielt, doch mitgesegelt war er noch nie. War es nicht seltsam, das Kind eines Reeders mitzunehmen, war es nicht nur zusätzliche Mühe? Sein ganzes Leben sollte er sich fragen, was seinen Vater wohl getrieben haben mochte: War das Kinder-

mädchen entlassen worden? Sollte Foole den Beruf kennenlernen, der eines Tages auch für ihn vorgesehen war? Hatte
sein Vater einen prophetischen Alptraum gehabt?

Bei Tagesanbruch setzten sie unter einem roten Himmel
die Segel, schweigsame Matrosen, die barfuß über die Spiere
balancierten und wie Schattenrisse in einer stillen Choreo-
graphie an Tauen zogen. Der Junge hockte auf einer umgedrehten Kiste an der Reling, beobachtete, wie das braune
Land im Dunst verschwand und spürte das Heben und Rollen der Wellen. Der Schoner seines Vaters kreuzte gegen den
aufziehenden Sturm in grünes Wasser, vorbei an den behä-
bigen roten Umrissen der Wüstenhügel, durch die schwer
zu navigierende Hugli-Mündung gen Süden, Osten, dann
wieder Süden auf offene See, wo ihn das Glitzern und Aufblitzen schwärmender Fische verblüffte. Tage und Wochen
vergingen, unter dem Sternenschleier und dem salzweißen
Mittagshimmel. Sein Vater zeigte ihm die Decks des Schiffes
mit geduldigem Auge für alles, was es zu entdecken gab,
während die Seemänner bei der Arbeit schnauften und dem
Blick des Jungen auswichen, bis eines Abends, als er allein an
Deck war, steuerbord eine Schule Delphine gesichtet wurde
und er den zweiten Maat anbettelte, ihn hochzuheben, um
sie auch zu sehen. Was auch immer in den Mann gefahren
war, er schob ihn am Schlafittchen weiter und weiter über
die Reling, bis er halb über den Wellenkämmen baumelte
und die salzige Gischt ihm an die Lippen, ans Kinn spritzte
und er es mit der Angst zu tun bekam. Er wand sich im
festen Griff des Maats, doch der johlte bloß: Aye, Kleener,
wie wärs, wenn ich dich fallen lass, den Fischen zum Fraß
vorwerf, dass hinterher nix mehr von dir übrig is, und als er

mit dem peitschenden Wind im Gesicht zu weinen begann, blickte der Maat bloß noch finsterer drein und schüttelte den Jungen, dass die Zähnchen nur so klapperten. Scheiße, zischte er. Heul mir nich die Ohren voll, du nichtsnutziger Saulümmel.

Er selbst hatte nichts gesagt, aber irgendwie bekam sein Vater Wind davon. Er erinnerte sich, wie er eingeschlossen in der Kajüte saß, es herrschte Flaute, und er über sich an Deck das Gebrüll seines Vaters hörte, das Rumpeln von etwas Schwerem, das heckwärts gezerrt wurde. Er versuchte wegzuhören, beobachtete eine Fliege, die über den Musselinvorhang krabbelte, mit einem Blinzeln verschwunden war. Von da an hielt sich der Maat von ihm fern, und als sie in Kapstadt anlegten, trottete er mit seinem Seesack über der Schulter die Gangway hinunter, ohne sich noch einmal zu Crew oder Kapitän umzudrehen, und Foole sah den Mann nie wieder.

All das war bald vergessen. Nach Wochen auf See ging er wacklig neben seinem Vater her, der feste Boden unter den Füßen fühlte sich seltsam an. Sie schliefen Seite an Seite in sauberen Laken in einem gemieteten Zimmer; wenn er die Augen schloss, konnte er noch immer das Rollen des Schiffes spüren, und wenn er aufwachte, war sein Vater mit frischem Obst und warmem Weißbrot vom Markt zurück. Morgens traf sich der Vater mit Schiffern in Speicherkontoren, während Foole gelangweilt mit den Füßen auf den Boden trommelte, und nachmittags schlenderten sie durch den Company's Garden, scheuchten armerudernd die Vögel auf und lächelten im Vorbeigehen den schüchternen schwarzen Kindermädchen zu. Auf den Wegen standen Kinderwagen mit riesigen Holzrädern, Damen in Weiß saßen auf Bänken, und unter dem azurblauen Himmel waren die Bäume so grün, die Erde so rot.

Das Missgeschick schließlich war nichtig, lächerlich, vermeidbar. Von Kapstadt aus hatten sie die Segel auf einen rauheren Ozean gesetzt, der erste Sturm hatte sie gleich am zweiten Tag auf See ereilt und flaute wochenlang nicht ab. Foole war seekrank, gestandene Matrosen waren seekrank. Sein Vater stand durchnässt und sturmgepeitscht an der Reling, lehnte sich mit einer wilden Entschlossenheit in den Wind, in der sowohl Freude als auch Sehnsucht lagen, während Foole mit grünem Gesicht unter Deck in seiner Hängematte schaukelte und das Erbrochene unter ihm von einer Wand zur anderen schwappte. Das Schiff hob und hob sich bis zum Kamm, dann fiel es bebend und knarrend den schwarzen Wasserhang hinab, bis der Junge fürchtete, die Balken würden brechen und der Ozean hereindringen. Irgendwann kam sein Vater, das Salzwasser lief ihm aus dem Bart, und hielt sich mit der rechten Hand die eingewickelte linke, weil er sich einen Splitter eingefangen hatte. Es war nichts, nur ein abgebrochenes Stückchen Holz. Doch allmählich kam das Fieber, allmählich wurde der Arm schwächer, die Wunde fing an zu schwären, und Wundbrand machte sich breit. Als Amerika näher kam, ließ sich sein Vater immer seltener bei der Besatzung blicken, und wenn er es tat, umwehte ihn schwarzer Gestank.

Der erste Maat musste den Schoner an den Werften vorbei zur Landungsbrücke von Baltimore lotsen, und er war es auch, der seinen Vater zu einer Pension oberhalb des Hafens trug. Hier wird er seinen Frieden finden, sagte der Maat, räusperte sich und fügte hinzu: Tut mir leid, Junge. Er legte einen klimpernden Beutel mit englischen Münzen auf den Schreibtisch und schloss im Gehen fest die Tür.

Mal war sein Vater klar, mal phantasierte er. Oft schlief er wie ein Toter. Sein Arm wurde dick wie eine Melone, grünlich schwarz, und bei jeder Berührung schrie er auf. Foole war zu verängstigt, um von seiner Seite zu weichen und aß nur, was das Zimmermädchen ihm aus Mitleid brachte. Nach zwei Tagen kam der Rezeptionist, stand mit finsterer Miene am Bett seines Vaters, und kurz darauf kam ein Wundarzt und zog aus seinem Köfferchen diverse furchterregende Instrumente, legte seinen Gehrock gefaltet über eine Stuhllehne und krempelte die Ärmel hoch. Schaffen Sie den Jungen raus, bellte er. Das war alles, was er sagte. Foole wurde in die Küche eines benachbarten Speiselokals gebracht, wo er inmitten des Dampfs und der Geschäftigkeit der schwarzen Tellerwäscher saß und dicke Scheiben Brot mit Erdbeermarmelade aß, und obgleich die Süße ihm den Magen umdrehte, konnte er nicht aufhören. Als er schließlich zurück in die Pension gebracht wurde, war der Arm seines Vaters fort, und der Doktor schrubbte sich über eine Waschschüssel gebeugt den roten Schaum von den Knöcheln, er sah die Blutspritzer auf den Ärmeln des Mannes. Durchs offene Fenster hörte man einen Fischhändler seinen Fang ausrufen. Die Vorhänge wallten. Auf dem Bett in einem Rechteck aus Sonnenlicht lag sein Vater, mit offenem Mund, der dicke Bart aus unerfindlichen Gründen kurzgeschoren, bestimmt schon seit einer halben Stunde tot.

Wie viel davon stimmte wirklich?

Alles, sagte er stets. Und nichts.

Kurz vor Mitternacht trat Adam Foole vorsichtig durch die eiserne Hochwasserschutztür am Nordufer der Themse und stieg die Treppe hinauf, Fludd ein paar Schritte hinter ihm. Sie hatten im Dunst mit dem Rücken zur Wand gewartet wie die Mordgesellen, um Pinkerton einen Vorsprung zu geben, und sich nach zwanzig Minuten in dieselbe Richtung aufgemacht. Der Riese hatte während des langen Marsches durch den Tunnel geschwiegen, und in diesem Schweigen lag ein Vorwurf, das wusste Foole. Noch immer spürte er das leise Dröhnen des Flusses durch den Fels über ihren Köpfen, sah er die glitschigen Tunnelwände, die im Gaslicht einen seltsamen Glanz verströmten. Die Bewegungen des Amerikaners waren brutal und effizient gewesen, wie er den Revolver am Hosenbein gehalten hatte, den Daumen am Hahn, das Gesicht vom Zylinder beschattet, als er ihnen hinterherschaute. Da kam sein Vater in ihm durch, ja, der. Aber auch eine Abgespanntheit, ein Kummer in seinen Augen, an dem der Vater nicht gelitten hatte.

Immer im Kreis, immer weiter nach oben trottete Foole, die Hand am Eisengeländer, das Herz müde und leer. Charlotte in der Sonne, wie sie durch den warmen Sand ging. Ihr Gesicht, ihr schwebendes Haar im grünen Licht des Leichenhauses. Jener verschneite Morgen in New York, als er ihren Brief geöffnet hatte. Am Ende der Tunneltreppe zog er den Kopf ein, schlüpfte hinaus in die Nacht. Kurz darauf hörte er Fludd schnaufen, als er seinen massigen Körper durch die schmale Tür quetschte.

Der Umriss des Towers ragte vor ihnen auf.

Was ist?, fragte Foole schließlich. Er konnte die Gereiztheit in seiner Stimme nicht verbergen.

Die Schuhe des Riesen knirschten laut. Foole sah seine übergroßen Hände, den aufblitzenden Schlagring.

Red schon, Japheth.

Wasn?

Du hältst mich für leichtsinnig.

Aye, das tu ich. Nu fängt der Scheißkerl an zu schnüffeln, bis er die Wahrheit rausgefunden hat. Man lässt sich nich mit dem Teufel ein, Mr Adam.

Dem Teufel, murmelte Foole und wandte sich ab.

Der Fluss lag dunkel da. Eine neunköpfige Familie schlief zusammengedrängt auf einer in die Mauer eingelassenen Steinbank, lauter hängende Köpfe und offene Münder. Foole ging hin und ließ eine Guinea in die Stofffalten im Schoß der Mutter fallen. Dann setzten sie schweigend ihren Weg fort, traten aus der finsteren Mündung einer Gasse auf die Gracechurch Street wie eine Traumerscheinung und mischten sich dort unter die Nachtschwärmer auf dem Gehweg.

Fludd rieb sich Rauhreif aus dem Bart. Morgen noch vor Sonnenuntergang weiß Pinkerton, wer wir sind und wer nich und wahrscheinlich auch, was wir zum Frühstück hatten. Das is kein Mann, den man einfach auf sone Sache ansetzt. Jedenfalls Kerle wie wir nich.

Foole blieb vor dem Bleiglasfenster einer Schneiderei stehen, musterte ihr verzerrtes Spiegelbild in der Scheibe. Passanten rauschten in Scharen vorbei, ein heller Strom, ein pechschwarzer Strom.

Und was sind wir für Kerle, Japheth?, murmelte er.

Doch Fludd sah ihn mit einem Gesichtsausdruck an, in dem fast so etwas wie Trauer lag, und antwortete nicht.

Sein Vater war seit sechs Tagen auf dem Friedhof in Baltimore begraben, als am siebten Tag der Mann in Weiß erschien. Ein Mann mit langen, spitzen Fuchszähnen, gezupften Augenbrauen, einer winzigen Brille vor den zusammengekniffenen Augen. Er, der Junge, kauerte auf einer Bank im Kieshof eines katholischen Waisenhauses, sah den Mann auf sich zukommen, an seiner Seite eine hutzelige Nonne, deren Flügelhaube auf und ab wippte. Er spürte, wie sich die Härchen auf seinen Armen aufrichteten. Er war vier Jahre alt und ganz allein auf der Welt, und dennoch wusste er, dass mit dem Mann etwas nicht stimmte.

Sein Vater war in einem Armengrab beigesetzt worden, in einer einfachen Kiste unter einer Schaufel voll Kalk, und Foole hatte am Bein des Totengräbers gestanden, während eine Dame von der Ladies' Aid Society sich bemüht ein paar Tränen abrang. Jener Totengräber mit seiner afrikanischen Haut, der von einem Strick gegürteten Hose und den breiten, hängenden Schultern sprach ein Gebet, von dem das Kind kein Wort verstand bis auf das endgültige grausame Amen. Für den Rest seines Lebens sollte Baltimore genau das sein: eine Stadt der offenen Gräber, des heißen Windes und des schwarz über ihm dräuenden Himmels.

Der Mann in Weiß stellte sich nicht vor. Er nahm das Kind an die Hand, führte es vorbei an den gaffenden Waisen in ihren grauen Wollhemden, ließ es den Seesack seines Vaters packen und nahm es ohne ein freundliches Wort oder Lächeln mit. Der Mann zeigte einen Brief mit Unterschrift und Siegel vor, die heiligen Schwestern nickten ernst und musterten Foole aus unergründlichen Augen. Er tat, was man ihm sagte, er weinte nicht. Aber er vermisste seinen

Vater, es war ein körperlicher Schmerz, ein Stechen in der Brusthöhle. Er vermisste die See auf der Haut seines Vaters, die sehnigen Unterarme, mit denen er das jauchzende Kind in den Himmel warf. Und er vermisste auch Kalkutta, das schon jetzt in seiner Erinnerung verblasste, das große Haus in White Town, die Hitze, das Getrommel und den Lärm der bengalischen Prozessionen unter der sinkenden Sonne am Flussufer. Im Vergleich dazu kam ihm dieses triste Land, dieses Amerika, kalt und riesig und brutal vor, ein Land, in dem geliebte Menschen von der Erde verschluckt wurden und für immer verloren waren.

Der Mann in Weiß fuhr mit ihm in einer Droschke zu einer geschäftigen Halle, hob ihn ein paar steile Stufen hinauf, dann ging es einen langen befensterten Korridor entlang in einen kleinen vornehmen Raum für sie ganz allein. Auch hier gab es ein Fenster, und Foole erinnerte sich an den Sessel darunter, weich, weinrot, und an die ruhigen, akribischen Gesten des Mannes. Der Mann trug einen langen, cremefarbenen Gehrock, dessen Schöße er sich beim Hinsetzen über die Oberschenkel legte, und einen hohen weißen Zylinder. Sein Kopf, als er den Hut absetzte, war kahl. Foole erinnerte sich an die faltige Haut am Hinterkopf des Mannes, wie die Ohren sich flach an den Kopf legten wie weiße knöcherne Knoten, an die unheimliche Starrheit seines Gesichts.

Sein Name sei Fisk, sagte der Mann, als er endlich den Mund aufmachte. Er musterte den Jungen über den Rand seiner Brille hinweg. Er arbeite für eine Frau, die Fooles Vater einst gekannt habe, sagte er, eine Frau, der sein Vater vom Krankenbett aus geschrieben und die er angefleht hätte, für den Jungen zu sorgen. Sollte seine Brotherrin einwil-

ligen, würde der Junge in einer Stadt namens Boston auf-
wachsen, weit oben im Norden. Bereits in diesem Moment
werde der Schoner seines Vaters abgewickelt, um die durch
seine unvollständige Fahrt verursachten Schulden aus-
zugleichen, und auf ähnliche Weise würden auch das große
Haus sowie die Reederei in Kalkutta veräußert werden. Er
habe, da er kein rechtmäßiger Erbe sei, keinerlei Anspruch
auf den Nachlass. All das sagte Fisk mit stiller Verachtung,
dann nahm er die Brille ab, rieb sich die Augen und fügte
mit seiner krächzenden Stimme hinzu: Ein Jammer, dass du
so dunkel bist, Junge. Mit ein bisschen Glück gehst du als
Spanier durch. Foole saß nur da, nahm das alles in sich auf.
Dann gab es einen jähen Ruck, das Kind breitete die Arme
aus, um nicht das Gleichgewicht zu verlieren, und blickte
erschrocken drein, als der kleine Raum sich auf unbegreif-
liche Weise in Bewegung setzte.

Es war die erste Eisenbahnfahrt seines Lebens. Als der
Zug Geschwindigkeit aufnahm, drückte er die Nase an die
Scheibe, Felder und Wälder zogen vorbei, und das Rattern
des Zuges drang dem Jungen in die Knochen und setzte sich
mit leisem Pochen in den Nerven an seiner Schädelbasis fest.
Der Speisewagen war wundersam, die Schlafabteile kalt, der
Geruch des Holzfußbodens nach Öl und Politur anders als
alles, was er bis dahin gekannt hatte. Die Tage gingen vorüber, die Reise ging vorüber. Als sie Boston erreichten, war es
kühler, ruhiger als Baltimore, die breiten Boulevards sauber,
Fisk winkte im roten Abendlicht eine Kutsche herbei und
fuhr mit Foole durch die Stadt, vorbei an einer großen öffentlichen Grünanlage zu den Privathäusern am Stadtrand.
Auf der Fahrt saß Fisk dem Jungen gegenüber, die Hände

auf dem Knauf seines Spazierstocks übereinandergelegt, der Kopf sackte hinunter und schreckte wieder hoch. Doch die Augen hatte er die ganze Zeit auf den angsterfüllten Jungen gerichtet.

Sie erreichten ein herrschaftliches Anwesen. Die Tore standen offen, die lange Auffahrt war von Platanen, Hecken und weiten Rasenflächen gesäumt. Dann tauchte das Haus vor ihnen auf, eine gewaltige Steinfestung, und wie gelähmt vor Angst hatte Foole zu den schimmernden Fensterreihen emporgestarrt.

Er hatte schon große Häuser gesehen, doch keines davon war so furchteinflößend und still gewesen. Fisk war sofort ausgestiegen, hatte sich ungeduldig geräuspert und dem Kind mit seinem Stock auf den Po geklopft, als es aus der Kutsche kletterte. Er beugte sich ganz tief zu ihm herunter und flüsterte: Mach dich schon mal bereit zum Betteln, Junge, dann schob er sich an ihm vorbei, stieg die Stufen zum Eingang hinauf und läutete energisch die Türglocke.

Fisks Brotherrin, Fooles Wohltäterin, erwartete sie im weitläufigen Marmorfoyer. Sie war in graue Seide gewandet und trug das schwarze Haar hochgesteckt, so dass die weiße Strähne an der Schläfe besonders hervorstach. Sie verschränkte die langen weißen Finger vorm Bauch, neigte den Kopf und musterte das Kind, das sich reglos an den alten Seesack seines Vaters klammerte, zitternd und klein, ihr Blick war ruhig, neugierig, aufmerksam. Er hätte am liebsten das Gesicht versteckt, doch er wagte es nicht.

Das ist also der Junge?, murmelte sie. Ihre Stimme war tief, erstaunlich sanft. Hat er Hunger? Hast du etwas gegessen, Kind? Steh gerade, keine Angst. O ja, du hast die Augen deines Vaters.

Sie hatte auf der ersten Stufe einer breiten geschwungenen Marmortreppe gestanden und war kleiner, als er gedacht hatte, als sie nun auf ihn zukam.

O du armes kleines Wesen, sagte sie. Sie kniete sich vor ihn, hob sein Kinn an. Ihre Augen hatten zwei unterschiedliche Farben, eines war grau, das andere grün wie die sonnenbeschienene See. Wie sollen wir dich taufen? Englisch muss es sein, ein Name, mit dem du es in der Welt leichter hast. Edward, genau. Nach deinem Vater.

Foole zitterte. Das gewaltige Haus knarzte.

Als klar war, dass er nichts sagen würde, erhob sie sich, strich ihr Kleid glatt und wandte sich Fisk zu, der sich im Schatten herumdrückte. Mr Fisk wird dir alles zeigen. Morgen werfen wir einmal einen Blick in die Kinderstube und sorgen dafür, dass sie hergerichtet wird. Für heute muss die Bibliothek genügen. Mr Fisk?

Der Mann in Weiß verbeugte sich feierlich.

Sorgen Sie dafür, dass der junge Master Edward alles hat, was er braucht. Bringen Sie ihn zum Abendessen hinunter in die Küche.

Fisk nickte. Wie Sie wünschen, Mrs Shade, sagte er.

Damit nahm er den Seesack und führte das Kind über den Marmorboden hinein in einen dunklen Gang und von dort aus in die düsteren Räume seines zweiten Lebens.

Fünfzehn

Ein feiner Dunst waberte längsseits über den Fluss. Ein Schwarm Saatkrähen stob schwarz über dem Süd-ufer auf, William blieb stehen, beschirmte die Augen mit der Hand und überblickte das metallisch glänzende Wasser, hörte die Rufe der Arbeiter von der anderen Seite herüber-schallen. Die Krähen kreisten wie ein einziger Organismus im kalten Licht des Tages, es lag etwas Bedrohliches darin, wie ein böses Omen.

Mr Pinkerton, rief Blackwell. Es ist fast elf, Sir.

William verzog das Gesicht. Er hatte darauf bestanden, trotz der Kälte zu Fuß nach Millbank zu marschieren, weil er auf dem Weg noch einmal seine Gedanken hatte sortieren wollen. Er wusste nicht, ob Martin Reckitt diesen Foole kannte. Von einem Onkel war wohl kaum zu erwarten, dass er sich im Detail an die Liebschaften seines Mündels er-innerte, erst recht nicht, wenn diese so weit zurücklagen. Beim Einschlafen hatte er sich noch vorgenommen, dem Hinweis auf den Sarazenen nicht nachzugehen, alles in ihm sträubte sich gegen Adam Fooles Andeutungen. An seine Träume erinnerte er sich nur bruchstückhaft, er erwachte zerschlagen, aufgewühlt, und las in seinen Augenringen, dass er überhaupt nichts beschlossen hatte.

An einem Imbissstand kurz hinter der Lambeth Bridge

mit ihren morschen Holzbohlen machte William halt, Blackwell zögerte erst, kam dann hinterher, und William spendierte dem Inspector einen Mince Pie, ehe sie weitergingen. Der Verkäufer ließ den Deckel seines Karrens hinter ihnen zuknallen und grinste sich in der Kälte zahnlos ins Fäustchen. William zog die Handschuhe aus, hielt das in Papier gewickelte dampfende Gebäck mit zwei Fingern fest. Es war so heiß, dass er sich den Gaumen verbrannte.

Ich weiß noch, wie sie vor fünf Jahren zugefroren war, Sir, sagte Blackwell und pustete lieber. Man konnte einfach drüberlaufen, von einer Seite zur anderen. Auf dem Eis standen sogar Schankfräulein, die Brandy verkauften. Ein ganz komisches Gefühl war das, auf etwas draufzustehen, das das eigene Gewicht gar nicht halten sollte.

William brauchte einen Augenblick, bis er verstand, wovon Blackwell redete. Er ließ den Blick über den Fluss, über seinen stählernen Schimmer schweifen.

Die beiden haben eine gemeinsame Vergangenheit, Sir, sagte Blackwell unvermittelt. Der Chief und Mr Reckitt, meine ich.

Williams Nackenhärchen kribbelten. Er faltete den Rest seines Mince Pie langsam und bedächtig zurück in das fettige Papier. Was für eine Vergangenheit?, fragte er.

Ich sollte eigentlich gar nicht darüber sprechen, Sir.

William packte den Mann am Arm. Was für eine Vergangenheit?

Blackwell räusperte sich. Nun, der Chief hat, na ja, eine Schwäche für Freudenmädchen, Sir. Vielleicht ist es Ihnen schon aufgefallen. Also, er ist sicher ein guter Ehemann, kein Zweifel, aber er hat eben eine gewisse Schwäche.

Das klingt mir verdächtig nach Tratsch, Blackwell.

Kein Tratsch, Sir.

William schaute den Inspector eindringlich an.

Es ist wirklich kein Tratsch, Sir, wiederholte er. Mr Reckitt und seine Bande brachten vor vielen Jahren gefälschte Banknoten auf dem Kontinent in Umlauf, und der Chief fuhr damals nach Paris und verhaftete einen der Künstler höchstpersönlich. Ich schätze, Mr Reckitt wollte Rache dafür. Der Chief war Stammkunde in Nellie Coffeys Haus im Borough. Sie war die Witwe von Big Jack Casey, vielleicht haben Sie von dem schon mal gehört? Hatte nur ein Bein? Na ja, Mr Reckitt hatte arrangiert, dass ein Gentleman in einem ungünstigen Augenblick einen Diebstahl in besagtem Etablissement melden würde. Da der Gentleman von gewissem gesellschaftlichen Stand war, hätte dies wohl eine Festsetzung und Befragung aller Gäste nach sich gezogen. Und Mr Shore wäre … äh … unterbrochen worden, Sir.

Sie meinen in flagranti erwischt.

Blackwell lief rot an. Ja, Sir. In flagranti. Glücklicherweise erfuhren wir am fraglichen Abend von Mr Reckitts Vorhaben und konnten einen Skandal verhindern. Der Komplize kam zu uns und gestand alles. Kalte Füße, nehme ich an, Sir. Aber das Gerücht fand trotzdem seinen Weg nach ganz oben, und Mr Shore wurde im nächsten Jahr von der Beförderung zurückgestellt.

Wann war das?

Dreiundsiebzig war es, glaube ich, Sir. Mr Reckitt wurde im Jahr darauf gefasst. Am Zoll mit einem Beutel Rohdiamanten festgenommen, die nachweislich aus einem Coup in Südafrika stammten.

William blieb stehen. Warum erzählen Sie mir das alles eigentlich, Inspector?

Blackwell sah ihn an, die blauen Augen in der Kälte stumpf, die Wangen aufgesprungen. Weil es sonst keiner macht, Sir.

Auch Williams Vater hatte eine Frau geliebt, die nicht seine Ehefrau gewesen war. Schon als kleiner Junge hatte William das gewusst, auch wenn er diese Liebe noch nicht hatte einordnen können und sich selbst heute noch manchmal einredete, es sei eine keusche Liebe gewesen, eine freundschaftliche Liebe, ohne jede Leidenschaft. Sein Vater nannte sie Kitty, aber für den Rest der Welt hieß sie Kate Warne, und sie stieß 1856 ohne jegliche Erfahrung zur Detektei Pinkerton. Eine schlanke Witwe von sechsundzwanzig Jahren, mit brünettem Haar, markanten Wangenknochen, einem Talent für Akzente und den intelligenten Augen einer Lehrerin. Sie hatte die Annonce für eine Stelle als Detektiv aus der Handtasche gezogen, doch sein Vater hatte nur finster dreingeblickt und ihr das Vorstellungsgespräch verweigert. Detektivarbeit sei nichts für Frauen. Doch noch am gleichen Morgen hatte er seine Meinung aus unerfindlichen Gründen geändert und sie als Detektivin auf die Gehaltsliste gesetzt. William erinnerte sich, wie der Hals seines Vaters bedrohlich anschwoll, wann immer seine Mutter Kittys Namen aussprach. Er vertraue ihr wie kaum einem anderen, versuchte er sich dann zu verteidigen. Ein verheirateter Mann sollte einer wie der keinen Zentimeter weit trauen, erwiderte sie, was seinen Vater vor Wut fast platzen und stottern ließ. Eine wie die habe immerhin das Mordkomplott gegen den zukünftigen

Präsidenten aufgedeckt, schrie er dann, selbst wenn Lincolns Stab nicht für die Kosten aufkommen wollte. Ach ja, was sie so kostet, davon habe ich schon einiges gehört, schrie seine Mutter zurück. Fang mir bloß nicht wieder von sinnvollen Investitionen oder dem Drysdale-Fall an oder davon, dass sie diese 130 000 Dollar aufgespürt hat, und jetzt sei still, die Jungs hören alles mit. Doch sein Vater hörte nicht auf. Als Kate sich eine Lungenentzündung zuzog, wachte Williams Vater an ihrem Bett, und als sie im Januar 1868 starb, kam er geschlagene drei Tage nicht nach Hause. Sie musste jünger gewesen sein als William jetzt. Sein Vater ließ sie im Familiengrab der Pinkertons beerdigen, wo auch er einmal begraben liegen würde. Seine Mutter sprach nie darüber, doch ihr gedemütigtes Schweigen konnte, wie so vieles an ihr, brutal sein.

William selbst war nie untreu gewesen. Er trank bis spät in die Nacht in den Saloons, doch in sein quietschendes Bett im Obergeschoss ging er stets allein. In Eisenbahnwaggons aß er schweigend und mit feindseligem Blick. Kokett freigelegte Knöchel oder das Aufblitzen eines blassen Halses spätabends im Aufzug waren ihm egal. Er spürte, wie die Frauen ihn ansahen. Aber es interessierte ihn nicht. Es gab in seinem wie in jedem anderen Metier Männer mit gewissen Begierden, doch zu denen zählte er nicht, denn er liebte schlicht und ergreifend seine Frau und begehrte keine andere.

William sah zu, wie Blackwell über den weißen Kies der Auffahrt von Millbank schritt und zum Torhäuschen hineinrief. Das Gefängnis lag still da, die Straße davor leer und verlassen. Blackwell rief und rief und rüttelte an den kalten Gitterstäben des Tors.

Endlich schritt ein kleiner Mann mit einer Kutte wie ein Mönch um die Ecke des Torhäuschens, blickte prüfend durch die Gitterstäbe und machte sich am Schloss zu schaffen. Mit einem langgezogenen Quietschen schwang das Tor nach innen auf. Blackwell schaute William an, und hintereinander betraten sie die tote schwarze Erde von Millbank. Der Pförtner bedachte sie mit einem kurzen stechenden Blick, als würde er ein minderes Stück Fleisch auf dem Markt begutachten, und stapfte vor ihnen her in sein Häuschen zurück.

William hatte in seinem Leben schon viele Gefängnisse von innen gesehen. Er war in dem kleinen Backsteinbau in Denver gewesen, wo strampelnde Männer mit Seilen an die Dachsparren gehievt wurden, und in den uralten Tombs, in die man die Mittellosen Manhattans zum Sterben warf. Er war im Steinbruch des Kingston Penitentiary gewesen und hatte die vielen Männer mit abgefrorenen Gliedmaßen gesehen, er hatte selbst die gespenstischen unterirdischen Zellenblöcke von Newgate ohne Geleit durchstreift. Aber Millbank nicht, Millbank noch nie.

Natürlich hatte er davon gehört. Welcher Gesetzeshüter hatte das nicht? Inzwischen stand es fast leer, doch einst hatten hier Tausende von Männern in Schweige- und Isolationshaft gesessen, die Gefangene und Wärter gleichermaßen gebrochen hatte. Die Steinmauern waren vom Grau-Gelb kalifornischer Canyons und ragten finster und von Rissen durchsetzt im Schwefellicht auf, und William wurde das Gefühl nicht los, beobachtet zu werden. Die schmalen Öffnungen in den Mauern waren sicher nicht in Reichweite der Insassen, doch in dem Wachturm in der Mitte brannte ein grünliches Licht in den Fenstern. Essiggestank erfüllte die Luft, als wäre etwas ganz und gar Ungutes verbrannt worden. William hielt sich das Taschentuch vor Mund und Nase.

Im Häuschen des Pförtners glomm ein schwaches Kohlenfeuer.

Die Herren, sagte der Pförtner. Er hatte die Kapuze abgesetzt, ein sehr altes Gesicht mit Backenbart enthüllt und stand nun mit dem Rücken zum Feuer, die Stummelfinger nach der Wärme ausgestreckt. Ich muss Sie bitten, sich in das Register auf dem Pult einzutragen. Und die Feuerwaffen abzulegen.

Die letzten Worte hatte er an William gerichtet, und jener schaute erst Blackwell und dann den Pförtner an, machte jedoch keine Anstalten, der Bitte nachzukommen.

Der Chief hat angekündigt, dass Sie aus Amerika kommen, Sir, erklärte Blackwell.

Nehmen Sie's mir nicht übel, sagte der Pförtner.

William wiegte den Revolver in seiner Pranke, reichte ihn dem Pförtner mit der Mündung nach unten. War es das?

Das Register noch, sagte der Pförtner.

William tauchte den Federhalter in die Tinte, trug sich in seiner großen, krakeligen Schrift ein.

Seine Waffe war ein 36er Kaliber Colt Navy, und in Chicago trug er ihn wie andere Männer ihre Geheimnisse: offen zur Schau. Erst sprang einem die Waffe ins Auge und dann der Mann, als wäre er nur die Nachhut.

Der Pförtner führte sie zum inneren Tor, wo ein Wärter sie in Empfang nahm, dem sie schweigend einen fensterlosen steinernen Gang hinunter und durch ein Eisentor folgten, in der Dunkelheit verschmolzen ihre Gestalten miteinander. Das ungeheure Gewicht der Steine drückte auf sie herab. Die Gänge waren nicht beleuchtet, auf den Böden lag Kies aus dem Hof, und an jeder der schweren Sicherheitstüren blieb der Wärter stehen, drehte sich ins Licht der nur dort befestigten Gaslampe und ging langsam den Schlüsselbund an seinem Gürtel durch, als wäre er diesen Weg seit vielen Jahren nicht gegangen und sei sich selbst nicht ganz sicher.

Er führte sie einen verwinkelten Korridor entlang auf eine schmale Eisentreppe zu. Die Zellen lagen allesamt auf der rechten Seite, ihnen gegenüber kleine, tiefliegende Fenster, die unheimliches graues Tageslicht an die Wände warfen. Oben angekommen, ging es weiter auf eine Biegung zu, und dort befand sich schließlich eine einzige vergitterte Zellentür, hinter der ein alter Mann mit geschorenem Haar in brauner Häftlingskleidung auf einer harten Bank saß und Werg zupfte.

Der alte Mann stand langsam auf. Legte das ausgefranste Seil zur Seite.

Martin Reckitt?, fragte William.

Der Gefangene blickte ihn eindringlich an und nickte dann langsam. Mr William Pinkerton, sagte er.

Er ist über Ihren Besuch informiert worden, Sir, erklärte Blackwell mit gedämpfter Stimme. Aber nicht über dessen Zweck.

Martin Reckitt war spindeldürr, seine Haut fettig, als würde eine schwere Krankheit aus seinen Poren sickern. Ein Bluterguss auf seiner Wange hatte sich braun verfärbt wie verdorbenes Obst. Die Augen saßen klein und blutunterlaufen in einem Gesicht, das im spärlichen Licht der Zelle nur noch eingefallener wirkte. Doch seine alten Hände waren schwielig und kräftig, und in den schmalen Schultern lag eine muskulöse Robustheit.

Und weswegen sitzen Sie ein, Sir?, fragte Reckitt. Sein Grinsen reichte nicht bis zu den Augen.

William senkte den Blick. Er wartete, dass die Zelle aufgeschlossen wurde, setzte sich an den Rand der Bank und zog ein Notizbuch aus der Tasche.

Mr Pinkerton möchte Ihnen ein paar Fragen stellen, sagte Blackwell bestimmt. Er stand neben der Zellentür an der Wand. Ich rate Ihnen, zuzuhören und ehrlich zu antworten. Jeglichen Unfug verbitte ich mir.

Martin Reckitt musterte den jungen Inspector mit unheilvollem Grinsen und schaute dann William an. Ich bin unschuldig, sagte er.

William schüttelte den Kopf. Ja, ja, Sie wurden sicher verwechselt, was?

Immer, Mr Pinkerton. Von jedem bis auf unsern Herrn.

William schmunzelte entgeistert. Über Sie will ich gar nicht reden, sagte er. Ich möchte mit Ihnen über Charlotte sprechen.

Charlotte.

Ihre Nichte, ja.

Martin Reckitt setzte sich auf seine Gefängnispritsche, wandte den Blick ab. Als er William wieder ansah, wirkte er misstrauisch, gefasst. Ich habe Charlotte seit Jahren nicht gesehen, sagte er mit tonloser Stimme. Soweit ich weiß, hält sie sich an Recht und Gesetz und macht niemandem Ärger. Am besten lassen Sie sie also in Ruhe.

Blackwell kratzte sich gelangweilt den Handrücken. Charlotte hat sich vor zwei Monaten noch als Besucherin eingetragen. Wir wissen, wie oft sie hier war, Mr Reckitt.

William winkte ab. Erzählen Sie mir, was sie mit Edward Shade zu tun hatte, sagte er.

Er beobachtete das Gesicht des alten Diebes, doch dessen gelassene Miene verriet nichts, weder ein Wiedererkennen noch das Gegenteil. Sie hat mit Shade kollaboriert, bevor er starb, war es nicht so?, drängte William.

Ich sitze seit zehn Jahren, Mr Pinkerton. Ich weiß nichts von solchen Dingen. Ich bin alt und müde und wünsche mir nur, draußen zu sterben, das ist alles.

Das wird wohl kaum passieren, Mr Reckitt, sagte Blackwell.

Reckitt schaute den Inspector in seinem schwarzen Gehrock an. Ich bin überrascht, dass Sie hier mit Anstandsdame ankommen, Mr Pinkerton. Der große Detektiv aus Amerika.

William wandte sich an Blackwell. Lassen Sie uns mal einen Augenblick allein.

Blackwell verzog das Gesicht. Meine Anweisungen sind eindeutig, Sir.

William wartete.

Blackwell schaute zögernd von William zu Reckitt und wieder zurück. Aber nur ganz kurz, Sir. Ich warte auf dem Gang.

Er rief nach dem Wärter, und die gebeugte Gestalt kam langsam durch den Korridor zurück, schloss die Zellentür auf und wieder zu, während William schweigend dasaß und wartete, dass sich das Klimpern der Schlüssel und die Schritte der beiden Männer entfernten.

Edward Shade, Mr Reckitt. Was wissen Sie über ihn?

Reckitt blinzelte mit wässrigen Augen. Shade. Shade?

William hatte sein Notizbuch noch immer nicht aufgeschlagen. Ich habe kein Interesse an Ihrer Nichte, Mr Reckitt. Wenn es sich vermeiden lässt. Ich bin nur an Shade und dessen Verbleib interessiert.

Hat Ihr Vater Sie etwa geschickt? Reckitt schaute ihn listig an. Er hatte es doch auch mit diesem Shade, wenn ich mich recht entsinne. Das war damals immer seine erste Frage an jeden von uns. Ich nehme an, er ist immer noch …?

William räusperte sich. Mein Vater ist letztes Jahr verstorben.

Ach. Ein herber Verlust. Manchmal denke ich, uns alle trennt eine Mauer von der Welt, Mr Pinkerton, sagte Reckitt mit ernster Miene. Die Freien ebenso wie die Unfreien. Manchmal denke ich, diese Mauer hält uns von uns selbst fern. Wenn Sie etwas über Charlottes Bekanntschaften in Erfahrung bringen wollen, befragen Sie sie am besten persönlich.

William nickte abwesend, seine Gedanken schweiften ab. Er nickte und nickte, und schließlich wollte er Reckitt schon über den Tod seiner Nichte aufklären. Stattdessen sagte er zu seiner eigenen Überraschung: John Shore und Sie …

Reckitt lächelte schmallippig. Ach ja, Inspector Shore und ich kennen uns schon lange.

Chief Inspector.

Reckitt wirkte überrascht. Chief? Tja. Es kriecht die Zeit

in ihrem kurzen Schritt, murmelte er. Wir sind so lange hier, bis wir es nicht mehr sind.

Für Sie gilt das nicht. Sie sind hier, bis Sie verlegt werden.

Ich bezog mich auf die Natur des Lebens, Mr Pinkerton, sagte er in vernichtendem Tonfall. Die Verlegung ist mir herzlich egal. Reckitt rieb sich die Handgelenke, wie um einen Schmerz zu lindern. Es ist schon seltsam, sein Gefängnis zu überleben. Ich habe meine Tage in Millbank nicht als sonderlich tragisch empfunden. Sie haben mir die Zeit verschafft, mich wieder mit dem Wort Gottes vertraut zu machen. Wissen Sie, Sir, hätte ich noch ein Leben, würde ich es der Kirche verschreiben.

Das haben Sie doch schon mal versucht. Die wollten Sie nicht.

Reckitt blickte ihn kalt an. Nein, Sir, ich war es, der nicht wollte, sagte er langsam. Er blinzelte mit wässrigen Augen.

Legen Sie es sich zurecht, wie Sie wollen. Bezüglich Ihrer Nichte und Shade …

Reckitt zuckte mit den knochigen Schultern, beinahe theatralisch. Im Priesterseminar war ich einer der Fleißigeren, Mr Pinkerton. Ich hatte natürlich meinen Glauben. Aber mich interessierte vor allem, wie die Bibel sich durch Übersetzung verändert hat. Das Buch der Bücher wurde schließlich nicht auf Englisch verfasst, Sir. Nicht einmal auf Latein. Manches stammt aus dem Griechischen, manches aus dem Hebräischen. Und doch wird uns beigebracht, das Wort Gottes sei unumschränkt gültig. Klingt das in Ihren Ohren vernünftig?

William schwieg.

Reckitt schnalzte mit der Zunge. Für mich auch nicht,

sagte er, für mich auch nicht. Der Mensch erschafft die Sprache.

Mr Reckitt.

Denken Sie nur an den Teufel, Mr Pinkerton. Satan. Nur als Beispiel. Auf Hebräisch ist *satan* kein Name, nur ein Wort, es bedeutet Gegner. Die Gestalt des Satans ist in den ältesten Erzählungen ein Diener Gottes, der von ihm gesandt wird, die Menschen auf der Erde in Versuchung zu führen und ihren Glauben zu prüfen. Er soll Gott Bericht erstatten, wer diese Prüfungen besteht und wer nicht. Wir haben den Teufel selbst erfunden, Sir, irgendwann im Mittelalter. Nichts ist unumschränkt gültig. Alles in der Welt des Menschen unterliegt dem Wandel der Zeiten. Selbst das Böse. Als ich das einmal begriffen hatte, konnte ich der Kirche nicht mehr dienen.

William zögerte, den alten Dieb zu Adam Foole zu befragen, er konnte nicht genau sagen, warum. Sie hörten Blackwell auf dem Korridor auf und ab wandern, das Scharren seiner Schritte.

Mr Reckitt, sagte William schließlich. Wie hat Ihre Nichte Edward Shade kennengelernt? Wer hat sie einander vorgestellt?

Glauben Sie an die Liebe, Mr Pinkerton?

William schaute ihn entnervt an.

Liebe ist die große Trennlinie, sagte Reckitt. Wir überschreiten sie und mit ihr auch die Grenze unseres Selbst. Sie müssen wissen, Sir, ich war nie verheiratet. Aber ich habe geliebt. Und ich liebe, ich liebe meine Nichte. Die Bibel lehrt uns, nur ein Mann, der unfähig ist zu lieben, ist wahrhaft gefährlich.

Und was hat das mit Shade zu tun?

John Shore, Sir, ist ein Mann, der unfähig ist zu lieben.

Herrgott –

Wir kannten uns als Kinder, wuchsen in der gleichen Gegend auf. Er war ein schwieriger Junge, ein Raufbold. Ich war älter, ein Büchernarr, und trotzdem hatte ich Angst, ihm auf der Straße zu begegnen. Er ging zur Polizei, weil er wusste, dass er dort Macht ausüben konnte.

William seufzte.

Reckitt merkte offenbar, dass William die Geduld verlor, denn er verstummte und schaute ihn nun besonders eindringlich an. Warum sind Sie hier, Mr Pinkerton?, fragte er vorsichtig. Warum unterhalten wir uns gerade? Was ist passiert?

William steckte sein Notizbuch wieder ein. Ihre Nichte ist tot, Mr Reckitt. Sie wurde vor zwölf Tagen tot aufgefunden.

Langsam zogen sich Reckitts buschige Augenbrauen zusammen. Er schwieg.

Sie wurde ermordet. Es tut mir leid.

Der Alte wandte das Gesicht ab, und sie schwiegen beide. Dann stand William auf, fuhr sich mit der Hand durchs Haar und fing an, seinen Chesterfield zuzuknöpfen.

Charlotte ist tot?, sagte Reckitt langsam.

William nickte.

Meine Charlotte?

Ihren Kopf hat man aus dem Fluss gezogen, sagte William. Ihr Oberkörper lag in einem Sack auf einer Baustelle. Ihre Beine wurden am Samstag gefunden. Dieser Mann, dieser Edward Shade. Seine Komplizen von damals sind unsere einzige Spur.

Er beobachtete, wie die Lüge in dem alten Mann arbeitete. An der Zellentür drehte er sich noch einmal um. Wenn Sie sich an irgendetwas erinnern, wissen Sie ja, wie Sie mich erreichen können.

Ich habe nie einen Edward Shade gekannt, flüsterte Reckitt mit gesenktem Blick.

Jedes Detail könnte wichtig sein, sagte William.

Kann ich sie sehen? Mr Pinkerton?

William schlug an die Gitterstäbe. Blackwell, rief er. Er drehte sich noch einmal um. Wer hat damals sonst noch mit Charlotte zusammengearbeitet, Martin? Wer könnte Shade noch gekannt haben?

Als Reckitt den Blick hob, waren seine Augen schwarz vor Zorn. Beide Männer wussten, was menschliches Leid bedeutete, und beide kannten Möglichkeiten, es noch zu verstärken. Sie trafen ein stilles Übereinkommen.

Der Mann, mit dem Sie sprechen sollten, heißt Adam Foole.

Sechzehn

Angst?, fragte Foole. Edward Shade ist seit zwanzig Jahren tot, Japheth.

Dann zeig mir die Leiche, grummelte Fludd. Er gestikulierte mit seinem Löffel, und es blitzte in dessen Wölbung orange auf. Tatsache is doch, Mr Adam, du hast bei diesen Pinkertons ne Grenze überschritten. Bei ner bestimmten Sorte von Kerl is das das Schlimmste, was du machen kannst. Seit Jahren lieg ich dir innen Ohren, dasses nich vorbei is. Wenn du nich aufpasst, greift dir die Vergangenheit von hinten in die Tasche, is halt so.

Und das aus deinem Mund.

Aye, sagte Fludd mit finsterem Blick. Das aus meinem Mund. Sind nich wir, die entscheiden, was tot heißt.

Foole dachte an Charlotte in der Stille des Leichenhauses und dann an den Amerikaner in der Dunkelheit des Tunnels, und er schüttelte den Kopf. Pinkerton kann mir nützlich sein, sagte er mit sanftem Nachdruck. Wenn der Sarazene auffindbar ist, dann findet Pinkerton ihn.

Kann aber gut sein, dasser nich nur den Sarazenen findet.

Er kann uns nicht gefährlich werden, Japheth. Dröhnendes Gelächter drang durch den Teppich aus der Spelunke unter ihnen herauf, ebbte ab. Foole schob den Rotwein beiseite, verschränkte die Hände auf dem Tisch. Pinkerton

redet sich ein, Shade für seinen Vater zu jagen, sagte er langsam. Aber das stimmt nicht. Er tut es für sich selbst. Das
ist es, was ihn gefährlich macht. Weißt du, was ich glaube,
Japheth? Ich glaube, sein Vater hat ihm nichts von dem erzählt, was damals geschehen ist.

Du meinst zwischen dir und seinem Pa.

Foole nickte.

Das beruhigt mich kein bisschen, sagte Fludd und verzog
das Gesicht.

Sie waren nach Einbruch der Dunkelheit durch King's
Cross gekommen und hatten vorsichtig die drei glitschigen
Stufen, die rissigen, messerscharfen Holzbohlen hinunter
ins Bottle's genommen. Fludd hatte die genietete Tür mit
beiden Händen aufziehen, sich mit seinem ganzen Gewicht
hineinhängen müssen, und dann hatte die Hitze von drinnen
Foole wie ein Schlag getroffen. Dichter Rauch, der Gestank
ungewaschener Leiber: Foole hatte seine Tasche zugehalten und eine Hand auf den Hut gelegt, als er hinter Fludd
eintrat. Sie hatten sich vorbeigeschoben an humpenschwen-
kenden Straßenräubern, Omnibusdieben, die mit ihren ge-
schickten Griffeln die Röcke von weiblichen Lockvögeln
befummelten, ein Kind mit verkrüppelter Wirbelsäule entdeckt, das auf einer niedrigen Bühne eine Orgel bearbeitete,
doch sie waren nicht stehen geblieben. Ein Beutelschneider
hatte sich mit einem Glas Gin vorbeigedrängt, das schlimme
Auge eingedrückt wie eine weiße Murmel im Schlamm. Am
anderen Ende der Schenke hatte Fludd dreimal in schneller
Folge gegen eine schwere Eichentür gedonnert, kurz darauf
hatte sich ein kleiner Schlitz in der Tür geöffnet.

Bottle, rief Fludd und ging in die Knie, um sein Gesicht zu zeigen. Ich bins, Japheth.

Der Schlitz wurde wieder geschlossen. Das Scharren von Bolzen war zu hören, dann schwang die Tür auf und gab den Blick auf einen Mann frei, der in seinem Frack ernst und eigenbrötlerisch wie ein Bestatter wirkte. Schütteres Haar, fleckige Kopfhaut. Wie alt sie alle geworden waren.

Aach, Mr Fludd, sagte der Mann mit breitem schottischen Akzent. Schön, dass Sie wieder da sind. Und Mr Foole, Sir. Ein Tisch für zwei?

Drei, sagte Foole. Molly kommt nach.

Aye, und bring ihr nen Eimer, wenn sie kommt, grinste Fludd. Die Kleine kann saufen wien Gaul.

Bottle hatte sie nach oben geführt. In einem holzvertäfelten Raum auf der Vorderseite des Lokals brannten auf einem kleinen Tisch zwei dicke Talgkerzen, als wären sie längst erwartet worden. Eine Flasche Bordeaux in weißem Tuch stand zum Atmen geöffnet bereit. Foole bestellte Kokossuppe und Lachs-Curry, Fludd nahm das Artischockenragout, und Bottle servierte das Essen alsbald.

Foole beugte sich vor. Ich dachte, er wäre größer, sagte er leise und eindringlich, sobald sie wieder allein waren. Pinkertons Sohn, meine ich.

Och, mir war der groß genug. Und ganz schön flink auf den Beinen für seine Größe, das is immer schlecht.

Er ist seinem Vater nicht sehr ähnlich. Weniger Gift und Galle. Es scheint, als hätte er den Jähzorn nicht geerbt. Foole blickte auf, als wäre er über seine eigenen Worte erstaunt.

Fludd nickte. Du dachtest, er wär anders.

Ich dachte, da wäre zumindest …

Eine Ähnlichkeit.

Er betrachtete Fludds Gesicht im Kerzenlicht, konnte jedoch keine Anzeichen erkennen, dass der andere sich über ihn lustig machte. Ja, sagte er leise. Eine Ähnlichkeit.

Die sind nich dein Fleisch und Blut, Mr Adam.

Fludds Worte waren nett gemeint, doch plötzlich kam er sich dumm vor, war er müde. Sein Leben lang hatte er alles fest im Griff gehabt, und jetzt schien es, als würden ihm die Zügel entgleiten, als verlöre er sich angesichts eines größeren Ganzen, das er nicht überblickte.

Fludd schüttelte eine Serviette auf, griff nach dem Bordeaux und schenkte zwei Gläser ein. Auf die Pinkertons, sagte er. Den, der hier is, und den, der nich mehr da is. Das Glas verschwand fast in seiner Pranke mit den schwarzgeränderten, abgekauten Fingernägeln.

Foole trank.

Doch Fludd hielt sein Glas nur an die Lippen und brummte mit unverwandtem Blick über den Rand hinweg: Trotzdem würd ich mit dem Mistkerl am liebsten drei Runden ohne Handschuhe hinter mich bringen, das sag ich dir. Nee, noch lieber würd ich mich mit nem Knüppel anschleichen, wenn er schläft. Dann seufzte er und nahm einen tiefen Schluck, stellte das Glas ab und wischte sich den Wein aus dem Bart. Das Gesetz is nie das richtige, wenn man saubere Arbeit will, Mr Adam. Und Pinkerton is wahrlich sein eigenes Gesetz.

Foole runzelte die Stirn. Das klingt ja fast biblisch, Japheth.

Muss an meiner Kinderstube liegen, sagte Fludd, dann verfiel er ins Grübeln. Er schob seine fleischige Faust über den Tisch. Du musst das der Kleinen erzählen, sagte er. Ich weiß, da bist du nich scharf drauf.

Foole betrachtete seine aufgesprungenen Hände.

Du hilfst ihr nich, wenn dus ihr verschweigst, Mr Adam. Ich komm selber grad ausm Bau. Wenn wir uns mit nem Pinkerton einlassen, sind wir alle schneller wieder drinne, als uns das lieb is. Mit Molly werden die nich weniger hart umspringen, das is denen egal, wie alt die is.

Aus der Schenke unter ihnen drang ein Klirren, dann gedämpftes Jubeln, doch in ihrem dämmrigen Séparée nahm Foole keine Notiz davon und sagte in einem Ton, der plötzlich kalt und hart war wie ein Stahlseil: Edward Shade hat es nie gegeben, Japheth, nicht offiziell. Es existieren keine Papiere mit seinem Namen, keine Fotografien, keine richterlichen Verfügungen oder Verhaftungsbefehle. Nichts. Niemand kennt die Wahrheit, außer dir. Ich war vorsichtig.

Nichma Charlotte hast dus erzählt?

Ich habe es niemandem erzählt. Erst recht nicht den Reckitts.

Der Kerzenschein verzerrte die Gesichtszüge des Riesen.

Niemand kann Geister aufspüren, Japheth. Nicht einmal ein William Pinkerton.

Edward, flüsterte Mrs Shade des Abends, und das Kind blickte jedes Mal erschrocken von seinem Holzspielzeug auf. Den Namen seines Vaters zu hören war grotesk. Nachmittags schlich sich Fisk manchmal im Halbdunkel der Stallungen an ihn heran und zischte: Ihr habt hier nichts verloren, Master Edward, und dann floh er unter klirrendem Ledergeschirr und Eisen wie vor dem Namen an sich. Was als Liebenswürdigkeit gedacht gewesen war, als Möglichkeit, einen geliebten Menschen am Leben und in Erinnerung zu halten, erwies sich mit der Zeit als dessen Auslöschung. Nach und nach reagierte er auf den Namen, als wäre es sein eigener. Allmählich verblasste Edward Benlowes, geriet seine rauhe Stimme in Vergessenheit.

Wie fühlte sich das Kind in Shade House, was dachte es über dessen Bewohner? Hatte es Angst? Mrs Shade zumindest bot einen furchterregenden Anblick. Sie war dürr wie ein Skelett, eine ernste Frau, in deren Blick der Tod stand und deren Haut so blass war, dass sie manchmal nahezu bläulich schimmerte. Eine Traurigkeit erfüllte sie, wohnte jeder Bewegung inne. Verwitwet mit einunddreißig, war sie noch jung für das Vermögen, das sie besaß, doch sie sprach nie über ihren Mann, der in jenem Winter seit drei Jahren tot war. Seine Landvermesserkutsche hatte sich überschlagen und war in den wilden Ohio gestürzt, die Leiche wurde nie gefunden. Sie war oft müde, gewiss, und fasste sich abends an die Kehle, um Luft zu bekommen, wobei sich die Halssehnen überdeutlich abzeichneten. Die Treppe stieg sie langsam hinauf, sprach in stockenden Sätzen. Im Sommer ließ sie das Frühstück unangerührt liegen und schwebte mit einem Ausdruck leidgeprüften Bedauerns zu Dahlien und Rosen auf die Terrasse. Foole beobachtete sie, beklommen, bang.

Mrs Shade war Freidenkerin, Atheistin, Sklavereigegnerin. Sie hatte Größe, in einer Zeit, in der Frauen Größe verwehrt wurde. Als das Kind Fisk eines Tages fragte, warum die kleine Kapelle des Anwesens verrammelt sei, zuckte der Mann nur angesäuert mit den Schultern. Weil sie es so will. Sie glaubte an andere Dinge. Im Herbst verfügte sie, das

Kind solle mit der Schulerziehung beginnen, obgleich es
erst fünf Jahre alt war. Jeden Morgen sollte er vier Stunden
lernen, und zu diesem Zweck ließ sie eine Gouvernante aus
New York anreisen. Mrs Shade bestand darauf, dass er während der Schulstunden Zitronen, Orangen, Pampelmusen
aß. Ein New Yorker Wissenschaftler habe herausgefunden,
Zitrusfrüchte eröffneten neue Verbindungen im Gehirn,
erklärte sie, und dann fügte sie mit herausforderndem
Grinsen hinzu: Das gibt einem zu denken, nicht wahr?
Jeden Tag wurde der Junge in kleine maßgeschneiderte Anzüge gesteckt und musste gehorchen, doch Mrs Shade verabscheute jede Form körperlicher Züchtigung. Einmal sagte
sie zu ihm: Menschen werden nach ihren Überzeugungen
beurteilt, Edward. Glaube nie etwas, das du nicht vorher
durchdacht hast. Von Fisk und der Köchin erfuhr er, dass
die Eltern ihrer Mutter vor der Revolution in Frankreich
geflohen waren, nur um wieder und wieder vor Napoleon
fliehen zu müssen, als Europa vom Französischen Kaiser-
reich geschluckt wurde. Meine Eltern haben an nichts geglaubt, sagte Mrs Shade selbst eines Abends. An nichts als
die menschliche Würde, Edward, und an gutes Schuhwerk.

Nachmittags durfte er über das Anwesen streunen. Er
erklomm Regenrinnen, lungerte auf den Schieferdächern
herum, jagte die halbverwilderten Katzen mit löchrigen Fi-
schernetzen. Oder er schwamm nackt zwischen Seerosen-
blättern und Wasserpflanzen in dem künstlich angelegten
See. Er spielte gern mit einem älteren Jungen, James, dem
Sohn des ebenfalls im Ohio ertrunkenen Kutschers, der mit
der Köchin in einem Cottage außerhalb des Grundstücks
wohnte. Der Junge war nachgiebig, sanft und doppelt so

groß wie Foole. Gemeinsam gruben sie raffinierte Fallen für Piraten und Diebe in den Rasen und versteckten sich vor der Gouvernante, bis es dunkel wurde. Sie waren so enge Freunde, wie nur Kinder es sein können, erfanden eine Geheimsprache aus Vogelschreien und Grunzlauten, schnitten sich mit einer Pfeilspitze aus Flintstein gegenseitig in die Hand und schworen sich ewige Treue in jener endlosen, unvergänglichen Dämmerung, die so eine Kindheit ausmacht.

An all das erinnerte er sich wie an ein Märchen unmöglichen Ausmaßes. Und wie bei allen Märchen brach auch in dieses das Grauen ein: ein spitzes, schmerzverzerrtes Husten, seine Wohltäterin zusammengekrümmt in ihrem Sessel, Blut auf einem Taschentuch, gefaltet und wieder gefaltet und verstohlen entsorgt. Nein, sie werde darüber nicht mit ihm sprechen. Doch im Herbst verschwand sie für sechs Wochen, reiste gen Westen in die hohen trockenen Sierras und ließ das Kind in der plötzlich so tristen Weite des Anwesens zurück. Fisk begleitete sie. Foole erinnerte sich genau an dessen steife, aufrechte Gestalt, den stur geradeaus gerichteten Blick, als die Kutsche langsam die Auffahrt hinunterfuhr. Von dieser Reise kehrte sie mit rosigen Wangen zurück, mit strahlenden Augen, und eine Zeitlang war neues Leben in ihr. Doch dann, langsam, aber sicher begann sie wieder zu welken.

So vergingen die Monate, schwanden dahin. Kalkutta, sein Vater, all das, was ihn einst ausgemacht hatte, schwand dahin, wurde abgelöst von Mrs Shades zerbrechlicher, hustender Silhouette.

In der letzten Nacht seines ersten Jahres in Shade House schreckte er mit wild klopfendem Herzen aus dem Schlaf hoch. Die beiden Mädchen in Weiß standen an seinem Bett.

Er hatte sie zuletzt in Kalkutta gesehen. Im Mondlicht sah er seinen Atem und begann zu zittern.

Papa?, flüsterte er. Habt ihr ihn gesehen? Ist Papa auch da?

Doch sie schwiegen, starrten ihn nur voller Abscheu an, und dann waren sie fort, von der Dunkelheit verschluckt.

In der Spelunke rieb sich Foole mit dem Handballen die Augen, als Molly hereinkam. Er sah ihr sofort an, dass etwas nicht stimmte. Seit ihrem Besuch bei Mrs Sharper und deren Schwester war sie stiller gewesen, ein weicher Kern von Traurigkeit in ihrem Innern, aber das war es nicht.

Ich hab ihn erst gesehen, als er direkt hinter mir war, Adam, sagte Molly. Ich schwörs. Wie n verfluchter Schatten, der Kerl.

Der Mann, der sich daraufhin hereinschob, trug einen eleganten schwarzen Frack, eine grüne Satinweste, und sein geöltes braunes Haar war angelegt und von den Ohren weggekämmt. Die Wangen waren von Kratern übersät und glänzten. Er setzte sich auf den freien Stuhl und knallte seinen Hut auf den Tisch. Als er die Beine übereinanderschlug, fielen Foole die Gamaschen und der falsche Rubin in seinem Spazierstock ins Auge. Es würde ein Messer darin verborgen sein. Der Mann war Hehler von Beruf, gehörte seit langem zu den Edelgaunern und schreckte den Gerüchten nach auch vor menschlicher Ware nicht zurück, zumindest hieß es, man könne ausstehende Schulden bei ihm auch auf diese Weise begleichen. Foole hatte sich vor zwei Jahren zwanzigtausend Pfund von diesem Ungeheuer geliehen und noch keinen Penny zurückgezahlt. Sein Name war Appleby Barr.

Barr sah Fludd an, der ihn böse anfunkelte, dann wandte

er sich an Foole. Mir war bereits zu Ohren gekommen, dass Sie sich wieder in London aufhalten, sagte er leise. Aber ich wollte es nicht glauben. Ich gehe davon aus, dass Sie mit der Rückzahlung beginnen wollen?

Foole runzelte die Stirn, räusperte sich, als wollte er etwas sagen, schwieg jedoch.

Das ist nicht die Antwort, die ich mir erhofft hatte, Mr Foole.

Es sind einige Vorhaben in Planung. Sie bekommen Ihr Geld.

Ganz gewiss.

Foole rang sich ein Lächeln ab. Wo liegt denn dann das Problem, Mr Barr?

Die entscheidende Frage ist doch die nach dem Wann, Sir. Welche Art von Vorhaben?

Lohnenswerte.

Barr leckte sich die Unterlippe. Die Zunge dick und stumpf, weiß wie eine Larve. Sie müssen mir schon etwas mehr liefern, Mr Foole, wenn Sie meine Geschäftspartner besänftigen wollen. Mit welcher Rendite rechnen Sie?

Sie bekommen Ihr Geld, Mr Barr, wiederholte Foole.

Molly kaute an ihren Nägeln, spuckte auf den Teppich.

Fludds Bass ertönte aus dem Halbschatten. Son Verhör is aber nich grade die feine englische Art, sagte er, die riesigen Würgerhände offen vor sich auf dem Tisch.

Barr sah ihn ungerührt an. Mr Fludd, nehme ich an?

Mr Fludd, sagte Foole mit einer fahrigen Handbewegung. Mr Barr. Mr Barr ist einer unserer Geschäftspartner.

Ein Investor, korrigierte Barr. Der noch auf die Rendite

seines angelegten Kapitals wartet. Ihre Zeit ist abgelaufen, Sir.

Ich brauche nur noch ein paar Wochen Aufschub. Mein Ruf als Verdiener sollte doch eigentlich genügen, oder?

So war es zumindest einmal.

Wer nix hat, kann auch nix bezahlen, murmelte Molly.

Barrs fettiges Gesicht zeigte keine Regung, und er strich sich mit einem Finger übers Haar. Er sagte: Na, na, Kindchen, es gibt viele Möglichkeiten, seine Schulden zu begleichen. Nicht wahr, Mr Foole?

Foole blickte finster drein.

Nächstes Mal werde nicht ich es sein, der Ihnen einen Besuch abstattet, sagte Barr schulterzuckend. Er zupfte seine Hosenbeine zurecht.

Und es wird auch nich Mr Foole sein, der dann die Tür aufmacht, knurrte Fludd.

Barr nickte unterkühlt, der Hauch eines Lächelns umspielte seine Lippen. Mr Foole, Mr Fludd, sagte er und stand auf. Bedachtsam setzte er sich den Hut auf und gab ihm anschließend den richtigen Dreh. In der Tür hielt er inne. Dürfte ich Ihnen den '72er Château empfehlen? Eine hervorragende Begleitung zum Lachs.

Und dann schloss sich die Tür, und Foole seufzte, rieb sich die Schläfen.

Wie viel bist du denn in den Miesen?, fragte Fludd, kaum war der Mann aus der Tür.

Genau, lass hören, Adam, sagte Molly. Sie setzte sich auf den Stuhl, auf dem Barr zuvor gesessen hatte, und rutschte auf der Sitzfläche herum. Der ist ekelhaft warm jetzt. Kann ich mich ja gleich bei dem aufn Schoß setzen.

Klappe, Kleine, sagte Fludd. Du hast den Scheißkerl doch angeschleppt.

Molly stand demonstrativ auf und breitete ihren Mantel über Barrs Stuhl.

Die Sache ist rein geschäftlich, Japheth, sagte Foole. Das ist bald vom Tisch. Mr Barr ist ein nützlicher Kontakt. Womöglich der sauberste Hehler im ganzen Milieu. Ich würde mich nur äußerst ungern mit ihm überwerfen.

Dann bezahl ihn ma lieber.

Dazu müssen wir aber erst einmal die Mittel auftreiben. Foole bemühte sich zu lächeln, doch es wollte ihm nicht recht gelingen. Wir verschieben unsere Ware seit zweiundachtzig über Mr Barr. Er hat uns ein paarmal ohne Not unter die Arme gegriffen. Er hat sicher auch Verpflichtungen. Dieser Besuch war nichts als eine freundliche Erinnerung. Mr Barr ist uns einigermaßen freundlich gesinnt.

Fludd schnaubte. Seine Augen glänzten im Kerzenschein wie zwei Nagelköpfe.

In Mollys Gesicht machte sich ein sorgenvoller Ausdruck breit. Sie ließ einen Fuß über den Teppich schleifen, vor und zurück.

Was ist denn, Molly?

Sie schüttelte den Kopf. Nix. Ich hab bloß nachgedacht. Du musst diese Schlammwühlerin finden.

Fludd hob überrascht den Kopf.

Foole erinnerte sich daran, wie Molly nach dem Besuch bei der alten Sharper in der Kutsche nach Hause gesessen hatte. Wie sie ihren Kopf an seine Schulter gelegt hatte, die schwache Wärme ihres erschlafften Körpers, ihr leiser Atem. Schon seit Tagen sah er sie immer wieder gedankenversunken an den Fenstern des Emporiums stehen, und ihm war schmerzlich bewusst, was der Besuch in ihr aufgewühlt hatte. Foole hatte selbst zu viele geliebte Menschen verloren. Doch für Molly gab es nur das verschwundene Kind Peter, verschluckt von Londons Finsternis.

Mrs Sharper meint, Annie ist unten in den Kanalnischen, murmelte Molly. Wenn du glaubst, dass es der Knochen-mahler war, der deine Charlotte abgemurkst hat, wärs doch nicht richtig, wenn wir nicht nach ihm suchen. Du musst das doch wissen, Adam. Du willst doch das Gefühl haben, dass du alles gemacht hast, was du konntest.

Foole nickte.

Ich weiß nicht, wie man da runter- und auch heile wieder rauskommt. Aber ich kenn da einen Kneifer von früher, der weiß vielleicht was. Der hat sich im Winter immer unter der Blackfriars verkrochen. Wenn du willst, frag ich ihn.

Foole sagte leise: Wir haben da schon jemanden im Sinn.

Der hat aber noch nich ja gesagt, wandte Fludd ein.

Molly hielt inne, musterte sie mit ihren kleinen Augen. Wer denn?

Pinkerton.

Pinkerton?

Aye, Pinkerton.

Ihr habt euch mit William Pinkerton getroffen, sagte sie langsam.

Foole nickte.

Er hatte Wut erwartet, doch sie nickte bloß, verschränkte die Hände und löste sie wieder, ernst und nachdenklich. Wir haben nie unnötige Aufmerksamkeit auf uns gelenkt, Adam, murmelte sie. Du hast immer gesagt, das wär das

Beste, um eine weiße Weste zu behalten. Gar nicht erst auf-
zufallen. Nun wurde sie doch grimmig: Und jetzt holst du
William Pinkerton ins Boot? Dem Mistkerl kannst du doch
unmöglich trauen.

Das hat nichts mit Vertrauen zu tun.

Aber du willst ihn runter in die Kanalisation schicken. In
ner Sache, die nur unsereins was angeht.

Willst du lieber selbst da runter?

Ich hab da keine Angst vor. Wütend kratzte sie sich am
Ohr. Irgendnen Dummen finden wir doch immer, Adam.
Aber ausgerechnet Pinkerton? Ihre Mundwinkel wanderten
leicht nach unten, während sie überlegte. Oder entgeht mir
da was? Irgendne List? Jappy?

War nich meine Entscheidung.

Geduldig klopfte Foole auf die Armlehne seines Stuhls.
Die Entscheidung steht. Ob richtig oder falsch. Wir gehen
ein kalkuliertes Risiko ein.

Kalkuliert, ich lach mich kaputt. Molly stibitzte ein Stück
Lachs von Fooles Teller. Unsere Hälse stecken mit in der
Schlinge, wenn dem Mistkerl einer ins Hirn scheißt. Diese
Pinkertons haben Aufzeichnungen von jedem einzelnen
Kerl im Milieu und geben die liebend gern an die Puhler
raus, Adam.

Ich glaube nicht, dass wir etwas zu befürchten haben.

Das glaubst du nicht?, fragte Molly. Wer weiß, was passiert, wenn du Pinkerton da runterschickst. Die Berserker
schneiden sich die eigenen Zungen ab, damit ihnen kein
Wort über die Lippen kommt. Eine Goldzieherin, die ich
kannte, hat erzählt, die fressen Menschen, die sich da drinne
verirren.

Fludd lockerte seinen Kragen. Vielleicht fressen sie ja Pinkerton, dann hätten wir n Problem weniger.

Er war neun Jahre alt und stand an den großen Fenstern der Bibliothek, sah dem Regen zu, der flächig gegen die Scheiben wehte, als er das Dienstmädchen in der Eingangshalle aufschreien hörte. Der Schrei war grässlich, verzweifelt. Im Marmorfoyer fand er die Hausangestellten versammelt, stumm, niemand arbeitete. Sie ist tot, erklärte die Köchin mit brechender Stimme. Sie klammerte sich an einen Brief. Die arme Mrs Shade ist gestorben, Master Edward, Gott hab sie selig. Foole kamen die Tränen. Als er sie das letzte Mal gesehen hatte, war sie auf der Kieseinfahrt des Hauses vor ihm auf die Knie gegangen und hatte ihn zum Abschied geküsst, ihre Lippen hatten sich auf seiner Stirn kalt angefühlt. Dann hatte sie ihre Röcke glattgestrichen und sich die raffinierte blumenverzierte Hutkrempe gerichtet. Sie sollte in ein Thermalbad in Colorado reisen, der heißen Quellen wegen.

In den Tagen, die auf die Todesnachricht folgten, überkam ihn ein sonderbarer Schwindel. Unsicher drückte er sich an den Wänden entlang, wurde immer weniger beachtet und bekam nur unregelmäßig etwas zu essen. Seine Gouvernante packte am zweiten Tag ihre Koffer und ging. Am vierten Tag legte auch die Köchin ihre Arbeit nieder. James und er saßen im ersten Stock und ließen die Beine durchs Treppengeländer baumeln, sahen zu, wie die Erwachsenen durchs Haus streiften und Statuen, Tafelsilber und wertvolle Bücher mitgehen ließen. Am sechsten Tag kam Fisk und eröffnete ihm, er sei im Testament nicht berücksichtigt worden. Das

Erbe wird unter Mrs Shades Angehörigen aufgeteilt, sagte er barsch. Sie kommen im neuen Jahr mit dem Schiff aus Irland. In der Zwischenzeit soll ich das Haus schließen und mit einer Bestandsaufnahme beginnen.

Wo soll ich denn hin, Sir?, hatte Foole gefragt.

Ihr, Master Edward, hatte Fisk gesagt, werdet nun endlich wieder Bekanntschaft mit der echten Welt machen, will ich meinen.

James und er wurden mit der Eisenbahn nach Washington, D. C., geschickt. Frierend und verängstigt kamen sie an und schliefen zwei Tage lang mit den Köfferchen zu ihren Füßen im Bahnhof, beobachteten die vorbeieilenden Reisenden und zerrten in der Zeit zwischen Abfahrt und Ankunft der Züge umgedrehte Kisten über den Boden, um die Abfalleimer nach Essbarem zu durchwühlen. Am Nachmittag des dritten Tages brachte ein Obsthändler sie aufs Polizeirevier, damit sich die Constables um sie kümmerten. Er erinnerte sich an einen Sergeant, der durch die kalte Abenddämmerung ging, und wie sie mit ihm eine endlose Treppe in einem Wohnhaus hinaufgestiegen waren, wo alle halbe Stunde Karren vorbeiratterten und sie tellerweise Rührei mit großen dicken Scheiben heißen Schinkens vorgesetzt bekamen. Er sah noch immer den glänzenden Fettfilm auf James' Lippen.

Er hatte gedacht, sie könnten dort wohnen. Doch am Morgen hatte der Sergeant sie wieder aufs Revier gebracht, als hätten sie etwas falsch gemacht, und am Nachmittag kam eine Nonne und nahm ihm den Freund weg, mit dem falschen Koffer in der Hand, und zwei Stunden später holte ihn ein uralter Priester in schwarzem Anzug. Sie waren aus Prinzip getrennt worden und sollten einander nie wiedersehen. Ein halbes Jahr lang trug Foole die unförmigen Kleider seines Freundes, mit umgekrempelten Ärmeln und viel zu weitem Hosenbund, ehe er schließlich doch die Hoffnung aufgab, und als er sich nicht mehr an das Gesicht seines Freundes erinnern konnte, tauschte er die Kleider gegen eine Schachtel Murmeln und den Koffer mit *James Gray* in Schreibschrift gegen ein Paar guter Lederschuhe.

Zwei Jahre lang schlief er in jenem Waisenhaus, schlief, ob er wach war oder nicht. Die langen zugigen Säle mit den Stockbetten, die brutalen Jungenbanden im Speisesaal, die blitzschnelle Tücke ihrer Täuschungsmanöver. Er lernte, sich nicht an Mrs Shade zu erinnern, an ihr Haus, die Wärme eines verlorenen Lebens. Zuerst war Wut in ihm, Wut darüber, dass auch sie gestorben und von ihm gegangen war, doch allmählich verflog die Wut und wich einem Gefühl der Leere. Alles war grau in seinem neuen Zuhause, die Wände, die Hemden, die Haut auf den Handrücken der Nonnen. Die kleineren Jungen mussten Kleidung nähen oder stopfen, die größeren arbeiteten in der Holzwerkstatt im Keller, und es verstand sich von selbst, dass alle mit dem Rohrstock geschlagen wurden. Des Nachts, wenn der Aufseher in seiner abgetrennten Nische schnarchte, zogen sie von Bett zu Bett, tauschten ihre Schätze und geflüsterte Gerüchte von einer Welt jenseits der Waisenhausmauern. Eine Welt der Taschendiebe und feinen Anzüge und leichten Mädchen. Dort lernte Foole, dass Größe nicht gleich Macht war und Stärke manchmal Schwäche sein konnte. Er lernte, dass die Kunst, nicht erwischt zu werden, darin bestand, einer der Unverdächtigen zu sein. Er lernte Mitgefühl durch dessen Mangel, gewöhnte sich an Blut durch dessen Allgegenwärtigkeit.

Dann, eines Morgens im April, er war elf Jahre alt, stopfte er seine Habseligkeiten in einen Kissenbezug und spazierte Seite an Seite mit einem Jungen namens Cullen durch das Eingangstor des Waisenhauses. In der zweiten Nacht klaubte dieser Junge ihre wenigen Münzen und allen Proviant zusammen und verschwand auf Nimmerwiedersehen. Foole schlief unter Brücken, bestahl Straßenhändler. Er bettelte und handelte und versetzte Dinge im Leihhaus. Nach kurzer Zeit lernte er, wie man reinrassige Hunde aus den vornehmeren Häusern stahl und sie dann zurückbrachte, um die Belohnung einzuheimsen. Er wurde zweimal verprügelt und einmal beinahe vergewaltigt, und vor diesen Männern floh er mit flatternden Hemdzipfeln und machte sich kurz darauf auf den langen Weg über Land nordwärts nach New York.

Er war klein für sein Alter, aber flink und brutal, mit dem messerscharfen Instinkt eines Überlebenskünstlers, und es dauerte nicht lang, bis ihn eine Bande von Langfingern und Dieben unter ihre Fittiche nahm. Er lernte die Kunst des Stehlens, in Dreiergrüppchen arbeiteten sie unter einem Meisterdieb und durften nur einen kleinen Anteil ihrer Beute behalten. Fooles violette Augen waren auffällig, und dazu hatte er dichte, buschige Brauen, die seinen Blick finster und ihn älter machten, und bei Tageslicht erregte sein Äußeres Aufsehen. Er lernte, auf den nächtlichen Straßen vor den Theatern zu lauern und zwischen die Kutschen der Reichen zu schlüpfen, und die ganze Zeit über träumte er davon, sich eines Tages frei unter ihnen zu bewegen. Durch zufallende Türen erspähte er eine Welt der üppigen Bankette und gleißenden Kronleuchter, eine Welt edler Schimmel, die einen Straßenjungen in den Schlamm stießen, ohne ihren Trab zu verlangsamen, und er verabscheute diese Welt und sehnte sich danach und lebte in ihrem Schatten, dieweil er sein Handwerk erlernte.

Er war dreizehn Jahre alt, als der Krieg ausbrach. Auf der Straße gab es kein Halten mehr, die Menschen waren wie aufgeputscht, ohne Rücksicht auf Verluste. Im September desselben Jahres stellte er sich mit Hunderten anderen vor den Rekrutierungszelten der New York Light Artillery an, in der Hoffnung auf das Handgeld von eintausend Dollar. Er hatte sich Dreck ins Gesicht geschmiert und seine Kleider in Unordnung gebracht, um älter zu wirken, doch die erschöpften Männer, die mit ihm in der Schlange standen, schubsten ihn nur herum und lachten über diesen vergeblichen Versuch. Es regnete, und das Wasser lief ihm von der Hutkrempe, als er den Blick betrübt abwandte.

Als Foole endlich ganz vorn in der Schlange stand, saß dort der Rekrutierungssergeant an einem Tisch unter einem Vorzelt und schob Papiere hin und her. Das Gras war zu Matsch zertrampelt. Name, bellte der Sergeant. Dann blickte er auf, hielt inne. Wie alt bist du, mein Sohn?

Achtzehn, Sir.

Stirnrunzelnd taxierte der Mann Foole in seinem zerrissenen Mantel. Irgendjemand kicherte. Du willst für dein Land kämpfen, mein Sohn?, fragte der Sergeant.

Foole dachte an Mrs Shade, irgendwo im Westen in der Wüste begraben, er dachte an seinen sterbenden Vater in einer Pension in Baltimore. Leben hieß Tod. Er sagte mit der rauhsten Stimme, die er zustande brachte: Ich will den verfluchten Feind niedermetzeln, Sir.

Der Sergeant musterte ihn grimmig, kratzte sich am Kinn. Das will ich hören, brummte er zufrieden. Willkommen in der United States Army, mein Sohn.

Siebzehn

Vor den Toren Millbanks trennte sich William von Blackwell und wanderte Richtung Embankment. Grimmig schaute er auf den Fluss, die Augen offen, doch nichts sehend im orangefarbenen Licht, und schüttelte den Kopf. Reckitt kannte Adam Foole. Er hatte ihn von sich aus erwähnt. Foole hatte also auch bezüglich seines einstigen Kontakts zu Reckitt die Wahrheit gesagt. Das bedeutete allerdings nicht, dass auch seine Darstellung von Shades Tod der Wahrheit entsprach. Ebenso wenig bedeutete es, dass Fooles Verweis auf die Schlammwühlerin zu trauen war. Er dachte über die Kanalisation und die Berserker darin nach, und wie hoch wohl die Wahrscheinlichkeit war, eine einzelne Schlammwühlerin zu finden, die vor so langer Zeit von der Finsternis der Stadt verschluckt worden war, und das auch noch lebendig. Fooles Behauptungen enthielten gerade genug Wahrheit, als dass alles möglich war. Gerade genug Wahrheit für eine gefährliche Lüge.

Er ging Richtung Whitehall, zögerte, der Atem hing ihm in Wolken vor dem Gesicht. Das braune Wasser der Themse wand sich vorbei, die Dächer der Stadt millionenfach im Nebel dahinter.

Worauf wartest du noch? Such die Schlammwühlerin.

Er musste fast über seine Selbstgespräche lachen.

413

Aber nimm diesen Foole mit, wenn du gehst.

Margaret Ashling sollte ihm sein Leben lang ein Rätsel bleiben. Er hielt ihr gemeinsames Glück für unwahrscheinlich, Zufall, wie alles Glück im Rückblick. Nach zwanzig Jahren schob er ihr beim Abendessen noch immer den Stuhl heran und konnte nach wie vor nicht glauben, dass sie ihn auserwählt, ihn geheiratet hatte. Vom Bett aus sah er zu, wie sie vor der Frisierkommode saß und ihr langes Haar kämmte, siebzig Bürstenstriche jeden Abend, und sprach dabei kein Wort, lauschte nur ihrem Atem und wusste, dass nichts im Leben so schön und so undurchschaubar sein würde wie das Schweigen zwischen ihnen. Wie jung sie einst gewesen waren. Er hatte ihren Namen von Anfang an gemocht, die aristokratische Silbenstruktur, wie sich seine Zunge dabei anstrengen musste. Margaret, murmelte er in Notre Dame im Pyjama in den Spiegel, lief rot an und wusch sich schnell den Mund aus, schämte sich dieser Unmännlichkeit, und hoffte nur, dass die anderen jungen Männer nichts gehört hatten. Doch er konnte nicht anders. Margaret Ashling. Ein Name, an den man sich anlehnen konnte, ein Name, der einen gewissen Takt vorgab. Sie war zwei Jahre jünger als er und klein, doch etwas an ihr ließ ihn sich dumm, dreist, wie ein stumpfes Messer vorkommen. Während seiner Vorlesungen und beim Rugby und Kricket an jenen Herbstabenden dachte er nur noch an sie. Was er nie lernte, war, ihre Launen vorherzusehen. Einmal war sie ruhig, dann wieder rasend vor Zorn, mal geduldig, mal stur, brach über ihn herein wie eine Welle, brachte ihn ins Taumeln, und ebenso plötzlich war alles vorüber, dann entschuldigte sie sich, und ihr Zorn war wie weggeblasen.

Ich habe das Gefühl, ich kenne dich kaum, flüsterte er ihr im dritten Monat ihres Liebeswerbens zu, als sie an einem zugefrorenen Teich standen und ihren Freunden beim Schlittschuhlaufen zuschauten. Er streifte ihr Handgelenk mit dem Handschuh. Ihre Wangen waren rot vor Kälte.

Tust du ja auch nicht, sagte sie und biss sich auf die Lippe. Noch nicht.

Scotland Yard zur Mittagszeit wirkte groß und leer, und in den Fluren roch es aus vollen Eimern nach nächtlichen Ausscheidungen. Auf der Treppe begegnete er niemandem, und als er an Shores Büro klopfte, kam keine Antwort. William drückte die Klinke und war überrascht, dass sich die Tür öffnen ließ.

Er wartete, bis seine Augen sich an das Halbdunkel gewöhnten, ehe er die Tür hinter sich schloss. Erst da nahm er im Augenwinkel eine Bewegung wahr und entdeckte die lange dünne Gestalt von Dr. Breck hinter Shores Schreibtisch. Er schob gerade eine Schublade zu.

John hat wohl nichts dagegen, wenn Sie hier sitzen, sagte William.

Breck zuckte barsch mit den Schultern. Ich hatte mich schon gefragt, ob er nach Ihnen schicken lassen würde.

Doch nach William war nicht geschickt worden. Sicher, er war nicht offiziell im Einsatz, und vielleicht hätte auch er an Shores Stelle einen Mann wie ihn nicht in laufende Ermittlungen einbezogen. Doch diesen Gedanken verwarf er sofort. Natürlich hätte er einen fähigen Mann ins Boot geholt, Regeln hin oder her. Er dachte an Martin Reckitts Geschichte von Shore als kleinem Tyrannen und daran, was

Blackwell ihm über dessen persönliche Antipathie gegenüber Reckitt erzählt hatte, und verzog das Gesicht angesichts dieses Morasts. In der Welt, in der sie sich bewegten, machte sich irgendwann jeder die Hände schmutzig.

Er schaute Breck finster an. Haben Sie Ergebnisse?

Breck fuhr mit der Hand über die lederne Armstütze des Sessels, eine geschmeidige, unheimliche Geste. Wussten Sie, Mr Pinkerton, dass es im Schatzamt der Queen Türen gibt, die mit Menschenleder bezogen sind? Ein Kollege vom Royal College of Surgeons hat sie mir gezeigt. Höchst interessant. William der Mesner.

William zog die Handschuhe aus und stopfte sie in seinen Zylinder. Ein Heiliger?

Ein Dieb. Ein berüchtigter, aus dem dreizehnten Jahrhundert. Stahl den königlichen Schatz und versteckte ihn in einem Moor, ehe er den Weg allen Fleisches ging.

Einen etwas anderen wohl. William setzte sich, das Leder knarrte unter seinem Gewicht.

Vom Korridor drangen gedämpfte Stimmen herein, näherten sich dem Büro. Die Tür öffnete sich, und Shore kam herein, Blackwell im Schlepptau. William drehte sich zu ihm um, doch als er den Blick des Chiefs sah, spürte er Vorsicht in sich aufflackern.

Shore schnaubte verächtlich. Ich frage lieber nicht, was du hier machst.

Ich wollte dich sprechen.

Shore zuckte desinteressiert mit den Schultern und wartete nicht auf Antwort, doch seine Laune schien sich zu bessern. Wenn du schon mal hier bist, kannst du dir auch anhören, was Dr. Breck zu berichten hat. Wie war es in Mill-

bank? Ist der gute Mr Reckitt mit irgendwas Nützlichem
rausgerückt? Nichts? Nicht mal für den großen Defektiv
aus Amerika?

Breck lachte laut und hoch.

William setzte sich so hin, dass er beide Männer im Blick
hatte. Millbank war, er räusperte sich, interessant. Reckitt
wusste noch nicht Bescheid über seine Nichte.

Wie hat er es aufgenommen?

Was glaubst du denn?

Shore schälte sich gereizt aus seinem Mantel und blieb
stehen. Dann ist die Katze jetzt wohl aus dem Sack.

Hätte ich lieber nichts sagen sollen?

Shore löste seine Manschetten und schob sich die Ärmel
hoch, als wollte er in eine Waschschüssel greifen. Egal, sagte
er. William beobachtete ihn und fragte sich, ob, was er nun
über den Mann wusste, seine Wahrnehmung getrübt hatte.

Und was ist mit Ihnen, Doktor?, fragte Shore. Was haben
Sie mir mitgebracht? Etwas Brauchbares, hoffe ich.

Breck tupfte sich mit einem Taschentuch die Lippen ab.
Forensisch gesprochen …

Im Klartext, bitte.

Breck schaute komplizenhaft von Shore zu William. Er
sagte: Die Haare auf den Beinen sind an der Wurzel dunkel.
Er nahm einen Objektträger und hielt ihn ins Licht, reichte
ihn dann an Shore weiter. Wie Sie sehen, wird die Farbe an
den Spitzen viel heller. Beinahe grau sogar. Bei der Untersuchung hat mein Assistent Spuren von Sand, Sägemehl und
Kohle –

Shore legte das Plättchen auf den Tisch. Kohle, murmelte
er.

Anthrazit, um genau zu sein. Der Sand ist aussagekräftiger. Er besteht aus Silikat, eisenhaltigem Silikat und Quarz. Davon haben wir keinerlei Spuren im Sack gefunden. Die Sägespäne haben wir mit einem Mikrotom gespalten und konnten feststellen, dass es sich um Kiefern- und Eichenholz handelt.

Das können Sie?, staunte William.

Breck nahm seine Brille ab und betrachtete die Gläser, ehe er fortfuhr. Die Flecken auf der Innenseite sind ebenfalls Anthrazit, vermischt mit Schimmelsporen, sagte er. All das könnte Hinweise auf die Herkunft des Sacks liefern. Der Sand könnte uns den Ort verraten, an dem die Beine aufbewahrt wurden.

Den Kerl nehme ich mit nach Chicago, sagte William und grinste beeindruckt. Mit hochgezogenen Augenbrauen schaute er von Shore zu Blackwell und wieder zurück.

Der Doktor stand auf und humpelte zur Garderobe, wo er ein zweites Kollodiumplättchen aus seiner Manteltasche holte. Er sagte: Die drei kleinen Insekten von der Innenseite des Sacks in Southwark Park gehören zur Gattung *Anophthalmus*. Eine blinde Käferart. Sie sind fast farblos, besitzen kaum Pigmente.

Gibt es die im Park?

Nein.

Blind, murmelte Blackwell. Dann leben sie also in der Erde, Sir?

Im Dunkeln, um genau zu sein. Alle Spuren zusammengenommen scheint es nicht unwahrscheinlich, dass die Leiche eine Zeitlang in einem Keller aufbewahrt wurde. Einer Gruft vielleicht …

Bis auf das Sägemehl, warf William ein.

Korrekt.

Sonst noch was?, fragte William.

In der Tat. Auf der Haut des Torsos haben wir *Saccharomyces cerevisiae* entdeckt. Einen Hefepilz. Wird zur Gärung von Alkohol verwendet.

Shore fuhr sich durchs Gesicht, die Sehnen in seinen Armen arbeiteten unter der Haut. Das Sägemehl …

Legt nahe, dass in dem Keller auch Feuerholz gelagert wird. Oder vielleicht sogar dort gesägt wird.

Es ist ein Pub!, entfuhr es Blackwell.

Aye.

Na, um den Einsatz werden sich die Kollegen reißen, sagte William mit trockenem Grinsen und ging zu dem großen Stadtplan an der Wand hinüber. Er zog eine Linie von der Edgware Road hinunter zum Southwark Park und schaute auf die Themse dazwischen. Was ist mit den Fundorten der Leichenteile?, fragte er. Der Torso wurde auf der Edgware Road gefunden. In den frühen Morgenstunden. Die Arbeiter kommen wann auf die Baustelle? Um sechs?

Halb fünf, Sir, sagte Blackwell.

William nickte. Dann ist das Zeitfenster sehr schmal. Wer auch immer das getan hat, er war schnell. Entschlossen, hat nicht gezögert. Der Torso wurde wahrscheinlich zuerst abgelegt.

Den Kopf hat man an den Docks gefunden.

Was bedeutet, dass er flussaufwärts ins Wasser geworfen wurde. Wie lange würde etwas, das so groß und so schwer ist, von den Brücken bis dorthin brauchen?

Er hat sich in einem Anlegetau verfangen, Sir, sagte Blackwell. Da kann er tagelang gelegen haben.

Aber Charlotte Reckitt ist erst am Vorabend verschwunden. Wie kann das sein?

Vielleicht ist es ja gar nicht Charlotte Reckitt.

Fakten, sagte Shore. Halten wir uns an die Fakten, Gentlemen.

Wie sieht es mit dem Grad der Verwesung aus?, fragte William. Wissen wir irgendetwas darüber, wie lange der Kopf im Wasser lag?

Breck verschränkte die Hände hinter dem Rücken.

Die drei Männer warteten gespannt.

Der Doktor schwieg.

Shore räusperte sich. Doktor?

Breck warf ihm einen trägen Blick aus wässrigen blauen Augen zu. Weniger als drei Tage, sagte er widerwillig. Vielleicht nicht mal einer.

William wandte sich wieder seiner Linie auf dem Stadtplan zu. Die Themse verstehe ich, sagte er. Einen Kopf kann man ohne weiteres von jeder Brücke werfen. Aber der Torso war schwer und unhandlich. Die Beine auch. Warum hat der Täter sie so weit voneinander entfernt abgelegt? Er hätte mindestens einen der Säcke vom Tatort aus tragen müssen. Vielleicht beide. Warum sich solche Umstände machen? Und wenn schon die Umstände, warum dann nicht beide am gleichen Ort abladen?

Zur Edgware Road ist es nur ein kurzer Fußmarsch von der Omnibuslinie 11, Sir, merkte Blackwell an.

Sie wollen doch nicht etwa sagen, dass der Mistkerl mit einem Torso im Omnibus gefahren ist, Inspector?

Um die Uhrzeit? Wäre da ein Hansom nicht naheliegender?, fragte William.

Der hätte sicherlich weniger Aufmerksamkeit erregt, sagte Shore.

Aber?

Der Chief Inspector verzog das Gesicht. Aber das würde zweierlei bedeuten. Zunächst mal der Kutscher. Dann gäbe es also irgendwo einen Zeugen, der die Abholung des Pakets –

William unterbrach ihn. Nicht nur die Abholung.

Was meinst du?

Nicht nur die Abholung, wiederholte er. Ein so großes Paket zu nachtschlafender Zeit mitten auf einer verlassenen Baustelle zu deponieren, das hätte den Kutscher doch stutzig gemacht.

Was, wenn es nicht so offensichtlich war? Das Paket sah vielleicht aus, als wäre darin Baumaterial.

Mitten in der Nacht?

Aye, sagte Shore.

Blackwell räusperte sich. Was, wenn es eine Privatkutsche war, Sir?

Shore blickte ihn empört an. Ein Gentleman von Rang würde sich niemals in so etwas verwickeln lassen. Ich bin jetzt seit fünfzehn Jahren Inspector. Und so etwas ist mir noch nie untergekommen.

William zuckte mit den Schultern. Wo ich herkomme, ist es umso wahrscheinlicher.

Wir sind hier aber nicht in Amerika.

Wie könnte ich das vergessen.

Shore schüttelte den Kopf. Was ist mit Southwark Park? Gibt es eine Verbindung von dort zu der Baustelle?

Per Omnibus, Sir. Die Nummer 11 wird werktags zur Linie 3. Und Linie 3 fährt nach Southwark, Sir.

William schaute Blackwell an und verspürte fast so etwas wie Bewunderung. Wieso kennen Sie sich da so gut aus, Blackwell?

Mein Bruder war Omnibuskutscher auf der Strecke über die Blackfriars, Sir.

Sprechen wir über ein und denselben Omnibus für beide Strecken?

Blackwell schüttelte den Kopf. Schwer zu sagen, Sir.

Ein Pub ist gar keine schlechte Idee, sagte William plötzlich. Wenn im Keller gebraut wird, hätte man dann nicht auch einen Pferdekarren?

Aye.

Dann wurde vielleicht einfach ein Lieferkarren benutzt.

Shore stand auf, ging zum Fenster und verschränkte die Arme. Fassen wir zusammen, sagte er. Wir wissen, dass wir einen Pub mit Keller suchen. Er sollte in der Nähe der Themse liegen. Und es handelt sich vermutlich um einen Pub mit Lieferkarren. Im Keller sollten Kohle und Feuerholz gelagert werden.

Was ist mit den Omnibusrouten?

Lassen wir die erst mal außer Acht. Fragen Sie an der Edgware Road und in Southwark Park herum, ob jemandem in der Gegend zur fraglichen Uhrzeit etwas aufgefallen ist. Wir sprechen hier von ziemlich großen und schweren Lasten. Es sollte nicht allzu schwierig sein, dafür Zeugen zu finden. Dr. Breck, können Sie skizzieren lassen, wie die Frau zu Lebzeiten in etwa ausgesehen hat?

Das lässt sich einrichten.

Shore nickte. Inspector, Sie gehen mit dem Bild von Pub zu Pub und hören sich um. Kein Wort darüber, dass sie tot ist. Sagen Sie irgendwas anderes – sagen Sie, was weiß ich, Sie suchen sie im Auftrag eines Verwandten. Wegen einer unverhofften Erbschaft. Vielleicht erkennt sie jemand.

Jawohl, Sir.

Es gibt in London nur eine begrenzte Zahl von Orten, auf die zutrifft, was unser guter Doktor herausgefunden hat. Wir müssen nur gründlich sein.

Blackwell räusperte sich. Vielleicht sollten wir eine Belohnung aussetzen, Sir. Wenn es besonders gründlich sein soll, Sir.

Sie halten nichts davon, Mr Pinkerton?, fragte Breck.

William winkte ab. Er hatte Blackwell widerwillig angefunkelt. Unsere Detektei setzt nie Belohnungen aus, sagte er langsam. Und unsere Agenten nehmen nie welche an.

Shore grinste und zeigte dabei Zahnfleisch, es hatte etwas Unappetitliches, fand William. Aye. Dein Vater hat sich das zum Grundsatz gemacht.

Und ich kann dir auch sagen, warum. Wir hatten vor vielen Jahren einen Fall in Chicago, ehe das Telegraphieren sonderlich verbreitet war. Die Stadt erlebte damals gerade einen ziemlichen Aufschwung. Mein Vater hatte mir einen Fall übertragen. Es ging um den Mord an der Frau eines Barbesitzers, die man zu Tode geknüppelt vor ihrer verschlossenen Haustür gefunden hatte. Das Paar war wohlhabend, prominent. Manche hielten die Tat für politisch motiviert. Ihr Mann war an einer Verordnung beteiligt gewesen, aufgrund derer viele auswärtige Arbeiter eingestellt wurden, irgendwas mit Zuwanderern und niedrigen Löhnen. Natürlich konnte die Polizei kein Motiv feststellen. Ich wurde erst spät in die Ermittlungen einbezogen, die Beweislage war mau, die Zeugen bereits ausgequetscht. Ich wusste nicht, was ich noch tun sollte. Der Barbesitzer bestand darauf, eine Belohnung auszuloben. Einhundert Dollar. Die Polizei legte den gleichen Betrag obendrauf. Ich ließ es zu und wandte mich mit dem Angebot an die Zeitungen.

Und?

Und der Mörder stellte sich. Er war Landstreicher, der schon einige Zeit keine Arbeit mehr gefunden und eine schwangere Frau hatte. Er forderte die Belohnung ein, und es sprach kein rechtlicher Grund dagegen, sie ihm auszuzahlen. Er gab das Geld seiner Frau, damit sie für das Kind sorgen konnte.

Und das war rechtens?

Ja. Ich habe ihn nach seiner Verurteilung gefragt – er sollte noch vor Ablauf der Woche gehängt werden –, warum er die Frau umgebracht hatte. Er erklärte, er habe fest damit gerechnet, dass eine Belohnung ausgesetzt werden würde, wenn der Mord nur akribisch genug durchgeführt wäre. Ihm sei klar gewesen, dass er für das Kind nicht sorgen könne. Er fragte mich, was ein Leben wert sei, was das Leben eines Vaters wert sei, der sein Kind nicht am Leben halten kann.

Die Männer schwiegen.

Ich glaube, murmelte Shore, dass diese Gefahr hier nicht besteht.

John, wenn du eine Belohnung aussetzt, weißt du so gut wie ich, dass die Bevölkerung dich mit Hinweisen überhäufen wird. Selbst wenn du nur den brauchbaren nachgehst, bist du wochenlang beschäftigt.

Aber vielleicht ist etwas Nützliches dabei, Sir, sagte Blackwell zu Shore.

Etwas Nützliches finden Sie durch gute Detektivarbeit, sorgfältige Überlegung und eine entgegenkommende Öffentlichkeit. Nicht, indem Sie Ihre Zeit mit Tratsch und Hörensagen verschwenden. William sah Shore an. Eine Frage habe ich noch. Was wollte Charlotte Reckitt mit kurzgeschorenen Haaren in einem Pubkeller? Betäubt und gefesselt.

Das klingt ja fast, als wäre sie freiwillig dort gewesen, sagte Shore. Charlotte Reckitt hatte mit vielen aus dem Milieu eine Rechnung offen. Von ihrem Onkel ganz zu schweigen. Die Gaunerspelunken überprüfen wir zuerst.

William öffnete seine Taschenuhr, schloss sie wieder.

Du solltest dich dringend aufs Ohr legen, William. Du siehst gar nicht gut aus.

William rieb sich mit den Handballen die Augen.

Ich weiß, wie ich aussehe.

Es war das Jahr 1862, als William fiebernd und unter Schmerzen in einem notdürftigen Lazarett vor Antietam erwachte, Margaret an seiner Pritsche sitzen sah und begriff, wie ihr gemeinsames Leben verlaufen würde. Nach dem Krieg würden sie heiraten, und er würde ihr bis ans Ende seiner Tage treu, jedoch nicht immer an ihrer Seite sein. Ihre Ehe würde aus Abschieden und Wiederkehr bestehen, sie würden sich an Bahnhöfen und über staubige Reisetaschen, durch verspätete Briefe und nie abgeschickte Schuldzuweisungen nahe sein. Er konnte kein anderer Mensch werden. Er wusste, dass er nie aufhören würde, den Tod zu suchen, sich immer wieder an ihn heranschleichen, eine Pranke auf seine Schulter legen und ihm den Arm auf den Rücken drehen würde, in den Ozarks, in den Black Hills von Dakota, in den Hafenspeichern von New York, an jedem Ort, an dem er im Einsatz war, in Eisenbahnen auf Bergpässen, an Pokertischen auf Mississippidampfern und ohne Sattel im Galopp auf Feldwegen vor New Orleans. Er wachte in jenem Lazarett mit verbundenem Knie auf, und der Schmerz kam in Wellen, so dass er sich endlose Stunden hindurch immer wieder zusammenkrümmte, das Gesicht verzerrte, wieder in die Kissen sank und kurz darauf erneut zusammenfuhr, während die anderen jungen Soldaten um ihn herum schrien und winselten und Stümpfe anstarrten, wo zwei Tage zuvor noch Arme gewesen waren. Als Margaret sich ihren Weg durch die Pritschen auf ihn zubahnte, in einem fleckigen weißen Kleid, fühlte er sich als größter Glückspilz unter jenen, die Glück genug gehabt hatten, noch am Leben zu sein. Die ganze Nacht hindurch war sie mit einer Ausnahmegenehmigung seines Vaters in Sonderzügen zu ihm unterwegs gewesen, um ihn aus dem Krieg nach Hause zu holen. Sie war gerade fünfzehn geworden und seit ihrem letzten Treffen gewachsen, ihre Augen waren nicht mehr die eines Mädchens. Als er sie sah, wusste er, dass der Tod ihn nicht holen konnte. Denn er gehörte bereits ihr.

Er war sechzehn Jahre alt und hatte noch nicht angefangen, sich zu rasieren, doch als er ihre Hand nahm, zitterte die seine wie die eines alten Mannes.

Er schlief den ganzen Nachmittag, bis in den Abend hinein. Vor dem Hotel neigte sich der gefederte Hansom, als er einstieg, schaukelte, als sich die Räder in Bewegung setzten. Der glänzende Schweiß auf dem Hinterteil der Stute dampfte in der Kälte. Am unteren Ende der Regent Street stieg er aus, setzte seinen Hut auf, blickte über das leere Dunkel des Waterloo Place. Der Kutscher schaute ihn fragend an, und als William nicht reagierte, ließ er die Leinen schnalzen und fuhr weiter.

William überquerte den verlassenen Platz, die Schritte laut auf dem Kopfsteinpflaster.

Er fand das Geschäft auf Anhieb. Es lag ein wenig abseits in einer dunklen Gasse, Poller blockierten die Einfahrt. Verschnörkelte Goldlettern auf dem Glas: *Gleeson Büchsenmacher – Schlosser – Scherenschleifer – &c.* Drinnen brannte gedämpftes Licht.

Er trat entschlossen ein und ging vorbei an allerlei Gerätschaften und Schlüsseln, winzigen Klingen, die an ihren Haken erzitterten. Es roch nach geöltem Metall, Holzspänen. In einer Korona aus Licht saß eine Gestalt hinter der Theke, über einen Schleifkasten gebeugt trieb sie mit den Füßen den Stein an. Ein Junge, fünfzehn, sechzehn vielleicht. Er zog ein langes Fleischerbeil aus dem Kasten, legte es vorsichtig beiseite, wischte sich die Hände an der Schürze ab und kam nach vorn.

Schmale, bösartige Augen, Pickel auf der fettigen Stirn. Da bemerkte er William und blieb erschrocken stehen, die linke Hand im Dunkel verborgen.

Wir haben geschlossen, Mister, sagte er. Am besten kommen Sie morgen früh wieder. Mr Gleeson ist um die Uhrzeit nicht mehr im Geschäft.

Albert, sagte er. Er wurde sich seiner Größe bewusst, was er für einen Schatten werfen musste.

Der Lehrling starrte ihn an, zögerte. Kennen wir uns?

William senkte das Kinn, so dass die Hutkrempe seine Augen beschattete. Leise, aber in unmissverständlich drohendem Tonfall sagte er: Du bist mit Mr Foole bekannt, Albert?

Der Lehrling schaute sich unbehaglich in der Dunkelheit um.

Ich habe eine Nachricht für ihn. Ich werde morgen Abend am Waterloo Place sein. Zehn Uhr. Er soll mich dort treffen. Sag ihm, ich tue, was er verlangt, aber nicht allein. Sieh zu, dass Mr Foole diese Nachricht erhält.

Der Lehrling fuhr sich mit einem schwarzen Fingerknöchel übers Kinn, als müsste er seinen Mut zusammennehmen. Und wer, soll ich sagen, ist der Absender, Sir?

Doch da hatte William sich schon umgedreht, zog sich im Gehen die Handschuhe an und machte sich nicht mehr die Mühe zu antworten.

Achtzehn

Foole kam, wie geheißen.

Gaslichtspritzer auf dem Kopfsteinpflaster. Schatten, die im Dunkel an den Backsteinmauern klebten. Keine Menschenseele, nur Dunkelheit und das Kriegsdenkmal, das wie ein spitzer Fels über dem Waterloo Place thronte. Foole rief nicht. Er ging langsam über den Platz, das rauhe Kratzen seines Spazierstocks laut auf dem Pflaster, den Schal hatte er eng um den Hals geschlungen. Er sah auf seine Taschenuhr: fünf vor zehn. Da hörte er hinter sich ein leises Schnaufen, er fuhr herum.

Pinkerton hatte ihn beobachtet, natürlich. Bullig, bedrohlich ragte er im schwachen Licht vor Foole auf. Der Zylinder warf einen geschwungenen Schatten über seine Augen, sein Blick schweifte über den Platz.

Ich bin allein, Sir, murmelte Foole. Keine Sorge.

Pinkerton sagte kein Wort, sondern begann, ihn abzutasten. Fuhr Fooles Arme, seine Achseln entlang, dann kniete er sich hin und tastete energisch seine Hosenbeine ab. Erhob sich wieder, knöpfte Fooles Mantel auf und strich mit der Hand über das Futter, zog eine Taschenuhr aus der Innentasche und steckte sie wieder hinein, ohne sie eines Blickes zu würdigen. Er rupfte Foole den Zylinder vom Kopf, und die kalte Luft umschloss plötzlich seinen Schädel, Pinkerton griff in den Hut und ließ die Finger langsam und gründlich über die Krempe wandern, erst dann gab er ihn zurück und nickte.

Ich war erstaunt über Ihre Nachricht, sagte Foole leise. Aber erfreut, dass Sie mein Angebot annehmen.

Freuen Sie sich nicht zu früh. Pinkerton nahm den Spazierstock unter die Lupe.

Ich trage keine Waffen bei mir, Sir. Es kam mir immer mutiger vor, einem Kampf aus dem Weg zu gehen.

Pinkerton verzog das Gesicht. Ich habe noch nie einen Mann getroffen, der vor einem Kampf davongelaufen ist, weil er so mutig war, sagte er. Sind Sie Amerikaner?

Foole knöpfte seinen Mantel zu. Er nahm den Stock wieder an sich und wog ihn in den Händen, dann sah er zu dem Größeren auf. Ich bin dort aufgewachsen.

Wo?

Ach. Nicht in Chicago, Sir. Foole lächelte ein verhaltenes Lächeln, als er sah, wie die Miene des Mannes gefror. Na, kommen Sie, sagte er. Sie sind eine Person des öffentlichen Lebens. Es kann Sie doch kaum überraschen, dass ich ein paar Dinge über Sie weiß.

Wohingegen ich gar nichts über Sie weiß.

Das kann ich kaum glauben, sagte Foole.

Pinkerton hob den Blick, Foole schwieg und lauschte auf die leisen bedächtigen Schritte eines Constable auf Streife. Als er fort war, sagte Pinkerton: Sie sind aber nicht in Amerika geboren.

Foole sagte nichts. Streng rief er sich ins Gedächtnis, dass dieser Mann sich als Komplize, aber ebenso als sein Verderben erweisen konnte. Gefährlich, hitzig, übellaunig, brutal.

Und Sie stammen nicht aus reichem Hause, fuhr Pinkerton fort. Er hatte die Handschuhe für die Durchsuchung ausgezogen und sie sich währenddessen zwischen die Zähne gesteckt, nun zog er sie wieder an und streckte die Finger. Er sagte: Sie sind zu bedacht auf Kleidung und Manieren. Zu bemüht.

Soso.

Es ist keine Schande, es aus eigener Kraft geschafft zu haben.

Das Gleiche hatte Foole so oft gesagt, dass er sich einen Augenblick lang fragte, wie gründlich die Nachforschungen des Detektivs wohl tatsächlich gewesen sein mochten. Als ich noch ein Schuljunge war, habe ich einmal meine einzigen beiden Pennys gegen einen nagelneuen getauscht. Als ich damit nach Hause kam, prügelte mich mein Vater für meine Dummheit windelweich. Foole zupfte sich am Backenbart. Es ist der Glanz, der die Menschen anzieht. Vor allem, wenn sie den wahren Wert der Dinge nicht kennen. Später war ich fest entschlossen, mir ein glanzvolleres und anziehenderes Äußeres zuzulegen. Foole blickte gen Himmel, die Nacht war schwarz und sternenlos. Mein Vater war ein angesehener Schuster. Bis die Schulden ihm über den Kopf wuchsen und die Trinkerei ihm den Rest gab. Er versuchte die Wirkung seiner Lüge an Pinkertons Gesicht abzulesen. Wie Väter eben so sind. Man liebt sie, man lehnt sich gegen sie auf, man erwartet etwas von ihnen, das sie einem doch nie geben. Er schaute Pinkerton in die Augen. Hat mir leid getan, das von Ihrem zu hören, sagte er.

Er nahm eine Anspannung in den Schultern des Detektivs wahr, eine Bissigkeit in seiner Starre.

Pinkerton reagierte nicht.

Im Bürgerkrieg hatte Foole einmal in einem überfüllten Armee-Speisezelt neben Allan Pinkerton gestanden, während heißer Regen auf die Plane einprasselte und den Schlamm draußen aufwühlte, und er riskierte einen unauffälligen Blick auf den Mann, der durchnässt und schnaufend neben ihm stand. Er war nicht groß, aber kompakt, seine Handgelenke waren kräftig und behaart. Er blähte die Nasenflügel, spuckte aus. Seine regennasse Uniform dampfte und hing ihm wie eine Pferdedecke schwer von den Schultern. Ersäuft alles, bloß die scheiß Fliegen nicht, sagte er grinsend zum Koch, der mit einer Kelle das Essen austeilte, und seine Stimme klang geschmeidig wie die eines Ladenbesitzers. Freundlich, forsch, in ihrer Freundlichkeit jedoch immer auf den eigenen Vorteil bedacht. All das hatte Foole mit dem flinken Spürsinn eines Straßenjungen wahrgenommen, doch als Allan Pinkerton ihm das breite Gesicht zuwandte, jagten ihm die Augen des Mannes einen Schrecken ein, tief, lichtlos, die Augen eines Toten, der noch nicht wusste, dass er tot war.

Der Sohn war dieser Vater im Zerrspiegel, verunstaltet, verbogen und verformt, das Abbild eines großen gescheiterten Mannes.

Der Detektiv führte ihn in nördlicher Richtung vom Platz, die Regent Street hinauf, dann auf die Coventry, zwischen den Passanten, bis sie den Leicester Square erreicht hatten. Zwei Strichjungen mit pinkfarbenen Fliegen und grünweißen Mänteln schlenderten Arm in Arm auf sie zu, aber ein Blick in Pinkertons Gesicht genügte. Unter den einzelnen Gaslaternen warteten weitere Männer auf die eine oder andere Art von Rendezvous, doch der Detektiv führte Foole an ihnen vorbei zu einem kleinen runden Bau ganz am Ende einer Hecke. Es hatte eine niedrige Tür, gerade groß genug für ein Kind, und nachdem Pinkerton sich umgesehen hatte, zog er einen gebogenen Draht aus der Tasche und knackte das Schloss. Ein fauliger Geruch wehte ihnen entgegen. Im Innern erkannte Foole eine Treppe, die ins Dunkel hinabführte.

Wir gehen nicht vom Fluss aus hinein?

Pinkerton hielt inne, dann sagte er: Charlotte ist nicht im Fluss gestorben.

An einem Haken links der Tür fand Pinkerton eine Laterne, und auf einer Kante im Putz darüber die Zündsteine. Sie waren von einer klebrigen Staubschicht überzogen. Dann kniete er sich hin, hielt die Steine über den Docht der Talgkerze, kratzte zweimal und sah zu, wie der Docht Feuer fing, flackerte, und dann aufflammte.

Ich nehme an, Sie haben eine Karte?, sagte Foole. Irgendeine Wegbeschreibung?

Pinkerton warf ihm einen langen, prüfenden Blick zu, der Laternenschein zeichnete unheimliche Schatten auf sein Gesicht. Ich habe neulich einen alten Freund von Ihnen getroffen, sagte er. Martin Reckitt.

Foole hielt inne. Wegen Charlotte?

Unter anderem. Er meinte, Sie und ich hätten uns viel zu erzählen.

Fooles Kehle war plötzlich wie zugeschnürt. Mr Reckitt war immer ein fähiger Mann, sagte er mit gezwungener Gelassenheit. Wenn auch nicht immer der verlässlichste. Meiner Erfahrung nach ist sein Wort mit Vorsicht zu genießen.

So ist es.

Wir sind nie Freunde gewesen.

Der Detektiv legte den Kopf schief. Geschäftspartner also.

Foole fragte sich, was genau Martin Reckitt dem Mann wohl erzählt haben mochte. Sie haben zwei Fäuste, Mr Pinkerton, wie jeder andere Polyp auch. Doch sie sind verbunden durch einen Schädel mit Hirn darin. Das ist schon seltener. Ich schlage vor, Sie bemühen diese Intelligenz, wenn Sie es mit einem Mann wie Martin Reckitt zu tun haben. Dem Yard ist das nie gelungen.

Sie haben kein sonderlich großes Vertrauen in den Yard.

Amerikanische Defektive sind mir lieber.

Pinkerton hob die Laterne. Unter seinem mürrischen Schnurrbart grinste er. Kommen Sie, sagte er dann. Er nahm den Hut ab, um nicht gegen den Türsturz zu stoßen und trat mit einem Schaudern hinein. Dann wollen wir uns mal auf die Suche nach Ihrer Schlammwühlerin machen, Mr Foole.

Sie folgten der gewundenen Treppe in die Dunkelheit. Eine schwache Korona auf dem Mauerwerk, ein Netz von Rissen in den uralten Backsteinen, ihre nassen Fußabdrücke wie ein Pfad der Verdammnis. Die Luft schmeckte nach Staub und Eisen.

Die Treppe endete an einer wurmstichigen Holztür, und Foole rüttelte an der Klinke, die sich nass anfühlte. Die Tür ging nicht auf. Pinkerton schob ihn beiseite. Stemmte die Schulter gegen die Tür. Mit einem durchdringenden Quietschen flog sie auf, und er stolperte hindurch.

Dahinter lag ein langer gewölbter Gang, und Pinkerton hielt nur kurz inne, dann wandte er sich nach rechts und schritt zielstrebig über die unebenen Steine. Wasser in allen Ritzen, das an den Rändern des Lichtkegels wie Quecksilber schimmerte. Wo die Feuchtigkeit in Rinnsalen die Mauern hinabtröpfelte, wuchs schwarzes Moos. Etwa alle zwanzig Meter öffneten sich zu ihrer Rechten Nischen, die mit Eisengittern verrammelt waren, und er sah Pinkerton in jede hineinspähen. Der Gang wand sich, verzweigte sich, und Pinkerton hielt sich links, bis der Boden allmählich abschüssig wurde. Schließlich verzweigte sich der Gang in drei Richtungen, und der Amerikaner blieb stehen, ging ein paar Schritte zurück, bis er die letzte Nische erreichte, und als er das Gitter packte, öffnete es sich rasselnd. Er hob die Laterne und spähte hinein. Foole kam ebenfalls zurück. Im Innern erkannte er eine weitere Treppe.

Wir sind noch nicht da, murmelte Pinkerton.

Foole hörte das leise Rauschen fließenden Wassers, als sie hinabstiegen. Der Geruch wurde immer stärker, die Luft teerig und abgestanden. Diese zweite Treppe war steil und glatt, Foole stützte sich im Gehen an der glitschigen Mauer ab und hielt seinen Stock mit der anderen Hand fest umfasst. Er wusste, dass schon Männer in den Kanälen verschollen waren, wusste, dass man die schmaleren Gänge meiden musste, wo die Luft schlecht war und giftige Gase lauerten. Am Abend zuvor hatte der Lehrjunge des Waffenschmieds in der Schreibstube des Emporiums gestanden und unruhig den Hut zwischen den abgekauten Fingern gedreht, während er die Botschaft des Detektivs überbrachte. Fludd hatte mit finsterem Blick zugehört. Wutentbrannt war er aus dem Zimmer gestürmt, um unmittelbar darauf wieder hereinzukommen. Foole versprach, Vorsicht walten zu lassen.

Fludd warnte ihn, dass fünf Stunden nach Mitternacht der Wasserstand steigen würde und Vorsicht nicht genug sei, sondern dass er bis dahin unter allen Umständen wieder oben sein müsse. Foole sagte, Pinkerton habe keinen Anlass, ihn zu Schaden kommen zu lassen. Fludd sagte, Pinkerton sei ein Hundesohn, der anderen ohne mit der Wimper zu zucken Schaden zufüge. Und wenn du dich verirrst, knurrte sein Freund, dann bleib nich stehen und grübel rum. Folg dem Wasser nach draußen. Da unten soll es Ratten geben, die einen bis auf die Knochen blanknagen, und zwar bei lebendigem Leib. Und Ratten sind noch längst nich das Schlimmste, was da unten kreucht und fleucht.

An all das musste Foole denken, während er dem gewaltigen Schatten des Detektivs folgte. Und dann kamen sie endlich mitten im Londoner Abwassersystem heraus.

Pinkerton hob die Laterne über den Kopf. Lichtpunkte auf dem dunklen Wasser vor ihnen. Die gewaltig gewölbte Decke verlor sich im Dunkel. Mit einer Hand hatte er eine Karte hervorgeholt, entfaltete sie geschickt mit Daumen und zwei Fingern und hielt sie hoch ins Licht. Er blickte nach links, nach rechts, studierte noch einmal die Karte.

Foole beobachtete ihn. Schon verirrt?

Pinkerton grinste bitter. Noch nicht ganz.

Sie banden sich Taschentücher vor Mund und Nase wie die Banditen, gingen schweigend unter einem Lichtkranz, und auf einmal beschlich Foole leise Angst. Er horchte über das Rauschen des Wassers hinweg nach Rufen oder Schritten. Er wusste, ein Überfall der Berserker würde unerwartet und brutal erfolgen.

Der Rand des Kanals war breit genug, um nebeneinander-zugehen, Foole hielt die Arme eng an den Seiten, den Stock fest gepackt, und hörte den großen Amerikaner neben sich geräuschvoll schnaufen.

Nach einer Weile verlangsamte Pinkerton seinen Schritt, bedeutete ihm mit erhobener Hand, stehen zu bleiben. Er schob die Laterne bis auf einen Schlitz zu, horchte. Das leise Grollen des Wassers. Foole rauschte das Blut in den Ohren. Etwas anderes konnte er nicht hören.

Was ist los?, flüsterte er, und das Tuch über seinem Mund kräuselte sich.

Pinkerton zog die Blende der Laterne wieder auf, ihre Schatten glitten die gewölbte Wand empor.

Doch da ertönte es wieder: ein seltsamer Schrei aus der Ferne, wie der Ruf eines Nachtvogels. Der Schrei erfüllte den Tunnel, dehnte sich darin aus, wurde verzerrt, und Foole schauderte. Er vermochte nicht zu sagen, aus welcher Richtung er kam, ob von vorne oder hinten.

Was zum Teufel ist das?, flüsterte Pinkerton durch sein Taschentuch.

Foole lauschte. Menschlich klang das nicht.

Pinkerton malte eine deutliche Kreidemarkierung an die Wand. Los, weiter, sagte er.

Der Tunnel war hoch und breit, gut belüftet, und das Wasser floss stetig, schob Unrat und Geröll einer Welt-stadt vor sich her. Kadaver von Hunden, Katzen, Ratten, die aus den Schlachthöfen heruntergespült wurden, sogar verschlungene Gedärme von Pferden kreiselten in der Strömung. Das Gewölbe wurde größer, bis es nur noch ein Schlammreservoir zu sein schien und sich der Gestank zu etwas Älterem, Üblerem verdichtete, einem Pesthauch, durch den sie hindurchwateten. Hoch oben in den Mauern mündeten hie und da enge alte Abwasserleitungen, aus deren verstopften Öffnungen sich an langen Stalaktiten ein stetes schmutziges Rinnsal in das Reservoir ergoss.

Es drangen Geräusche vom anderen Ende der Gewölbekammer herüber, dann tauchte ein Licht auf, ein Schein, der sich schwebend, unruhig durch die Dunkelheit auf sie zubewegte. Pinkerton erstarrte, schob seine Laterne zu spät zu. Foole hörte einen Revolver klicken.

Ein zweites Licht tauchte auf, weiter entfernt, ein drittes. Dann sah Foole die dunklen Umrisse eines Mannes Gestalt annehmen. Er hatte sich eine kleine Handlaterne umgebunden, und ihr abgeblendeter Strahl schwenkte in der Dunkelheit hin und her, während er geisterhaft seines Weges ging. Der Mann hatte einen Buckel und lange Arme und würdigte die beiden Eindringlinge keines Blickes. Stattdessen ging er schweigend in seinem langen speckigen Samtmantel vorbei, die schweren Taschen ausgebeult, einen klirrenden Sack über der Schulter. Dann tauchte ein zweiter Mann auf, in einer groben Leinenschürze, die mit etwas befleckt war, das wie Blut aussah, er trug einen langen Stecken mit einer abgeflachten Klinge an der Spitze wie eine mörderische Hacke, sein kahler Kopf war unbedeckt, und seine fahle Haut leuchtete im schwachen Licht. Sie waren zu dritt, gingen hintereinander wie bei einer eigentümlichen Prozession, und als der Letzte vorbeizog, hob er eine einsame Hand, warnend oder flehentlich, sein Gesicht war ausgemergelt und furchterregend. Dann verlor auch er sich in einer unmöglich zu überwindenden Finsternis.

Tunnelmenschen, atmete Foole erleichtert auf. Müllsammler.

Pinkerton blickte ihn ernst an.

Sie waren noch nicht weit gekommen, da hörten sie ein stetiges Kratzen, und schließlich erspähten sie ein nacktes Boot, das auf der anderen Seite vertäut im Wasser schaukelte. Es war ein alter Fischerkahn, der wohl einst ein Schleppnetz gezogen, jetzt jedoch gefährliche Schräglage hatte und nur noch zum Absuchen der Kanäle taugte. Er musste den Müllsammlern gehören, denen sie gerade begegnet waren.

Vorsicht, murmelte Foole. Zum Ertrinken ist das allemal tief genug.

Pinkerton bedachte ihn mit einem unlesbaren Blick, dann schaute er auf die Karte und hinterließ sein Kreidezeichen. Da erklang erneut der unheimliche Schrei, diesmal näher, hörbar gequält. Entsetzt starrte Foole den großgewachsenen Amerikaner an. Da ertönte ein zweiter Schrei, eine Antwort.

Dieser klang höher, näher, und Foole konnte ein gedehntes, langgezogenes ›i‹ ausmachen.

Sollte das gerade *vier* heißen?, zischte Pinkerton.

Nein, flüsterte Foole. *Hier.*

Der Schrei ertönte wieder, lauter. Pinkerton lauschte in die Dunkelheit hinein, und dann hörte Foole es auch: Schritte, die auf sie zukamen. Es klang, als würde eine ganze Horde Männer auf sie zustürmen.

Entsetzt wirbelte Foole herum. Ein Klirren und Rasseln wie von Ketten, und dann rannte er los, den Stock fest gepackt, Pinkerton unmittelbar vor ihm, dessen Laterne wild hin- und herschwenkte und bizarre Spiralen auf die Tunnelmauern und das strömende Wasser warf. Sein Hut flog ihm vom Kopf, doch er lief weiter, ohne seinen Schritt zu verlangsamen.

Die Kammer mündete in drei breiten Kanälen, die jeweils in eine andere Richtung führten, und Pinkerton blieb keuchend stehen. Er stellte die Laterne ab und faltete die Karte auf. Foole hörte das Fußgetrappel hinter ihnen.

Entscheiden Sie sich, schnauzte er.

Pinkerton spähte angestrengt auf die mit wirren Linien bedeckte Karte.

Ein verwitterter Backsteinsteg führte zum mittleren Tunnel, der vor Schlamm überquoll. Der Steg war mindestens drei Meter lang und von fauligem Matsch bedeckt. Foole warf einen prüfenden Blick darauf. Dann nahm er die Laterne, sah Pinkerton an und lief behende darüber. Der Weg über den Steg war glitschig und gefährlich, und als er in Sicherheit war, drehte er sich um, stellte die Laterne ab und hielt Pinkerton die Hand hin.

Nicht drüber nachdenken. Einfach drauflos.

Kurz sah Foole seinen Gefährten in die trübe Brühe stürzen und untergehen, doch den Gedanken schob er sofort beiseite. Das war nicht, was er wollte. Der Detektiv hatte sich das Taschentuch vom Gesicht gezogen und starrte finster auf den schmalen Backsteinsteg.

Verdammte Scheiße, murmelte er.

Dann drehte er sich um und schritt zurück in die Dunkelheit. Foole rief ihm im Flüsterton hinterher, erhielt keine Antwort.

Er hörte hastige Schritte, und plötzlich tauchte der Detektiv aus dem Schatten, preschte auf ihn zu und sprang mit gestreckten Armen und Beinen ab. Einen unglaublichen

Moment lang schien er in der Luft zu hängen, doch dann kam sein rechter Fuß hart auf der Kante des verwitterten Stegs auf, und die Backsteine bröckelten und gaben nach. Wie ein gestürztes Pferd rollte Pinkerton auf Foole, und die beiden Männer krachten gegen die Mauer in ihrem Rücken. Die Mauer gab nach, ein unheimliches Schlürfen ertönte, dann ergoss sich ein gewaltiger Strom schlammiger Brühe durch die Bresche in den Backsteinen in den Kanal zu ihren Füßen. Foole hörte Rufe. Unter Mühe kam er auf die Knie, Pinkerton schob die Laterne zu, und sie krabbelten blindlings durch das Loch in der Mauer in den benachbarten Tunnel, wo sie mit ausgestreckten Beinen liegen blieben, das Keuchen zu unterdrücken versuchten und lauschten, wie die Gestalten vorbeistürmten.

Als wieder Stille in das Gemäuer eingekehrt war, rappelte sich Pinkerton auf, schüttelte das Hosenbein aus. Der Gestank war grauenhaft. Dann schob er die Blende der Laterne hoch, Foole stand auf, und sie gingen weiter. Manche Kanäle waren trocken, breit, andere tief und wirkten uralt. In großen gefluteten Gewölben krochen sie hoch oben an den Wänden über schmale Stege aus halbverrottetem Holz, die Laterne flackernd zwischen sich. Pinkerton blieb immer wieder stehen, studierte die Karte und ging dann weiter.

Schließlich gelangten sie in einen älteren Abwasserkanal, der immer enger wurde, bis sie schließlich nur noch geduckt und langsam vorankamen. An einer Abzweigung hob Pinkerton die Laterne, und eine riesige schwarze Ratte huschte durch den Lichtkegel und in den Tunnel hinein. Dann tauchte eine zweite auf, eine dritte, und plötzlich lag ein Rauschen in der Luft, die gegenüberliegende Mauer verwandelte sich in eine brodelnde Masse aus Ratten, die an ihnen vorbeischwemmte, strömende Finsternis, und sie blieben mit angehaltenem Atem stehen, bis die Rattenflut an ihnen vorbei und verschwunden war. Pinkerton fuhr sich mit einer schmutzigen Hand über die Stirn, hinterließ Striemen darauf.

Warten Sie, sagte Foole keuchend. Die Luft war schlecht, sein Atem flach. Halt. Warten Sie.

Wir sind fast da.

Das Geräusch tropfenden Wassers, ganz schwach, kam und ging mit Fooles Atem. Sein Herz arbeitete schwer. Die Hände auf den Knien beugte er sich vor.

Wir sollten weitergehen, sagte der Detektiv. Es hinter uns bringen und dann raus hier.

Foole richtete sich auf, musterte den Mann.

Was ist?

Nichts.

Pinkerton nickte, ging ein paar Schritte vor. Der Lichtschein auf den Mauern und der niedrigen Decke entfernte sich.

Ich frage mich die ganze Zeit, warum, rief Foole dem Detektiv gedämpft hinterher. Warum ist sie gesprungen? Wovor hatte sie solche Angst?

Pinkerton war stehen geblieben, spähte nach vorn in den Tunnel und wandte sich nun mit erhobener Laterne zu ihm um, betrachtete Foole mit blitzenden Augen. Es war nicht der Sturz, der Charlotte Reckitt umgebracht hat, sagte er. Ich weiß nicht, wozu Ihr Sarazene fähig ist. Aber worauf auch immer sie in jener Nacht gestoßen ist, es war wesentlich schlimmer als ein gebrochenes Genick.

Foole blinzelte heftig.

Verzeihung, sagte Pinkerton.

Ein Augenblick verstrich. Ein weiterer. Und dann, in wortlosem Einverständnis, setzten sie ihren Weg fort. Die Luft wurde immer schlechter. Foole dachte an Charlotte in der eisigen Themse, ihr schwebendes Haar, das Wasser, das über ihrem Gesicht zusammenschlug, doch dann biss er sich fest auf die Lippe, vertrieb den Gedanken aus seinem Kopf. Die Flamme in der Laterne schrumpfte. An jeder Abzweigung blieb Pinkerton stehen, überprüfte noch einmal ihren Standort und malte einen Kreidepfeil an die Wand. Sie gingen offenbar unter einem öffentlichen Abort entlang, dessen Holzboden über ihnen vor sich hin rottete, bogen in einen engen Durchgang, stapften durch eine Pfütze und erreichten schließlich eine feuchtglänzende Treppe, die nach oben führte. Foole konnte einen Lichtschein ausmachen.

Hier muss es sein, flüsterte Pinkerton. Kommen Sie.

Das lange, weitläufige, trockene Gewölbe mit Nischen zu beiden Seiten war bis auf ein paar vereinzelt brennende Kerzenstummel zu Füßen der zusammengekauerten Bewohner in Dunkelheit getaucht. Am Eingang breitete sich eine Lache aus, Fooles Blick fiel auf den faltigen Hintern eines Mannes, der darüberhockte, und wandte sich ab. Aus der Tiefe der Kammer drang ein Husten, dann wie zur Antwort ein weiteres, dann das Schweigen vieler wachsamer Augenpaare. Pinkerton schritt die Mauerbögen langsam ab und leuchtete mit erhobener Laterne die unter ihren Mänteln kauernden Bettler und Schlammwühler an, die abwehrend die Arme hoben.

Ganz hinten in einer Ecke entdeckte Foole schließlich die Frau, die Mrs Sharper beschrieben hatte. Eine in Lumpen gehüllte früh Gealterte, die grauen Füße nackt und übergroß vom verkrusteten Flussschlamm. Violette Narben zogen sich von den Mundwinkeln über ihre Wangen wie fleischgewordene grinsende Grausamkeit. Die Sehnen an ihrem Hals traten hervor, als sie versuchte, das Gesicht vom Lichtschein abzuwenden. Sie saß in einem flachen, ebenerdigen Steinalkoven, der einst in einen Entwässerungskanal geführt haben musste, nun jedoch zugemauert und versiegelt war, darin hatte sie ihre gesammelten Schätze und schmutziges Stroh als Schlaflager ausgebreitet. Ihre Kiefer mahlten, sie kaute auf einer langen grauen Haarsträhne.

Foole hockte sich vor sie. Pinkerton stellte die Laterne neben sich auf die glitschigen Steine.

Sind Sie Annie?, fragte Foole. Sie spuckte die verfilzten Haare aus und funkelte ihn an.

Annie, wiederholte er. Sind Sie das?

Sie senkte den Kopf.

Wir suchen jemanden, sagte Foole. Einen Mann, der früher hier geschlafen hat.

Was is mit dem da?, fragte sie misstrauisch. Sie funkelte Pinkerton an. Ihre Stimme war rauh, als hätte sie lange nicht gesprochen.

Wir bezahlen Sie auch, sagte Foole.

Als sie das hörte, grinste sie sonderbar aufreizend, die Narben verzogen sich, und sie spähte flüchtig nach rechts und links, dann zupfte sie am Ausschnitt ihres Kleides und beugte sich vor. Sie streckte eine runzlige Klaue aus. Na dann ma los, sagte sie. Her damit.

Foole hörte, wie sich in der Schwärze hinter ihnen etwas regte. Er warf Pinkerton einen Blick zu, doch der wirkte nicht beunruhigt. Der große Mann musterte Annie mit ausdrucksloser Miene.

Wir sind auf der Suche nach einem Mann, den Sie gekannt haben, sagte er. Jonathan Cooper.

Sie reagierte nicht. Das Rascheln ihrer Lumpen klang, als ob sich etwas aus einem Nest herauswühlte.

Foole sah Pinkerton an, dann wieder die Frau. Jonathan Cooper, sagte er noch einmal. Kennen Sie ihn oder nicht?

Sie leckte sich die Lippen. Aye, sagte sie. Den kennich. Der hat alles, was ich noch zusammenkratzen konnte, zu Lascar geschleppt und is nie wiedergekommen. Aber ich hab hier noch was von dem, jawohl.

Lascar, murmelte Pinkerton. Wer oder was soll das sein?

Sie meinen die Opiumhöhle?, fragte Foole. In Wapping?

Doch sie tastete hinter sich herum, streckte ihnen dann einen ramponierten Zinnkessel ohne Deckel entgegen. Na los, sagte sie. Eine milde Gabe für ein armes Weib. Na los, die Herren.

Wie finden wir Jonathan Cooper, Annie?, fragte Foole.

Sie warf ihm einen verschlagenen Blick zu. Den findet ihr nie.

Ist er tot?

Sie schüttelte den Kopf.

Foole zog einen funkelnden Shilling aus der Tasche und hielt ihn ihr hin, und mit einem Mal erstarrte sie, wie gebannt von der Münze. Annie, sagte er.

Den findet ihr nich, flüsterte sie zischend. Er findet euch.

Neunzehn

William erwachte mit Fieber, das Haar klebte ihm heiß im Nacken und das Laken am Rücken, er fröstelte und schlief wieder ein, und als er das nächste Mal aufwachte, war es draußen dunkel, und er hatte die Decke von sich gestrampelt. Er stolperte zur Kommode mit dem Wasserkrug und schenkte sich ein Glas ein, der silbrige Bogen des Wassers wirkte im schwachen Licht wie Quecksilber, es machte ihn schwindelig und ließ ihn schaudern. Er stolperte zurück ins Bett, schlief, wachte, schlief wieder ein. Zitterte fortwährend, als hätte er sich mit etwas angesteckt, das der Kanalisation entwachsen war.

Kleckerndes Laternenlicht auf schleimüberzogenen Mauern. Das anzügliche Grinsen der Schlammwühlerin. Schließlich sickerte graues Licht durch die Fenster, und er öffnete die Augen und setzte sich in einem Knäuel aus Decken auf, er fühlte sich schwach, und sein Kopf schmerzte, aber die Gedanken wurden, Gott sei Dank, wieder klarer. Er wusste nicht, welcher Tag war. Er stand auf, taumelte zum Kleiderschrank und begann zittrig, sich anzuziehen.

Nein, essen konnte er nicht. Nur seinen Löffel im Licht der Fenster drehen und zusehen, wie eine Klinge aus Licht über die Decke und den Stuck an der Wand flirrte. Er legte ihn klirrend auf den Teller und fuhr sich mit einem

Taschentuch über den schweißnassen Nacken. Der Boden schwankte. Er stand auf, hielt sich mit beiden Händen an der Tischkante fest und wartete ab. Als er sich schließlich auf den Weg machte, verriegelte er die Tür und steckte den Schlüssel sorgfältig ein, dann schritt er alle Konzentration zusammennehmend aus dem Aufzug und durch die Lobby, ohne irgendwen zu grüßen.

Bei Scotland Yard war weder Blackwell noch Shore am Platz. Der diensthabende Sergeant zuckte mit den hängenden alten Schultern. Der Chief befinde sich ganz bestimmt in seinem Club, sagte er. Ob William den Weg und alles kenne. Dann schaute er ihm besorgt ins bleiche Gesicht und sagte: Vielleicht sollten Sie sich ein Weilchen setzen, Sir. Wenn ich das sagen darf.

Der Kutscher rüttelte ihn ungehalten wach.

Raus jetzt. Sofort.

William protestierte nicht. Sein Herz schlug schnell, und er kletterte aus dem Hansom, schaute an der düsteren Fassade von Shores Club hinauf und hörte ein leises Pfeifen im Ohr. Als er sich umdrehte, hielt der Kutscher die Hand auf.

Er fand Shore mit zwei Gabeln essend in einem Speisesaal mit hoher Decke zwischen größtenteils unbesetzten Tischen, den Rücken zum Fenster. William warf einen Blick auf das blutige Stück Fleisch und spürte, wie sein Magen sich umdrehte.

Der diensthabende Sergeant sagte mir, ich würde dich hier finden.

Ja, beim Essen, brummte Shore, er klopfte sich auf die hellgrüne Weste. Er kaute beim Sprechen, die Backen prall gefüllt. Er nahm einen Schluck von seinem Wein. Habe ich dir nicht gesagt, du sollst dich ausruhen?

Bin gerade dabei.

Scheint so. Shore rupfte das weiche Fleisch auf seinem Teller auseinander. Setz dich. Wir haben Zweiertrupps in die Pubs geschickt, sagte er, um die Zeichnung von unserem guten Dr. Breck herumzuzeigen. Das könnte eine Weile dauern. Ich habe Mr Blackwell die Verantwortung übertragen. In zwanzig Jahren habe ich immerhin eins gelernt, und das ist Geduld. Was. Was guckst du so?

Wie denn?

Als würdest du dir das saftigste Stück zum Reinbeißen aussuchen.

Von dem?

Von mir.

Williams Kopf war noch immer wattig, und es kam ihm vor, als würde der Schädel etwas verzögert auf seine Bewegungen reagieren. Er holte seine Pfeife und eine Prise Tabak hervor und stopfte das Köpfchen mit zitternden Händen. Ich bin nur müde. Gibt es irgendetwas, das ich tun kann?

Du bist doch der große Detektiv. Sag du es mir.

William schaute ihn an.

Was.

Gibt es ein Problem zwischen uns, John?

Shore seufzte. Ach, es geht nicht um dich. Mein Gott. Ich hab alle beschissenen Hände voll zu tun. Einmal dieser Fenianer-Mist. Dann ist für nächsten Monat eine Revision angesetzt. Ein halbes Dutzend Verbrechen sind ohne Verdächtige und ein halbes Dutzend Verdächtige ohne Verbrechen. Mr Blackwell durchkämmt die Straßen allein, und ich kann nur beten, dass er keinen Fehler macht. Was ich will, ist, dass dieses Theater um Charlotte Reckitt ein Ende hat, und ich kann nicht behaupten, dass mich der Ausgang noch groß interessiert. Hauptsache, es ist vorbei.

Aber du willst Beweise.

Tja. Beweise sind immer wünschenswert. Shores Blick war klar und ausdruckslos. Du siehst fürchterlich aus, William. Du solltest zurück in deine Hotelgemächer gehen, dich mal hinlegen.

Williams Hemd war feucht, es klebte ihm an den Rippen. Er wischte sich durchs Gesicht. Ich war in der Kanalisation, sagte er mit gedämpfter Stimme. In den Überlauftunneln südlich der Blackfriars. Auf einen Tipp hin. Habe Jonathan Cooper gesucht.

Shore nahm einen tiefen, bedächtigen Schluck aus seinem Weinglas. Ich dachte mir schon, dass du wieder irgendeine Dummheit anstellst.

Ich habe ihn nicht gefunden.

Du kannst von Glück sagen, dass du da überhaupt wieder rausgekommen bist.

William tupfte sich die heißen Schläfen ab. Ich bin mit einem Namen wieder rausgekommen, sagte er. Lascar. Ist wohl im Opiumgeschäft. Sagt dir das irgendwas?

Nicht in Verbindung mit Charlotte Reckitt.

William wartete ab.

Shore bearbeitete seine Zähne mit der Zunge. Schließlich sagte er: Du meinst Lascar Sal. Operiert von Wapping aus. Elende Gegend, das. Der Weg in den Laden soll verschachtelt sein wie eine Matroschka. Er warf einen flüchtigen Blick auf die anderen besetzten Tische und sagte mit gesenkter Stimme: Wir lassen den Laden laufen, weil er das Schlimmste von der Straße fernhält. Es ist ein Kompromiss. Nicht perfekt, ich weiß, aber … Er hielt inne, musterte William. Das alles hat doch mit der Detektei nichts mehr zu tun.

Tja.

Wann haben wir uns kennengelernt? Zweiundsiebzig? Als ich das erste Mal mit deinem Vater sprach, wurde mir klar, dass die Methoden des Yard alles andere als modern waren. Du weißt, dass wir jahrelang zusammengearbeitet haben. Aber solcherlei Unsinn hat es nie gegeben.

Und welcherlei Unsinn soll das sein?

In der Kanalisation herumschleichen. Gauner von Brücken in die Themse hetzen.

William lächelte verkniffen. Mein Vater hatte auch seine Mittel und Wege.

Ich habe eine gewisse Vorstellung davon, wie die Arbeit in einer Detektei normalerweise aussieht, William. Und so sieht sie nicht aus. Meist besteht sie nur aus Prüfungen des Strafregisters und jeder Menge Schreibkram. Diese Sache mit Charlotte Reckitt, da ist gar kein Klient involviert, oder? Seit wann macht denn die Detektei auf eigene Faust Jagd auf die Halbwelt?

William begegnete dem Blick des Mannes.

Sei einfach vorsichtig, sagte Shore grimmig. Das sage ich dir jetzt. Ich habe von meinen Vorgesetzten schon einiges zu hören bekommen, die fragen sich auch, was du hier zu suchen hast. Ich tue gern für dich, was ich kann, und lasse dich deine Nachforschungen anstellen. Aber halte dich ans Gesetz. Oder wenn schon nicht das, dann sorg wenigstens dafür, dass die Zeitung keinen Wind davon bekommt.

William rieb sich die Stirn. Ich gebe mir Mühe.

Shore aß weiter. Kratzendes und klirrendes Besteck. Wie war es eigentlich bei Martin Reckitt?, fragte er beiläufig. Ein listiger Blick vom Teller hinauf zu William.

Der zuckte mit den Schultern. Wie ich höre, habt ihr beide nicht viel füreinander übrig.

Mr Blackwell hat mir mitgeteilt, dass er beim Großteil des Verhörs nicht anwesend war.

Das war meine Schuld. Reckitt wollte in seiner Gegenwart nicht reden.

Und? Irgendwas Interessantes?

Das Blut drückte hinter Williams Augen. Er blinzelte angestrengt. Reckitt hat erzählt, ihr beide wärt zusammen aufgewachsen. Du hättest ihn auf dem Kieker gehabt.

Shore hielt im Kauen inne, musterte William müde, schluckte. Weißt du, die Sache an einem talentierten Lügner ist ja, dass in seinen Lügen gerade genug Wahrheit steckt, um sie gefährlich zu machen. Manche von Reckitts Geschichten sind wirklich bemerkenswert.

Und ob.

Martin Reckitt ist ein Lügner, der mich beinahe den Arbeitsplatz gekostet hätte. Das ist die einzig wahre Wahrheit.

William fragte sich, wo diese Wahrheit wohl endete und die Lüge begann. Ihm war klar, dass mehr dahintersteckte, und er musste an Blackwells Geschichte von Shores Freudenmädchen denken, aber er wollte den Mann nicht bloßstellen. Das Tageslicht wanderte über die Decke.

Shore sprach unterdessen von Blackwell. Er ist heute in den Pubs rund um die Edgware Road unterwegs, murmelte er gerade. Er hielt es für sinnvoll, die umliegenden Kneipen unter die Lupe zu nehmen. Meinte, der Sack könnte zu Fuß aus der Umgebung dorthin getragen worden sein. Kein dummer Gedanke. Es wird wahrscheinlich nicht ganz einfach, ihn zu finden. Aber wenn du Beschäftigung suchst, dann kannst du für mich ein Auge auf ihn haben.

William blinzelte verwirrt. Ist Blackwell Trinker?

Mr Blackwell? Das würde mich wundern.

Dann verstehe ich nicht.

Er hat seine Grenzen.

Du traust ihm das nicht zu?

Wie vielen von deinen Agenten traust du?

Allen, sagte William. Keinem. Warum hast du ihm dann die Verantwortung übertragen?

Mr Blackwell ist uns in der Vergangenheit oft nützlich gewesen. Shore nahm die Serviette vom Schoß und tupfte sich ungeduldig den Mund ab, dann faltete er sie fein säuberlich zu einem Dreieck, legte sie auf den Teller und stand auf. An der Garderobe nahm er seinen Mantel entgegen, schlüpfte hinein, setzte jedoch den Hut noch nicht auf, er blickte William an, der schwankte. Hast du dich mit Ben Porter in Verbindung gesetzt?, fragte er. Hast du den mal nach Edward Shade gefragt?

William bedachte ihn mit einem scharfen Blick. Er hatte Hohn in der Frage vernommen, doch Shores Miene war unbewegt, aufrichtig. William schüttelte den Kopf.

Benjamin Porter ist letztes Jahr gestorben, John, sagte er. Sally ist auch nicht mehr da.

Shore hielt inne. Was, tot? Er schlug sich den Bowler vor den Bauch, als wäre er ein Chapeau claque, und setzte ihn sich fest auf. Das darf doch nicht wahr sein.

Tja.

Wir haben nicht oft zusammengearbeitet. Aber ich habe ihn immer gemocht.

William wusste nicht, was er dazu sagen sollte. Der Garderobier hinter der polierten Theke inspizierte den Kragen eines Pelzmantels. Die eichenholzvertäfelten Wände schienen zu pulsieren, zurückzuweichen, auf ihn zuzukommen. Dann trat der Bedienstete vor und öffnete in einer fließenden Bewegung die Tür, die Straßenluft war überraschend klar, wie wehendes Eis. William stellte den Kragen seines Chesterfield auf.

Am Straßenrand stand ein neuer Brougham, der niedrig auf seinen eisenbeschlagenen Rädern saß, darin eine junge Frau mit blondem Haar, die Shore anblickte. Der Chief Inspector nickte ihr zu, wandte sich an William und legte ihm beruhigend die Hand auf den Arm. Ich habe noch einen Termin, sagte er. Such Blackwell, sieh zu, dass du deine Angelegenheiten hier bald klärst. Je früher du aus meiner Stadt verschwindest, umso besser. Du hast etwas an dir, das andere schlecht dastehen lässt.

Das bezweifle ich.

Du weißt, dass meine Frau dich für einen gutaussehenden Burschen hält. Hat sie heute Morgen beim Frühstück noch gesagt.

Tja.

Ich habe versucht, ihr zu erklären, wie du wirklich bist, aber davon wollte sie nichts hören. Hat wohl gewisse Vorlieben. Er zwinkerte. Aber ich habe dich im Auge, sagte er. Er entfernte sich. Edgware Road, rief er über die Schulter.

William hob die Hand und lächelte, das Fieber kochte in

ihm, und das Lächeln fühlte sich klebrig und heiß und zu strahlend für die graue Kälte an. Er beobachtete, wie Shore sich verstohlen umblickte, in den knarrenden Brougham stieg und eine Frauenhand die Vorhänge zuzog.

Er wurde älter, und Ängste gruben sich tief in ihn hinein wie Minenschächte. Streitigkeiten mit Margaret aus ihren Anfangsjahren. Die Stille im Haus bei der Geburt ihrer ersten Tochter Isabelle, diese unfassbare Stille, in der die Wände um ihn herum knarrten, als Margarets Schreie urplötzlich erstarben. Mit einer Hand auf dem Kaminsims hatte er dagestanden und erschrocken seinen Vater am anderen Ende des Raums angestarrt. Und dann der fadendünne Laut eines Neugeborenen und das plötzliche Feuer in ihm. Er wusste nicht, wie viel von diesen Erinnerungen mit dem Tod seines Vaters zu tun hatte. Er dachte an Isabelle, an den Krupp, der sie in ihren ersten Wintern so oft heimgesucht hatte. Den bösen Husten, wie Hundegebell, ihre glühende Haut, wie er nachts stundenlang mit ihr auf dem Arm durchs Haus gewandert war und wie Margaret ihn am Morgen ansah, die Augen rot gerändert und stumpf. Er erinnerte sich an die Pipette mit dem Brechwurzelextrakt und die schlaffe Bewegung von Isabelles Armen, an die Calomel-Pulver in ihren kleinen blauen Fläschchen. Daran, wie sie jede Nacht die Guttapercha-Flasche, die sein Vater aus England mitgebracht hatte, mit siedendem Wasser füllten und sie ins Bettchen ihrer Tochter legten, in dem verzweifelten Versuch, sie warm zu halten, während sich der Schnee weich und weiß über ihre Welt legte, ans Fensterglas stob und schmolz und die Dunkelheit dahinter in Streifen legte. Er hatte nie solche Angst gekannt.

Er erinnerte sich auch an seine eigene Kindheit, daran, wie sein Vater regelmäßig eine gewaltige Bibel aufgeschlagen hatte, irgendwo mitten im Alten Testament, und er als Junge sich abmühte, die Verse laut vorzulesen. Sein Vater thronte dabei bedrohlich neben ihm am Küchentisch, die Hand im Bart wie ein altehrwürdiger Wüstenpatriarch, während Robert in seiner Wiege weinte. Jedes Wort, unter das sein Vater den knorrigen, wurzelgleichen Finger hielt, ließ William stockend erklingen. Dabei saß er auf dem zu großen Erwachsenenstuhl, die Beine baumelten unter dem Tisch in der Luft. Sein Vater erklärte ihm die Verse nicht, und er lernte, nicht nachzufragen. Wenn er abends die Augen schloss, fürchtete er, die Dreifaltigkeit würde aus der Kommode gekrochen kommen, ein schauriger Nebel, der Vater und Sohn einhüllen würde, nicht liebevoll, nur angsteinflößend und zornig.

Östlich der Edgware Road befand sich ein Labyrinth von engen Gassen, düster, verdreckt, die aschbraunen Ziegel so alt und luftnarbig wie überall in London. Er fand Blackwell, der sich mit Bedacht seinen Weg aus einer engen Gasse am Portman Square suchte, und beobachtete, wie der Inspector innehielt, ein gefaltetes Stück Zeitung aus dem Ärmel zog, sich mit einer Hand an der Mauer bückte und sich erst die Schuhe abwischte, dann jeden Finger einzeln. Dann ließ er das zerknüllte Zeitungspapier fallen.

Er hatte ihn fast auf Anhieb gefunden, und das war so unwahrscheinlich, dass er es selbst kaum fassen konnte. Er wusste, dass es in dieser Ecke von London so viele Pubs gab wie Schmuckläden in Manhattan und dass er dem Mann normalerweise den ganzen Tag hätte hinterherjagen müssen.

Mr Shore schickt mich, sagte er, als er an Blackwell herantrat. Sein Kopf dröhnte. Ich glaube, er will mich auf Trab halten. Schon was rausgefunden?

Blackwell hatte ein großformatiges Papier dabei, das William ihm nun abnahm und aufrollte, es war die Zeichnung, die Breck angefertigt hatte. Das Gesicht ähnelte dem von Charlotte Reckitt vielleicht um die Augen und den markanten Kiefer herum. Der Inspector blickte William mit einer gewissen Besorgnis an. Sie sollten im Bett liegen, Sir, sagte er. Sie sehen ja aus wie der Leibhaftige.

Schlafen kann ich, wenn ich tot bin, brummte William.

Als sie die Seymour Street überquerten und sich unter das Vordach einer bröckelnden Ladenfassade stellten, berichtete Blackwell, welche Gassen er bereits abgegrast und welche Pubs er überprüft hatte, unter seinen Augen waren dunkle Schatten zu erkennen. Er war seit vier Uhr morgens auf den Beinen und hatte, wie er sagte, rein gar nichts herausgefunden.

Sie betraten einen kleinen Pub auf der Great Cumberland Street und fragten, ob zu dem Betrieb ein Keller gehöre, und der Barmann lachte nur zahnlos und sagte: Aye, und ne Remise mit Hafer und Heu, falls der Herzog mal zufällig vorbeischneit. Der Mann war mindestens sechzig Jahre alt, und ein Ärmel war an seiner Schulter festgesteckt, William musterte seine Triefaugen und schwieg. Blackwell zeigte ihm die Zeichnung.

Sie wandten sich nach Osten auf die Berkeley Street, dann nach Norden auf die Montagu Street und kamen an zwei Pubs zu beiden Seiten eines Hutmachers vorbei, doch laut Blackwell hatte keiner von beiden einen Keller. Am Ende des Blocks betraten sie einen Pub an der Ecke, stiegen hinein ins verrauchte Dunkel und standen lange an der Bar, ehe jemand kam, um sie zu bedienen. Das Mädchen hinter der Theke hatte einen Rußfleck über Wange und Mund und konnte nicht älter als zehn sein. William fragte sich, was hier wohl außer Ale und Speisen noch angeboten wurde, aber er hielt den Mund. Blackwell zeigte ihr die Zeichnung, und sie strich sich eine fettige Strähne hinters Ohr, biss sich auf die Lippe und zuckte mit den Schultern. Sie spreche nur mit zahlenden Kunden. Also bestellte William ein Pint, und sie zapfte es mit geübter Hand, trug es zu ihm herüber, und als sie es auf den Tresen stellte, sah er, dass sie sich dafür auf die Zehenspitzen stellen musste. Blackwell zeigte ihr die Zeichnung erneut. Noch nie gesehen? Nein, nie.

So ging es immer weiter.

Auf der Upper Dorset Street fanden sie einen Wirt, der meinte, die Frau auf dem Bild zu erkennen. Er fragte, weshalb sie gesucht werde, und Blackwell erklärte, es habe mit einem Erbe zu tun, dem Tod eines entfernten Verwandten. Der Mann hatte dicke haarige Unterarme wie ein Seemann und dichte weiße Augenbrauen, war jedoch ansonsten kahl wie ein Ledersattel. Er meinte, sie in einem Bordell in der Nähe der Drury Lane gesehen zu haben, und Blackwell machte sich zwar eine Notiz, aber William wusste, dass es ins Leere laufen würde.

Sie gingen zurück durch den Bryanston Square und arbeiteten sich in westlicher Richtung auf der Upper George Street voran, doch auch dort hatten sie nicht mehr Glück. Das schwache Tageslicht versickerte. Ihre Schatten schmolzen in der Dämmerung.

Schließlich fluchte William, blieb stehen und blickte Blackwell grimmig an.

Tja, sagte er. Charlotte Reckitt behält ihr Geheimnis wohl weiterhin für sich.

Blackwell nickte.

William wandte sich entmutigt ab. Er hatte den Inspector den ganzen Nachmittag lang beobachtet und über Shores mangelndes Vertrauen in ihn nachgedacht, und er fragte sich nun durch den Dunstschleier seiner Gedanken, welche Art Feindschaft wohl zwischen den beiden herrschte. Er legte sich eine zittrige Hand auf die Brust wie ein doppelt so alter Mann und spürte sein Herz schnell und flach schlagen wie das eines Nagers im Käfig. Der Tag war vorbei. Und sie hatten nichts vorzuweisen als ein Brennen an den Fersen, das Blasen werfen würde, sobald sie die Schuhe auszogen. Charlotte Reckitt war in den Tiefen der Stadt verschwunden und ohne jede Spur zerstückelt worden. Irgendeine Spur gibt es immer, sagte er sich. Fast immer. Man braucht nur ein bisschen Glück, um sie zu finden.

Sein Knie schmerzte. Er ließ Blackwell stehen, der in seinem kleinen schwarzen Notizbuch blätterte, und humpelte zur nächsten Ecke, um sich einen Hansom zu nehmen.

Charlotte Reckitt war nicht verzweifelt gewesen. Außer Atem, ja, vom Rennen, aber ansonsten hatte sie ruhig und selbstsicher unter den Gaslaternen der Brücke gestanden, ihr Haar kraus im Licht. Es war, als hätte sie sich absichtlich von ihm stellen lassen. Als hätte sie es so gewollt.

Er dachte an Adam Fooles Trauer und spürte, wie sich ein Splitter immer tiefer in seinen Schädel bohrte. An jenem

Tag hatte er bereits bei Einbruch der Dunkelheit gewusst, dass bald etwas geschehen würde. Sie war die Treppe vor ihrer Haustür in Hampstead hinabgestiegen, hatte sich umgesehen und war dann ein paar hundert Meter im Zwielicht gelaufen, um einen vorbeifahrenden Hansom heranzuwinken. William hatte das Ganze mit den Händen in den Taschen seines Chesterfield und tief in die Augen gezogenem Hut beobachtet. Es dauerte ein paar Minuten, bis auch er einen Wagen fand, dann folgte er ihr zu einem Theater in der St. Martin's Lane. Der Verkehr staute sich, und sie kamen nur langsam voran, er zahlte und ging zu Fuß weiter. Er stellte sich gegenüber des Theaters unter das Vordach eines Ladens und beobachtete, während das Gaslicht drüben loderte, wie das Publikum im feinsten Zwirn ausstieg und lachend die breite Treppe hinaufglitt. Ein Bettler schlurfte leise summend vorbei. Die geschnitzten Türen wurden von Ketten aufgehalten. Er sah zu, wie die Ankömmlinge mit Reifröcken und eleganten Zylindern sich ihren Weg hineinbahnten. Schließlich war auch Charlotte Reckitt im Fenster ihres Hansom zu sehen, und er wartete, bis sie ausgestiegen und hineingegangen war, dann überquerte er die Straße. Im Foyer blieb er mit einer gemurmelten Ausrede an die Platzanweiser stehen, während die Türen sich schlossen und das Saallicht erlosch, dann hörte er gedämpft durch die Wand, wie eine Bratsche eine schwermütige Tonart anstimmte.

Noch vor der ersten Pause kam sie wieder heraus. Sie sah ihn nicht. Sie holte ihren Biberpelz von der Garderobe und ging schnellen Schrittes auf den Ausgang zu, da packte er sie am Ellbogen und sagte: Aber, aber, Miss LeRoche, die Vorführung fängt doch gerade erst an.

Sie zuckte zusammen. Starrte ihn empört an und wollte protestieren.

Pst, sagte er.

Ein Platzanweiser, der mit seiner Tabakpfeife im Mund hinter dem Kartenschalter herumgestanden hatte, steckte diese zügig in die Tasche, richtete seine Kappe, warf ihnen einen misstrauischen Blick aus Frettchenaugen zu, als William an ihm vorbeisteuerte.

Sie irren sich, flüsterte sie. Sie haben die Falsche.

Und plötzlich hatte er es satt. Miss Reckitt, sagte er. Drehte sie draußen auf der obersten Treppenstufe herum, so dass sie ihm ins Gesicht sehen musste. Was immer Sie getan haben mögen, es interessiert mich nicht. Deswegen bin ich nicht hier.

Sie sagte lange nichts, musterte ihn nur mit ihren dunklen Augen. Die Abendluft war kalt.

Ich bin nur an Ihnen selbst interessiert.

An mir, Mr Pinkerton? Oder an Edward Shade?

Er ließ von ihr ab, plötzlich verunsichert.

Nun kommen Sie, Sir, tun Sie nicht so überrascht. Sie haben schließlich keinen Hehl daraus gemacht. Sie zog ihre langen Handschuhe an, hielt William ihren Mantel hin. Nach kurzem Zögern hielt er ihn für sie auf, sie schlüpfte hinein und drehte sich wieder zu ihm um. Glauben Sie wirklich, Sie könnten mir Angst einjagen?, fragte sie, mit einem Mal kokett. Indem Sie mir nachstellen? Sie sollten mich besser kennen.

Der Platzanweiser kam langsam durch das Foyer auf sie zu.

William sagte: Ich glaube nur, dass jemand wie ich nicht

gut fürs Geschäft ist. Ich glaube, je eher wir uns unterhalten, desto eher sind Sie mich los.

Die Lichttupfen auf ihrem Gesicht, die hellen Härchen auf ihrer Oberlippe.

Dieses Spielchen, das wir beide spielen, sagte sie leise, ist doch bisher recht amüsant gewesen, Sir. Ich werde es mit Freuden noch ein Weilchen weiterspielen. Und dann machte sie einen wohlbedachten Schritt auf ihn zu. Ihr Mantel war offen, und er spürte die Hitze ihres Busens, dann legte sie ihre Handgelenke in seine Pranken, und William schaute entgeistert zu, wie sich ihr Gesicht verzerrte.

Hilfe!, schrie sie. Hilfe! Ein Überfall!

William stieß sie von sich, fluchte. Doch da kam auch schon der Platzanweiser angelaufen, auf der Straße hatte sich ein zweiter Mann erschrocken umgedreht und stürmte nun die Treppen des Theaters hinauf. Williams Muskeln spannten an, er stellte sich breitbeinig hin und senkte die Fäuste.

He, Sie da!, rief der Platzanweiser.

Ratlos blickte er Charlotte Reckitt hinterher, die mit wehenden Röcken die Treppe hinunterwallte. Dann stürzten sich die beiden Männer auf ihn, und er hielt den einen auf Armeslänge, während der andere ihm den Hut vom Kopf schlug und ihn am Mantelkragen packte. William schleuderte den Platzanweiser von sich, drückte den zweiten Mann gegen das Eisengeländer und schlug ihm mit Wucht ins Gesicht, so dass er wegrutschte und auf die Knie fiel. Dann nahm William zwei Stufen auf einmal und rannte Charlotte hinterher in den Nebel.

Sie war auf den Strand abgebogen, auf dem reger Verkehr herrschte, es dauerte einen Moment, bis er sie in einem

Hansom entdeckte. Er nahm die Verfolgung auf, durch das Gewimmel von Karren und Kutschen; als sie am Ludgate Circus absprang, sprang auch er von seinem Hansom ab und rannte hinter ihr her die Bridge Street hinunter. Sie war schnell, trotz des Kleides, und er atmete schwer, als er die Blackfriars Bridge erreichte, aber da lagen schon nur noch wenige Meter zwischen ihnen, und er wusste, dass er sie auf der Brücke einholen würde, und dann gäbe es kein Entrinnen mehr für sie.

Zwanzig

In der zweiten Oktoberwoche des Jahres 1861 rückte Edward Shade offiziell in die Flushing Battery der 34. New York Light Artillery ein. Er bekam vierzig Dollar Vorschuss auf seine Prämie, ausgestellt mit purpurner Tinte, und als er aufblickte und sah, wie sein Nebenmann, mit vernarbtem Gesicht und unrasiertem Hals, sich die eigene Prämie sorgfältig gefaltet ins Hemd steckte, tat er, der in drei Monaten vierzehn werden würde, es ihm gleich. Seine einzigen Habseligkeiten waren ein zwei Nummern zu großer verbeulter alter Hut und ein Paar guter Lederschuhe, und so fand er sich auf einmal in einer langen Holzbaracke wieder, von Mittellosen ebenso umgeben wie von Idealisten, und alle bis auf ihn packten zusammengerollte Schlafsäcke, Ersatzstiefel und lange Unterhosen aus. Keins dieser Besitztümer würde es bis an die Front schaffen, wenn es so weit war. Doch noch waren sie in einem Ausbildungslager auf Long Island. Der Regen fiel durchs Winterdunkel, prasselte auf die Felder, und die Männer wateten durch die kalten klaren Pfützen und fragten sich mürrisch, ob sie sich etwa für die Marine gemeldet hätten.

Captain der Flushing Battery war ein pedantischer Deutscher namens Römer, der das englische W nicht aussprechen konnte und dessen Stimme bei Aufregung schrill wurde und kippte. Römers Augen waren sehr blau, sein struppiges Haar sehr rot, und sein nach innen schielendes linkes Auge verlieh ihm einen finsteren Ausdruck. Er hatte in Stuttgart eine Schusterlehre gemacht, war 1839 ausgewandert und trug noch immer den strengen gewachsten Bart und die spöttischen Augenbrauen, die in seinem Handwerk so verbreitet waren. Er war vielen verhasst. Römer belohnte Reinlichkeit, Pünktlichkeit, blanke Stiefel bei jedem Wetter und bestrafte schon kleinste Verstöße hart. Private Shade, reinlich, pünktlich, blankpoliert, wurde hochgelobt und bald befördert, obgleich er als Corporal der Batterie anderthalb Köpfe kleiner war als der zweitjüngste Rekrut.

Römer war das egal. Sein Ziel waren Ruhm und Tod. Mit unermüdlicher Grausamkeit drillte er sie im Regen, wo sie ihre Feldgeschütze mit den gigantischen Rädern in Stellung brachten, richteten, entsicherten und sie erneut durch den tiefen Schlamm zerrten, die Kanoniere karrten ganze Ladungen von Kartuschen übers Gelände und wieder zurück, bis sie in der Dunkelheit nichts mehr sehen konnten, die ermatteten Männer im Schlamm ihre Stiefel verloren hatten und Römer selbst nur noch ein verschwommener orangegefarbener Schemen im Laternenschein und wehenden Regen war. Edward schlief jede Nacht einen gottvergessenen Schlaf, wachte früh auf und rüttelte im Dunkeln seine Bettnachbarn wach, weil er wusste, dass Römer bald hereinstampfen würde. Römer in voller Uniform, Römer, der es kaum erwarten konnte, sein Elend zu verbreiten.

Dennoch war es besser, als verwaist auf der Straße zu leben. Die Welt der väterlichen Schiffe, die Welt der eleganten Säle von Shade House, all das war längst ausgelöscht durch das Gewühl, den Schmutz, den stets leise bohrenden Hunger des Gossenlebens. Als ein ehemaliger Drucker mit schwarzgeränderten Fingernägeln und dicken Unterarmen ihn zum zweiten Mal beiseitestieß und ihm das Essen abnahm, sah Edward ihm in die Augen und verließ das Speisezelt. Als der Mistkerl in jener Nacht zum Abort ging, folgte Edward ihm mit einem armlangen Eisenrohr. Er rief den Mann beim Namen, damit er sich umdrehte, dann schlug er ihm mit voller Wucht aufs Ohr, und als dieser die Hände hochriss, schlug Edward ihm mit dem Rohr noch zweimal in den Schritt, woraufhin sich dessen Darm explosionsartig entleerte. Er brach ihm auf beiden Seiten des tonnenförmigen Brustkorbs eine Rippe, und als er mit ihm fertig war, warf er das Eisenrohr in den offenen Latrinengraben. Beim nächsten Mal bring ich dich um, sagte er mit tonloser Stimme. Von da an ließ der Mann ihn in Ruhe.

Ende Oktober beförderte Römer ihn zum Sergeant mit eigenem Geschütz und fünf Kanonieren, und am 13. November wurde die Flushing Battery gen Süden zum Camp Barry in Washington abgezogen. Eine Woche später verfrachtete man sie bleich und entmutigt im eisigen Regen per Viehwaggon nach West Virginia, wo sie General Milroys Truppen im Camp Cheat Mountain verstärken sollten. Als der 1. Dezember kam, spähten sie grimmig über den Staunton Turnpike hinweg auf die weißen Rauchfahnen aus dem Konföderiertenlager am gegenüberliegenden Berg. Römer grübelte, ging auf und ab, während er mit Wahnsinn im Blick in die Abenddämmerung und auf den steilen Abhang starrte. Die Tage vergingen. Hin und wieder richteten sie ihre Geschütze und schossen stundenlang mit Kugeln und

Granaten, und die älteren Geschütze der Konföderierten feuerten zurück, doch es lag eine müde, deprimierte Stimmung über diesem Kräftemessen.

Am 13. Dezember dann das blutige Gefecht am Allegheny Mountain. Edward wurde am Knie getroffen, dann noch einmal am Oberschenkel, während er im eisigen Wind die Kanone lud, und wurde schreiend von den Geschützen fortgetragen. Solche Schmerzen hatte er noch nie gehabt. Da keine Arterien betroffen waren, lag er mehrere Tage nahezu unversorgt und bibbernd im Lazarett von Green Spring Run am Cheat Mountain. Man hatte ihm zwei Kugeln aus dem Bein geschnitten, die dritte war ein glatter Durchschuss gewesen. Neunzehn andere aus seinem Regiment waren verwundet worden, drei Pferde getötet, und das Chaos und der Gestank nach Fleisch waren atemberaubend. Am Morgen des zweiten Tages beugte sich eine Krankenschwester über die Nachbarpritsche im Lazarettzelt, auf der sich ein Junge im Todeskampf wand, und sprach ihn mit Sergeant Shade an. Edward hob schwach den Kopf, um zu widersprechen, doch etwas hielt ihn zurück. Der Junge hatte den Unterkiefer verloren, Gesicht und Brust waren dick verbunden, niemand hätte ihn erkennen können. Irgendjemand hatte die Papiere an den Pritschen verwechselt. Am Nachmittag kam ein Priester, setzte sich mit der aufgeschlagenen Bibel im Schoß auf eine umgedrehte Kiste, auch er sprach den Jungen als Sergeant Shade aus New York an, und Edward lag da und lauschte dem Gebet mit dem Blick zur Decke, über die Fliegen krochen wie Schatten, und kurz darauf starb der falsche Shade.

Die ganze Nacht lag er grübelnd wach. Am Morgen war

Schnee gefallen, hatte sich still über das Depot, die Kisten und die Flachwagen gelegt. Die Wache schlief. Edward hob den Kopf und starrte durch die offene Zeltklappe in ein unermessliches Weiß, kletterte von seiner Pritsche, knöpfte sich mit zitternden Fingern den Mantel zu und verschwand als Geist zurück in die zivile Welt.

Foole musterte sein Gesicht im Wandspiegel. Falten um die Augenwinkel, die Haut fahl und um die Augen dunkel. Seine gealterten Brauen, die Nase rot vor Kälte, tiefe Furchen um den Mund. Das Leuchten seiner Augen hatte nachgelassen. Da stand er im ausgeleierten Nachthemd, spürte die Kälte durch die Strümpfe dringen und dachte an Pinkerton, die Schlammwühlerin, die Kanäle. Erschöpft und zitternd waren Pinkerton und er am Leicester Square wieder heraufgekommen und nach einem wortlosen Händedruck getrennte Wege gegangen. Zwei Tage später wollten sie sich abends in einem Pub am Rand von Shadwell treffen und sich auf die Suche nach Lascars Opiumhöhle machen, und als der große Mann ging, hatte ihm eine leise Traurigkeit angehaftet, die Foole aufgefallen war und ihn nachdenklich gestimmt hatte.

Er ging zum kleinen Schreibpult unter dem Fenster und setzte sich. Die Vorhänge waren einen Spaltbreit geöffnet, und in den Fenstern des Reihenhauses gegenüber spiegelte sich das graue Licht des Wintertages. Eine Witwe lebte dort, das wusste er, eine einsame Frau, die früher jeden Vorwand genutzt hatte, um zur gleichen Zeit aus dem Haus zu treten wie Foole. Die Torheiten der Trauernden. Vor ihrem Ausflug in die Kanalisation hatte Pinkerton Martin Reckitt verhört und über ihn, Foole, ausgefragt. Er hielt das Risiko nicht für sonderlich groß. Bis auf Fludd kannte niemand die Wahrheit über Edward Shade. Er versuchte sich vorzustellen, wie Reckitt einem Mann wie William Pinkerton gegenübersaß und die Geheimnisse der Unterwelt ausplauderte, aber es gelang ihm nicht. Andererseits hatte der Reckitt, den er kannte, auch noch keine zehn Jahre im Kahn gesessen.

Was er wollte, war Klarheit. Und schließlich zog er einen Bogen Papier aus einem der Schreibtischfächer, tauchte einen Füller in ein Tintenglas und machte sich daran, ein Empfehlungsschreiben von Rechtsanwalt Mr Gabriel Utterson an die Wärter des Zuchthauses Millbank zu fälschen.

Manchmal, dachte er, muss man die Dinge einfach selbst in die Hand nehmen.

Mit dem gefälschten Brief in einer Aktentasche bahnte er sich einen Weg zwischen den Passanten auf der Mall hindurch, dann quer durch den St. James's Park und hinunter an die braune Flussaue. Er war allein unterwegs und hatte niemandem erzählt, wohin er ging. Als er den Blick hob, sah er das Albert Embankment auf der anderen Flussseite, die Umrisse der Laternenpfähle mit ausgestreckten Armen wie gekreuzigte Diebe. Ungelenk schlitterte er über das gefrorene Pflaster.

Nach den Ereignissen in Brindisi hatte er den Rachedurst tief in seinem Innern glimmen lassen, hatte nichts getan, um ihn zu befriedigen, und nur widerwillig begriff er, dass dieser Besuch bei Reckitt wohl dem Wiedersehen mit einer lebendigen Charlotte am nächsten kommen würde. Sehnte er sich nach einem Lebewohl, einem Abschied? Einer Abrechnung? Zehn Jahre hatte er sich von den Reckitts ferngehalten, hatte ihre gewohnten Pfade und früheren Komplizen gemieden, darum gekämpft, Südafrika zu vergessen. Der alte Dieb würde sein Kommen als Schwäche werten. Vielleicht war es das ja auch.

In Millbank präsentierte er seinen gefälschten Brief mitsamt Siegel dem Pförtner und wartete, die Hände hinter dem Rücken verschränkt, während die massiven Tore von ihren Bodenriegeln gehoben und geöffnet wurden. Sie hab ich hier noch nie gesehn, brummte der Pförtner und schlug das Gästebuch in seinem Häuschen auf. Foole blies sich in die kalten Hände. Er war gekleidet wie ein Rechtsreferendar, trug eine entsprechende Karte bei sich und runzelte wichtigtuerisch die Stirn.

Der Besuchersaal war ein langer, schmaler Raum mit rissigen Mauern, von der Decke bröckelndem Putz und einer Reihe eingestaubter Tische unter den Fenstern. Foole schauderte, während er wartete. Ein Wärter führte einen ergrauten hutzeligen Mann in brauner Gefängniskleidung durch die Tür auf der anderen Seite des Raumes. Er war an Handgelenken und Knöcheln gefesselt, und sein Gang war ein schmerzerfülltes Schlurfen. Es dauerte einen Augenblick, bis Foole seinen ehemaligen Komplizen erkannte. Seine Ketten wurden aufgeschlossen, klirrend durch eine eiserne Verankerung in der Wand gezogen und wieder verschlossen, dann schlenderte der Wärter gelangweilt zurück zur Tür. Reckitt schaute ihm gequält hinterher, als sehnte er sich zurück in seine Zelle.

Millbank hatte ihm zugesetzt. Er sah so viel dünner aus, beinahe durchscheinend, wie ein Stück Zellstoff vor einer Flamme. Foole versuchte, die Gestalt vor sich mit dem

Hochstapler aus Port Elizabeth übereinzubringen, mit der Eleganz von damals, aber es gelang ihm nicht. Reckitts Finger waren geschwollen, die Nägel rissig. Ein blaues Adernetz zog sich über seine Wangen, seine Stirn. Als er die Augen schloss und den Kopf in die Sonne hielt, die durch das Oberlicht hereinfiel, hätte er ein Wildfremder sein können.

Adam Foole ist also nach Millbank gekommen, sagte Reckitt mit krächzender Stimme. Er öffnete die Augen und fing Fooles Blick auf, sie waren klar, hell, kühl. Es stimmt also, sagte er. Das mit Charlotte.

Foole räusperte sich.

Sie wären nicht hier, wenn es nicht so wäre, sagte Reckitt. Sein Blick wurde hart. Wir weilen alle nur durch Gottes Gnade hier auf Erden. Er hat nur Güte für uns im Sinn.

Güte, murmelte Foole. Reckitt drohte ihn schon jetzt aus dem Konzept zu bringen. Mit Unbehagen erinnerte er sich daran, wie der alte Dieb schon früher Unterhaltungen an sich gerissen und umgedreht hatte.

Ich habe allerdings nicht damit gerechnet, sagte Reckitt, wie schwer es mir fallen würde, es anzunehmen. Ich weiß, dass es wahr ist. Charlotte ist tot. Aber ich glaube es nicht. Ich glaube es nicht, weil das, was draußen geschieht, hier drinnen keine Auswirkungen hat.

Foole schwieg. Das graue Licht fiel in Rechtecken auf die gegenüberliegende Wand.

Wir werden sterbend geboren, sagte Reckitt leise. Wer denkt sich so etwas aus? Wieso gibt uns ein gütiger Gott einen Körper, der leiden muss? Reckitt hielt inne. Es sei denn, er ist gar kein gütiger Gott. Es sei denn, Güte liegt nicht in seiner Absicht.

Wenn ich Glaubensgespräche führen wollte, wäre ich zu einem Priester gegangen. Einem echten.

Es gibt keine echten Priester. Reckitt betrachtete seine geschundenen Hände. Sie meinen, ich rede wirres Zeug. Das kümmert mich nicht. Man kann etwas jahrelang anstarren und doch nicht dahinterkommen.

Foole schüttelte den Kopf. Ich will ihn finden, sagte er. Charlottes Mörder. Ich will ihn leiden sehen.

Deshalb sind Sie nicht hier. Was führt Sie überhaupt wieder nach London?

Charlotte hat mir geschrieben.

Charlotte.

Reckitt erstarrte.

Sie wollte meine Unterstützung, fügte Foole hinzu. Bei einem Vorhaben.

Reckitt senkte den Kopf, und nun sah Foole die unverhohlene Finsternis, die er einst, viele Jahre zuvor, gefürchtet hatte, einen Strudel im Herzen des Mannes, teuflisch und bodenlos.

Sie sind ein Lügner, Adam Foole, sagte Reckitt leise.

Eine garstige Befriedigung durchzuckte Foole, ließ nichts als Schwere zurück. Er staunte über seine eigene Gemeinheit, sie trauerten schließlich beide, und mit einem Mal wollte er es nur noch hinter sich bringen. William Pinkerton war hier, sagte er.

Reckitt legte den Kopf schief, als hätte er ihn nicht verstanden.

William Pinkerton war hier, und Sie haben mit ihm gesprochen.

Ich hätte gedacht, dass Scham und Schande Sie davon abhalten würden zu kommen, murmelte Reckitt. Wissen Sie, wie die Kirche Schande definiert?

Was haben Sie Pinkerton erzählt, Martin? Was hat er gefragt?

Reckitt nahm die Hände vom Tisch und legte sie in den Schoß, die Ketten klirrten. Er musterte Foole. Über das Wesen des Teufels, sagte er leise. Darüber haben wir gesprochen. Das Böse.

Das Böse.

Das war eins unserer Themen, ja.

Ich war ebenfalls eines dieser Themen.

Reckitt blickte unter gesenkten Lidern hervor. Ah, ich bin also nicht der Einzige, dem Mr Pinkerton einen Besuch abgestattet hat, sagte er. Wissen Sie, was der Teufel ist, Adam? Unsere eigene Tücke. Unsere fleischgewordene Tücke. Durch uns nimmt er Gestalt an.

Pinkerton ist nicht der Teufel, Martin.

Pinkerton nicht.

Foole fragte sich, ob der Mann nach den langen einsamen Jahren in Millbank irgendeinem Wahnsinn anheimgefallen war. Sie haben mir damals das Leben gerettet, sagte er leise. Und dann haben Sie genommen, was mir gehörte, und mich in Brindisi dem sicheren Tod überlassen. Wenn Sie –

Ich habe Ihnen nicht das Leben gerettet, Adam.

Foole blinzelte.

Ich habe Sie nicht gerettet. Ich habe Sie verschont. Reckitt starrte ihn aus reptilienhaften Augen an. Würde ich die Wahrheit erkennen, wenn sie mir begegnete? Wenn ich ihr gegenüberstünde, würde die Wahrheit mich erkennen? Der alte Dieb beugte sich vor, senkte die Stimme. Charlotte ist nicht zu Ihnen nach Brindisi gekommen wie geplant, Adam. Warum? Vor all den Jahren, als ich Sie dort auflas. Warum habe ich Sie da wohl verschont?

Foole spürte etwas, eine böse Vorahnung, einen Schwindel unter der Schädeldecke.

Warum?, fragte er.

Der alte Mann warf ihm einen abschätzigen Blick zu. Weil sie schwanger war.

Schwanger.

Reckitt hob die Fäuste über den Kopf und rasselte mit seinen Ketten nach dem Wärter. Das Klirren hallte durch den leeren Raum. Foole beobachtete, wie sich die Gestalt von der Wand löste, träge auf sie zukam.

Sie lügen.

Reckitt zuckte mit den Schultern.

Charlotte hat nie ein Kind bekommen. Sie lügen.

Na gut.

Beweisen Sie es. Wo ist das Kind jetzt?

Der alte Dieb blickte ihn an, und auf einmal erkannte Foole all die Einsamkeit und Grausamkeit, die auch er in sich trug. Der Wärter schlurfte heran.

Reckitt beugte sich zu ihm. Foole stieg der Geruch nach saurer Milch in die Nase.

Es ist tot, sagte er.

In besseren Zeiten waren beständig Kisten aus aller Welt im Emporium angekommen. Manchmal verwittert, das angegraute Holz durch Salzwasser, Regenfälle im Dschungel und die plötzliche englische Kälte verzogen, und Foole pflegte dann ein Knie auf das erste Brett zu setzen und die krummen Nägel mit einem Stemmeisen aus ihren Betten zu heben. Der Himmel war braun, als er aus dem Gefängnis trat, das Licht auf den Gesichtern der Passanten fahl und unheimlich. An einer geschäftigen Ecke wartete er auf den Omnibus, doch als dieser vor ihm hielt, war er bereits voll besetzt. Er klammerte sich an die Sitzlehnen auf dem Dach, während die Nägel in seinem Herzen knirschten und nachzugeben drohten.

Er glaubte Reckitts Lüge nicht, so töricht war er nicht. In düsterer Stimmung stieg er vom Omnibus ab und verfluchte sich dafür, den Mann überhaupt aufgesucht zu haben. Der Tag hatte sich bereits verfinstert, obgleich es gerade einmal Mittag war, die Kälte kroch in Eisblumen über die Schieferdächer der Stadt. Er ging zügig, um seinen Körper abzulenken. Vorbei an einem Papierwarenladen mit Schreibutensilien und ledernen Notizbüchern im Schaufenster, einer Schneiderei, einem Kolonialwarenhändler und weiter des Weges.

Seine Kehle begann zu schmerzen. Die krummen Nägel lösten sich. Er blieb stehen, eine unbewegte Gestalt mitten auf dem Gehweg, während die Stadt um ihn herum und an ihm vorbei und unter ihm hindurch floss.

Mr Foole?, sagte eine Stimme neben ihm.

Er blickte auf und sah ein rotes Gesicht, einen Hals, der mehrfach von einem Schal umwickelt war. Gabriel Utterson.

Diese Begegnung war so unwahrscheinlich, dass er Utterson mit der Ledertasche unter dem Arm nur fassungslos anstarrte, er hob den Blick, entdeckte auf der anderen Straßenseite den Eingang zu dessen Kanzlei und begriff nicht, wie er dort hingelangt war.

Gabriel, sagte er mit schwerer Zunge.

Ich bin gerade auf dem Sprung, Sir. Ist es dringend? Utterson hielt inne, spähte ihm mit kaltem, prüfendem Blick ins Gesicht. Sie *wollten* doch zu mir, Sir?

Er zuckte zusammen, als er die Hand des Mannes am Ellbogen spürte und beiseitegezogen wurde. Wie dem auch sei, murmelte der Anwalt. Ich bin froh, dass ich Sie treffe. Ich wollte Sie ohnehin kontaktieren.

Foole schloss den obersten Knopf seines Mantels und stellte den Kragen auf. Er wollte allein sein.

Ich habe über unser Gespräch von neulich nachgedacht, sagte der Anwalt. Rose ist seitdem sehr aufgewühlt. Wegen Charlotte, meine ich. Rose glaubt, einen Kontakt für Sie herstellen zu können. Aber es müssen gewisse Bedingungen erfüllt sein.

Foole antwortete nicht gleich. Vor seinem inneren Auge sah er ein blutüberströmtes Bett, besudelte Laken, bei Kerzenschein zusammengerafft, hörte einen tiefen, langgezogenen Klagelaut.

Ich habe Sie brüskiert, sagte Utterson. Es war nur gut gemeint, Sir.

Haben Sie nicht. Foole hob müde die Hand. Keine Sorge, Gabriel.

Das linke Auge des Anwalts zuckte. Rose könnte nächsten Dienstag versuchen, eine Verbindung herzustellen, Sir, wenn die Zeichen weiter günstig stehen. Aber der Erfolg ist ungewiss. Es wäre um einiges erfolgversprechender, wenn Sie einen speziellen Begleiter an Ihrer Seite hätten.

Wie speziell?

Bloß nicht Ihren Mr Fludd. Der würde auf der Suche

nach einer Verschwörung das ganze Zimmer auseinander-
nehmen. Nein, Rose hat jemand anderen im Sinn. Es wäre
wahrscheinlicher, Charlotte zu erreichen, wenn jemand bei
der Séance anwesend wäre, der kurz vor ihrem Tod bei ihr
war. Einer der Letzten, die sie lebend gesehen haben. Irgendetwas flackerte in Uttersons Augen auf, flüchtig, bedrohlich.

Foole verstand zunächst nicht, worauf der Mann hinaus-
wollte, doch dann begriff er. Pinkerton?

Genau.

Das ist doch Wahnsinn, Gabriel. Da könnten Sie sich
gleich den Teufel persönlich ins Haus holen.

Utterson drückte das faltige Kinn in seinen Schal. Wir
müssten natürlich Vorsicht walten lassen.

Der Mann legt doch sofort eine Akte von jedem Einzelnen von uns an.

Von Ihnen wird er gewiss längst eine haben.

Foole schwieg, sein Atem stand in Wolken in der Kälte.
Ich werde Pinkerton nicht fragen, Gabriel.

Sie wollen ihn wohl ganz für sich allein?

Ich werde nicht zulassen, dass der Mann provoziert wird.
Und das sollten auch Sie nicht.

Uttersons Blick war durchdringend. Mir sind Geschichten zu Ohren gekommen, Mr Foole. Geschichten, die ich
kaum glauben kann. Nächtliche Ausflüge zu den Schlammwühlern von Blackfriars beispielsweise. Ich war mir sicher,
es sei nichts daran, Sie würden sich doch niemals mit jemandem wie William Pinkerton einlassen.

Im Gegensatz zu Ihnen.

Nur im Dienste der Sache, Sir. Nur dann.

Die beiden Männer standen unter dem kalten Torbogen,

während Angestellte sich an ihnen vorbeidrängten und die pferdegezogenen Omnibusse auf der Straße vorüberratterten. Foole sah eine genesende Charlotte vor seinem inneren Auge, an einem Fenster stehend, und er stellte sich eine innere Ruhe in ihr vor. Er würde mit einem Mann wie diesem nicht seine Privatangelegenheiten teilen.

Adam, sagte Utterson leise, Sie wissen, wie rechtschaffen meine Schwester ist. Sie gibt keine Garantie, dass ein Kontakt hergestellt werden kann. Es ist kein Schwindel. Manchmal begegnen sich die Welten, wie wir es uns wünschen, und manchmal eben nicht. Rose kann lediglich versprechen, es zu versuchen.

Über ihnen ragten die steinernen Gebäude auf, gräulich schimmernd und finster.

Trauer war selbstsüchtig, Trauer war voller Zorn. Foole würde sie sich nicht nehmen lassen. Das war eine Tatsache wie die, dass er Rechtshänder war oder dass unter seinem Backenbart eine Narbe wie ein Fragezeichen tief in seine Wange schnitt. Die Trauer war Teil von ihm, Teil seines Lebens, dessen, was ihn zu dem gemacht hatte, der er war.

Ich nehme an ihrer Sitzung teil, sagte er. Aber was Pinkerton angeht, kann ich nichts versprechen.

Er war ein toter Mann, als er das Feldlazarett am Cheat Mountain verließ, und längst in einem Soldatengrab beigesetzt, als er gen Norden nach Ohio floh. Der Krieg hatte das Land ausgelaugt, in löchrigen Schuhen stapfte er durch den Schnee, spürte den beißenden Wind im Nacken und sah weit und breit nicht das geringste Anzeichen von Leben. Karren standen verlassen an der Straße. In offen stehende

Bauernhäuser wehte der Schnee. Am Weihnachtsmorgen erwachte er im Stroh eines Stalls, in dem längst keine Tiere mehr standen. Zur Jahreswende kauerte er mit zwei anderen Deserteuren unter einer Eisenbahnbrücke im Westen Pennsylvanias, ein schwaches Feuer brannte in einem rostigen Fass, und keiner traute dem anderen über den Weg. Edward trug Damenhandschuhe mit abgeschnittenen Fingern, die Wollkleidung eines Knechts und Stiefel, die ihm bis über die Knie reichten. Die beiden anderen wirkten alt und verwildert, aber sie ließen ihn in Ruhe, und er fragte sich, wie er selbst wohl aussah. Die ganze Nacht ratterten Züge über sie hinweg, und Schnee rieselte unwirklich und trostlos durch die Bahnschwellen in die Dunkelheit um sie herum. Als er am nächsten Morgen die Eisschicht des Flusses aufbrach, um sich zu waschen, sah er tiefliegende Augen in einem ausgemergelten Gesicht, dem gehetzten Gesicht eines erwachsenen Mannes.

Am 10. Januar hatte er einen Güterwaggon erwischt und war halbtot vor Hunger nach New York gefahren, hatte gespürt, wie aus Beinen und Händen ein Schwindel an ihm emporkroch. Manchmal dachte er an seinen Captain und fragte sich, ob er wohl den Tod gefunden hatte, nach dem er sich so gesehnt hatte.

Edward versuchte sich an den Bahnhöfen als Taschendieb, doch er war zu schwach und sah zu verwahrlost aus, um nahe genug an seine Opfer heranzukommen. Er war kein Deserteur, doch er war auch kein freier Mann. Aber Sergeant Shade war offiziell tot, und so verpflichtete er sich schließlich unter falschem Namen in einem Regiment aus Rikers Island. Wieder kassierte er die Vierzig-Dollar-An-

zahlung auf sein Handgeld, und kurz darauf lehnte er das
Gewehr an eine behelfsmäßige Barrikade in den gefrorenen
Schlammgräben rund um das halbfertige Kapitol und floh
von seinem Posten in die Nacht.

Im Februar brach er gen Norden auf, nach Boston, meldete sich gegen weitere vierzig Dollar unter einem dritten
Namen. Sein erstes Handgeld hatte er in Würfelspielen mit
den anderen Rekruten verprasst, doch diesmal wollte er sich
etwas zurücklegen für eine Investition nach dem Krieg. Er
setzte sich erneut ab und verpflichtete sich eine Woche später wieder in New York, und hier verließ ihn schließlich das
Glück. Der Exerzierplatz war frei von Schnee, aber festge-
treten und frostrissig, eine vertraute Stimme rief: Sergeant?,
und als er sich träge umdrehte, blickte er plötzlich in das
schielende blaue Auge von Captain Römer.

Sergeant Shade, sagte Römer. Er stand auf eine Krücke
gestützt, das linke Hosenbein am Knie hochgesteckt. Sein
ungläubiges Grinsen entblößte spitze Zähne.

Sie verwechseln mich, Sir, sagte Edward und wandte sich
gelassen ab.

Doch in jener Nacht kamen zwei Soldaten an sein Bett,
zerrten ihn halbnackt in die Kälte und schlugen ihn zusammen. Er wurde gefesselt, verhört, wieder verprügelt.

Inzwischen war Ende März. Mit zwei weiteren Deserteuren wurde er mehrere Wochen lang ins Lagergefängnis
gepfercht, und Verzweiflung und Angst standen ihnen allen
ins Gesicht geschrieben, denn sie wussten, was ihnen be-
vorstand. Eines Tages kam Römer still triumphierend ins
Lagergefängnis gehumpelt und erklärte der Wache, die drei
Gefangenen sollten wegen Fahnenflucht und Feigheit vor

dem Feinde zur Potomac-Armee im Süden verschifft werden. Sie würden nicht vors Kriegsgericht gestellt, sondern festgehalten werden, bis die Armee mobilmachte und Richtung James River segelte. Sobald die Schlacht begänne, sollten die Deserteure unbewaffnet und mit eisernen Fußfesseln an die vorderste Front gedrängt und mit vorgehaltener Waffe gezwungen werden, auf die Stellungen der Konföderierten zuzustolpern.

Werden richtig durch den Fleischwolf gedreht, die drei, sagte einer der Wachsoldaten, ein Texaner, feixend.

Aber dem Jungen wird das wohl nicht viel ausmachen, sagte Römer und musterte den zitternden Edward durch die Gitterstäbe.

Warum nicht?

Weil er schon tot ist, sagte Römer. Stimmt's, Sergeant? Sie sind doch schon tot, nicht?

Er grinste verschlagen bei diesen Worten und ließ seine Krücke über die Gitterstäbe rasseln.

Einundzwanzig

Das vernarbte, heimtückische Gesicht der Schlamm-wühlerin verfolgte William. Zwei Abende zuvor hatte er sich am Eingang zur Kanalisation von Foole getrennt und ein Treffen in einem Pub am Rande von Shadwell vereinbart. Er duckte sich unter der verzogenen Holztür hindurch und ließ den Blick über die angetrunkenen Verfemten schweifen, fühlte sich dort jedoch fehl am Platz und wartete lieber draußen. Zehn Minuten später nahte Foole leise pfeifend, und gemeinsam machten sie sich auf den Weg ins belebte East End. Die einzige Lichtquelle waren die altmodischen Laternen, deren Verankerungen in den unsicheren Zeiten der Regentschaft König Georges des III. in die Türstürze der Pubs geschlagen worden waren, und ihr Flackern und Flimmern spiegelte sich in Pfützen und Schlammlachen.

St. George's Street. Kaum zu glauben, dass er hier noch in England war. Bärtige Juden mit Ringellocken und Gebetsschals bahnten sich breitschultrig ihren Weg durch die Passanten wie eine altehrwürdige Heimsuchung aus dem Osten. Zu fünft gingen sie nebeneinander und wrangen leere Säcke in den Fäusten. Hausierer, denen die gestapelten, fleckigen Zylinder auf dem verlausten Kopf schwankten, blutjunge Taschendiebe, die barfuß durch den Schlamm liefen.

Die Massen teilten sich, und aus dem Gewimmel sah William einen sehr kleinen Türken mit hoher weißer Kopfbedeckung hervortreten, in der Hand ein Seil und am Ende des Seils eine gescheckte Kuh. Betrunkene Schweden, die sich wie Akrobaten geschminkt hatten, schmetterten über die Köpfe der Menge hinweg ein schwermütiges Lied. Lachten über das eigene Elend, als wäre es ein Witz. Schweine liefen frei herum. An der Ecke Cannon Street Road begegnete William dem düsteren Blick einer asiatisch anmutenden Frau, die auf einer umgedrehten Kiste Bibeln feilbot, und schaute schnell weg. Gleich hinter ihr ragte der Kalksteinturm von St. George-in-the-East wie ein bleiches Ungetüm aus der Finsternis. Foole stürzte sich ins Gewimmel, Foole zauderte nicht. Es war kalt. Sie kamen an zwei Damen mit Pelzkragen vorbei, die einen Affen an der Leine in Richtung Shadwell Station führten, und William war klar, dass das Tier die nächste Woche nicht mehr erleben würde. Mit dem Wind im Rücken ließen sie Jamrachs Menagerie hinter sich, der Gestank von Schlachtabfällen und Kot und Tierangst wehte ihnen über die Schulter, als sie den ummauerten Rosengarten mit den alten wesleyanischen Gräbern passierten. An einem Pastetenstand präsentierte ein dürrer, in Lumpen gehüllter Mann der schnatternden Kinderschar einen Eimer voller Schildkröten. Sie alle hielten die Stoffkappen in den Fäustchen, hatten die Augen weit aufgerissen. Der Mann schwang die Schildkröten geschickt durch die Luft, und William erkannte an seinem milchigen Blick, dass der arme Teufel blind war.

Dann bogen sie nach Norden in die Victoria Street ab, von überall her drang der Gewürzduft der Kochfeuer auf sie ein, und in der Menge mehrten sich die grimmigen Gesichter von Chinesen, Indern und Malaien. Er roch Haschisch und Opium, Zimt und Orangen. Der Lärm machte ihn schwindlig. Verwahrloste Gestalten hockten vor offenen Feuern in den Gassen und rührten mit seltsamen perlen- und federverzierten Holzstäben in ihren Töpfen, halbgelähmt von der Kälte, pfiffen ihnen Mischlingskinder aus baufälligen Höfen zu. Vor ihnen ragte aus dem Dunkel das noch dunklere Viadukt auf. Dahinter vier identische Gin-Saloons, und in jedem klapperte ein verstimmtes Klavier auf den Bodendielen, drang das Stampfen und Johlen der Männer durch den Rauch zu ihnen heraus. Die blendende Helligkeit einer Lumpenschule, auf deren Eingangsstufen bettelnde Kinder lümmelten, sich Tabak von den Lippen zupften und eine Flasche mit schwarzem Alkohol herumwandern ließen. Foole führte ihn vorbei an Quashie's, wo ein tätowierter Anreißer den Passanten die Zurschaustellung irgendeines Wundertalents im Innern anpries, und William fiel ein Plakat ins Auge, auf dem ein Maskierter einer Frau die Kehle durchschnitt.

Sie betraten den schäbigen Hof, der als New Court bekannt war, und an einem Bogengang zog Foole ihn aus der Menge. Dort war es ruhiger. Der Durchgang führte ins Dunkel neben dem Royal Sovereign Pub, doch weiter gingen sie nicht. Kurz darauf stolperte ein malaiischer Seemann durch die Tür der Kneipe, stützte sich an einer Mauer ab und pisste dagegen. Schweigend beobachteten die beiden Männer ihn. Er trug eine Konföderiertenuniform.

William ächzte. Wo er die wohl herhat?

Dann wich der Seemann schwankend von der Mauer

zurück wie von einem schlechten Blatt beim Kartenspiel, zerrte mit beiden Händen an seinem Hosenlatz und ging schließlich, ohne ein einziges Mal aufgeschaut zu haben, wieder in den Pub.

Mit gutem Vorbild voran.

Und was für ein Vorbild. William lachte bitter. Vier Männer sind stark wie ein Löwe.

Wie viel Mal am Tag haben Sie das zu hören bekommen?

William blickte Foole in der Dunkelheit an und versuchte zu verstehen, was er meinte. An welcher Front waren Sie?, fragte er schließlich.

An gar keiner. Foole zuckte mit den Schultern. Ich war als Quartiermeisterlehrling beim Fünften in Washington stationiert. Wir haben dafür gesorgt, dass ihr Männer zu futtern hattet.

Bei uns gab es nichts zu futtern. Viel hätte nicht mehr gefehlt, und wir hätten unsere Schuhsohlen gefressen.

Foole nickte. Tja. Wir haben alles gegeben.

William schaute den schmalen, eleganten Foole in seinem gepflegten Cutaway prüfend an. Er glaubte dem Mann kein Wort.

Der Krieg ist eine viel vertracktere Angelegenheit, als die meisten es gern hätten, sagte Foole leise. Es ist nicht leicht, den Kameraden zu vertrauen, wenn man einmal gesehen hat, wozu sie fähig sind.

Sie sagen es.

Um nichts in der Welt würde ich das noch einmal erleben wollen. Ich träume heute noch davon.

Ihr Atem hing wie Rauch in der Kälte. Frost kroch langsam über das Kopfsteinpflaster. Am anderen Ende des schäbigen Platzes, an dem sich ein gutes Dutzend Gasthäuser reihte, sah William steife, graue Wäsche auf den Leinen, einen umgekippten Karren, dem ein Rad fehlte. Auf einer Treppe saß ein Krüppel in einem alten Seemannsmantel, zwei Krücken auf dem Schoß überkreuzt, dem immer wieder der Kopf auf die Brust sackte. Dann traten vier gutgekleidete Herren aus dem Dunkel, die sich gegenseitig verträumt anlächelten und Foole und William keines Blickes würdigten. Einer von ihnen fuhr unablässig über den Papierrand eines Reiseführers. William konnte den Schwarzmohn in seinem Blut brodeln sehen.

Touristen, murmelte Foole verächtlich. Dann wird sie wohl da sein.

Lascar ist eine Frau?

Jedenfalls als ich sie das letzte Mal gesehen hab. Lascar Sal ist die Witwe vom alten Latou, von dem haben Sie sicher gehört.

Hatte er nicht.

Willkommen in Shadwell, sagte Foole. Das hier ist die letzte verbliebene Opiumhöhle Londons. Er fixierte William mit seinen katzengleich glühenden Augen. Man munkelt, Charles Dickens sei hier Stammgast gewesen.

William wunderte sich, dass ein Ort wie Sals Opiumhöhle überhaupt existierte, wo die Droge doch in jeder Apotheke zu bekommen sei. In drei Gottes Namen, sagte er, sogar zahnenden Babys wird das Zeug verabreicht. Warum kommen die Leute hierher?

Weil es nirgends so rein ist wie hier, murmelte Foole. Direkt aus Kanton. Die richtige Mischung herzustellen ist angeblich eine Kunst für sich.

Eine Kunst.

Wie das Kochen.

William schüttelte verständnislos den Kopf. Einem Verhungernden Essen zu geben ist keine Kunst.

Foole schob einen geflickten Vorhang zur Seite und hielt ihn für William auf. Im Eingang saßen zwei Männer, die Hände tief in den Taschen, die Mantelärmel hochgerutscht, und lächelten abwesend in die Nacht. Sie hatten die blutleeren Hälse von Männern, die mit einem Fuß im Grab standen.

William zog den Kopf ein, nahm den Hut ab. Die Räumlichkeiten der Lascar waren klein mit niedriger, stockfleckiger Decke. Die Einrichtung war spartanisch, das Dunkel nur von einer Lampe in der Ecke erleuchtet, halb verdeckt von einem Diwan, auf dem ein Bündel Lumpen hingeworfen lag. William sah ein kleines gerahmtes Aquarell, das wohl einmal St. George-in-the-East gezeigt hatte und nun verwaschen und schief an seinem Nagel hing. In einem Regal standen fünf ledergebundene Bücher mit goldenen chinesischen Schriftzeichen auf dem Rücken. Ein poliertes Dominokästchen mit geschnitzten Drachen, dessen Deckel offen stand. Eine Waage zum Wiegen des Opiums. Einen an die Wand gelehnten dreibeinigen Stuhl.

Wo ist sie denn?, fragte William.

Am Ende des Raums war eine Tür, und Foole starrte in die Dunkelheit dahinter, als könnte er dort Umrisse ausmachen. Plötzlich stieg ein schwerfälliges Dröhnen aus dem Lehmboden auf, das Aquarell erzitterte, die Wände bebten, und schließlich donnerte wie entfesselt die East London Line unter ihren Füßen entlang. William schaute Foole an.

Und erst da entdeckte er in den Lumpen auf dem kaputten Diwan den winzigen durchscheinenden Körper von Lascar Sal.

Er hatte viele Tote in seinem Leben gesehen, doch deren Herzen hatten stillgestanden, und das von Lascar Sal schlug noch. Sie war klapperdürr, verhutzelt, schien kaum kräftig genug, um die Hand zu heben und die beiden Männer heranzuwinken. Ihre Haut wirkte wächsern, und ihre Augen waren mit der Zeit zu bloßen Schlitzen geschrumpft, die Wimpern tränenverkrustet. Sie atmete flach und angestrengt, ihr Brustkorb hob und senkte sich wie der eines verletzten Tieres. Sie hatte die vogelartigen Fesseln überkreuzt, ihre Haut strahlte eine Hitze ab, an der sich die beiden Männer die Hände hätten wärmen können, jedes Schlucken zeichnete sich überdeutlich auf ihrem langen bleichen Hals ab, als sie ihre Pfeife über der Opiumlampe rauchte.

Sal?, wisperte Foole.

Ihr Blick verschwamm, sie wandte den Kopf. Meine Herzchen, sagte sie. Ein Flüstern wie brüchiges Leder. Ihr zahlt doch, nicht wahr? Ihr werdet doch zahlen?

Foole streckte eine Hand aus, wie um sie zu beschwichtigen, doch er berührte sie nicht, hielt die Hand nur einen scheinbar endlosen Augenblick über ihren reglosen Körper. Wir suchen jemanden, sagte er. Dafür werden wir zahlen.

Aber ein Pfeifchen raucht ihr doch sicher auch, zwei gute Seelen, die ihr seid, nicht wahr? Habt Mitleid mit der armen Sal.

William hörte sie kaum, so leise sprach sie.

Wir sind auf der Suche nach einem Mann namens Cooper, sagte Foole. Auch bekannt als der Sarazene.

Ihre Lider schlossen sich, ihre Lider öffneten sich. Ihre Lippen bewegten sich lautlos.

Foole zog einen Shilling aus der Tasche und hielt ihn ihr im Dämmerlicht hin. Die zwei Süchtigen in der Tür starrten die Münze gebannt an.

Keine Schiffe, keine Schiffe, flüsterte Sal.

Foole legte die Münze vor ihr auf den Boden, und die sehnige Hand der Lascar glitt sehr langsam hervor und zog sie schabend unter die Decke.

Sie warteten.

Die Frau regte sich nicht. Foole warf den Männern im Eingang einen finsteren Blick zu, dann zog er sich den Mantelsaum um die Beine, nahm seinen Spazierstock und schob sich an William vorbei in den nächsten Raum.

Er war kleiner als der erste, dunkler, still bis auf das leise Blubbern der Pfeifen. An einer Wand stand ein ramponiertes Bett, das zwischen eisernen Bettpfosten durchhing, darauf ausgestreckt lagen zwei Gestalten und rauchten. Drei weitere lagen in Decken gehüllt an der Wand, und nicht einer regte sich, als die beiden Männer sich einen Weg über sie hinweg suchten und dabei in die Gesichter der träumenden Toten spähten.

Fahle Gestalten, selig in sich versunken und entrückt. Die Haut eines jeden glühte aufs grässlichste, als wären in ihrem Innern Laternen entzündet, und als William einen der Männer auf die Seite drehte, um sein Gesicht besser sehen zu können, war er pergamenten und leicht wie ein Wespennest.

Foole ging weiter in den dritten Raum, und William folgte ihm. Ein schmales Kämmerchen, nur erhellt von dem schwachen Licht in ihrem Rücken. William stand an den kleinen Dieb gedrängt da, keiner von ihnen sagte ein Wort, und nun sahen sie, auf dem Rücken liegend, mit auf der Brust gefalteten knochigen Händen und tief in den Höhlen liegenden geschlossenen Augen, was von dem einst furchterregenden Sarazenen übrig war.

Trotz seines siechen Zustands bestand kein Zweifel. Seine ausgedörrten Wangen zerrten an der alten Wunde, so dass der rote Schlitz in all seinem Grauen zu sehen war. Bizarre Narben wanden sich über sein Gesicht und die Überreste seiner Nase, hatten das schmutzige Braun von abgestandenem Tee angenommen, und im hereinfallenden Licht schimmerte eine verstümmelte Ohrmuschel. Auch bei ihm würde der Tod nicht mehr lang auf sich warten lassen, so viel war sicher.

Das kann nicht sein, sagte Foole.

William wollte ihm eine Hand auf die Schulter legen, doch Foole wich zurück, als würde er frösteln. Er starrte weiter auf die Lumpengestalt herab.

Hier gibt es für uns nichts zu holen, Mr Foole, murmelte William. Und dann: Adam.

Foole schaute auf. Sein Blick wirkte traurig, die Falten um seine Augen traten deutlich hervor. Er hat sie nicht umgebracht.

Nein.

Schauen Sie ihn sich doch an.

William musterte den sterbenden Mann im fahlen Licht. Nein, ganz sicher nicht, sagte er.

William spürte die kalte, klare Nachtluft auf seinem Gesicht. Er war müde. Allmählich wurde es Zeit, dass Foole seinen

Teil der Abmachung einhielt und preisgab, was er über Edward Shade wusste. Sie gingen diesmal Richtung Shadwell Station, Foole führte ihn durch ein Labyrinth unbeleuchteter Innenhöfe und Gassen. William hatte Mühe, Halt auf dem unebenen Untergrund zu finden und nicht zurückzufallen. Er spürte Blicke aus dem Dunkel um sich herum, doch er schob den Gedanken beiseite. Der Colt steckte in seiner Manteltasche und drückte ihm bei jeder Bewegung schwer in die Rippen.

Warten Sie, zischte William. Mr Foole?

Seine Finger fuhren über glitschige Mauerziegel und die scharfkantige Bleirinne von etwas, das ein Regenrohr sein mochte, dann stieß er gegen schepperndes Metall, stolperte, trat auf etwas Weiches, Kaltes, wie eine tote Katze, fasste wieder Fuß. Foole war ihm jetzt deutlich voraus.

Plötzlich Licht. Auf einmal stand eine Gestalt mit abgewetztem Zylinder, flickenübersätem Mantel und höhnischem, zahnlosem Grinsen vor ihm. In einer Hand eine ramponierte Handlaterne, den Ledergurt doppelt um den Ärmel geschlungen wie das Gurtzeug eines Harnischs. Der Kiefer war von grauen Stoppeln überzogen, die Wangen pockennarbig, ein Auge leblos nach außen verdreht.

Eine milde Gabe, Mister, flüsterte der Mann.

William ignorierte ihn.

Eine Münze für mein Weib daheim. Nur eine.

Er zerrte William am Ärmel, obwohl er einen guten Kopf kleiner war. Hau ab, blaffte William. Aus dem Weg! Doch als er sich vorbeidrängen wollte, spürte er etwas wie einen Krähenflügel im Nacken, und als er die Stelle betastete, waren seine Finger feucht. Blut.

Ein Schatten, ein Aufblitzen von hellem Haar im Laternenlicht. Er konnte nicht sagen, wie viele es waren. Nur, dass er in den kalten Schlamm fiel und die Arme schützend über den Kopf hielt, als die Tritte auf Rücken, Rippen, Ellbogen, Hände einprasselten. Blut lief ihm in die Augen. Er glaubte, einen riesenhaften Schatten in die Gasse fallen zu sehen, und auf einmal wurden Männer durch die Luft geschleudert wie Weizensäcke, und der kolossale Schemen watete wie ein Schnitter durchs Getümmel, dann kniff William schmerzerfüllt die Augen zu, und als er sie wieder aufschlug, war nur Adam Foole da, gebeutelt und blutüberströmt, aber flink hieb er mit dem Spazierstock auf die vier Männer ein, die ihn umstellten.

Ob es Sekunden dauerte oder Stunden, vermochte er nicht zu sagen. Er hörte Foole in der Dunkelheit keuchen. Doch er beugte sich nicht über ihn, hielt ihm keine Hand hin. Stand nur schwankend auf seinen Spazierstock gestützt da und schaute mit wildem Blick umher, als könnten sie jeden Augenblick erneut angegriffen werden. William kam langsam wieder hoch, stützte die Ellbogen auf, erst da bemerkte er die zwei kleinen Jungs, die im Licht einer umgekippten Laterne hockten. Als sich ihre Blicke trafen, suchten sie das Weite.

Verfluchte Scheiße, sagte er. Seine Rippen schmerzten, doch es schien nichts gebrochen zu sein. Kragen und Rücken seines Hemds waren nass, das Blut würde den Stoff ruinieren. Er drückte ein Taschentuch auf die Wunde.

Foole schwieg.

Sie sind zurückgekommen. William schaute den Dieb aus einem zuschwellenden Auge an.

Er sah Foole mit den Schultern zucken.

Warum?

Ein langer, stummer Blick. Dann sagte Foole leise: Ich stehe zu meinem Wort, Mr Pinkerton. Ich begleiche stets meine Schuld.

Doch in seiner Stimme lagen Traurigkeit und Enttäuschung, William musterte ihn in Gedanken an den Sarazenen und wusste auch nicht weiter. Er hatte seinen Zylinder verloren, und der Chesterfield war an der Schulternaht gerissen. Sein Gesicht würde grün und blau werden. Er konnte Shores Sticheleien am nächsten Tag schon fast hören.

Foole hustete, die eine Hand an der Backsteinmauer, die andere auf den Rippen, er stand breitbeinig da, irgendetwas Unappetitliches zwischen seinen Füßen, dann richtete er sich auf und schaute William an. Vier Männer sind stark wie ein Löwe.

Und was für einer, sagte William.

Neben einer Fleischbank fanden sie humpelnd einen kärglichen Pub mit Sägemehl auf dem Boden und je einer brennenden Laterne an beiden Enden des Raumes. Keinem der Gäste war ihr Zustand auch nur einen zweiten Blick wert. Sie zogen sich einen Tisch ans Feuer und bestellten eine Flasche Gin.

Die kalte Flasche mit dem Papieretikett zitterte beim Einschenken in Fooles Hand, der Gin schimmerte im Feuerschein wie Silbernitrat.

Foole hob sein Glas. Auf Jonathan Cooper.

Auf Cooper, murmelte William. Auf dass er nie wieder aufwacht.

Sie tranken. Schenkten nach und tranken erneut.

Foole ließ den Gin einen Augenblick im Mund und schluckte dann. Es ist die Ungewissheit, sagte er schließlich. Als er aufschaute, wirkte er verletzlich, als hätte er einen Schutzpanzer verloren. Ich hatte Gerüchte über den Sarazenen gehört. Ich dachte, ich weiß auch nicht, dass vielleicht ein Körnchen Wahrheit daran wäre.

William drückte das Taschentuch weiter auf die Wunde in seinem Nacken. Was haben Sie jetzt vor?

Das frage ich dann am besten Charlotte.

Charlotte?

Ach, nichts. Nur ein Witz.

William nippte an seinem Gin, der warm in der Kehle prickelte, ihm war klar, dass er bald betrunken sein würde, wenn er nicht aufpasste.

Foole starrte auf seine Hände, als würde er eine Entscheidung treffen, und schaute dann William an, die gespenstisch hellen Augen blitzten. Glauben Sie, dass es möglich ist, mit den Toten in Kontakt zu treten?, fragte er.

Mit den Toten? Nein.

Aber an ein Leben nach dem Tod glauben Sie?

William betrachtete die Schraffur seiner Handfläche im Feuerschein und sagte: Mr Foole, ich glaube daran, dass die Toten in uns weiterleben. In unserer Erinnerung. Das ist das einzige Leben nach dem Tod, an das ich glaube.

Gestern hat mich ein alter Bekannter angesprochen. Ein Spiritist.

William schwieg.

Sie halten nichts davon.

Ich hätte Sie nie für einen Geistergläubigen gehalten.

Einen Geistergläubigen?, wiederholte Foole mit bitterem Lachen. Er fuhr sich mit der Zunge über die Lippen. Als ich vier Jahre alt war, sind mir zwei kleine Mädchen erschienen. Sie standen schweigend an meinem Bett. Es waren meine Schwestern. Foole hielt kurz inne, dann erklärte er: Meine Schwestern sind im Jahr meiner Geburt gestorben, Mr Pinkerton. Gestern, als mein Bekannter mich zu einer Séance einlud, bat er mich, eine Begleitung mitzubringen. Um auf die richtige Teilnehmerzahl zu kommen. Ich habe ihm gesagt, das sei unmöglich.

William betrachtete den trauernden Mann und spürte plötzlich eine Wut in sich aufsteigen, eine Wut um seinethalben. Es ist nur natürlich, dass man sich an jeden Strohhalm klammert, bemerkte er spitz. Aber lassen Sie nicht zu, dass Ihr Verlust von anderen ausgenutzt wird.

Fooles Miene verdüsterte sich.

Haben Sie die Sache mit den Renos achtundsechzig mitbekommen?, fragte William. Es stand in allen Zeitungen. Als Foole nickte, fuhr er fort. Tja, im nächsten Jahr, als alle Brüder vom Mob aufgeknüpft waren, machte plötzlich ein Gerücht die Runde. Die Beute aus den Überfällen war nie gefunden worden, und es hieß, sie sei irgendwo bei Seymour, Illinois, vergraben. Jeder zweite Schatzsucher wandte sich an ein Medium, um die Toten zu befragen. William schaute Foole an, der lädiert im Halbdunkel saß, und tastete mit der Zungenspitze nach seiner aufgeplatzten Lippe. Der Vizepräsident der Adams Express Company, einer unserer wichtigsten Klienten, kontaktierte damals unseren Generalbevollmächtigten Mr Bangs in New York. Er habe eine Eingebung gehabt und müsse wegen des gestohlenen Geldes seiner Firma mit einem bestimmten Medium in Kontakt treten. Bangs sollte mitkommen.

Ich kenne solche Geschichten.

Nun, das Medium konnte ihm natürlich keine Auskunft geben. Als er nach dem Verbleib des Geldes fragte, rückte der Geist Sim – angeblich einer der toten Gesetzlosen – mit nichts als Ausflüchten und vagen Andeutungen heraus, keine davon verifizierbar. Er erwähnte einen Komplizen, Sheeley. Aber bei den Renos hatte es nie einen Sheeley gegeben. Mr Gaither, unser Klient, gab uns gegenüber später zu, dass er überhaupt nicht an Spiritismus glaubte.

Aber er ist trotzdem hingegangen.

Genau. Es hätte ja sein können.

Er wusste, dass das Ganze nur Lug und Trug war, und dennoch ist er hingegangen. Foole senkte die Stimme. Es ist eine Frage der Hoffnung. So unwahrscheinlich es auch sein mag, die Möglichkeit besteht. Und mit der muss man leben.

Hoffnung ist das eine, Leichtgläubigkeit etwas anderes, Mr Foole. Ich sähe ungern, dass man Sie ausnutzt.

Foole lächelte zynisch. Da bin ich ja erleichtert.

Warum?

Mein Bekannter hat mich gebeten, mit Ihnen zu sprechen. Sie waren der Letzte, der Charlotte lebend gesehen hat, der Letzte, der sie berührt hat. Er glaubt, Ihre Anwesenheit könnte den Kontakt ermöglichen.

Meine Anwesenheit wobei?

Bei der Séance.

William starrte in seinen Gin. Ich war nicht der Letzte, das wissen Sie genau.

Ich würde zutiefst in Ihrer Schuld stehen, Sir.

Das tun Sie bereits.

Foole zog die Augenbrauen hoch, seine Gesichtszüge entglitten ihm.

Edward Shade.

Ach. Foole hob sein Glas, stellte es wieder hin. Errötete. Was denn?

Ich fürchte, ich habe Sie in die Irre geführt. Was ich im Tunnel gesagt habe …

William schwieg, der Feuerschein tanzte auf dem Tisch, den Gläsern, seinen aufgesprungenen Knöcheln. Das wäre höchst bedauerlich, sagte er schließlich.

Ich habe Sie nicht belogen, murmelte Foole und beugte sich vor. Aber ich weiß, dass Sie ein Tatsachenmensch sind, der sich nicht für Mutmaßungen erwärmen kann …

Ich werde mit den Mutmaßungen vorliebnehmen.

Manches daran geht wohl eher als Gerücht durch.

William schwieg, wartete ab.

Foole warf ihm einen argwöhnischen Blick zu, als müsste er seine nächsten Worte genau abwägen. Dann sagte er: Edward hat Ihren Vater geliebt.

Sie kannten Shade?

Das ist lange her. Er hat immer erzählt, was für ein großartiger Mann Ihr Vater gewesen sei.

Das war nach dem Krieg.

Ja. Nach dem Krieg. Ungeduld machte sich in Fooles Stimme breit. Edward und ich lernten uns 1865 in New Orleans kennen. Ein schlimmes Jahr. Der Krieg hatte die Stadt zugrunde gerichtet. Sie hatte es durchaus verdient, wage ich zu behaupten. Aber um zu überleben, blieb vielen nur die Gaunerei. Man war entweder schnell oder tot. Edward war damals noch sehr jung, aber er wusste genau, wie man sich auf der Straße behauptete. Ich hatte bei Kriegsende ein Importgeschäft eröffnet und stellte Edward ein, der mir beim Verladen in den Docks helfen sollte.

Er hat für Sie gearbeitet.

Nur kurz. Er geriet andauernd in Schwierigkeiten. Ich musste ihn entlassen, als der Zoll anfing, mich zu behelligen. Edward konnte offenbar die Finger nicht von den Versorgungsdepots der Armee lassen. Und mein Unternehmen stand ohnehin unter Beobachtung. Sehr lästig, das Ganze. Jahre später traf ich ihn in Detroit wieder. Ich war auf der Durchreise. Er lud mich zu einem dieser unsäglichen Tierkämpfe ein, Hunde gegen Ratten, und dort lernte ich Charlotte kennen. Ich habe ihr den Hof gemacht. Da wusste ich noch nicht, wie sehr sie der Kriminalität zugetan war. Ich habe mich auf den ersten Blick in sie verliebt. Kaum hatte er die Worte ausgesprochen, senkte er den Kopf, als schämte er sich dafür.

Erzählen Sie mir von Shade.

Foole räusperte sich. Vor zehn Jahren habe ich Charlotte wiedergetroffen, hier in London. Sie war es, die mir erzählte, was dem jungen Edward Shade zugestoßen war. Sie sagte, Ihr Vater sei jahrelang hinter ihm her gewesen, während des Krieges hätten sie beide für den Geheimdienst gearbeitet. Edward hatte irgendetwas Unverzeihliches getan, seinen Posten verlassen oder Geheimnisse verraten oder etwas in der Art. Ihr Vater jagte ihn ohne Rücksicht auf Verluste. 1873 hatte der Junge es schließlich satt, pausenlos auf der Flucht zu sein. Er begab sich zum Haus Ihres Vaters in Chicago, zu Ihrem Haus. Er brach ein. Wartete im Dunkeln mit einem

Revolver. Es gab ein Handgemenge, Edward wurde erschossen. Die Leiche ließ Ihr Vater verschwinden.

William starrte den kleinen Mann im Feuerschein an, die Blutergüsse auf seinem Gesicht. 1873 also, sagte er.

Foole nickte.

Im Jahr 1873 hat Edward Shade versucht, meinen Vater umzubringen. In seinem eigenen Haus.

Genau.

Er war im Haus meines Vaters. Mit einer geladenen Waffe.

Foole runzelte die Stirn. Vielleicht irre ich mich auch. Schon möglich.

William ließ für einen Augenblick außer Acht, wie unwahrscheinlich das Ganze war, und versuchte die Geschichte nachzuvollziehen, doch es ergab einfach keinen Sinn. Das wäre doch Notwehr gewesen, platzte es aus ihm heraus. Ein bewaffneter Eindringling in seinem Haus? Warum hätte mein Vater da nicht die Polizei rufen sollen? Warum hätte er es mir verschweigen sollen?

Foole sah William mit seinen traurigen irisierenden Augen an, zuckte mit den Schultern.

Woher hätte Charlotte Reckitt davon wissen sollen?, murmelte William. Von wem hätte sie es erfahren sollen? Alle Kriegsverbrecher wurden sechsundsechzig begnadigt. Mein Vater hätte Shade sowieso nicht belangen können.

Begnadigt? Foole wendete das Wort auf der Zunge, als wollte er dessen Wahrscheinlichkeit abwägen. Vergeben und vergessen? Für Ihren Vater galt das sicher nicht. Und auch nicht für die Männer, die an der Front gelitten haben.

Warum hätte mein Vater einen Mann jagen sollen, von dem er wusste, dass er tot war?

Vielleicht, um den Mord zu vertuschen? Foole schüttelte den Kopf. Ich weiß es wirklich nicht. Aber sagen Sie mir eins. Was wollten Sie von Charlotte?

Nichts, sagte William zerstreut. Ich hatte immer nur Interesse an Shade.

Foole schwieg lange. Und was hätten Sie getan, wenn Sie ihn gefunden hätten?

Williams Finger lagen auf dem Rand seines Glases. Er spürte das Blut in seiner Kehle langsamer fließen. Er schaute auf. Das frage ich mich auch.

Zweiundzwanzig

Edward Shade unternahm seinen ersten Fluchtversuch, noch ehe das Schiff, das die gefangenen Deserteure an die Front bringen sollte, den Hudson verlassen hatte.

Es war der 3. März 1862. In der Dunkelheit vor Sonnenaufgang schien ihm der Schaum des Kielwassers in einem unirdischen Licht zu leuchten, und als er das Gesicht in den Wind drehte, sah er, wie im Osten der Horizont aufriss und rotes Licht daraus hervordrang. Doch die Planken, auf denen er gefesselt und gekrümmt unter einer fadenscheinigen Decke lag, waren noch immer schwarz, glatt und eisig. Andere saßen halb schlafend in Ketten um ihn herum, und eine Wache stand im Windschatten des Ruderhauses, die Hände zum Wärmen unter die Achseln geschoben, die Schultern hochgezogen. Edward hörte das dumpfe Stampfen der Maschinen, das Klatschen des Wassers am Rumpf. Geräuschlos stand er auf, legte die Ellbogen über die Reling, stemmte sich hoch und ließ sich fallen. Er schlug mit dem Rücken auf die eisige Wasseroberfläche und ging unter. Ein Matrose, der sich achtern über die Reling beugte, beobachtete das Ganze, schlug Alarm und feuerte einen Warnschuss ab, der weit übers Wasser getragen wurde, und nach einem langwierigen Wendemanöver huschten die Scheinwerfer im Zickzack über die Wellen, ein Rettungsring wurde ihm hingeworfen, und er kämpfte sich strampelnd darauf zu, klammerte sich fest. Halbertrunken wurde er an Bord gehievt und nach einem Schluck Rum zitternd in seinen froststeifen Kleidern an Deck liegen gelassen, während sich unter ihm eine Pfütze bildete. Als die Sonne ganz aufgegangen war, hatte er Husten und wurde nicht mehr warm.

Seinen zweiten Fluchtversuch unternahm er eine Woche später, im Camp Barry. Bei vorgehaltener Waffe mussten sie im Schatten des halbfertigen Kapitols Gräben ausheben und Befestigungen anlegen, und als Kleinster und Schwächster bildete er das Schlusslicht der aneinandergeketteten Sträflingskolonne. Beim Antreten hatte er einem Wachmann den Schlüssel entwendet, und als sie nun um eine Ecke bogen, bückte er sich im Gehen, öffnete seine Fessel, und als die Kette schwer zu Boden glitt, rannte er los. Er schaffte es bis zu den Stapeln des Eisenbahndepots, dann peitschte ein Schuss über seinen Kopf hinweg, und er blieb mit erhobenen Händen stehen, den Blick auf den Güterwaggons in der Ferne.

Zur Strafe wurde er nackt ausgezogen und brutal zusammengeschlagen. Vier ausgewachsene Männer traten und trampelten mit ihren riesigen Stiefeln auf seine spindeldürren Kinderglieder ein. Als es vorbei war, ließen sie ihn weinend im Stroh liegen, blutüberströmt, grün und blau, zu gebrochen, um auch nur zu zittern. Er war nur einer von achtzehn in jenem Lagergefängnis, der Harmloseste von allen, doch nach seinem zweiten Fluchtversuch galt er als gerissen und gemeingefährlich. Das war ihm egal. Nie im Leben würde er sich von der Union kleinkriegen lassen. Jeden Tag aß, grub, schaufelte, schlief er, jeden Tag brütete er über seinem nächsten Fluchtversuch. Die Wochen verstrichen, der Halbinsel-Feldzug auf Richmond rückte näher und damit auch die Kornfelder Virginias, auf denen er und seine Mitgefangenen gefesselt in einen Hagel aus Granatsplittern und Kugeln getrieben werden sollten. Er schlief schlecht. In mondlosen Nächten kam der Tod still und verschleiert zu ihm und betrachtete ihn durch die Gitterstäbe.

Edward musterte die anderen mit kaltem Blick, mied ihre Nähe. Sie glaubten, er trage ein dunkles Mal, er bringe Unglück, und obgleich er nicht verstand, warum, war er dankbar dafür. Einige dieser Männer waren Deserteure, andere Diebe, ein bulliger Sergeant hatte einen Corporal beim Kartenspielen erwürgt, und allesamt waren sie hinterhältig und verzweifelt. Eines Abends stahl er einem anderen den Löffel, und nachdem dieser dafür zusammengeschlagen und das ganze Lager bei der Suche danach auf den Kopf gestellt worden war, begann er, ihn zu schärfen, ganz leise, die Geräusche durch Stroh gedämpft. Am Ende der zweiten Woche bemerkte er eine Gestalt, die sich stets lauernd am Rand seines Blickfelds herumdrückte, und da war ihm klar, dass sein dritter Fluchtversuch der letzte sein würde. Der Mann war groß und dünn, hatte eine gebrochene Nase und einen struppigen weißen Bart, der vom Tabak kupferrot gefärbt war, die zu Schlitzen zusammengekniffenen Augen lagen so tief in seinem faltigen Gesicht verborgen, dass Edward nie wusste, wann er in seine Richtung spähte.

Edward war auf der Hut, Edward war geduldig. Er prägte sich die Wachwechsel ein, er horchte durch die Wände auf das Knirschen ihrer Stiefel im Kies, wenn sie die Abkürzung hinter den Palisaden nahmen, ihm fiel auf, dass sich der Schließmechanismus der äußeren Tür von dem der inneren unterschied. Er kannte die Anzahl der Schritte bis zur äußersten Ecke des Lagerzauns, und er wusste auch, wo sich zwei Straßen weiter eine Wäscheleine mit alten Kleidern befand. Er wusste, dass Vorbereitungen für eine Großoffensive im Gang waren und dass sie schon bald in Ketten gelegt die Schiffe besteigen sollten. Er wartete auf den nächsten Neumond und behielt einen kühlen Kopf.

In der dritten Woche kam der Alte, der ihn beobachtet hatte, zu ihm herübergekrochen. Edward hatte eine Handvoll verdorbenen Reis vom Boden geklaubt und sich zurück in seine Ecke verzogen. Dem Mann waren die beiden unteren Schneidezähne ausgeschlagen worden, seine Zunge wirkte durch die Lücke grotesk rosig.

Ich habe dich beobachtet, krächzte er.

Edward saß reglos da, das Haar hing ihm in die Augen.

Ich sagte, ich habe dich beobachtet.

Hab ich gehört.

Der Mann keuchte, vielleicht war es auch ein Lachen. Seine Knie berührten fast die Schultern, nach außen gespreizt, krebsartig. Habe ich es doch gewusst, dass das echte Leben dich irgendwann einholt.

Edward hörte auf zu kauen, Reis klebte an seinen Fingerknöcheln. Er musterte das Gesicht des Mannes.

Erkennst du mich denn nicht, Junge?

Ich erkenne Sie, Mr Fisk, sagte er.

Und da beugte sich Mrs Shades treuer Diener, gebrochen, ausgemergelt, sechs Wochen von seinem Tod auf einem grasbedeckten Hang in Virginia entfernt, ganz nah zu ihm herüber und murmelte: Sie wissen, was du vorhast, Junge. Sie *wissen* es.

Er hatte vom Sarazenen geträumt. In der Morgenkälte hörte er seine Tür quietschen und stützte sich steif auf einen Ellbogen, öffnete ein Auge und sah Fludd, der mit der Hand an der Klinke innehielt. Mr Adam?, fragte der Riese leise. Bist du wach?

Nein.

Der Riese wischte sich Hände und Handrücken am Hemd ab, trat in den dunklen Raum und durchquerte ihn mit zaghaften Schritten. Lass mich ma nen Blick auf deine Rippen werfen, sagte er. Als er sich auf die Bettkante setzte, gab die Matratze unter seinem Gewicht nach, und Foole rutschte gegen die aufragenden Oberschenkel des großen Mannes. Er verzog das Gesicht und machte das Auge wieder zu. Durch die offene Tür hörte er Molly zwei Stockwerke über sich fluchend nach heißem Wasser und Handtüchern rufen. Aus den Tiefen des Emporiums drang daraufhin Mrs Sykes gedämpftes Keifen wie aus dem Bauch eines Schiffes. Über seinem Kopf ertönte ein Donnern, dann ein weiteres Donnern, die Tür bebte in ihren Angeln, und dann war es still.

So geht das schon den ganzen Morgen, sagte Fludd. Eigentlich wollt ich mich bloß hier verstecken.

Foole stöhnte.

Fludd saß schweigend im grauen Licht. Dann erhob er sich vom Bett und zog die Vorhänge auf, die den Blick auf einen düsteren, nieseligen Morgen freigaben. Die Fensterscheibe war streifig und verdreckt.

Du warst das in der Gasse. Der gestern Abend die Straßenräuber überwältigt hat. Das warst du.

Meine Fäuste meinen das auch, sagte Fludd. Spinnenartig

öffnete und schloss er seine lädierten Hände. Und Pinkerton hat nichts mitgekriegt?

Foole hustete und spürte, wie die blauen Flecken auf seinem linken Rippenbogen dabei zum Leben erwachten.

Fludd runzelte die Stirn. Du hast schon immer deinen eigenen Kopf gehabt, Mr Adam. Aber bist du sicher, dass der Mistkerl dich nich an der Nase rumführt?

Foole setzte sich ungeschickt auf und schwang die nackten Beine über die Bettkante, mit schmerzverzerrtem Gesicht stand er auf. Die Dielen waren eiskalt. Mit einer Hand am Messingbettpfosten stand er gebückt da, blies die Nase frei, fuhr sich mit der Hand durchs Haar und betrachtete seine schwarzgefärbten Finger. Langsam kehrte die Erinnerung an den gestrigen Abend zurück.

Du bist mir gefolgt, Japheth, sagte er. Er fing den Blick des Riesen ein.

Aye.

Du hast mir das Leben gerettet.

Fludd grinste ein jähes, unrasiertes Grinsen, doch die Sorgenfalten um seine Augen wichen nicht. Na ja, sagte er. Ich konnt ja wohl nich zulassen, dass meinem Boss und Retter die Kehle durchgeschnitten wird, oder?

Foole zitterten im Nachthemd die Beine vor Kälte. Er starrte auf seine weißen Zehen.

Wenn du mir noch einmal folgst, sagte er, schneide ich dir eigenhändig die Kehle durch.

Er spürte, wie ihm ein heißer, finsterer Zorn in den Kopf stieg, der sich den ganzen Morgen nicht legen wollte. In der offenen Tür seiner Schreibstube schimpfte er Hettie aus, der ein Wäschekorb umgekippt war, schickte Molly wegen ihrer zerlumpten Kleidung aus dem Emporium, und sein Frühstück ließ er unangerührt zurück in die Küche gehen. Später starrte er missmutig an den Südseekorallen im Schaufenster vorbei in den Vormittagsverkehr, und als Hettie hereinkam und das Feuer schüren wollte, ergriff sie bei seinem Anblick entsetzt die Flucht. Er schämte sich, aber was auch immer es war, er wurde das Gefühl nicht los. Schließlich setzte er sich an den Sekretär, schob ein Fossil beiseite und bestätigte in einer kurzen Nachricht an Gabriel Utterson den Termin für die Séance, versiegelte sie und gab sie Fludd, damit er sie überbrachte.

Er bezweifelte, dass Pinkerton ihm seine Darstellung von Edward Shades Tod abnahm. Auch der Anblick des Sarazenen am Abend zuvor ließ ihn nicht los. Was er gefühlt hatte, war die Angst vor seiner eigenen Zukunft gewesen. Er hatte Pinkerton tatsächlich zur Séance eingeladen. Was hatte Mrs Sharper neulich noch gesagt? Die Toten kehren nicht zurück. Er war nicht sicher, ob sie überhaupt je gingen.

Das Herz ist ein verschlossener Raum, dachte er. Für einen selbst und jeden anderen.

Er musste noch etwas erledigen.

Nach Einbruch der Dunkelheit ging er noch einmal durch die verdreckten Straßen von Wapping. Bahnte sich seinen Weg durch nassen Unrat und Ratten. Diesmal klopfte er nicht. Er horchte an Mrs Sharpers Tür, und als er kein Geräusch aus dem Innern vernahm, schob er eine dünne Feile zwischen Tür und Rahmen und einen gebogenen Dietrich ins Schlüsselloch, kurz darauf machte es Klick, und die

Tür schwang quietschend auf. Er hielt sie am Knauf fest, horchte. Dann schlüpfte er hindurch.

Im Haus der Sharper war es still. Er blieb im Halbdunkel stehen, bis seine Augen sich daran gewöhnt hatten, dann zog er die Schuhe aus, stellte sie draußen auf die Schwelle und schloss die Tür. Auf Strümpfen schlich er lautlos zur Kammer unter der Treppe. Ein sägendes, ungesund klingendes Schnarchen drang heraus, und als er die Tür öffnete, sah er den einbeinigen Türsteher schlafend auf seiner Pritsche liegen. Ein tätowierter Unterarm baumelte herab, der Mund stand ihm offen. Foole nahm die Krücke des Mannes vom Fußende und stahl sich hinaus.

An der Tür zur Stube bemerkte er einen Lichtschein, hielt inne. Er öffnete sie einen Spalt. Die Lampe mit dem Rosenschirm brannte. Foole erkannte das Pianoforte, die Tische mit den Deckchen, das tiefe Schwarz des kalten Kamins. Doch es war niemand da, er stellte die Krücke hinein und schloss die Tür.

Er stieg die Treppe hinauf, prüfte jede Stufe, um ein Knarren zu vermeiden, und ging oben angekommen von Tür zu Tür. Wäscheschrank, Wasserklosett, eine Schreibstube, ein unbenutztes Zimmer, vollgestellt mit altem Gerümpel. Schließlich fand er die schlafende Schwester in einer winzigen Kammer mit verrammeltem Fenster, wodurch der ganze Raum vom Schrecken ihrer Blindheit erfüllt schien. Vorsichtig schloss Foole die Tür wieder. Er nahm eine hohe Lampe von einer Konsole und legte sie quer vor die Tür der Schwester, für alle Fälle.

An der letzten Tür blieb er stehen, lauschte und hörte gedämpfte Geräusche herausdringen. Es konnte nur Mrs Sharper sein. Er öffnete das Fenster auf dem Treppenabsatz, balancierte über die jähe Kälte des Simses. Dann kletterte er über die Dachziegel zum nächsten Fenster. Es stand offen. Lautlos schlüpfte er hinein.

Da war sie, trug ein Flanellnachthemd mit braunen Flecken auf der Rückseite und hatte ihre Holzfinger bereits abgeschraubt, Foole sah die nackten Stümpfe. Er dachte an Molly, ihre Traurigkeit, die sie sorgsam verbarg.

Mrs Sharper erstarrte. Wer ist da?, zischte sie. Wer sind Sie? Sie ließ den Blick blind durch die Dunkelheit schweifen, den Kopf erhoben, als wollte sie seine Witterung aufnehmen.

Foole stand am Fenster, beobachtete sie.

Ich bekomme schon raus, wer Sie sind, sagte Mrs Sharper leise. Sie werden Ihr Eindringen noch bereuen.

Ihre Wirbelsäule war gekrümmt, ihr Hals und die Handgelenke waren knochendürr. Sie sah gebrechlich und niederträchtig aus. Wollen Sie sich etwa an einer alten Frau vergehen?, höhnte sie. Einer alten, blinden Frau? Oder wollen Sie mich ausrauben? Ich warne Sie, es ist ein Mann im Haus.

Der kann Ihnen nicht helfen, sagte Foole.

Wer spricht da? Langes, konzentriertes Schweigen. Sie. Mr Foole.

Sie sollten besser aufpassen.

Adam Foole, sagte sie und verzog das Gesicht. Es ist lange her, dass ein Mann durch mein Schlafzimmerfenster geklettert ist.

Mollys kleiner Freund Peter. Erzählen Sie mir, was mit ihm passiert ist.

Mrs Sharper hob den Kopf, und ein spöttisches Lächeln

stahl sich auf ihre Lippen. Der Junge? Was kümmert Sie denn der Junge?

Foole zog ein Streichholz aus der Tasche und entzündete es an der Fensterbank, durchquerte das Zimmer und versengte der blinden Frau mit der flackernden Flamme die Hand. Mrs Sharper schreckte kreischend zurück und hob ihre Hand an die Lippen.

Er schüttelte das Streichholz, bis es qualmte. Erzählen Sie mir von dem Jungen, wiederholte er ungerührt.

Wir haben ihn fortgeschickt, sagte sie. Weil er gestohlen hat. Mehr weiß ich nicht.

Foole zog ein zweites Streichholz hervor, entzündete es. Ein Kratzen, ein Zischen von Phosphor. Die Blinde wich zurück, stieß gegen die Kommode. Das ist gelogen, sagte Foole. Was ist passiert?

Er hat nichts gestohlen, stammelte sie, er hat uns nicht bestohlen. Warten Sie.

Sie haben ihn also grundlos fortgeschickt?

Wir haben ihn gar nicht fortgeschickt.

Foole trat einen Schritt näher.

Wir haben ihn gar nicht fortgeschickt, wiederholte sie. Er ist gestorben. Er hatte einen Unfall. Wurde auf der Straße von einer Kutsche erfasst, und wir haben ihn auf dem St. Aldwyn begraben. Er ist tot.

Foole hielt der alten Frau das glimmende Streichholz ins Gesicht. Er ist tot?

Tot. Ja.

Er stand jetzt ganz dicht ihr, der Rauch musste ihr in die Nase steigen, die Hitze im Auge brennen, und doch verzog sie keine Miene. Wieso haben Sie gelogen?, fragte er.

Im Schein des Streichholzes stand ihr grimmige Abscheu ins Gesicht geschrieben, die milchigen Augen waren tiefliegend, starr. Warum?, murmelte sie. Das arme Mädchen. Sie haben sie von dem Jungen getrennt, und keine drei Tage später war er tot.

All die Jahre hat sie sich die Schuld gegeben.

Sich und uns.

Ja.

Aber die Wahrheit hätte es nur schlimmer gemacht. Dass der Junge starb, weil er sie an der Ecke suchte, an der die beiden immer zusammen geklaut hatten. Mrs Sharper funkelte ihn an, das dünne Haar stand ihr wirr vom Kopf ab, ihre trockenen Lippen bebten. Wir haben das Mädchen geliebt, Mr Foole, und sie uns, Das können Sie nicht verstehen, Sie wissen nicht, was zwischen uns war. Wir haben sie Ihnen überlassen, ja. Wir haben es zugelassen. Weil wir ihr ein anderes Leben wünschten.

Foole erinnerte sich noch gut an die boshafte Raffgier der Schwestern. Sie vergessen, wie es wirklich war, sagte er. Spielen Sie nicht die Heilige. Sie wurden großzügig entlohnt.

Und wenn schon.

Foole löschte das Streichholz, trat ein paar Schritte zurück. Das ist keine Liebe. Das ist reine Gier.

Auf Mrs Sharpers Gesicht zeichneten sich tiefe Schatten ab. Wir alle entwerfen unsere Feindbilder selbst, Mr Foole, damit wir uns ihrer erwehren können. Nennen Sie uns, wie Sie wollen. Aber wissen Sie was? Sie sind keinen Deut besser.

Foole spürte, wie sich Verunsicherung in ihm breitmachte. Er setzte zum Sprechen an, schwieg dann aber doch und wich stattdessen rückwärts durch die Dunkelheit zur Tür, die bestrumpften Füße lautlos auf den Dielen.

Sie schwenkte die Arme langsam um sich herum, spürte seinen Rückzug. Es war ein Akt der Güte, zischte sie ins Dunkel. Hören Sie? Der Güte.

Draußen in der Kälte schlüpfte Foole in seine Schuhe, die Strümpfe nass, die Zehen taub. Molly würde schlafen, wenn er wiederkam. Vielleicht würde er sich am Morgen auf ihre Bettkante setzen, und wenn sie den Kopf hob und ihn schlaftrunken anblinzelte, würde er ihr erzählen, dass er die Wahrheit über ihren Peter erfahren hatte und sie es verdiente, die Einzelheiten zu kennen. Er würde sagen, dass die Sharper gelogen hatte. Dass Peter einen Ziehvater gefunden hatte, einen Schiffsbauer, der ihn mit aufs Festland genommen hatte, dass er nun irgendwo in Österreich gesund und munter einen ehrbaren Beruf erlernte. Sie würde schweigend daliegen und zuhören, und er würde sich mit einer Hand auf dem Bett abstützen und erklären, dass es viele Arten des Nichtwissens gab, und dass Gewissheit und innere Überzeugung nicht dasselbe seien. Er würde ihr sagen, dass er nun seit gut zehn Jahren mit Charlottes Abwesenheit lebte und ihre Nähe dennoch die ganze Zeit über gespürt hatte. Und wenn er aufstand und ginge, würde sein Handabdruck im weißen Laken zurückbleiben, die Finger gespreizt, die Handfläche geöffnet, wie ein Hilfsangebot.

Er war überzeugt, dass es Fügungen im Leben gibt, Augenblicke, in denen zwei Schicksalsfäden zusammenlaufen und das Kappen des einen auch das des anderen bedingt. Eine solche Fügung hatte sich 1862 in Camp Barry zugetragen, obgleich es ihm damals nicht bewusst gewesen war.

Es war die Nacht vor Neumond. Drei Männer in Gehrock und Zylinder platzten herein, schwenkten ihre Laternen in die Gesichter der Gefangenen, und ihm war sofort klar, dass er es war, den sie suchten, dass er verraten worden war. Fisk wühlte im Stroh und nahm ihm den krummen, zur Klinge geschliffenen Löffel weg, und ein feister glatzköpfiger Sergeant packte Edward bei den Haaren und schleifte ihn wie einen nassen Sack durchs Tor hinaus in die Kälte. Er wehrte sich, strampelnd, verängstigt, und als er einen Blick zurückwarf, sah er Fisk unter dem hohen vergitterten Fenster, silbrige Konturen, die Augen im Dunkel verborgen.

Unwillkürlich stieg eine Erinnerung in ihm auf, wie Mrs Shade in einem violetten Kleid durch ihren Rosengarten wandelte. Er erinnerte sich an das träge Kreiseln ihres hellen Sonnenschirms, an dessen japanisches Muster, das Summen der Bienen in der Sonne. Er war, das begriff er jetzt, glücklich gewesen und hatte ein solches Glück nie wieder erlebt. Er kniff die Augen zu. Ihre tiefe, gütige Stimme. Ihre langen, schlanken Finger, die geschwollenen Knöchel. Ihr Gesicht konnte er sich nicht mehr vor Augen rufen.

Die Männer schleiften ihn zu einem bespannten Wagen mit Laterne, die an einem Rohrstock über dem Kutscher baumelte, warfen ihn auf die Ladefläche und kletterten alle drei mit hinauf, dann setzte sich der Wagen mit einem Ruck in Bewegung, und die Pferde preschten los. Die Männer schwankten und wippten, und er zog die Knie an die Brust. Sie fuhren auf die dunklen Schemen der Stadt zu, verlangsamten am Wachhäuschen des Lagers das Tempo, hielten jedoch nicht an, und dann holperten sie an verlassenen Backsteinhäusern vorbei. Niemand sagte ein Wort.

Vor einem unscheinbaren Haus, über dessen Eingangstür eine einsame Funzel brannte, stiegen sie ab, und er wurde treppauf in eine kleine Stube gebracht und grob in einen Sessel vor einem leeren Schreibtisch gestoßen. Es war lange her, dass er auf etwas so Weichem gesessen hatte, und als seine Haut das Polster berührte, zuckte er zurück. Nur einer der Männer blieb bei ihm. Sein Gesicht war furchteinflößend vernarbt. Edward warf einen Blick zur Tür, dann auf die Vorhänge, die sich vor dem offenen Fenster blähten. Er fragte sich, wie tief der Fall sein würde, ob er den Fenstersims erreichen könnte, ohne zu Boden gerungen oder erschossen zu werden.

Die Tür ging auf, ein bärtiger Mann trat ein. Schwarzhaarig wie der Teufel, untersetzt, mit breitem Brustkorb wie ein Fass und tiefliegenden, arglistigen kleinen Augen. Er setzte sich an den Schreibtisch, nahm eine Zigarre aus der vor ihm stehenden Kiste, lehnte sich zurück und funkelte ihn an.

Das ist also dieser Bursche namens Shade?, sagte der Mann mit breitem schottischen Akzent. Er kaute auf der Zigarre. Mir ist zu Ohren gekommen, dass du im Lagergefängnis Ärger gemacht hast. Fliehen wolltest.

Edward schwieg. Er trug weder Fußfesseln noch Handschellen und saß breitbeinig da, das Gewicht nach vorn verlagert, bereit zum Sprung. Er bemühte sich, nicht zum offenen Fenster zu schauen.

Du glaubst wohl immer noch, du könntest abhauen, sagte der Mann. Er hob den Blick, schaute Edward in die Augen. Vergiss es.

Edward wurde rot.

Wie ich höre, hast du dir so etwas wie einen Sport aus der Fahnenflucht gemacht, fuhr der Mann in seinem rauhen Murmeln fort. Wie oft hast du das Handgeld abgestaubt? Dreimal?

Viermal, Sir, sagte der Mann mit den Narben, der ihn hereingebracht hatte.

Und er hat keine Verwandten?

Seinen Papieren zufolge nicht, Sir.

Der bärtige Mann beugte sich vor, verschränkte die dicken Finger auf dem Schreibtisch. Die Zigarre klemmte noch immer unangezündet zwischen seinen Zähnen, und er sagte ganz leise: Ich bin Major Allen, mein Sohn. Weißt du, was meine Aufgabe ist?

Edward sah den Major argwöhnisch an.

Ich gebe Menschen mit ungewöhnlichen Talenten die Möglichkeit, sich reinzuwaschen. Ich lasse ihnen die Wahl.

Was für eine Wahl?, fragte Edward misstrauisch.

Nun ja. Major Allen streckte die Hand mit der Zigarre aus, drehte sie hin und her, lächelte grimmig. Die Wahl zwischen Leben und Tod. Sag. Willst du leben?

Wollte er leben? Jahre später versuchte er zu begreifen, warum er damals so und nicht anders geantwortet hatte, warum er zugelassen hatte, dass man ihn verschonte. Mit der Zeit nahm die Schuld in seinen Augen biblische, schicksalhafte Ausmaße an. Ausgerechnet er war von einem Mann gerettet worden, der offiziell gar nicht existierte, einem Schurkenjäger, dem gefürchteten Privatdetektiv, einem Mann, der sich in Dunkelheit hüllte und unter den Soldaten bewegte wie ein Geist, ein Gerücht, gefürchtet, gesichtslos und unsichtbar. Edward würde das wechselhafte Wesen des Mannes lieben lernen, wie er die glitzernde Haut eines Flusses liebte. Seine Liebe würde sich wandeln und heranwachsen zu der zornigen, komplizierten Liebe eines Sohnes für den Vater, den er nie gekannt hatte.

Ich will leben, sagte Edward leise.

Der Major sah ihn an. Nickte.

Er war das zivile Oberhaupt des Geheimdienstes der Potomac-Armee, wie Edward später erfahren sollte, ein Mann mit unbegrenzter Macht. Sein echter Name war, ja, natürlich, Pinkerton.

Allan Pinkerton.

Dreiundzwanzig

Es war der letzte Dienstag im Januar des Jahres 1885, und William Pinkerton stand mitten auf der Gaunt Street und horchte auf die Schritte in der Dunkelheit. Der Kutscher hatte die Adresse nur mit Mühe gefunden, doch jetzt schaute William an dem still daliegenden Haus hinauf, dessen schwache Gaslampen ein rauchiges, schummriges Licht verbreiteten. Drei Tage waren vergangen, seit er Foole nach Shadwell begleitet hatte, drei Tage seit dieser den letzten Schluck Gin eingeschenkt, das Etikett von der Flasche geschält und die Adresse für die Séance mit Bleistift auf die Rückseite gekritzelt hatte. William hatte sich dagegen verwahrt, doch der kleine Mann hatte ihm den Zettel beschwörend in die Hand gedrückt. Fooles Räuberpistole über den Tod von Edward Shade hatte ihn wütend gemacht. Sein Vater war beileibe ein Freund von Gewalt gewesen, ja, aber er war Shade noch lange nach dieser angeblichen Konfrontation auf der Spur gewesen, und das war Beweis genug für die Lüge. William war nicht hergekommen, um Foole einen Gefallen zu tun. Er war gekommen, weil sie noch nicht fertig miteinander waren. Er war gekommen, weil der Mann nicht das war, wofür er sich ausgab.

Schwacher Nebel kroch über die Pflastersteine. Seit er aus dem Hansom gestiegen war, war niemand ein oder aus gegangen. Schließlich ging er auf das Haus zu, seine Rippen schmerzten noch immer, der Klebeverband im Nacken juckte.

Ihm war durchaus bewusst, dass man im Gegenüber oft die eigenen Fehler vermutete. Sein Bruder Robert traute niemandem auf der falschen Seite des Gesetzes und hielt den Unterschied zwischen Richtig und Falsch für absolut eindeutig. Doch William war klar, dass das Gesetz mindestens so viel mit Macht zu tun hatte wie mit Recht. Wie die Dampflokomotive war es zu einem bestimmten Zweck erfunden worden, und genau wie sie wurde es eingesetzt, um gewisse Ziele zu erreichen. Er dachte an Foole. Natürlich gab es eine falsche Seite des Gesetzes.

Nur manchmal fragte er sich, ob es überhaupt eine richtige gab.

Für William hatte der Krieg mickrige sechs Monate gedauert, lang genug jedoch, um jedes ungetrübte Bild von Güte und Gnade zu zerstören, das noch aus seiner Kindheit übrig geblieben war. Als Junge hatte er das Schlimmste mit angesehen, was einem Menschen in der Welt widerfahren konnte, und der Anblick hatte sich ihm eingebrannt. Seinem Vater musste es ähnlich ergangen sein. In den Anfangsmonaten des Krieges, vor dem Halbinsel-Feldzug, hatte er von ihm noch regelmäßig Briefe aus Washington erhalten. Stets unterschrieben mit seinem Decknamen, Major Allen, GD der Potomac-Armee. Kurze Schriebe an sein Wohnheim in Notre Dame, die mehr Weisungen als guten Rat enthielten. Dass das Geheimnis guter Kriegsführung Disziplin sei, nur selten träfen gegnerische Armeen wirklich im Gefecht aufeinander, und wenn doch, verlöre eine Seite unweigerlich die Nerven und flöhe. Bleib nur immer auf deinem Posten, Sohn, und es wird sich alles fügen, im Leben wie im Krieg. Die meisten Toten, die vom Schlachtfeld gezogen werden, haben die Kugel im Rücken.

Im trostlosen Frühling des Jahres 1862, als sich William bereits freiwillig gemeldet hatte und an der Seite seines Vaters stand, offenbarte sich der verheerende Charakter des Krieges, und spätestens nach der Schlacht am Malvern Hill gab sein Vater Derartiges nie wieder von sich. Es war das pure entfesselte Böse gewesen. William erinnerte sich an den Ballonpiloten Ignatius Spaar, an dessen vernarbtes Gesicht. Erinnerte sich, wie der Mann geduckt zwischen den Bäumen in Richtung der konföderierten Scharfschützen verschwunden war. Und an den Prediger in dem niedergebrannten Dorf im Norden Virginias, der mit einem Lumpen am Stock wedelte und die Soldaten auf dem Rückzug beschwor, die Waffen niederzulegen. Der mit den Armen fuchtelte und vom Spitzdach seiner Kirche herunterrief. Was hatte er noch gleich gerufen?

Tut Buße, Burschen, tut Buße. Gottes Zorn sieht alles.

Er erinnerte sich an den Knall. Als der Prediger fiel, fiel er langsam und lautlos und klatschte wie ein nasser Sack in den Schlamm. Die Augen zum Himmel verdreht, die Arme ausgebreitet, ein gesengtes Loch in der Wange wie von einem Kuss.

Wer auch immer aus der langen Reihe von Soldaten den Mann erschossen hatte, er blieb nicht stehen. William selbst war mit stierem Blick vorbeigestapft, zu müde, um sich noch darum zu scheren.

Er läutete.

Ein großer bärtiger Sikh mit langen indigoblauen Wimpern und rotem Turban öffnete die Tür und ließ William ein. Im Haus war es still, kalt. Er roch Ringelblumen im Halbdunkel. Der Sikh drehte sich wortlos um, entfernte sich leise auf seinen Pantoffeln, und nach kurzem Zögern folgte William ihm. Seine Schritte hallten auf dem gekerbten Holzboden. Es wirkte fast, als würde noch jemand hinter ihnen gehen, und bei dem Gedanken überlief ihn ein Schauer.

Nein, er glaubte nicht, dass die Toten sprechen konnten. Er sah im Spiritismus einen Tummelplatz für Spitzbuben und Gauner. Er hatte in seinem Leben viele professionelle Lügner kennengelernt, und alle hatten sie ihm versichert, ein Mann müsse zunächst sich selbst etwas vormachen, ehe er betrogen werden könne.

Der Sikh führte ihn an einem erhellten Raum mit Fischteich vorbei, dann durch einen Perlenvorhang und einen zweiten Korridor in einen Salon. Die Gaslampen an den Wänden spendeten gespenstisches Licht, und die Luft war schwer von Räucherwerk. William fielen die Wandteppiche mit Elefanten und Tigern in Rot und Gold auf. Der Raum war klein und wirkte durch die vornehmen dunklen Sessel und die hohen vorhangverhüllten Fenster noch kleiner. Ein kalter Hauch lag in der Luft. Weitere Teilnehmer hatten sich bereits versammelt, aber Adam Foole entdeckte er nirgendwo.

Am Ende des Raums stand eine lackierte Flügeltür offen. Eine schlanke Frau mit langen nackten Armen und schweren Armreifen wiegte sich davor, und William erkannte sie sofort als das Medium. Sie trug ein weißes Stoffgewand, das sie sich kompliziert und orientalisch anmutend umgeschlungen hatte, und wirkte im schwachen Licht statuenhaft und schön wie eine in Marmor gehauene Najade. Er beobachtete, wie sie ihre schwarzumrandeten Augen und die sehr roten Lippen abwechselnd den beiden Männern zuwandte, mit denen sie sich unterhielt, spürte, wie sein Herzschlag beschleunigte. Hinter ihr in der offenen Tür stand ein rundlicher Mann, der seine Weste straffzog, ungerührt rauchte. Von Zeit zu Zeit fasste der Mann sie am Arm und murmelte ihr etwas ins Ohr, woraufhin sie nickte, ohne ihn anzusehen.

Eine Dame mit grünem Schal, scharlachroter Tournüre, Perlmuttknöpfen trat auf William zu. Sie hatte einen schmalen, katzengleichen Kiefer und vorstehende Zähne, ihre Augen waren groß und standen weit auseinander. Die Trauer hatte in ihrem Gesicht tiefe Falten hinterlassen wie ein Daumen in weichem Wachs. Sie begrüßte William mit einem stillen Lächeln und hielt ihm eine behandschuhte Hand hin, er schaute erst unschlüssig, dann schüttelte er sie. Die Dame erzählte, sie sei gekommen, um mit ihrer Tochter in Kontakt zu treten. Sie lächelte. Vier Jahre zuvor sei ihre Tochter im Alter von elf Jahren erkrankt und nur vierzehn Tage später verschieden. Sie folgte seinem Blick zu einem sehr alten Mann, der einen hohen, abgewetzten Zylinder trug und allein in einer Ecke saß, und erklärte, der Mann heiße Gables. Armer Kerl, sein Sohn ist im Krimkrieg gefallen, sagte sie. Ach, aber er ist schon so häufig bei diesen spiritistischen Sitzungen gewesen. Miss Utterson erzielt wirklich exzellente Resultate.

William runzelte die Stirn. Er hatte sich absichtlich so positioniert, dass er über den Kopf der Dame hinweg die

Tür sehen konnte, doch Adam Foole war noch nicht aufgetaucht.

Sie sind wohl Faustkämpfer, Sir?, fragte die Dame.

Verzeihung, wie meinen?

Sie deutete sich ins Gesicht. Ihre Wunden.

William lächelte flüchtig. Nein, sagte er. Ein Unfall.

Ein Unfall, ach, sie nickte. Ja. Sie schaute zu ihm auf,
und in ihrem Blick brannte eine Seligkeit, die William beein-
druckte. Sie wirkte müde und glücklich. Wir müssen uns
vorsehen, sagte sie, zumindest in dieser Welt. Unser Fleisch
ist so vergänglich, aber unser Geist überdauert. Natürlich
gelingt Miss Utterson nicht immer eine Verbindung. Aber
daran sieht man, dass es echt ist. Auf der anderen Seite ist es
ziemlich voll. Es ist so laut dort.

Laut?

Störgeräusche. Sie stockte. Sind Sie etwa kein Anhänger?

Na ja.

Schon in Ordnung. Ich erkläre Ihnen, was zu tun ist. Die
Dame tätschelte ihm den Arm und lächelte unaufhörlich. Sie
dürfen ihr vorher nichts verraten, flüsterte sie. Keine Einzelheiten. Sie werden schon sehen. Das Medium wird Dinge
wissen, die es unmöglich wissen kann. Und dann werden
auch Sie glauben.

Noch immer keine Spur von Foole. William beobachtete,
wie das Medium von Gast zu Gast glitt und schließlich mit
geschmeidiger Anmut über den blauen Teppich auf sie zukam, den Blick auf die Dame mit dem grünen Schal geheftet.

Miss Utterson, sagte die Dame herzlich. Wie fühlen Sie
sich? Werden wir heute Erfolg haben?

Das Medium ergriff die ausgestreckten Hände der Dame

und schaute ihr tief in die Augen, als suchte es darin eine Antwort, ging jedoch nicht auf die Frage ein. Stattdessen wandte es sich an William, der über allen aufragte, und murmelte mit kehliger Stimme: Sie müssen Mr Pinkerton sein.

Die Armreifen klirrten, als das Medium die beringten Hände erst ausbreitete, dann faltete, und William neigte den Kopf. Beinahe hätte er gefragt, ob die Geister ihn verraten hatten, aber er biss sich auf die Zunge.

Sie waren in Indien, sagte er.

Das Medium lächelte. Die feinen Fältchen unter den Augen, die schlaffe Haut an der Kehle, blonde Härchen beinahe unsichtbar auf der Oberlippe. Die Frau war älter, als er angenommen hatte.

Ach, Indien, sagte die Dame mit dem grünen Schal. Indien wollte ich schon immer mal erleben.

Wir sind mehr als die Summe unserer Erlebnisse, sagte das Medium leise und fixierte William mit seinen leuchtenden, geschminkten Augen. Aber zugleich sind wir immer auch das, was wir waren. Ich habe viele Jahre in Britisch-Indien gelebt, das stimmt.

Wie es scheint, haben Sie es nicht gänzlich hinter sich lassen können.

Britisch-Indien lässt Sie nicht mehr los, wenn Sie einmal Teil davon waren.

Extraordinär, murmelte die Dame im grünen Schal. Wirklich extraordinär.

Das Medium schenkte ihr keinerlei Beachtung, sondern begann, William von der Fremdartigkeit des Kontinents zu erzählen. Von den Reisfeldern im Wind, einem blühenden, goldenen Meer wie Mais. Von den buntgekleideten Menschen und den hohen, schmalen Häusern, die blau und gelb und rot angestrichen waren, und von den flach heranrollenden Wellen in Madras. Damals seien Reisende noch im Schlaf erwürgt worden, erzählte sie, und die Bengalen hätten eine Göttin mit blutiger Zunge und einer Halskette aus menschlichen Schädeln angebetet, doch selbst habe sie nur die heiligen Männer gefürchtet, die mit gierigem Blick, langem filzigen Haar und spitz hervorstechenden Wirbelsäulen in den Städten umherstreiften. Es sei nicht bloß ein Land, erklärte sie, sondern eine ganze Welt. Keine Welt, sondern eine Reise durch die Zeit. Man altere dort. Am ersten Tag habe sie mit angesehen, wie die Leiche einer alten Frau am schlammigen Flussufer von Straßenhunden angenagt wurde.

Der Tod ist natürlich nur ein Übergang, sagte das Medium. Unsere Körper halten uns fest wie Schlösser.

Wie Schlösser, murmelte die Dame.

Schlösser, wiederholte William.

Das Medium nickte. Wir können nicht von einer Welt in die nächste schreiten, ohne sie zuerst aufzubrechen.

Genau, murmelte die Dame.

William runzelte die Stirn. Und mit schreiten meinen Sie sterben.

Das Medium schüttelte den Kopf. Nichts stirbt. Es wird lediglich ins nächste Leben geboren.

William schaute in die harten Augen der Frau und fragte sich, was in diesem Leben sie wohl zu einer solchen Sichtweise veranlasst hatte. Er vermochte noch nicht zu sagen, ob sie betrogen wurde oder selbst betrog.

Sie trat näher. Er roch ihre Haut. Keinen Duft, kein Parfüm. Vielleicht meinen Sie, nicht zu glauben, Sir, sagte sie.

Aber hierher kommt niemand, der nicht auf der Suche nach jemandem ist. Sie dürfen keine Angst haben.

Angst wovor?

Vor dem, was heute Abend passiert.

William lächelte kalt. Und wonach suchen Sie?

Sie verstand nicht oder überging die Spitze mit Absicht. Ungerührt erwiderte sie: Meine Mutter, Sir. Aber die hat mich bereits gefunden.

William schwieg. Der dickbäuchige Mann, der in der Tür gestanden hatte, stellte sich zu ihr und nickte zum Gruße, und ohne sich umzudrehen, sagte das Medium: Das ist mein Bruder, Sir. Mr Utterson, Mr Pinkerton. Mr Pinkerton ist heute Abend als Gast von Mr Foole hier.

Utterson nickte. Seine Lider waren müde, aber die Augen darunter so unfreundlich, wie William es selten gesehen hatte. Der Mann wandte sich an seine Schwester und sagte mit überraschend sanfter Stimme: Wir wären dann so weit, meine Liebe.

William schaute in die Runde. Mr Foole ist noch nicht da, sagte er.

Das Medium lächelte sein seltsames Lächeln.

Und just in diesem Moment zog der große Sikh den Perlenvorhang auf, und Foole betrat den Salon. Ein schwerer Bluterguss prangte auf seiner Wange. Verkrustetes Blut zog sich über den Nasenrücken. Seine Stirn lag in Sorgenfalten, der Zylinder war ungebürstet und stumpf. Er wirkte ausgelaugt, verzweifelt, nervös. William schaute ihm in die Augen, hielt seinen Blick.

Doch da ließ das Medium sich schon von seinem Bruder am Arm durch die Flügeltür führen, und dann wurde das

Gaslicht gedämpft, als würde es langsam von der Dunkelheit erstickt.

Als junger Mann am Antietam hatte er zu viel Leid und Schrecken erlebt, als dass er die bereitwillige Hingabe der Spiritisten an den Tod hätte ernst nehmen können. Grab war Grab, und die Toten waren tot. Die Würmer fraßen sich an ihnen fett. War es nicht schon immer so gewesen? Weil er stark und schnell für seine Größe war, hatte man ihn an jenem Tag als Laufbursche eines Achtertrupps an einer Parrott-Kanone auserkoren. Noch jetzt, zwanzig Jahre später, wachte er nachts manchmal voller Angst auf. Ihm, der sich Tag für Tag mit Gewalt und Tod auseinandersetzte, hallte dieser alptraumhafte Morgen noch immer dröhnend im Gedächtnis wider. Es war September 1862, sein siebzehntes Jahr. Am Abend vor der Schlacht hatte er ein Brodeln im Bauch gespürt, das die Männer seiner Batterie als Todesgrummeln bezeichneten. Man war sich einig bei der Deutung: Er werde nicht unbeschadet davonkommen. Den letzten Laufburschen des Trupps hatte ein Rad in der Taille entzweigerissen, das von einem zehn Meter entfernten Geschütz abgesprengt worden war, und die Leichensammler hatten drei Tage gebraucht, um den Burschen wieder zusammenzuklauben und die Einzelteile per Pferd zu den überfüllten Massengräbern zu befördern. Der Geschützführer in Williams Trupp war ein Junge von zwanzig Jahren, was zu jenem Zeitpunkt, an jenem Ort unwahrscheinlich alt war. Er zeigte William, wie man Lumpenfetzen mit kaltem Wasser tränkte und sie sich in die Ohren stopfte, und erklärte, wenn das Feuer erst eröffnet sei, sei der Lärm körperlich,

die Ärmel seiner Uniform würden spürbar rascheln. Er
zeigte William, wie man durch Lehm und Gras eine Linie
von der Protze zur Kanone zog, und erklärte, der Rauch
der Geschütze würde in derart dichten Bahnen über sie
hinwegrollen, dass er nur Nebel und das Feuerblitzen in
explodierendem Chaos sehen werde. Und genau so geschah
es. Sie brachten sich auf einer Anhöhe in einem Maisfeld
in Stellung, durch das die Texaner herangestürmt kommen
würden, und als die Schlacht schließlich begann, ging die
Welt in Rauch und Flammen auf, und die Erde bebte derart,
dass es William beinahe unmöglich war, das Gleichgewicht
zu halten. Er hatte die Aufgabe, die zehn Pfund schweren
Geschosse einzeln von der Protze zur Geschützmannschaft
zu tragen. Das Geschoss in beiden Händen knapp über dem
Boden, stolperte er die Linie entlang, die ihm den Weg wies.
Dreißig Minuten nach Beginn der Schlacht hatte eine Kon-
föderiertenbatterie ihre Stellung ausgemacht, und auf dem
Hügel um sie herum spritzte die Erde, ging alles in Flammen
auf, Metallspäne pfiffen vorbei, splitterndes Holz, Gestein,
Dreck. William hörte ein hohes Sirren wie eine Mücke an
seinem Ohr. Und dann spürte er, wie er selbst in die Luft
geschleudert wurde und dort unmöglich lange zu hängen
schien, ihn umfing ein sanfter Schmerz, der ihm das Knie
massierte, und im nächsten Augenblick walzte er entfesselt
über ihn hinweg, und als nur noch Schmerz war und dräu-
ende Dunkelheit, schloss er die Augen und gab sich ihr hin.

Der Duft von Ringelblumen wurde schwerer, je näher er
dem Séance-Zimmer kam. William stand neben der Flügeltür und musste sich zum Atmen das Taschentuch über

Mund und Nase halten. Ein nackter runder Tisch füllte den Raum fast aus, und die Stühle standen eng um ihn herum, die einfachen Lehnen stießen an die Wand, wenn man sie zurückzog. Schwere purpurne Vorhänge hingen von eisernen Stangen an der Decke, und auf dem Tisch brannte eine einzelne Lampe. Außerdem stand darauf ein Holzkästchen mit aufgeklapptem Deckel. Darin: ein Messingglöckchen.

Er wartete, bis Foole herangekommen war, und streckte die Hand aus. Ich dachte schon, Sie versetzen mich.

Foole lächelte angespannt. Mr Pinkerton, Sie sind da.

William wies auf sein Auge. Was macht das Gesicht?

Bringt mich in Verlegenheit.

Sie nahmen Platz wie alle anderen, nur der Witwer Gables stand noch hinter zwei Stühlen, die Hände schwer auf den Lehnen, als könnte er sich nicht entscheiden. Das Medium legte die beringten Hände flach auf den Tisch und hob den Kopf.

Wir sind nur zu neunt, Gabriel, sagte sie.

Ihr Bruder ließ den Blick über die Sitzenden schweifen. Macht nichts. Dann bin ich eben der Zehnte.

Er entfernte den überzähligen Stuhl vom Tisch und trug ihn ins Nebenzimmer. Als er zurückkam, schloss er die Tür hinter sich. Sie saßen schweigend da, während er Platz nahm, den Deckel des Glockenkästchens zuklappte und es wieder in die Mitte des Tisches stellte. Er streckte Mr Gables, dem zusammengesunkenen, zitternden alten Witwer, die linke Hand hin. Unter keinen Umständen dürfen Sie, meine verehrten Damen und Herren, den Kreis aufbrechen. Lassen Sie die Hand Ihres Sitznachbarn keinesfalls los. Das wäre höchst gefährlich.

Gefährlich, wiederholte William schmunzelnd.

Ja, Sir, gefährlich. Wir schlagen auf eine Art und Weise Brücken zwischen den Welten, die sich unserem Verständnis entzieht.

William spähte zu Foole hinüber, doch der kleine Mann schaute das Medium mit stillem Ernst an und erwiderte seinen Blick nicht. Er hatte kein gutes Gefühl bei der Sache.

Das Medium hatte bereits die Augen geschlossen und nahm lange, tiefe Atemzüge.

Ihr Bruder sagte: Ich bitte Sie nun, sich zu konzentrieren. Jeden von Ihnen. Richten Sie Ihre Energie auf denjenigen, mit dem Sie heute Abend Kontakt aufnehmen wollen. Denken Sie an diese Person. Erinnern Sie sich an ihren Geruch, ihr Aussehen, wie ihr Lachen geklungen hat. Viele von Ihnen werden einen persönlichen Gegenstand dieser Person mitgebracht haben. Sie müssen ihn nicht vorzeigen. Denken Sie nur daran, während wir warten.

Eine Minute verging, zwei Minuten. William hörte ein Murmeln von der anderen Seite des Tisches und beobachtete, wie das Medium leise in sich hineinsprach. Es klang wie Latein.

Fooles Blick wanderte zwischen dem Medium und dessen Bruder hin und her.

Zehn Minuten vergingen. Fünfzehn. Stille legte sich über den beengten Raum, es wurde warm. William fielen die Augen zu, allmählich glitt er in einen schlafähnlichen Zustand. Plötzlich klingelte das Glöckchen laut in seinem Holzkasten, und er riss erschrocken die Augen auf. Niemand regte sich, alle Hände blieben ineinander verschränkt. Der Kasten mit dem Glöckchen hatte sich nicht von der Stelle bewegt.

Es hat ein Kontakt stattgefunden, sagte der Bruder mit ruhiger Stimme. Hat einer der Anwesenden etwas gespürt?

Niemand meldete sich. Die Vorhänge wirkten so dunkel, dass sie aus Pech hätten sein können. Das Medium saß lange da und murmelte. Dann klingelte das Glöckchen in der Kiste wieder, schroff, brutal, aufdringlich. William spürte, wie Foole neben ihm aufschreckte. Das Geräusch verklang.

Es hat ein Kontakt stattgefunden, wiederholte der Mann. Hat einer der Anwesenden etwas gespürt?

Diesmal sagte eine Frauenstimme: Ich, ich fühle etwas, ja. Es war die Dame mit dem grünen Schal. Sie kniff die Augen fest zu.

Der Mann schaute sie unbewegt an. Was spüren Sie?

Hände. Ich spüre Hände. An meinem Hals. Sie schauderte, hielt die Augen jedoch geschlossen.

Spüren Sie sonst noch etwas?

Ja, sie sind kalt.

Rose?, fragte der Mann sanft. Hast du eine Botschaft für diese Dame? Gibt es eine Nachricht?

Rose saß mit erhobenem Gesicht und geschlossenen Augen da, das Licht warf ihr ein seltsam verschlungenes Gittermuster auf Lippen und Wangenknochen. Der Mund war leicht geöffnet, und die Zunge drückte gegen die unteren Zähne, als wäre sie kurz davor zu sprechen. Langes Schweigen, doch dann sprach sie schließlich. Ihre Stimme war leise, kaum mehr als ein Luftholen.

Ich sehe eine Frau, die eine Botschaft aus der Lichtwelt hat. Eine junge Frau, mit rotem Haar. Ihre Hände sind weiß. Sie streckt sie Ihnen entgegen.

Unbehagen machte sich in William breit.

Der Bruder des Mediums neigte den Kopf in Richtung der Dame mit dem grünen Schal. Mrs Caldwell? Kennen Sie diesen Geist?

Sie fuhr sich mit der Zunge über die Lippen. Meine Mutter, sagte sie leise. Sie ist im Oktober gestorben.

Es ist nicht Ihre Mutter, murmelte das Medium. Die ist auch hier. Aber sie ist es nicht. Ich höre einen Namen. Er fängt mit H an. Fällt Ihnen da jemand ein? Vielleicht kommt auch nur ein h im Namen vor.

Könnte es Martha sein? Meine Schwester? Wir haben zusammen in Hull gelebt, als wir noch klein waren …

Das Medium schwieg, und dann seufzte es, als würde seinem Körper ein Atem entfahren, der nicht sein eigener war, öffnete die Augen und sagte lächelnd: Martha lässt Sie grüßen, Susan.

Martha? Ist sie es? Wirklich?

Sie fragt, was Sie wissen möchten.

O Gott. O Gott.

Sie lässt ausrichten: Lizzie ist glücklich, sagte das Medium. Ihr Leiden hat ein Ende. Sie sagt, Lizzies Haare sind nachgewachsen. Ihre Augen sehen wieder.

Ach, Lizzie, murmelte die Dame. Lizzie, Lizzie, mein kleines Mäuschen.

Und dann fing sie lautlos an zu weinen, dass es ihre spitzen, schmalen Schultern schüttelte.

Brechen Sie den Kreis nicht auf, warnte der Bruder. Festhalten! Festhalten!

Es vergingen zwanzig Minuten, vielleicht auch mehr. Die Dame mit dem grünen Schal hatte aufgehört zu weinen und saß nun innerlich leuchtend und von Trauer erfüllt da, wie ein Gefäß, das seinen Zweck gefunden hat. William betrachtete die Falten in ihrem Gesicht und dachte über die Schwindler nach, die solches Leid manipulierten. Als er zu Foole hinüberblickte, sah er einen Mann, der gebannt war vor Sehnsucht und Reue, und fragte sich plötzlich, was Foole wirklich von dieser Sache hielt.

Das Glöckchen rappelte lautstark.

Ich habe eine Präsenz, sagte das Medium plötzlich. Eine Präsenz dringt zu uns herüber.

Wen sucht sie?, fragte der Bruder.

Das Medium saß ganz still, als würde es am offenen Fenster nach Musik von draußen lauschen. Mit stockender Stimme sagte es: Ein Mann kommt heute Abend zu uns, ein Mann, der leidet.

Wie heißt er?

William spürte, wie Foole seine Hand fester packte.

Das Medium schwieg.

Wen sucht die Präsenz?, fragte der Bruder wieder.

Der Geist sagt: Trauere nicht. Du wirst noch immer geliebt.

Tatsächlich?

Der Geist möchte Ihnen mitteilen, dass es nichts zu vergeben gibt. Was in dieser Welt nicht vollendet wurde, wird in der nächsten Welt vollendet werden. Der Geist sagt: Krieg. Ich sehe einen Krieg, ich sehe Verrat.

Ist er in einem Krieg gestorben?

Ein Name. Ignatius.

Williams Nackenhaare stellten sich auf.

Ignatius, wiederholte der Bruder. Ist es der Geist von Ignatius, der zu uns spricht?

Das Medium verzog das Gesicht wie vor Schmerzen. Plötzlich drehte es sich blind herum, und etwas hatte sich verändert. Als es nun sprach, war seine Stimme rauh und tief wie die eines Mannes, mit leichtem Virginia-Leiern in den Vokalen. Wo bin ich hier?, fragte die Stimme.

Nur keine Angst, murmelte der Bruder. Seine Augen wirkten wie in die Dunkelheit gemeißelt. Sie befinden sich zwischen den Welten, Sie überbringen eine Nachricht für diese Welt. Was haben Sie uns zu sagen?

Stille.

Wie ist die andere Welt?, fragte der Bruder.

Das Medium schüttelte den Kopf. Ich war in einem Fluss. Einem schwarzen Fluss. Dann war ich am Ufer. Sie ist anders als die Welt, wie sie war.

Aha. Und was haben Sie mit ans Ufer genommen?

Ich habe Dunkelheit mit ans Ufer genommen.

Und in der Dunkelheit?

In der Dunkelheit weitere Dunkelheit.

Der Blick des Bruders war auf seine Schwester geheftet, tief in seinen Augenhöhlen glomm es. William schaute in diese Augen und verspürte ein Grauen.

Das Medium hatte den Kopf gesenkt und die Arme zur Seite gestreckt und wirkte auf William wie gekreuzigt und trauernd. Schließlich murmelte es: Sie ist hier, Edward.

Foole gab ein tiefes Stöhnen von sich, blickte starr geradeaus.

Wer ist jetzt bei uns?, drängte der Bruder. Wie heißt sie?

Sie ist hier, wiederholte das Medium, das Gesicht gesenkt. Sie hat Frieden gefunden. Sie fragt, ob Sie sich an das Eis in Port Elizabeth erinnern, damals vor langer Zeit. Sie sagt:

So warm und friedlich ist es hier. Sie weiß, was Sie auf dem Herzen haben. Sie sollen wissen, dass Sie keine Schuld –

Plötzlich wurde Williams rechtes Handgelenk verdreht, sein Griff löste sich. Foole stand taumelnd auf, sein Stuhl kippte krachend gegen die Wand, er war kreidebleich. Und dann starrte das Medium ihn benommen und mit glasigen Augen an, der Bruder schrie, und Foole drängte sich hinaus, und der Kreis, unerklärlich wie er war, war aufgebrochen.

Später am Abend verstand er. Er saß in Unterwäsche an seinem Hotelfenster, und durch das Bleiglas sah er klar. Die mit dem Kopfsteinpflaster verschmelzende Nacht. Wie ein Gesandter aus dem Dunkel tauchte ein Laternenanzünder im Umhang auf, und William beobachtete, wie die Kapuzengestalt einen langen gebogenen Stab von der Schulter nahm und an die Straßenlaterne heranreichte. Alles wirkte so weit weg. Die echte Welt in all ihrer Wunderhaftigkeit und Befremdlichkeit. Er hörte die haarsträubende Stimme des Mediums den Namen Ignatius aussprechen. Er erinnerte sich an den Ballonpiloten Ignatius Spaar, mit dem er am Malvern Hill Seite an Seite gekämpft hatte, erinnerte sich an den weichen Virginia-Akzent des Mannes, das Knistern in seiner Stimme. Spaar war in der Schlacht umgekommen. Ich sehe einen Krieg, hatte das Medium gemurmelt, ich sehe Verrat. Unten auf der Straße enthakte der Laternenanzünder das gusseiserne Türchen mit der Glasscheibe, das sich quietschend öffnete. In Williams Innerem ratterte etwas durch die Kammern, rohe Gewalt, wie ein Revolver, der seine Kugel sucht. Mit der Spitze seines Hakens drehte der Laternenanzünder ein Zahnrad, bis zischend Gas aus dem

Fischschwanzbrenner trat. Es war nicht der Krieg, der den Jungen umgebracht hat, hatte Foole ihm im Tunnel gesagt. Der Mann, mit dem Sie sprechen sollten, hatte Martin Reckitt gesagt, ist Adam Foole. Die Kapuzengestalt schwang den Stab wieder herunter, griff Hand über Hand nach dem Ende, richtete den Glühstrumpf, hob alles wieder hinauf, um es ins Gas zu halten. Der Mann, der Junge. Adam Foole, Edward Shade. Eine ausschlagende Flamme, Lichtschein auf dem Kopfsteinpflaster.

Sie ist hier, Edward, hatte der Geist gesagt.

William kniff die Augen zusammen. Etwas in ihm stand still. Er dachte zurück an die Séance, das Krachen des umfallenden Stuhls, den panischen Glanz in Fooles Blick, und öffnete abrupt die Augen.

Seine Hände zitterten.

Denn nun wusste er, wer Adam Foole war.

Der Ballonpilot

Zweiunddreißig Jahre später, im Aussichtssalon der ersten Klasse eines Transatlantikdampfers, saß William Pinkerton der Kolumnistin einer New Yorker Tageszeitung gegenüber und versuchte, das Grauen in Worte zu fassen, das er am Malvern Hill erlebt hatte. Die riesigen Dampfturbinen dröhnten aus dem Schiffsbauch herauf, Geigenmusik wurde vom Wind vor die Bullaugen geweht. William, der gerade von einem Polizeikongress in Glasgow kam, unterdrückte das Zittern seiner Hände. Irgendwo auf dem europäischen Kontinent, den sie gerade hinter sich gelassen hatten, ließen Flugzeuge ihre Bomben auf Knaben in Schützengräben fallen, und darüber konnte er nur machtlos den Kopf schütteln und die Stirn in Furchen legen. Wieder und wieder kniff er verbittert die Augen zusammen, tiefe Falten zeugten davon, dass er nicht mehr über seine einstige Sehkraft verfügte.

Es wäre so wichtig, die Wahrheit zu hören, Mr Pinkerton, sagte sie. Gerade zum jetzigen Zeitpunkt.

Er fuhr mit einer müden Pranke über die Decke in seinem Schoß. Die Wahrheit über Malvern Hill.

Ganz genau. Meine Leserinnen werden begeistert sein.

Er schaute durch das Bullauge ins vorüberziehende Grau des Ozeans, des Himmels. Irgendwo dort draußen glitten deutsche Kriegsschiffe wie Rauch übers Wasser.

Ihr Vater war Leiter des Geheimdienstes der Unions-armee. Sind Sie ihm damals gefolgt, weil Sie es als Ihre patriotische Pflicht auffassten? Oder weil Sie wussten, dass er krank war?

William kniff die Augen zu. Er war sechzehn gewesen, und unsterblich.

Ach, nun schauen Sie doch nicht so verschämt, sagte die Kolumnistin lachend. Sie waren jung, Mr Pinkerton. Wenn ich richtig informiert bin, litt ihr Vater damals an Malaria. Sie waren noch ein Junge, aber Sie wichen ihm nicht von der Seite. Das war doch furchtbar mutig von Ihnen.

Ich wusste damals nicht, was Mut ist, sagte William. Hätte ich auch nur die geringste Vorstellung davon gehabt, wäre ich nicht in den Krieg gezogen. Er schaute sie mit seinen wässrigen Augen forschend an. Ziehen Sie Ihren Sessel doch näher heran, junge Dame. Meine Ohren funktionieren nicht mehr so gut wie früher.

Ihr Lächeln. Wie Blitze über einem Kornfeld.

Sir, meine Frage war, ob Sie Angst hatten. Ihr Vater war sehr krank.

William ächzte. In Virginia waren alle krank. Die Mücken fraßen sich dick und rund an den armen Jungs aus Neuengland. Ich brach dafür mein Studium in Notre Dame ab, das war im Mai 1862. Gerade rechtzeitig für den Marsch auf Richmond. Mein Vater hatte McClellan schon vor dem Krieg gekannt, als der noch bei der Illinois Central Railroad war. Sie waren eng befreundet. Er trat zurück, als dem General der Oberbefehl entzogen wurde. William schaute die Kolumnistin an und lächelte. Wussten Sie, dass Lincoln damals Rechtsexperte für die Eisenbahn war? Die Welt ist klein.

Sie zog die Augenbrauen hoch.

Ich weiß nicht, was ich mir dabei gedacht habe, fuhr er fort. Ich blieb wohl, weil mein Vater fand, es sei sicherer, unter ihm zu dienen, wo er ein Auge auf mich haben konnte. Wahrscheinlich hatte er recht. Er hätte nie damit gerechnet, krank zu werden. Als ich ankam, war er jedenfalls noch gesund. William hielt inne, blinzelte, schaute auf seine Hände. Wollen Sie das wirklich alles wissen?

Sie lächelte ihr bezauberndes Lächeln. Meine Leserinnen werden begeistert sein.

Das sagten Sie bereits.

Mr Pinkerton, sagte sie, und ihr Parfüm stieg ihm in die Nase. Meine Leserinnen sind die stolzen Mütter und Schwestern und Ehefrauen unserer Männer in Frankreich. Was sie hören wollen, ist die Geschichte eines Patrioten, der seinem Land gedient hat und als Held zurückgekehrt ist.

Er spürte das Stampfen der Maschinen, die beschleunigten, als das Schiff Kurs nahm, und erinnerte sich an das seltsam gestreute Licht zwischen den regennassen Bäumen vor Gaines Mill viele Jahre zuvor. Die Schönheit der bläulichen Felder in der Dämmerung. Die unheimlichen Umrisse der dahinkriechenden Sterbenden im Morgendunst nach der Schlacht. Den Sprühnebel, wenn Männer in Stücke gerissen wurden, das Schreien der Pferde, das Krachen und Donnern der Artillerie.

Was sie hören wollen, sagte er, ist doch nur die Geschichte eines Jungen, der nach Hause zurückgekehrt ist. Mehr nicht.

Sie beugte sich vor und legte ihm die kühlen Finger aufs Handgelenk. Er tupfte sich den Mund mit einem Taschentuch ab. Sie trug das schwarze Haar zum Bob geschnitten, und ihre Haut war sehr blass, der Mund sehr rot. Früher hätte sie ihm den Kopf verdreht. Doch jetzt war er nur noch müde und einsam, und das ausbleibende Feuer überraschte ihn nicht, und daran, dass es ihn nicht überraschte, erkannte er, dass er alt geworden war.

Stimmt es, Mr Pinkerton, dass Sie Ihrem Vater hinterhergereist sind, weil er Ihrer Mutter keine Briefe mehr schrieb?

Wo haben Sie das denn her?

Ach, wir Journalisten haben da so unsere Quellen. Sie zwinkerte. Ihre Mutter machte sich Sorgen, weil sie ihn nicht mehr erreichte, und schickte Sie hinterher, um nach dem Rechten zu sehen. Sie trafen ihn bereits geschwächt an.

William schwieg.

Sie blieben bei ihm auf dem Schlachtfeld. Trotz der Gefahr. Beim Rückzug trugen Sie ihn. Das ist eine wunderschöne Geschichte, Mr Pinkerton. Besonders in Kriegszeiten. So viele meiner Leserinnen haben Ehemänner und Väter, die in Frankreich dienen. Es wird ihnen ein solcher Trost sein zu sehen, dass die Liebe stärker sein kann als der Krieg.

Ist sie nicht.

Ihr Lächeln erstarb.

Sie ist nicht stärker. Und getragen habe ich ihn auch nicht. Diese Geschichte kenne ich. Sie ist nicht wahr. So ist es nicht gewesen.

Wie ist es denn gewesen?

Tragen lassen hat mein Vater sich sein Lebtag einzig und allein von einem Fuchshengst, der ihm mehr bedeutete als seine eigenen Söhne. Und als der unter ihm weggeschossen wurde, stand er auf, ließ den Krieg zu Fuß hinter sich und blickte nie zurück.

Ich weiß, dass das ein schwieriges Thema für Sie ist.

Es ist überhaupt nicht schwierig. Fragen Sie ruhig weiter.

Sie räusperte sich.

Fragen Sie weiter.

Sie ließen Ihre Verlobte in Boston zurück, um Ihren Vater zu suchen.

Margaret. Genau.

Aber sie wartete auf Sie.

Er schüttelte den Kopf. Sie war eine der Ashling-Töchter, sagte er. Drei waren es insgesamt, allesamt berühmt für ihre Schönheit. Mir war auf den ersten Blick klar, dass ich sie heiraten würde, das war beim Winterball in Boston. Sie kam zu mir ins Lazarett am Antietam, als ich verwundet wurde. Ich wachte auf, und da war sie. Mein Vater war zu dem Zeitpunkt schon wieder in Chicago.

Das ist eine so rührende Geschichte, Mr Pinkerton.

Es kam ihm seltsam vor, nach so vielen Jahren mit einer Wildfremden darüber zu sprechen. Die gerahmte Fotografie seiner Frau stand noch immer auf seinem Nachttisch. Noch immer sprach er jeden Morgen im Flüsterton mit ihr. Er verzog das Gesicht. Sie wollten mich über den Krieg befragen, sagte er.

Das tue ich doch, Sir.

Nein, tun Sie nicht.

Sie blickte ihn lange prüfend an, klappte dann ihr Notizbuch zu, legte die Finger über dessen Kante und lächelte freundlich. Darf ich Ihnen etwas zu trinken holen, Mr Pinkerton?

Nein.

Mineralwasser? Oder Tee?

Fragen Sie weiter.

Als sein Vater im Lagerhaus der Gaines Mill zusammenbrach, waren es noch zwei Tage bis zur Konföderierten-
offensive am Malvern Hill, und die Dämmerung war bereits
hereingebrochen, das Schlachten hatte sich zu einem Stöhnen ausgedünnt. Die Tür des Lagerhauses, das als Hauptquartier diente, war für andere Zwecke herausgerissen worden und der Durchgang schwarz vor Fliegen. Die großen
Geschützgruppen im Wäldchen waren zwar verstummt,
doch das panische Gebrüll der Männer und der Knaben,
die sich an ihre Gewehre klammerten, schallte noch immer
über das Schlachtfeld. Die Laterne flackerte, und als William
aufschaute, sah er seinen Vater von der Landkarte zurück-
treten und ganz still dastehen, und dann, plötzlich, fiel er.
William stürzte vor, erwischte ihn unter den Achseln, geriet
unter dem Gewicht des Mannes ins Wanken und fiel schließlich mit ihm zusammen um, unbeholfen und schwerfällig
wie ein Kalb. Sein Vater hatte seit Tagen Fieber gehabt und
nicht geschlafen, auf seiner Haut kochte der Schweiß, die
Hemdsärmel waren tropfnass, das Gesicht grau. Er hatte
kein Wort darüber verloren.

Ein Bote wurde geschickt. Die Krankenträger ließen auf
sich warten, doch schließlich kamen sie und rollten den
stöhnenden Mann auf ihre Stofftrage, und William ging
nebenher im Schlamm seitlich des Bohlenwegs, eine Hand
auf der glühenden Haut seines Vaters. Vollbeladene Karren
wurden durch das Lager gezogen, und Männer mit gepackten Tornistern standen in Grüppchen an der Straße nach
Süden. Jemand schrie. Irgendjemand schrie immer.

Im Lazarettzelt setzten sie seinen Vater inmitten der Reihen von Sterbenden ab, da war von seinen Augen nur noch das Weiße sichtbar, und sein ganzer Körper schlotterte. William hatte ihn nie krank gesehen, und der Anblick jagte ihm Angst ein. Das Zelt war groß, die Kranken und die Verwundeten lagen auf notdürftigen Betten aus Maisabfällen, der Gestank war überwältigend. Er sah Jungen, denen die Gedärme aus dem Bauch quollen und die vor Schmerz vergingen, aber keinen Laut von sich gaben. Andere waren geblendet und trugen blutige Verbände um den Kopf, wieder andere die Arme in Schlingen, die Handgelenke grotesk verdreht. Er sah, wie Sanitäter mit Greifzirkeln nach Kugeln oder Schrot in den Beinen halbnackter, sich windender Männer gruben. Williams Stiefel sanken in den schlammigen Boden, angewidert stellte er fest, dass es Blut war, das die Erde tränkte, und als er sich umdrehte, sah er, wie ein schäumendes rotes Rinnsal langsam zum Zelteingang hinauslief. Er war gerade einmal sechzehn Jahre alt.

Pa, sagte er. Ich hole einen Arzt. Du wartest hier.

Eine heiße, schwielige Hand packte ihn am Handgelenk. Willie?

Ich bin hier, Pa. Ich bin's.

Willie, was ist denn, Willie, was.

Doch dann kniff sein Vater die Augen zu und fing unkontrolliert an zu zucken, die Zähne zusammengebissen.

William lief los. Draußen im Zwielicht saß ein alter Wachtposten, der eine schmutzige Hand ausstreckte. In seinem Blick lag etwas Wirres, Grauenerregendes.

Ich suche einen Arzt, Sir, sagte William. Da drinnen liegt ein Mann, der dringend Chinin braucht.

Wer braucht das nicht? Dann blickte der Wachtposten mit seinem wettergegerbten Gesicht an ihm herauf und sah aus, als könnte er nicht fassen, wie jung der Bursche vor ihm war. Ein Ruck mit dem bärtigen Kinn. Da lang, mein Sohn.

Rutschiger Schlamm auf dem Bohlenweg. Ein kleines, offenes Zelt etwas abseits.

Es war das Operationszelt. Als William unter der offenen Türplane hindurchschritt, beachtete ihn niemand. Auf einem improvisierten Tisch aus einer alten Tür und zwei Sägeböcken lag ein Mann und wand sich vor Schmerz. Seine Handgelenke wurden gewaltsam festgehalten, sein Kopf ebenso, mit hochgekrempelten Ärmeln packte ein Sanitäter den Mann am Knie, als wäre er ein Hengstfohlen, das gebrandmarkt werden sollte. Über dem Verwundeten stand mit dem Rücken zu William ein Arzt, dessen Arme wie wild arbeiteten. In Strömen floss das Blut vom Tisch in den Schlamm. Gleichmäßiges nasses Raspeln. Das gedämpfte Stöhnen des Leidenden. Als der Arzt ihm das Gesicht zuwandte, sah William, dass zwischen den zusammengebissenen Zähnen eine Zigarre steckte und ihm der Schweiß von der Nase tropfte, und erst jetzt wurde William klar, dass er dem Mann das Bein absägte.

William sagte kein Wort. Wie benebelt verließ er das Zelt. Stützte sich auf seine Oberschenkel, vornübergebeugt, würgend. Es war heiß, Fliegenschwärme überall. Er stolperte hindurch. Er hörte Pferde, das Ächzen von Karren, die beladen wurden. Im hohen Gras hinter dem Zelt lag ein Stapel graues Feuerholz, und als er sich zum Gehen wandte, sah er gerade noch, wie ihn ein Augenpaar anfunkelte. Ein Hund, der reglos dastand, ganz still. Dann trat ein Sanitäter aus dem

Dunkel, er warf etwas auf den Stapel und bedachte William mit einem seltsamen Blick, als er ins Zelt zurückging, und da erkannte William: Er hatte ein Männerbein getragen, und das Holz war gar kein Holz, sondern Arme und Hände.

Als er zurückkam, hatte sein Vater sich auf die Seite gerollt, seine Beine umklammerten das Bettzeug, als würde er darauf reiten, und William wusste nichts anderes zu tun, als ihn unter großer Anstrengung wieder auf den Rücken zu drehen. Ihm war schlecht, er hatte Angst. Ein Mann mit fleckiger Schürze über Hemd und Weste kam von zwei Sanitätern flankiert den Gang herunter, William winkte ihn panisch heran, und er folgte der Aufforderung unwillig. Er hatte einen mächtigen Hals und mächtige Handgelenke wie ein Faustkämpfer auf dem Jahrmarkt. Ärmel hochgeknotet, Blut an den Fingerknöcheln. Er war Arzt.

Mein Vater ist krank, Sir, sagte William. Er war groß für sein Alter, und der Arzt musste den Kopf heben, um ihm in die Augen zu sehen. Er hat Fieber, Sir. Malaria.

Was hat ein gottverdammter Zivilist in meinem Zelt zu suchen?, fragte der Arzt.

Er ist krank, er hat Fieber, Sir, sagte einer der Sanitäter. Er ist kein Zivilist. Das ist Major Allen.

Ich meine nicht den Patienten.

William wurde rot.

Der zweite Sanitäter hatte sich bereits abgewandt, wie William mit wachsender Nervosität bemerkte. Der Arzt wischte sich die Hände an der Schürze ab wie ein Metzger. Der helle Backenbart borstig, dunkle Ringe unter den Augen.

Bitte, Sir. Er gehört zu General McClellans Stab, Sir. Er ist Direktor des Geheimdienstes.

Ein Spion?

William spürte, wie ihm die Hitze in die Wangen stieg. *Der* Spion, Sir, sagte er wutentbrannt. Wenn Sie es so nennen wollen. Lassen Sie ihn nicht sterben, Sir. Bitte.

Der Arzt wandte das Gesicht ab, spuckte in den Schlamm, wischte sich den Mund mit der flachen Hand ab und schaute William eindringlich an. Dann nahm er seinen Block und stellte wortlos ein Rezept für Chinin aus, drückte es ihm widerwillig in die Hand, als wäre es ein schmutziges Taschentuch, drehte sich um und ging, ohne Williams Vater auch nur eines Blickes gewürdigt zu haben.

So ging es seit Wochen. Nach einem Monat heißen Regens und fauliger Dämpfe hatten die Mücken sich millionenfach vermehrt. Die Malaria war aus den Sümpfen in die Blutbahnen der Unionsarmee gekrochen, und seit Wochen bereits zitterten die Männer in den Reihen, brachen auf ihren Spähposten zusammen. Mancher konnte sein Gewehr kaum mehr halten, andere waren sogar zu schwach, um auch nur die Hand zu heben. Noch nicht einmal, als die Konföderierten unter Gebrüll in grauen Wellen aus dem Wäldchen stürmten. Noch nicht einmal, als die Bajonette ihnen zwischen die Rippen stießen. In den Feldlazaretten lagen Männer, die das feindliche Feuer in Stücke gerissen hatte, ebenso wie Männer, die von Krankheit niedergestreckt worden waren, und die Verwundeten würden tapfer sterben, die Kranken hingegen feige zugrunde gehen. So war es eben. Da konnte man jeden Feldarzt fragen. Kein Soldat, der sein Geld wert war, fiel aus, weil er sich in die Hosen schiss. Den

Quartiermeistern war bereits in der dritten Juniwoche das Chinin ausgegangen, und seitdem überließen die Ärzte die zitternden Massen ihrem Fieber.

William durchwühlte die Taschen seines Vaters und fand eine genietete Lederbrieftasche, die er sich in den Waffenrock steckte. Er nahm ihm den Colt ab und kontrollierte die Trommel, dann ließ er die Waffe in seine Manteltasche gleiten und drückte seinem Vater die Schulter.

Sie waren nicht von den Konföderierten überrannt worden, aber William sah, wie sich das Lager chaotisch auflöste, die Männer erschöpft ihre Zelte abbrachen und sich die Tornister auf den Rücken schwangen. William ging zügig über die Bohlenwege, trat dann zur Seite in den Schlamm, als ihm immer mehr müde Soldaten entgegenkamen. Er sah nicht, worin er da watete, aber er hatte eine ungefähre Ahnung, denn er hatte beobachtet, wie sich Soldaten darin erleichterten, Köche ihre Küchenabfälle hineinwarfen und Marketender ihre geöffneten Dosen wie rasiermessergespickte Granaten in die Brühe kickten.

Die Quartiermeister hatten bereits begonnen, ihre Ware in Kisten zusammenzupacken, und sie nahmen mit, was ging, jedoch ohne Sinn und Verstand. Regale voller Dosenbohnen und Zigarrenkisten standen offen herum, eine Kiste mit Seife war dafür doppelt und dreifach vernagelt. Manche starrten William nur an, manche schüttelten den Kopf, und manche ließen sich gar nicht zu einer Reaktion herab. Die Marketender waren ruppiger. Lachten und schubsten einander betrunken herum. Einer holte zum Tritt nach ihm aus und verlor den Halt, da ging William weiter.

Als er schon aufgeben wollte, packte ihn ein Junge in

seinem Alter am Ärmel, zog ihn ins Dunkel und sagte: Ich weiß, wos Chinin gibt.

William schaute ihn an. Der Junge strahlte einen Hunger aus, eine Bösartigkeit, die ihm nicht behagte. Er trug ein schmutzstarrendes Uniformhemd der Infanterie.

Kostet aber.

Wie viel?

Blasse Zungenspitze. Schiefe braune Zähne. Er legte den Kopf schief und sagte: Fünf Dollar.

Die Augen des Jungen glänzten feucht in der Dunkelheit.

Bring mich hin, sagte William.

Der Junge ging los und achtete nicht darauf, ob William hinterherkam. Feuer leuchteten in der Nacht, matte Soldaten saßen darum herum. Im Gehen griff William sich ins Hemd, holte fünf Scheine aus der Brieftasche seines Vaters und steckte sie in die Hosentasche. Der Junge führte ihn zu einem niedrigen Feuer, an dem ein Mann saß und mit dem Messer Speckstreifen in einer Pfanne wendete.

Orville, sagte der Junge. Der hier sucht Chinin.

Der Mann runzelte die Stirn. Lange Stoppeln im Gesicht. Dicker schwarzer Schnurrbart, buschige Augenbrauen, fettiges graues Haar, das ihm filzig auf den Rücken hing. Er schlug seine Kappe aus, setzte sie auf und seufzte. Sieht gar nich krank aus.

Nicht für mich, sagte William unüberlegt.

Macht sechs Dollar, sagte der Mann.

Er hat fünf gesagt.

Sieben.

William schaute den Jungen an, aber der Junge spuckte nur aus und zuckte mit den Schultern.

Plötzlich lächelte der Mann. Schon gut, schon gut, schon gut, schon gut, sagte er. Immer mit der Ruhe. Hast du Hunger?

Er hielt ihm eine Speckscheibe auf dem Messer hin, aber William machte keine Anstalten, sie anzunehmen, und steckte stattdessen die Hand in die Hosentasche.

Behauptet, er hat Geld, Orville, sagte der Junge. Er setzte sich auf einen Baumstamm am Feuer und zog aus einem Ranzen eine große grüne Flasche. Es war Whiskey.

Chinin will ich, sagte William.

Da ist Chinin drinnen, sagte der Junge.

Steck das weg, sagte der Mann. Und du. Du setzt dich jetzt mal hin. Er biss den Speck vom Messer und kaute bedächtig. Der Junge malte, die Flasche zwischen den Knien, mit einem Stock im Dreck, und William schaute frustriert in die Dunkelheit. Er hörte murmelnde Soldaten durch den Matsch stapfen.

Der Mann seufzte erneut. Interessante Uniform hast du da an.

William schaute sich unbehaglich um.

Wo, sagst du, hast du heute gekämpft?

William blinzelte. Er zog die Hand aus der Hosentasche, darin der Colt seines Vaters, seine Hand war ganz ruhig.

Ich nehme die Flasche, sagte er. Fünf Dollar. Wenn es wirklich Chinin ist.

Der Mann legte das Messer auf seinem Oberschenkel ab und starrte den Colt an. Ein enttäuschtes Lächeln auf dem Gesicht. Es ist wirklich Chinin.

Der Junge verzog keine Miene. Seine Hände umschlossen den Flaschenhals.

William hielt dem Jungen die fünf Dollar hin, der Mann nickte, und der Junge tauschte sie gegen die Flasche. Sie war nicht schwer. Er machte zwei entschlossene Schritte rückwärts, weg vom Feuer, und der Junge beobachtete ihn mit blitzenden Augen. Erst dann drehte er sich um und ging.

Zurück am Lazarett hatte man seinen Vater aus dem Zelt geholt und ihn draußen in der Kälte zu den Ruhrkranken und anderen hoffnungslosen Fällen geworfen, es dauerte eine Weile, bis William ihn gefunden hatte. Ganz am Rand lag er, und William kniete sich neben ihn und legte ihm die Hand auf den Arm, und da öffnete sein Vater die glühenden Augen.

Willie, flüsterte er. Deine Mutter war hier.

Er wusste nicht, ob wirklich Chinin in diesem Whiskey war, aber er entkorkte die Flasche, hob den Kopf seines Vaters an und legte ihm die Flasche an die Lippen. Eine vorbeiziehende Fackel ließ das gewölbte grüne Glas für einen kurzen Augenblick aufleuchten.

Na los, trink, flüsterte er. Gut. Genau so.

Sein Vater trank gut ein Drittel des Whiskeys, dann verschluckte er sich, drehte sich zur Seite und hustete. William steckte sich die Flasche ins Hemd, das Glas kühl auf der Haut. Dann ließ sein Vater sich wieder auf das grobe Maisbett sinken, und nach kurzer Überlegung legte sich William neben ihn, spürte die Hitze seines Körpers, breitete den Mantel über ihnen aus und schloss die Augen.

Der nächste Morgen dämmerte heiß und drückend. Nebel hing im hohen gelben Gras. Um sie herum lagen verschlungene Körper auf den Maisbetten, und sie alle wirkten reglos und grau. Auf dem nächstgelegenen Bett erkannte William den leeren, starren Blick der Toten. Er hob den Kopf und schaute nach seinem Vater, steckte den Mantel um den schlafenden Mann herum fest und stand auf. Der Whiskey aus seinem Hemd war verschwunden.

Nebel kroch über den Boden, und im Lager brannten keine Feuer mehr. Nirgendwo waren mehr Wachtposten zu sehen, dafür verworrene Seile, kaputte Kisten, Kleidung und Trockenvorräte verstreut auf dem Feld. Über Nacht waren die meisten Zelte abgebrochen worden, Porters v. Korps war mit seinen Karren abgerückt, nur noch die Sterbenden und die Nachzügler waren da.

Er wusste nicht, was er tun sollte. Er machte sich auf die Suche nach Essbarem, konnte jedoch nur eine Schachtel Zwieback finden, die er gierig und krümelstiebend verschlang. Schwaches Sonnenlicht fiel durch die grauen Bäume. Auf einem niedrigen Hügel fand er die von den Pflöcken gerissenen und zusammengesunkenen Zelte der Marketender und deren in den Schlamm geworfene Ware. Auf dem Rückweg schob er die Türplane des Lazarettzelts auf und sah, dass die Betten geräumt waren.

Als er zurückkam, beugte sich gerade jemand über seinen Vater, und es überlief ihn eiskalt. Der Mann stand mit dem Rücken zu ihm und rieb sich mit einer Hand langsam über das Hosenbein, das Geräusch war unheimlich und bedrohlich. Er fühlte nach dem Colt.

Was wollen Sie?, fragte er.

Der Mann trug eine Feldmütze mit Balloninsignien aus Messing. Er hob den Blick. Er hatte keine Augenbrauen, keine Wimpern. Seine Augen waren unwahrscheinlich blau.

Schauerliche Brandnarben entstellten sein Gesicht, die Haut an Wangen, Mund und Nase war weich und löchrig und glänzte wie gegossenes Wachs.

William zog den Colt aus der Tasche. Was ist mit Ihnen passiert?

Der Mann seufzte. Hab den Abmarsch wohl verpennt, sagte er. Schau dir diese armen Schweine an.

William ließ den Mann nicht aus den Augen.

Der schaute auf und sah den Colt. Mein Gott, Bursche! Die haben mich vergessen, das passiert schon mal. Ich bin kein Deserteur.

Ich meine, was mit Ihrem Gesicht passiert ist.

Der Mann schaute William eindringlich an, dann verzog er den Mund zu einem Lächeln. Ein Wasserstoffballon hat es in Brand gesetzt, sagte er. Ich war Aeronaut, bevor das hier alles anfing. Ballonpilot. Der Mann wies mit einer narbigen Hand auf Williams Vater. Ich schätze, mit dem da brauchst du Hilfe. Was hat er denn? Malaria?

Ich glaube schon.

Der Mann nickte. Ich glaube auch.

Wenn ich ihn nur bis ins Hauptquartier schaffen könnte.

Der Brandnarbige trat näher, beugte sich über seinen Vater, sah ihm ins Gesicht und flüsterte schließlich: Ich werd verrückt. Weißt du, wer das ist?

Major Allen. Aus McClellans Stab. William senkte den Colt. Sie kennen ihn?

Ich bin Aeronaut, Kleiner. Wir sind selbst im Aufklärungsdienst.

William schöpfte Hoffnung. Helfen Sie mir mit ihm?, fragte er leise, eindringlich.

Der Mann schaute sich um, als wollte er es sich anders überlegen. Doch schließlich nickte er. Ich glaube, wir haben ohnehin den gleichen Weg, sagte er.

Sie nahmen nur wenig mit. Williams Habseligkeiten waren in der Nacht geplündert worden, aber er hatte noch seine Bettrolle, ein Paar trockener Socken und einen Trinkschlauch. Das Gepäck schwang er sich über die Schulter, und mit seinem erschöpft zwischen ihnen hängenden Vater machten sie sich auf den schwerfälligen Weg nach Süden in Richtung James River. Die Straße war zerfurcht und der Schlamm an manchen Stellen einen halben Meter tief.

Sie sprachen kaum. Williams Vater taumelte und murmelte und schüttelte den Kopf und hustete. Seine Haut war heiß und fahl. Am Vormittag hatten sie zur Nachhut aufgeschlossen und überholten am Wegesrand sitzende Soldaten. Manche hatten die Stiefel ausgezogen und rieben sich die Füße, andere saßen mit dem Gewehr zwischen den Knien und hängendem Kopf da. Was die fliehenden Marketender zurückgelassen hatten, hatten sich die Männer schnell zu eigen gemacht. Zigarren im Mund und kistenweise auf den Schultern, Seife in den Taschen, ein paar Wahnwitzige rollten gewaltige Whiskeyfässer durch die Furchen in der Straße. Es war ein grässliches Spektakel. Betrunken lag einer mit von sich gestreckten Gliedmaßen auf der Straße. Ein anderer lud Dosen voller Fußpuder aus einer kaputten Blechkiste in eine Schubkarre.

Sie schleppten sich vorbei. Ein Brandnarbiger, ein Kranker und ein Junge. Niemand stellte sich ihnen in den Weg.

Sie schliefen an Bäume gelehnt auf einer Lichtung, horchten nach der Armee auf der Straße. In der Nacht fielen die

Temperaturen, und sie steckten wärmesuchend die Hände unter die Achseln. Das kalte Gras klebte an ihren Beinen. Sie wollten nicht riskieren, ein Feuer zu machen, und als sie am Morgen erwachten, hatte sich der Zustand von Williams Vater verschlechtert.

Er wird sterben, sagte der Brandnarbige.

Wird er nicht.

Du musst ihn zu einem Arzt schaffen. Sonst kommt er hier nicht lebend raus.

Er ist mein Vater.

Der Brandnarbige blinzelte in den grauen Himmel. Ich weiß, sagte er.

Als sie aufbrachen, wurden sie von Karren überholt, und die Kutscher rieten ihnen, sie sollten es bei Savage's Station probieren. Alle waren schwer beladen, keiner hatte Platz für Williams Vater. William verfluchte sie, und sie traten halbherzig und vergeblich nach ihm, und niemand zog eine Waffe. Die Räder holperten knarrend durch die Furchen. Die Pferde abgemagert mit hängenden Köpfen. Es fing an zu regnen, warmer Nieselregen, William strich sich das Haar aus dem Gesicht, und sie gingen weiter.

Sie erreichten das an der Eisenbahn gelegene Savage's Station am Mittag. Hohe graue Zelte standen aufgereiht im Regen. Ein Gewirr von Männern. Das Chaos eines in der Evakuierung begriffenen Lagers. Das Lazarett war ein Bretterverschlag, vor dem Verwundete hockten. Ein großer Planwagenzug stand versiegelt und bewacht da, jedoch ohne Pferde, die ihn ziehen sollten. Zu dritt drängten sie sich durch das Gewühl, und am Lazaretteingang setzte William seinen Vater auf eine kaputte Leiter, die als Bank diente.

Der Brandnarbige schaute suchend zwischen den Gestalten im Regen umher.

Jetzt musst du sehen, wie du allein zurechtkommst, sagte er. Ich muss Colonel Lowe finden. Der leitet das Ballonkorps. Ich muss bei ihm Meldung machen.

Als William ihn fragend anschaute, zuckte er mit den Schultern.

Schaff ihn ins Krankenzelt, sagte er und wandte sich zum Gehen.

William schaute sich in dem Durcheinander um. Warten Sie, rief er.

Der Brandnarbige drehte sich um.

Ich glaube, wir sollten nicht hierbleiben.

Er braucht medizinische Hilfe, Kleiner.

Nicht hier.

Er braucht Chinin. Schau ihn dir doch an.

William stand auf.

Der Brandnarbige hatte zwei Schritte aus der Umzäunung gemacht, innegehalten und kam jetzt zurück. Ich weiß, wer dein Vater ist, sagte er leise. Ich meine, wer er vor dem Krieg war. Ich weiß, was er früher gemacht hat. Ich kenne die Detektei.

William war versichert worden, dass in den Reihen nur zwei Männer die wahre Identität seines Vaters kannten: Benjamin Porter und General McClellan selbst. Wenn Sie wissen, wer er ist, sagte er misstrauisch, dann helfen Sie mir, ihn hier wegzubringen. Die Konföderierten sind schon unterwegs, sie werden hier alles überrennen.

Quatsch.

Bitte.

Ich hab keine Lust, wegen so was draufzugehen, Kleiner.

Dann kommen Sie mit uns.

Der Brandnarbige nahm seine Kappe ab. Damals, als mein Bruder noch für die Post arbeitete, hat dein Vater in Philadelphia wegen Bestechung ermittelt. Hat bei ihm im Postamt angefangen, sich mit ihm angefreundet. Ist ihm am Ende eiskalt in den Rücken gefallen. Sieben Jahre hat mein Bruder gekriegt. Er sitzt immer noch im Gefängnis.

Weil er schuldig war.

Vielleicht.

William schaute dem brandnarbigen Mann in die Augen. Er war schuldig und wurde eingelocht, sagte er kühl. Ich würde gerne behaupten, ich hätte Mitleid mit ihm. Aber vielleicht hat er sogar Glück. Wenn er im Knast sitzt, ist er wenigstens nicht hier.

Der Brandnarbige blickte finster drein, wiegte den Kopf. Du bist also wirklich sein Sohn? Pinkertons Sohn?

Er nickte. William.

Ignatius Spaar.

Ich kann ihn nicht alleine tragen, Mr Spaar.

Spaar schaute finster zu den Unionssoldaten hinüber, die mit klappernden Tornistern und über die Schulter gehängten Gewehren durch die Tore marschierten. Mein Bruder war schon immer ein Mistkerl, murmelte er.

Die Zeit verging, während Spaar sich nach seinen Aeronautenkollegen umhörte. William saß bei seinem Vater, stand bei seinem Vater, zerrte seinen Vater durch den Schlamm in Richtung der Straße nach Süden. Dann trat aus dem Getümmel eine Gestalt hervor und fasste William am Arm, und als er sich umdrehte, schaute er in das breite, energische Gesicht eines schwarzen Mannes, dem der Regen vom Kinn tropfte. Er nahm den Hut ab, der unförmig wie ein Futtersack war, und seine Nasenflügel weiteten sich.

Siehst aus, als hättste nen Geist gesehn, sagte der Mann mit leiser, sonorer Stimme. Aufblitzende Goldzähne.

Mr Porter?, fragte William verwirrt.

Ja, ja. Schon gut. Er klemmte sich Williams Vater unter den muskulösen Arm, trug ihn zu einem niedrigen Unterstand, lehnte den fiebernden Mann dort gegen ein Fass, murmelte: Was ham Sie sich denn da eingefangen, Major?, hob ihm das Kinn und fühlte nach dem Puls.

Das Fieber hat ihn erwischt, sagte William. Wir versuchen, ihn irgendwo in Sicherheit zu bringen.

Verflucht. In Sicherheit isser hier garantiert nich.

Ist mir klar.

Sally is in Harrison's Landing. Sie weiß bestimmt, was zu tun ist.

Benjamin Porter und seine Frau hatten seit Ausbruch des Krieges zusammen mit Williams Vater im Dienste der Union gestanden und als Sklaven getarnte Spione an den feindlichen Linien vorbeigeschmuggelt. Sie waren Freunde der Familie, seit sie drei Jahre zuvor aus dem Süden geflohen waren und sich unter den Bodendielen der Pinkerton'schen Küche versteckt hatten. William vertraute dem Mann wie seinem eigenen Bruder. Er konnte nicht an sich halten und fasste ihn am Arm, so erleichtert war er, doch da hörten sie auch schon die ersten Schüsse, und um sie herum fing alles an zu rennen.

Spaar tauchte aus dem Chaos auf und schaute Ben überrascht an. Er hatte einen grauhäuptigen alten Sergeant im Schlepptau.

Mr Spaar, sagte Ben. Die Ballonfahrer sind aber ganz woanders.

Spaar schob sich die Kappe aus der Stirn. Die suche ich ja gerade. Sind schon alle in Harrison's Landing?

Der Sergeant, der mit ihm gekommen war, wischte sich den Regen aus dem Gesicht. Wenn Sie wegwollen, sollten Sie jetzt verschwinden, sagte er. Magruder kommt mit seinen Einheiten aus dem Westen. Jackson aus dem Norden. Hier wird es richtig brenzlig.

Wohin denn verschwinden?, fragte William.

Malvern Hill. Die Kompanien formieren sich neu. Sie werden sich von dort aus verteidigen.

Ben nahm Williams Vater wieder auf die Schulter. Das hier is Major Allen. Aus McClellans Stab. Gibts nich vielleicht nen Wagen, der ihn mitnehmen kann?

Der Sergeant blinzelte. Wenn es einen Wagen gäbe, säße ich selbst drauf, Bursche. Bringen Sie ihn ins Hauptquartier am Malvern House.

Malvern House.

Genau.

Spaar verzog das Gesicht. Wie kommen wir da hin?

Aus den Soldatenreihen ertönte in rascher Folge das durchdringende Krachen des Spencer-Repetiergewehrs, erst nur eines, dann immer mehr, und der Sergeant wandte sich bereits ab. Folgen Sie einfach der verfluchten Armee, rief er. Sie erkennen unsere Soldaten am gottverdammten Hosenboden.

Dann stapfte er mit hochgezogenen Schultern fort.

Es war später Nachmittag, als sie aufbrachen, und noch immer regnete es lange, schleppende Bindfäden, das Wasser lief ihnen warm in den Nacken, und bald waren sie völlig durchnässt. Hinter ihnen fingen die großen Kaliber an zu donnern, doch sie trotteten schweigend weiter, und als die Dämmerung hereinbrach, verstummten die Waffen, und da wussten sie, dass Savage's Station überrannt worden war.

Eine halbe Ewigkeit später, auf einem Ozeandampfer irgendwo zwischen Europa und Amerika, beobachtete William, wie die Kolumnistin einen schlanken Oberschenkel über den anderen schlug, ihren Rocksaum in der Stille jenes Aussichtssalons richtete. Das Licht über dem Wasser wurde schwächer, die Messingbullaugen schimmerten hell und kalt an der Wand. Er griff nach dem Wasserkrug.

Mr Pinkerton? Sie tippte sich mit dem Bleistift an die Lippen, blätterte in ihrem Notizbuch zurück. Erzählen Sie mir von der Ballonschlacht, sagte sie. Erzählen Sie mir von Malvern Hill.

Malvern Hill.

Sie blickte ihn sanft, mitfühlend an. Wenn es geht, Mr Pinkerton. Ich weiß, es ist lange her.

Über fünfzig Jahre.

Genau.

Ein Schiffskellner in geplätteter weißer Uniform kam an die Tür, schaute herein, ging weiter. William musterte die Frau im silbrig spiegelnden Licht, traf eine Entscheidung. Salzige Luft und Tünche drangen ihm von Ferne in die Nase, außerdem der penetrante Geruch des Öls, mit dem die Holzverkleidungen behandelt waren. Woran erinnerte er sich?

Fünfundfünfzig Jahre zuvor hatte irgendwo jemand leise ein Kirchenlied gesungen. Weinen im Zwielicht. Wildschweine, die sich die ganze Nacht lang an den Gefallenen gütlich taten, während die Verwundeten wimmerten und um Wasser flehten. Dann der strömende Regen, und er, der durch hüfthohes Gras watete, die Hose kalt und durchnässt.

Knaben, die zusammengekauert in Zelteingängen saßen. Das Grauen im Blick.

Er antwortete: Es wollte einfach nicht aufhören zu regnen. Weizen in Garben, Hafer reif für die Ernte, Mais bis zur Taille. Wir waren schon die ganze Woche auf dem Rückzug über die Halbinsel. Heutzutage bezeichnet man es als die Sieben-Tage-Schlacht, aber das ist nicht ganz korrekt. Damals kam es uns nur vor wie eine Flucht. Wir nannten es die Höllenwoche. Wir hatten keine Ahnung, wer wo war. Die meiste Zeit hatten wir einfach nur Angst, hinter die Konföderiertenlinien zu geraten. Wir hörten immer wieder, sie wären uns auf den Fersen, aber davon bekamen wir nicht viel mit. Malvern Hill war der Wendepunkt. Danach fielen die Konföderierten zurück.

Sie waren dem Ballonkorps zugeteilt?

William verzog das Gesicht. Nein. Na ja, bei dieser einen Schlacht schon. Ich war die ganze Woche als Meldereiter eingesetzt gewesen, aber wegen meines geringen Gewichts landete ich schließlich im Ballon. Wir gingen hoch, um uns einen Überblick zu verschaffen. Per Telegraph hatten wir eine Standleitung zum Hauptquartier des Generals und gaben ihnen unsere Beobachtungen durch, aber es half nicht viel. Ich glaube, zumindest den Haubitzen konnten wir einen Anhaltspunkt für ihre Ziele liefern. Die schweren

Parrott-Kanonen kamen uns gänzlich ungeeignet vor. Aber unsere Batterien hatten die bessere Position, einen weiten, abfallenden Feuerbereich. Er hielt einen Augenblick inne, dann sagte er: Der Hill war durch eine lange Quäkerstraße geteilt. Es gab zwei Bäche, unten wo der Wald sich lichtete, und das trieb die Konföderierten zusammen. Die Front war nur etwa anderthalb Kilometer breit. Wie gemacht für ein Gemetzel.

Die Kolumnistin schauderte. Ich glaube, ich hätte panische Angst in so einem Ballon.

Ich habe mir fast in die Hose gemacht.

Was geschah mit dem Ballon, als er sich losriss?

Als er was?

Sich losriss. Hat Ihr Ballon sich nicht losgerissen? Sind Sie nicht gänzlich steuerlos über die Konföderiertenstellungen getrieben?

Nein.

Nicht?

Nein.

Sie blickte ihn prüfend an, hakte jedoch nicht weiter nach. Warf einen Blick in ihr Notizbuch, legte die blasse Stirn in Falten. Das muss eine sehr verwirrende Zeit gewesen sein, sagte sie.

Es ging eigentlich.

Ich hoffe nur, der Krieg in Frankreich ist nicht genauso schlimm. Für unsere Jungs drüben, meine ich.

William strich die Decke auf seinem Schoß glatt, die großen Hände runzlig, aber noch immer kräftig. Er sagte: Der Krieg um die Union hat lange Schatten geworfen. Das tut vermutlich jeder Krieg. Aber immer wenn ich einen Mann kennengelernt habe, der dort auch gekämpft hat, gab es gleich ein gegenseitiges Verständnis.

Mhm.

Sie müssen wissen, wenn ein Mann aus dem Krieg zurückkehrt, dann ist der Rest seines Lebens bereits vorgezeichnet. Was auch passiert. Es geht immer nur noch bergab. Die meisten von uns sind froh, den Krieg hinter sich zu lassen. Manchen gelingt es nie. Es macht keinen großen Unterschied. Man lebt damit.

Was ist Mr Spaar zugestoßen?

Wem?

Ignatius Spaar.

William deutete ein Lächeln an, wartete ab.

Der Ballonpilot. Sie waren doch während des Feldzugs zusammen? Sein Leichnam wurde nie gefunden.

Er schüttelte den ergrauten Kopf. Tut mir leid, sagte er. Ich habe von dem Mann noch nie gehört.

Sie schaute verwirrt in ihre Unterlagen. Sie sind doch mit ihm geflogen, Sir. Das haben Sie in einem Interview mit der New Yorker *Sun* 1873 angegeben. Sie sagten –

Ich kenne den Artikel. Das waren Lügenmärchen.

Lügenmärchen?

Der Mann, der das geschrieben hat, wurde entlassen.

Die Kolumnistin strich sich das Haar hinters Ohr. Sie kennen den Artikel, aber haben noch nie von dem Mann gehört?

Seine Miene versteinerte. Er sagte: Ich würde meinen, irgendjemand hat irgendwo die Tatsachen verwechselt, und am Ende wurde die Verwechslung statt der Wahrheit niedergeschrieben.

Das verstehe ich nicht, Mr Pinkerton. Wollen Sie damit etwa sagen, dass es ihn gar nicht gegeben hat?

William räusperte sich, er schaute ungeduldig auf seine Taschenuhr.

Mr Pinkerton?

Ich will damit sagen, dass der Mann ein Geist ist, Miss. Das können Sie in Ihr Büchlein schreiben.

Natürlich starb sein Vater nicht. Sie stolperten in der hereinbrechenden Dämmerung den Malvern Hill hinauf, marschierten grimmig schweigend an den Unionsposten vorbei, und niemand hielt sie auf. Es war der letzte Junitag des Jahres 1862. Sie passierten in den Himmel zeigende Kanonen, die auf ihren Rädern sphinxartig ins Dunkel starrten, als wollten sie jeden Vorbeikommenden herausfordern, und suchten sich ihren Weg zwischen den Lagerfeuern hindurch, die bei der Nässe niedrig und schlecht brannten. Malvern House lag dunkel da, nur ein paar vereinzelte Kerzen brannten in den Fenstern, doch als sie näher traten, pfiff ein Wachtposten sie zurück und verwies sie des Grundstücks, woraufhin sie Williams Vater für die Nacht in ein nahes Zelt legten. Spaar hatte sich bereits verabschiedet und auf die Suche nach seinem Korps gemacht. Am nächsten Morgen brachten William und Ben den Kranken auf die Veranda von Malvern House.

Im Lager kampierten neunzigtausend Unionssoldaten, und bis zum Mittag waren alle auf Posten. William wusste, dass Lee schnell nachrücken und schon bald ein Angriff stattfinden würde, und ihm wurde schlecht, wenn er seinen Vater ansah, also ging er los, um Ignatius Spaar zu suchen, in der Hoffnung, irgendwie behilflich sein zu können.

Spaar fand ihn zuerst. William, rief er. Wie geht's dem Major?

William tippte sich an die Kappe, blinzelte. Haben Sie Ihre Ballons gefunden?

Der Aeronaut wirkte zerzaust, müde, seine wächserne Haut glänzte verschwitzt. Auf seiner blauen Kappe lag heller Staub. Mach dir mal keine Sorgen, Bursche, sagte er. Dein Vater wird schon wieder werden. Wir sind hier in einer ziemlich starken Position. Die Rebellen werden ihm nicht zu nahe kommen.

William nickte.

Spaar führte ihn hinunter zu einem Wäldchen, vor dem ein älterer Mann prüfend in den Himmel blickte, die Kappe abnahm und sich damit durch den Nacken fuhr. Ein kleiner Mann, schlank wie eine Gerte und auf den ersten Blick mindestens genauso geschmeidig, langer Gallierschnurrbart, der bis unters Kinn fiel, die Gesichtshaut ledrig, als hätte er wochenlang an einem Zaun in der prallen Sonne gehangen. Er war William auf Anhieb sympathisch.

Meine Güte, murmelte der Mann. Diese verdammte Hitze.

Spaar wandte sich an William. Das ist Clovis Lowe, erklärte er. Hält die Leute hier bei der Stange.

So gut es geht, knurrte Clovis. Du bist also der neue Luftikus?

Der was?

Ich hab ihm noch nichts gesagt, bekannte Spaar.

Ach so.

Wie hat er mich gerade genannt?

Glaubst du, er ist bereit?, fragte Clovis.

William schaute argwöhnisch von einem zum anderen. Bereit wofür?

Er folgte Spaars Blick über das Feld zu einem felsigen Bachbett, an dem auf einer Lichtung ein Kriegsballon gefüllt wurde, im gleichen Moment fuhr der Wind in den Ballon, der sich gefährlich drehte und schwankte, die Männer riefen sich Anweisungen zu, liefen umher, und dann richtete er sich wieder auf wie eine Boje in der Strömung, und die Ballonhülle wuchs weiter.

Im Leben nicht!, sagte er. Da kriegen mich keine zehn Pferde rein.

Spaar schaute ihn nur an und verzog den Mund zu einem entstellten Grinsen.

Der Ballon war auf den Namen *Intrepid* getauft und so hoch wie ein fünfstöckiges Gebäude, mit einer gasgefüllten Hülle, die knapp tausend Kubikmeter fasste. Der Weidenkorb war derart verstärkt, dass er das Gewicht fünf ausgewachsener Männer trug, und konnte einen Telegraphisten über drei Kilometer in die Höhe befördern. Die Konföderierten fürchteten ihn mehr als eine ganze Unionsbatterie und hatten bereits Scharfschützenangriffe bei Nacht und Sabotageversuche bei Tag unternommen, um die Vorrichtung in Flammen aufgehen zu lassen. Doch der Ballon schwebte noch immer wie ein finster dräuender Himmelskörper über dem Schlachtfeld, ein wahres Höllengefährt. William hatte wie die anderen Soldaten stets furchtsam zu ihm hinaufgesehen, und nun war er ihm ganz nahe und betrachtete ihn staunend.

Das Netz hob sich immer weiter, schwebte über dem Boden, als wäre es lebendig, eine gasgefüllte Qualle. William beobachtete, wie sie an ihrem Ankerseil wankte. Unbehaglich schaute er zu den Männern des Korps hinüber, die Schläuche bedienten, Seile festhielten, die Leinenbahnen der Unterlage glattzogen, während sich der Ballon füllte. Sechs Männer befreiten den Startplatz mit groben Besen von Unrat. Von zwei riesigen hölzernen Gasgeneratoren auf Rädern führten Rohrstutzen und dicke Schläuche über das Gras zu einem Sammelkasten, den ein hemdsärmeliger Schwarzer beaufsichtigte, von wo aus das Gas über einen dritten Schlauch in die Ballonhülle geleitet wurde.

Spaar zog ihn vorbei an ungeschlachten Wachtposten, die mit Gewehr im Anschlag Wache hielten. Sie gingen durch das hohe Gras auf den Ballon zu.

Ich kann da nicht mitfliegen, Mr Spaar.

Spaar lachte. Der Korb war etwa anderthalb Meter lang und einen halben Meter breit und leuchtend rot mit weißen Streifen lackiert. Weiße Sterne säumten den blauen Rand.

Ich meine es ernst, Sir. Ich habe es nicht so mit der Höhe.

Spaar legte eine Hand auf den Korb. Über die Knöchel zogen sich Narben, die Haut war seltsam wächsern gefärbt. Ich weiß, wovor du Angst hast, sagte er. Du denkst, es wäre wie auf einer Brücke oder an einer Klippe. Aber es ist ganz anders. Du wirst schon sehen.

Die Ballonhülle verströmte einen seltsamen Geruch, ein bräunlicher Gashauch lag in der Luft. Der Schweiß rann William über die Rippen.

Ich kann das nicht, Sir, sagte er.

Doch, du kannst. Du bist halb so schwer wie alle anderen hier. Ich brauche jemand Leichtes. Ich muss schnell an Höhe gewinnen.

William schüttelte den Kopf.

Hör zu, Bursche. Dass du in der Höhe zittrig wirst, liegt nur daran, dass dein Schwerpunkt unter dir liegt. Du lehnst dich vor und spürst, wie du nach unten gezogen wirst. In einem Aerostat ist das ganz anders. Wenn du dich rauslehnst, zieht es dich automatisch wieder unter die Ballonhülle. Dein Körper weiß das instinktiv. Ich habe noch nie gehört, dass jemand Höhenangst bekommen hätte.

Die Männer stellen sich trotzdem besser nicht unter den Korb.

Ach was. Die haben doch Mützen auf.

Er grinste.

Clovis kam mit einer Hand im fettigen Haar heran und nickte ihnen zu. Ich bin ganz und gar gegen dieses Vorhaben, Ignatius.

Ich weiß.

Thaddeus wird seinen Kaffee ausspucken, wenn er hört, dass du hochgehst.

Ich rede mit ihm.

Und das auch noch mit nur einem Seil.

Dann besorg mir doch noch eins.

Clovis verzog das Gesicht.

Spaar zuckte mit den Schultern. Du kannst deinem Jungen sagen, ich bin schon mit weniger hochgegangen. Wir nehmen die Flaggen zur Kommunikation. Halte einen Boten bereit. Sie werden bald angreifen.

Clovis nickte. Er holte einen Revolver aus der Tasche und reichte ihn Spaar. Den werden Sie nicht brauchen, sagte er.

Aber schaden kann er auch nicht.

Genau.

Mehrere Männer hielten die Auslaufleinen des Ballons fest, und Spaar kletterte auf die Kisten, stemmte sich auf den Rand des Korbs und schwang sich hinein.

Clovis stützte William am Ellbogen, half ihm hoch. Dann trat er zurück und rief den Männern am Boden Anweisungen zu.

William drehte sich der Magen um. Es war, als würde er in ein Boot steigen. Der weiche Korbboden gab unter seinem Gewicht nach und schwenkte zur Seite, er hielt sich mit weißen Knöcheln am Rand des Korbes fest, der gerade einmal etwas über einen halben Meter hoch war.

Spaar überprüfte mit einer Hand auf den Ballastsäcken die Knoten, dann schaute er William an, der inzwischen auf dem Korbboden kauerte. Hör zu, Kleiner, sagte er. Wenn wir aufsteigen, werden die Konföderierten schießen. Kümmer dich nicht darum. Sobald wir auf fünfhundert Fuß sind, hören sie wieder auf.

William schluckte. Fünfhundert Fuß?

Die Höhe haben wir in wenigen Minuten erreicht. Keine Sorge.

Na, wunderbar.

Halt dich fest.

William hielt sich bereits fest. Womit schießen sie denn auf uns?, fragte er.

Spaar grinste. Mit allem, was sie haben.

Mein Gott.

Kümmer dich einfach nicht drum.

Aber können sie uns denn nicht treffen?

Na ja, sagte Spaar. Bislang haben sie es jedenfalls nicht geschafft.

Der Aerostat war groß und dickhalsig und spannte prall das Netz, der Korb unter William erbebte und begann zu steigen. Nach wenigen Fuß hielt er ruckartig an, und Spaar lehnte sich über den Rand, um das Gleichgewicht des Korbs zu überprüfen, dann rief er einen Befehl nach unten, woraufhin die Seile gelöst wurden, und nun stieg der Ballon wirklich in die Höhe. William hörte das Kreischen der gelösten Ankerwinden, dann war es auch schon verklungen, und Spaar stand mit einer Hand auf dem schwarzen Hut und der anderen in der Hüfte breitbeinig da wie ein Seemann vor einer rollenden Heckwelle.

Du kannst ruhig aufstehen, Kleiner, rief Spaar.

William starrte durch die Spalte im Korbgeflecht. Er steckte die Finger hindurch und hielt sich an der Seitenwand fest, die unter seinem Griff nachgab.

Sicher, dass da nichts passieren kann?, fragte er.

Spaar grinste. Er hielt sich mit beiden Händen fest und sprang einmal kräftig auf den Boden, so dass der Korb taumelte und ausschwenkte und William aufschrie.

Überhaupt nichts kann da passieren, sagte Spaar lachend.

Bis auf die Geräusche des Ballons war alles still. Sie waren etwa fünfzig Fuß hoch, als William sich auf die Knie traute und erstaunt feststellte, dass seine Angst verschwunden war. Die Luft war kühler, weniger feucht. Der Ballon knatterte und knallte wie eine Flagge im Wind, und William schloss die Augen, spürte das langsame Schaukeln des Korbs. Sie stiegen immer höher. Als er hinabschaute, sah er das träge Kreisen der Geier, die sich vom Aufwind tragen ließen, das Flackern der Hitze, die von der Erde aufstieg und das Licht seltsam verzerrte. Über ihnen war endloses Grau, ein Schleier aus sich türmenden Wolken, er schaute zu den Fetzen hinauf, die sich wie Nebelschwaden daraus lösten, und ihm wurde schwindelig. Ohne Vorwarnung überkam es ihn, brach über ihn herein, und dann packte ihn eine Hand an der Schulter, er taumelte rückwärts, und Spaar zog ihn wieder in den Korb zurück.

Sein Herz pochte wie wild.

Hochgucken ist das einzig Gefährliche, sagte Spaar leise. Schau mich an. William. Schau mich an, habe ich gesagt. So verlierst du hier oben das Gleichgewicht. Du musst nach unten gucken.

William dachte an seinen zitternden Vater auf der Veranda von Malvern House. Er biss sich auf die Wange und schmeckte Blut. Er sah das Ziegelwerk des Gebäudes auf dem Hügel, den Schlund seines Schornsteins.

Wann eröffnen sie denn das Feuer?, fragte er.

Spaar schaute sich um. Hätten sie längst tun sollen, sagte er. Er zuckte mit den Schultern. Sie können wahrscheinlich nicht schießen, ohne ihre Position preiszugeben. Da haben wir wohl heute Glück.

Der Nachmittag brach heiß herein. Sie stiegen höher. Der Ballon drehte sich an seinem einzelnen Seil wie ein Hut auf einem träge dahinfließenden Fluss, und William sah den Hügel unter ihnen klar und deutlich. Die hellen Erdwälle, die Kanonen Achse an Achse in einer Linie, die sich beinahe zwei Kilometer weit über den Hügelrücken schlängelte. Die blauen Soldaten in Stellung. Und der langgezogene Hang mit der weißen Straße in der Mitte. Er erkannte die Bäche, die auf beiden Seiten durch die Bäume und das breite Feld flossen, sah das Schimmern des Waldes, als wären die Blätter in den Baumkronen aus Metall, und er wusste, dass der Feind sich darin zusammenrottete. Der Ballon drehte sich, das Netz klatschte und knatterte auf der Seide. Er hielt sich fest.

Alles war ganz still.

Und dann ging es los.

William spürte das ferne Beben und Donnern von Kanonen. Er folgte Spaars Blick nach Norden zu einer Rauchwolke, die von einer Anhöhe aufstieg, dann spritzte und stob die Erde am Fuß des Hügels und dann erneut, und schließlich antworteten die Unionskanonen unter ihnen. Er sah die blauen Soldaten auf dem Hügelrücken auf Position rennen und die Bajonette blitzen und spiegeln.

Spaar ließ das Fernglas sinken und schaute William ungerührt an. Jetzt geht es los, sagte er. Dann machte er sich wieder an seine Beobachtungen.

William schwieg. Eine Weile lang donnerten die Konföderiertenkanonen in unregelmäßigen Abständen, doch irgendwann verstummten sie, und William war klar, dass sie zerstört worden waren. Dann eröffnete eine zweite Batterie das ungleichmäßige Trommelfeuer, die Unionskanonen nahmen sie ins Visier, und nach einer Weile verstummten auch sie.

Was machen die da?, murmelte Spaar.

Selbst William kam das Ganze plump vor, unkoordiniert. Da hörte er entferntes blindwütiges Geschrei, und er lugte gerade rechtzeitig über den Rand des kreiselnden Korbs, um zu sehen, wie aus dem Wald eine graue Wand hervorstürmte und sich in Richtung des Hügels ergoss. Es waren Hunderte, es waren Tausende von Männern, die sich wie eine Seuche über das Feld ausbreiteten. Die Union ließ sie herankommen, hielt das Feuer zurück, und als sie an den äußersten Rand des Feldes kamen, eröffneten die Unionskanonen endlich das Feuer und radierten die erste Welle aus. Die Konföderierten taumelten, Männer in Grau rannten durch rosa Wolken, wo eben noch andere Soldaten gerannt waren, und aus der Höhe kam William der Anblick biblisch und barbarisch vor.

Mein Gott, murmelte Spaar. Der Korb drehte sich noch immer um die eigene Achse, und Spaar fingerte am Sicherungsseil herum. Er hielt die Signalflaggen in der Hand, aber er hatte sie noch nicht gehoben.

William beobachtete, wie die Konföderierten herankamen. Eine zweite Welle brach aus dem Wald hervor, und die Kanonen zerrissen auch sie, doch die Männer liefen weiter, und William schaute zu, wie sie sich bergan kämpften, über ihre sich windenden Brüder hinweg, fast bis zur Bresche, und da eröffnete die Unionsinfanterie das Feuer, und die Rebellen sanken in ihren Uniformen rückwärts ins hohe, verstümmelte Gras.

Mit einem Mal erzitterte der Korb des *Intrepid,* und William wurde nach vorn geschleudert, er klammerte sich an ein Seil und funkelte Spaar wütend an.

Was war das denn?, fragte er. Mr Spaar?

Spaar antwortete nicht. Er lehnte sich gefährlich weit aus dem Korb und blickte suchend nach unten, dann drängte er sich an William vorbei und schaute von der anderen Seite aus zu Boden.

Sie hatten aufgehört, sich zu drehen. Der Ballon schwebte plötzlich ganz ruhig dahin.

Und da begriff William. Der Ballon hatte sich losgerissen. Sie befanden sich in freiem Flug über der Schlacht.

Mr Spaar?

Spaar hielt sich am Korbrand fest.

Mr Spaar? Er packte Spaar am Ärmel. Bringen Sie uns runter. Bringen Sie uns jetzt sofort auf den Boden.

Spaar schüttelte ihn ab. Ich kann uns runterbringen. Ich kann nur noch nicht sagen, wo das sein wird.

Sie können das Ding nicht steuern?

Niemand steuert einen Aerostat, Kleiner. Das kann nur der Wind.

Der Wind.

Spaar hielt inne und schaute ihn an. Das hier ist nicht meine erste Ballonfahrt, Kleiner.

William stierte panisch nach unten und sah, wie Malvern Hill kleiner wurde. Langsam schwebten sie über die Reihen der Konföderierten hinweg.

William, sagte Spaar. Hör mir zu. Die Luftströme treiben uns in die Richtung, die ihnen beliebt. Wir steigen bloß auf oder ab, bis wir den Wind finden, den wir brauchen, und mit dem fahren wir. Wir sind hier oben absolut sicher. Wenn wir bereit zur Landung sind, gehen wir ganz schnell runter. Das wird schon klappen.

Etwas Bitteres stieg William in den Hals, und er schluckte es schmerzhaft hinunter. Er schaute auf den Staub und die Rauchwolken weit unter ihnen, auf die zu Tausenden sterbenden Männer. Sie segelten über eine Lichtung, auf der massenhaft marschbereite Kavallerie der Konföderierten stand, zwischen den Bäumen die durchhängenden grauen Spitzen der Zelte. Der Himmel über ihnen war weit und still und klar wie unbewegtes Wasser. Unter ihnen flatterte ein Geier, schwarz und bösartig, ein Omen.

Er starrte den Aeronauten an. Was meinen Sie mit schnell? Wie schnell?

Sie landeten fast einen Kilometer hinter der Front. Der Luftfahrer hatte eine dicke Kordel gepackt und die Reißbahn betätigt, und augenblicklich geriet der Ballon ins Taumeln und trudelte erdwärts. William drehte sich der Magen um.

Das Netz auf der Ballonhülle knatterte und schlackerte über ihnen. Es kam William vor, als würde ihm der Korbboden entgegenkommen, er konnte sich nicht mehr aufrecht halten.

Runter, Kleiner, rief Spaar ihm zu. Halt dich fest.

Er kauerte am Korbboden und krallte sich in die Seitenwände, und dann sauste mit dem hohen Surren einer Hornisse etwas an ihm vorbei, das Nächste zischte vorüber, und da begriff er. Sie wurden beschossen.

Er schaute über den Korbrand, doch er konnte die Schützen nicht ausmachen. Der Ballon war im Sinkflug, hing schief in der Luft, noch immer hoch über der Erde. Er sah das Schlachtfeld im Süden und, als er aufblickte, die Ballonhülle, die sich weitete und blähte wie ein Fallschirm. Männer zeigten rufend zu ihnen herauf, und nun sah er, wie ein Regiment der konföderierten Infanterie geschlossen anlegte und feuerte, doch er hörte nichts und fühlte nichts, und dann streiften sie auch schon die Baumspitzen. Das Korbgeflecht verfing sich, und sie wurden jäh herumgerissen. Äste brachen, schlitzten den Korb auf wie Messer.

Er kam am Boden zu sich. Alle viere von sich gestreckt und nicht ganz er selbst. Die Handgelenke taten ihm weh. Spaar kniete mit einem Revolver über ihm, sein Gesicht blutete, und für einen kurzen Augenblick wusste William nicht, wie er hierhergekommen war.

Na also, war doch gar nicht so schlimm, oder?, murmelte Spaar.

William versuchte zu sprechen, aber er hatte irgendetwas im Mund, er kam auf die Knie und erbrach sich.

Der Korb war in Stücke gerissen, die Einzelteile hingen in den Ästen einer Eiche, die seidene Ballonhülle hatte sich in der Baumkrone verheddert. Um sie herum auf dem Boden lagen Trümmer, gebrochene Äste, abgerissene Blätter. William kam schwankend auf die Füße, ruderte mit den Armen, setzte sich abrupt wieder hin und blieb sitzen, allmählich ließ das Zittern in den Beinen nach. Doch nun packte ihn die Angst.

Die Rebellen sind sicher schon auf dem Weg hierher, sagte Spaar. Und wenn sie den Aerostat finden, finden sie auch uns. Spaar steckte den Revolver in die Tasche und fuhr sich mit dem Ärmel über die Platzwunde in seinem narbigen Gesicht, doch das konnte die Blutung nicht stoppen. Er schaute auf Williams Hände herab. Gebrochen?

William drehte die Handgelenke unter Schmerzen.

Kannst du die Finger bewegen?

Er bewegte die Finger ein wenig.

In Ordnung. Dann los.

Es war heiß und still in dem Wäldchen. Der Korb schaukelte leise an seinen Seilen. William hörte das Gewehrfeuer, die fernen Rufe von Soldaten. Er dachte an die Bergflüsse, in denen er als Kind mit seinem Bruder Robert geschwommen war, und wie sie einander unter Wasser angeschrien hatten.

William, zischte Spaar.

Er machte die Augen auf. Spaar hatte den Revolver wieder aus der Tasche geholt, stand ganz still und schaute angestrengt durch die Bäume. Sie verharrten lange in dieser Position, lauschten konzentriert. Doch niemand kam.

Beeilung!, sagte Spaar. Er kletterte auf den Baum und kappte die Seile mit einem kleinen scharfen Messer, und William humpelte hinüber, um zu helfen. Wenn sich Korbteile lösten und krachend ins Gras fielen, zerrte er sie weg und deckte das grelle rotweiße Flechtwerk mit Farn und büschelweise Gras zu. Spaar fluchte, der Baum schwankte, doch das Netz wollte sich einfach nicht lösen. Dann schwang sich Spaar herunter, und die beiden zogen und zerrten an der Seide, als wollten sie Wäsche von der Leine holen. Und da, endlich, löste sich der Stoff.

Spaar keuchte. Wie geht's deinen Handgelenken?

Die taten inzwischen weniger weh, dafür schmerzten nun seine Rippen, es wurde immer schlimmer, aber er zuckte nur mit den Schultern und fing an, die Ballonseide aufzurollen und plattzustampfen. Sie versteckten sie zwischen den Wurzeln des Baums und deckten ausgerissenes Gras darüber, doch als William in die Krone schaute, sah er noch immer farbige Seide und Seil in den Ästen hängen.

Das muss reichen, sagte Spaar.

Er gab William den Revolver, zog ein Streichholzheft aus der Tasche und wies auf den Baum. Du kletterst da rauf und wartest. Lass den Aerostat unter keinen Umständen in

Konföderiertenhand fallen. Wenn es sein muss, kletterst du runter und zündest ihn an. Verstanden?

Und was machen Sie?

Spaar wischte erneut über die Wunde in seinem Gesicht. Ich versuche es zurück zu unseren Leuten zu schaffen.

William schwieg. Dann hielt er ihm den Revolver hin. Nehmen Sie.

Nein.

Ich meine es ernst.

Hör mal zu, Kleiner. Ich hab mein Lebtag noch nicht geschossen. Ich hole Hilfe, und du bleibst an Ort und Stelle und verhältst dich still.

Spaar legte William eine Hand auf die Schulter. Dann wandte er sich ab und ging durch die Bäume in Richtung der Kampfgeräusche, und bald schon hatten ihn das gesprenkelte Licht und das Helldunkel der Stämme verschluckt.

Es war bereits später Nachmittag. William kletterte unter Schmerzen in die Äste der großen Eiche, saß mit angezogenen Knien und dem Revolver im Schoß da und beobachtete den Wald um sich herum. Er hörte irgendwo Stiefel vorbeistapfen, doch niemand kam in Sicht, später hörte er ein Repetiergewehr in die Baumkronen schießen, doch das Feuer wurde nicht erwidert. Der Krieg fühlte sich sehr weit weg an, im Wald war es ganz still. Er sah einen Rehbock unter sich auf die Lichtung treten und mit erhobenem Geweih und gespitzten Ohren dastehen, dann machte das Tier kehrt und schlüpfte lautlos ins Unterholz. Die Sonne rann wie Tropfen über das Gras. William schloss die Augen. Er sagte sich noch, er dürfe bloß nicht einschlafen. Und dann war er auch schon weggedämmert.

Hallo, Luftikus, raunte eine Stimme.

Er schlug die Augen auf. Das Blut rauschte ihm in den Schläfen. Es dämmerte schon, und er spannte den Hahn des Revolvers und schaute nach unten. Auf der Lichtung waren Männer, sie trugen Unionsuniformen, und der Mann ganz vorn hielt sich blinzelnd die Hand über die Augen. Es war Clovis Lowe.

Du hast doch nicht etwa geglaubt, ich würde dich in einem Tabakstraflager in Richmond verrotten lassen, rief er herauf.

William hatte steife Beine, seine Rippen schmerzten. Mit einem Mal fing er an zu zittern und konnte nicht mehr aufhören. Unter Schmerzen kletterte er vom Baum.

Wo ist der *Intrepid*?

William wies ins Unterholz. Die Blätter in der Dunkelheit wie schwarze Eisenlocken an den Ästen. Die Reste des Korbs unter Farn und Gras. Die Gesichter der Soldaten verschwanden im Schwarz, als sie den Ballon hervorzerrten. Er sah ein gespenstisches Pferd vor einem Karren ein paar Meter entfernt, und er fragte: Ist Mr Spaar nicht mitgekommen?

Clovis hatte sich eine Zigarre angezündet und rauchte schweigend, die Glut warf zerklüftete, furchige Schatten auf sein Gesicht und leuchtete mit jedem Zug auf, er hielt inne. Ist er nicht hier?

Wie bitte?

Ist Spaar nicht bei dir?

Er wollte Hilfe holen. Ist er nicht bis zu Ihnen gekommen?

Wir hatten freie Sicht, als ihr abgestürzt seid, Bursche,

sagte Clovis. Wir sind schon den ganzen Nachmittag hinter euch her.

William hörte das Rascheln des Seidenballons, den die Männer durchs Gras schleiften, ihr angestrengtes Keuchen bei der Arbeit. Niemand sagte ein Wort. Die umstehenden Bäume waren Rauch aus einem Alptraum, der sich nicht vertreiben ließ, alles, was er erblickte, schien in dieser eigentümlichen Dunkelheit zu welken und zu Staub zu zerfallen, zu vergehen, wie alles Lebendige irgendwann, und von der Erde gewaschen zu werden.

William schaute die Kolumnistin an und verspürte eine unerklärliche Traurigkeit, er hustete in sein Taschentuch und wandte den Blick ab. Wie viele von uns da waren?

Wenn Sie sich erinnern.

Ich erinnere mich. So etwas vergisst man nicht einfach. Man gibt sich jedenfalls Mühe. Mit meinem Vater arbeiteten beim Geheimdienst ein paar seiner ersten Agenten. Timothy Webster, der war gut. Er hatte das Kommando über die Feldagenten. Er wurde 1862 in Richmond als Spion gefangen genommen und gehängt. John Scully und Pryce Lewis gerieten ebenfalls in Gefangenschaft. Lewis war Engländer und gänzlich unerschrocken. Die beiden waren in den Süden entsandt worden, um Webster zurückzuholen. William verstummte, seine buschigen Augenbrauen zogen sich zusammen, dann schaute er auf und sagte: Mein Vater hat alle drei Männer sehr geschätzt. Es kamen Gerüchte auf, Lewis und Scully hätten sich in der Gefangenschaft gegenseitig verraten, aber das glaubte er nie. Wer noch. Sam Bridgeman war ein guter Detektiv, aber ein Säufer. Er kam von der New Yorker Polizei zum Geheimdienst und kannte das Geschäft. John Babcock traf einen fliegenden Habicht auf ein paar Kilometer Entfernung. Seth Paine wurde im Laufe des Krieges derart fahrlässig, dass mein Vater glaubte, er wollte sich absichtlich erwischen lassen. Ich erinnere mich, wie er die Ärmel hochschob und mir seine Arme zeigte, sie waren übersät mit Narben, die er sich selbst zugefügt hatte. Brandmale von Zigarren, Messerschnitte. Ich glaube, das gefiel ihm. Ben Porter und seine Frau, entflohene Sklaven, exzellente Agenten. Und dann die Frauen: Kate Warne und Hattie Lawson. Mein Vater hat immer hinter den beiden gestanden. Katie und er waren jahrelang eng befreundet.

Die Kolumnistin schrieb zügig mit, während er sprach, dann schaute sie auf und sagte: Was war mit Mr Thiel?

Gustav. Genau. Er stand auch in Diensten meines Vaters. Bei ihm lernte er sein Handwerk.

Später wurde er zum Konkurrenten.

William zuckte mit den Schultern.

Erinnern Sie sich noch an die Ballonpiloten, Mr Pinkerton?

Die Aeronauten. Ja. Da gab es Thaddeus Lowe, mit dem hatte ich nie viel zu tun. Er erkrankte während der Sieben-Tage-Schlacht an Malaria, aber ich hatte ihn vorher im Lager mit meinem Vater sprechen sehen. Trug immer Schwarz, langer schwarzer Schnurrbart, tiefliegende Augen. Sah aus wie ein Jahrmarktzauberer. Ich glaube, ich habe mich ein bisschen vor ihm gefürchtet. Sein Vater Clovis war wie ein krummer Nagel. William lächelte. Als wäre er irgendwo herausgezogen und nicht wieder geradegehauen worden. Ich mochte ihn. Außerdem gab es noch Jim Allen, der fuhr

Ballon seit den Fünfzigern. Ich glaube, er hasste Lowe und Lowe ihn. Die waren alle so, große Egos, wie Schauspieler. Einen Schwarzen gab es, den ich sehr mochte, Cleveland Coombs. Er gehörte zu den Leuten am Boden. Keine Ahnung, was nach dem Krieg aus ihm wurde.

Sie beobachtete ihn genau. Er fuhr sich mit Zeigefinger und Daumen über die Augenlider, die sanft wie eine Motte flatterten. Die Erinnerung zeigt nie das, was wirklich passiert ist, sagte er. Ich schließe die Augen und sehe alles vor mir, und ich weiß genau, dass es so nicht war.

Er seufzte.

Ich wünschte, ich wäre Ihnen eine größere Hilfe gewesen.

Nein, wirklich. Sie haben mir sehr weitergeholfen.

Aber Sie können es nicht schreiben.

Wie bitte?

Nicht so, wie es geschrieben werden muss. Sie können es nicht erzählen, wie es war.

Sie legte den Kopf schief. Ich glaube nicht, dass meine Redakteure die ungeschminkte Wahrheit wollen.

Und Ihre Leserinnen auch nicht.

Und meine Leserinnen auch nicht.

Er hielt sich an den Armlehnen seines Sessels fest und spürte das Zittern in den Händen. Er war so alt geworden. Der Krieg, der in Frankreich tobte, war nicht sein Krieg, die Welt, die daraus entstehen sollte, würde nicht seine Welt sein. Aus seiner Welt war niemand mehr übrig. Sein Bruder, seine Frau, John Shore. Sein Vater. Alle tot. Also gut, dann wünsche ich Ihnen jetzt eine geruhsame Nacht.

Sie blickte ihn überrascht an. Oh, ja. Ich meine, natürlich.

Es ist spät für einen alten Mann.

Selbstverständlich, ich hätte Sie nicht so lange behelligen sollen.

Er stand auf, ließ die Schiffsdecke auf seinen Sessel fallen. Winkte barsch ab. Macht nichts. Erwähnen Sie auf jeden Fall die Detektei. Schreiben Sie was Nettes.

Sie lächelte, blieb sitzen.

Gibt es sonst noch was?, fragte er.

Sie fixierte ihn mit ihren hellen Augen, die Beine waren adrett übereinandergeschlagen, sie wirkte jugendlich und frisch, und das schwarze Haar fiel ihr schräg ins Gesicht. Ein Schatten kroch über den Boden, als wäre er lebendig. Ich habe nur noch eine letzte Frage an Sie.

Was denn.

Es geht nicht um den Krieg. Zumindest nicht in erster Linie.

Was denn.

Es geht um jemanden, den Ihr Vater gekannt hat.

Er schaute sie ungeduldig an.

Es gibt da einen Jungen, Mr Pinkerton, der in mehreren Berichten vorkommt. Einen Mr Edward Shade.

Männer, die nicht existieren

Vierundzwanzig

Hintergangen, dachte William. Die ganze Zeit. Zitterte bei dem Gedanken. Die ganze Zeit war er hintergangen worden. Er war durch die dunkelsten Gassen von Billingsgate gestapft, hatte Fooles Hand kameradschaftlich geschüttelt, mit blutigen Fingerknöcheln auf verlorene Väter getrunken. Die ganze Zeit hintergangen. Am Abend nach der Séance hatte er noch spät an seiner Waschschüssel gestanden, gegrübelt, war sich durchs Gesicht gefahren, fassungslos, zornig. Hatte versucht, sich doch noch einen Reim darauf zu machen. Er konnte es nicht. Und doch war er ganz sicher. Wie Foole ihn ausgelacht haben musste. Am nächsten Morgen ging er durch die Straßen und erinnerte sich widerwillig an Fooles leises Lächeln. Er hatte den Mann gemocht. Das war beinahe das Schlimmste an der ganzen Sache. Am Nachmittag fuhr er durch den Hyde Park, wo am eisblauen Himmel die Gasballons auf- und abstiegen und die Damen sich freudig erregt an der Umzäunung festhielten, die weißen Mäntel über den frostigen Wiesen flatternd, und erinnerte sich an Foole, wie er über dem Sarazenen gestanden hatte, den Tränen nahe. Plötzlich wurde ihm klar, dass er auf etwas gewartet hatte, das nun endlich eingetroffen war.

Shade.

Er war vorsichtig. In den darauffolgenden Tagen traf er seine Halbweltkontakte in heruntergekommenen Hinterhöfen, trieb sich mit hochgekrempelten Ärmeln im Aktenregister von Scotland Yard herum.

Adam Foole existierte nicht, er hatte keine Akte, keine Adresse. Auch über den Waffenschmiedelehrling Albert war nichts zu finden. In einer alten Akte über die von Rose Utterson begangenen Rechtswidrigkeiten in Britisch-Indien gab es am Rand Bleistiftanstreichungen von einer Strafregisterprüfung Jahre zuvor. Dem Bruder Gabriel kam er über Gerichtsakten auf die Schliche. Ein Name unter dessen Klienten stach ihm ins Auge, ließ ihn innehalten. Er wusste nicht, ob die Geschwister einzeln oder gemeinsam zu Fooles Ganovenumfeld gehörten und ob sie die Wahrheit über ihn kannten, aber das eine nahm er als gegeben an und das andere erschien ihm immer wahrscheinlicher.

Zurück im Hotel, läutete er an der Rezeption, hielt die Klingel an und wartete. Der Concierge war ein Mann in seinem Alter, der Hals zu dünn für den Kragen seiner Uniform. Das Telegramm aus Chicago war bereits Tage zuvor falsch einsortiert worden, und nun setzte William sich damit unter eine der Palmen in der Lobby. Darin stand:

Mr Pinkerton, Sir; Beschr. zutr. auf Japheth Fludd. Sehr gefährl. 1879: Überfall auf Constable a. D., Urteil: 5 Jahre Sing Sing. Haftzeit abgebüßt. Vorsicht walten lassen. Keine Vorstrafen. Keine bek. Decknamen. Keine bek. Komplizen. Arbeitgeber Fool nicht bek. (Deckname?).

Stunden vergingen, Tage vergingen. Die Anspannung begann in ihm zu vibrieren wie ein straffgezogenes Seil. Er
aß enorme Portionen Roastbeef, gebratenen Speck, Cur-
ry-Bratkartoffeln. In Gedanken umkreiste er Foole mit
träger, raubtierhafter Entschlossenheit. Eine rote Sonne
versank in den Dächern, die Stadt brannte im sterbenden
Licht weiter. Dieser Shade war irgendwo da draußen. Er
dachte an seinen Vater, er dachte an seine Frau. Was würde
Margaret dazu sagen?

Na los, schnapp dir den Mistkerl und Schluss, würde sie
sagen.

Es war Sonntag und er gerade auf dem Weg zu Scotland
Yard, als er Miss Utterson zufällig wiedertraf. Er blieb mit
seiner Tüte Maronen in der Hand stehen, erkannte sie erst
auf den zweiten Blick, wickelte gedankenverloren die Pa-
piertüte zu, machte kehrt und ging ihr nach. Ihm war egal,
ob sie ihn bemerkte, er verfolgte sie mit finsterem Blick und
dem Spazierstock wie einen Knüppel in der Faust.

Es war der 1. Februar, und es war kalt. Sie hatte nichts
Indisches mehr an sich, nichts Exotisches oder Übernatür-
liches. Sie trug ein violettes Kleid, das mit seiner abfallenden
Tournüre und den langen, üppigen Röcken lange aus der
Mode, aber dennoch elegant war. Einen weißen Hut mit
seitlich arrangierten langen Pelikanfedern und purpurnen
Blüten, ein dickes weißes Schultertuch. Helle Glacéhand-
schuhe, mit denen sie ein Päckchen hielt. Sie schob es sich
unter den Arm, als sie einen Omnibus heranwinkte, ihre
Röcke raffte, auf die Straße trat und einstieg.

Er folgte ihr.

Er erwischte das Treppengeländer gerade noch, als sich das Fahrzeug schon in Bewegung setzte, schwang sich aufs Dach und setzte sich dort auf eine Bank. Ein Schaffner mit Schal und wollener Kleidung stützte einen Ellbogen aufs Oberdeck, William bezahlte, und der Mann verschwand wieder unten im Passagierraum. Der Himmel war grau, der Fahrtwind auf seinem Gesicht bitterkalt. Der Omnibus rollte knarrend Richtung Bishopsgate. William kauerte sich zusammen, fischte nach seinen Maronen.

Sie stieg aus, als der Omnibus nach Süden abbog, und William kletterte ihr hinterher, die Fingerknöchel starr, die Ohren rot vor Kälte. Sie bog in die Gaunt Street ab und lavierte sich langsam durch die Passanten nach Hause, bei Tageslicht wirkte das Viertel wie verwandelt, trist vor sich hin sackende Ladenfronten und schwarze Schornsteine in der Kälte.

William holte sie ein, als sie gerade die Treppe zu ihrer Haustür hinaufsteigen wollte.

Miss Utterson, rief er.

Sie sah älter aus ohne den Kohlestift um die Augen, ihre Wangen waren gerötet von der Kälte. Als sie ihn erkannte, huschte etwas durch ihren Blick, es wirkte wie Ungeduld, und sie schaute an der Fassade hinauf.

Mr Pinkerton, sagte sie. Das ist aber eine Überraschung.

Wenn ich Sie einen Augenblick sprechen dürfte, sagte William.

Sie schüttelte den Kopf, schaute auf das braune Päckchen hinunter, als würde sie überlegen, dann sagte sie: Ich bin sehr beschäftigt, Mr Pinkerton. Ist die Sache schnell zu beantworten?

William lächelte schneidend.

Verstehe, sagte sie. Ihr Gesicht versteinerte.

Vielleicht können wir drinnen sprechen, sagte er.

Vielleicht nicht. Was glauben Sie zu wissen, Sir?

Ich glaube gar nichts.

Sie wandte sich ab.

Ich weiß, dass Utterson nicht mehr Ihr echter Name ist. Er musterte sie, aber sie verzog keine Miene. Ich weiß, dass 1871 zwei Ihrer Hausangestellten in Bombay wegen Diebstahls verhaftet wurden. Ich weiß, dass die Anschuldigungen fallengelassen wurden, oder dafür gesorgt wurde, dass sie fallengelassen werden. Im gleichen Jahr trat Ihr Mann von seinem Regierungsposten zurück und verschwand, und Sie kehrten allein nach London zurück.

Eine traurige Angelegenheit, sagte sie. Aber ich verstehe nicht, welches Interesse Sie –

Ich weiß, fuhr William fort, dass Ihr Bruder Klienten von gewissem Vermögen und zweifelhaftem Charakter vertritt. Und dass darunter Martin Reckitt ist, der Ihrem Bruder zehn Jahre lang ein ansehnliches Gehalt gezahlt hat. Ich weiß, dass seine Geschäfte nicht ausschließlich legal sind.

Sie sah ihn mit leerem Blick an.

Miss Utterson?

Ihre Handschuhe hinterließen dunkle Spuren auf dem reifbedeckten Geländer, wie die Fingerabdrücke eines Geists.

Ich höre, Sir, sagte sie.

Ich kam im Jahr des Aufstands nach Britisch-Indien, erzählte sie.

Sie saß mit angezogenen Beinen auf den flachen Kissen, rührte mit einem winzigen Silberlöffel in ihrem Tee.

Es war eine schlimme Zeit. Angst ist etwas Schlimmes, Mr Pinkerton.

Der Raum, in dem sie saßen, war kurios eingerichtet, ein Raum, der geschaffen war für heißes Klima und Vergnügen. Zurückgezogene Vorhänge, Alabasterstuck an der Decke. Goldene Tapeten strahlten im Tageslicht, rote Fische standen imposant und unbewegt im Wasser zu Williams Füßen.

Es begann im Norden, sagte sie. Das war mein eigentliches Ziel. Delhi. Doch als ich ankam, erreichten den Süden die grauenhaftesten Geschichten von dort. Engländerinnen würden unbekleidet auf den Straßen umherirren, hätten nichts zu essen, tränken Wasser aus dem Straßengraben. Männer würden auf offener Straße zerstückelt. Babys aufgespießt und in die Flüsse geworfen.

Sie musterte ihn mit schwarzen, ebenen, blanken Augen, zwei Obsidiane, spiegelglatt und tiefenlos. Die Schatten in den Ecken des Raumes waren fließend und behäbig. Er spürte eine träge Hitze wie Müdigkeit in sich aufsteigen.

Wir hörten die unglaublichsten Geschichten. In einer ging es um eine junge Memsahib, eine Miss Wheeler, die beim Massaker von Kanpur entführt worden war. Monatelang hatte die Belagerung der Kaserne gedauert. Kinder, die zum Brunnen im Hof gingen, waren erschossen worden. Frauen starben an ansteckenden Krankheiten. Schließlich wurde den Überlebenden freies Geleit zum Ganges gewährt, doch als sie in die Boote stiegen, eröffneten die Inder das Feuer. Ermordeten alle Männer, bis auf ein einziges Boot, das entkam. Die Inder wateten in den Fluss und nahmen die Frauen mit ans Ufer, um sie unter sich aufzuteilen. Die Babys erstachen sie mit ihren Bajonetten, die Schulmädchen verbrannten sie bei lebendigem Leib.

William stellte die Teetasse auf das niedrige Tischchen neben seinem Kissen.

Verzeihung, ich überanspruche Sie, sagte Miss Utterson.

Nein.

Nein? Greueltaten sind Ihnen nicht fremd, natürlich. Sie nickte. Diese Frau, diese Miss Wheeler. Sie war die Tochter des verteidigenden Generals, und sie musste mit ansehen, wie ihr Vater getötet wurde. Sie wurde von einem Sepoy entführt, einem mächtigen Mann. Man erzählte sich, sie sei nachts aufgestanden und habe das Schwert des Sepoy genommen, um ihm damit den Kopf abzuschlagen, dann sei sie von Zimmer zu Zimmer gegangen und habe seiner schlafenden Frau und den Kindern ebenfalls den Kopf abgeschnitten, hinterher sei sie hinausgegangen und habe sich in einen Brunnen geworfen. Sie können sich nicht vorstellen, Sir, mit welchem Stolz wir diese Geschichte aufnahmen. Wenn ich jetzt daran denke, schäme ich mich, ich schäme mich so sehr. Die Inder waren unmenschlich, absolut barbarisch. Aber wir waren genauso. Fächerten uns auf der Veranda Luft zu, während die Soldaten um uns herum Wache standen.

Sie nahm einen Schluck Tee, kühlte ihn kurz auf der Zunge und drehte die Tasse in ihren langen blassen Fingern. Vor ein paar Jahren besuchte mich ein italienischer Priester, der ebenfalls in Britisch-Indien gewesen war. Er kam gerade von dort und sollte bald nach Irland versetzt werden, ausgerechnet Irland. Ich begreife nicht, was man sich in Rom denkt. Er erzählte mir, er habe in Kanpur am Sterbebett einer Frau gesessen, die makelloses Englisch sprach und ihm gestanden habe, dass sie die berühmt-berüchtigte Miss Wheeler sei. Sie hatte anscheinend all die Jahre glücklich mit ihrem Sepoy verbracht. Der Sepoy war noch am Leben, ebenso wie dessen Frau und Kinder. Tatsächlich hatte er über Miss Wheelers Tod viele Tränen vergossen und war für eine üppige Beerdigung aufgekommen. Ich dachte zuerst, der Priester sei einem Irrtum aufgesessen. Aber er hatte sich nicht geirrt. Nichts von dem, was wir zu wissen geglaubt hatten, entsprach der Wahrheit.

Williams Miene verfinsterte sich. Ich muss Sie etwas fragen, sagte er. Es geht nicht um die Toten.

Es geht immer um die Toten.

Er blickte sie eindringlich an, seine narbenüberzogenen Pranken im Schoß. Leise sagte er: Wie haben Sie die Wahrheit erfahren? Hat er es Ihnen gestanden?

Wer? Was hat wer gestanden?

Die Wahrheit über Mr Foole, Miss Utterson. Über seine Vergangenheit.

Zweifel flackerte auf ihren Lippen. Deswegen sind Sie hergekommen? Sie nahm einen Schluck Tee. Adam Foole ist ein Ehrenmann, Mr Pinkerton. Seine Geheimnisse gehen nur ihn selbst etwas an. Daran möchte ich nicht rühren. Und selbst wenn ich eingeweiht wäre, würde ich sie Ihnen nicht verraten.

Das haben Sie bereits getan. Ich möchte nur wissen, warum.

Sie kniff die Augen zusammen. Sprechen Sie von der Séance? Etwas, das der Geist gesagt hat? Das war nicht ich,

Mr Pinkerton. Ein Geist hat durch mich gesprochen. Sie haben es selbst bezeugt.

Ich habe gar nichts bezeugt.

Sie fuhr sich mit einem langen beringten Finger über die Augen. Adam hat mir einmal eine große Güte zuteilwerden lassen, vor langer Zeit, in Madrid. Ich habe die Séance für ihn abgehalten, weil ich diese Güte erwidern wollte. Ich wollte seine Trauer lindern.

Indem Sie ihn täuschen.

Indem ich ihm inneren Frieden verschaffe. Nicht alle Täuschungen sind unaufrichtig, Mr Pinkerton. Manchmal finden wir uns durch die Unwahrheit im Lichte einer größeren Wahrheit wieder.

Einer größeren Wahrheit, murmelte William. Wann hat er Ihnen zum ersten Mal von Shade erzählt?

Shade?

Edward Shade, ja.

Wer ist das?

William taxierte sie. Vielleicht haben Sie die Ernsthaftigkeit meines Interesses an Mr Foole noch nicht verstanden, Miss Utterson.

Sie sah ihn von unten herauf an. Ich verstehe zumindest Ihr Interesse an unserer Versammlung letzten Dienstag. Sie versuchen, daraus schlau zu werden, nicht wahr? Sie möchten wissen, warum Adam den Kreis so übereilt verlassen hat.

Ich weiß, warum er ihn verlassen hat.

Ach ja?

William blickte sie scharf an, mit einem Mal ungeduldig. Meinen Freunden von Scotland Yard gefallen Betrügereien im Namen der Religion ganz und gar nicht, Miss Utterson.

Es wäre doch schade, wenn sie demnächst Interesse für Ihr Tun entwickeln würden.

Ich glaube, es wird Zeit, dass Sie sich verabschieden, Mr Pinkerton.

Er machte keine Anstalten aufzustehen. Mir fallen in unserer Detektei mehrere Agenten ein, die Erfahrung mit Jahrmarktbetrügereien haben, sagte er. Und auch die Zeitungen sind immer Feuer und Flamme für solche Geschichten.

Sie musterte ihn einen erhabenen Augenblick lang, und ihr Gesicht wirkte plötzlich uralt, als würde sie auf ein Jahrhundert des Kummers zurückblicken. Sehr bestimmt sagte sie: Wir betrügen nicht, Sir. Es wäre falsch, wenn Sie uns verfolgten. Wir tun niemandem etwas zuleide.

Er legte die Hände offen auf die Knie. Wie geht das? Wie machen Sie es?

Ich weiß nicht, was Sie meinen.

Die Täuschung.

Sie schaute ihn gekränkt an. Es gibt keine Täuschung. Jedenfalls nicht so, wie Sie denken. Ich befinde mich in einer Art Schlaf, wenn es passiert. Einem Wachschlaf. Ich erinnere mich hinterher an kaum etwas, das übermittelt wurde. Sie fuhr mit einer blassen Fingerspitze über den Rand ihrer Untertasse und zog die Augenbrauen hoch. Gewiss, manchmal müssen wir unsere Teilnehmer in Staunen versetzen. Manchmal gibt es Widerstand. Der Kreis muss empfänglich sein, verstehen Sie, wenn die Welten zusammenkommen sollen.

Zeigen Sie es mir, sagte er.

Ich kann nicht für Sie sitzen. Nicht jetzt.

Zeigen Sie es mir, wiederholte er, und in seiner Stimme schwang eine Brutalität mit, die vorher nicht da gewesen war.

Sie schüttelte den Kopf, hielt inne. Was um alles in der Welt soll ich Ihnen zeigen?

Den Trick. Wie Sie es machen.

Sie schaute ihm in die Augen. Sekunden verstrichen. Dann stand sie auf und führte ihn durch den Korridor und den Salon in den Séance-Raum. Am Tage wirkte er noch kleiner, schäbiger. Der nackte Tisch, das Glockenkästchen, die ordentlich herangeschobenen Stühle. Die Decke war niedrig, wasserfleckig. Vielleicht war es einmal ein Abstellraum gewesen, vielleicht eine Speisekammer.

Die Glocke in dem Kästchen, sagte er und deutete darauf. Gibt es da einen Faden? Erzeugen Sie damit das Klingeln?

Sie zögerte einen Augenblick, als würde sie mit sich hadern, dann setzte sie sich an den Tisch und schnürte langsam ihren Schuh auf. Sie zeigte ihm ihre Zehen im Strumpf und hob das Bein, ohne den Rest des Körpers zu bewegen, streckte den Fuß unter die Tischmitte.

In dem Kästchen befindet sich ein Magnet, sagte sie. Ich trage einen zweiten Magneten am Zeh. Der löst den Mechanismus aus, der die Glocke zum Läuten bringt.

Deswegen ist der Tisch so klein. Damit Sie an die Glocke kommen.

Richtig.

Deswegen arbeiten Sie in diesem Raum. Weil kein größerer Tisch hineinpasst.

Richtig.

William pirschte langsam um den Tisch herum und musterte die Frau. Beinahe zärtlich sagte er: Ist denn überhaupt ein Funken Wahrheit an dem, was Sie tun?

Sie schaute zu ihm auf. Die Beschwörung ist kein Trick,

das ist echt. Das hier ist mein Theater, Mr Pinkerton. Wir glauben nun mal nicht, woran wir glauben, weil wir rationale Gründe dafür haben. Aber die Geister sind echt. Die andere Welt ist echt.

Wer soll Ihnen das abnehmen, wenn er das hier sieht?

Manchmal ist das Spektakel notwendig. Manchmal müssen wir Ehrfurcht verspüren, um unseren Glauben zu finden. Ist die christliche Kirche da anders, wenn sie Wein zu Blut macht?

William ballte die Pranken auf dem Tisch zu Fäusten. Warum haben Sie den Namen Ignatius gewählt?

Ich wähle gar nichts, sagte sie, und in ihrer Stimme schwang allmählich eine gewisse Ungeduld mit. Er kam ungebeten. Manchmal kann ein Geist einem Teilnehmer Angst einjagen. Ignatius hat Adam wohl Angst gemacht. Ich weiß nicht, warum.

William dachte an seinen eigenen Ignatius, den Ballonpiloten Spaar, ebenfalls aus Virginia. Ein unwahrscheinlicher Zufall. Aber er wusste, dass Spiritisten und Betrüger solche Zufälle zu ihren Gunsten nutzten, daher brachte er es nicht zur Sprache. Sie erwähnten Port Elizabeth, sagte er stattdessen. Was ist in Port Elizabeth passiert? Worauf haben Sie sich da bezogen?

Nicht ich, Mr Pinkerton.

Wer war diese *sie*?

In Rose Uttersons Gesicht flackerte Genugtuung auf, als sie sagte: Ach, die Antwort auf diese Frage kennen Sie doch bereits.

Charlotte Reckitt.

Sie nickte. In Port Elizabeth hat er sie kennengelernt.

In Südafrika? William trat näher. Was hat er denn da gewollt? Wann war das genau?

Sie wandte den Blick ab. Ich habe genug gesagt. Fragen Sie Adam, wenn Sie mehr wissen wollen. Nur er weiß, was in seinem Herzen vor sich geht.

In ihrem letzten Satz hatte eine wehmütige Achtung gelegen, und mit einem Mal verstand William die widersprüchliche Natur ihrer Gefühle. Sie war in Adam Foole verliebt. Und dennoch glaubte er nicht, dass sie die Wahrheit über den Mann kannte. Das wiederum hätte jedoch geheißen, dass sich an jenem Abend wirklich der Geist eines anderen in ihr manifestiert hatte, und das konnte er ebenso wenig hinnehmen.

Er fixierte sie, aber sie zuckte nicht mit der Wimper. Schließlich sagte er: Adam Fooles echter Name ist Edward Shade, Miss Utterson.

Das sagt mir nichts.

Es ist sein größtes Geheimnis.

Wohl kaum.

Sie hatte zu schnell reagiert, zu verächtlich. William ließ einen Finger nach dem anderen unter seinen Daumen knacken und musterte das unbewegte Gesicht des Mediums. Mein Vater hat Shade sein ganzes Leben lang gejagt, sagte er. Er hat ihn nie gefunden. Seinetwegen bin ich hier in London.

Wegen Ihres Vaters?

Wegen Shade.

Da regte sich etwas in ihr. Ein träger, echsenhafter Blick unter den Lidern. Sie verschwenden Ihre Energie an die falschen Dinge, Mr Pinkerton. Es wird Sie nicht glücklich machen.

Ist das Ihre professionelle Meinung?

Die Präsenz, die an jenem Abend zu uns kam, der Geist. Ignatius. Er kannte Sie. Sie zog die Augenbrauen hoch. Er hat einen geliebten Menschen in seiner Nähe gespürt, Mr Pinkerton.

William schüttelte den Kopf, warf ihr einen kalten Blick zu. Vorsicht, Miss Utterson.

Der Tod ist am schlimmsten für die Hinterbliebenen. Haben Sie vor kurzem jemanden verloren?

Das wissen Sie genau.

Ach ja, Ihren Vater.

Das stand in der Zeitung.

Mit einem Mal blickte sie ihn mitleidig an. Sehnsucht ist die Quelle unseres Elends. Aber das muss nicht so sein. Warum geben Sie die Verfolgung von Edward Shade nicht auf, gestehen sich den Glauben zu? Ihr Vater hat Frieden gefunden, Sir.

Mein Vater. William setzte seinen Zylinder auf, wandte sich zum Gehen, drehte sich jedoch noch einmal um. Mein Vater hat keinen Frieden gefunden, knurrte er wütend. Noch nicht. Aber bald ist es so weit. Und das können Sie Ihrem Mr Foole von mir ausrichten.

Fünfundzwanzig

Nach der Séance trieb Foole wie ausgesaugt durch die Tage. Im Nachthemd starrte er in den winterlichen Verkehr, der vom Piccadilly kam, schlurfte in Samtpantoffeln über die Flure, sprach kaum, wartete. Ja, so fühlte es sich an. Als würde er warten.

Als käme etwas auf ihn zu.

Allmählich verdichteten sich seine Gedanken. Drei Nächte in Folge träumte er den gleichen Traum, in dem eine Gestalt in tropfnassem Chesterfield in der offenen Tür stand, die Hände hinter dem Rücken verschränkt. Diese Gestalt war William Pinkerton. Edward, sagte Pinkerton. Sie ist hier. Jedes Mal schreckte er hoch, suchte das dunkle Schlafzimmer mit Blicken ab.

Nach der Séance war er in die Dunkelheit von Bishopsgate hinausgestürmt, den Gehrock offen im Regen, seine knochigen Finger griffen Luft. Blindlings war er an mehreren Hansom-Ständen vorbeigelaufen, ehe er schließlich innehielt, kehrtmachte, sich eine Kutsche für den Heimweg heranwinkte. Die Mordgesellen in den Hauseingängen, die torkelnden Säufer auf den unbeleuchteten Straßen nahm er gar nicht wahr. Roses Stimme hatte sich zu der von Ignatius Spaar verdunkelt. Das war nicht zu leugnen. Spaar: Aeronaut, Spion, Opfer der Kriegsambitionen Allan Pinkertons, ein Name, der nun irgendwo im Morast Nordvirginias vermoderte. Düster nahmen die Möglichkeiten in Fooles Geist Gestalt an. Rose Utterson und ihr Bruder waren zu jeglicher Täuschung imstande, das wusste er, sogar jenen gegenüber, denen sie zugeneigt waren, und beide verstanden sich ausgezeichnet darauf, fremde Geheimnisse auszukundschaften. Sollten die Uttersons von seiner Vergangenheit erfahren und beschlossen haben, ihn unter den Augen Pinkertons zu vernichten, hätten sie es nicht geschickter anstellen können. Doch Foole hatte in seiner Kindheit selbst Geistern gegenübergestanden, und er glaubte an die außerordentliche Boshaftigkeit der Toten. Die Lebenden, so skrupellos sie auch sein mochten, wurden stets von Eigeninteresse gezügelt. Rose konnte nicht wagen, ihn zu kompromittieren, ohne ihren Bruder und sich selbst zu kompromittieren. Ganz anders die Toten.

Er grübelte in einem fort. Am dritten Morgen stellte Fludd ihn grimmig zur Rede. Pinkerton weiß also Bescheid, sagte der Riese schließlich und fuhr sich mit den Fingern durch den Bart. Er weiß Bescheid, und es warn die Uttersons, die es ihm verraten ham?

Nun ja. Oder der Geist von Spaar.

Son Schwachsinn. Fludd rieb sich im Halbdunkel die Handgelenke, als schmerzten sie. Du weißt, was jetz zu tun is.

Foole sah ihn an. Auf keinen Fall.

Du kannst keinen Rauch in ne Buddel einsperren, Mr Adam. Der kommt immer raus, so oder so.

Doch Foole drehte sich um, betrachtete den wallenden orangefarbenen Nebel auf der Straße und schwieg. Einen

Mord würde er nicht billigen, eher die Stadt verlassen. Wieder dachte er daran zurück, wie der Kreis verstummt war, wie Pinkerton sich auf seinem knarrenden Stuhl zu ihm umgedreht hatte und dessen Hand auf einmal schlaff und unsicher geworden war. Sie ist hier, Edward, hatte der Geist gemurmelt. Foole war entsetzt aufgesprungen, sprachlos, hatte alle aufgeschreckt. Wie sehr ihm seine Dummheit nun zuwider war. Nein, der Detektiv würde nicht lange brauchen, um sich die Wahrheit zusammenzureimen.

Und dann? Foole zog die Decke enger um die Brust, starrte finster vor sich hin.

Und dann würde der Mistkerl ihn sich vorknöpfen.

Er war vierzehn Jahre alt, wegen Landesverrats verurteilt, in Lumpen gekleidet, barfuß und stinkend, als ihn sich zum ersten Mal ein Pinkerton vorknöpfte. Das hatte er damals natürlich nicht gewusst. Ohne Handschellen und Fußfesseln war er aus der Besprechung mit Major Allen vom Geheimdienst der Potomac-Armee gestolpert, im Glauben, er hätte einem alten Soldaten gegenübergesessen, mehr nicht. Immer wieder schaute er sich um, als müsste ein Fehler passiert sein. In einer dreckigen Zelle im Camp Barry, wo er wochenlang gelegen und auf den Tod gewartet hatte, zeichneten sich die Umrisse seines Körpers noch immer im Stroh ab, und er konnte nicht glauben, dass dieser Tod ihm nun nicht mehr drohte. Von dem brandnarbigen Mann im Gehrock wurde er die Treppe hinuntergeführt und allein vor ein Feuer gesetzt, dort wartete er. Er sah zu den Fenstern, zur Tür. Er wusste nicht, ob man ihn prüfen wollte, ob er unter Beobachtung stand. Zehn Minuten verstrichen. Ein riesen-hafter schwarzer Mann mit gewaltigen Pranken und dem muskulösen Nacken eines Brauereipferds betrat den Raum, ging wieder hinaus, kam zurück. Edward beobachtete ihn verängstigt. Der Mann trug keinen Gehrock, dafür an jeder Hüfte eine Pistole, wie ein Bandit. Darüber eine gelbe Weste mit goldener Uhrkette am Revers und einen dicken Goldring an der linken Hand. Als er Edward ansprach, entblößte er zwei goldene Schneidezähne.

Mr Edward Shade, sagte er mit seiner tiefen Bassstimme und hielt nach jeder Silbe inne. Ich glaub, Sie kommen besser mit. Doch er blieb stehen und musterte Edward von oben bis unten. Is nich viel dran an dir, was? Wenn dir das ma nich die Haut gerettet hat, Junge.

Edward verstand nicht, was er meinte. Er sprang auf und folgte dem Ungetüm nach draußen in die Dunkelheit, schweigend überquerten sie die aufgeweichte Straße. Seine nackten Fußsohlen schmerzten vor Kälte, ihm war schwindelig, und er zitterte vor Hunger. Der Mann führte ihn eine Seitengasse entlang, durch ein unverschlossenes Tor, dann klopfte er zweimal an einem dunklen Gebäude, und die Tür öffnete sich.

Na los, rein mit dir. Jetz gibts kein Zurück mehr.

Das Haus, das aus zwei Zimmern bestand, war ein geheimer Unterschlupf für Agenten des Geheimdienstes, und der narbige Mann, den Edward schon bei seinem Treffen mit Major Allen gesehen hatte, bezog im ersten Raum gerade ein schmales Feldbett, erhob sich und betrachtete den Jungen.

Schon gut, Mr Spaar, sagte der schwarze Mann. Machen Sie weiter.

Der Brandnarbige, Spaar, setzte schmallippig zum Sprechen an. Aber bring ihn nicht gleich wieder in der ersten Nacht um die Ecke, Ben, sagte er.

Ben grinste. Ach, das wird wohl nich nötig sein. Nich wahr, Mr Shade?

Spaar stieß einen sonderbaren kehligen Laut aus, ein Lachen. Jetzt mach dir mal nicht ins Hemd, Kleiner. Vor dem Major solltest du Angst haben, nicht vor unserem Mr Porter hier.

Recht hatter.

Edward dachte an den Major mit den lodernden Augen, zurückgelehnt in den Schatten.

Komm dem Major krumm, sagte Spaar und zog sich die Hutkrempe ins Gesicht, und du weißt, was Angst ist. Er wickelte sich einen Schal um Mund und Nase, so dass nur noch die Augen zu sehen waren, zog ein enges Paar Handschuhe an. Dann ging er hinaus in die Kälte.

Ben, der andere, hatte sich auf einen einfachen Stuhl an der Wand gesetzt. Na los, sagte er, sieh zu, dass du ne Mütze Schlaf kriegst, Junge. Dein Leben wird jetzt nich einfacher.

Haben Sie vor, die ganze Nacht da zu sitzen?

Und ob.

Edward kroch, ohne sich auszuziehen, unter die Decke und spürte verwirrt, wie das Feldbett unter ihm nachgab. Er schloss die Augen, sein Kopf wurde schwer. Weiß die Armee überhaupt, wo ich bin?, fragte er. Mit großer Mühe öffnete er ein Auge einen Spaltbreit. Ist das überhaupt erlaubt?

Ach. Das Land is im Krieg, Junge.

Das Land kann mich mal, murmelte er.

Ben grinste, seine Goldzähne glänzten im schwachen Licht. Du hast es immer noch nich kapiert. Du gehörst jetzt nich mehr zur us-Armee. Sondern zu Major Allen. Und der Major gehört zu niemand. Wenn du jetz stirbst, Junge, dann stirbst du für ihn.

Edward schloss die Augen, öffnete sie wieder, die Dunkelheit war schwärzer geworden. Er drehte sich auf die Seite, steckte die Hände zwischen die warmen Knie. Ben schlief nicht, hielt noch immer Wache.

Wie viel zahlt er Ihnen?, fragte Edward schläfrig.

Benjamin Porter saß bullig in der Ecke neben der Tür, die Fäuste auf den Knien, das Gesicht im Schatten. Zahlen? Ich verdanke dem Mann mein Leben, sagte er leise. Ums verfluchte Geld gehts hier nich.

Die ganze Woche tat Foole nichts. Die Trauer arbeitete in ihm, und wohl zum ersten Mal in seinem Erwachsenenleben wusste er nicht, was er als Nächstes tun sollte. Die Umstände von Charlottes Tod waren alles andere als geklärt, und doch hatte er noch immer keine Spur ihres Mörders. Der Sarazene brachte nur sich selbst um, sonst keinen. Aus Charlottes Onkel war nichts herauszubekommen, in seiner kargen Zelle in Millbank siechte er zwischen Ratten und Wanzen dahin, starb eines langsamen Todes. Den schlauen, brutalen Pinkerton würde der Mord an Charlotte nun nicht mehr kümmern. Keiner von ihnen hatte die Hand im Spiel. Vor dem Schlafengehen verwischte Foole den Wandspiegel jeden Abend mit den Fingern, trübte sein Spiegelbild. Jedes Mal wirkte er älter, hagerer als am Tag zuvor. Am Donnerstag saß er allein beim Mittagessen und holte Charlottes Brief hervor, zeichnete mit dem Daumen die Unterschrift nach, dachte daran, wie er sie im Stich gelassen hatte. Am Freitag hielt er den Brief über eine brennende Kerze, drehte ihn hin und her, während die Flamme sich auf seine Finger zufraß. Gab Charlotte die Schuld. Alles hat ein Ende, sagte er sich, ohne recht daran zu glauben. Am Samstag tappte er durch die Zimmer seines Hauses, stand in der Küche und lauschte dem Regen am Fenster. Ein Klappern ertönte, dann erschien Mrs Sykes in der Tür zur Spülküche, einen Eimer mit Seifenlauge zu ihren Füßen, und sah ihn mit ihren erfahrenen grauen Augen mitleidig an. Und da begriff er: Charlotte war fort. Nichts und niemand konnte sie zurückholen.

Mrs Sykes scheuchte ihn an den Tisch, setzte einen Kessel Teewasser auf. Rache hat noch nie was wiedergutgemacht, Mr Foole, sagte sie. Das sollte ein Mann wie Sie doch inzwischen wissen.

Er erinnerte sich an Allan Pinkerton, an die Unbarmherzigkeit des alten Detektivs. Er wandte den Blick ab.

Meinen Mann hab ich vor einer halben Ewigkeit an die Schlinge verloren. Und es vergeht kein Tag, an dem ich nicht dran denke. Müde rieb sich Mrs Sykes mit ihren feuerroten Händen den Nacken. Aber ich hab deshalb nie selber aufgehört zu leben. Da hatte ich kein Recht zu. Wenn Sie verstehen, was ich meine.

Wie durch trübes Glas sah Foole sie blinzelnd an.

Ich hatte doch meine Hettie, Sir.

Ja, sagte er langsam. Nun.

Es gibt hier welche, die Sie brauchen, sagte sie. Die können Sie noch retten.

Sie meinen Molly.

Aye, ich mein Molly. Sie zog das Kinn ein. Und Sie selbst mein ich auch.

Vielleicht waren es Mrs Sykes' Worte, oder das Verstreichen der Tage, oder etwas ganz anderes. Aber am nächsten Morgen erwachte er mit klarem Kopf, und es breitete sich eine Kälte in ihm aus. Trauer und Scham waren noch immer da, doch abgestumpft. Er saß mit Molly und Fludd im Emporium vor einem schwachen Kohlenfeuer im Kamin und wollte alles mit ihnen besprechen. Molly wusste noch immer nichts von seinem Leben als Edward Shade, er sah Fludds vernichtenden Blick über ihre Schulter hinweg und wandte sich ab. Der Riese hatte Molly einweihen wollen, seit sie Pinkerton in dem Tunnel unter der Themse verlassen hatten. Hatte es als ungerecht empfunden, dass das Mädchen als Dritte im Bunde nichtsahnend der Gefahr ausgesetzt war. So geht man nich mit seinen Leuten um, Mr Adam, hatte Fludd gesagt. Nun kratzte sich Molly Schorf vom Handrücken und blickte ins Feuer. Foole berichtete, was Fludd bereits gehört hatte, von der Séance und ihren Auswirkungen. Doch als es schließlich an die Geschichte von Edward Shade ging, warf er Fludd einen Blick zu, hielt inne und ließ sie aus, selbst erstaunt über sein Zaudern.

Ungläubig hörte Molly sich alles andere an und fluchte dabei pausenlos vor sich hin. Sie lehnte mit verschränkten Armen an einem Regal. Pinkerton? Herrje.

Ich könnt ihn doch aufschlitzen, schlug Fludd leise vor. Er drehte ein Messer im Feuerschein. Ausnehmen wie nen Fisch, fertig.

Molly schnaubte. Genau, und damit auch noch den letzten scheiß Puhler der Stadt aufscheuchen. Pinkerton ist nicht irgendson Blauer. Wir bringen uns in Teufels Küche.

Der Riese schüttelte den struppigen Kopf. Also tauchen wir unter.

Zum Untertauchen brauchen wir Kohle, Jappy.

Dann drehn wir halt n Ding. Sind wir drei etwa Ganeffe oder nich?

Und was für ein Ding soll das sein?

Egal.

Wir lassen einfach einen Eimer voll Zaster mitgehen, und das wars? Ein Ding von dem Kaliber zu planen dauert Monate. Hast im Kahn wohl alles verlernt. Sie schwieg, und ihre Wange leuchtete im silbrigen Licht des Fensters. Was hat er überhaupt vor? Woher will Pinkerton eigentlich wissen, dass wir vom Fach sind?

Eier aus Stahl, Kleine. Also, Mr Adam? Die Kutsche gehört dir, wir ziehnse nur.

Foole grübelte.

Mr Adam.

Langsam hob Foole den Blick, sah Fludd in die Augen. Das Feuer glomm im Kamin. Nach einer Weile nickte er beinahe unmerklich. Erzähl ihr den Rest, sagte er.

Die Pinkertons sind für Mr Adam so was wie alte Bekannte, sagte Fludd unvermittelt.

Aye, die kennt doch jeder. Dann biss sich Molly auf die Lippe, sah ihn ungläubig an. Oder meinst du persönlich?

Genau, er kennt den alten Pinkerton. Allan.

Molly hatte es die Sprache verschlagen.

Allan Pinkerton war Major in der us-Armee im Bürgerkrieg drüben, sagte Fludd. Mr Adam hat unter ihm gedient und is dann desertiert. Da war er noch n halbes Kind. Kaum älter als du. Der Riese kraulte sich den Bart, sah erst

Foole, dann Molly an. Sagt dir der Name Edward Shade was, Kleine?

Argwöhnisch zuckte sie mit den Schultern. Wieso? Wer soll das sein?

Haste noch nie Gerüchte über den gehört? In den Spelunken oder so?

Herrje, jetzt spucks endlich aus.

Edward Shade, sagte Fludd, ist der größte Dieb in ganz London. Keiner is ihm je auf die Schliche gekommen, nich annähernd. Die halbe Unterwelt glaubt nichma, dass es ihn gibt, die andere Hälfte hat noch nie was von ihm gehört. Beim Yard meinense, er wär ausgedacht. Aber die Pinkertons glauben das nich. Shade is der Kerl, den William Pinkerton in London finden will, wegen seinem Vater. Der gute alte Allan war selber zwanzig Jahre lang hinter Shade her. Der war wie besessen. Das muss den wohl halb meschugge gemacht haben. Hat Shade jeden Klau in die Schuhe geschoben, den er nich lösen konnte, und sogar welche von seinen gelösten. Und nu will sein Sohn das zu Ende bringen. Fludd beugte sich vor, sein Stuhl knarzte. Pinkerton meinte, dass Charlotte Reckitt und Shade sich von früher kannten. Deshalb wollte er ihr hier ma aufn Zahn fühlen.

Molly nickte langsam. Dann ist das, was mit ihr passiert ist, Shades Schuld.

Kann man so sagen, aye.

Also kümmern wir uns um ihn. Dann sind wir auch Pinkerton in einem Aufwasch los. Wenn wir Shade erledigen, lässt der uns bestimmt in Ruhe. Sie blickte auf. Wie finden wir ihn?

Ihn zu finden is nich das Problem. Fludd hielt inne,

zog die Brauen hoch. Er sitzt direkt vor unserer Nase, Kleine.

Molly blinzelte, sah im schwachen Schein des Feuers unsicher zu Foole hinüber.

Fludd stand auf. Darf ich vorstellen, der geheimnisvolle Edward Shade. Höchstpersönlich.

Molly starrte an dem Riesen vorbei, und ihre Miene verfinsterte sich. Edward Shade? So heißt du, Adam? In echt?

Nich so laut, Kleine.

Du hast immer gesagt, die Vergangenheit wär egal!, rief sie, ohne den Riesen zu beachten. Du hast immer gesagt, die Gegenwart macht uns zu dem, was wir sind. Du und deine scheiß Märchen. Sie wirbelte zu Fludd herum. Pinkerton ist sein Erzfeind, und du hast mir nix davon erzählt? Ihr könnt mich mal mit eurem scheiß Edward Shade.

Jetzt weißt du, wieso wir aus London wegmüssen, sagte Fludd leise.

Sie rieb sich das Gesicht, hielt sich mit zittriger Hand an einem Sessel fest. Vor den Pinkertons ist man nur an einem Ort sicher, sagte sie. Im Grab.

Foole sah vom Feuer auf. Nicht mal da, sagte er.

Beim Klang seiner Stimme verfinsterte sich ihre Miene erneut. Er sah, wie erschüttert sie war, wie verletzt, aber er entschuldigte sich nicht. Seine Vergangenheit ging, verdammt noch mal, nur ihn etwas an.

Ihr habt beide recht, sagte er mit sanfter Stimme. Wir brauchen Kohle, um unsere Schulden zu begleichen und aus der Stadt rauszukommen. Er verschränkte die Finger und sah seine Partner mit finsterer Miene an. Und ich weiß auch schon, was wir stehlen können.

Edward war an seinem ersten Morgen als Agent des Geheimdienstes der Potomac-Armee mit Kopfweh erwacht, es roch nach frisch gebrühtem Kaffee. Sonnenstrahlen verfingen sich in den Vorhängen. Er war allein. Jemand hatte ein Tablett auf Bens leeren Stuhl gestellt, und als er die silberne Haube anhob, fand er darunter Toast mit Butter, Rührei, drei dicke Scheiben Schinken. Er aß gierig, wischte sich die Hände am Hemd ab und saß grübelnd auf seinem Feldbett. Schließlich stand er auf und trat hinaus in die Gasse.

Draußen nahm eine schwarze Frau Wäsche von der Leine, musterte ihn, wie er nach Major Allens Männern Ausschau hielt. Sie prustete los. Du glaubst doch nich etwa, dass der Major dich hier einfach allein lässt.

Sie pfiff auf zwei Fingern, und kurz darauf trat Ben aus der Tür nebenan und wischte sich mit dem Ärmel den Mund ab, den Pistolengurt über der Schulter.

Hast du gefrühstückt?, fragte er, wartete jedoch keine Antwort ab, sondern schob sich an Edward vorbei, gab der Frau einen Kuss auf die Stirn und bedeutete ihm mit einem Brummen zu folgen.

Im Laufe der nächsten Tage wurde er in die zähe, gefährliche Kunst der Spionage eingeführt. Major Allen bekam er nicht mehr zu Gesicht. Stattdessen zeigte ihm Ben zunächst, wie man eine offene Beschattung durchführt, der Zielperson auffällig folgt, um sie wissen zu lassen, dass sie verfolgt wird. Als Edward ihn fragte, was passiere, wenn er angesprochen würde, zuckte der Agent mit den Schultern. Mach den Mistkerl nervös, knurrte er. Von Spaar lernte Edward, wie man Gespräche in Lokalen oder Bahnhöfen belauscht. Mit Bens Frau Sally arbeitete er an verschiedenen Dialekten, und der Singsang aus Virginia gelang ihm fast auf Anhieb. Am fünften Tag setzte ihn Spaar vor einen Spiegel, um den herum zwei Dutzend Glühbirnen brannten, und holte eine Reisetasche hervor, gefüllt mit Kreide, Paletten und Farben, und führte ihn in die Kunst des Schminkens und Maskierens ein. Edward lernte, sich nicht auf sein verändertes Äußeres zu verlassen, sondern auf den Gestus, mit dem man die Zielperson täuscht. Er lernte, schnell zu gehen und es gemütlich wirken zu lassen, sich langsam zu bewegen und Eile auszustrahlen. Er lernte, dass es trügerisch sein kann, sich auf seine Sinne zu verlassen. Jede Nacht versperrte ihm Ben auf seinem Stuhl finster den Weg zur Tür, machte Andeutungen über Major Allens Wutausbrüche, seinen Zorn, seine Ungeduld, und dass er weder Scheitern noch Schwäche dulde. In der zweiten Woche bearbeitete er Edward in einem improvisierten Faustkampfring in einer Lagerhalle am Bahnhof. Er schlug Edward nieder, wieder und wieder. Als der Junge aufschrie, ließ Ben nur gnadenlos die Knöchel knacken.

Meinst du, der Major wird Mitleid mit dir haben?

Edward kniete am Boden und rang nach Atem.

Steh auf. Ich hab gesehen, wie der Major einem die Fingernägel mit ner heißen Schürzange rausgerissen hat. Also steh jetzt auf. Du willst doch keinen falschen Eindruck machen, wenn er dich morgen auf die Probe stellt, Junge.

Edward hob das geschundene Gesicht. Morgen?

Ben zog eine Grimasse. Steh auf, Junge, hab ich gesagt. Bald wirds dunkel.

Fooles Idee war einfach: ein Gemälde stehlen.

Aber nicht irgendein Gemälde, sagte er und betrachtete

seine Partner im Feuerschein. Die *Emma.* Ein Bild mit einem Auktionswert von dreißigtausend Pfund.

Fludd stieß einen leisen Pfiff aus. Dreißigtausend Pfund, murmelte er.

Molly machte noch immer ein mürrisches Gesicht. Du willst, dass wir uns ein scheiß Bild unter den Nagel reißen? Ein Bild, *Edward*?

Foole sah sie eindringlich an, bis sie errötete und den Blick abwandte. Er zählte an den Fingern ab: Ein Kunstraub konnte schnell eingefädelt und ausgeführt werden. Und seines Wissens hatte es so etwas noch nie gegeben. Der Grund war offensichtlich: Es war unmöglich, ein Kunstwerk gleich welchen Werts an einen Hehler zu verkaufen, denn es war eindeutig zu identifizieren. Genau das machte es jedoch zu leichter Beute, denn die Sicherheitsmaßnahmen würden minimal sein. Und sie könnten das Gemälde zu einem Bruchteil seines Werts, etwa zehntausend Pfund, an den Besitzer zurückverkaufen, wenn dieser im Gegenzug auf eine Anzeige verzichtete. Genau dieses Gemälde, die *Emma,* war seit Monaten mindestens einmal pro Woche auf dem Titelblatt der *Times,* und seine Bekanntheit würde den Wert nur steigern. Sie würden ihren Anwalt Gabriel Utterson damit beauftragen, die Übergabe für sie durchzuführen und als Rechtsvertreter für sie zu verhandeln.

Utterson, sagte Fludd mit finsterer Miene. Dem willst du trauen? Nach allem, was war?

Wir arbeiten seit vierzehn Jahren zusammen. Foole zog einen gefalteten Zeitungsartikel aus der Innentasche seines Gehrocks, glättete ihn und reichte ihn dem Riesen. Es war ein Artikel über das Gemälde. Japheth, wenn es ums Geschäftliche geht, kann ich mich nicht mit Befindlichkeiten aufhalten, sagte er. Da geht es nicht um Vertrauen. Es geht um Profit. Und mit Profit kennt sich Gabriel aus.

Molly starrte grimmig auf den Teppich, hörte kaum zu.

Fludd zuckte mit den Schultern. Gut. Nehmen wir ma an, wir sagen ja. Nehmen wir ma kurz an, das wär ne ernsthafte Überlegung. Was brauchen wir dafür?

Nur uns. Keine Mitwisser. Aber es ist noch etwas Feinschliff vonnöten. Wir müssen das Gebäude kennen. Öffnungszeiten, Wachleute. Wie kommen wir rein und raus? Wir müssen mehr über den Galeristen und seine Verhältnisse herausfinden. Sein Name ist George Farquhar, dem Vernehmen nach ein reicher Mann. Bekannt in allen besseren Kreisen. Aber wir brauchen Einzelheiten, genaue Angaben. Wie verbringt er seine Mußestunden? Mit wem verkehrt seine Frau, falls er verheiratet ist? Wo wohnt er?

Zeitplan?, gab Fludd das nächste Stichwort.

Foole strich sich über den Backenbart. Zehn Tage. Zwei Wochen vielleicht. Allerhöchstens.

Zwei Wochen? Unmöglich, Mr Adam.

Foole blickte Molly an und schüttelte den Kopf.

Dann müssen wir es möglich machen, sagte er.

Montagnachmittag war kalt, aber trocken, und Londons zoologischer Garten menschenleer. Foole hatte am Morgen einen Laufburschen zu Uttersons Büro geschickt und sofort eine Antwort erhalten. Der Anwalt wollte ihn um zwei im Zoo treffen. Mit seinem Hut und dem Spazierstock unter dem Arm war Foole zum Piccadilly hinuntergegangen, von wo aus er einen Hansom nehmen wollte, und Molly war mürrisch hinter ihm hergetrottet. Sie zeigte ihm die kalte Schulter, war in sich gekehrt, stiller als sonst. So gingen die beiden nun durch den kalten Park, Vater und Tochter auf einem winterlichen Spaziergang. Ein einsamer Gärtner war unterwegs, tauchte immer wieder zwischen den Büschen auf. Molly fuhr mit der Hand durch die tiefhängenden Äste und hinterließ eine Spur abgebrochener Zweige. Foole schwieg. Er spähte in den grauen Himmel, sah das Mädchen an, schauderte. Die Eisengitter der Gehege ragten wie vom Schatten beschmutzt trist und dunkel auf, die Käfige verlassen und ungefegt.

Doch in der Luft stand noch der erdige Mief verängstigter Tiere, als sie am geleerten Flusspferdbecken vorbeikamen, von den Beckenwänden blätterte die Farbe.

Ich bin nicht blöd, sagte sie plötzlich. Guck mich nicht so an. Du hast mich nie gefragt, ob ich mitkommen will, Utterson ins Boot holen, *Edward*.

Hör auf damit, sagte Foole.

Womit?

Foole hielt Molly an der Schulter fest. Ich bin nicht Edward Shade, sagte er, jetzt mit sanfterer Stimme. Es stimmt, das war ich mal, früher. Aber dieser Mensch ist im Krieg gestorben.

Das ist doch blasiertes Geschwaller, und das weißt du.

Er schüttelte den Kopf. Das war ein anderes Leben, sagte er. Wie das, das du bei Mrs Sharper und ihrer Schwester geführt hast. Als ihr Mäuschen. Darüber sprichst du doch auch nicht. Wer du für sie warst.

Aber daraus hab ich ja wohl nie ein scheiß Geheimnis gemacht.

Foole runzelte die Stirn. Zu ihrer Linken ragte verrammelt und verlassen das Affenhaus auf. Am Elefantengehege blieb er stehen und stützte die Ellbogen aufs Geländer, blickte auf die Ruinen im Innern und entdeckte eine kleine Eisfläche auf dem abgelassenen Teich.

Mrs Sharper hat mich oft ausgenutzt, sagte Molly. Aber du warst anders, Adam. Du hast mich nie belogen. Von Anfang an nicht. Ich hab dich nie nach deinem Leben davor gefragt, das ging mich ja auch nichts an. Aber … Sie verstummte.

Was denn?

Sie sah ihn an. Jappy kennt dich besser als ich. Das ist peinlich.

Japheth und ich kennen uns auch schon seit zwanzig Jahren. Das ist eine lange Zeit.

Sie sah ihn wieder an. Der Krieg war bestimmt ganz schön schlimm.

Ich könnte noch fünfzigmal so lang leben und ihn trotzdem nicht endgültig hinter mir lassen.

Er hob den Blick und entdeckte auf der anderen Seite des Geheges eine Gestalt, die sie beobachtete. Der Mann trug einen Zylinder und einen hochgeschlossenen Mantel mit Fellkragen, und Foole erkannte an seiner Statur, dass es Gabriel Utterson war.

Molly, sagte er.

Aber sie war bereits seinem Blick gefolgt. Du hättest es mir bloß nicht verschweigen sollen, sagte sie leise. Darum gehts mir.

Knirschend gingen sie im reifüberzogenen Gras um das Gehege.

In Ihrem Büro wäre es wärmer gewesen, rief Foole.

Utterson klatschte in die behandschuhten Hände, sein Atem qualmte in der Kälte. Wir haben ein Problem, Sir, verkündete er. William Pinkerton hat uns gestern einen Besuch abgestattet. Ein hastiger, unmutiger Seitenblick, die Hände plötzlich still. Ich habe nicht mit ihm gesprochen, weil ich im Büro zu tun hatte. Aber Rose fand, er sei ziemlich aggressiv gewesen. Er muss irgendeine irrwitzige Verbindung zwischen Ihnen und einem gewissen schwer zu fassenden Dieb angedeutet haben.

Er hörte Molly nach Luft schnappen und wandte verärgert den Blick ab. Wir arbeiten allein, Gabriel, das wissen Sie. Wir heuern niemand Fremdes an. Wen meint er denn überhaupt?

Ich will mich auch gar nicht in Ihre Angelegenheiten einmischen, Sir …

Welcher Dieb?

… aber ich kann es mir nicht erlauben, unter Beobachtung zu stehen. Das geht nicht.

Welcher Dieb, Gabriel?

Utterson sah ihn mit stechenden grünen Augen an. William Pinkerton glaubt, Sie wären – oder waren – der berüchtigte Edward Shade.

Foole brach in schallendes Gelächter aus, hielt inne. Machen Sie Witze?

Die Miene des Anwalts war ausdruckslos, unlesbar.

Foole blinzelte, starrte entgeistert in das Elefantengehege. Wie kommt er bloß darauf? Wegen der verdammten Séance?

Oder vielleicht wegen der Art und Weise Ihres Abgangs, entgegnete Utterson ungerührt. Ich habe Sie gewarnt.

Manchmal landet Rose einen Treffer. Und manchmal gibt es leider Teilnehmer, die –

Was? Entnervt aufstehen und gehen?

Den Kreis aufbrechen. Rose wollte Sie nicht aus der Fassung bringen.

Hat sie ja auch nicht. Es war doch Ignatius, der gesprochen hat, oder?

Uttersons schmale Lippen waren weiß und von der Kälte aufgesprungen, und Foole beobachtete, wie seine Zunge darüberkroch. Wir suchen uns die Geister nicht aus, Sir, sagte er leise. Wir stellen lediglich die Verbindung her.

Foole runzelte die Stirn, wägte den Wahrheitsgehalt von Uttersons Worten ab. Er wusste, wie falsch und skrupellos der Anwalt war, doch er konnte nicht erkennen, welchen Vorteil Utterson davon gehabt hätte, ihn zu täuschen. Er spürte Mollys Anspannung. Er wusste, dass sie ein Stilett im Stiefel trug, aber auch, dass er Utterson mit dem Knauf seines Spazierstocks zu Boden geschlagen hätte, ehe sie es auch nur ziehen konnte. Schließlich nickte er. Sie und ich, wir kennen uns schon zu lange, Gabriel, um einander hinters Licht zu führen. Es wäre für jeden von uns ein Leichtes, den anderen zu vernichten.

Die Drohung hing in der Stille zwischen ihnen.

Sie haben mich um dieses Treffen gebeten, sagte Utterson schließlich, und der Unmut verschwand in den Runzeln seines Gesichts, das nun wieder seine übliche Ungerührtheit zeigte. Worum geht es?

Foole zog sein kleines goldenes Notizbuch aus der Tasche, blätterte darin, hielt inne. Ein Mann von gewissem gesellschaftlichen Rang wird bald einen Gegenstand verlieren, der von hohem Wert für ihn ist. Derjenige, der ihn wiederfindet, wird jemanden benötigen, der die Rückgabe abwickelt. Gegen einen Finderlohn, versteht sich.

Aha. Utterson blickte ihn aus zusammengekniffenen, stumpfen Augen an. Der Herr ist zu bedauern. Zum Glück wird die Sache ein gutes Ende nehmen. Aber ich muss Ihnen leider mitteilen, dass ich solche Aufträge schon seit über einem Jahr nicht mehr annehme.

Sie würden natürlich die übliche Provision erhalten.

Utterson sprach sehr leise. Ich bin nicht mehr im Geschäft. Tut mir leid.

Foole trat einen Schritt vor. Ich muss aus London verschwinden, Gabriel.

Wegen Pinkerton.

Wenn zutrifft, was Sie sagen.

Utterson schwieg nachdenklich. Und es wäre natürlich auch in meinem Interesse, wenn Sie sich absetzten, fuhr er langsam fort. Es würde mir Mr Pinkerton vom Hals halten. Aber Sie haben Schulden, Sir, und Mr Barr hat bereits ungewöhnlich viel Geduld bewiesen. Wird sich das Unternehmen wirklich als so profitabel erweisen? Er zog die buschigen Brauen zusammen, als er Fooles Miene sah. Ich bitte Sie, tun Sie nicht so überrascht, ich habe selbstverständlich von Ihren Investitionskrediten gehört. Sie müssen lernen, nicht immerfort über Ihre Verhältnisse zu leben, Sir.

Foole stöhnte. Das wird sich hiernach erledigt haben.

Ich nehme an, Sie planen einen raschen Abschluss?

Innerhalb von zwei Wochen.

Utterson blickte ihn erstaunt an. Sir, es ist nie ratsam, die Dinge zu überstürzen.

Ich überstürze nichts, Gabriel. Ich nutze eine Gelegenheit.

Aha.

Wenn Sie einverstanden sind, melde ich mich mit Einzelheiten, sobald ich mehr weiß. Die übliche Methode. Nach Abschluss der Sache kontaktieren Sie den Herrn und schlagen einen neutralen Treffpunkt vor. Einer von uns wird ihn am Tag der Übergabe zu Ihnen führen, wie immer. Ich gehe nicht davon aus, dass er Anzeige erstattet.

Wenn er verhandeln will, ist das nicht zu erwarten, Sir. Sind Sie sicher, dass er kooperiert?

Nun. Foole spähte in den weißen Himmel. Das würde es jedenfalls wesentlich leichter machen.

In diesem Augenblick kam der Gärtner pfeifend zwischen den Bäumen hervor, eine Schubkarre vor sich herschiebend, deren Rad sonderbar quietschte. Er warf ihnen einen gelangweilten Blick zu, dann verschwand er Richtung Affenhaus. Utterson steckte das Notizbuch mit George Farquhars Namen und Adresse ein und nickte ihnen zu, dann nahm er eiligen Schrittes einen der menschenleeren Wege und war bald nicht mehr zu sehen.

Foole schaute ihm hinterher. Ich schätze, das war ein Ja, sagte er und drehte sich zu Molly um. Was meinst du?

Sie blickte ihm finster nach. Die Schwester ist mir lieber.

Mir auch.

Molly starrte ins graue Tageslicht des Zoos mit den Bäumen, die dick eingewickelt in der Kälte standen wie Männer mit hochgeklapptem Kragen. Foole legte ihr eine Hand auf die Schulter. Er spürte sie zittern wie Wasser im Straßengraben, wenn eine Kutsche vorbeiratterte, und schob es auf die

Kälte, es erinnerte ihn wieder daran, wie jung sie doch war. Und mit einem Mal überkam ihn eine unfassbare Traurigkeit, weil die Welt war, wie sie war.

Sechsundzwanzig

Als sein Vater stürzte, ritt William Pinkerton gerade allein mit seinem Gewehr durch einen glühend heißen Canyon in New Mexico. Es war Juni. Er erfuhr davon erst acht Tage später, als er mit einem an seinen Sattel gefesselten Mann nach Santa Fe zurückkehrte. Er schulterte sein Bündel und hielt sich nicht damit auf, erst die Wüste von Gesicht und Händen zu waschen, sondern ritt unverzüglich zum Bahnhof und stieg in den nächstbesten Express nach Osten. Die ganze lange Reise über starrte er aus dem Fenster auf die vorbeiziehenden Felder und spürte rein gar nichts. Diese Leere, das war ihm bewusst, würde ihn von nun an immer begleiten.

Der Alte war auf dem Gehweg vor seinem Haus gestürzt und hatte sich auf die Zunge gebissen, der Wundbrand hatte eingesetzt. Er lag im Sterben. Als William aus der Abendsonne durch die Haustür trat, trug er ein sauberes Hemd und hatte sich das Gesicht gewaschen, doch an Kragen und Handgelenken prangte noch immer ein dicker Schmutzrand, auch sein Bündel hatte er nicht abgelegt. Er nahm den Hut ab und ließ den Blick über das polierte Mobiliar in der dunklen Stille schweifen, als hätte er es nie zuvor gesehen.

Hallo?, rief er.

Einen bangen Augenblick befürchtete er, sein Vater sei

bereits gestorben. Er ging den Korridor entlang, lauschte seinen eigenen Schritten, öffnete die Tür zum Morgensalon und schaute auf die Veranda hinaus. Seine Mutter saß starr auf der Schaukelbank. Als die Fliegentür hinter ihm zufiel, sah sie auf, Anspannung im Blick, und da wusste er, dass es noch nicht so weit war.

Oh, William, sagte sie.

Er schloss sie in die Arme, und als er die Umarmung löste, klirrten die Ketten der Schaukel. Sie trug ein sonnengebleichtes grünes Kleid, das graue Haar hochgesteckt, und sie kam William sehr alt vor. Sie schaute ins Haus und dann wieder ihn an und sagte: Bist du gerade erst angekommen? Du siehst aus, als hättest du Hunger. Ich mache dir schnell einen Happen.

Er schüttelte den Kopf. Den Hut, den er noch immer in der Hand hielt, legte er ab und setzte sich ihr gegenüber in einen Korbsessel. Wie geht es ihm?

Schulterzucken. Mal ist er wach, mal nicht. Robert ist hier.

Aus New York?

Sie nickte.

Ich habe mich sofort auf den Weg gemacht, als ich die Nachricht bekam, sagte William. Ich war nicht mal zu Hause. Wo sind denn Margaret und die Mädchen?

Sie waren heute Morgen hier. Sie lächelte. Sie sind mir eine große Hilfe.

William nickte.

Ich möchte zu ihm, sagte er.

Sein Vater lag im Gästezimmer im ersten Stock, weil dort am meisten Licht hereinkam, und als William eintrat, erkannte er sofort, dass der alte Mann dem Tode nah war. Sein Hals war dünn und sehnig, die Brust eingefallen, und die Haut am ganzen Körper wirkte gelb im Abendlicht. William erkannte ihn fast nicht wieder. Er konnte nur durch den Mundwinkel sprechen, und seine Worte klangen verzerrt und fremd. Als hätte er den Mund voller Baumwolle.

Willie, sagte sein Vater.

Er trat ans Bett. Wie geht es dir, Pa?

Sein Gesicht verzog sich. Die Augen klappten zu.

Du bist gestürzt, habe ich gehört.

Er sah eine dünne Träne aus dem Augenwinkel über die Schläfe und in das dünner werdende Haar seines Vaters rinnen. Noch nie hatte er ihn weinen sehen. Er verspürte Mitleid mit ihm und so etwas wie Scham und wandte den Blick ab. Neben dem Bett stand ein Stuhl, den er nun heranzog, um sich zu setzen. Er kam sich darauf riesenhaft und unbeholfen vor. Er wusste nicht, wohin mit seinen Händen.

Da öffnete sein Vater die Augen und fixierte ihn, seine Augen waren sehr hell und sehr klar. Willie, flüsterte er.

Ich bin da.

Ich will nicht sterben. Lass nicht zu, dass man mich unter die Erde bringt.

Du stirbst nicht.

Sein Vater lag still und starr auf dem Bett, das weiße Laken wie ein Leichentuch über den Beinen, sein Mund arbeitete, und er fing an zu zittern. William schaute ihn an in seiner Gebrechlichkeit und seiner Angst. Er musste schlucken, aber er wusste nicht, was er sagen sollte. Er war der Sohn seines Vaters, vielleicht zu sehr. Draußen vor dem Fenster stand die große Weide in sattem Grün, und er konnte den

Gärtner hören, der unter dem Fenster die Rosenbüsche zurückschnitt. Irgendwann schloss der Alte die Augen und schlief ein, und William saß schweigend da, die Pranke auf dem Handgelenk seines Vaters, in dem die Knochen zart waren wie Papier.

Es regnete. William stieg vom Omnibus ab und überquerte platschend die gepflasterte Straße zum Great Scotland Yard. In der Back Hall angekommen, schüttelte er die Tropfen vom Hut, wischte sich die Regenrinnsale von den Armen. Auf dem Boden standen Pfützen, es war rutschig. Er ging in den Keller, wo sich das klirrend kalte Aktenregister befand. In der Tasche hatte er das gefaltete Telegramm aus seinem Büro in Chicago. Da es keinerlei Spur von Shade gab, keine Akte, keine Unterlagen, hatte William keine rechtliche Handhabe, den Mann zu verfolgen, nichts, das vor Gericht Bestand haben und nicht als Zeugeneinschüchterung oder Schikane eingestuft werden würde. Er musste jetzt methodisch vorgehen. Als Erstes würde er also eine Spur schaffen. Dann könnte er Shade identifizieren, wenn er das nächste Mal gegen das Gesetz verstieß.

Sein Vater hatte Shade zur Rechenschaft ziehen wollen. Aber er wusste nicht, ob der Zorn seines Vaters auch für ihn Grund genug sein konnte, ob er je Grund genug gewesen war. Auch er, das war ihm klar, trug Züge des alten Pinkerton, die ihm sicher nicht zuträglich waren. Er blieb an der Tür zum Aktenregister stehen, die Hand auf dem Knauf, und schaute auf seine nassen Schuhe, als zwei Constables vorbeistapften. Zum Teufel damit, dachte er.

Er würde Shade schon noch in Handschellen sehen.

Das Aktenregister war ein langer, schmaler, fensterloser Raum im Kellergeschoss. Direkt hinter der Tür stand ein Schrank mit Besen, Eimer und Wischmopp und daneben ein kleiner Schreibtisch mit kaputtem Stuhl, der, wie William vermutete, vor allem vom Hausmeister während seiner Nachtschicht genutzt wurde. Am Eingang und an der rückwärtigen Wand hingen Kerzenleuchter, die jedoch nur wenig Licht spendeten. Der Rest des Raums war vollgestellt mit Regalen und Schränken, in denen sich die Papiere und Kisten türmten, alle mit Schildern in krakeliger verblasster brauner Schrift versehen und einst nach einem System geordnet, an das sich schon lange niemand mehr hielt. Am ersten Tag hatte William ratlos und kampfeslustig dagestanden, bis ein zufällig vorbeikommender Constable ihm das Schränkchen gezeigt hatte, in dem sich die gewünschten Akten befanden. Auf seiner Suche nach dem Riesen namens Fludd kehrte er nun dorthin zurück. Als die Tür geöffnet wurde und die Kerzenflammen flackerten, hockte er auf dem Boden. Es war Blackwell.

Mr Pinkerton, Sir. Man sagte mir, ich würde Sie hier finden. Haben Sie einen Augenblick, Sir? Er schloss die Tür, senkte die Stimme. Es geht um den Reckitt-Mord.

Perplex schaute William ihn an. Seit der Séance hatte er kaum noch über den Fall nachgedacht.

Blackwell schlurfte auf ihn zu, streifte lose Papiere. In Gehrock und Zylinder schien er den Raum noch kleiner zu machen. Sie wurden doch zur Identifizierung gerufen, Sir, nicht wahr?

Warum flüstern Sie?

Flüstern, Sir?

Sprechen Sie lauter, Mann. Ja, ich habe sie gesehen.

Blackwell räusperte sich. Und waren Sie ganz sicher, Sir? Bei der Identifizierung?

Was wollen Sie, Blackwell?

Der Inspector verzog unbehaglich das Gesicht. Wäre es möglich, Sir, dass ein Irrtum vorliegt? Wäre es möglich, dass die Tote gar nicht Charlotte Reckitt ist?

William erinnerte sich an die Frau, die er Wochen zuvor auf der Straße für Charlotte gehalten hatte, an die fieberhafte Verfolgungsjagd durch die Gassen, ein widerwilliges Interesse regte sich in ihm.

Es ist nämlich so, ich bin vielleicht auf eine Fährte gestoßen, Sir. Durch die Skizze, Sir.

Fahren Sie fort.

Die Frau eines Schankwirts. Sie ist kurz vor dem Leichenfund verschwunden. Zwei Männer haben unabhängig voneinander ausgesagt, dass die Skizze gewisse Ähnlichkeit mit ihr hat. Und der fragliche Pub entspricht Dr. Brecks Kriterien, Sir.

Was sagt der Ehemann?

Ich habe ihn noch nicht befragt, Sir.

William strich sich über den Schnurrbart. Ihnen ist klar, dass es wahrscheinlich zu nichts führt.

Ja, Sir.

Dass es sich wahrscheinlich um einen Irrtum handelt. Das wissen Sie.

Weiß ich, Sir.

Weiß John Bescheid?

Der Chief? Blackwell blinzelte. Sir, ich habe nicht nach Brighton geschrieben, wenn Sie das meinen.

Brighton?

Der Chief ist in Brighton. Wussten Sie das nicht?

Was macht er denn in Brighton? Urlaub?

Im Februar, Sir? Blackwell lächelte verkniffen, als hätte William einen Witz gemacht. Das glaube ich kaum, Sir. Er hob die Hand zum Kragen, blieb mit dem Ellbogen an einem schiefen Stapel Berichte hängen, fing ihn auf und richtete ihn wieder. Wir erwarten Mr Shore nicht vor übermorgen zurück. Aber ich würde ungern seine Zeit verschwenden, Sir, sollte es sich wirklich um einen Irrtum handeln. Blackwell beäugte den Aktenstapel skeptisch, hob den Blick. Wonach suchen Sie denn hier, Sir? Kann ich Ihnen behilflich sein?

William winkte ab. Soll ich mit ihm sprechen?

Mit Mr Shore?

Mit dem Ehemann.

Ach. Blackwell nickte erleichtert. Nun, Sir, Ihre Begleitung käme mir tatsächlich sehr gelegen.

William schaute den Inspector entschlossen an. Geben Sie mir einfach Bescheid, wann, sagte er. Und dann wandte er sich wieder seiner Aufgabe zu. Doch Blackwell machte keine Anstalten zu gehen, stattdessen nahm er William in seinen nassen Kleidern in Augenschein, der nun die Wangen aufblies. Sonst noch was?

Die Leiche, Sir. Damit wir uns richtig verstehen: Sie waren sich ganz sicher bei der Identifizierung?

Ich dachte schon. John hat sie auch erkannt. Und ein Nachbar aus Hampstead hat ihre Identität zusätzlich bestätigt, wenn mich nicht alles täuscht. Williams Beine fingen an zu krampfen, und er stand auf, spürte sein Alter schmerzlich. Aber wenn das in den Glasbehältern nicht Charlotte Reckitt ist …

Sir?

… wo zum Teufel ist sie dann?

Blackwell nickte. Ich dachte eher: Wessen Leiche ist es dann?

William kramte nach seiner Pfeife. Ja, sagte er. Auch das.

Robert stand in Hemdsärmeln über die Brüstung gelehnt da, als William aus dem Krankenzimmer auf die Veranda kam. Sein Bruder drehte sich um, wobei sich sein Strohhut in den tiefhängenden Eichenzweigen verfing. Die Fliegentür schlug zu. Der Sommer summte und brummte im Garten. Lichtsprenkel fielen Robert durch das Blätterdach aufs Gesicht, und William stellte fest, wie sehr sein Bruder seit dem Winter gealtert war. Er hatte sich den Schnurrbart abrasiert, sein rundes Gesicht wirkte müde, und als er lächelte, waren seine Lippen schmaler, die Wangen schlaffer. Robert umarmte ihn fest und herzlich. William roch das teure Rasierwasser am Hals seines Bruders und spürte dessen Schulterblätter durch die maßgeschneiderte Baumwolle seines Hemds. Er hatte um die Taille herum zugenommen.

Seit wann bist du hier?, fragte Robert. Die Stimme leise, düster, als säße er am Krankenbett.

William zuckte mit den Schultern. Bist du allein gekommen?

Fürs Erste. Ich muss heute Abend zurück nach New York, aber am Montag bin ich wieder da. Ich wollte die Kinder noch nicht herbringen. Ich wusste ja nicht, in welchem Zustand er sein würde.

William nickte, blinzelte. Die Luft flimmerte. New York, sagte er schließlich.

Robert steckte die Zunge in die Wange, eine Gebärde, die William von ihrem Vater kannte. Das Fiasko in Hoboken mit dem Postangestellten. Unser Agent glaubt, einen Ausweg gefunden zu haben. Ich nehme an, New Mexico war ein Erfolg.

Ich musste den Kerl nicht umbringen, wenn du das meinst.

Robert lächelte. Das meinte ich.

Die Holzdielen der Veranda knarrten unter ihren Füßen. William hielt seinen Bruder noch immer am Arm und schaute ihn mit der Zuneigung eines älteren Bruders an, der den jüngeren nicht so oft zu Gesicht bekam, wie er es sich gewünscht hätte. Schon als Kind hatte Robert eine hellwache Klugheit an den Tag gelegt, mit der William nicht hatte mithalten können. Er konnte ebenso bald lesen wie reiten, half seinem großen Bruder bei den Hausaufgaben. Er machte den Abschluss an der Wirtschaftshochschule von Notre Dame, stieg bei George Bangs ins New Yorker Büro ein und fing an, neue Geschäftszweige zu entwerfen, die einkömmliche, aber wenig anspruchsvolle Wachpatrouille auszuweiten. William verstand davon nichts. Er, der sich in Chicago dem Urteil des Vaters aussetzte, war berüchtigt für Trinkgelage, Glücksspiel und dafür, sich bis in die frühen Morgenstunden mit Dieben in Mike McDonalds Saloon herumzutreiben. Sein Bruder war ruhig, gelassen, ganz Profit und Kalkül. So war es schon immer gewesen. Als Kind war William im Sommer durch Stromschnellen gewatet, um die größte Forelle zu fangen. Robert hingegen warf seinen Köder still und beharrlich vom Ufer aus und zog währenddessen ein halbes Dutzend kleinerer Forellen an Land. Doch William bewunderte seinen Bruder auch für seinen Mut, von keinem anderen ließ er sich lieber Rückendeckung geben.

An jenen Abend in Chicago dachte er, als er durch den Regen in sein Londoner Hotel zurückkehrte. An seinen Bruder, an die rote Sommersonne auf seinen Händen, daran, wie sehr er sich wünschte, sein Vater könnte noch sehen, dass er, William, Edward Shade immer weiter einkreiste. Ihm fehlte jeglicher Beweis, der über seine Überzeugung hinausging, diese aber war felsenfest.

Der Rezeptionist sah ihn in der stillen Lobby und winkte ihn heran. Ein Päckchen wartete auf ihn. Es war schwer, er spürte Gegenstände darin herumrutschen, und es dauerte eine ganze Weile, bis er die Handschrift entziffert hatte.

Es war von Sally Porter.

Er ging auf sein Zimmer, verriegelte die Tür hinter sich und ließ den Schlüssel stecken, dann fing er an, sich zu entkleiden. Das Zimmermädchen war da gewesen und hatte ihm einen Waschzuber hingestellt, das Wasser darin bereits abgekühlt, daneben befand sich auf einem Ständer ein verschlossener Keramikkrug mit warmem Wasser sowie ein Stapel gefalteter Handtücher und ein Stück Pears-Seife. Er stand mit nackten Beinen und seiner Hose in der Hand da, die Strümpfe noch an den Füßen, und starrte ins Wasser. Dann ging er zurück in die Diele, nahm das Päckchen von der Konsole und setzte sich halbnackt in den Salon, seine weißen Knie leuchteten im Halbdunkel.

Behutsam schnitt er die Paketschnur mit einem Messer durch, schüttete den Inhalt auf den Schreibtisch und zog den Brief heraus. Die altbekannte geneigte Schrift, das enge Gekritzel der einstigen Haushälterin. Er sah die Gegenstände durch, eine stählerne Gürtelschnalle, die gedrungenen Hülsen zweier Patronen, eine gefaltete zerknickte Bürgerkriegsfotografie aus Cumberland von 1862. William erkannte seinen Vater in der Mitte, Benjamin Porter als jungen Mann am Rand. Es war ein Bild der Geheimdienstagenten der Potomac-Armee. Grimmig öffnete er den Brief.

Lieber Billy,

ich schreibe dir das weil ich Glaube dass du die Wahrheit über Edward Shade wissen solltest egal wie seltsam die Art und Weise wirken mag Weil es deinem Vater wichtig war ist es natürlich auch für dich wichtig. Er hätte es so nicht gewollt aber wir sind uns mit unseren Mitmenschen nicht immer Einig & das weiß ich jetzt wo mein Mr Porter tot ist Gott hab ihn Selig. Aber ich will ehrlich zu dir sein Gott ist mein Zeuge & wird mein Gewissen befreien wenn schon seins nicht. Du kannst dir das Muster eben nicht aussuchen wenn du den Quilt nicht selber machst.

Ja ich kannte Edward Shade. Er war im Krieg Agent für deinen Vater beim Geheimdienst was du wahrscheinlich schon wusstest & und weswegen du nicht zu mir gekommen bist Aber ich werde dir alles sagen was ich weiß & ich hoffe damit helfe ich dir die Sache wenigstens ein Stück Weit hinter dir zu lassen. Das ist

deinem Vater weiß Gott nie gelungen & mein Mr Por-
ter war ihm bis zur letzten Sekunde treu.
Du siehst sein Abbild auf der Fotografie die ich für Dich
beilege damit du Ihn erkennst. Ich muss leider sagen
dass es kein besonders gutes Bild von ihm ist.

William schaute sich die Fotografie von nahem an. In der
ersten Reihe hockte am Rand ein junger Mann, ein Junge
noch, das Gesicht unscharf und von der Zeit angegriffen.
Er konnte keine Details ausmachen.

Edward der klein & schnell war etc & nichts anderes
im Kopf hatte als was er für deinen Vater tat war ein
idealer Agent Er war ein starker Junge von vierzehn
Jahren als ich ihn kennenlernte. Ach ein Junge war er
da eigentlich schon nicht mehr. Er war schlau & sym-
pathisch & konnte gut Akzente nachmachen. Dein Va-
ter hat ihn sich glaube ich gerne wie einen Adoptivsohn
vorgestellt so hat es für mich jedenfalls gewirkt Hat
ihn unter seine Fittiche genommen und versucht sein
Wissen weiterzugeben etc. Mein Mr Porter hat immer
gesagt dein Vater hat Etwas Von Sich Selber in dem
Jungen gesehen. Beide hatten ein aufbrausendes Tem-
perament das kann ich dir sagen. Aber er war immer
stolz auf dich & Robert das hatte damit nichts zu tun.
Es war im zweiten Kriegsjahr kurz vor dem Halb-
insel-Feldzug & die Armen Unionssoldaten starben zu
Hunderten unter den Waffen des Feindes Nein du warst
da noch in Notre Dame glaube ich. Der Anblick war
wirklich zermürbend etc. Dein Vater kam zu uns &

sagte dass der General (ich meine McClellan den dein Vater wie du weißt mehr als jeden anderen Mann Geschätzt hat) verlässliche Informationen von hinter der Feindeslinie brauchte. Wir waren eine kleine Gruppe der er vertraute & Edward war einer von uns deswegen war ich dabei als er sich Freiwillig gemeldet hat & ich habe es mit eigenen Ohren gehört Was manche Leute hinterher über Zwang gesagt haben ist gelogen. Nein ich war damals nicht begeistert weil Edward mir sehr jung vorkam Aber ich hatte dabei nichts zu sagen. Am 12. Mai weil da Neumond war haben mein Mr Porter & ich Edward durch ein ausgetrocknetes Flussbett an den Wachtposten vorbeigeführt & Mr Porter hat ihm Pferd & Karren gegeben & ihn Losgeschickt & wir beide mussten zu Fuß alleine durch Feindesland zurück zwei Schwarze im Süden auf Konföderiertenterritorium unterwegs nach Fort Monroe & das war eine Wanderung an die ich nicht gerne zurückdenke.

Fünf Wochen nachdem er drüben war kamen keine Berichte mehr. Weil der Frühling sehr kalt war & weil wir nichts mehr hörten wurde Dein Vater möge er In Frieden Ruhen sehr unruhig & angespannt & krank etc. Am 1. Juli schickte er einen Agenten aus Virginia los der Edward nachforschen sollte Ich kannte den Mann nicht gut Aber was ich von ihm wusste gefiel mir nicht. Ignatius Spaar war sein Name ich glaube du kanntest ihn auch Er war kein normaler Agent & er hat nie eine einzige Geschichte über sich selbst erzählt bei der er nicht bestens wegkam. Na ja vielleicht ist es nicht nett von mir das zu schreiben. In jenem Sommer wurde die Potomac-Armee von der Halbinsel verdrängt & es war ein schlechter Zeitpunkt um einen Agenten auszusenden wir fanden das alle zeitlich schlecht abgestimmt selbst dein Vater. Ich glaube als dieser Agent aus Virginia auch noch verschwand nachdem er in Richmond angekommen war machte dein Vater sich keine Hoffnungen mehr Er hatte gerade mal zwei Berichte bekommen bevor die Operation im Sand verlief. Im August informierte ihn Washington dass beide Männer Shade und dieser Spaar vom Konföderiertengeheimdienst gefangen genommen worden waren & in einem Militärgefängnis festgehalten wurden.

William fuhr sich mit der Zunge über die Lippen. Spaar und Shade? Er dachte an den Geist von Ignatius Spaar, der Foole bei der Séance zugeflüstert hatte, und er dachte an Spaar während des grauenvollen Rückzugs vom Halbinsel-Feldzug. Der Ballonpilot war in dem Wäldchen am Malvern Hill verschwunden, und William hatte immer geglaubt, er sei in Gefangenschaft geraten und von den konföderierten Truppen hingerichtet worden. Sallys Bericht ergab keinen Sinn. Es sei denn, Spaar hätte den Ballon absichtlich losgeschnitten und sie bewusst hinter die Feindeslinie gesteuert, um näher an Richmond heranzukommen. Er runzelte die Stirn. Richmond. Wo Shade gewesen war.

Billy ich schreibe nicht gern über diese Zeit es tut mir noch heute weh wenn ich daran denke was dieser arme Junge durchmachen musste. Vielleicht ging es deinem Vater auch so & er hat dir deswegen nichts erzählt.

Ich habe deinen Vater immer Respektiert & Geliebt er war ein Mann mit Prinzipien und Güte aber als er von Edward gehört hat ist er tagelang nicht aus seinem Zelt gekommen. Warst du damals an der Front? Wenn ja erinnerst du dich sicher wie viel dünner & schwächer etc er geworden war & dass er einen Zorn in sich trug der ihn wohl zerstörte und wie ich ihn seitdem nur selten gesehen habe. Dein Vater wollte einen kleinen Stoßtrupp hinter die Feindeslinie schicken um seine Agenten zu retten Aber der General war dagegen & Washington weigerte sich den Austausch zu verhandeln.

Ich habe immer geglaubt dass diese Sache deinen Vater so kriegsmüde gemacht hat nicht nur die Absetzung des Generals. Niemand ist unversehrt davongekommen das ist die Wahrheit & Wahr ist auch dass ihm das Ganze da schon persönlich naheging weil du als Laufbursche an der Front warst. Aber Edward wollte als er sich Freiwillig meldete nur eine einzige Zusicherung als Gegenleistung für seine Dienste & das war zurück in den Norden gebracht werden ob tot oder lebendig Wenn tot dann um dort begraben zu werden und Wenn lebendig na ja das ist ja jetzt auch egal. Dein Vater hat ihm das versprochen ich habe gesehen wie die beiden sich die Hand drauf gegeben haben es brannte eine Laterne im Zelt das war sehr feierlich & ein bewegender Anblick etc.

Als es nach Ende der Gefechte die allererste Amtshandlung deines Vaters war in den Süden zu reisen durch die Verwüstung nach Richmond & dort die Umstände von Edwards Verschwinden zu untersuchen sind Mein

Mr Porter & ich nicht mit ihm mitgereist sondern wir blieben in Baltimore weil es viel zu tun gab mit einem Ring von Viehdieben. Aber dein Vater schrieb fast täglich. Er hatte wenig Hoffnung Edward lebendig zu finden nach so langer Zeit Er wusste schließlich wie Wir alle Was für Pestlöcher diese Gefängnisse waren. Nach Wochen fand er einen Grabstein auf dem Armeefriedhof der Konföderierten in Richmond. In dem Grab lagen die Überreste von dem Agenten aus Virginia, Ignatius Spaar. Die Inschrift berichtete von seinem Großen Opfer für die Konföderation.

Dein Vater grub die Leiche aus und Entfernte die Kugeln die ich dir hier schicke sie befanden sich in den Sterblichen Überresten es ist klar dass Spaar als Spion Erschossen & Hingerichtet wurde. Nein wir wurden damals und bis heute nicht Schlau aus der Inschrift Vielleicht war es ein grausamer Scherz. So was ist im Krieg vorgekommen du wirst dich erinnern. Wie der Tod ganz normal wurde.

Aber Billy du hast nach Edward Shade gefragt & ich habe dir nicht geantwortet nicht ehrlich. Edward überlebte den Krieg. Sechsundsechzig kam dein Vater abends nach Hause & aß mit deiner Mama in der Küche wie immer. Als er in sein Studierzimmer ging wartete dort ein Junge auf ihn der ihn totschießen wollte & der Junge war Edward Shade. Ach Junge ist nicht das richtige Wort er war damals schon ein Mann. Ich weiß nicht was an dem Abend zwischen den beiden passiert ist, aber es gab ein Handgemenge Dein Vater konnte Edward überwältigen & er nahm ihm den Revolver ab. Edward entkam durchs Fenster. Sechsmal hat dein Vater in die Nacht geschossen & sechsmal daneben. Dein Vater Gott hab ihn Selig war einiges aber ein schlechter Schütze war er nie.

Wenn das alles nicht genug ist um einen Mann wie deinen Vater verrückt werden zu lassen dann weiß ich auch nicht. Er hat nie viel über diesen Abend geredet an dem Edward in seinem Haus eine Waffe auf ihn gerichtet hat.

Dein Vater wusste wenn Edward nicht in diesem Gefängnis gestorben war dann musste er sich gegen Spaar gewendet haben & ihn an die Konföderierten Verraten haben daher ist es kein Wunder dass dein Vater sich selbst auch Verraten fühlte. Ich weiß nicht was Edward sonst noch gestanden haben könnte weil ich nicht weiß welche Geheimnisse er hatte aber er hat wohl genug gewusst dass sein Leben verschont blieb.

Edward tauchte unter. Nein wir haben nie wieder von ihm gehört. Später war da noch der Irrsinn mit den Einbrüchen beim Senator Als deinem Vater die gestohlenen Sachen geschickt wurden aber ich glaube nicht dass das der arme Edward war.

Dein Vater hat bis ans Ende Seines Lebens geglaubt dass Edward wiederauftaucht. Darauf hat er gewartet. Ich weiß nicht ob es Rache oder Liebe war die dein Vater all die Jahre in sich trug vielleicht beides. Mein Mr Porter & ich wir standen fast auf den Tag dreizehn Jahre lang auf der privaten Gehaltsliste deines Vaters und zwar mit einem einzigen Zweck Wir sollten Informationen über Edward Shade sammeln & Bericht

erstatten & ihn wenn möglich festnehmen. Zu diesem
Zweck haben wir in San Francisco New Orleans Paris
& London gewohnt Letzteres seit sechs Jahren. Unsere
Berichte waren bestenfalls vage aber trotzdem hat Al-
lan nie den Glauben an Edwards Existenz aufgegeben.
Was ich glaube? Ich glaube Edward ist tot. Ich nehme
an dass er in einem anonymen Grab irgendwo im
Westen liegt oder vielleicht in Südamerika. Ich glaube
dein Vater hatte Trauer & Schuldgefühle & Wut in sich
& diese Wut hat ihm den Blick auf die Wahrheit Ver-
stellt. Ich glaube von dir Billy wäre es klug wenn du
die Sache ruhen lassen & zurück nach Chicago gehen
würdest.
Was ich hier geschrieben habe ist die Wahrheit bei Gott.
Wenn du diese Zeilen liest bin ich schon nicht mehr in
London ich will meine Schwester in Kalifornien be-
suchen wenn sie noch lebt so Gott will.
Deine dich liebende Sally

William ließ den Brief sinken und rieb sich über das Gesicht.
Die Bartstoppeln kratzten ihm auf den Handflächen, seine
Gedanken waren träge. Am Morgen seines Besuchs hatte sie
nichts gesagt und vertraute ihm jetzt solche Einzelheiten an.
Was brachte sie zu diesem Sinneswandel? Wenn es stimmte,
was sie schrieb, dann war Fooles Erzählung, wie sein Vater
zu Hause eine Waffe auf Shade gerichtet hatte, nicht gelogen, jedenfalls nicht ausschließlich. William stand auf und
durchquerte den Raum, ging wieder zurück. Ignatius Spaar
war ein Agent seines Vaters gewesen, und der hatte ihm nie
davon erzählt. Noch Jahre nach dem Krieg waren Williams

Schuldgefühle wegen Spaars Verschwinden lähmend gewesen. Sein Vater hatte die Wahrheit gekannt und nie etwas gesagt. Plötzlich machte sich eine unerwartete Wut in ihm breit. Und Shade? Shade hatte sie alle verraten.

Er fuhr sacht mit den Fingern über das Papier. Er versuchte sich vorzustellen, wie Sally Porter an dem Brief gesessen hatte, wie sie die Wahrheit aufschrieb so gut sie konnte, Sand auf die feuchte Tinte streute und den Brief noch einmal sorgfältig durchlas. Er stellte sich vor, welche Reue sie verspürt haben musste, weil sie ihn angelogen hatte. Das Wasser im Badezuber kühlte immer weiter ab. Na dann viel Glück bei der Suche nach deiner Schwester, Sally, dachte er. Finde dein Fleisch und Blut und deinen Frieden. Draußen prasselte der Regen an die Fenster. Er hörte das Zimmermädchen sanft an die abgeschlossene Tür klopfen und rufen, doch er reagierte nicht, und schließlich gab sie auf.

Siebenundzwanzig

Am Morgen überkam Foole düstere Reue. Er tigerte zwischen den vollgestopften Regalen des Emporiums auf und ab und dachte nach über Farquhar, das Gemälde, Pinkerton, während die alten Dielen unter seinen Füßen ächzten. Er hatte eiskalte Hände, ließ aber kein Feuer machen. Fludd hatte ihn davor gewarnt, den Detektiv einzuspannen, aber er hatte nicht auf ihn gehört, und nun war die ganze Situation noch verzwickter und misslicher. Tja. Und wie vorwurfsvoll Molly ihn angeschaut hatte, als sie erfuhr, was er ihr vorenthalten hatte. Aber es ging nicht um seine Vergangenheit, zumindest nicht nur. Er war niemand, der ewig mit seinen Fehlern haderte, doch natürlich beging er sie nicht gern, und nun empfand er Scham und Abscheu darüber. Er raufte sich den Backenbart, blickte finster drein. Wenn dir deine Lage missfällt, sagte er sich wütend, dann ändere sie. Ein sonderbar heller Regen hatte eingesetzt, als er die Eingangshalle betrat und dort auf Fludd stieß, der riesig, schattenhaft und missmutig im weißen Gegenlicht der Fenster stand.

Ich will dich in der Galerie dabeihaben, sagte Foole barsch. Zieh dir was anderes an.

Fludd setzte seinen Hut auf. Aye.

Molly!, rief er.

Doch als er sich umdrehte, stand sie bereits schwer atmend an der Treppe, den Fuß auf einer Kiste namibischer Kriegsrasseln, und sah ihn erschrocken an. Er zupfte an ihren Schleifen, zog ihre Spitzenhaube zurecht und warf einen anerkennenden Blick auf ihr rosafarbenes Kleid. Ihr Haar hatte sie trotz dessen Kürze zu Locken gedreht, was seltsam wirkte, aber angemessen unschuldig für sein Vorhaben. Ein paar Minuten später kam auch Fludd die Treppe wieder herunter, er trug jetzt einen ausgeblichenen schwarzen Anzug mit abgewetzten Ellbogen, dessen Hose ihm nur knapp bis zu den Knöcheln reichte, als hätte er ihn einem Toten abgekauft. Man hätte ihn nun für einen gewöhnlichen Arbeiter halten können. Foole brummte zustimmend, dann nahm er dem Riesen den Bowler vom Kopf und reichte ihm einen verbeulten Zylinder. Aus seiner Brieftasche holte er ein paar Pfund hervor und gab sie Fludd, rief anschließend in den Flur nach Mrs Sykes.

Sie kam herein, wischte sich die Handrücken an der Schürze ab. Das Haar stand ihr wirr vom Kopf ab, am Kinn prangte ein Mehlfleck.

Mrs Sykes, sagte er. Was hielten Sie von einem freien Vormittag?

Sie sah ihn an, als hätte er ihr gerade Salz in die Marmelade geschüttet. Wie, und dafür morgen dann die doppelte Arbeit? Wohl kaum.

Foole runzelte die Stirn. Ich möchte, dass Sie Mr Fludd in eine Gemäldeausstellung begleiten. Wären Sie damit einverstanden?

Also, Mr Foole, sagte sie streng. Ich hab ne Gans in der Speisekammer, und wenn die nicht allmählich ausgenommen wird, steht die glatt wieder auf und spaziert zur Tür raus. Und dann möcht ich mal sehen, wie Sie Linsen und Kartoffeln essen und sonst nichts.

Foole zog eine Augenbraue hoch.

Fludd räusperte sich. Sie müssens als Feiertag sehen.

Als Feiertag?, fragte sie.

Genau, sagte Molly lachend. Mit dem da am Arm ist mindestens Allerseelen.

Mrs Sykes, sagte Foole. Sie würden mir einen großen Gefallen tun. Es sei denn, Mr Fludd und Sie brauchen eine Anstandsdame?

Sie errötete und wandte den Blick ab. Doch als Foole den verletzten Ausdruck auf Fludds Gesicht sah, zerfiel etwas in seinem Innern zu Asche.

Verzeihen Sie, sagte er in sanfterem Tonfall. So war das nicht gemeint. Japheth, du begleitest Mrs Sykes, wenn sie so weit ist. Molly und ich brechen schon auf.

Und was ist mit Hettie?, fragte Molly. Kriegt die keinen Feiertag?

Wieso, du bist doch nich da, murmelte Fludd. Das is für sie wie n Feiertag.

Als seine Ausbildung abgeschlossen war, wurde Edward ins Büro des Majors gebracht. Der bärtige Schotte stand in Weste von ihm abgewandt am Fenster, er hatte die Hände hinter dem Rücken verschränkt und spreizte abwesend die Finger. Die Hemdsärmel hatte er bis zum Ellbogen hochgekrempelt. Edward musterte unruhig sein breites Kreuz, das geölte schwarze Haar. Draußen hatte es angefangen zu regnen.

Wie ich höre, hast du vielleicht doch das Zeug zum Agenten, sagte der Major schließlich, als er an seinen Schreibtisch trat. Er sprach leise, gedämpft, sah müde aus. Ich habe einen Auftrag für dich. Man sagte mir, du kannst lesen?

Edward bekam einen Zettel. Darauf waren handschriftlich eine Adresse und die Beschreibung einer Frau vermerkt. Groß, aristokratisch, verwitwet. Rotbraune Löckchen, etwas zu buschige Augenbrauen, ein Muttermal links neben der Nase. Spricht mit texanischem Akzent. Mehr war dem Zettel nicht über sie zu entnehmen, auch ihr Name wurde Edward nicht genannt. Er sollte sie ausfindig machen und tagsüber beschatten, sie jedoch unter keinen Umständen ansprechen. Er wusste nicht, ob es sich um eine Prüfung oder einen echten Auftrag handelte, aber er war selbst überrascht, wie ernst er seine Aufgabe nahm. Während er ihre Kutsche durch die Hauptstadt verfolgte und sich die Adressen einprägte, die sie besuchte, malte er sich aus, das Interesse des Majors an ihr sei nicht nur beruflicher Natur. Sie war eine Schönheit. Sie strahlte eine grazile Anmut aus, die zugleich raubtierhaft und anziehend wirkte, und er beobachtete, wie ihr das rotbraune Haar ins Gesicht fiel, wenn sie sich vorbeugte und ihre Röcke glattstrich. Es hatte die ganze Woche geregnet, die Straßen waren matschig, und die Kutsche der Witwe thronte hoch über den Spurrinnen. Edward war flink auf den Beinen und behielt sie mühelos im Blick. Die Witwe besuchte mehrere elegante Häuser im Westen der Stadt, und am dritten Tag aß sie mit einem Mitglied des Generalstabs zu Mittag. Das erkannte Edward an der Uniform des Offiziers, ohne den Mann zu kennen. Jeden Tag beobachtete er, wartete ab, huschte durch die Straßen, und dabei spürte er zum ersten Mal seine neue Macht, die köstliche Macht der Heimlichkeit, einer Zielperson unbemerkt und unerkannt zu folgen und ihr Schicksal in den Händen zu halten.

Aber nichts geschah. Vier Tage lang prägte er sich all ihre Wege ein, registrierte ihre Stimmung. Ihm fiel nichts Belastendes auf. Er fürchtete, seine Beschattung sei gescheitert.

Doch der Major wirkte nicht unzufrieden. Im Gegenteil. Wir erwischen die Spinne schon noch, knurrte er. Er lächelte nicht, aber in den Winkeln seiner strengen Augen bildeten sich Fältchen.

Gut gemacht, Junge, sagte er. Und zupfte sich einen Tabakkrümel von der Lippe.

Edward konnte sich nicht erinnern, wann das letzte Mal jemand so beiläufig und ungezwungen etwas Nettes zu ihm gesagt hatte, und er sah gerührt wie selten auf seine Schuhspitzen hinunter, einen Kloß im Hals.

Der Hansom war neu und gut gefedert, und mit einer blauen Wolldecke über den Knien glitten Foole und Molly außerordentlich bequem durch die Kälte. Der Regen hatte den Gestank der Stadt etwas gemindert, aber vielleicht gewöhnte er sich auch allmählich daran. Molly lächelte ihr reizendes Lächeln, deutete im Vorbeifahren auf Sehenswürdigkeiten, spielte die Unschuldsrolle mit bühnenreifem Talent. Sie klapperten über den Piccadilly, passierten das alte Backsteingebäude von Devonshire House, dessen Eisentor im hellen Regen glänzte, und an der Old Bond Street bedeutete Foole dem Kutscher mit einem Klopfen seines Spazierstocks ans Kutschendach, dass er abbiegen solle. Vor dem Eingang zur Burlington Arcade hielten sie an. Gegenüber der Einkaufspassage befand sich Farquhar & Son's Fine Arts Galleria.

Beim Bau der Galerie war man auf Wirkung bedacht gewesen. Fooles Blick aus der haltenden Kutsche war beiläufig, als wollte er lediglich die Adresse überprüfen. Doch im Mauerwerk des Gebäudes erkannte er Gleichgewicht und Strenge, trotz der protzigen Säulen am Eingang, die italienischen Stil vortäuschten und aufdringlich waren wie Modeschmuck. Die Steinblöcke der Fassade waren üppig, die Mauerfugen tief, und vor den breiten Fenstersimsen luden niedrige spitze Eisengeländer zum Einbruch ein. Er lächelte stillvergnügt, und Molly erwiderte sein Lächeln. Die Fenster waren erleuchtet und schimmerten im Regen, und selbst aus der Entfernung konnte er die schwerfälligen Silhouetten der Damen erkennen, die Treppen erklommen und sich paarweise durch die Räume schoben, als befänden sie sich auf einer versunkenen Arche.

Ein Kunstdiebstahl.

So etwas hatte es noch nie gegeben, wenn Foole recht informiert war. Fludd hatte geschimpft, wie wenig sinnvoll das Ganze sei. Doch für ihn bedeutete es eine Herausforderung, einen Reiz. Er musste an die Sache herangehen wie an jede x-beliebige Bank oder einen Tresor, ohne zu vergessen, dass es doch etwas anderes war.

Sie betraten einen hohen kalten Raum voller schmiedeeiserner Tische und Stühle, an denen Tee getrunken wurde, Foole lächelte und führte Molly hindurch. Am Eingang des ersten Ausstellungsraumes stand ein Tisch mit kleinen Faltblättern, die Opernprogrammen ähnelten, und mit einer würdevollen Verbeugung nahm er sich eins davon, Molly am Arm. Um diese Uhrzeit waren viele Besucher da, Foole nahm es freudig zur Kenntnis. Vor einer Wand mit Aquarellen der Themse blieb er stehen, las ein paar Zeilen und musterte den Aufseher auf seinem Hocker neben dem Eingang, dann schritt er mit Molly zum zweiten Ausstellungsraum, hielt inne, las weiter. In dem Faltblatt stand nichts über die ausgestellten Werke, es ging nur um das eine Gemälde, das alle sehen wollten.

Während sie sich mit der Menge voranschoben, orientierte Foole sich. Die Galerie bestand aus den zwei langgestreckten, hufeisenförmigen Sälen, die an beiden Enden verbunden waren. In der Mitte ganz hinten führte eine breite Treppe mit Samtkordeln als Handlauf in den ersten Stock zu einem Korridor, von dem mehrere kleinere Räume abgingen. Mittig im ersten Stock, im größten dieser Räume, hing das bekannteste Gemälde Englands. Fooles Gemälde. Charlotte.

Sie ließen sich von der Menge nach oben tragen. Es war, wie es schien, das Werk eines gewissen Joseph Wright of Derby. Wright hatte dem Gemälde den Titel *Iphigenie im Spiegel* gegeben. Er war nach London gekommen, damit die Abgebildete Modell sitzen konnte, und hatte im Auftrag an dem Gemälde gearbeitet, war jedoch nie bezahlt worden, woraufhin es neunzig Jahre lang als verschollen galt. Dann wurde es im Cottage einer pensionierten Lehrerin in der Nähe von Derby entdeckt, die angab, ihr Vater hätte es als Zahlungsmittel von einem Schuldner erhalten. Der kühne Mr Farquhar erkannte das Werk sofort. Er bot der Lehrerin zehn Pfund, doch für unter zwölf hatte sie es nicht hergeben wollen. All das stand in dem Faltblatt, dazu der erwartete

Auktionswert von bis zu dreißigtausend Pfund. Foole lächelte in sich hinein, reichte das Faltblatt an Molly weiter, verschränkte die Hände hinter dem Rücken und schob sich durch die Menge in Richtung des Bildes.

An der Tür stand ein Herr in grünem Gehrock und nahm von jedem vorbeigehenden Besucher einen Shilling und Sixpence für die Eintrittskarte. Bei aller Eleganz hatte er etwas Herablassendes und Reserviertes an sich, und Foole, dem seine Ausstrahlung gefiel, vermutete, es handle sich um Farquhar selbst. Genau der richtige Mann, dachte Foole. Genau der richtige.

Er zahlte und trat ein.

Und da war es. Obgleich Wright es *Iphigenie* getauft hatte, nannten die Zeitungen es schlicht *Die Emma*. Denn die Frau, deren Gesicht sich Foole so eingebrannt hatte, war die junge Emma Hart, spätere Lady Hamilton, Geliebte von Lord Nelson und berüchtigtste Verführerin ihrer Zeit. Wright hatte nur das eine Bild von ihr gemalt. Sie war in ein Leben voller Plackerei geboren worden, doch bereits im Alter von sechzehn Jahren tanzte sie bei privaten Herrenabenden der besseren Gesellschaft nackt auf dem Tisch. Sie war von Bett zu Bett geschlüpft, hatte eine Spur seidener Laken hinter sich hergezogen, bis sie schließlich, verheiratet mit einem sterbenden Mann, der doppelt so alt war wie sie, in Neapel landete. Dort hatte sie sich Goethe und den durchreisenden Monarchen präsentiert und die sie umgebenden klassischen Ruinen besucht, deren Erhabenheit sie faszinierte. Tief in ihrem Innern trug sie ein Bild von sich, dessen Erfüllung sie herbeisehnte.

Wright hatte eine unglückliche Emma gesehen. Eine

Studie schwachen Lichts, das gegen eine übermächtige Dunkelheit anbrannte. Sie war mittig auf der Leinwand platziert, umgeben von Schatten bis auf eine einzelne heruntergebrannte Kerze auf dem Tisch zu ihrer Linken, und blickte den Betrachter wütend und verletzt an. Ihre Augen waren die Augen von Charlotte. Ihre Furcht und ihr zorniger Kummer waren Charlottes. Er kannte diesen Abschiedsblick, wusste, was sie hinter sich ließ. Und bei genauem Hinsehen konnte Foole im Schatten eine zweite Gestalt ausmachen, kaum sichtbar. Foole erkannte sie sofort. Er fuhr sich mit der Zunge über die Lippen und stützte sich auf seinen Spazierstock, auf einmal schien der Raum um ihn herum zu verstummen, und es war fast, als wäre er inmitten all der Menschen allein mit dem Gemälde. Er starrte das Bild an. Die Gestalt, das wusste er, war ihre Zukunft. Es war ihr Tod.

Mr Foole?, sagte eine Stimme neben ihm.

Überrascht wandte er sich um. Er erkannte den Mann nicht gleich.

Welch unerwartete Freude, Sir, sagte der Mann. Wie gefällt es Ihnen in London? Und wie geht es Ihrer reizenden Tochter?

Es war der Phrenologe von der *Aurania*. Der Mann, der ihn beim Whist ruiniert und ihm seine silberne Taschenuhr abgenommen hatte. Mit einem eleganten Lächeln schlüpfte Foole in seine Rolle. Es geht ihr ausgezeichnet, Sir. Wir finden London beide höchst anregend.

Das freut mich zu hören. Ich hoffe, Sie halten sich vom Kartenspiel fern?

Foole hatte den Mann am Ellbogen beiseitegenommen

und zog die Stirn in Falten, reagierte jedoch nicht auf dessen Stichelei. In der Menge hatte er Fludds breite Gestalt entdeckt, Mrs Sykes am Arm, deren Wangen von der Kälte gerötet waren. Er senkte den Blick, räusperte sich. Und was führt Sie nach London, Sir?, fragte er.

Der Phrenologe zupfte an den Aufschlägen seines grauen Gehrocks und zog beide Augenbrauen hoch. Na, dieses Gemälde natürlich, sagte er. Ganz England spricht von nichts anderem. Ich wollte es mit eigenen Augen sehen, ehe es unter den Hammer kommt.

Vielleicht haben Sie ja Glück, sagte Foole, und der neue Besitzer spielt gern Whist.

Der Phrenologe lächelte. Ah. Der war gut.

Es ist außerordentlich schön, nicht wahr?

Allerdings, Sir, sagte der Mann und nickte. Doch just in dem Moment stieg ihm Farbe in die Wangen, er hob das Kinn, als müsse er gegen einen sauren Geschmack anschlucken, und Foole folgte seinem Blick. Fludd, der sich auf das Gemälde zubewegte. Als der Phrenologe sich erneut Foole zuwandte, waren seine weißen Lippen schmal geworden, und in seinem Gesicht dämmerte eine entsetzliche Ahnung.

Foole zog die silberne Taschenuhr mit dem eingelassenen Auge aus seiner Weste, ließ den Deckel geschmeidig mit dem Daumen aufschnappen. Ach, es ist schon elf Uhr zweiundfünfzig, Sir, sagte er freundlich. Gleich Mittag.

Dann schaute er auf und sah dem bestürzten Mann mit eiskaltem, mörderischem Blick in die Augen.

Edward bekam eine Taschenpistole mit emailliertem Griff, die er in seinem Strumpf trug. Jeden Morgen um fünf stampfte er die Treppe des Majors hinauf, kratzte sich die Stiefel ab und fand den Schotten bereits mit dampfender Kaffeetasse an seinem Schreibtisch vor. Edwards Aufgabe war es, im Schein einer schwachen Wandleuchte das Diktat des Mannes niederzukritzeln und in der Eile nichts auszulassen. Der Major hielt ihn den ganzen Tag in seiner Nähe. Abends schleppte er eine Tasche voller Papiere die schlammige Straße hinauf in die Unterkunft und fertigte saubere Kopien der täglichen Korrespondenz an. Manchmal lag ein Fremder in seinem Feldbett, finster, bärtig, ungewaschen. Am nächsten Morgen zeugten nur noch die gefaltete Decke und der Tabakgestank von seiner Anwesenheit.

Wohlwollen schlich sich ein. Eines Dienstags nahm ihn der Major in der Kutsche mit in die Stadt. In einer Schneiderei stand er zitternd in schmutziger Unterwäsche vor einem Franzosen, der mit Stoffproben und Schere an ihm herumhantierte. Auf der anderen Straßenseite legte ihm ein Hutmacher mürrisch sein kaltes Maßband um den Kopf. Später, beim Barbier, wedelte der im Spiegel mit dem Rasiermesser, grinste den Major an und tat so, als rasierte er die glatten Wangen des Jungen. Der Major erzählte Edward, wie er als junger Mann aus Edinburgh gekommen war. Sie hatten vor Nova Scotia Schiffbruch erlitten, und er und seine Frau waren halbertrunken an einen Strand irgendwo in der Nähe von Sable Island gespült worden. Sie waren die einzigen Überlebenden. Edward lauschte der Geschichte und musste daran denken, wie Mrs Shade seinen echten Vater beschrieben hatte, versuchte wie durch einen Dunst Erinnerungen an den Atlantik heraufzubeschwören, an Schiffe, Salzwasser und Holz.

Eines Abends, ehe er Edward zurück in die Unterkunft schickte, holte der Major aus seiner Schreibtischschublade einen wichtig aussehenden Briefumschlag hervor. Er trug das Regierungssiegel.

Dies, mein Junge, sagte er grimmig, ist die Begnadigung des Mannes, der dich verraten hat. Fisk. Kennst du ihn? Der Major stand auf, ging zum Ofen in der Ecke und öffnete scheppernd die Gittertür. Mit einem Schürhaken stopfte er den Brief in die pulsierende rote Hitze im Innern, knallte die Tür zu und pustete sich auf die Finger.

Hart sah er Edward in die Augen. Genau so wird der Mistkerl brennen, sagte er leise.

Am nächsten Tag stand er neben dem Major im General-quartier von Camp Barry und lauschte einem Vorschlag, gegen die Konföderiertenhauptstadt Richmond vorzurücken. Er trug seinen neuen Anzug, einen grauen Zylinder und eine rosafarbene Nadelstreifenweste. Als sie am Nachmittag in einer Droschke zurück durch die Straßen klapperten, legte der Major ihm die Hand auf den Unterarm. Sie war warm. Wo kommst du eigentlich her, Junge?

Edward wandte den Blick ab. Nirgendwo, Sir. Meine Familie ist tot.

Der Major brummte grimmig und zog die Hand zurück, zwischen seinen Zähnen glomm eine Zigarre. Wenn das hier vorbei ist, kommst du nach Chicago und arbeitest für mich, sagte er leise. Er zog eine Augenbraue hoch, beobachtete die Reaktion des Jungen in der einsetzenden Dunkelheit. Du weißt doch, wer ich bin und was ich mache, oder?

Edward starrte ihn an. Ja, Sir, Mr Pinkerton, flüsterte er. Danke, Sir.

Der Major schaute aus dem Fenster. Was deine Familie angeht, hast du unrecht, Junge, murmelte er. Es gibt die Familie, in die man geboren wird, und die Familie, die man sich aussucht. Die ist es, die Bestand hat.

Foole verweilte lange in Farquhars Galerie. Mit einem väterlichen Tätscheln und strikten Anweisungen an den Kutscher schickte er Molly in einem Hansom nach Hause, und wünschte, ihr geknicktes Zaudern wäre echt und dies könnte ihre wahre Kindheit sein. Als sie fort war, setzte er sich in ein Café am Eingang der Burlington Arcade und beobachtete den Constable auf Streife, den Wachwechsel in der Galerie und das Kommen und Gehen der Besucher.

Es war spät, als er in die Half Moon Street 82 zurück-kehrte, er kramte nach seinem Schlüssel und drückte sich auf den unbeleuchteten Stufen herum wie ein Einbrecher, doch als er die Tür aufschließen wollte, bemerkte er, dass sie offen war. Mit ungutem Gefühl ging er hinein. Im Haus war es kalt. Er blieb noch einen Augenblick stehen, hörte über sich die Dielen knarren. Dann drang von unten ein leises Klappern die Treppe herauf, er ging hin und spähte hinunter. Aus der Küche fiel gedämpfter orangefarbener Lichtschein herauf, und ohne Hut oder Spazierstock abzulegen, schlich er hinunter, zog den Kopf ein und trat in die Küche.

Die Arbeitsflächen sauber gewischt und ordentlich. Töpfe an ihren Haken im Kerzenlicht, das Linoleum wie frisch gebohnert. Der metallisch-giftige Geruch eines Rei-nigungsmittels hing in der Luft. Mit dem Rücken zu ihm stand am Tranchiertisch eine breitbeinige Gestalt mit aus-ladenden Hüften, die angewinkelten Ellbogen in Bewegung.

Mrs Sykes, sagte Foole.

Sie drehte sich erschrocken um. Mr Foole, sagte sie. Sie haben mich zu Tode erschreckt. Ich wollte gerade …, doch dann stockte sie und verstummte, blickte über die Schulter in die Speisekammer, wo ihr Bett aufgeschlagen war, die Kerzen brannten schon. Er sah die Strohauflage, die speckige braune Decke und eine Wasserschüssel unter dem Vorratsregal daneben. Auf dem Bett lag ein gefaltetes Nachthemd. Die Tür zur Spülküche war geschlossen, dahinter war leises Schnarchen zu hören, und er wusste, dass dort in ihrem eigenen Dunkel Hettie schlief.

Verzeihung, Sir, sagte Mrs Sykes. Aber Sie sollten nicht hier unten sein. Das ist nicht richtig.

Und Sie sollten um diese Uhrzeit nicht mehr arbeiten. Müde winkte er ab, nahm den Hut vom Kopf und setzte sich an den Tisch. Als ob es uns beide kümmern würde, was sich gehört. Haben Ihnen die Bilder gefallen?

Ich meinte nicht, dass sich das nicht gehört, Sir. Ich meinte, das ist nicht richtig.

Er blickte sie fragend an. Irgendetwas war anders an ihr, sie ließ das Silber und den Polierlappen sinken und sah ihn an. Gehts Ihnen gut, Sir?, fragte sie.

Alles in Ordnung. Ich bin nur müde.

Sie schraubte das Bromid zu. Brauchen Sie vielleicht noch ein Häppchen zu essen, Sir?

Die Art zu fragen erinnerte ihn an Mrs Shade in einem anderen Leben, er saß da, das Kinn auf die Brust gesunken, die Hand auf der Tischplatte, und dann nickte er. Wussten Sie eigentlich, dass ich Gefangener im Amerikanischen Bürgerkrieg war, Mrs Sykes?

Aye, Sir. Das hat Mr Fludd mal erwähnt.

Foole hielt inne, musterte sie. Hat er Ihnen auch erzählt, wie es dazu kam?

Nein, nein, Sir. Er meinte, das würd ihm nicht zustehen. Nur, dass Sie beide sich im Krieg kennengelernt haben. Sie schaute ihn besorgt an. Hätt er das nicht sagen sollen?

Eigentlich nicht, sagte er, lächelte jedoch, um seine Worte abzumildern. Ich war noch keine fünfzehn. Ich habe mich nur wegen des Geldes zum Kriegsdienst gemeldet. Stellen Sie sich das mal vor. Ich hatte keinen blassen Schimmer, wie es sein würde, das Töten. Er sah sie an. Eigentlich dürfte ich gar nicht hier sein.

Wenn man nur weit genug zurückgeht im Leben, kann das doch jeder von sich sagen, Sir.

Vermutlich.

Sie lächelte.

Es gab da einen Major, unter dem ich gedient habe. Guter Mann. Streng und stur. Aber er kannte sich aus und ließ sich von niemandem dreinreden. Als junger Mann war er in Schottland Böttcher und ist vor den Engländern bis nach Amerika geflohen. Er war nicht sonderlich groß, aber er hatte die starken Arme seines Handwerks, und sein Händedruck konnte es mit jedem Schraubstock aufnehmen. Er hat mir etwas beigebracht, das ich nie vergessen habe: Rache und Gerechtigkeit sind bloß zwei Seiten derselben Medaille. Es ist egal, welche Seite man anschaut. Der Wert ist der gleiche. Ich habe den Mann geliebt. Wie einen Vater. Foole hob den Kopf. Er wollte mich umbringen lassen.

Mrs Sykes legte den Lappen auf den Tisch und starrte ihn an. Bitte was wollte er?

Er hat einen Mann auf mich angesetzt, der mich töten sollte.

Sie schaute ihn forschend an. Über Vergangenes sollte man nicht zu viel nachgrübeln, Mr Foole, seufzte sie. Das ist nicht leicht, ich weiß das. Ich sag immer zu Hettie: Was vorbei ist, ist vorbei. Aber was morgen ist, das ist noch nie da gewesen. In der ganzen Weltgeschichte nicht.

Während sie sprach, bemerkte er irritiert, wie ihr Blick immerfort zur Tür hinter ihm huschte. Er hörte schwere Schritte oben in der Eingangshalle, erkannte Fludd darin, der stehen blieb, tigerte und dann die Treppe wieder hinaufpolterte, er staunte, dass der Riese noch wach war. Er fragte sich, ob sein Freund wohl irgendetwas von ihm wollte. Doch dann sah er, wie Mrs Sykes errötete und den Kopf senkte, um es zu verbergen, und schlagartig wurde ihm klar, warum sie um diese Uhrzeit noch wach war.

Nun wurde er rot. Verzeihung, sagte er. Ich störe Sie.

Papperlapapp, erwiderte sie.

Doch, doch, sagte er. Sie müssen morgen früh aufstehen.

Na gut, sagte sie.

Ich gehe jetzt hoch.

Na gut.

Er nahm die Kerze und ging. Von Fludd war nichts zu sehen und zu hören, weder als er in sein Zimmer hinaufging, noch als er die Tür schloss und schließlich die Kerze ausblies. Lange stand er in der Dunkelheit und sah zu, wie das graue Rauchband über der Kerze verflog. Irgendwo über ihm ging eine Tür auf und zu, schwere Schritte kamen die Treppe herunter, an seinem Zimmer vorbei, stiegen weiter hinab, und dann lag das Haus still da.

Fludd und Mrs Sykes? Er zog Gehrock, Hose und Krawatte aus und stellte sich ans Fenster, starrte hinaus auf die von Gaslaternen beschienene Straße. Das Gefühl in ihm kam unvermittelt, eine unermessliche, heimliche Freude.

Konnte die Welt doch anders sein, als sie schien? Er fuhr sich mit der Hand über die Augen. Einfach so?

Die Welt konnte anders sein, als sie schien.

Achtundzwanzig

Sein unbezwingbarer Vater. Vierzehnmal war mit Messern auf ihn eingestochen, viermal auf ihn geschossen worden, zweimal hatte man ihn brutal zusammengeschlagen, einmal war ein Schlag vor seinen Kehlkopf derart heftig ausgefallen, dass er eine Woche im Krankenhaus verbringen musste. Im Jahr 1871 hatte er einen Schlaganfall gehabt, der ihn für den Rest seines Lebens zum Krüppel hätte machen sollen, doch täglich hatte er sein lahmes Bein auf Spaziergängen stur hinter sich hergezogen und Wort für Wort wieder sprechen gelernt. In seinen letzten Lebensjahren wechselte er nachmittags im Büro das Hemd, während William in einem Sessel die morgendlichen Besprechungen durchging und dem alten Mann beim Umziehen zusah. Hervortretende Sehnen und schlaffe Haut an den Oberarmen, die hängende Brust, die in Wallung geriet, wenn er sich bückte, die Fleischfalten, die sich in der Taille rollten. Doch seine Augen waren noch immer hart, schmal, finster, und den Mund umspielte stets eine scharfsinnige Ungeduld. Mit dem Alter hatte er das Gefühl für seine Kraft verloren und zum Schluss Hände nicht mehr geschüttelt, sondern gequetscht, Türen nicht mehr geschlossen, sondern geknallt. Als könnte er durch die Zurschaustellung seiner Kraft den Verfall aufhalten.

Am Abend nach der Rückkehr zu seinem todkranken Vater saß William im Schlafanzug am Fußende seines eigenen Bettes, die blassen Füße auf dem Teppich, während Margaret sich vor dem Spiegel sorgfältig die Haare bürstete. Über fünfzehn Jahre zuvor hatte in Windsor, Kanada, ein Attentat auf seinen Vater stattgefunden. 1868, im Reno-Jahr. Er war in den Norden gereist, um das letzte Mitglied der Gang zu fassen, und beim Aussteigen am Fähranleger hatte ein Handlungsreisender auf der Gangway einen Revolver aus seinem Musterkoffer gezogen, ihn seinem Vater an den Hinterkopf gehalten und den Abzug gedrückt.

Wie bitte? Margaret ließ die Bürste sinken, und ihre Augen blitzten im Spiegel auf. Das hast du mir nie erzählt.

Ich wollte dich nicht beunruhigen.

War die Waffe nicht geladen?

William schnaubte. Die Bettfedern erzitterten und quietschten, als er sein Gewicht verlagerte. Das wäre sein sicherer Tod gewesen, sagte er. Pa muss den Mann in letzter Sekunde hinter sich gespürt haben. Er drehte sich um und bekam irgendwie den Daumen vor den Hahn des Revolvers. Den hat er sich dabei gebrochen.

Dein Vater, seufzte Margaret.

William betrachtete ihren geraden Rücken, den blassen Hals, das über die Schulter nach vorn genommene lange Haar und nickte. Er hat den Kerl zu Boden geschlagen. Später gab der Mann bei der Polizei an, er sei zu Werbezwecken von uns angeheuert worden, es sei alles abgesprochen gewesen. Noch am selben Abend konnte er entkommen, vielleicht hat man ihn auch freigelassen. Unsere Agenten spürten ihn natürlich wieder auf, wir brachten ihn in die

Docks und befragten ihn selbst. Wie sich herausstellte, war er von Sam Felker engagiert worden.

Sam Felker?

William nickte abwesend. Ein Möchtegern-Detektiv, der damals versuchte, seine Geschäfte in Detroit in Schwung zu bringen. Er wollte Pa wohl als Konkurrenten aus dem Weg schaffen. William legte den Kopf aufs Kissen. Er erinnerte sich an das Funkeln in den Augen seines Vaters, die Siegesgewissheit, mit der er dem Attentäter im Schummerlicht des schmutzstarrenden Raums ins zugeschwollene Gesicht geschaut hatte. An das Geräusch seiner brechenden Knochen. Röhrende Frachter und dröhnende Stimmen vor der Lagerhalle, drei Agenten statuenhaft im Dunkel, die Hände wie Faustkämpfer bandagiert.

Wie ging es mit Felker weiter?

William hob den Kopf. Margaret schaute ihn noch immer durch den Spiegel an. Mit Felker? Gar nicht. Ich glaube, der ist ein paar Jahre später pleitegegangen.

Sie löschte das Licht und schlüpfte zu ihm ins Bett. Ich hätte nie gedacht, dass ich mal in eine Familie von Wahnsinnigen einheiraten würde.

Er lächelte in ihr Haar. Ma ist doch nicht verrückt.

Deine Mutter ist die Schlimmste von allen. Doch sie sagte es sanft, mit einem Lächeln in der Stimme, und dann schob sie einen weichen Schenkel über Williams Beine und setzte sich auf ihn. Sie hielt ihm einen Finger an die Lippen. Wir müssen leise sein, flüsterte sie. Sonst hören uns die Mädchen.

Die Wolken hingen tief über der Stadt. William trug seinen Regenmantel und eilte mit hochgezogenen Schultern und

Spazierstock in der Hand durch die Straßen, doch der Regen
blieb aus. Ihm war flau. Wie leicht Shades Spur zu verlieren war. Vermutlich hatte ihn bereits der Besuch bei Rose
Utterson verraten, so dass der Mann sicher schon seine Abreise in die Wege leitete, womöglich längst weg war. Edward
Shade war seinem Vater nicht zwanzig Jahre lang entwischt,
weil er unvorsichtig gewesen war. Er bog in eine verwinkelte
Gasse ab. Nach dem Getöse der Hauptstraßen kam es ihm
hier unheimlich still vor, ein aus der Zeit gefallener Ort. Die
schmutzigen Backsteinmauern, der wabernde Nebel, das
leise Tropfen des Wassers in den Rinnsteinen. Angekommen
an der kleinen Waffenschmiede, auf deren Schaufenster in
Goldlettern der Name *Gleeson* prangte, warf er einen Blick
über die Schulter, trat sich die Schuhe ab und ging hinein.

Ein Mann hob den Blick, als William den Laden betrat.
Er trug einen ungepflegt sprießenden Backenbart und eine
Lederschürze über seinem grünen Gehrock, in der Hand
hielt er einen spitzen kleinen Hammer. Im Laden war es
schummrig, staubig, kalt.

William ging ohne Umschweife auf ihn zu, Blick geradeaus. Sie sind Gleeson?

Hadley Gleeson, Sir. Zu Ihren Diensten. Er wischte sich
die Hand an der Schürze ab, streckte sie ihm entgegen. Was
kann ich für Sie tun, Sir?

Wo ist der Junge?

Der Waffenschmied legte den Kopf schief, als hätte er
nicht richtig verstanden. Albert fängt erst um zehn an, Sir,
sagte er langsam. Wenns um einen Auftrag geht, dann würd
ich sagen, kenn ich mich in dem Beruf ein ganzes Ende
besser aus als der Junge.

Dann warte ich.

Es geht aber nicht um die kleine Showalter, oder?

William hielt inne.

Er schwört, er wars nicht. Ich neige natürlich dazu, nem Mädchen in Not zu glauben, aber Albert, na ja, der ist vielleicht ein bisschen grob, aber so grob nun auch wieder nicht.

William blickte ihn an. Es geht nicht um das Mädchen, sagte er.

Es gab eine Lieferantenluke zum Keller, aber keinen Hintereingang. William schaute sich um, bei Tageslicht wirkte der Laden kleiner, schäbiger, der Waffenschmied beobachtete ihn. Als der Junge kam, lauerte William hinter der Tür und trat erst hervor, als sie zugefallen war. Im gleichen Augenblick rief Gleeson nach dem Jungen.

Albert, sagte er, dieser Herr hier hat was mit dir zu bereden. Aber mach schnell, wir haben mehr als genug zu tun.

Albert hatte sich bereits erschrocken umgedreht, das fettige, verhärmte Gesicht bang verzogen. Das Haar fiel ihm licht und lang über die Ohren, und William konnte sich schwer vorstellen, wie dieser Junge ein Mädchen in Schwierigkeiten bringen sollte. Er legte Albert eine Pranke auf den Arm.

Weißt du noch, wer ich bin?, fragte er leise.

Albert schielte ihn ängstlich an.

Ich habe eine Mitteilung für Mr Foole. William zog eine Fünfpfundnote aus der Innentasche seines Regenmantels und drückte sie Albert in die Hand.

Ein rascher, verschlagener Blick durch den Laden. Ich sorge dafür, dass er sie bekommt, ganz sicher.

William nickte. Sag Mr Foole, es hat sich etwas in der

Blackfriars-Angelegenheit getan. Sag ihm, Charlotte ist womöglich doch nicht baden gegangen.

Der Bursche blinzelte zu William auf, als wollte er sich einen Vorteil verschaffen. Charlotte?

Das ist alles. William wandte sich zum Gehen. Und, Albert?

Der Junge musterte ihn, trotzig, blass. Aye?

Lass gefälligst die Finger von dem Mädchen.

Den ganzen Morgen wartete er, schlenderte von Geschäft zu Geschäft, stand rauchend in vergitterten Ladeneingängen. Der Regen blieb weiterhin aus. Alles, was ein Mann braucht, ist Geduld, hatte sein Vater immer gesagt. Geduld und eine geladene Waffe. Als Albert zur Mittagszeit herauskam, verfolgte William ihn bis zum Fisherman's Hook zwei Straßen weiter und beobachtete durch die schmutzigen Fenster des Pubs, wie der Bursche allein aß, sich die Soße von den Fingern leckte. Um zwei Uhr verließ Gleeson seinen Laden mit einem schweren, klirrenden Beutel über der Schulter, und kurz darauf nahm der Bursche das Geöffnet-Schild hinunter, schloss ab und ging zügig in Richtung Piccadilly. William schlich wie ein Schatten an den Häuserwänden entlang und folgte ihm.

Albert bog aus dem Gedränge des Piccadilly in die Half Moon Street ab und trottete dort die Eingangsstufen eines hohen Reihenhauses hinauf. Er betätigte die Botenglocke, machte kehrt und huschte um die Ecke. Hausnummer 82. Ein niedriger Eisenzaun mit offenem Tor entlang des Gehwegs. William stellte sich unter eine Gaslaterne auf der anderen Straßenseite und behielt die Seitengasse im Blick, in der der Bursche verschwunden war. Es ließ sich keine Bewegung ausmachen, und schließlich riskierte er es, überquerte die Straße und spazierte langsam am Haus vorbei. Aus dem Augenwinkel erkannte er, dass der Lehrling mit einem kleinen Jungen redete. Zwanzig Schritte weiter zog er den Regenmantel aus, legte ihn sich über den Arm und ging auf der anderen Seite zurück.

Er sah Albert zurück in Richtung Waterloo Place eilen.

Das Haus musste Foole gehören. Er prägte sich die Adresse genau ein, setzte den Hut auf und schlüpfte wieder in seinen Mantel. Da ging die Tür auf, und der Junge kam heraus.

He, du da, rief er barsch. Er hastete über die Straße, fing den Jungen am Tor ab. Als sich das Kind umdrehte, erkannte er überrascht, dass er ein Mädchen vor sich hatte, zehn, vielleicht elf Jahre alt. Mit Stupsnase, Sommersprossen und rotem Schmollmund schaute sie zu ihm herauf. Der Blick aus ihren Augen war hart, allzu wissend. Intuitiv senkte er die Stimme. Arbeitest du hier? Wer ist dein Dienstherr?

Das Mädchen blickte ihn unmutig an. Mein was?

Er hatte keine Lust auf Spielchen. Foole konnte jeden Augenblick die Straße herunterspaziert kommen, also packte er das Mädchen am Oberarm, zog es auf den Gehweg. Wer wohnt hier?

Sie funkelte ihn an. Was geht Sie das an? Lassen Sie mich los.

Ich bin auf der Suche nach einem Bekannten, der wohnt hier in der Nähe. Ein Mann namens Foole.

Ein Bekannter, aha. Was Sie nich sagen.

Er schaute in die Richtung, in die der Lehrling verschwunden war. Was hast du mit dem Burschen gerade zu reden gehabt?, fragte er, plötzlich verunsichert. Allmählich dämmerte ihm, dass er einen Fehler gemacht hatte.

Das Mädchen blinzelte.

Albert. Der Lehrling.

Sie wandte wütend den Blick ab.

Und da verstand William. Er hatte das falsche Haus erwischt. Herrgott noch mal, murmelte er. Dein Name ist nicht zufällig Showalter?

In dem Augenblick ertönte ein spitzer Schrei, und als er sich umdrehte, sah er eine beleibte Haushälterin einen Putzlumpen ausschütteln und wütend von der Treppe auf ihn herabblicken. Was soll das denn? Kleine Mädchen begrapschen, wenn Sie meinen, keiner guckt hin, ja?

William schaute sie erschrocken an, lockerte seinen Griff.

Das Mädchen machte sich los und huschte außer Reichweite. Verdammter dreckiger Ami, fluchte es.

Und damit war es auch schon im Laufschritt Richtung Piccadilly verschwunden und nicht mehr zu sehen. Eine Hand auf dem kalten Tor wandte er sich der Haushälterin zu und funkelte sie wütend an. Sie, knurrte er.

Nix da. Ich hab gute Lust, den Constable zu rufen.

Ich suche jemanden, rief William. Er öffnete das quietschende Tor. Warten Sie.

Schert mich nen Rattendreck, was Sie suchen. Verschwinden Sie gefälligst.

Warten Sie doch. Kennen Sie einen Mr Foole? Adam Foole.

Na los jetzt. Hauen Sie ab! Und damit stapfte sie zurück ins Haus, schlug die Tür hinter sich zu.

William stieg die Stufen hinauf und lauschte, klopfte laut. Sie öffnete nicht. Er hob den Blick und sah, dass ihn zwei Herren, die Spazierstöcke am Handgelenk, vom Gehweg aus beobachteten. Entnervt verzog er das Gesicht. Er würde die Waffenschmiede noch einmal aufsuchen und deutlichere Worte für Albert finden müssen. Er wandte sich zum Gehen und hielt plötzlich inne, sein Blick war an einer kleinen Messingplakette am Geländer hängengeblieben. *Fooles Raritäten-Emporium. Import & Export. Nur nach Vereinbarung.*

Verflucht noch mal, murmelte er.

Sein Vater hatte auch eine andere Seite gehabt. Er hatte nicht immer nur Gift und Galle gespuckt. Er war in der Lage, aus dem Nichts etwas zu erschaffen. Räume, Architektur, Leben. Gebrechlichkeit und Pensionierung waren vergessen gewesen, als vierzehn Jahre zuvor das Feuer in Chicago gewütet und die alten Büros der Detektei zerstört hatte. William hatte zugesehen, wie er sich einen Weg durch den kohlschwarzen Schutt bahnte, sich schwer auf einen Arm stützte und das gewaltige Gebäude beschrieb, das er an dieser Stelle errichten würde. Zehn Jahre lang hatte der alte Mann auf seiner weitläufigen Ranch in Illinois Lärchen gepflanzt und in Form geschnitten, das Haus mit Kunst und Büchern und Wandgemälden von General McClellan im Krieg angefüllt. William stand in Chicago in der dunklen Eingangshalle seines Elternhauses, das bald seiner Mutter allein gehören würde, lauschte der alten Uhr, auf der die Minuten hinuntertickten. Seine Mutter schnarchte vermutlich im Obergeschoss, während sein Vater im Gästezimmer am Ende des Korridors schmerzerfüllt im Halbschlaf lag. William setzte seinen Hut auf, seufzte. Vor der Tür war Sommer, blühte die Dunkelheit, duftend und stickig und schwer.

So stand er lauschend da, erinnerte sich. Im Bewusstsein, dass sein Vater bald nicht mehr auf der Erde weilen würde, er seine Stimme nicht mehr hören, sein Gesicht nicht mehr würde sehen können. Mach, dass er noch ein wenig bleibt, dachte er, obwohl er wusste, dass sein Vater litt. Er schloss die Augen. Mach, dass er noch ein wenig bleibt, lieber Gott, flüsterte er. Mach, dass er noch ein Weilchen länger leidet.

Neunundzwanzig

In seiner Zeit bei der Union Army im Fort Monroe hatte sich Edward immer wieder in dem kleinen Rasierspiegel betrachtet, den einer der älteren Rekruten an einen Zeltpfosten gebunden hatte, und sein Gesicht nach einer Ähnlichkeit mit dem Major abgesucht. Wenn er bei Allan Pinkerton seine eigenen hängenden Schultern entdecken konnte, schrumpfte seine Vergangenheit zu erträglicher Größe. Er hatte sich angewöhnt, mit verschränkten Armen dazustehen wie der Major, die Hände unter den Achseln, das Kinn eingezogen, und er kniff die Augen zusammen und kaute auf einem Stock wie auf einer Zigarre. Auch er war überzeugt von der Intrige in Washington und verurteilte sie. Auch er bewunderte General McClellan und dessen gestrenge Eleganz. Auch er brachte den fliehenden Schwarzen, die aus der Wildnis auftauchten, das Mitleid und die Barmherzigkeit eines Mannes entgegen, der zwanzig Jahre lang für ihre Freiheit gekämpft hatte. Zu alledem kam der nahezu unmerkliche Akzent in seiner Stimme, wenn er sich aufregte, als hätte auch er seine Kindheit in den Slums von Glasgow verbracht. Er war noch nicht der, der er sein wollte, der er sein konnte.

Dann kam aus Richmond die Nachricht, dass die Agenten des Majors gefangen genommen worden waren, und Edwards Lebensweg nahm seine letzte unglaubliche Wendung.

Foole saß im Salon, als er an den Krieg zurückdachte, und die großen Erkerfenster boten freien Blick auf die Glut der aufgehenden Sonne. Er beobachtete, wie das Licht langsam über den Teppich kroch, als wäre es lebendig. Hinauf auf den Flügel und an der Topfpalme hinunter, die in dessen geschwungener Aussparung stand. Es ließ die beiden Holzkübel aus Antwerpen aufleuchten, die Messingkerzenständer aus Gent. Er beobachtete es und dachte: Genau so kriecht die Vergangenheit.

Pinkerton war also bei Rose Utterson gewesen, um sie zu verhören. Und jetzt, so schien es, war er auch zum Emporium gekommen. Foole saß mit verschränkten Händen da, nur seine Augen bewegten sich, und seine Wut war quälend wie Zahnschmerz. Molly hatte ihm am Abend zuvor davon erzählt, hatte den dunklen Schnurrbart und den festen Griff des Mannes beschrieben. Sie hatte den Ärmel hochgekrempelt und die blauen Flecken freigelegt, die Pinkertons Finger dort hinterlassen hatten. Ich hatte keine Angst vor ihm, sagte sie etwas zu kühn. Ich glaub, er hatte eher Angst vor mir.

Nun kroch das Licht über die ovale Rundung des Tisches, über die Lehnen der Holzstühle. Fludd und Molly saßen mit gesenkten Köpfen da. Sie durchsuchten die Morgenzeitungen nach Informationen über die *Emma* und die kommende Auktion. Je mehr Aufmerksamkeit es jetzt bekam, desto stärker würde der Diebstahl später wirken. Müde schaute er Fludd und Molly dabei zu, wie sie in der Stille eine unbeschnittene Seite nach der anderen aufschlitzten. Sah sie das Messer einklappen, dem anderen zuschieben, der es wieder aufklappte, der große runde Tisch schimmerte unter dem

Gaskandelaber. Bisher waren Gemälde und Auktion lediglich in einem kurzen Artikel auf der dritten Seite der *Gazette* erwähnt worden, und Foole hatte ihn mit Bedenken gelesen. Der Artikel wirkte desinteressiert, oberflächlich. Stattdessen war überall vom Empire, von Barbarei und der gekränkten Ehre des britischen Löwen zu lesen. Am Vorabend hatte die Nachricht von General Gordons Tod in Khartum London erreicht, und die Morgenzeitungen waren voll davon.

Teufel nochma. Fludd strich sich ratlos mit der Pranke über den Bart. Mr Adam, sagte er. Wo is denn dieses Khartum? Doch nich in Afrika, oder?

Molly blickte von ihrer Zeitung auf. Wo ist was?

Khartum. Dieses Khartum.

Foole zog die schmerzende Schulter hoch und rieb sich die Augen. Ihr sollt nach Artikeln über die *Emma* suchen.

Molly nahm Fludd die Zeitung aus der Hand und studierte sie. Ach, Khar*tum*. In Mexiko. Wo dieser General Gordon sich hat abmurksen lassen.

Fludd runzelte die Stirn. Mexiko?

Warst du da schon mal?

Fludd schüttelte den Kopf.

Also, sagte sie und nickte. Mexiko. Die ganze Stadt ist in einen Felsen gehauen, und dadrin leben die. Mit Tunneln und allem Drum und Dran.

Fludd tippte mit seinem dicken Finger auf die Zeitung. Da steht, eine Expeditionstruppe aus Kairo wurde hingeschickt, um ihn zu befreien. Is zwei Tage zu spät gekommen.

Molly überflog den Artikel, nickte gedankenverloren. Ach, die meinen Kairo in Mexiko, sagte sie. Das ist eine Stadt am Meer. Die heißt wegen den Pyramiden so.

Von wegen Pyramiden. Wo stehtn da bitte was von Pyramiden?

Es gibt Pyramiden in Mexiko. Nicht wie in Ägypten, aber die haben auch Pyramiden.

Mr Adam? Haste das gehört?

Foole brummte zustimmend. Es gibt Pyramiden in Mexiko, Japheth. Mexikanische Pyramiden. Keine Pyramiden hingegen gibt es in Farquhars Galerie. Und jetzt sucht weiter.

Da sprang Fludd plötzlich mit rotem Kopf auf und zog die Schultern ein, um nicht gegen den Kandelaber zu stoßen. Mrs Sykes stand in der Tür. Aye, dieser General Gordon, sagte sie. Also wenn Sie mich fragen: Ein Kerl, der einfach dasitzt und Däumchen dreht, während eine Horde von Wilden ranmarschiert und an seiner Tür läutet, der hat es nicht anders verdient. Das muss man sich mal vorstellen.

Fludd räusperte sich und sagte schüchtern: Meinense nich, dass es vielleicht auch n ganz klein bisschen nobel war? Gegen die Wilden zu kämpfen?

Sie schnaubte. Nobel? Von wegen!

Fludd machte ein langes Gesicht.

Das gibt Leute, die wissen nicht mal, wie man nobel buchstabiert. Sie schaute zu Boden und mied den Blick des Riesen. Sie knetete ihre Schürze, sah Foole an. Sie haben mich gerufen, Sir?

Foole setzte sich aufrecht hin. Molly sagte, gestern wäre ein Mann da gewesen?

Ja, Sir. Mächtig überzeugt war der von sich. Hat das Mädel richtig grob angepackt. Der gefiel mir überhaupt nicht.

Was wollte er denn?

Mrs Sykes blinzelte. Na, zu Ihnen, Sir. Der hat nach Ihnen gefragt.

Molly kaute auf der Lippe. Erst war Albie von Gleeson da und meinte, er hätte eine Nachricht für dich. Er ist ihm wahrscheinlich gefolgt.

Foole spürte, wie sich etwas in ihm regte, eine böse Vorahnung. Wie lautete die Nachricht?

Molly zuckte mit den Schultern. Hat er nicht gesagt. War bestimmt eh nicht wichtig. Der wollte bloß, dass Albie ihn herführt.

Mrs Sykes wischte sich die Hände an der Schürze ab, die von alten gelben Flecken übersät war, die sie mit Bleiche nicht mehr ganz herausbekommen hatte. Sie räusperte sich. Wünschen Sie sonst noch was, Sir? Tee und Kekse?

Kekse, aye, sagte Fludd laut. Das wär reizend.

Mrs Sykes schenkte ihm keine Beachtung.

Tee wäre nett, ja, sagte Foole.

Und für Miss Molly?, fragte sie.

Molly grinste.

Im Gehen streifte Mrs Sykes' Blick Fludd, der mit hängenden Armen steif und förmlich dastand, dann verließ sie den Raum.

Ach, ich liebe Kekse!, sagte Molly. Theatralisch breitete sie die Arme aus und rieb sich grinsend den Bauch. Ach, und wie!

Fludd funkelte sie böse an. Er brummte grimmig und raschelte mit seiner Zeitung. Im *Telegraph* steht nix über das Bild, sagte er.

Foole beugte sich vor. Wir handeln einen Rückkauf mit Mr Farquhar aus. Das sollte die Polizei aus der Sache heraushalten. Unmittelbar danach segeln wir von Liverpool aus nach New York. So kurz vorher werden die Fahrscheine schon knapp sein. Vielleicht können wir nicht alle gemeinsam reisen.

Auch gut, murmelte Fludd.

Und wohin dann, Adam?

Ich dachte an San Francisco, sagte Foole lächelnd. Fürs Erste.

Da kam Mrs Sykes zurück, die kräftigen Arme mit dem großen Silbertablett vor sich ausgestreckt. Sie stellte die Kekse vor Molly ab und schenkte dem Kind eine Tasse Tee ein, eine zweite für Foole, und die ganze Zeit saß Fludd mit seinen Pranken vor sich auf dem Tisch da und sagte kein Wort, beobachtete jede ihrer Bewegungen.

Sie würdigte ihn keines Blickes. Mr Foole, Sir, sagte sie mit einem Kopfnicken. Miss Molly.

Doch sie hatte offenbar ihre Haube geradegerückt und die losen Strähnen daruntergesteckt. Sie trug eine frische weiße Schürze, die um ihre üppigen Hüften herum förmlich zu leuchten schien.

In den ersten beiden Kriegsjahren unterhielt der Major ein Netzwerk von Spionen im gesamten amerikanischen Süden, das Truppenstärken, Moral, Zustand der Eisenbahnlinien und Kosten der Grundnahrungsmittel erfasste. Er beschäftigte geflohene Sklaven, Deserteure, Zivilisten, die durch das Kampfgebiet mussten, Kriegsgefangene. Für besonders schwierige und heikle Aufgaben unterhielt er einen Kader freiwilliger Agenten, die mit gefälschten Papieren und glaubhaften Lebensgeschichten in die Städte der Konfödera-

tion geschickt wurden. Der Beste unter ihnen war der Engländer Timothy Webster, groß, schlank, glattrasiert, mit langen, aristokratischen Fingern, feinen Lederkniehosen und
einer Zigarre für jeden Offizier, den er traf. Webster reiste
als vermeintlicher englischer Lord und Schlachtfeldtourist
in einer Privatkutsche und gewann schon bald das Vertrauen
der Konföderierten-Elite. Alle zwei Wochen erstattete er
Bericht aus Richmond. Im Januar 1862 kam schließlich die
Nachricht, Webster sei ernsthaft krank, die Berichte brachen
ab, und im März entsandte der Major zwei Agenten, John
Scully und Pryce Lewis, um ihn zurückzuholen. Lewis, vor
dem Krieg leidenschaftlicher Glücksspieler auf den Fluss-
dampfern, hatte 1861 in Washington eine Sympathisantin
der Konföderierten verhört, und ebenjene junge Frau erkannte ihn an seinem zweiten Tag in Richmond. Noch vor
Einbruch der Dunkelheit wurden Scully und er mit vorgehaltener Waffe festgenommen. Der Spionagechef der
Konföderierten, ein Mann namens Cashmeyer, prügelte die
beiden bewusstlos und steckte sie in getrennte Zellen. Cashmeyer, knurrte der Major, als ihm die Neuigkeiten zu Ohren
kamen. Der Kerl ist ein Teufel.

Mr Lewis und Mr Scully verraten Tim nie im Leben,
sagte Ben. Er wirds überstehen.

Edward, der an der Zelttür stand, schwieg.

In den folgenden Tagen lief der Major unschlüssig auf
und ab, fluchte, diktierte bellend Briefe an seine Vorgesetzten in Washington. Er fürchtete, der fiebernde und
geschwächte Webster würde bald verhaftet werden. Doch
Washington weigerte sich zu verhandeln, Mr Lincoln antwortete nicht selbst, und der zuständige Minister beharrte

darauf, die Union wende keine Spionage an und könne daher auch nicht für die Freilassung etwaiger inhaftierter Spione bürgen. Mitte April wurde Timothy Webster schließlich, zu schwach, um zu gehen, auf einer Trage aus seinem Hotelzimmer ins Gefängnis von Richmond eingeliefert.

Sie wollen ihn hängen, erklärte der Major Edward und Spaar mit brüchiger Stimme.

Spaar klopfte zweimal auf den Tisch. Er muss ausgetauscht werden. Die hängen unsere Leute nicht. Genauso wenig wie wir ihre.

Der Major kniff den Mund zu, die Lippen waren blutleer.

Und was ist mit den anderen, Sir?, fragte Edward. Lewis und Scully?

Die werden im Gefängnis verrecken. Ich weiß doch, wie das ist. Die sterben noch vor Weihnachten an irgendeiner Seuche. Der Major ließ seine Zigarre frustriert in den Matsch fallen und ging.

Irgendetwas wandelte sich in ihm, blitzte auf, fing, dünn wie es war, das Licht ein wie ein Rasiermesser.

Pinkerton kam nicht noch einmal zum Emporium. Die Tage verstrichen, Fooles Unbehagen verlor sich wieder im Alltagsgetöse, und stattdessen begann er mit altvertrauter Besessenheit den Diebstahl auszuklügeln. Molly, Fludd und er kundschafteten die Old Bond Street aus und notierten sich, wann der Nachtwächter seine Runden drehte. Fludd machte sich an eine detaillierte Beschreibung der Schlösser an den Galerietüren, und Molly spionierte so gut es ging den Nachtwächter aus, einen alten, leicht humpelnden Seemann mit kräftigen Handgelenken, der allein am anderen Ende der

Stadt lebte. Fludd zog die Augenbrauen hoch, als er das hörte, doch Foole winkte ab. Er wollte keine Zeugen, aber auch keine Gewalt. Jeden zweiten Abend dieser Woche gingen sie ohne Hast von der Half Moon Street zu Fuß zur Galerie und nahmen die Zeit, notierten sich alle Unterbrechungen und Hindernisse auf dem Weg. An einem Nachmittag stiegen sie aufs Dach der gegenüberliegenden Einkaufspassage, standen mit einer ausgerollten Kopie des Galeriegrundrisses an der steinernen Balustrade und musterten auf der Suche nach einer Einstiegsmöglichkeit die Fenster. Sie wussten bereits, dass man für jedes Türschloss zwei Schlüssel brauchte und die einzelnen Ausstellungsräume nach der Sperrstunde abgeschlossen wurden. Sie wussten nicht, ob die Fenster im oberen Stockwerk zu öffnen waren. Die Simse waren zur Taubenabwehr mit spitzen Eisengeländern bestückt. Alles in allem, dachte Foole, sah es nicht unmöglich aus.

Fludd kehrte mit drei alten Ölschinken vom Pfandhaus in Whitechapel zurück, die Foole in seinem Studierzimmer auf den Boden legte. Einen nach dem anderen schnitt er mit verschiedenen Klingen aus dem Rahmen. Die Galerie besuchten sie nicht noch einmal.

Am Donnerstag ging Foole in den dunklen Morgenstunden hinunter in die Küche und setzte mit dem Fuß den Schleifstein in Gang, hielt ein kleines, schmales Brecheisen daran und schärfte die Spitze. Er schraubte seinen Spazierstock auf, schob das Eisen, das am Ende ein Gewinde besaß, in den Hohlraum und verschloss den Stock wieder. Er hatte seinen schwarzen Gehrock dabei, breitete ihn auf dem Tranchiertisch aus, fuhr mit den Fingern über die Innennaht, bis er die Stoffschlaufe fand, und zog daran. Zwei Knäuel fester

Schnur fielen heraus. Er öffnete ein schweres Wachstuch-bündel, dessen Inhalt leise klirrte, dann untersuchte er die schimmernden Dietriche, Universalschlüssel und winzigen Klingen darin. Er suchte drei Stücke aus und band sie mit beiden Enden an die Schnur, damit sie nicht klimperten, dann wickelte er das Wachstuch auf, verschnürte es und nahm den Gehrock vom Tisch, klopfte ihn ab und hängte ihn an einen Haken an der Tür. Vom obersten Regalbrett nahm er eine große Flasche Stärkekleister, goss ein paar dicke Kleckse in ein leeres Glas und schraubte den Deckel zu. Auf dem Boden lag ein einfacher Türkeil aus Holz, und nachdem er ihn einen Augenblick betrachtet hatte, folgte er einer spontanen Eingebung und steckte ihn ein. Er nahm ein Stück Kreide, kühl und seidig lag es in seiner Hand, und brach es entzwei. Ließ die Hälften in unterschiedliche Taschen gleiten. Dann stand er horchend da. Rieb sich mit seinem Schnupftuch den Kreidestaub von den Fingerspitzen, als könnte er dadurch jede Spur von sich verwischen.

Sie hatten beschlossen, den Diebstahl Samstagnacht zu begehen. Samstag war Valentinstag, Farquhar würde ein Bankett ausrichten, und Foole hatte nur noch eine Sache zu erledigen. Er musste näher an Farquhar herankommen, er brauchte eine Kopie von dessen Schlüsseln.

Als er den Major in der Abenddämmerung an der Flussanlegestelle fand, wo er auf einer kalten Zigarre kaute, traute Edward seinen Augen kaum, doch Allan Pinkerton weinte. Timothy Webster war auf einer Wiese außerhalb von Richmond gehängt worden. Tausende von Schaulustigen hatten sich versammelt, als Webster die Stufen zum Galgen erklomm. Den

Berichten zufolge starb er ehrenhaft, und als ihm die Schlinge um den Hals gelegt wurde, sagte er angeblich: Festziehen, bitte. Doch es hatte nicht geholfen. Der Fall war jäh, das Seil rutschte ab, und Webster lag vor Schmerzen röchelnd zusammengekrümmt unter dem Galgen. Man zerrte ihn wieder auf das Podest, die Menge johlte. Als die Schlinge erneut festgezogen wurde, erhob er lautstark Protest, doch da öffnete sich auch schon die Falltür, und sein Genick brach wie ein Hühnerknochen, er strampelte, schiss sich ein, pendelte ein wenig und hing still. All das sah Edward vor seinem inneren Auge, er legte dem Major die Hand auf den Arm und empfand so etwas wie Mitleid. Der Major schüttelte ihn nicht ab.

Das war am 28. April 1862. Die Potomac-Armee war gen Süden verschifft worden und hatte ihre Verteidigungslinie entlang des James River errichtet. Man bereitete sich auf das Vorrücken nach Richmond vor. An ebendiesem Tag hörte Edward zum ersten Mal vom Sohn des Majors. Er stand mit Spaar, der sich seine Ballonfahrerkappe unter den Arm geklemmt hatte, an den Behelfsbrücken, auf einer Anhöhe jenseits des Flusses wiegten sich sachte die Kiefern. Der Älteste des Majors sollte zur Belagerung von Richmond anreisen wie ein Student in den Semesterferien.

Na, mal halblang, sagte Spaar. Der Major ist mächtig stolz auf den Jungen. Das wird ihm guttun, ihn hier bei sich zu haben.

Wie ist er so?

Willie? Spaar grinste. Als würde man eine Handvoll Nägel kauen, hab ich gehört. Ein bisschen wie du, Kleiner.

Edward stapfte verdrossen zurück zum Fluss, doch er fand den Major nicht, und in der Nacht lag er wach, die

Hände hinter dem Kopf verschränkt, starrte er durch die Zeltklappe in den Sternenhimmel. Die Spione Lewis und Scully schmorten in einem Gefängnis im Rattenloch Richmond. Er dachte an Camp Barry, an das blutgetränkte Stroh, von dem aus er seiner Hinrichtung entgegengesehen hatte. Die Trauer des Majors über Timothy Websters Ende am Galgen war echt und erschreckend gewesen. Und schließlich konnte er nicht anders, er musste sich ausmalen, wie dieser Willie wohl sein mochte. Ein Studienanfänger mit Strohhut, Seidenweste und weichen, sauberen Händen. Strahlend weißen Zähnen. Einer Rose im Knopfloch.

Edwards Zelt lag in Windrichtung der Latrine, und der Gestank und die Fliegen waren unerträglich. Er hob den Blick, machte etwas mit sich selbst aus. Die Sterne in schleierartigen Silberspiralen, das Schnarchen und Husten der Männer um ihn herum. Das war seine Welt. Am Morgen stand er früh auf und ging hinunter zum Fluss, tauchte den Kopf ins Wasser und spülte sich den Mund aus. Dann stapfte er wieder hoch, an den Wachtposten vorbei, und betrat unangemeldet das Zelt des Majors, und als dieser den müden Blick von der vor ihm ausgebreiteten Karte hob, quetschte Edward seinen Hut zusammen und verkündete wütend: Ich gehe. Ich hole Lewis und Scully da raus.

Der Major sah ihn an. Das tust du nicht, sagte er. Wenn die Grauröcke dich erwischen, machen sie kurzen Prozess mit dir, Junge. Die knüpfen dich auf wie einen Pferdedieb und lassen dich am Strick verfaulen.

Jawohl, Sir.

Der Major ächzte, kniff ein schlaftrunkenes Auge zusammen. Guter Junge, sagte er.

Dreißig

William sog die Wangen ein, biss auf das wunde Fleisch und überquerte im Laufschritt den Piccadilly. Am Hyde Park Corner wartete Shore mit offenem Mantel und aus der Stirn geschobenem Zylinder unter dem Bogen, und William zerrte ihn grob am Ellbogen beiseite.

Du wolltest mir weismachen, Edward Shade wäre im Krieg gestorben, knurrte er.

Shore schaute ihn überrascht an. William, sagte er.

Ist er aber nicht. Er ist hier. In London.

Shore machte sich los. Blickte ihn grimmig an, strich sich die Ärmel glatt. Was ist denn nur mit euch Pinkertons los?, murmelte er. Ihr habt wohl alle einen Sprung in der Schüssel.

Der Park war trotz der Kälte gut besucht, die Sonne loderte grell über dem Wellington Arch. Dahinter erstreckte sich klar und unverstellt ein dunkelblauer Himmel.

Er nennt sich Adam Foole, sagte William. Aber es ist Shade.

Adam Foole, sagte Shore. Den Namen hab ich schon mal gehört. Aber wo?

Ich habe dich nach ihm gefragt.

Shore brummte. Aye. Als es um diesen Mistkerl Cooper ging.

Der Chief Inspector musterte William wie ein Tier, das er in einem Kohleneimer gefangen hatte. Erst wirkte er ungläubig, dann ungehalten, und dann erkannte William etwas Drittes, so etwas wie Mitleid. Er deutete mit dem Kopf Richtung Tor und ging los.

Dann erzähl mal, sagte er.

Also erzählte William alles. Er war es nicht gewohnt, andere ins Vertrauen zu ziehen, daher kamen die Worte zunächst zögerlich, verhalten. Shore hörte zu. Das Gras im Hyde Park war abgestorben, stand struppig um die hölzernen Zaunpfähle.

Irgendwas ist da zwischen Shade und Charlotte Reckitt und ihrem Onkel, sagte William. Irgendeine gemeinsame Vergangenheit. Das habe ich noch nicht ganz durchschaut. Charlotte und Shade waren jedenfalls ein Paar.

Und deswegen ist sie gesprungen. Von der Blackfriars.

Kann sein.

Shore ächzte. Immer gibt es irgendeine verdammte Vergangenheit. Mein Vater hat früher jeden Morgen ein Schwein zerlegt, und zu Mittag konnte er sich die Hände an der Schürze abwischen. Der alte Mistkerl hatte keine Ahnung, was für ein Glück das war.

Aber dann war das nächste Schwein dran.

Shore lächelte bitter. Aye. Es gab immer ein nächstes Schwein, das abgestochen werden musste. Er schüttelte den Kopf. Also. Du kommst hergeschippert, um Reckitt zu stellen, weil sie möglicherweise eine alte Bekannte von Shade ist. Sie stirbt, es scheint, als würde die Sache ungeklärt bleiben, aber dann lernst du jemanden kennen, der eine Spur im Mordfall Reckitt hat, und es stellt sich raus, dass dieser Jemand, einem Geist zufolge – sag Bescheid, wenn ich falsch liege –, kein Geringerer ist als Edward Shade persönlich.

William atmete tief durch. Ich weiß, wie das klingt.

Du hast keinerlei Beweise. Nichts. Nur eine lächerliche Geisterbeschwörung und deine eigenen Mutmaßungen.

Er ist es, John.

Hör zu, William. Deine Mutmaßung ist tausendmal mehr wert als die jedes anderen, für mich zumindest. Das weißt du. Aber als Chief Inspector, nicht als Freund, muss ich dir sagen, dass das verdammt weit hergeholt klingt.

Das weiß ich.

Wenn du das irgendwo anders erzählst, wirst du ausgelacht bis nach Chicago. Shore ging langsam weiter. Ich hatte eigentlich fast erwartet, dass du schon auf dem Schiff nach New York bist, wenn ich aus Brighton zurückkomme. Ich dachte, du würdest die Sache nun vielleicht endlich einmal ruhen lassen. In dein Leben zurückkehren.

Bist du doch auch nicht.

Shore sah ihn an und schaute dann weg, als wäre er noch nicht ganz fertig mit ihm, und sagte schließlich: Das mit deinem Vater tut mir verdammt leid, William.

William spürte den Blick aus den kleinen Augen des Chief Inspector. Er fragte sich kurz, ob der Mann bereits von seinen Ermittlungen in Sachen Foole gewusst hatte, verdrängte den Gedanken jedoch.

Also, was willst du?, fragte Shore. Falls du nicht einfach total übergeschnappt bist, meine ich.

William blickte ihn düster an. Edward Shade will ich. Ich will, dass er geradesteht für das, was er getan hat.

Und das wäre? Gibt es ein bestimmtes Delikt, das du dem Mann vorwerfen kannst? Irgendwas? Shore steckte sich die Wurstfinger ins Revers, und dort hing seine Hand nun, rot und krabbenartig in der Kälte. Ich bin nicht überzeugt, dass du den Richtigen gefunden hast, William, und ich bin nicht überzeugt, dass der Mann ein Krimineller ist. Wenn ich dir helfen soll, musst du das ändern. Gib mir einen Grund. Zeig mir Beweise für ein Verbrechen. Bis dahin ist alles, was du Mr Foole antust, ein Vergehen an einem unschuldigen Bürger. Haben wir uns da verstanden?

William fuhr sich zornig über den Schnurrbart.

Wie hast du Shade eigentlich gefunden? Dein Vater hat jahrelang nach ihm gesucht. Ben Porter auch.

William zögerte. Habe ich nicht.

Hast du nicht.

Ich habe ihn nicht gefunden, John. Er hat mich gefunden. William rieb sich die Handgelenke. Sein schlimmes Knie schmerzte. Ich weiß, was du jetzt denkst. Aber ich glaube, er wollte mir irgendwas sagen.

Und was sollte das sein?

William breitete die Hände aus. Keine Ahnung. Er war unerwartet ernüchtert, erschlagen von seinen Eingeständnissen. Laut ausgesprochen klang das Ganze wirklich ziemlich verrückt, Shores Zweifel waren durchaus berechtigt. Erzähl mir vom Reckitt-Fall, wechselte er das Thema. Gibt es da Fortschritte?

Diese verfluchte Reckitt, knurrte Shore. Ich hätte ihren Kopf eigenhändig zurück in die Brühe geschmissen, wenn ich gewusst hätte, dass sich die Sache so hinzieht.

Blackwell ist also immer noch nicht weiter?

Shore lachte bellend. Mr Blackwell hat so seine Vermutungen. Meint, die Indizien würden auf ein Verbrechen aus Leidenschaft hinweisen. Meint, er hätte den Pub und sogar den Täter ausfindig gemacht, weil die Beschreibung von Charlotte Reckitt auf dessen Frau passt und sie seit einem Monat nicht mehr gesehen wurde. Er glaubt, dass es dort einen Keller geben könnte, in dem sich Dr. Brecks Sägemehl und Insekten befinden. Shore kniff ein Auge zu. Ich habe ihm gesagt, wenn er den Fall dadurch schnell abschließt, kann es meinetwegen auch der Butler der Queen gewesen sein.

Ein Verbrechen aus Leidenschaft, wiederholte William. Das gar nichts mit Charlotte Reckitt zu tun hat?

Aye. Die Gemahlin des Wirts ist in Frankreich, wurde ihm gesagt, besucht dort Verwandte. Kommt vielleicht nie wieder zurück, wurde ihm gesagt. Irgendein Streit zwischen den beiden, sie ist einfach auf und davon, ohne irgendwem Bescheid zu geben, hat kaum was zum Anziehen mitgenommen.

Wie sicher ist sich Blackwell?

Nicht besonders. Noch nicht.

Wenn es nicht Charlotte Reckitt war, die da aus dem Fluss gefischt wurde ...

Ich würde vorläufig nicht allzu viel auf Mr Blackwells Vermutungen geben, sagte Shore. Ich bin jetzt seit siebenundzwanzig Jahren Polizist, William. Und die einfachste Erklärung ist immer die richtige.

Ausnahmen bestätigen die Regel.

Shore warf ihm einen schiefen Blick zu, William zog die Brauen hoch, und dann grinsten beide.

William schwieg über seine Unterhaltung mit dem Inspector im Aktenregister. Auf einer Anhöhe schwebte ein Fesselballon über dem toten Gras. Männer in dicken Mänteln und Schals stemmten sich in die Ankerseile, um den Korb auszubalancieren, auf der rotweißen Ballonhülle prangte eine Werbeaufschrift für Pears-Seife. Zwei Damen mit dicken Schultertüchern kletterten an Bord, der Aeronaut löste einen Sandsack, und der Korb schaukelte und stieg langsam in die Höhe. Die Damen kreischten und lachten und hielten ihre Hüte fest. Die Zuschauer klatschten Applaus, der gedämpft herüberdrang. Der Ballon stieg höher und höher, die Seile hingen wie aus einer anderen Welt herab, einer Welt tosender Winde und strömenden Lichts.

Da entdeckte William den Mann. Er trug einen Zylinder, der ihn noch größer machte, und sein gewaltiger Körper war in einen Gehrock gezwängt, dessen Knöpfe über der Brust spannten. Der schwarze Bart war gestutzt, das Kinn im Empirestil glattrasiert. Er ging erhobenen Hauptes, entspannt. William erkannte ihn sofort.

Adam Fooles Diener.

Er ließ sich nichts anmerken, folgte dem Riesen jedoch, und Shore musste schneller gehen, um Schritt zu halten. Der Chief Inspector erzählte von der Weltausstellung im Hyde Park, als er noch jung gewesen war, dem Crystal Palace aus Stahl und Glas, den großen Bäumen, um die er herumgebaut worden war.

An einer Bank blieb Fooles Diener stehen und zog eine große Taschenuhr aus seiner Weste, da kamen auch schon zwei Männer die Promenade herunter, schüttelten ihm die Hand, und zusammen gingen sie weiter. Einer trug eine britische Offiziersuniform. Passanten zogen den Hut vor ihm. William unterbrach Shore, wies auf die Männer.

Wer ist das?

Shore folgte seinem Blick. Ach. Colonel Vail.

Vail, der in Afghanistan war?

Genau der. Unser Held von Kandahar. Woher weißt du das denn?

Wir haben auch Zeitungen in Chicago, John.

Ich vergesse immer, dass ihr Yankees lesen könnt. Shore grinste. Für den Colonel geht es nächsten Monat in den Kongo. Ich habe fast Mitleid mit dem armen Mann. Schau ihn dir an. Ein Aushängeschild für jede Lady in London. Man kann zu keinem Bankett mehr gehen, ohne dass er neben der Gastgeberin sitzt. Die Uniform hat er diesen Winter garantiert mehr als einmal weiter machen lassen müssen.

Shore schaute noch einmal genauer hin. Diesen Riesen da kenne ich nicht. Aber der Linke, das ist George Farquhar, der Galerist. Nicht mehr lange, dann ist er *Sir* Farquhar, würde ich sagen. Er ist mit Lord Dugan befreundet. Seine Frau war vor einigen Jahren als Schauspielerin recht bekannt, es gab Gerüchte, sie sei die Mätresse des Duke of York. Ihre Sammlung von Diamantschmuck ist berüchtigt, soll sogar die von Lady Margaret in den Schatten stellen, heißt es. Sein Gemälde macht ja ziemliche Furore, angeblich soll es einen rekordverdächtigen Auktionspreis erzielen.

Auktion?

Bei Christie's. Davon hast du nichts gelesen? Die Leute stehen Schlange bis vor die Tür, um es zu sehen. Das ist seit einem Monat Titelthema der *Times*.

William zuckte mit den Schultern.

Ich dachte, ihr Yankees könntet lesen.

Aber nicht die Klatschspalten.

Shore grinste. Klatsch gehört zu den Nachrichten, mein

Freund. Es heißt, das Gemälde könnte dreißigtausend Pfund erzielen. Es ist ein Porträt von Emma Hamilton. Ziemlich aufreizend, wenn ich recht informiert bin.

Dreißigtausend Pfund für ein Bild?

Aye.

Das glaube ich nicht.

Euer Mr Amherst, der Financier, hat wohl großes Interesse.

William sah, wie Fooles Diener ernst nickte, sich abwandte und durch die Massen schob, die anderen beiden Männer gingen in entgegengesetzter Richtung davon. Plötzlich packte ihn ein Schwindel, als hätte er gerade einen Blick hinter den Vorhang erhascht. Auf eine versteckte Naht, die alles zusammenhielt. So viel Glück hat doch kein Mensch, dachte er. Das gibt's doch gar nicht.

Es war nach Mitternacht, als er erwachte. Der Hund im Zwinger neben dem Pumpenhaus bellte, dann wurde es still, und William hörte langsames Stiefelschlurfen auf den Stufen zur Veranda, Innehalten, ein leises Klopfen. Margaret neben ihm schlief darüber hinweg, doch er stand auf, schlüpfte in seinen Morgenmantel, ging barfuß die Treppe hinunter und entriegelte die Tür. Es war Robert, nur das Nötigste am Leib, den Hut tief ins fahle Gesicht gezogen.

Er ist tot, Willie, sagte er. Noch nicht einmal eine Stunde.

William nickte. Stand nickend im Dunkeln, das Haar zerzaust, den Morgenmantel nachlässig zugebunden, dann schaute er auf und sagte: Willst du reinkommen? Dann: Er ist tot. O Gott.

Ich muss wieder los, sagte Robert. Zurück zu Ma. Die Kinder sind auch wach.

Doch er ging nicht.

Komm rein, sagte William. Komm rein. Kaffee?

Er drehte sich um, ging in die Küche, und kurz darauf hörte er, wie Robert eintrat und die Tür hinter sich schloss. Margaret oben im Bett fiel ihm ein.

Margaret schläft, sagte er. Soll ich sie besser wecken?

Kaum hatte er die Frage ausgesprochen, wusste er, dass er sie schlafen lassen würde. Um diese Uhrzeit konnte sie ohnehin nichts tun. Robert war in der Küchentür stehen geblieben und hatte seinen Hut abgenommen. William zündete eine Öllampe an, stellte sie auf den Holztisch, und der saubergescheuerte Raum wurde sichtbar. Die Brüder blinzelten ins Licht.

William spürte nichts. Das war das Erschreckende. Er hatte sich diesen Augenblick seit Tagen ausgemalt, aber nie damit gerechnet, dass es sich so seltsam anfühlen würde, so weit weg, als wäre es nur die Generalprobe für den Verlust, der noch käme. Er knallte einen Topf auf den Herd, goss einen halben Krug Wasser hinein und riss ein Streichholz an, dann ließ er sich schwer auf einen Stuhl fallen, die Pranken vor sich auf dem Tisch.

Robert sagte: Es ist gut so. Es ist besser für ihn.

Ja.

Er wollte nicht mehr leiden.

William musterte seinen Bruder, die klaren braunen Augen verquollen vor Erschöpfung. Er behielt für sich, dass ihr Vater nicht hatte sterben wollen. Stattdessen sagte er: Wahrscheinlich hast du recht.

Ich wollte dir nur Bescheid geben, sagte Robert. Ich wollte es dir persönlich sagen.

Das weiß ich zu schätzen.

Jetzt wird es wohl einiges zu tun geben. Beisetzungsvorbereitungen und das Ganze. Ma sagt, sie will keine große Beerdigung. Aber ich weiß nicht, wie wir da drum herumkommen sollen.

William sah seinen Bruder an. Wie geht es ihr?

Robert rieb sich das unrasierte Gesicht. Ach, du kennst sie doch. Sie ist stärker als wir alle zusammen.

William nickte. Und dir?

Es ist komisch.

Finde ich auch. Gut, dass du bei ihm warst. Zum Schluss. Du warst immer sein Lieblingssohn.

Robert stieß ein leises kehliges Geräusch aus.

Was?

Meine Güte, Willie. Sein Bruder schob den Stuhl zurück, die Hände mit weißen Knöcheln an der Stuhlkante. Er starrte auf seine Stiefel und sagte schließlich: Ich muss los, ich muss wieder zurück.

Doch er ging nicht.

William hörte die Holzdielen über sich knarren. Er dachte, Margaret würde herunterkommen, doch sie kam nicht, und so saßen sie weiter zu zweit in der nächtlichen Küche, ihr Spiegelbild unscharf verzerrt in der Fensterscheibe. Keiner der Brüder sagte ein Wort. Das Wasser kochte. William stand auf und zog den Topf vom Herd. Das Wasser sprudelte, und Dampf stieg darüber auf, er schaute hinein und spürte immer noch nichts, und dann beruhigte sich die Flüssigkeit, lag still da, ein durchsichtiges, lichtloses Etwas, das die Form hielt, die es umgab, und William starrte lange hinein und hätte am liebsten die Hände hineingetaucht, doch er tat es nicht, und sein Bruder schwieg, und ganz allmählich dämmerte der Morgen heran.

Als er drei Tage später das Gebäude von Scotland Yard betrat, war wieder Montag und die Sonne verschwunden, der Nebel kräuselte sich über der Themse. Er zog seine Lederhandschuhe Finger für Finger aus und trug sich bei dem Sergeant an der Anmeldung ein. Dann bahnte er sich seinen Weg durch die überfüllten Korridore und die Treppe hinauf, wo Shore zwei Arbeitern vor seinem Büro ruppige Befehle erteilte. Auf dem Flur stank es nach Fischöl, und William rümpfte die Nase. Die Männer hielten einen ausladenden Glasrahmen gekippt zwischen sich, den sie vorsichtig in Shores Büro trugen und ihn dort ächzend an die rückwärtige Wand lehnten, er passte gerade eben davor.

So ist gut, Jungs, sagte Shore.

Was ist das?

Shore seufzte. Ein Geschenk der kaiserlichen Polizei. Tu dir keinen Zwang an.

William trat näher. Es waren ungefähr sechzig Fotografien von Frauen, alle im gleichen Studio aufgenommen. Junge Frauen, alte Frauen, manche blond, manche dunkelhaarig, mal in Lumpen, mal in Sonntagskleidern, mal lächelnd und mal finster dreinschauend. Es wirkte wie eine Verbrecherkartei. William runzelte die Stirn und ließ den Blick von einer zu nächsten schweifen. Irgendetwas daran war seltsam, und plötzlich wusste er, was es war. Sie hatten alle die gleichen Augen.

Nicht nur die Augen, korrigierte ihn Shore. Das ist alles die gleiche Frau. Nur anders zurechtgemacht.

William schaute noch einmal hin, und nun erkannte er es.

Gibt einem ganz schön zu denken, sagte Shore. Wir alle haben viele Gesichter. Früher habe ich geglaubt, das wäre nur eine Redensart. Aber schau sie dir an. Ich muss jedes Mal an sie denken, wenn ich eine Fotografie in der Hand habe. Man sieht nur, was man sehen will. Und wir halten das tatsächlich für einen Beweis.

Ist es das denn nicht?

Shore zuckte mit den Schultern, setzte sich an seinen Schreibtisch und schob einen Papierstapel beiseite.

Du hast vermutlich nicht nur nach mir schicken lassen, um mir das zu zeigen.

Nein.

William nahm den Hut ab und fuhr sich mit der Hand durchs Haar. Also?

Ein Mann, auf den die Beschreibung deines Mr Foole zutrifft, war vor zwei Wochen als Besucher in Millbank, sagte Shore. Hat sich als Rechtsreferendar eines gewissen Gabriel John Utterson ausgegeben. Unter dem Namen Mr Guest. Er hat unseren guten alten Mr Reckitt besucht.

William rieb sich die Augen. Klingt meine Geschichte jetzt vielleicht ein bisschen weniger an den Haaren herbeigezogen?

Shore ächzte. Ich muss wohl nicht erwähnen, dass Mr Utterson bestreitet, den Gesuchten zu kennen, und versichert, sein Referendar Mr Guest – den gibt es tatsächlich – sei den ganzen Tag bei ihm in der Kanzlei gewesen.

Rose Utterson war das Medium bei der Séance.

Das ihn Edward genannt hat?

William nickte. Ihr Bruder war auch da. Ich habe ihn kennengelernt. Er kannte Foole.

Aye. Ich gehe davon aus, dass dieser Mr Foole einer seiner Klienten ist.

Also laden wir sie alle vor. Decken ihre Lüge auf.

Zwecklos. Utterson wird seine Aussage einfach abändern. Oder irgendwo wird irgendjemand geschmiert, und du stehst wie der letzte Trottel da. Nein. Aber, und hier hielt Shore inne und sah William mit trüben Augen an. Ich habe eine andere Verbindung aufgetan. Ich weiß, wo Foole als Nächstes auftauchen wird.

Und wo soll das sein?

Bei einem Wohltätigkeitsbankett diesen Samstag, ein Valentinsdinner. Für die Gilderitter, zu Ehren unseres Colonel Vail, ehe er in den Kongo aufbricht. Der Gastgeber ist niemand Geringeres als Mr George Farquhar.

William fuhr sich mit der Zunge über die Lippen. Die beiden Männer aus dem Park, sagte er.

Aye. Also, zu diesem Adam Foole, sagte Shore. Ich habe seine Identität überprüfen lassen. Scheint ein durchaus respektabler Gentleman zu sein. Hat ein Haus in der Nähe des Piccadilly, in der Half Moon Street. Irgendeine Art Importgeschäft, ein Emporium für auserwählte Kundschaft, zurückhaltend, sondert sich ab. Keine Beschwerden von Nachbarn. Keine Spur von ihm in unseren Akten. Glaubst du immer noch, dass er Shade ist?

Ganz sicher.

Shore sog die Wangen ein, dachte nach. Ich kann mir schon vorstellen, was ein Mann wie Edward Shade von dem Colonel will.

Das konnte William auch. Der Colonel besaß Vermögen, Prestige und war immer wieder über längere Zeit nicht in

England. William saß mit verschränkten Fingern und den großen Füßen auf dem Teppich da und starrte durch die schmutzige Fensterscheibe nach draußen, dachte über Foole und den Wohltätigkeitsabend und die Möglichkeiten dort nach. Woher weißt du von dem Bankett?, fragte er schließlich.

Wir sind die Kriminalpolizei, William. Wir sind immer auf dem Laufenden.

Im Traum vielleicht. Woher also?

Shore grinste. Meine Frau ist im Komitee. Ich habe einen Blick auf die Gästeliste geworfen. Er kommt wohl allein.

William stand auf, fing an, auf und ab zu gehen. Ich will bei dem Empfang dabei sein, John.

Das dachte ich mir fast.

Ich will Foole selbst im Auge behalten. Wenn er vorhat, irgendein Ding mit Vail zu drehen, will ich sehen, wie er es macht. Er nickte, als hätte er einen wichtigen Gedanken, blickte dann Shore an und sagte: Du solltest auch kommen.

Dafür wird meine Frau schon sorgen. Solche Abende werden Monate im Voraus geplant und sind verdammt exklusiv. Ich weiß nicht, ob ich dich da einschleusen kann.

Du musst.

Und was soll ich sagen?

Sag denen, ich bin der Inhaber des Pinkerton Detektivbüros. Sag ihnen, ich bin ein Prachtexemplar von einem Amerikaner.

Na, da werden die Herrschaften dann aber enttäuscht sein.

Was ist mit dem Unterhaltungsprogramm nach dem Essen? Du könntest meine Dienste anbieten. William ließ einen Fingerknöchel nach dem anderen knacken, während er sich an eine Idee herantastete. Weißt du was, ich glaube, das kommt uns sehr gelegen. Ich glaube, so können wir doch noch eine Akte für Adam Foole anlegen.

Wie das?

Erinnerst du dich an das Bankett mit den Sûreté-Repräsentanten letzten Herbst?

In Paris. Aye. Shore trommelte mit den Fingern auf seinen Schreibtisch. Was stellst du dir vor? Eine Demonstration der Bertillon-Methode?

Was spricht dagegen?

Da kämen mir schon ein, zwei Dinge in den Sinn.

Doch William hörte gar nicht zu. Und wie man Fingerabdrücke nimmt, zeigen wir auch gleich noch, sagte er grimmig. Wir holen uns Adam Foole als Freiwilligen aus dem Publikum.

Um Himmels willen.

Er ist ein Geist, John. Ich habe auch die Akten der Detektei noch einmal durchsehen lassen, aber es steht nirgendwo etwas über den Mann. Er existiert einfach nicht, jedenfalls nicht offiziell. Ich will seine Körpermaße. Ich will ihn identifizieren können, wenn es so weit ist.

Wenn es so weit ist. Shore saß mit gesenktem Doppelkinn regungslos da, und als er aufsah, war sein Blick müde und ein bisschen traurig. Ich sehe zu, was ich tun kann. Geht's dir gut?

Blendend.

So siehst du aber nicht aus. Shore schloss seinen Schreibtisch auf, holte zwei Gläser heraus und entkorkte eine Flasche Whiskey aus dem Regal hinter sich, dann goss er zwei

Fingerbreit in jedes Glas. Die dunkle Flüssigkeit glomm und schwappte, brannte klar im Winterlicht.

Auf das Glück, sagte Shore.

William hielt sein Glas ins Licht. Das Glück habe ich bisher noch in keiner Flasche gefunden, sagte er.

Aye, sagte Shore und grinste. Das hier ist ja auch im Glas.

Einunddreißig

Foole entdeckte Pinkerton zuerst.

Gleich hinter der Tür von Farquhars Palast stand er mit dem breiten Rücken an einer Marmorbüste und nickte mit großem Ernst einem Grüppchen backenbärtiger Gentlemen zu. Darunter war auch die gedrungene Gestalt von Chief Inspector John Shore mit seinem hässlich breiten, roten Gesicht. Foole beobachtete, wie Pinkerton sich umdrehte, um seinem Nebenmann die Hand zu schütteln, und stellte überrascht fest, dass es Farquhar selbst war. Er hatte Pinkerton seit der Séance nicht mehr gesehen und verspürte plötzlich eine bleierne Angst in der Magengrube. Der Detektiv bemerkte ihn nicht.

Foole glitt zurück über die Schwelle und ließ sich von den anderen Gästen gegen das Eisengeländer drängen, von Damen in Zobelmänteln und Fuchspelzen, die nur seitwärts durch die Tür passten. Er überlegte, ob er die Sache abblasen und eine andere Möglichkeit suchen sollte. Entlang der kopfsteingepflasterten Straße standen die Kutschen und Hansoms, deren orangefarbene Laternen im Nebel brannten. Foole spähte mit dem zwanglos zerstreuten Stirnrunzeln vermögender Männer in die Dunkelheit und versuchte nachzudenken. Er glaubte nicht an Zufall. Und doch, sagte er sich, hatte es gewisse Vorteile zu wissen, wo die beiden

Männer sich ausgerechnet an diesem Abend aufhielten. Er spürte die kalte Luft auf dem Gesicht und wappnete sich. Dann drehte er sich um und zwängte sich wieder hinein. Sollte Pinkerton doch glotzen. Er war gekommen, um einen Mann unter die Lupe zu nehmen und nicht ohne den Schlüssel zu seinem Haus wieder zu gehen, davon würde er sich nicht abbringen lassen.

Langsam schob er sich mit der Schlange der Ankommenden an Mrs Farquhar vorbei, begrüßte sie mit einem Lächeln und trat ein. Er war absichtlich spät gekommen. Es war Samstagabend in London, im tiefsten Winter, und der Nebel hinter ihm kroch erstickend heran. Unauffällig schaute er sich nach Pinkerton um, konnte ihn jedoch nicht mehr entdecken, obgleich er Blicke spürte, oder fürchtete, sie zu spüren. Er war dem Anlass gemäß gekleidet. Er trug einen teuren Frack, den er sich erst zwei Tage zuvor hatte schneidern lassen, der hohe Kragen fühlte sich steif und ungewohnt an, dazu trug er Spazierstock, Zylinder und weiße Glacéhandschuhe. Er wollte gesehen werden.

Farquhars imposante Villa war von beachtlicher Größe, Marmorsäulen flankierten die Eingangshalle. Rosa Bänder und weiße Kreppschleifen säumten Brüstungen und Gesims. Foole zog Mantel und Handschuhe aus, nahm den Hut ab und ließ den Blick über die Männer schweifen, die an der Garderobe anstanden. Statt sich einzureihen, drückte er sich an der Wand entlang einen Korridor hinunter, bis er auf einen kleinen Raum mit einem Kleiderständer stieß, der mit den eigenen Mänteln der Farquhars behängt war. Er sah sich um, dann durchsuchte er flink die Taschen, aber er fand Farquhars Schlüssel nicht.

Kann ich Ihnen behilflich sein, Sir? Ein leichenblasser Butler stand da und beobachtete ihn.

Foole drehte sich lächelnd um. Verzeihen Sie, sagte er. Das ist wohl nicht die Garderobe?

Nein, Sir. Der Butler schüttelte steif den Kopf. Dürfte ich Sie zu Ihrer Gesellschaft geleiten?

Foole nickte erleichtert. Vielen Dank, sagte er. Nicht, dass ich mich wieder verlaufe.

Er mischte sich unter die Leute, plauderte, lachte und schmeichelte. Er war klein, aber gutaussehend, und das wusste er zu seinem Vorteil zu nutzen. Damen bewunderten seine schmalen Handgelenke, Herren fanden sein Lachen sympathisch. Er hielt in der Menge nach Pinkerton Ausschau, doch jedes Mal, wenn der Detektiv sich näherte, wandte er sich ab.

Endlich erreichte er Farquhar und dessen Frau und stellte sich lächelnd erneut vor. Um den Hals trug Mrs Farquhar ein Diamantgeflecht, hauchfein, funkelnd und unglaublich schön. Ihre Hand war kalt, als er sie mit den Lippen streifte, an jedem Finger ein Diamant. Farquhar selbst hatte kleine Augen, die in den Runzeln saßen wie Knöpfe, und Foole überlief es kalt. Der Mann war nicht groß. Seine Frau mit ihrem alten, schlaffen Hals überragte sie beide. Sie wirkte doppelt so alt wie Farquhar. Welchen Skandal man da wohl unter den Teppich gekehrt hatte.

Ach, Mr Foole, natürlich, sagte Farquhar mit einem Lächeln. Seine Stimme klang knisternd, freundlich. Welch Freude, Sie zu sehen, Sir.

Ganz meinerseits, Sir.

Sie sind Sammler, wie ich höre?

Foole legte den Kopf schief.

Mrs Farquhars lange, blasse Finger verharrten einen Augenblick auf seinem Arm. Und gibt es ein bestimmtes Gebiet, das Sie interessiert, Mr Foole?

Bisher amerikanische Maler, frühes neunzehntes. Aber mein Haus hier in Piccadilly möchte ich mit britischen Werken schmücken.

Die *Emma* haben Sie gesehen, Sir?

Nicht ganz meine Kragenweite, fürchte ich. Aber ja, gesehen habe ich sie.

Gleichwohl ein schöner Zeitvertreib, sagte Farquhar strahlend.

Und wo wohnen Sie, Sir?

Half Moon Street.

Ach, Mr Foole, sagte Mrs Farquhar und lächelte verlegen. Dann sind wir ja fast Nachbarn.

Wir sollten uns einmal verabreden, Sir, sagte Farquhar freundlich. Vielleicht kommende Woche. Aber heute Abend müssen Sie sich amüsieren, Sir, und die hervorragende Gesellschaft genießen, darauf bestehe ich.

Mrs Farquhar lächelte unaufhörlich. George hat einige talentierte Aquarellmaler in unserer Sammlung hier, sagte sie. Darf ich sie Ihnen zeigen?

Davon habe ich schon gehört, sagte Foole lachend. Aber ich würde es nie wagen, Sie Ihren Verehrern zu entführen.

Sie standen zu dritt in einer schmalen Nische abseits des Menschenstroms, und Mrs Farquhar fächelte sich während des Gesprächs artig Luft zu. Foole klopfte dem Galeristen auf die Schulter, und Farquhar bemerkte nichts. Geschickt fuhr er ihm in die Taschen und tastete nach den Schlüsseln.

Er fand nur ein Schnupftuch, ein Taschenmesser und einen Damenring mit Smaragd.

Als er wieder in der Menge untertauchte, entdeckte er Pinkerton. Er stand an die Balustrade gelehnt auf der zweiten Treppenstufe, ragte düster und rachedurstig über der Menge auf. Er beobachtete Foole mit großem Interesse. Die herausgeputzten Gäste schwebten mit ihren Getränken in der Hand zwischen ihnen hin und her.

In diesem Augenblick griff eine hochgewachsene Matrone in blauem Abendkleid nach Fooles Arm, und als er sich umdrehte, lächelte sie ein schauriges Lächeln und stellte sich und ihren Begleiter vor. Sie seien soeben aus Boston angekommen, sagte sie, und man habe ihnen gesagt, er sei ein Landsmann.

Sehr erfreut, sagte Foole und verbeugte sich.

Als er den Blick hob, war der Detektiv verschwunden.

Die Glocke läutete, die Gesellschaft begab sich zum Essen in einen großen, hell erleuchteten Saal. Die gewölbte Decke war in grellen Farben mit Amoretten bemalt, die sich vorbeugten und goldene Äpfel auf die Betrachter hinunterwarfen, die geschnitzten Mahagonibalken glänzten wie gewaltige schwarze Planken einer spanischen Galeone. Alles strotzte vor Opulenz und Glanz. Entlang der Wände hatte man drei Tafeln eingedeckt, die Farquhars und Colonel Vail in der Mitte platziert. Pinkerton saß Vail direkt gegenüber neben Shore und dessen Frau, und auch Foole saß zu seiner Überraschung am Tisch der Gastgeber. Eine riesige Schwanenskulptur aus Eis schmolz auf einem Servierwagen langsam vor sich hin. Gabeln, Messer und Löffel glänzten in Reih und Glied wie Operationsbesteck, und Foole sah sein eigenes Gesicht verzerrt und verschwommen in der Wölbung seines Suppenlöffels. Im Saal war es heiß, und die Decke warf das Stimmengewirr trotz der dicken Vorhänge an den Wänden donnernd zurück, Foole konnte kaum etwas verstehen. Weinkellner standen bereit, Servierer glitten schweigend und geisterhaft von Gast zu Gast, schöpften Suppe aus großen Kupferterrinen, und Foole musterte die Gesichter eines jeden von ihnen, als suchte er nach vertrauten Zügen. Sie waren die Unsichtbaren, die Nichtanwesenden, und ebendies verlieh ihnen Macht.

Er saß neben einem alten Mann mit kräftigem Nacken und langer Narbe auf der Wange, der sich das weiße Haar über den kahlen Fleck auf dem Hinterkopf gekämmt hatte. Ein Geistlicher.

Anglikanische Kirche, sagte der Mann.

Sehr erfreut, Sir, antwortete Foole mit ernster Miene.

Als der Geistliche nach Fooles Arm fasste, bemerkte dieser die Narben auf seiner Pranke, darunter kaum noch sichtbar die verblichenen blauen Linien einer Tätowierung. Ich war fast zwanzig Jahre lang Seemann, bevor ich meine wahre Berufung fand. War ein rauhes Leben. Die Meere gehören Gott. Die lassen einen nicht in Frieden.

Wohl wahr, sagte Foole. Und woher kennen Sie die Farquhars?

Der Geistliche brummte. Wen?

Foole räusperte sich.

Kleiner Scherz, mein Lieber. Mr Farquhar lässt der Gemeinde regelmäßig milde Gaben zukommen. Wir kennen uns schon lange. Kommen Sie aus den Kolonien?

Foole grinste verdutzt. Ich komme aus New York. Wenn Sie das meinen.

Willkommen in London, mein Lieber. Sind Sie zum ersten Mal hier?

Nein.

Ach so.

Ich habe ein Haus in London, fügte Foole nach einer Weile hinzu. Seit dem Tod meiner Frau bin ich häufiger hier.

Der Geistliche schüttelte den kantigen Kopf, seine Augenbrauen zogen sich zusammen, als hätte man eine Schnur um seinen Schädel festgezurrt. Sie ist jetzt an einem besseren Ort, Sir.

Ja.

Foole spähte unbehaglich an seinem Tischnachbarn vorbei zu Pinkerton. Der große Detektiv blickte Shore finster an, dann starrte er unheilvoll in seine Suppe. Foole nickte, ohne dem Geistlichen zuzuhören. Er hörte, wie Mrs Farquhar über den Fall von Khartum sprach.

Ein Mann neben Farquhar beugte sich vor und sagte laut: Erzählen Sie uns doch von der *Emma*, Sir.

Farquhar lächelte, eine Katze, die den Kanarienvogel erwischt hat. Ich habe es für nur zwölf Pfund erstanden, Sir.

Da haben Sie aber gut verhandelt.

In der Tat.

Der Geistliche stieß einen prustenden Lacher aus, ein Hauch von Hohn lag darin, und Foole merkte, dass der Mann ihm sehr sympathisch war.

Jemand sollte dem armen Teufel mal stecken, dass Gott nicht verhandelt.

Das sollte man wirklich, sagte Foole.

Reichlich selbstzufrieden, die Herren, nicht wahr? Der Geistliche beugte sich über seinen Suppenteller und schlürfte etwas Suppe von der Seite seines Löffels, und wieder wunderte sich Foole über die Widersprüchlichkeit des Mannes, sein derbes Verhalten, seine guten Tischmanieren. Ich frage mich, ob sich für uns je etwas ändern wird. Ich schaue mir die beiden Söhne meines Bruders an, Sir, und gerate ins Grübeln. Draußen in Hertfordshire haben wir einen Schriftsteller, der über diese Dinge schreibt. Er glaubt, dass es eines Tages fliegende Kutschen geben wird.

Foole wendete mit dem Löffel irgendein blasses, formloses Etwas in seiner Brühe, sah zu, wie es wieder versank. Er lächelte. Fliegende Kutschen? Und wer soll die ziehen? Vögel?

Der Geistliche lächelte ebenfalls. Sie sollen aus eigener Kraft fliegen. Wie Lokomotiven.

Unmöglich.

Das will ich meinen. Allerdings ist die Welt, die uns der liebe Gott geschenkt hat, schon wahrhaft erstaunlich.

Mr Farquhar beugte sich vor und fragte laut: Und was halten Sie davon, Mr Pickins?

Der Geistliche blickte überrascht auf. Wovon?

Wovon, fragt er da. Von General Gordon natürlich.

Aber du weißt doch, dass sie nur zwei Tage nach dem Sturz der Stadt da waren, mischte Mrs Farquhar sich ein.

Das ist doch keine Stadt, meine Liebe.

Natürlich. Was denn sonst?

Khartum? Ein besseres Dorf mit Stadtmauer, würde ich sagen. Colonel Vail, Sie waren doch im Sudan, oder?

Der Colonel schüttelte den Kopf. In Ägypten, Sir. Aber

soweit ich weiß, ist Khartum in der Tat eine Stadt. Mit Stadtmauer. Ein Dorf könnte einer Belagerung kaum so lange
standhalten.

Foole spürte Pinkertons Blick und spähte hinüber, doch
der Detektiv sah ihn nicht an. Mrs Farquhar nippte an ihrem
Wein. Foole sah die Diamanten an ihrem Hals im Gaslicht
aufblitzen. Sie sagte: Vor einem Jahr waren die Zeitungen
voll von Artikeln über ihn. Ich erinnere mich so gut daran,
weil wir den General gerade in Palästina getroffen hatten.
Wann war das noch gleich, Liebling, war das nicht genau ein
Jahr vor der ganzen Sache?

Farquhar spitzte die Lippen. Zwei Jahre vorher, glaube
ich.

Nein, ein Jahr. Es war ein Jahr davor. Deine Mutter war
gerade gestorben. Mrs Farquhar wandte ihre Aufmerksamkeit wieder dem Tisch zu und ließ mit gerecktem Kinn den
Blick schweifen. Wissen Sie, wir hatten ja keine Ahnung,
dass er so ein wichtiger Mann war. Ein äußerst kurioser
Geselle. Aber das sind vermutlich alle berühmten Männer,
meinen Sie nicht auch? Sie lächelte. Er forschte wohl den
Stätten der Bibel nach. Eines Abends erzählte er uns, er
glaube, den Berg gefunden zu haben, an dem die Arche nach
der Sintflut auf Grund gelaufen war. Und dann wollte er den
Garten Eden finden.

Wie wunderbar. Wie sonderbar.

Nicht wahr?

Wie war er denn so?

Mrs Farquhar lächelte, stützte das Kinn in die hohle
Hand, ihre langen, dünnen Finger legten sich an ihre Wange.
Sonnenverbrannt, sagte sie wehmütig. Er ging mit einer Art

Stolpern, dann wieder einige Schritte normal, dann stolperte er wieder, als sei er ständig in Gedanken versunken. Das war er gewiss auch.

Es heißt, er hätte eine sehr leise Stimme gehabt. Und es sei erstaunlich, dass er sich den Wilden überhaupt verständlich machen konnte.

Ja. Sie nickte. Sehr leise.

Er war ein Gentleman, fügte ihr Mann hinzu. Tadellose Manieren.

Foole begegnete Pinkertons Blick. Die beiden fixierten einander, und der Saal um sie herum schien zu schrumpfen. Pinkertons Augen brannten wie zwei schwarze Kohlen, lichtlos und rabenschwarz. Foole hob sein Glas.

Pinkerton sah weg.

Foole wartete, bis der Detektiv mit einer rundlichen, rotgesichtigen Frau zu seiner Linken ins Gespräch vertieft war, tupfte sich den Mund mit der Serviette ab, und nachdem er sich bei dem Geistlichen entschuldigt hatte, stand er vom Tisch auf, um das Wasserklosett zu suchen. In der großen Halle vor dem Saal befanden sich keine Gäste mehr, lediglich einige Diener in Satinwesten, die Stuhlreihen aufstellten. Zwei Arbeiter in Lederschürzen bauten eine niedrige, einfache Bühne auf.

Er stieg die breite Treppe hinauf, stand im Halbdunkel auf dem Absatz und wartete, bis er sicher war, dass sich im oberen Stockwerk niemand aufhielt. Dann ging er den mit Teppich ausgelegten Korridor hinunter, betrachtete im gedämpften Licht die Gemälde und drückte im Vorbeigehen die Klinken aller Türen. Die ersten beiden Räume waren unverschlossen, dahinter befanden sich ein Ankleidezimmer sowie das kleine Schlafzimmer einer Dame. Beides beachtete Foole nicht weiter, doch die dritte Tür war abgeschlossen, und nachdem er einen dünnen Draht ins Schlüsselloch geschoben und den Schließmechanismus mühelos geknackt hatte, trat er ein.

Farquhars Studierzimmer. Er öffnete weder die Vorhänge noch machte er Licht, sondern wartete darauf, dass seine Augen sich an die Dunkelheit gewöhnten. Er sah zusammengerollte Leinwände, zur Wand gedrehte gerahmte Gemälde, den großen Schreibtisch. Foole hatte sich über den Galeristen informiert und wusste, dass Farquhar sein Geld damit verdiente, durch kleine Dörfer zu tingeln und Ahnungslosen ihre Gemälde abzukaufen. Alle halbe Jahre fand sich ein verlorengeglaubter Turner oder Gainsborough, und mit dem Profit aus diesen Bildern finanzierte er seine ambitionierteren Käufe. Kein Diebstahl, aber lauter war es auch nicht. Foole wusste zudem, dass es nicht um Reichtum ging, denn Farquhar hatte die Tochter eines Lords geheiratet. Er hörte, wie sich jemand auf dem Korridor näherte, aber wer auch immer es war, er ging vorbei.

Er zog den versiegelten Umschlag für Farquhar aus seinem Frack und lehnte ihn deutlich sichtbar an die Schreibtischlampe. Aus einer Innentasche nahm er einen weichen Klumpen Wachs und knetete ihn warm, bis er geschmeidig war und sich in mehrere kleine Kugeln zerteilen ließ. Diese wickelte er sorgfältig in sein Schnupftuch. Er zog eine Schreibtischschublade nach der anderen auf, ohne die Schlüssel zu finden. Ganz unten stieß er auf einen geladenen Revolver, und kurz wog er das kalte Gewicht in der Hand, dann legte er ihn zurück. Er hob die Papiere auf dem Tisch an und verschob die Akten, aber auch dort fand sich kein Schlüssel. Da entdeckte er Farquhars Chesterfield an einem Türhaken. Hastig durchquerte er den Raum. Fasste hinein.

Und zog aus der Tasche einen Ring mit schweren Eisenschlüsseln hervor.

Drei Minuten später schlüpfte er wieder aus dem Studierzimmer des Galeristen heraus, schloss die Tür geräuschlos mit beiden Händen und schlich zur Treppe. In seiner Tasche verborgen lagen die weichen Wachsabdrücke aller Schlüssel Farquhars. Der Korridor war verlassen, die Treppe grell erleuchtet nach der Dunkelheit des Studierzimmers. Weit unter sich hörte er die gedämpften Klänge des Festes, das leise An- und Abschwellen der Gespräche.

Die ganze Zeit, sagte eine Stimme ganz aus der Nähe, haben Sie gelogen.

Foole erstarrte.

Pinkerton stand im Schatten neben der Treppe und beobachtete ihn. Er kam auf ihn zu, die Arme vor der Brust verschränkt, das dunkle Gesicht melancholisch und grimmig. Hallo, Edward, sagte er.

Foole ließ die Hände locker und entspannt hängen. Und zum ersten Mal seit zwanzig Jahren reagierte er mit einem Nicken auf diesen Namen. Ich hatte Sie hier nicht erwartet, sagte er.

Pinkerton lächelte bitter. Das ist sicher wahr.

Die Wahrheit ist nicht so kompliziert, wie Sie glauben.

Ich glaube, sie ist ganz einfach, Mr Shade.

Foole bemerkte die unterdrückte Wut des anderen und dachte an die Festgesellschaft unten und daran, dass er ganz allein war mit diesem Mann. Dann nickte er. Wenn Sie mich entschuldigen, William. Man erwartet mich zurück.

Er ging auf die Brüstung zu.

Was ich nicht verstehe, sagte Pinkerton in seinem Rücken, ist das Warum. Warum das Risiko? Warum haben Sie sich ausgerechnet an mich gewandt? Ein Mann wie Sie muss doch Dutzende Kontakte haben. Jeder davon hätte ihren Mörder aufspüren können. Er stand regungslos da. Wollten Sie gefunden werden?

Foole hielt inne, drehte sich um. Sie sind zu voreilig. Sie haben gar nichts gefunden.

Nicht? Ihr Kompagnon Fludd ist im Dezember aus dem Gefängnis entlassen worden. Mr Utterson vertritt Martin Reckitt als Anwalt. Sie haben Mr Reckitt in Millbank besucht, verkleidet.

Ja und?

Sie gehören der Unterwelt an. Durch und durch.

Was immer Sie zu wissen glauben, sagte Foole, Sie täuschen sich. Ein Name hat keinerlei Bedeutung.

Menschen ändern sich, meinen Sie das?

Martin Reckitt ist ein Freund von mir.

Komische Freundschaft.

Foole schenkte ihm ein kaltes Lächeln. Welche Freundschaft ist schon gewöhnlich?

Pinkerton trat einen Schritt vor. Ich habe Mr Shore über Sie informiert. Ich werde in den Spelunken verbreiten, dass ich hinter Ihnen her bin. Der Yard wird bei jeder verfluchten Ermittlung von hier bis Edinburgh bei Ihnen anklopfen. In Amerika stehen Sie und Ihr Fludd bereits auf der schwarzen Liste meiner Detektei. Ich richte Sie zugrunde.

Foole schüttelte den Kopf. Ich führe ein unbescholtenes Leben.

Pinkertons Gesicht verhärtete sich. Sein Blick huschte zur Tür des Studierzimmers. Sie haben einen interessanten Orientierungssinn. Sind das Mr Farquhars Privaträume?

Foole fuhr sich mit der Zunge über die Lippen.

Pinkerton trat näher. Was wäre, wenn ich jetzt Ihre Taschen durchsuchen würde? Was würde ich da finden?

Foole spürte die Wachsabdrücke der Schlüssel riesig und schwer an seiner Seite zerren. Sie sind zu mir nach Hause gekommen, sagte er plötzlich und wechselte damit das Thema. Sie haben mein Dienstmädchen belästigt und bedroht. Das Kind war völlig verängstigt. Sie sollten sich schämen.

Pinkerton suchte seinen Blick, die Augen zusammengekniffen. Ich weiß Bescheid über den Krieg. Ich weiß, was Sie für meinen Vater getan haben. Was Sie ihm angetan haben.

Foole starrte ihn an. Ich habe Ihrem Vater nie etwas angetan.

Pinkerton hatte ihm wieder den Weg versperrt, und Foole nahm die enorme Masse des Mannes wahr, den breiten Brustkorb, den sauren Wein in seinem Atem. Unten das Klappern und Kratzen von Besteck auf Porzellan, das gedämpfte Dröhnen unzähliger Stimmen. Er wollte sich an Pinkerton vorbeidrängen, doch der packte ihn am Arm, und sein Griff war eisern und brutal.

Sie haben einen Agenten meines Vaters an die Konföderierten verraten, flüsterte er wütend. Ein Mann ist Ihretwegen gestorben. Ein Mann, dem mein Vater vertraut hat.

Ich habe nie irgendwen verraten.

Sie haben ihn so gut wie umgebracht.

Foole riss sich los. So gut wie?, zischte er, plötzlich wütend. Der Lärm der Festgesellschaft drang heraus, als im Erdgeschoss eine Tür geöffnet wurde, dann schloss sie sich wieder, und Foole vernahm das leise Klackern von Absätzen auf der Treppe. Haben Sie sich nie gefragt, wieso Ihr Vater Ihnen nichts davon erzählt hat? Er sah Pinkerton an, und allmählich brach sich ein lange unterdrückter Hass Bahn. Er flüsterte: Spaar hatte es auf mich abgesehen, er hat mich verraten. Ich hatte keine andere Wahl. Foole zitterte und wollte schon gehen, doch er drehte sich noch einmal um. Ich habe den Mistkerl erschossen, mit zwei Kugeln, um ganz sicherzugehen, sagte er.

Und damit drängte er sich an Pinkerton vorbei und ging wieder hinunter.

Zweiunddreißig

Nach dem Essen verlor William in dem Wirrwarr aus zurückgeschobenen Stühlen und zerknüllten Servietten Foole aus dem Blick, und als er sich von seinem Platz aus umsah, konnte er nur eine undurchdringliche, wogende Masse ausmachen. Zuvor hatte er beobachtet, wie Foole aufgestanden und zu Colonel Vail hinübergegangen war, um ein paar eindringliche Worte mit ihm zu sprechen, Vail hatte sich zunächst unbehaglich umgeschaut, dem kleinen Mann dann aber doch die Hand geschüttelt. William kam nicht dahinter, was Foole im Schilde führte. Im Augenwinkel sah er Shore auf sich zukommen und flüchtete eilends durch die Halle und die Treppe auf der anderen Seite hinauf, wo im Schatten des schmalen Absatzes der Colonel höchstselbst stand und mit starrem Blick und Zigarre in der Hand die Gäste beobachtete. Der Mantel offen, das Gesicht abgehärmt. Er war tatsächlich allein.

Verzeihen Sie bitte, sagte William. Ich wollte nicht stören.

Vails Augen funkelten im Halbdunkel.

Sie sind William Pinkerton, nicht wahr?, sagte der Colonel. Sie sehen so unbehaglich aus, wie ich mich fühle, Sir.

Tja, ich wünschte, ich würde mich so behaglich fühlen, wie Sie aussehen.

Vail wandte den Kopf und blickte flüchtig hinab auf die

Gäste. Er zog eine zweite Zigarre aus der Tasche, doch William winkte ab. Auf dem Treppenabsatz stand ein niedriger grüner Diwan, doch keiner von beiden setzte sich.

Da, sagte Vail mit einer wegwerfenden Geste in die Menge. Fleisch. Das ist es, was ich hasse.

William schaute ihn verwundert an. Beim Essen schien Ihr Hass nicht sonderlich ausgeprägt zu sein.

Den Mann, den Sie heute Abend beim Dinner erlebt haben. Den will ich hinter mir lassen.

Sie schwiegen, und William empfand eine spontane Zuneigung für den Colonel. Er erinnerte ihn an seinen Bruder Robert, in mancher Hinsicht an seinen Vater. Die Unverblümtheit, die gelegentlich mit körperlicher Stärke einherging.

Ich wollte Sie etwas fragen, Sir, sagte er.

Vail musterte ihn mit seinen hellen Augen.

Es geht um den Gentleman, mit dem Sie nach dem Essen sprachen, Mr Foole. Was hat er zu Ihnen gesagt?

Der Colonel verzog ratlos das Gesicht. Sie müssen verzeihen, sagte er. Aber ich kenne keinen Mr Foole.

Aber sicher kennen Sie ihn. Adam Foole. Ich habe Sie doch vorhin zusammen gesehen.

Vail schüttelte den Kopf.

Klein, versuchte William ihm auf die Sprünge zu helfen. Silbernes Haar. Sehr auffällige Augen, fast lila.

Ach so, ja. Vail lächelte. Er hat sich nicht mit Namen vorgestellt.

Was wollte er denn von Ihnen?

Von mir nichts, erklärte Vail lachend. Er hat nach Mr Farquhar gefragt.

Das Unterhaltungsprogramm wurde eröffnet. Eine eigens aus Finnland angereiste Sopranistin stand ätherisch und blass auf der Bühne wie eine weiße Flamme in der großen Halle. Sie sang ohne Begleitung, und William, der am hinteren Ende des Raums noch immer versuchte, Foole unter den Anwesenden zu entdecken, hielt inne und hörte gebannt zu. Er konnte keine Sprache in ihrem Gesang erkennen, doch plötzlich sah er Margaret vor sich, und seine Augen wurden feucht.

Als die junge Frau geendet hatte, erhob sich das Publikum geschlossen und applaudierte. William eilte mit grimmiger Miene durch die Reihen. Auf einem grünen Samtkanapee vor der Bühne entdeckte er Shore und dessen Frau. Die Federn quietschten, als der Chief Inspector zur Seite rückte.

Wo ist Foole?, flüsterte William.

Doch in Gedanken war er bei Farquhar. Er wusste, dass der Kunsthändler ein reicher Mann und mit der *Emma* in letzter Zeit oft in den Schlagzeilen gewesen war. Er dachte an Foole oben im Studierzimmer und an dessen riesenhaften Diener mit Farquhar im Park und kam zu dem Schluss, dass dieser Abend für Foole Teil eines größeren Plans sein musste.

Er spürte einen Ellbogen in den Rippen.

Kannst du nicht wenigstens so tun, als wärst du interessiert?, zischte Shore.

Ein Mann humpelte langsam auf die Bühne, sein Gang steif wie von einer alten Hüftverletzung. Mit seinem dicken Schnurrbart und der lila Weste sah er aus wie eine Mischung aus Vagabund und Bandit. Er hatte eine wundersame Apparatur mitgebracht, die er Zoltaskop nannte, sie sollte bemerkenswerteste Bilder erzeugen. Gemälde aus Licht, rief er. Bilder einer nicht existenten Welt. Während er sprach, hängten zwei Gehilfen in weißen Anzügen ein Laken auf, spannten es und traten beiseite.

Es ist kein Zaubertrick, sagte der Mann, es ist kein Hexenwerk. Meine Damen und Herren, Sie werden Ihren Augen nicht trauen.

William lehnte sich zu Shore hinüber und murmelte: Foole war während des Essens in Farquhars Studierzimmer. Ich bin ihm bis zur Tür gefolgt, aber ich weiß nicht, was er drinnen getrieben hat.

Shore wies mit dem Kinn über seine Schulter. Er beobachtet dich.

Wo?

Ganz hinten. Hat dich im Auge, seit du hier sitzt. Dem steht die Mordlust ins Gesicht geschrieben.

Der Vagabund wies seine Gehilfen an, das Licht zu löschen, woraufhin diese von Wandlampe zu Wandlampe gingen, und die Gasleuchten versanken eine nach der anderen im Dunkel.

Ein Lichtkegel flackerte auf. Rauch waberte gespenstisch hindurch. Das weiße Laken strahlte wie ein Leuchtfeuer. Der ganze Saal hielt den Atem an. Durch den Rauch war plötzlich ein gespenstisch leuchtendes Dorf zu sehen, ein Fluss, der sich zwischen den winterlichen Straßen hindurchschlängelte. Man sah eine Brücke, einen Kirchturm, eine Frau, die eine Ladenauslage betrachtete. Ein Häuschen am Rande des Dorfes, in dem ein Licht brannte.

Und dann fing es an zu schneien.

Das Publikum schnappte nach Luft, Mrs Shore zog die

Schultern hoch, richtete den Blick zur Decke, als suchte sie dort den Schnee. Shore fasste mit seinen dicken Fingern beruhigend nach ihrer Hand.

Es war dichter Schnee, weicher Schnee, doch er blieb nicht liegen. Eine Schar Gänse flog der Reihe nach am Kirchturm vorbei. Ein Pferdekarren fuhr über die Brücke und aus dem Dorf hinaus. All das spielte sich in vollkommener Stille ab. In den Vordergrund trat ein Hirte und trieb seine Schafherde über einen Hügel und außer Sicht, und dann wurde das Laken dunkel.

William hörte die Umsitzenden unbehaglich murmeln, spürte die körperliche Anspannung um sich herum, alles starrte wie gebannt nach vorn.

Der Mann auf der Bühne stand gebückt neben dem Zoltaskop und schob Glasplättchen herum. Die Bilder wechselten sich jetzt schneller ab. Ein dünner Schweißfilm glänzte auf seiner Oberlippe.

Als die Lichter wieder angingen, lachten die Herren, die Damen applaudierten gedämpft mit ihren Handschuhen.

Shore kniff die Augen zu, blinzelte, rutschte auf seinem Hosenboden herum.

Also dann, sagte er und biss die Zähne zusammen. Bringen wir's hinter uns.

Unter großem Applaus stand William auf und ging nach vorn auf die Bühne, zupfte sich unterwegs die Manschetten zurecht. Blasse Gesichter waren auf ihn gerichtet, die Fächer der Damen verbreiteten ein leises Rauschen. Shore hatte sich hinausgestohlen und schob nun einen Servierwagen auf Rollen herein, die in der Stille gespenstisch quietschten. Auf dem Wagen lag das Handwerkszeug ihres Berufs. Stempelkissen und Papier, Messzirkel, Zollstöcke, eine noch nicht ausgezogene Atelierkamera. William räusperte sich. Er schaute Foole nicht an.

Feierlich streckte er den Arm aus.

Sicher kennen viele von Ihnen meinen geschätzten Kollegen Mr John Shore, Chief Inspector bei Scotland Yard, sagte er lächelnd. Trocken fügte er hinzu: Lassen Sie sich von seinem Titel nicht in die Irre führen, er ist ein äußerst fähiger Detektiv.

Überraschte Lacher im Publikum. Shore schüttelte belustigt den Kopf.

Meine Damen und Herren. William verschränkte die Hände hinter dem Rücken. Seit über dreißig Jahren ist meine Detektei an der Aufklärung der ungeheuerlichsten Raubüberfälle in den Vereinigten Staaten beteiligt. Heutzutage stellt sich in der Verbrechensbekämpfung vor allem eine Frage: Wie identifizieren wir den Täter? Erst recht, wenn Tage und Wochen vergangen sind und die Spur allmählich erkaltet. Zeugenaussagen sind oft widersprüchlich. Wie können wir also sicher sein, dass wir den richtigen Mann haben?

Er spürte die gebannten Blicke der Damen.

Ein Franzose namens Alphonse Bertillon hat dafür eine Methode entwickelt. Obwohl sich unser Aussehen mit dem Alter verändert, müssen Sie wissen, gibt es Elemente, die immer gleich bleiben. Bereiche unserer Physiognomie, die den Jahren trotzen und unveränderlich sind. Und zwar handelt es sich um bestimmte Abstände im Gesicht und an den Händen im Verhältnis zum Rest unseres Körpers. Der Abstand unserer Augen zueinander, aber auch zu Ohren und Nase.

Die Länge und Form unseres Kieferknochens. Die Länge unseres Unterarms im Verhältnis zur Handfläche, unsere Finger, Oberschenkel. Das alles kann, wenn es zusammen mit dem äußeren Erscheinungsbild des Kriminellen – der Farbe von Augen, Haar und Haut, etwaigen Narben und so weiter – sorgfältig erfasst wird, einen Mann trotz oberflächlicher Veränderung verraten. Wer kann sich schon vor sich selbst verstecken?

Schweigen im Raum.

Heute Abend werden wir Ihnen unser Vorgehen demonstrieren. Zunächst einmal brauchen wir dafür einen Freiwilligen. Sind heute Abend Kriminelle unter uns?

Leises Lachen im Saal.

Ich würde ja meinen Kollegen hier bitten, sagte William, aber da hätte ich Sorge, dass wir eine Übereinstimmung in den Akten finden.

Wieder Lachen im Saal. Shores breites, rotgesichtiges Grinsen.

William ließ den Blick über das Publikum schweifen. Mehrere Damen hoben die Hand, doch er schaute über sie hinweg. Sie, Sir, sagte er. Sie sehen mir verdächtig aus. William zeigte mit einem langen, dicken Finger auf Foole, der sich neben dem Vorhang an der Rückwand herumdrückte. Foole schüttelte den Kopf, lächelte freundlich und hob abweisend die Hand.

Keine Sorge, Sir, sagte William laut. Es tut nicht weh, das versichere ich Ihnen.

Nein, nein, formte Foole mit den Lippen. Eine junge Dame legte ihm lächelnd die Hand auf den Unterarm. Ein Herr machte Platz. Andere wandten sich zu ihm um.

Shore ging bereits durch die Menge auf Foole zu.

Nein, danke, rief Foole. Ich habe so einen Ablauf schon mal gesehen, Sir.

Applaus für unseren mutigen Freiwilligen, rief William.

Die Damen applaudierten, Herren lachten in sich hinein, riefen Foole aufmunternde Worte zu.

William bemerkte den Zorn hinter dem Lächeln des Diebes.

Doch da hatte Shore ihn bereits am Arm gepackt und führte ihn durch die Stuhlreihen zur Bühne.

Meine Damen und Herren, rief William. Unser furchtloser Freiwilliger! Unter großem Gewese musterte er Foole. Ganz hervorragend, sagte er und zwinkerte ins Publikum. Ich bitte grundsätzlich nur Freiwillige nach vorn, die kleiner sind als ich.

Erneutes Lachen.

Wie heißen Sie denn, Sir?

Unterstehen Sie sich, raunte Foole, das Lächeln noch immer ins Gesicht geschraubt.

Mr Adam Foole, meine Damen und Herren!, verkündete William energisch.

Tosender Applaus.

Es gibt vielerlei Möglichkeiten, sagte er, packte Foole am Handgelenk und verdrehte es, bis dieser nachgeben musste. Vielerlei Möglichkeiten, einen Menschen zu vermessen. Wir werden sie Ihnen alle vorführen.

Applaus. Foole lächelte gezwungen.

Nun denn, sagte William, wenn Sie erlauben, nehmen wir zunächst einen deutlichen Fingerabdruck. Das Linienmuster auf der Fingerspitze ist bei jedem Menschen einzigartig und verändert sich im Laufe des Lebens nicht. Das ist wichtig, weil wir auf allem, was wir anfassen, unsichtbare Abdrücke hinterlassen.

Er sah Damen in Handschuhen die Fingerspitzen aneinanderreiben, Herren interessiert ihre Hände betrachten.

Foole fixierte ihn mit starrem, giftigem Blick.

Zuerst, sagte William, drücken wir jeden Finger einzeln auf das Tintenkissen und dann auf ein Formblatt. Während er sprach, stieß er Fooles Fingerspitzen in das dunkle Kissen und rollte sie dann zügig über das Papier.

Ah, ja, hervorragend, mein Lieber. William lächelte. Er hielt das Blatt hoch, damit das Publikum es bewundern konnte. Und jetzt die andere Hand, sagte er.

Foole lächelte. Sir, vielleicht könnte man ja anhand eines zweiten Freiwilligen die Unterschiede zwischen den Fingerabdrücken demonstrieren, schlug er vor.

William packte sein linkes Handgelenk und zog den Unwilligen zurück zum Tisch.

Ja, vielleicht, sagte William ebenfalls lächelnd.

Drückte die Finger des Diebs in die Tinte, aufs Papier. Zu seiner großen Freude entdeckte er an dieser Hand eine blasse Narbe.

Als er fertig war, brandete erneuter Applaus auf.

Aber damit ist es noch lange nicht vorbei, sagte er. Er führte Foole zu einem Hocker und ließ ihn Platz nehmen, dann begann er, mit einem Greifinstrument den Abstand zwischen Augen und Ohren des Mannes zu messen, die Länge seiner Nase, den Abstand zwischen Kiefer und Stirn. Er ließ ihn aufstehen und vermaß Arme und Oberkörper.

Normalerweise würden wir einen Mann nun von Kopf

bis Fuß untersuchen und jegliches ungewöhnliche Detail notieren, erklärte er. Narben, Muttermale, Tätowierungen und so weiter. Aber aus Rücksicht auf unseren Freiwilligen werden wir heute Abend ausnahmsweise darauf verzichten. Unbedingt festgehalten werden müssen jedoch Augen- und Haarfarbe, Körpergröße und so weiter.

Shores Federhalter kratzte unaufhörlich über die Formulare für die Akte. William ließ Foole Platz nehmen, und Shore zog die Kamera auf dem Stativ aus, spähte mit zusammengekniffenen Augen hindurch, stellte den Apparat etwas weiter in den Raum, bückte sich wieder unter das wallende schwarze Tuch. William erklärte mit einem Lächeln: Nicht zuletzt fertigen wir immer eine Fotografie des Verbrechers an. Mittels derer können Zeugen Verdächtige identifizieren. Also dann, Sir, bitte nicht bewegen. Sonst müssen wir die Aufnahme wiederholen und den feinen Damen vorführen, wie wir unkooperative Tatverdächtige bändigen.

Foole hob das Kinn. Blieb starr sitzen. Er funkelte grimmig in die Kamera, und in seinem Blick lag eine Aggression, die William noch nicht kannte. Die tiefen Furchen auf seiner Stirn. Die schrägen weißen Koteletten entlang der Wangenknochen, der strenge Schnurrbart.

Ein leises Puffen, als das Blitzlicht zündete, und schon war es vorbei.

William lächelte. Das war alles, Sir, sagte er laut zu Foole, und ich muss Ihnen dringend davon abraten, auf dem Nachhauseweg ein Verbrechen zu begehen. Andernfalls können wir Sie nun im Handumdrehen identifizieren.

Das Publikum lachte. Shore lachte, William lachte.

Und Foole stand auf und lachte ebenfalls. Lachte und

lachte, die Lippen schmal, die gelben Zähne scharf blitzend, die unheimlichen, katzengleichen Augen ließen nicht von William ab.

Eine Stunde später stieg William im trüben Licht der Gaslaternen die Stufen vor Farquhars prunkvollem Haus hinab, Müdigkeit machte sich in seinen Gliedern breit. Das Gebäude in seinem Rücken war hell erleuchtet, das Fest noch immer in vollem Gange. Unter dem Arm trug er eine lederne Büromappe, darin die Bertillon-Maße von Edward Shade. Fotografische Platten, Fingerabdrücke, eine Unterschrift des Mannes mit seinem Decknamen. Das war seinem Vater sein Lebtag nicht gelungen. Die Nacht war sehr kalt, und William wusste, dass die Grausamkeit, die er in sich spürte, ihn endgültig zum Sohn seines Vaters machte. An der Straßenecke keuchte eine Stute in ihrem Kutschgeschirr, ließ müde den Kopf hängen, der Rücken ein tiefes Tal, aus dem die Wirbelsäule hervorstach, die Leinen baumelten. Alle Pferde in London waren krank. William rief dem Kutscher die Adresse zu, stieg ein und schloss die Augen. Eigentlich hätte er froh sein müssen. Doch stattdessen war ihm sein Versagen überbewusst, er dachte an Foole auf dem Korridor vor Farquhars Studierzimmer, an ihre abgebrochene Unterhaltung. Er hätte den Mann am Reden halten müssen, ihm zuhören. In jeder Lüge steckte ein Funken Wahrheit. Selbst bei Edward Shade.

Nein, es war noch nicht vollbracht. William fluchte. Er musste noch einmal zurück in die Half Moon Street.

Dreiunddreißig

Die Nacht war schwarz.

Sie waren zu dritt, bewegten sich schweigend und schattenhaft durch den dichten Nebel der Straßen. Ein kleiner, schmächtiger Gentleman und sein ungeschlachter Diener, wenige Schritte dahinter ein Laufbursche. Zügig gingen sie durch die Stille.

Sie passierten die Tore des Green Park, dann das still daliegende Devonshire House, und begegneten keiner Menschenseele, sie sprachen weder, noch husteten oder atmeten sie hörbar. An einer Straßenecke blieben sie unter einer Gaslaterne stehen, wie um sich zu unterhalten, und jeder spähte in eine andere Richtung. Dann trat der Junge rückwärts in einen Hauseingang und wurde bis auf die weiß aufblitzenden Knöchel und Augen vom Schatten verschluckt. Die beiden Männer bogen auf die Old Bond Street ab, bewegten sich betont ungezwungen. Der Kleinere rauchte einen Zigarillo. Als sie die Burlington Arcade erreichten, blieb er stehen und betrachtete sein Spiegelbild im hohen Schaufenster einer Skulpturengalerie, zupfte seine Manschetten zurecht, ließ den Zigarillo fallen und trat ihn mit der Schuhspitze aus.

Er streifte die Handschuhe ab, steckte die Hände in die Taschen. Ließ sich den Kreidestaub durch die Finger rieseln.

Der bärtige Riese blickte in beide Richtungen die Straße hinunter, wo sich nichts regte, dann zog er auf einen Wink des kleineren Mannes eine Gemälderolle aus dem Mantel und reichte sie ihm. Er bückte sich, verschränkte die Finger zur Räuberleiter, und der kleine Mann nahm seinen Spazierstock zwischen die Zähne, hängte sich die Rolle über die Schulter und stieg in die hingehaltenen Hände.

In einer fließenden Bewegung hob der Riese den kleinen Mann hoch über seine Schultern, und dieser bekam geschickt federnd die eisernen Spitzen auf dem steinernen Sims des Fensters im ersten Stock zu fassen. Dort baumelte er einen Augenblick, während der Riese unter ihm wieder im Dunkel verschwand. Er winkelte die Beine an und zog sich hoch.

Der Sims war lang und schmal, gerade eben tief genug, dass er zwischen Fenster und Eisen seitlich auf einem Knie hocken konnte, und als Allererstes zog er sich die Handschuhe wieder an. Dann schraubte er flink die Stockspitze ab und zog das kurze Brecheisen heraus, stemmte sich in die Fensterlaibung und brach das Schloss mit einem kurzen, kräftigen Ruck auf. Das kaputte Schloss fiel im Innern klappernd zu Boden, und er horchte zunächst, dann klemmte er sich den Spazierstock unter den Arm und schob das Fenster lautlos auf. Geschafft.

Der Raum war unmöbliert, und er kannte ihn wie seine Westentasche. Bis auf den schwachen Schein der Gaslaternen, der von der Straße heraufdrang, war es dunkel, und dennoch erkannte er, wie ihn Emma Hamilton kummervoll aus ihrem Gemälde heraus ansah. Einen Augenblick, der ihm wie eine Ewigkeit vorkam, betrachtete er sie verträumt, doch mehr als ein paar Sekunden konnten es nicht gewesen sein. Dann machte er sich ans Werk.

Er ging zur Tür und horchte nach dem Wachmann auf seiner Runde, doch zunächst hörte er gar nichts, dann ein langgezogenes Rauschen, das wie Wellen am nächtlichen Strand auf ihn zurollte, und er grinste. Der Nachtwächter schlief.

Er legte den Gehrock ab und breitete ihn auf dem Boden aus. Die Ärmel schlaff wie die verrenkten Gliedmaßen einer Leiche. Aus dem Rockfutter zog er den hölzernen Keil und schob ihn unter die Tür. Er ging zur Wand, trat hinter das Samtseil und hob das Gemälde behutsam vom Haken, legte es auf den Boden. Der Goldrahmen war schwer und allein schon mehrere hundert Pfund wert. Aus seiner Rocktasche zog er das Gläschen Kleister und ein scharfes Taschenmesser und klappte es auf. Die Leinwand war dick und stabil gewoben, und er sägte langsam, ohne Hast. Er schnitt unter dem Rand des Rahmens entlang, um das sichtbare Bild in keiner Weise zu beschädigen. Als er fertig war, drehte er das Gemälde um, schraubte das Kleisterglas auf und tauchte das Ende des Samtseils hinein. Er befeuchtete die Rückseite der Leinwand, um sie geschmeidiger zu machen. Zwischendurch hielt er immer wieder inne und hob den Kopf, um zu lauschen.

Er rollte das Gemälde auf, mit der Bildseite nach außen, um die Farbe auf Spannung zu halten und zu verhindern, dass sie brach. Wickelte die Leinwand luftdicht in ein Wachstuch, schob es in die feste Transportrolle, schraubte den Deckel zu und ließ den Rahmen schäbig und geschändet auf dem Galerieboden liegen.

Er verlor keine Zeit. Zog den Gehrock wieder an, nahm Türkeil und Stock und blieb am Fenster noch einmal stehen, um sich zu vergewissern, dass er nichts vergessen hatte. Dann rieb er zunächst mit dem Ärmel über die Eisenspitzen, bis seine kreidigen Fingerabdrücke verwischt waren, kletterte vorsichtig aus dem Fenster, schob es zu und nahm den Stock zwischen die Zähne. Er hängte sich an die Eisen und ließ sich zu Boden fallen.

Der Riese tauchte wieder auf. Strich dem Mann den Gehrock glatt, zupfte den Kragen zurecht. An der Straßenecke trat auch der Junge wieder aus dem Schatten und gesellte sich zu ihnen. Niemand sagte ein Wort. Ohne Hast gingen sie den Piccadilly entlang, blieben an der Kreuzung zur Half Moon Street nur kurz stehen, bis sich der kleine Mann einen Zigarillo angezündet und nach Zeugen umgesehen hatte, dann verschwanden alle drei zwischen den Häusern und waren wie vom Erdboden verschluckt.

Siebzehn Minuten waren vergangen.

Vierunddreißig

Jahre später hatte sich über die Erinnerung an die Beerdigung und die Trauergäste ein zäher, brauner Nebel gelegt, der die scharfen Kanten seiner Trauer bedeckte.

Feuerwerk hatte den Himmel zwei Abende in Folge erhellt. Man feierte die Unabhängigkeit. Sie saßen schweigend auf der Veranda seiner Mutter, während die Mädchen im Haus schliefen, und beobachteten die zerspringenden Lichtkugeln, spürten die Leuchtspuren in der warmen Luft auf den Augenlidern. Nach jedem Knall hatte sein Bruder sich geräuspert und gehustet, bis William es nicht mehr ertrug, sich erhob und allen eine gute Nacht wünschte. Seine Mutter stand von der alten Verandaschaukel auf und schloss ihn in die Arme, es war ihm furchtbar unangenehm.

Eine Beerdigung im ganz kleinen Rahmen, sagte sie am nächsten Morgen in der Küche, ach, das wäre das Beste. Im engsten Familienkreis, pflichtete William ihr bei. Robert grübelte, Robert war dagegen. Er hielt eine große öffentliche Trauerbekundung für angemessener. Nein, beharrte ihre Mutter. Das kann ich dem armen Mann nicht antun. Die Butter schmolz in ihrer Porzellandose vor sich hin. Eine Fliege stieß unaufhörlich gegen die Fensterscheibe. Über den Kopf ihrer Mutter hinweg blickte Robert ihn eindringlich an, und die Uhr auf dem Treppenabsatz schlug die Stunde.

Es erschienen bereits die ersten Nachrufe in den landesweiten und internationalen Zeitungen, und ihre Mutter schnitt einen jeden mit ihrer alten, schweren Nähschere aus und klebte sie in ein Album mit dickem Ledereinband und großen Seiten und einer schaurigen Haarsträhne ihres Mannes darin. William brachte es nicht über sich hineinzuschauen, doch Margaret blätterte oft stundenlang mit ihr darin. Die Nachrufe wurden von der New Yorker Zweigstelle weitergeleitet, und Robert war schon drauf und dran, den Versand zu untersagen, doch William hielt ihn davon ab.

Robert schaute ihn finster an. Das ist doch nicht gesund, Willie.

Es ist alles, was sie noch hat.

Die ganze Woche schlief William nicht viel. In aller Frühe aß er Steak mit Spiegelei und verließ dann mit ungebügeltem Kragen und offener Weste das Haus. Im sonnenhellen Schlafzimmer seines Vaters leuchteten die Musselinvorhänge, er betupfte sich mit einem nassen Tuch die Oberlippe, während er mit Robert wie betäubt die Kleidung des Vaters durchging. Als Kinder hatten sie das oft getan, wenn er unterwegs war, und bei der Erinnerung daran spürte William Trauer in sich aufsteigen. Eine Bibel lag auf dem Nachttisch, ein gefaltetes Blatt Papier als Lesezeichen darin. Es war leer. Sein Vater und der Glaube. Was auch immer davon sich erfüllt haben mochte. Am Vormittag brachte ihre Mutter Tee, küsste ihnen die Stirn und ließ sie wieder allein.

William konnte den Gedanken daran nicht abschütteln, welche Autorität diese Anzüge einst ausgefüllt hatte. Er konnte an einer Hand abzählen, wie oft sein Vater ihn ins

Vertrauen gezogen, ihn voller Stolz angesehen, ihn um sein Urteil oder einen Rat gebeten hatte. Der alte Mann war unglaublich gewesen, unberechenbar. William strich über ein Revers, hob den väterlichen Ärmel an. Der verschlissene Stoff war leicht wie ein leerer Kokon, irgendwo in der Nähe hustete Robert.

Er sei stets der Lieblingssohn seines Vaters gewesen. Das aus Roberts Mund, ohne jede Missgunst.

Sein erster Einsatz ohne Aufsicht, der Farrington-Fall, hatte gewaltsam geendet, war im Grunde genommen gescheitert, und er hatte den Zorn seines Vaters gefürchtet. Noch immer erinnerte er sich an den metallischen Geschmack im Mund, die bleierne Furcht, mit der er in Chicago auf den Bahnsteig getreten war. Doch sein Vater war ihm nicht mit Enttäuschung begegnet, sondern mit einem festen, zufriedenen Schulterklopfen, einem langen, beifälligen Grinsen. Vor dem Bahnhof standen Reporter, die auf eine Stellungnahme warteten, und sein Vater nahm William den Koffer ab und ließ ihm den Vortritt.

Die Farrington-Brüder waren mürrische, schwarzbärtige Kolosse mit Fäusten wie Menschenschädel. Beide waren über zwei Meter groß, und der Kleinere der beiden hatte so dicke Handgelenke, dass William die Handschellen erweitern musste, um ihn festzusetzen. Hillary war sein Name, Levi der seines Bruders. Gemeinsam mit drei weiteren Männern hatten die beiden in Union City einen Tresor der Southern Express Company um zwanzigtausend Dollar erleichtert, dann verschanzten sie sich in einem halbverfallenen Gemischtwarenladen im Sumpfland bei Lester's Landing,

Kentucky. Die Fahndung hatte von Anfang an unter einem schlechten Stern gestanden, und als er ihr Versteck endlich stürmte, bekam er zum Dank eine Kugel ab.

Der Zugriff erfolgte in der Abenddämmerung zusammen mit einem ehemaligen Polizisten aus Memphis, dessen Fingerspitzen weich und schnell am Hahn waren, und zwei einheimischen Hinterwäldlern, die misstrauisch schweigend das Boot stakten. Vögel kreischten im Dämmerlicht, der trübe Fluss schlängelte sich träge an Holzplatz und Anleger vorbei.

Der Laden befand sich in einer einfachen Pfahlhütte, hatte Vorder- und Hintertür und nur ein einzelnes Fenster, das mit einem Bärenfell verhängt war. Dahinter flackerte das gespenstische Licht einer Öllampe. William erinnerte sich an die Stille dort, dass er die Vordertür genommen hatte, während der ehemalige Polizist zum Hintereingang geschlichen war, und dass er fünf Männer und eine Frau beim Kartenspiel antraf, die er nach dem Weg zur Tiptonville Road fragte. Levi sprang auf, riesenhaft und zottig wie ein Bär, schoss drauflos und erwischte William, drehte sich um und traf auch noch den Polizisten, der hinter der Tür lauerte. Er trat sie ein, dass Holz und Nägel nur so spritzten, rempelte den Verwundeten um und verschwand in den Sümpfen. Da kam Leben in William, er schwang Fäuste, Revolver, Holzlatten und Mobiliar, bis keiner mehr stand. Er blutete stark, aber es war nur ein Streifschuss. Den Polizisten jedoch hatte es schlimmer erwischt, die Kugel war am Knopf seiner schweren Jeans abgerutscht und im Rücken stecken geblieben. Hinterher wies William die Frau an, ihm mit einer Kerze zu leuchten, während er die Kugel mit einer Maissichel heraustocherte.

Nur: Hillary war nicht unter den Männern.

Später erreichte sie die Nachricht, dass er nahe Verona in Missouri gesehen worden war. Sie stöberten ihn in einer Siedlerhütte am Rande des Indianerterritoriums auf, wo er sich verschanzt hatte. Hillary war mit Gewehren und Munition gerüstet und schaltete den Trupp, den William vor Ort um sich versammelt hatte, Mann für Mann aus. William befahl den Rückzug, dachte gründlich nach und fragte sich schließlich zum Besitzer der Hütte durch, um sie ihm für zweihundert Dollar an Ort und Stelle abzukaufen. Er ließ einen Karren mit Heu beladen und an die Hütte heranschieben und wollte ihn gerade in Brand stecken, als der Riese mit erhobenen Händen herauskam.

Schön dich zu sehen, Hillary!, rief William ihm grinsend entgegen.

Zwei Tage später waren die beiden auf dem Dampfer *Illinois* unterwegs nach Columbus, Kentucky, und Hillary Farrington hockte grimmig und schweigend in der Koje ihrer Kabine. Er war zu groß, um sich hinzulegen, also saß er bis spät in den Abend so da, und schließlich schlug William vor, auf einen Drink in den Saloon zu gehen. Warum empfand er Mitleid mit einem derartig boshaften und grausamen Menschen? Was war bei ihm nur schiefgelaufen? Genau diese Frage stellte ihm auch sein Vater häufiger. Der Abend war lau. Oben an Deck hob der Riese gemächlich und sanft die gefesselten Hände über Williams Kopf, als wollte er ihn umarmen, doch er stieß ihn gegen die Reling, packte den Colt an Williams Hüfte, keiner der beiden verlor ein Wort. Verbissen schweigend rangen sie miteinander. Einzig ihr Stöhnen, ihr unterdrücktes Keuchen übertönte das leise Klatschen des Flusses am Schiffsrumpf. Da löste sich ein Schuss aus dem Colt, und er klang trostlos und jäh und plastisch.

Die Kugel hatte Williams Kopfhaut gestreift, und das Blut lief ihm in die Augen. Hillary hielt ihn im Würgegriff, doch irgendwie gelang es William, ihn über die Reling zu hebeln, und schon hatte ihn das finstere Schaufelrad verschluckt.

Das Geräusch. Dieses Geräusch würde er nie vergessen. Das Knirschen und Krachen, das flüssige Klatschen eines schweren Körpers, der zerhackt und zermahlen und als dunkle Wolke in den Fluss geschaufelt wurde. William rutschte an der Reling hinab auf die Deckplanken und hörte nicht mehr auf zu zittern.

Zwei Wochen später schlug Robert dem anderen Bruder auf der Hauptstraße von Farmington mit einem Revolverknauf den Kopf ein, und der Fall war erledigt.

Der Morgen der Beerdigung dämmerte grau und schwül herauf, durch die Wolken drückte ein seltsames Licht, das keinen Schatten warf. Sie hatten zwei lange schwarze Kutschen bestellt, fuhren beklommen schweigend zur Kirche. Blasse Gesichter um ihn herum. Seine Töchter stumm neben ihm. In der Kirche war es kalt und düster, die Bankreihen kamen ihm verkehrt vor, hart und unbequem. Er rutschte darauf herum, doch er konnte die richtige Position einfach nicht finden. Als er für die Rede aufstand, klang seine Stimme hoch, gepresst, als hätte er nicht geschlafen und als glaubte er selbst nicht, was er da sagte. Der betagte Chicagoer Anwalt Luther Mills erklärte seinen Vater zu einer Ausnahmeerscheinung, zum Reformer, der gegen die Übel der modernen Welt gekämpft hatte. William, Robert,

George Bangs und drei weitere Männer trugen den Sarg zum Leichenwagen. Er war nicht schwer. Es war fast, als würden sie ein Möbelstück tragen. Die Pferde stampften in ihrem Geschirr. Weiße Zäune, Veranden, Eichen, dann das schmiedeeiserne Tor des Graceland Cemetery. Kränze mit schwarzen Schleifen und ausladende weiße Blumengestecke hingen an den Torpfosten. Die Reporter standen in einer kleinen Traube und hielten respektvoll Abstand.

Inmitten der Trauernden starrte William finster vor sich hin, nur noch Leere dort, wo einmal etwas Zarteres gewesen war. Irgendwo auf jener grünen Totenwiese läutete eine Glocke. Grabsteine und Skulpturen strahlten weiß in dem seltsamen Licht, das den regengrauen Himmel durchdrang. Unter den Anwesenden auch Kate Warne, die ganz in der Nähe in ihrem Totenhemd verweste, sie und die Überreste Ignatius Spaars, beide längst begraben und noch immer an der Seite ihres Brotherrn, doch William versuchte, den Gedanken zu verscheuchen. Ihm war schwindelig, übel. Er trat mit seinem Bruder vor, und beide leerten eine Schaufel Erde ins Grab. Kratzendes Metall, Rieseln und Schaben von trockener Erde und Kies. Roberts Augen waren feucht. Er hörte Margaret leise weinen.

So stand er am Rande des Abgrunds, starrte in die Dunkelheit hinab, den Himmel drohend über sich, und spürte das Schlimmste, das sich in seine Leere hinein ausbreitete wie eine Krankheit, sich in seinem Blut festsetzte.

Das Schlimmste. Ja.

Das rabenschwarze, unmoralische Frohlocken eines Mannes, der jeglichen Halt verloren hatte. Er wurde nirgendwo mehr erwartet.

Was er spürte, als er auf den Rosenholzsarg seines Vaters hinabstarrte, war Erleichterung.

Fünfunddreißig

Als es dann klopfte, war es dringlich, aufgebracht, sie saßen in Fooles Studierzimmer und erstarrten, blickten einander an und dachten dasselbe. Es war schon nach Mitternacht, die Zeit war nicht stehengeblieben. Foole atmete gepresst aus. So schnell konnte der Yard sie unmöglich ausfindig gemacht haben. Doch dann wurde ihm mit einem plötzlichen Anflug von Panik bewusst, wer vor der Tür stehen musste.

Pinkerton.

Er hatte den anderen noch nicht von seiner Demütigung beim Bankett erzählt. Fludd zog ein langes gebogenes Messer aus einer Scheide hinter dem Bücherregal, ein scheußliches Ding, Foole graute es beim bloßen Anblick. Er gab Molly einen Wink, und sie rollte das Gemälde sorgfältig wieder auf.

Er löschte die Lampen nicht. Im Flur, in dem kein Licht brannte, zog er eine Ecke des Vorhangs beiseite, konnte aber weder die Treppe noch den großen Amerikaner mit den toten Augen und den Würgerhänden sehen. Es klopfte erneut, aber da war noch etwas anderes, ein Kratzen, das er nicht deuten konnte. Er fragte sich, ob Pinkerton gerade dabei war, das Türschloss zu knacken. Fludd schlich mit mörderischer Anmut zur Treppe, und Foole ging zurück in sein Studierzimmer und schälte sich dort aus Gehrock und Hemd, während Molly schon wortlos seinen Morgenmantel bereithielt. Er raufte sich das Haar, um es durcheinanderzubringen. Als er die Treppe herunterkam, lauerte Fludd bereits schweigend im Schatten. Durch das Buntglas der Haustür sah er die verschwommenen Umrisse eines Arms und einer Schulter, ohne jedoch besondere Merkmale erkennen zu können, und auf einmal standen ihm die Nackenhaare zu Berge. Das Klopfen ertönte zum dritten Mal, wütend, fordernd.

Komme ja schon, rief Foole gereizt. Er hatte bereits die Hand am Riegel und zog ihn zurück, als ihm zu spät auffiel, dass er noch seine vom Straßenschlamm verkrusteten Schuhe trug. Das würde Pinkerton sofort ins Auge stechen, aber es war nicht mehr zu ändern. Er öffnete die Tür.

Kalte Schwärze. Eisige Luft schlug ihm ins Gesicht.

Dort auf dem Treppenabsatz stand, mit erhobener Faust und Dunkelheit im Haar, Charlotte Reckitt. Verdattert starrte er sie an.

Charlotte?, flüsterte er.

Hallo, Adam, sagte sie, und ihre Stimme war genau wie in seiner Erinnerung, Wasser im Sonnenschein.

Der amerikanische Detektiv

E r war niemandes Sohn.
Er war klein, mit noch spärlichem schwarzen Backenbart, durchdringenden violetten Augen und einem weichen
Akzent, der aus Virginia hätte stammen können, und ihm
schien große Schönheit innezuwohnen, wie verdrängter
Kummer. In jener zweiten Maiwoche des Jahres 1862 war er
noch ein Junge, und die brodelnden Straßen von Richmond
waren noch geheimnisvoll. Er trug wie selbstverständlich
das Grau der Konföderierten, ein Mann unter Männern,
der stets mit einem bedächtigen Nicken grüßte. Sein Onkel
habe unter Jackson im Shenandoah-Tal gekämpft, sagte er.
Nein, sie seien noch lange nicht geschlagen. Er komme aus
Baltimore, der einzige Sohn eines in Gefangenschaft gera-
tenen Kuriers, habe die Post seines Vaters über die Grenze
gebracht, und nein, Sir, er wolle nicht wieder in den Norden
zurück. Morgens begegnete man ihm am Flussufer, wo er
aufs graue Wasser starrte. Er rauchte und teilte seinen Tabak mit jedem, der fragte. Offizieren mit Säbeln im Gürtel,
deren steife Handschuhe weiß leuchteten. Barfüßigen Laufburschen, jünger als er selbst, mit Nachrichten aus dem 23.
Bataillon der Virginia Infantry im Camp Lee. Nachmittags
strahlte das Kapitol marmorn über einer Stadt im Kriegs-
zustand, das Rühren der Regimentstrommeln drang vom

alten Jahrmarktgelände herüber, und den ganzen Tag lang schmatzten die Geschütze auf ihren gewaltigen Rädern durch den Straßenschlamm, gezogen von starken Pferden, die sich mit aller Kraft in den Brustgurt stemmten, und alte Männer traten aus den Ladentüren, wischten sich die Hände an den Schürzen ab, um zuzuschauen. Er bewegte sich dort als einer von ihnen, wild entschlossen.

Aber er war keiner von ihnen. In Wirklichkeit war er aus dem Norden entsandt, sich unter ihnen zu bewegen wie eine Schlange durch hohes Gras, und er spürte das Gift, als wäre er selbst gebissen worden. Entsandt hatte ihn ein stämmiger Schotte mit schwieligen Händen, einer Brust wie ein Fass und stechenden Augen, der in der Union den Dienstgrad eines Majors innehatte. Die Aufgabe des Jungen war klar. Zwei Nordstaaten-Spione aus dem Gefängnis zu holen, ehe Kugel, Strick oder Krankheit sie dahinraffte.

Er war allein in der Hauptstadt des Feindes, ohne Netz und doppelten Boden. Und sollte er scheitern, würde er unter dem Gejohle der Menge mit verbundenen Augen an einen Pfahl gefesselt im Kugelhagel sterben und vor den Mauern Richmonds verscharrt werden. Niemand würde davon erfahren und seinen Verlust betrauern.

Niemand bis auf einen.

Eine Woche zuvor hatte Edward, während eine sterbende Sonne rot hinter der Baumlinie versank, auf einer Lichtung südlich der Unionsfeldposten gestanden und den beiden Porters bei den letzten Vorbereitungen zugesehen. Die Reise würde fast die ganze Nacht dauern. Der Major hatte dem Jungen die Hand auf die Schulter gelegt, wie um ihn als sein Eigen zu markieren, den Hut tief ins Gesicht gezogen. Ben überprüfte die Achsen des Karrens, dann stand er auf und zog die Gurte an dem knochigen Maultier noch einmal nach. Sally rief ihrem Mann irgendeine Anweisung zu, raffte ihre Röcke und kletterte auf die Ladefläche. Dann sahen sie den Jungen an. Schweigen. Edward hielt eine Bettrolle unter dem Arm, darin versteckt seine Taschenpistole mit dem Emaillegriff in einem Wachstuch, sonst trug er nichts bei sich. Er warf dem Major einen Blick zu, der nickte und zurücktrat. Sally kauerte im Stroh auf der Ladefläche, ein Tuch um die Schultern. Edward und Ben kletterten auf den Bock, quetschten sich nebeneinander. In der hereinbrechenden Dämmerung bissen die Fliegen. Edward schlug sich auf den Hals. Als er sich umsah, war der Major bereits verschwunden.

Es wurde dunkel. Eine einzelne Laterne brannte schwach an einem Stab über dem krummen Rücken des Maultiers und verlieh dem nächtlichen Wald eine gespenstische Tiefe. Ben hatte seine Ohrringe und die Goldkette abgelegt, und ohne Waffe an der Hüfte wirkte er merkwürdigerweise noch bedrohlicher. Er lenkte sie auf alten grasüberwachsenen Wegen durch den Wald, verirrte sich zweimal, verfolgte seine Spuren zurück, dann ging es weiter. Sie passierten ein einsames Haus, das dunkel auf einer Lichtung stand, doch niemand kam heraus, um sie zu begrüßen, quietschend rollten sie vorbei und hielten nicht an. Am sumpfigen Ufer des James River stieg Edward ab, nahm seine Bettrolle und seinen kleinen Hut, nickte den Porters zu, und sie nickten ebenfalls mit ernster Miene.

Viel Glück, murmelte Sally.

Ben rutschte auf dem Bock in die Mitte, ließ die Leinen schnalzen. Pass auf dich auf, brummte er.

Am Flussufer watete Edward durch den Schlamm und rieb sich Manschetten und Hemdrücken mit Dreck ein. Er übernachtete in einem steinernen Bauernhaus unter dem unheilvollen, finsteren Blick zweier verwitweter Schwestern. Sie hatten goldene Haut, lange iberische Gesichter und traurige Augen, und sie trugen die gleichen grauen, selbstgewebten Kleider, in Edwards Augen hätten sie Zwillinge sein können. Sie sympathisierten mit den Rebellen und waren wichtige Bindeglieder für die subversiven Kräfte der Konföderierten. Vor Tagesanbruch stand ein Junge seines Alters in zerlumpter Hose und mit einem Hummerkäfig über der Schulter pfeifend am Tor, die Schwestern weckten Edward, packten ihm kaltes Hühnchen und Maisbrot ein und führten ihn im Nachthemd über den Hof, als flöhen sie vor einem Feuer.

Zunächst hatte Edward nichts gefühlt, weder Sorge noch Angst, noch Dankbarkeit. Der Junge ruderte ihn über das dunstverhangene Wasser ans Ufer der Konföderierten, verstaute, dort angekommen, die Riemen im Boot, legte die Hände vor dem Mund zusammen und schickte einen Vogellaut in den finsteren Wald, damit die Feldposten Bescheid wussten. Edward kauerte sich im Heck zusammen und beobachtete im Zwielicht das an den Riemen herabrinnende Wasser, lauschte den Wellen, die gegen den Rumpf klatschten. Als er aus dem leicht rollenden Ruderboot ins flache Wasser stieg und an Land watete, tauchte ein Soldat mit gesenktem Enfield-Gewehr zwischen den Bäumen auf, seine Augen waren im Schatten verborgen. Die Konföde-

rierten hatten drei Kilometer entfernt eine Reetdachkate be-
schlagnahmt, in deren Kamin ein Torffeuer brannte. Nervös
streckte Edward die Hände in die schwelende Wärme. Mit
steifen Fingern fischte er den Passierschein aus dem Schaft
seines durchnässten Stiefels. Der Captain, der ihn verhörte,
saß in eine Decke gehüllt auf einem Schemel am Feuer und
wirkte sehr müde. Durch die schmutzigen Fenster sah Edward den Tag anbrechen, und als er darauf angesprochen
wurde, trennte er die Naht seines Mantelfutters auf, zog das
Bündel Briefe hervor und überreichte es.

Alles lag noch vor ihm, ein ungelebtes Leben. Er ging in
der Mitte der Straße und wurde von einem vorbeifahrenden
Karren mitgenommen, der Seidenballen nach Richmond
transportierte, und in der Stadt angekommen, zeigte er wieder seinen Passierschein und wurde von einer bewaffneten
Eskorte zu einem unscheinbaren Steingebäude hinter einer
Hecke gebracht. Er wurde angewiesen, sich bei Cashmeyer
im ersten Stock zu melden. Er schluckte nervös, schaute
auf seine abgewetzten Stiefelspitzen, dann ging er hinauf. In
einem hellen Vorzimmer sollte er warten, also setzte er sich
unter ein großes Porträt von Jefferson Davis und trommelte
mit den Fingern auf seine Knie, durch die Fenster hörte er
Vögel zwitschern. Das Licht war so sanft, die Eleganz der
Marmorsäulen vor der Tür stand im krassen Gegensatz
zu den Grausamkeiten, die sich an diesem Ort ereigne-
ten. Denn der Major hatte ihn vorgewarnt. Kein Reisender
konnte nach Richmond gelangen, ohne zunächst von Cashmeyers Leuten registriert zu werden. Er war der Pinkerton
der Rebellen, Captain des Konföderierten-Geheimdienstes

und Ermittler für den Kommandeur der Militärpolizei, außerdem mitverantwortlich für die Verhaftung von Lewis und Scully sowie die Hinrichtung von Timothy Webster. Er hatte Finger wie Spinnenbeine, hieß es unter Südstaatlern.

Ein Soldat kam heraus, musterte ihn unbeeindruckt. Los, sagte er. Gehen wir.

Cashmeyer erhob sich von seinem Schreibtisch, schüttelte Edward die Hand und deutete auf ein Sofa unter dem Fenster. Er bot ihm Tee an, Gebäck. Er hatte kleine Segelohren, breite Schultern und schütteres blondes Haar. Seine Augen waren so dunkel, dass sie im Tageslicht fast schwarz wirkten.

Ihr Onkel hat im Shenandoah-Tal gekämpft?, fragte Cashmeyer.

Jawohl, Sir.

Ich kenne Ihren Vater. Sehr bedauerlich, von seiner Festnahme zu hören.

Spione, Sir, sagte Edward und legte Gift in seine Stimme. Jemand hat sich verplappert, vermute ich. Hat ihn verraten und verkauft.

Haben Sie eine Ahnung, wer?

Edward schüttelte zornig den Kopf. Dem würde ich eigenhändig die Kehle durchschneiden, wenn ich es wüsste, Sir.

Cashmeyer sog nachdenklich die Lippen ein und musterte den Jungen. Dann stand er auf, stellte sich ans Fenster und spähte durch die Lamellen. Er hat nie einen Sohn erwähnt. Ihre Haut ist so dunkel.

Edward räusperte sich. Meine Mutter war Spanierin.

Spanierin?

Jawohl, Sir.

Die Spanier sind die Neger Europas, sagte Cashmeyer leise. Das ist bedauerlich, aber wahr. Und kein Wunder, bedenkt man die Geschichte ihrer Besetzung. Gedankenverloren schaute er durchs Fenster auf die Straßen von Richmond. Ein Junge mit zwei Blutlinien. Welche wird sich als die stärkere erweisen? Hat er eine Wahl, oder ist sein Schicksal vorbestimmt?

Edward schwieg.

Cashmeyer seufzte, halb abgewandt, die Hände noch immer hinter dem Rücken verschränkt. Mancher würde sagen, genau darum geht es in diesem Krieg. Das Recht eines Mannes, über sein Schicksal zu entscheiden. Darf der Norden ohne unser Einverständnis herrschen? Oder haben wir ein Recht auf Selbstbestimmung?

Jawohl, Sir.

Cashmeyer wandte sich wieder zum Fenster. Aber damit hätten sie unrecht, murmelte er. Darum geht es nicht in diesem Krieg.

Edward saß mit feuchten Händen da, wartete. Der Captain sprach nicht weiter, und schließlich sagte Edward: Sir?

Cashmeyer schien überrascht, dass der Junge noch da war. Willkommen in der freien Konföderation, mein Sohn, sagte er. Sie bekommen ein Zimmer im Spotswood. Wir werden für Ihre Talente schon Verwendung finden.

Und so zogen die Tage langsam dahin. Ein schwarzes Zimmermädchen ungefähr im gleichen Alter machte ihm allmorgendlich schöne Augen, aber er ging nicht darauf ein. Des Abends bei Kerzenschein notierte er, so viel er konnte, in einem kleinen Notizbuch, obgleich er keine Berichte abschickte. Die Brustwehren bestünden aus gespaltenen Kiefernstämmen mit 64-Pfündern und einer Traverse von hundertachtzig Grad, schrieb er. Siebzehn Batterien seien um die Hauptstadt stationiert. Die verteidigenden Soldaten seien mit Enfield-Gewehren aus England ausgerüstet, geschmuggelt über die Bermudainseln. Er beobachtete, dass die Infanterie durch Krankheit ausgedünnt, die Kavallerie jedoch noch immer leistungsfähig war, und ihm fiel auf, dass Heu jedweder Qualität knapp war und die Preise dafür stark schwankten. Er schätzte, dass 75 000 kampffähige Männer in Richmond unter Waffen standen. Das Notizbuch und die kleine Pistole versteckte er unter der Matratze. Von den Gefängnissen hielt er sich fern.

Edward sah unter den konföderierten Soldaten die gleichen Gesichter wie im Norden, das gleiche Fieber, die gleiche Jugend, auch nur Blut in ihren Adern. In der zweiten Woche ging er hinaus auf das alte Jahrmarktgelände zum Camp Lee und starrte den Galgen an, der noch immer an der Stelle aufragte, an der Timothy Webster gehängt worden war. Allein vor dem wolkigen Himmel stand er auf einer niedrigen Anhöhe. Webster war einen ehrenhaften Tod gestorben. Edward wünschte, er hätte den Mann kennengelernt. Die beiden überlebenden Spione, John Scully und Pryce Lewis, waren sieben Wochen zuvor bei den Nachforschungen nach Webster in Gefangenschaft geraten, und als dieser schließlich am Galgen hing und sie nicht, kamen Gerüchte auf. Angeblich hatte Lewis ihn verraten und seinen Tod auf dem Gewissen. Es hieß, Scully habe das Spionagenetzwerk des Majors auffliegen lassen. Doch sie kamen nicht frei, der Major schenkte dem Gerede keinen Glauben, und Edward vertraute seinem Urteil voll und ganz.

In den letzten Maitagen, nachdem McClellan Mechanicsville besetzt hatte und die Geschütze der Union bis auf acht Kilometer an die Stadt heranrollten, fiel ihm auf, dass er beschattet wurde. Sein Verfolger hatte einen langen, ungepflegten Bart und trug eine schmutzige graue Hose wie ein mittelloser Arbeiter, aber seine Augen waren klar und leuchtend blau. Eine stillschweigende Abgeklärtheit hatte sich über die Stadt gelegt, deren Bewohner durch die schlammigen Straßen wateten, die Hüte tief ins Gesicht gezogen, in grimmiger Erwartung. Jeden Morgen beim Verlassen des Hotels sah Edward den Mann in einem Hauseingang lungern, die Daumen in die Taschen gehakt, die Uhrenkette im Sonnenlicht glänzend. Ein kampftauglicher Mann im Herzen der Konföderation, der nur herumstand. Verdächtig.

Von einem Schuhputzer erfuhr er, dass der Mann einer von Cashmeyers Agenten war, und da regte sich etwas Kaltes, Böses in ihm. In der Zwischenzeit hatte er mehrfach Pläne gefasst, Lewis und Scully zu befreien, aber jedes Mal geschah kurz vorher etwas Unvorhergesehenes. Er hatte herausbekommen, dass die beiden in Castle Godwin gefangen gehalten wurden, einem düsteren, rußschwarzen Backsteingebäude abseits der Carey Street, mit trostlosen Fensterschlitzen in der Rückseite und einem verwitterten Zaun ringsum, das nach den Sklaven den politischen Gefangenen vorbehalten war. Zunächst hatte er sich als Besucher Zutritt zum Gefängnis verschaffen wollen, doch das hätte zu viel Aufmerksamkeit erregt, also besorgte er sich

Schwarzpulver für einen Angriff auf das Gebäude, wenn die Unionsarmee die Stadt unter Beschuss nahm. Während die Granaten einschlügen, würde er eine Bresche vom Boden bis zum Himmel in die Gefängnismauer sprengen, hindurchspazieren und Lewis und Scully in die Freiheit schleppen. Doch dann zögerte McClellan am Chickahominy, rückte nicht vor, und Edward wurde nervös und suchte nach einer anderen Möglichkeit. In der Hoffnung, eine Schwachstelle aufzutun, freundete er sich mit einem der jüngeren Wärter an, doch der wurde in Lees Armee abkommandiert und fiel in der Schlacht bei Glendale, und Edward hielt es nicht für klug, es bei einem anderen zu versuchen. Es führte kein Weg daran vorbei, er brauchte einen Komplizen. Einen zweiten Mann.

In der zweiten Woche wurde Cashmeyers Agent durch einen anderen, wesentlich älteren Mann ersetzt, und in der dritten setzte Lee zum Gegenangriff an, die Höllenwoche brach in all ihrer Heftigkeit herein, die Truppen der Union wurden bis hinter Malvern Hill zurückgedrängt, und Edwards Schatten war verschwunden.

Anfang Juli spähte er ins Schaufenster eines Schirrmachers auf der Carey Street, als er in der unebenen Scheibe zwei dunkle Gestalten vorbeigehen sah. Wie erstarrt blieb er stehen, sein eigenes Spiegelbild verzerrt und blass. Dann drehte er sich um und nahm die Verfolgung auf.

Er folgte den Männern Richtung Stadtzentrum, ging langsam und hielt Abstand. Der Kleinere der beiden, ein Mann mit knochigem Hals und feinem weißen Anzug, redete verstohlen und hastig auf den Größeren ein. Dann nickte ihm der Größere zum Abschied zu und verschwand in einem Geschäft. Edward überquerte im Laufschritt die Straße, folgte ihm. Es war eine Metzgerei, und der Mann stand mit dem Rücken zu Edward an der Ladentheke und nahm ein in Papier gewickeltes Päckchen entgegen. Der Mann lachte leise, tippte sich an den Hut, streifte beim Hinausgehen Edwards Schulter, dann flog die Ladentür auf und weg war er, ohne auch nur einen Blick in seine Richtung zu werfen.

Ja, hier im Herzen der Konföderation war sein Akzent ausgeprägter. Doch die Narben waren dieselben.

Ignatius Spaar.

Beim Frühstück am nächsten Morgen fand Edward die beiden Männer schweigend über ihre Teller mit Würstchen und Eiern gebeugt, setzte sich in seinem grauen Baumwollanzug zu ihnen an den Tisch, nahm den Hut ab und streckte die Hand aus. Beide hoben den Kopf: überrascht, neugierig, wachsam. Spaar schüttelte Edwards rechte Hand unbeholfen mit der Linken, brummte zum Gruß. Sein Begleiter legte Messer und Gabel ab, lächelte. Er war Rechtsanwalt aus Texas und hieß Marvell.

Ich hab dich hier schon ein paarmal gesehen, mein Sohn, sagte Spaar freundlich, mit vollem Mund. Du bist dieser Kurier aus Baltimore. Es heißt, du hättest die Front allein überquert.

Jawohl, Sir. Edward senkte den Kopf. Meine Mama hat immer gesagt, ich bin ein richtiger Glückspilz.

Mit Pilzen kenne ich mich nicht aus, junger Mann, sagte der Anwalt. Aber Schneid haben Sie auf jeden Fall.

Danke, Sir.

Sein Vater wurde festgenommen, Mr Marvell. In Baltimore.

Marvell kniff mitfühlend die Augen zu. Das tut mir leid. Wirklich.

Sie sind also beide nicht aus Richmond?

Marvell gluckste. Wer ist das schon.

Edward zog eine Augenbraue hoch, deutete ein Lächeln an.

Ich bin nur auf der Durchreise, sagte Spaar. Bin wegen dem Weizenhandel in die Hauptstadt gekommen. Will so was wie eine Norm etablieren, um die Preise zu stabilisieren. Nützt ja nichts, wenn unsere Jungs verhungern, ehe sie bei Mr Lincoln anklopfen können. Er lächelte in der klaren Julisonne in den Raum, dann schaute er mit seinen hellen Augen Edward an und hielt dessen Blick. Bleckte lächelnd die langen Zähne, die verbrannte Haut von einem Narbennetz überzogen.

Edward wandte den Blick ab. Und was führt Sie in die Hauptstadt, Mr Marvell?

Ja, das ist interessant, sagte Spaar.

Marvell wischte sich den Mund ab, knüllte die Serviette zusammen. Ich verrat's dir, Sohn. Du hast sicher von den Spionen gehört, die im April hier in Richmond geschnappt wurden.

Ich hab was läuten hören, Sir.

Marvell zuckte mit den Schultern. Nun. Ich bin gekommen, um der Konföderation meine Dienste anzubieten. Um die beiden zu verteidigen.

Edward lächelte verwirrt. Verteidigen?

Marvell nickte.

Das verstehe ich nicht. Sie wollen denen helfen?

Der Anwalt lachte. Ich möchte ihnen nicht helfen, nein. Denen ist nicht mehr zu helfen. Ich möchte der Konföderation helfen. Die Männer werden sich vor Gericht verantworten müssen. Und in dem Fall sieht das Gesetz eine Verteidigung vor. Man könnte sagen, ich bin hier, um den Prozess zu beschleunigen.

Zu beschleunigen.

Es leuchtet nicht direkt ein, mein Sohn, warf Spaar dazwischen. Wir haben Verbündete, die wir nicht verprellen dürfen. Großbritannien, Frankreich und so weiter. Präsident Davis wird wohl kaum mit ihrer Unterstützung rechnen können, wenn es so aussieht, als hielten wir uns nicht an unsere eigenen Gesetze. Trifft das in etwa den Kern der Sache, Mr Marvell?

Marvell lächelte. Und ich dachte schon, ich hätte Sie gestern mit meinem Geschwätz gelangweilt, Sir.

Edward hatte Spaar immer gemocht, ohne dass er hätte sagen können, warum. Der Mann hatte etwas Brutales, Gnadenloses an sich, aber er konnte auch umgänglich sein, anständig und stark. Edward hatte einmal gehört, Spaar gewinne beim Kartenspielen niemals gegen einen Soldaten und verliere niemals gegen einen Offizier.

Sie erhoben sich vom Frühstückstisch, Edward wischte sich den Mund ab, und sie traten ins helle Sonnenlicht, die Mauern der Gebäude und der Staub unter den Hufen der vorbeitrabenden Pferde rochen nach Hitze. Sie warfen drei lange gekrümmte Schatten. Marvell verabschiedete sich: ein Nicken, zwei Finger an der Krempe, ein Vorwand. Edward und Spaar schlenderten weiter. Als sie außer Hörweite waren, legte Edward den Akzent ab und sagte: Leutseliger Kerl, interessantes Metier. Wie haben Sie sich kennengelernt?

Würdest du mir glauben, wenn ich sage: durch Zufall?

Edward warf ihm einen kurzen Seitenblick zu. Vermutlich nicht.

Spaar strich sich mit dem Finger über die verheerte Oberlippe, auf der sich bereits Schweißperlen bildeten.

Was wollen Sie hier, Mr Spaar?

Spaar zog den Absatz durch den Staub und bedachte Edward mit einem langen, kühlen Blick.

Der Major schickt mich, sagte er schließlich. Ich soll dich suchen.

Mich suchen.

Spaar nickte.

Haben Sie eine Botschaft für mich?

Ja.

Edward wartete, aber Spaar schwieg, stocherte sich bloß mit einem langen Grashalm in den Zähnen herum und schaute gedankenverloren hinunter auf Camp Lee, die Soldaten, die dort exerzierten, die im Sonnenlicht schimmernden Kanonen und Pferde.

Und wie lautet die Botschaft?

Spaars Stirn glänzte in der Hitze. Ich bin hier, um dich zurückzuholen, Edward, sagte er. Ich soll dich hier rausholen.

Noch am gleichen Abend stiefelte Spaar in Edwards Hotel, klemmte den Spazierstock unter den Arm und diskutierte lautstark mit dem Rezeptionisten über eine Reservierung, die er getätigt hätte, die jedoch zu seinem größten Missfallen nicht eingetragen worden sei, und Edward kam zufällig vorbei und mischte sich höflich ein, er könne im Falle einer Fehlbuchung gern sein Zimmer teilen. Der Rezeptionist sah ihn erleichtert an. Ach, es gebe doch zwei Betten unter dem Fenster zur Straße, und ihm mache es nichts aus, wirklich nicht, Patrioten müssen doch zusammenhalten, Gentlemen.

Spaar hatte klare Anweisungen. Er sollte Edward aufspüren und ihn unter dem Vorwand eines Trauerfalls wieder in den Norden schmuggeln. Er hatte einen Karren mit Pferd auf einem Bauernhof fünf Kilometer westlich der Stadt abgestellt und wollte Edward so bald wie möglich durch den Wald dorthin bringen. Als Edward ihn fragte, wie er die Seiten gewechselt hatte, machte Spaar ein seltsames Gesicht, seine Halssehnen traten hervor, und er sagte nur müde: Der Major will dich heil zurück, Edward. Wir müssen los.

Edward sah ihn misstrauisch an. Irgendetwas war faul. Ich kann nicht, sagte er, noch nicht. Ich muss erst erledigen, wofür ich hergekommen bin.

Spaar zog eine Augenbraue hoch. Was denn?

Das wissen Sie nicht?

Spaar zuckte mit den Schultern. Ich kenne deinen Auftrag nicht. Meine Anweisungen gelten unabhängig davon.

Edward runzelte die Stirn, ging zur Tür, horchte.

Da lauscht keiner, Edward. Wir sind hier sicher. Also, warum bist du hier?

Doch Edward setzte sich neben Spaar und flüsterte ihm hinter vorgehaltener Hand ins Ohr: Ich könnte Ihre Hilfe gebrauchen. Ich bin hier, um Lewis und Scully aus Godwin zu befreien.

Spaar wich zurück, sah Edward mit zusammengekniffenen Augen an. Den Teufel tust du! Allein? Wen hast du alles kontaktiert? Wie willst du vorgehen?

Edward sah dem Brandnarbigen in die Augen und lächelte. In der Hinsicht, flüsterte er, könnte sich Ihr Mr Marvell als nützlich erweisen.

Ein Tag verstrich, ein zweiter, die Männer spielten in Gedanken mögliche Vorgehensweisen durch. Marvell wollte der Konföderation seine Dienste anbieten und würde somit Zugang zu den Gefangenen erhalten. Zugang, dachte Edward finster, den er sich selbst nicht hatte verschaffen können. Wenn sie Marvell für ihr Vorhaben gewinnen könnten, ließe sich ein Plan durchführen. Spaar war dagegen. Er bevorzugte brutalere Methoden.

In der dritten Nacht schlich Spaar allein in die Dunkelheit und kehrte eine Stunde später mit Blut an Handgelenken und Hosenbeinen zurück, sein Blick wirkte gehetzt.

Edward verriegelte die Tür hinter ihm. Was haben Sie getan?, zischte er.

Was getan werden musste, antwortete Spaar. Um Mr Marvell müssen wir uns keine Gedanken mehr machen.

Am nächsten Morgen begab sich Spaar zu General Winders Hauptquartier, um seine Anwesenheit in Richmond zu melden und seine Dienste als Verteidiger anzubieten. Mit einem breiten, trägen Grinsen kam er zurück, schnippte Edward neckisch unter die Hutkrempe und sagte: Sie haben von mir gehört. Mr Marvell, der in Texas für die Verurteilung von Viehdieben gesorgt hat. Sie fanden mein Angebot sehr überzeugend.

Edward grinste.

Nachmittags verschwand Spaar im kalten Innern von

Castle Godwin, um Lewis und Scully zu treffen und deren Gesundheitszustand im Licht ihrer Pläne zu beurteilen, während Edward den Ausbruch vorbereitete. Spaar verschaffte ihnen Abdrücke der Gefängnisschlüssel, und Edward ließ Duplikate anfertigen. Außerdem machte er es sich zur Gewohnheit, auf dem Hof des Hotels vor den Stallungen zu spazieren, immer mit einer Möhre für die alte Fuchsstute dort. Im Laufe einer Woche kaufte er in unterschiedlichen Läden einzelne Kleidungsstücke und achtete darauf, sie gelegentlich zu tragen. Er kaufte zwei Paar Stiefel. Spaar interessierte sich für Edwards gescheiterte Versuche und fragte ihn nach den Namen seiner Komplizen aus. Er sagte, er wolle nur verhindern, dass sie die gleichen Fehler noch einmal begingen. Edward glaubte ihm nicht ganz. Spaar schmuggelte die nachgemachten Schlüssel ins Gefängnis zu Lewis. Er berichtete, die Männer würden getrennt voneinander festgehalten, seien abgemagert und deprimiert, und Scully strahle eine ungeheure Wut aus. Lewis hingegen fahre mit beinahe besessen wirkender Ruhe über die Mauersteine in seiner Zelle, und er fürchte, die beiden würden nicht mehr lange durchhalten. Eines Morgens, als Edward die Räder des strohbeladenen Karrens im Hof begutachtete, überbrachte ihm der Rezeptionist eine Nachricht, und ihm wurde klar, dass er unvorsichtig gewesen war. Wegen seines Passierscheins für den Norden hatte er bereits John P. Jones aufgesucht und den stechenden Frettchenblick und die unwirschen Fragen des Beamten über sich ergehen lassen, doch als er nun zum zweiten Mal dort war, wurden ihm die gewünschten Papiere ohne Zögern ausgehändigt. Auch das hätte ihm zu denken geben sollen.

Am Abend des Zwölften spazierten Spaar und er wieder zum Camp Lee, als wollten sie sich nur die Beine vertreten, und dort zeichnete Edward mit einem Stock einen groben Stadtplan in den Staub und erläuterte noch einmal ihr Vorhaben für die kommende Nacht, dann verwischte er die Karte mit der Stiefelspitze, reichte Spaar den Stock und ließ ihn noch einmal Wort für Wort wiederholen.

Du hast nur die eine Chance, Junge, bleute ihm Spaar ein. Egal, was passiert, du kommst mit mir in den Norden.

Der Abend verblasste. Zikaden zirpten, die Linden wurden von Schatten verschluckt. Dann gingen die Sterne über dem Horizont auf, die Umrisse der Stadt wurden hinabgesaugt und eins nach dem anderen leuchteten Lichter von Menschenhand auf, bis die Nacht von einer Unzahl stecknadelkopfgroßer Lichter erhellt wurde.

Edward nickte.

Noch mal von vorn.

Erst viele Jahre nach dem Krieg sollte schließlich eine Nacht kommen, in der er traumlos durchschlief. In der er nicht aufschreckte, nach einer Pistole tastete und hektisch die Dunkelheit absuchte. James Gray, Mrs Shades Küchenjunge, kam ihm in den Sinn, an den er jahrelang nicht gedacht hatte. Er war zwei Jahre älter und sicher einberufen worden, und Edward fragte sich, ob seine Gebeine nun in einem zwei Nummern zu großen Uniformrock auf irgendeinem Feld am Ohio lagen oder verstreut im Matsch eines längst überwucherten Grabens. Aber vielleicht war der Junge auch in den Westen gezogen. Oder noch vor dem Krieg im Armenhaus gestorben.

Am Abend des Neumonds verließen Spaar und er um

Viertel nach zehn gemeinsam das Hotel. Draußen drückte sich Edward in eine Gasse und schlüpfte durch ein unverschlossenes Tor im Zaun zu den Stallungen hinter dem Hotel, Spaar gab ihm die Hand und wünschte ihm gute Fahrt. Sie wollten sich an der Brücke treffen, die südlich aus der Stadt hinausführte.

Er holte die Fuchsstute aus dem Stall, schirrte sie an und führte sie am Zaumzeug vom Hof, während er leise auf sie einsprach. In der Gasse blieb er mit einer Hand auf ihren Nüstern stehen, murmelte ihr beruhigende Worte ins Ohr, und als sie ganz ruhig war, kletterte er auf den Karren und fuhr los.

Die Straßen waren finster, die Stadt unbeleuchtet. Er fuhr durch enge Gassen zwischen den Häusern, mied die Hauptstraßen, so gut es ging. Er hatte Passierscheine für sich, Lewis und Scully dabei, und auf der Ladefläche lagen zwei Bündel mit Kleidern und je ein Paar alte Stiefel für die Spione. In einer ruhigen, von Linden gesäumten Nebenstraße hörte er eine Stimme rufen, er solle anhalten, erschrocken drehte er sich um und entdeckte einen Captain der Kavallerie, der sich zu Fuß näherte. Er wunderte sich, dass der Mann nicht beritten war, fragte jedoch nicht nach. Der Captain verlangte seinen Passierschein, und Edward reichte ihm nervös die Papiere.

Wohin des Weges zu so später Stunde? Der Captain wirkte auf Edward wie der Sprössling eines Plantagenbesitzers, der Krieg spielte. Er fuhr sich über die Nase, runzelte die Stirn. Es gibt eine Ausgangssperre, mein Sohn.

Jawohl, Sir.

Der Captain ging um den Karren herum, beäugte das

Stroh auf der Ladefläche, als zögerte er, es anzufassen. Dann zog er Finger um Finger seines weißen Handschuhs aus, wühlte im Stroh und zog ein Kleiderbündel heraus. Er hielt einen Stiefel hoch. Was ist denn das?

Edward zuckte mit den Schultern. Ich soll die Latrinen im Camp Lee ausschaufeln, Sir. Das sind Ersatzkleider für den Rückweg. Man riecht den Gestank doch bis hier.

Der Captain schaute ihn an. Biss sich auf die Lippe, blätterte die Papiere noch einmal durch. Schließlich knurrte er und sagte: Nun gut, Junge. Weiterfahren.

Edward lief der Schweiß über den Rücken, als er die Leinen lockerte und weiterfuhr. An jeder Kreuzung drosselte er das Tempo und lauschte, dann fuhr er weiter. Er hatte die Achse sorgfältig geschmiert, so dass er nahezu lautlos durch die schlafende Stadt rollte. Er hatte sich zwanzig Minuten bis zum Gefängnis gegeben, wurde langsamer, öffnete seine Taschenuhr, um die Zeit zu kontrollieren, und fuhr weiter. Lewis würde sich bereits den Weg in die Freiheit bahnen, lautlos zwei Stockwerke zu Scully hinuntersteigen, ehe sie gemeinsam den Hof betreten würden. Auf dem Weg dorthin würden sie zwei Türen und einen Korridor passieren, auf dem die Nachtwache patrouillierte, und im Hof angekommen, Gerümpel an die Mauer schieben und in die dahinterliegende Gasse klettern. Das Ganze würde Spaars Berechnungen zufolge gute vierzehn Minuten dauern.

Edward hielt an, die Leinen fest umklammert, fuhr weiter.

Am Gefängnis wurde er langsamer, stieg ab, führte die Stute in eine Gasse und starrte auf der Suche nach einem Anhaltspunkt in die Dunkelheit. Er schnalzte zweimal und horchte. Nichts. Die hohe Backsteinmauer des Gefängnisses verlor sich im Schatten, das Gebäude dahinter ein einziges Schwarz vor dem Nachthimmel. Er ließ die Stute stehen und tastete sich mit ausgestreckten Armen ins Dunkel, rief leise: Hallo? Hallo?

Niemand da.

Er hielt seine Taschenuhr ins schwache Sternenlicht. Es wurde halb, dann elf Uhr. Halb zwölf. Noch immer rührte sich nichts. Die Stute wieherte leise, und er legte ihr eine Hand auf den Hals. Sie war langbeinig und groß und zum Reiten, nicht zum Lastenziehen gemacht, aber es war Krieg, und Pferde waren rar. Er hatte geplant, den Karren im Gebüsch zurückzulassen, sobald die Stadtgrenze hinter ihnen lag. Dass sie sich aufteilten, zwei im Galopp weiterritten und die anderen beiden zu Fuß querfeldein gingen.

Er rieb sich die brennenden Augen. An der Mündung der Gasse klapperte etwas wie ein umgestoßener Eimer, und er spähte ängstlich ins Dunkel. Sein Mund war trocken. Etwas musste schiefgelaufen sein.

Schließlich konnte er nicht mehr länger warten. Er sah sich ein letztes Mal um, dann ließ er die Leinen schnalzen. Der Karren rollte die unbefestigte Gasse hinunter, das Holz knarrte leise, die Hufe der Stute waren nahezu lautlos im Staub. Inzwischen war es eine halbe Stunde nach Mitternacht. Er kehrte dem Gefängnis den Rücken zu.

Die schmalen Wege waren menschenleer, das Laub der Bäume unbewegt, die Häuser ausgestorben.

Sie waren nicht gekommen.

Er steuerte den Karren zurück durch die lichtlosen Straßen und lauschte dem Klirren des Geschirrs. Er begriff nicht, was schiefgelaufen war, doch da es keinen Hinterhalt gegeben hatte, konnte er nicht verraten worden sein. Sein erster Gedanke war, dass Scully und Lewis plötzlich verlegt worden waren. Sein zweiter, dass sie tot waren. Aber es konnte ebenso gut sein, dass sie zu geschwächt für die Flucht oder auf frischer Tat ertappt worden waren, oder sie hatten schlicht die Nerven verloren.

Spaar wartete im Dunkeln an der Brücke, bei seinem Anblick überkam Edward Beklommenheit wie eine böse Vorahnung. Er drosselte das Tempo, ohne jedoch anzuhalten, und Spaar schwang sich neben ihm auf den Bock. Auch er erkannte, dass der Plan fehlgeschlagen war, das konnte Edward ihm ansehen. Er fragte nicht nach.

Spaar stieg einen Häuserblock vor dem Hotel ab und ging zu Fuß weiter. Edward fuhr den Karren wieder an seinen Platz im Hof, spannte die Stute aus, nahm ihr das Geschirr ab und führte sie in den Stall. Er fürchtete, jemand könne ihn hören, aber die Fenster blieben dunkel. Als er das gemeinsame Zimmer betrat, war es ebenfalls dunkel, doch er konnte Spaar in Hut und Mantel am Fußende seines Bettes ausmachen, Edward zog die Passierscheine aus der Tasche und schob sie unter seine Matratze. Er war wütend, verunsichert und kam sich dumm vor. Um sie herum war alles still. Ein schwacher Lichtschein drang von der Straße herauf.

Also, Junge?, fragte Spaar schließlich.

Edward schüttelte den Kopf, sinnlos im Dunkeln. Aufgebracht sagte er: Ich habe geschlagene zwei Stunden in der Gasse gewartet.

Nach kurzem Schweigen sagte Spaar: Morgen früh brechen wir auf. Wie ausgemacht.

Nun, da es laut ausgesprochen war, kam es Edward grausam vor.

Sie haben Lewis den Schlüssel gegeben?

Spaar seufzte.

Eigenhändig?

Lewis und Scully sind Freunde. Ich lasse sie auch nicht gern zurück.

Edward biss sich auf die Lippe. Ich will wissen, was passiert ist. Ob wir noch eine Chance haben.

Er hörte, wie Spaar sein Gewicht auf der Matratze verlagerte, erst einen, dann den anderen Stiefel abstreifte. Als er sprach, klang es bedächtig, argwöhnisch. Wir hatten ausgemacht, dass es bei dem einen Versuch bleibt. Schätze, Lewis hielt das Ganze für Selbstmord.

Edward hatte das Gefühl, die Agenten im Stich gelassen zu haben, den Major im Stich gelassen zu haben, er war kurz davor, in Tränen auszubrechen. Nach einer Weile fragte er leise: Für wen?

Spaar schwieg.

Edward legte sich in seinen Kleidern aufs Bett, knautschte das Kissen unter sein Ohr. Wissen Sie, ich habe noch nie jemanden getötet, Mr Spaar, sagte er. Anscheinend hat das Schicksal sich das für mich aufgespart.

Spaar ließ sich Zeit mit der Antwort. Schließlich murmelte er: Das ist nichts, was man sich aufsparen müsste. Warst du nicht am Cheat Mountain?

Doch, Sir.

Und trotzdem glaubst du, du hättest niemanden getötet?

Cheat Mountain. Edward fuhr sich mit der Zunge über die aufgesprungenen Lippen. Wir wussten nicht, worauf wir da schießen. In dem ganzen Qualm konnte man die eigene Hand vor Augen nicht sehen. Das ist nicht dasselbe.

Töten ist töten. Am Tag der Abrechnung wird es dir nichts nützen, die Augen davor zu verschließen.

Am Tag der Abrechnung.

Ja.

Sie meinen den Tag des Jüngsten Gerichts.

Glaubst du etwa nicht daran?

Edward ließ im Dunkel seine schmale Schulter kreisen, sie war ganz steif. Ich glaube, der Tag ist längst gekommen.

Lange schwiegen sie, dann verschränkte Edward die Arme unter dem Kissen, starrte an die Decke und fragte: Schlafen Sie schon?

Nein.

Ich muss immer an Mr Webster denken. Daran, dass er keine Angst hatte.

Wie kommst du darauf? Sie hörten Schritte auf der Straße, die unter ihnen in der Nacht verhallten. Was ist schon Angst, Edward. Angst bedeutet rein gar nichts.

Ich weiß es einfach.

Morgen um diese Zeit sind wir längst im Norden. Schlaf jetzt.

Edward schloss die Augen und lauschte Spaars Atem, und da wurde ihm bewusst, dass er dem Mann nicht traute. Er schlug die Augen wieder auf. Was wird der Major sagen, wenn er uns sieht?

Der Major hat mir klare Anweisungen gegeben, sagte Spaar, und schon da war Edward diese Antwort merkwürdig vorgekommen. Schlaf jetzt, Edward.

Irgendwann musste er tatsächlich eingeschlafen sein. Vor

Tagesanbruch durchquerte ein Mann das Zimmer, lautlos, barfuß, ein Daunenkissen in den Fäusten. Lang und hager und grau wie ein Geist beugte er sich über Edward, dann legte er ihm das Kissen sanft, aber bestimmt aufs Gesicht, stützte sich mit seinem ganzen Gewicht darauf, und Edward erwachte strampelnd.

Er hatte die Augen geöffnet, schlug und trat um sich. Er spürte etwas auf seiner Brust, die schweren Knie eines Mannes drückten seine Arme nieder, er roch Seife und kämpfte sich auf die Seite, riss einen Arm los und zerrte am Kissen. Eine ungerührte Miene. Ein Narbennetz. Der Blick ruhig, gleichgültig.

Dann lehnte sich Spaar erneut auf das Kissen und drückte ihm das Leben aus dem Leib.

Jahre später sollte er mit einem Freund auf einer Betonmole an der Mündung des James River stehen und auf die schaumgekrönten Wellen im schiefergrauen Ozean hinausschauen, während sich eine Fähre näherte, und versuchen, die Ereignisse jener Tage in Worte zu fassen. Hoch über ihnen segelten kreischende Seevögel. Blendend weiß. Der Wind peitschte sein Haar zu Gischt. Er war alt, wenn auch nicht an Jahren, und versteift von der Erinnerung an alles, was er überlebt hatte. Den Ereignissen jener Nacht. Er hatte es irgendwie geschafft, an seine kleine Pistole in ihrem Versteck unter der Matratze zu kommen und Spaar mit dem Schaft gegen die Schläfe zu schlagen. Sein jähes Luftschnappen. Er hatte sich, ins Laken verheddert, vom Bett gerollt. Er erinnere sich an die Angst, sagte er. Sie war wie ein Geschmack im Mund, den er nicht loswurde. Das Hotelzimmer habe still dagelegen wie unter Wasser. Plötzlich stand er. Spaar war mit einem Messer auf ihn losgegangen, und er hatte abgedrückt, und als Spaar zusammenbrach, richtete er die Pistole auf das Gesicht des Toten und drückte ein zweites Mal ab.

Schwere Schritte ertönten auf der Treppe, dann herrschte lange Stille, dann zerbarst seine Tür, der Putz rieselte. Ein halbes Dutzend konföderierter Soldaten brüllte auf ihn ein. In seiner Angst kamen sie ihm riesig, ungeschlacht vor. Der Korridor hinter ihnen war von Kerzen erleuchtet, und in ihrem geisterhaften Schein erkannte er Cashmeyer, der seelenruhig rauchte, und andere Gäste, die mit aufgerissenen Augen in ihren Zimmertüren standen und gafften. Schließlich wurde er von einem Sergeant niedergeschlagen, die Arme wurden ihm auf den Rücken gedreht, seine Hand- und Fußgelenke gefesselt. Er begriff nicht, woher sie so schnell gekommen waren.

Er hob den Kopf. Eine dickflüssige, schwarze Blutlache breitete sich auf den Dielen aus, färbte das Bettzeug wie Tinte. Er sah Spaars Hände, im Tod klauenhaft verkrümmt.

Er hatte Blut im Gesicht, aber es war nicht sein eigenes.

Wie ein Futtersack wurde er auf die Straße geschleift und auf die Ladefläche eines Wagens geworfen, sein Schädel krachte auf die Bretter, und ihm wurde schwarz vor Augen. Jemand versetzte dem vorgespannten Pferd einen Hieb, dann rollten sie langsam durch die Dunkelheit, das Holz unter ihm roch säuerlich nach Schweinen, doch als er aufblickte, sah er zwei Soldaten auf der Seitenwand des Karrens hocken, in der Faust das Gewehr, den unerbittlichen Blick auf ihn gerichtet. Er konnte sich nicht erklären, was soeben passiert war. Der Gestank im Holz trieb ihm die Tränen in die Augen, und er wandte das Gesicht ab.

Sie brachten ihn nach Castle Godwin mit seinen rußschwarzen Backsteinen, den furchterregenden Sklavenzwingern, wo sie ihn vom Wagen prügelten und traten, Cashmeyer löste seine Fußfessel und führte ihn dann über den schlammigen Hof ab. Fackeln brannten in Mauerhaltern. Er sah General Winder im langen Wachsmantel dastehen wie den Kapitän eines Walfängers, der gerade an Land gegangen war, das weiße Haar war ungekämmt, aber er spannte nur abfällig den markanten Kiefer an und wartete nicht, bis Edward bei ihm war. Stöhnen drang aus den Zellen im Innern. Die Treppen waren steinern. Feuchtes Stroh am Boden unter vergitterten Fenstern. Türen wurden aufgeschlossen, zugeschlossen.

Werde ich angeklagt?, nuschelte er. Er kniff die Augen zusammen, öffnete sie, kam langsam wieder zu sich. Captain, sagte er. Es war Notwehr, Sir. Der Mann hat mich angegriffen.

Cashmeyer stellte den schwankenden Edward an eine Backsteinmauer, während ein Soldat seine Zelle aufschloss.

Cashmeyers Augen waren im Schatten verborgen. Er will wissen, wie die Anklage lautet, sagte er.

Einer der Soldaten grinste.

Edward bleckte verängstigt die Zähne. Sie können doch niemanden wegen Notwehr festnehmen.

Du bist nicht festgenommen.

Edward starrte ihn an.

Du bist nicht festgenommen, wiederholte er. Du bist gar nicht hier, Junge.

Dann hatte ihn auch schon jemand am Arm gepackt und in die Zelle geschubst, die Tür wurde abgeschlossen, und er kniete im schwachen Licht da, die Handgelenke noch immer gefesselt. Die Wärter beachteten ihn nicht. Er biss die Zähne zusammen und dachte an Lewis und Scully, die irgendwo im selben Gefängnis saßen und ihm nun näher waren als je zuvor. Mit glasigem Blick starrte er durch die Gitterstäbe, hörte, wie die Männer um ihn herum husteten und ihre Flohbisse kratzten. Er fühlte sich schwach und spindeldürr, seine Haut hatte bereits den Geruch von Krankheit angenommen.

Am Morgen kamen sie, brachten ihn in einen besudelten Raum mit Abfluss im Boden wie im Schlachthof und prügelten ihn bis zum Einbruch der Dunkelheit. Sie zerschnitten ihm die Wange.

Fragen stellten sie keine.

Eine Woche lang holten sie ihn jeden Tag.

Bitte, flehte er dann. Bitte.

Stopf ihm das Maul. Halt dein Scheißmaul, Junge.

Bitte. Bitte.

Und dann strafften sich die Seile um seine Handgelenke, der Kurbelmechanismus hievte ihn unter dem Klackern der Zahnräder zur Decke empor, seine überdehnten Schultern knackten. Irgendwo schrie ein Mann wie ein Kind.

Eines Nachts ging die Zellentür auf, und Mr Marvell kam herein, hockte sich neben ihn und sagte: Du steckst in gewaltigen Schwierigkeiten, mein Sohn. Da ist wohl nichts mehr zu machen. Tut mir leid.

Edward schloss die Augen, stopfte sich die Ohren zu. Als er aufwachte, war Marvell fort, Edward starrte auf den Steinfußboden, wo er gehockt hatte, und vermochte nicht zu sagen, ob es ein Alptraum gewesen war oder nicht.

War es Wahnsinn, der seinen Geist beherrschte, oder eine neue Klarheit? Die ganze Zeit über versuchte er angestrengt, sich Spaars Handeln zu erklären, die eiskalte Wut des narbigen Mannes. Edward dachte an ein Gespräch zwischen ihnen zurück, sie hatten oberhalb von Camp Lee im Gras gehockt, umgeben vom Zirpen der Zikaden. Ein warmes orangefarbenes Licht sickerte hinter den Horizont. Er hatte Spaar mitgeteilt, ohne Lewis und Scully werde er nicht gehen.

Spaar hatte geseufzt, gemächlich ein langes Messer aus einer Scheide unter seinem Mantel gezogen. Er stand einen Augenblick lang da und drehte es im Licht, dann sagte er leise: Ich kann dich nicht hierlassen, Edward.

Edward wusste noch, dass er die Waffe lächelnd angeschaut hatte. Was wollen Sie denn machen? Mich umbringen?

Spaars Lächeln erlosch, Mitleid lag nun in seinem Blick. Es war das Mitleid, das Edward jetzt zu denken gab, als er zitternd zusammengerollt auf einem Lager aus gammligem Stroh am Boden eines trostlosen Kerkers lag. Das und die gemurmelte Antwort des toten Mannes: Ach, Junge, was glaubst du, was ein einzelnes Leben wert ist? Niemand schickt einen Mann nach Richmond, den er nicht entbehren kann.

Eine zierliche weiße Spinne saß zwei Fingerbreit neben

seinem Gesicht. Langsam kroch sie weg. Und endlich begriff er. Er zitterte, stöhnte. Er war ein Risiko geworden. Ignatius Spaar war zu allem fähig, und der Major hatte ihn nicht ohne Grund nach Richmond geschickt. Er sollte Edward nicht zurückholen.

Spaar war geschickt worden, um ihn zu töten.

Er wurde krank. Zwei Männer fixierten seinen Unterarm auf der Armlehne eines Stuhls, und ein Dritter stieß ihm die Klinge eines Bajonetts durch die linke Hand. Die Woche verging, dann eine zweite. Eines Nachmittags kamen sie in seine Zelle, und er lag stöhnend und fiebrig im schmutzigen Stroh, sie drehten ihn mit den Stiefeln um, dann gingen sie wieder. Ein Mann kam, um ihn zu untersuchen, er zwang seine Lippen auseinander, schaute ihm in den Hals. Wickelte den Verband von seiner linken Hand, um zu schauen, ob Wundbrand eingesetzt hatte. Irgendwann stand eine Dame am Gitter und stellte ihm Fragen, doch sie hielt sich ein Tuch vor die Nase, und er verstand sie nicht. Jemand hatte ihm ein Paar Schuhe gegeben, und in der Nacht hatte sie ihm jemand anders wieder weggenommen. Er wusste nicht mehr, wie viele Tage verstrichen waren. Aber allmählich musste er sich eingestehen, dass wohl niemand je wieder von ihm hören würde.

Dann stand eines Morgens eine Kutsche im Hof. Zwei Soldaten zurrten schwere Holzkisten am Heck fest, und er wurde wortlos und in Handschellen hineingestoßen, setzte sich auf die Rückbank, während ein bewaffneter Wachmann durch den offenen Schlag zu ihm hereinspähte. Er war sehr jung, jünger noch als Edward, wirkte gelangweilt, fröstelte.

Mit jeder Kiste, die aufgeladen wurde, spürte Edward, wie die Kutsche nachgab. Er schüttelte den Kopf, und das Blut schwappte durch seinen Schädel wie Wasser in einem halbleeren Krug. Kraftlos fragte er, wohin sie ihn brachten.

Der junge Soldat grinste. In die Hölle, sagte er.

Bitte, flehte Edward. Fahren wir in den Norden? Gibt es einen Austausch?

Doch der Wachmann zupfte sich bloß an der aufgesprungenen Oberlippe, lehnte sich gegen den Kutschenschlag, zuckte mit den Achseln.

Die Kutsche war ein Zweispänner, sie würden also mit hohem Tempo unterwegs sein. Doch als sie Richmond erst in südlicher Richtung verließen und dann gen Westen fuhren, verlor Edward alle Hoffnung. Die Pferde preschten in die untergehende Sonne über der ausgewaschenen Straße, das rote Licht ergoss sich über die Kutsche und ließ die Gesichter der Insassen blutrot leuchten, er musste die Augen zusammenkneifen.

Am zweiten Tag hielten sie in der Dämmerung an einem Gasthaus. Die beiden Soldaten, die ihn begleiteten, ließen Edward in seinen dünnen Kleidern an die Kutsche gefesselt stehen, wo er etwas wie fernes Geschützfeuer hörte. Er versuchte nicht zu fliehen. Als sie zurückkamen, hatten sie in Wachstuch gewickeltes Fleisch und Brot für ihn dabei, aber er brachte es nicht hinunter. Der Soldat zuckte bloß mit den Schultern und legte es beiseite.

Dann eben nicht, sagte er. Doch es hatte sich ein Unterton eingeschlichen, war es Mitleid?

Sie fuhren in die Nacht. Edward spürte die unheimliche Seltsamkeit dieser Reise bis ins Mark, und auch der junge

Wachmann strahlte eine Unruhe aus, die Edward trotz seines Fiebers mutmaßen ließ, dass sie sich der Frontlinie der Union näherten. Er hörte Hufgetrappel auf genagelten Bohlen, dann den leise rollenden Donner der Kutschenräder, sie hatten eine größere Brücke erreicht. Er hörte den Fluss unter sich. Und auf einmal ertönte ein gewaltiges Krachen, er spürte einen jähen Ruck und wurde zu Boden geworfen. Der Wachmann ihm gegenüber hatte sich mit einer Hand am Dach abgestützt und einen Fuß gegen die Tür gestemmt und starrte erschrocken aus dem Fenster, als Edward bereits spürte, dass die Kutsche ins Schleudern geriet.

Captain Redd, brüllte der Wachmann. Captain!

Edward fluchte.

Die Pferde schrien. Und plötzlich kam ihm das Dach entgegen, er spürte den spitzen Ellbogen des Soldaten im Rücken, ein langer, schwereloser Augenblick, dann schlug die Kutschwand mit jäher Wucht auf der Wasseroberfläche auf. Etwas traf ihn im Gesicht. Schäumendes schwarzes Wasser drang durch beide Fenster herein und umschloss sie, er wurde nach hinten gerissen, nach unten, und dann bekam er keine Luft mehr.

Er drehte sich, er trat um sich. Seine Hände waren noch immer vor dem Körper gefesselt, er stieß sich nach oben ab und schnappte in einem schmalen Spalt nach Luft. Der junge Soldat war plötzlich neben ihm, er spürte sein Bein in den Rippen, dann ging er ächzend wieder unter. Er bekam die Schultern des anderen zu fassen, drückte ihn unter Wasser und sich selbst der Luft entgegen, spürte ihn wie wild strampeln. Dann bewegte er sich nicht mehr. Trieb reglos unter ihm.

Das Wasser war dunkel und eiskalt. Edward vermochte nicht zu sagen, wo oben war. Das Gewicht seiner Stiefel und Kleider zog ihn nach unten, aber strampelnd und sich windend kämpfte er sich durch das kleine Fenster, schwamm mit letzter Kraft Richtung Oberfläche. Verzweifelt nach Luft ringend, die Hände über den triefenden Kopf gereckt, tauchte er auf.

Den Captain entdeckte er nirgendwo. Auf den Ellbogen robbte er durch den Ufermorast und hievte und stieß sich keuchend an Land. Rollte sich mit bebender Brust auf den Rücken, die Stiefel in der Strömung.

Er wusste nicht, wie lange er dort gelegen hatte. Die Hände noch immer vor dem Körper gefesselt, den Kopf im Nacken, der weiße Hals nackt und weich. Er übergab sich, schlief zitternd und träumte, die Pappeln würden sich entwurzeln und am Ufer entlang auf ihn zukommen, ihre Zweige in seinen Mund hängen und von ihm trinken. Er hörte das Wasser über die Steine schwappen, und als er den Kopf hob, sah er das Kutschenwrack, dessen geborstene Räder aus dem schäumenden Fluss ragten, eingedrückte Türen, er sah die Pferdekörper gewaltig und nass im Wasser liegen, die Strömung zerrte an ihren Mähnen. Wo die Brücke hätte stehen sollen, waren jetzt nur noch Pfeiler und Himmel. Die Sonne glitt hinter die Bäume. Es wurde dunkel und kalt. Er schlief wieder ein.

Er öffnete ein fiebriges Auge. Etwas bewegte sich in der Dunkelheit durch den Schlamm.

Er schloss das Auge wieder.

Irgendwann verblasste der Fluss zu geschmolzenem Silber, der Tag brach an. Edward zitterte, es ging ihm hundsmiserabel, und als er den Kopf hob, sah er einen bärtigen Mann in geflicktem Mantel am anderen Ufer die Böschung herunterkommen und das Wrack der Konföderiertenkutsche betrachten, dann verschwand er lautlos wieder zwischen den Bäumen.

Als er das nächste Mal den Kopf hob, stupste der Mann ihm mit der Stiefelspitze in die Rippen. Edward stöhnte vor Schmerz. Der Mann ließ von ihm ab, setzte sich hin, zog Schuhe und Hose aus, hängte seinen zerlumpten Mantel und das Hemd über einen Ast und watete rosa wie ein gerupftes Huhn mit Dreckrand an Hals und Handgelenken in den Fluss. Mit einem Floß im Schlepptau kehrte er zurück, hatte Seile, Kisten, vier Stiefel und zwei Enfield-Gewehre aus der halbversunkenen Kutsche geborgen, dann beugte der Mann sich über ihn und stülpte seine Taschen aus, Edward war zu schwach, um zu protestieren. Der Mann war unglaublich groß, bärtig und dürr wie ein ausgehungerter Ochse. Die Schlüsselbeine stachen hervor, die Schultern waren spitz, und im Sonnenlicht war jede Rippe einzeln zu sehen. Seine Hakennase und die grimmigen schmalen Lippen strahlten eine solche Rohheit aus, dass Edward für einen langen, schrecklichen Augenblick glaubte, er sei von einem Comanchen gefunden worden, doch dann kniete sich der Mann vor ihn, hob ihn auf und trug ihn durch den Pappelwald, einen Hohlweg entlang und in die Hügel hinauf.

Die Hände des Mannes waren sanft und trocken wie die einer Schlange. Er legte den geschwächten, zitternden Edward auf eine Decke, gab ihm Wasser. Dann zog er ein Säckchen aus der Manteltasche und kippte mehrere lange Eisenschlüssel auf den Boden, wählte einen und schloss Edwards Handschellen auf, die er sorgsam einsteckte. Er schälte Edward aus Mantel und Hose, hüllte ihn in die trockene Decke und trug ihn näher ans Feuer. Das alles tat er schweigend. Ein Tag verstrich. Vielleicht zwei.

Als Edward endlich erwachte, dämmerte es, und er lehnte am Palisadenwall eines verlassenen Feldlagers. Sein Retter beäugte ihn vom Feuer aus. Sie waren allein. Der Mann schien Kesselflicker zu sein, in der Nähe stand sein Karren, abgedeckt mit einer Segeltuchplane, rundum lagen Werkzeuge zum Bearbeiten von Leder und Metall, und eine klapprige Mähre stand etwas abseits und beobachtete sie aus einem schreckhaft aufgerissenen Auge.

Bist ja doch nicht tot, sagte der Kesselflicker.

Seine Stimme war heiser, als hätte er sie lange nicht benutzt, und er sprach mit seltsam starrem Akzent wie ein Engländer und doch nicht ganz wie ein Engländer. Südstaatler war er jedenfalls nicht.

Edwards Zunge lag ihm riesig und trocken im Mund wie ein Schwamm. Er hatte Schmerzen beim Schlucken.

Haste auchn Namen?, fragte der Mann.

Als Edward noch immer nicht antwortete, machte sich der Kesselflicker am Feuer zu schaffen, eine Pfanne kratzte über die Steine und etwas fing an zu brutzeln. Edward schloss die Augen. Öffnete sie. Sah, wo der Mann sein Messer am Ärmel abgewischt hatte. Die beiden Enfields lehnten an einem Baumstamm.

Der Mann schüttelte den gewaltigen zottigen Kopf. Kniff ein Auge zu, wie um den Jungen abzuschätzen, und etwas

Neues lag in seinem Blick, etwas Bedrohliches. Den Ausdruck kenn ich, sagte er.

Edward hob den müden Kopf.

Wie die Katze vorm Mauseloch. Was für einer biste eigentlich?

Edward biss die Zähne zusammen, das Fieber schüttelte ihn. Feuerschein ergoss sich über die Steine. Was für einer sind Sie? Er machte sich auf einen Kampf gefasst.

Der riesige Kesselflicker musterte ihn, dann grinste er plötzlich.

Edward ballte die Fäuste.

Doch der Riese streckte bloß die Pranke aus, schwarz wie von Kohlenstaub. Keine Bange. Hätt ich dich kaltmachen wollen, wärste längst tot, lachte er. Ich heiß Fludd.

Fludd.

Aye. Denn siehe, ich will eine Sintflut mit Wasser kommen lassen auf Erden, zu verderben alles Fleisch, darin ein lebendiger Odem ist, unter dem Himmel. Der Blick des Kesselflickers war düster und entrückt, als er sprach. Er hielt kurz inne, dann fügte er leise hinzu: Alles, was auf Erden ist, soll untergehen.

Edward ließ den Blick durch die hereinbrechende Dunkelheit schweifen. Wie lange sind Sie schon allein hier oben?, fragte er.

Der Mann namens Fludd grinste in sich hinein.

Lange genug, um zu Gott zu finden, sagte er. Und lange genug, um ihn wieder loszuwerden.

Das Auge, das niemals schläft

Sechsunddreißig

Niemand hat bemerkt, dass es weg ist, Sir. Das ganze Wochenende.

Blackwell hatte seinen abgewetzten Bowler bis über die Augenbrauen gezogen und schwankte in dem schaukelnden Growler.

Bis Mr Farquhar den Brief gefunden hat, natürlich, fügte er hinzu.

Der Kutscher jagte über irgendein Hindernis, bog scharf um die Ecke, und Shore musste sich an der Tür abstützen. Welchen Brief?, fragte er.

Den Brief in Mr Farquhars Studierzimmer, Sir. Er enthält sehr genaue Anweisungen.

Der vierrädrige Hansom holperte über einen losen Pflasterstein, Shores Miene war finster. Anweisungen?

Blackwell hatte die Hände zwischen die Knie geklemmt. Seine Finger hatten Rußstreifen auf der hellen Hose hinterlassen. Er nickte unbehaglich und sagte: Ja, Sir. Anweisungen, Sir.

Was für Anweisungen?

Wie der Rückkauf des Gemäldes vonstattengehen soll, unterbrach William ungeduldig. Er blies die Backen auf und stützte sich jäh auf den Nebensitz, als der Kutscher den Growler erneut herumriss, an Blackwell gewandt fragte er: Haben Sie den Brief bei sich? Wer hat ihn bisher angefasst?

Der Inspector wühlte in seinen Taschen, knöpfte den Mantel auf, griff hinein und zog einen zerknitterten Umschlag hervor. Shore streckte die Hand danach aus, doch William kam ihm zuvor, er hatte seine Kalbslederhandschuhe nicht ausgezogen und öffnete den Umschlag nun vorsichtig, ließ den Brief neben sich auf den Sitz gleiten. Beim Auffalten achtete er darauf, nur zwei Ecken anzufassen. Das feste Briefpapier mit Wasserzeichen war beschrieben in der schwungvollen, eleganten Handschrift eines gebildeten Mannes, der sich gern als solcher präsentierte.

Wer hat ihn angefasst? Außer Mr Farquhar und Ihnen, meine ich.

Blackwell schüttelte den Kopf. Höchstens noch Mr Farquhars Frau. Und vielleicht der Constable, der die Anzeige aufgenommen hat.

Ein rascher Wechsel von Schatten und Licht, als sie eine Bahnunterführung passierten. William schaute sich das Blatt von oben bis unten an, drehte den Brief vorsichtig um, hielt ihn ins Licht.

Und?, fragte Shore. Was steht drin?

William warf Blackwell einen Blick zu. Hier steht, die *Emma* sei zu ihrem Schutz vorübergehend aus der Galerie entfernt worden. Es habe Gerüchte gegeben, sie sei in den Fokus krimineller Kräfte geraten, weshalb der Absender es im Interesse der Allgemeinheit auf sich genommen habe, dieses bedeutende Kunstwerk in seine schützende Obhut zu nehmen, und so weiter und so fort. Er räusperte sich, überflog den Rest. Gegen die Erstattung der entstandenen

Kosten kann Mr Farquhar das Gemälde zurückerhalten. Ein Bevollmächtigter wird Kontakt mit ihm aufnehmen – an dieser Stelle kniff William die Augen zusammen, hielt den Brief erneut ins Licht –, und zwar in den nächsten Tagen, und so weiter. Es darf keine Anzeige erstattet werden, da keine kriminellen Absichten dahinterstecken. Du wirst namentlich genannt.

Ich werde genannt? Shore verzog unwillig das Gesicht. Gib mal her.

Du hast keine Handschuhe an.

Scheiß auf Handschuhe. Gib her.

Doch William kniff nur die Augenbrauen zusammen, und schließlich zog Shore wütend seine dicken Handschuhe an. William reichte ihm den Brief.

Shore schüttelte den Kopf. *Bitte richten Sie Mr John Shore von Scotland Yard aus, dass seine Anwesenheit nicht erwünscht ist.* Soll das ein Scherz sein?

Der Growler bog schwungvoll um eine Ecke, hob mit zwei Rädern ab und krachte zurück aufs Pflaster, William prallte unsanft gegen Blackwell. Wo wurde er noch gleich gefunden?, fragte er und hob den Hut des Inspectors vom Boden auf.

In Mr Farquhars Studierzimmer, Sir.

In seinem Privathaus.

Sie hörten den Kutscher über seine Pferde fluchen.

Genau, Sir. Blackwell sah William aufmerksam an. Der Brief war wohl gegen eine Lampe auf seinem Schreibtisch gelehnt, Sir. Wo Mr Farquhar seine privaten Unterlagen verwahrt. Es ist zu vermuten, dass er absichtlich dort hinterlassen wurde, damit er nicht übersehen wird.

Er wurde heute Morgen gefunden?

Ja, Sir.

Sonst fehlt nichts? Shore funkelte Blackwell misstrau-isch an. Die Galerieschlüssel? Papiere? Herrgott, nicht mal Mrs Farquhars Diamanten?

Nein, Sir, nichts. Das behauptet jedenfalls Mr Farquhar.

William nahm Shore den Brief vorsichtig aus der Hand und verstaute ihn in seiner Innentasche. Der Dieb hat die Schlüssel nicht gestohlen, weil er das nicht nötig hatte, sagte er ruhig. Wir haben es hier nicht mit einem Amateur zu tun.

Ein blutiger Anfänger ist das. Übersieht die Diamanten und klaut ein Gemälde? Ein Bild wie die *Emma* wird er doch nie wieder los.

Muss er ja auch nicht.

Sollte George Farquhar sich weigern zu verhandeln, steht der Dieb mit leeren Händen da. Mit einem Gemälde, das wertlos für ihn ist.

William verzog das Gesicht. Er wird sich nicht weigern. Für Farquhar lohnt es sich mehr, das Bild zurückzukaufen, als es ganz zu verlieren.

In diesem Moment hüpfte die Kutsche über eine wei-tere Unebenheit und rüttelte sie durch, Shore fluchte und klopfte gegen das Dach. Die Kutsche kam mit einem Ruck zum Stillstand. Der Chief Inspector stieß die Tür auf und stieg schimpfend aus.

Wir gehen zu Fuß weiter, blaffte er den Kutscher an. Das ist doch hier kein Rennen, verflucht noch mal.

Shore hatte William gebeten, ihn in die Galerie zu begleiten. Der liebe Mr Farquhar ist von einem Unglück ereilt worden, hatte der Chief Inspector gesagt, und William musste sofort an Foole in dessen Gemächern denken. Edward Shades Fingerabdrücke lagen sorgfältig beschriftet und verschnürt auf seinem Schreibtisch im Hotel, schon bald würde es in der Detektei eine Akte über Shade geben, dann einen Eintrag in der Verbrecherkartei, und sobald er das nächste Mal ein Verbrechen beging, würde dieser Shade, Foole, wer auch immer, geschnappt werden. Den Mann aufgespürt und aktenkundig gemacht zu haben hätte ihm doch eigentlich reichen sollen. Doch das tat es nicht. Er dachte an Charlotte Reckitt in ihrem Einmachglas im Leichenhaus, er dachte an Blackwells Zweifel bezüglich ihrer Identität. Er dachte an den kraftstrotzenden Ben Porter in einer rattenverseuchten Mietskaserne, an dessen alte Frau irgendwo auf dem Weg nach Kalifornien. Er dachte an seinen Vater, der in der schwarzen Erde von Chicago vermoderte. Ihrer aller Anteil an dieser Sache war erbracht.

Wässriger gelber Nebel hing in der Luft, brannte ihm in den Augen, William rieb sie sich beim Gehen mit den Handballen. Ihre Schritte hallten laut, Blackwell schniefte, gereizt zog William ein Schnupftuch aus der Tasche und reichte es ihm. Ein Brauereikarren klapperte geisterhaft verschwommen vorüber. Sie bogen um eine Ecke und kamen an der Old Bond Street heraus, Schemen bewegten sich im Dunst. Eine lange, dürre Gestalt löste sich aus dem Grau und glitt auf sie zu.

Wer kommt denn da aus seiner Höhle gekrochen?, murmelte Shore. Und dann lauter: Na, diesmal hatten Sie wohl die Nase vorn, Sir.

Ein angespannter Zug lag um Brecks graue Augen, er warf

Blackwell einen abschätzigen Blick zu, ehe er erwiderte: Ich habe es Ihnen oft genug gesagt, Mr Shore. Wenn Sie Ihren Constables nicht einbleuen, am Tatort nichts anzurühren, bin ich Ihnen keine Hilfe.

Shore rieb die Handschuhe aneinander. Aye, das haben Sie. Mr Blackwell, sehen Sie bitte nach, ob noch jemand hier ist. Der Nachtwächter zum Beispiel.

Rein gar keine Hilfe, wiederholte Breck. Ich meine es ernst. Im Krankenhaus warten genügend andere Aufgaben auf mich, keine davon weniger dringlich.

Dr. Breck, mischte sich William ein. Was haben Sie denn herausgefunden?

Über die Tatsache hinaus, dass Londons Constables allesamt Rindviecher sind?

William lächelte. Darüber hinaus, ja.

Blackwell kam zurück, lächelte höflich, rieb sich die kalte Nase, sagte: Mr Shore, Sir. Der Nachtwächter ist noch da. Offenbar hat er nichts gehört. Ihm ist bis heute Morgen nicht aufgefallen, dass etwas fehlte. Erst als Mr Farquhar mit dem Brief kam, gingen sie hinauf in den ersten Stock und bemerkten den Diebstahl gemeinsam. Er sagt, er hat keine Ahnung, wann oder wie es passiert sein kann.

Weil er geschlafen hat, sagte Breck.

Shore fragte: Was haben Sie herausgefunden?

Breck fuhr sich mit der schmutzigen Hand durch den Nacken. Nun. Der Mann, den Sie suchen, ist schmächtig. Klein, aber athletisch. Er ist nicht per Kutsche oder Hansom gekommen. Er ist allein an der Fassade der Galerie emporgeklettert, aber er hatte einen Komplizen, der hier unten gewartet hat. Er ist gut gekleidet, ein Gentleman, und er war vor nicht allzu langer Zeit in Amerika. Er hat die Galerie in den letzten Wochen mehrmals besucht und ist ein Berufskrimineller, der vor kurzem mit dem Gesetz in Konflikt geraten ist. Nicht hier, sondern in Übersee. Höchstwahrscheinlich in den Vereinigten Staaten.

William merkte, wie die Zahnräder in seinem Kopf ineinandergriffen, er hielt inne, musterte den hageren Doktor, dann fragte er leise: Woher wollen Sie das alles denn wissen?

Man sieht immer nur, was man zu sehen erwartet, antwortete der Doktor ungerührt. Ich erwarte zunächst einmal gar nichts. Er deutete auf die Straße. Die einzigen frischen Wagenspuren hier am Bordstein stammen von einem breitspurigen Rad, das deutet auf eine Privatkutsche hin. Hansoms haben Schmalspurräder. Da es zuletzt am frühen Samstagabend geregnet hat, wenn auch nur leicht, und dies der einzige Abdruck im Schlamm ist, können wir wohl davon ausgehen, dass er zur Kutsche von Mr Farquhar gehört, der bekanntlich heute Morgen in der Galerie war. Der Dieb muss also zu Fuß gekommen sein. Am Eisengeländer vor dem Fenster befindet sich ein weißer Kreidefleck. Er stammt von den Fingern des Diebes und ist verwischt, weil er keine Abdrücke hinterlassen wollte. Folglich weiß er, dass er sich so verraten könnte, was wiederum darauf schließen lässt, dass ihm die Fingerabdruckmethode bekannt ist. Die Methode wird erst seit einigen Jahren angewandt, und zwar bisher lediglich in Argentinien, Frankreich und den Vereinigten Staaten. Daher muss er vor nicht allzu langer Zeit von den Behörden in einem dieser Länder erfasst worden sein. Er wird gut gekleidet gewesen sein, um in dieser Gegend und zu so später Stunde keine Aufmerksamkeit zu erregen, außerdem muss entweder er selbst oder sein Komplize kürzlich in Amerika gewesen sein, da er diesen Zigarillo hier geraucht hat, eine amerikanische Marke, die vergleichsweise teuer ist.

Breck zeigte mit der Spitze seines abgewetzten Schuhs auf den ausgetretenen Stummel.

Nichts davon würde als Beweis standhalten, sagte William.

Unerheblich. Das sind die Tatsachen.

In der Rechtsprechung geht es nicht um Tatsachen, Doktor.

Nicht?

Es geht um Beweise.

Breck warf ihm ein merkwürdig düsteres Lächeln zu. Recht, sagte er leise, als ließe er sich das Wort auf der Zunge zergehen.

Das Gas in den Wandleuchtern war voll aufgedreht, die Flammen warfen flackernde Ringe an die Wand. Aus dem Ausstellungsraum waren Schritte zu hören, entfernten sich, und auf dem Weg in den ersten Stock sagte Shore: Dieses Gemälde, diese *Emma*. Offenbar hatte ein amerikanischer Industrieller ein Auge darauf geworfen. Von den Zeitungen wird er als einer der beiden potentiell Höchstbietenden gehandelt, der andere ist ein französischer Adliger. Meinst du, einer von denen könnte die Finger im Spiel haben?

Dann doch eher Farquhar selbst.

Das meinst du nicht ernst.

William sah die entgeisterte Miene des Chief Inspector und lächelte. Nein, wohl kaum. Aber so viel ist sicher:

Wenn die Presse Wind von der Sache bekommt, wird das die Bekanntheit des Gemäldes nur noch steigern. Und je berühmter, desto wertvoller ist es. Farquhar verkauft Bilder für Summen, die du dein Lebtag nicht erwirtschaften wirst. Er kennt die Feinheiten des Marktes. Den musst du dir auf jeden Fall vorknöpfen.

Shore führte ihn in einen Ausstellungsraum mit hohen, stuckverzierten Decken und blanken Holzdielen, die unter ihren Füßen knarrten. Auf dem Boden lag ein leerer Goldrahmen. Die Kordel zur Absperrung war samt Halter umgestürzt, ein Ende ganz steif. In der Wand steckte einsam der Haken, an dem das Porträt gehangen hatte. Das einzige Fenster im Raum war zugeschoben, aber unverschlossen, und als William hinging, entdeckte er Rußspuren auf der Fensterbank.

Ist Breck hier fertig?

Aye. Shore verbiss sich in den Stiel seiner Pfeife, zündete sie jedoch nicht an.

William näherte sich in einem großen Bogen dem Bilderrahmen und hockte sich daneben. Was wissen wir über den Nachtwächter? Er senkte den Kopf, bis seine Augen auf einer Höhe mit dem Rahmen waren, und erkannte einen schmalen, leicht gezackten Streifen Leinwand rundherum.

Owen Archer, sagte Shore. Soldat außer Dienst, war jahrelang in Indien stationiert. Schwört Stein und Bein, er hätte nichts gehört und nichts gesehen. Blackwell hält ihn für glaubwürdig.

Bei so einem Coup ist ein Komplize im Innern keine Seltenheit.

Soll ich ihn vorladen?

Kann nicht schaden. William zog die Stirn kraus. Das Gemälde ist fein säuberlich aus dem Rahmen geschnitten. Der Dieb wusste, was er tut. Er wollte das Bild nicht beschädigen. Also will er es entweder verkaufen, was unwahrscheinlich ist, oder es behalten, das würde allerdings eine sonderbare Sammelleidenschaft voraussetzen, oder aber …

Oder was?

Oder aber er will es wirklich so machen, wie im Brief angekündigt. Das Bild unbeschädigt zurückgeben.

Shore schnaubte. Also, für meine Begriffe sieht das reichlich beschädigt aus.

Unser Mann ist zierlich, ein Berufskrimineller, der bisher schlau genug war, sich jedem Strafverfahren zu entziehen. Es spricht einiges dafür, dass er einen kräftigen und großgewachsenen Komplizen hat, der ihm beim Erklimmen des Fenstersimses geholfen hat. Der Brief wurde Samstagabend oder Sonntagmorgen deponiert, höchstwahrscheinlich Ersteres. Der Dieb oder einer seiner Komplizen war also bei der Feier anwesend. Vermutlich als geladener Gast, um keinen Verdacht zu erwecken. Breck glaubt, er komme just aus Amerika. Klingt das nicht ganz nach einem alten Bekannten?

Shore blickte ihn an.

Klingt fast nach dir, sagte er.

William grinste gerissen. Nur eins hat er nicht bedacht.

Und das wäre?

Die Fingerabdrücke.

Breck sagte doch, er hätte keinerlei verwertbare Spuren hinterlassen.

Vorsichtig fischte William den Brief aus seiner Tasche,

hielt ihn an der äußersten Ecke. Das hier war sein Fehler. Lass Dr. Breck da mal mit seinem Puder dran.

Shore sah ihn verdattert an. Wieso hätte er darauf seine Fingerabdrücke hinterlassen sollen? Wenn er doch ansonsten so verflucht penibel war?

Der Brief wurde vor unserer kleinen Aufführung deponiert, John. Der Diebstahl fand hinterher statt. Als er den hier platziert hat, musste er sich um Fingerabdrücke noch keine Gedanken machen.

Shore starrte ihn fassungslos an. Schüttelte den Kopf. Du und dein verfluchter Edward Shade, murmelte er. Du glaubst auch, der hätte überall seine Finger im Spiel.

Ich glaube es nicht, ich weiß es.

Siebenunddreißig

Foole erwachte früh, lag mit offenen Augen in der Dunkelheit und horchte.

Irgendwo über ihm schlief Charlotte. Ihre warme Haut weich unter den Laken. Das Wissen darum brannte in seinem Innern wie ein schwelendes Stück Kohle. Er drehte sich auf die Seite, zog die Decke eng um sich herum und betrachtete die Umrisse der Möbel.

In all den Jahren, in denen er an sie gedacht hatte, hatte er sie sich so nie vorgestellt. Die gehetzte Müdigkeit um ihre Augen, als würde sie ihn aus der Ferne anblinzeln. Das Haar, das ihr strähnig in die Augen hing. Und dann ihre Stimme. Er hatte sie angestarrt, die Nacht verschmolz kalt mit ihrer Silhouette, dann entdeckte er das Köfferchen zu ihren Füßen, spürte die Hand seiner Haushälterin am Arm und trat zur Seite.

Er erinnerte sich daran, wie Mrs Sykes Charlotte mit der Zunge schnalzend in eine Decke hüllte, Fludd einen rätselhaften Blick zuwarf. Kommen Sie, Liebes, sagte sie, bloß schnell rein ins Warme mit Ihnen. Molly hatte sich längst ins Dunkel der Treppe zurückgezogen, nur das Weiß ihrer Augen war noch zu sehen.

Aber du warst doch tot, sagte Foole. Ich habe deine Leiche gesehen.

Charlotte blickte ihn zaghaft an. Sie zog ihre Handschuhe Finger für Finger aus und legte ihm wie zur Antwort eine kalte Hand an die Wange.

Er spürte ihn noch immer, den Druck dieser Hand. Sanft strich er sich übers Gesicht, als hätte ihre Berührung eine Spur hinterlassen. Dann stand er vom Bett auf, tänzelte über die eiskalten Dielen und tauchte die Finger in die Schüssel auf dem Waschtisch. Er wusch Gesicht und Hals, spritzte sich Wasser unter die Achseln, fröstelte. Trotz seiner Erschöpfung breitete sich ein leises Triumphgefühl in ihm aus, köstlich, unglaublich und unantastbar. Irgendwo über ihm lag Charlotte und träumte, irgendwo atmete sie.

Geräuschlos öffnete er seinen Schrank. Der Spiegel an der Innenseite der Tür blitzte auf wie eine Wasserfläche und verdunkelte sich wieder. Foole zog sich eilig an und ging hinunter.

Mrs Sykes würde bereits wach sein, längst das Feuer in der Küche schüren. Doch die Kerzen in den Wandhaltern waren noch nicht entzündet, im Salon war es noch kalt. Er ging ins Emporium und sah Licht unter einer Tür, hier war es wärmer, doch als er eintrat und seine Haushälterin begrüßen wollte, blieb er überrascht in der Tür stehen.

Ich dachte, du schläfst, sagte er.

Charlotte saß mit ausgestreckten Händen am Feuer, drehte sich zu ihm um. Lila die Schatten unter ihren Augen, die Haut um den Mund von Leid gezeichnet und grau. Ich konnte nicht schlafen, sagte sie. Das geht schon länger so.

Er wusste nicht, was er darauf antworten sollte.

Ich habe Feuer gemacht. Ich hoffe, das war nicht zu …

Sie beendete den Satz nicht, und ihre Worte blieben in der Schwebe, sie senkte den Blick. Er schloss die Tür, näherte sich langsam, als setze er Fuß in einen Traum. Sie trug ein hellgrünes Kleid, das er an Hettie gesehen hatte, die Ärmel waren zu kurz. Ihre Haut war ätherisch und blass, und mit dem offenen schwarzen Haar wirkte sie wie eine Besucherin aus einer anderen Welt. Als er sie ansah, beschlich ihn plötzlich das mulmige Gefühl, eine Fremde würde finster und mit bösen Absichten aus ihr herausstarren. Doch dann wandelten sich ihre Züge in die des Mädchens, das er einst gekannt hatte, und da begriff er. Auch in ihm lauerte ein solcher Fremder.

Was ist?, fragte sie. Ein Funkeln in ihren Augen.

Er schluckte. Ich dachte bloß, na ja. Es ist so lange her.

Ein leises Lächeln. Du bist auch alt geworden, sagte sie.

Er wurde rot und wandte den Blick ab.

Das Feuer brannte. Sie schwiegen eine ganze Weile, unvertraut, unsicher. Foole stand da, legte die Hände auf die Lehne des Lesesessels, und Charlotte erhob sich, glitt hinüber zu einem hohen Regal und wanderte lautlos mit den blassen Fingern über die dort versammelten Gegenstände. Die Windungen eines versteinerten Ammoniten. Tagebücher mit salzfleckigem Ledereinband. Eine Holzkiste, gefüllt mit Münzen aus den Grabungen in Nantes.

Ich habe mit Gabriel und Rose gesprochen, sagte er schließlich. Sie halten dich für tot. Ich habe Mr Fludd durch unzählige Spelunken in halb London gejagt, um dir nachzuforschen. Niemand wusste etwas. Gabriel hat Gerüchte gehört, Pinkerton hätte dich auf dem Gewissen. Ich dachte, jemand hätte einen alten Groll gegen dich gehegt. Er blickte auf. Ich habe den Sarazenen aufgespürt.

Sie warf ihm einen Blick über die Schulter zu. Cooper?

Ich habe ihn bei Lascar gefunden.

Sie erwiderte nichts, vielleicht war sie überrascht, dass er von ihrer Verbindung zu dem Mann gehört hatte.

Viel ist nicht von ihm übrig, fügte Foole hinzu. Er hielt inne. Tut mir leid.

Cooper war schon vor Jahren tot, sagte sie mit tonloser Stimme. Er wusste es nur noch nicht. Sie fuhr sich mit beiden Händen durch das dunkle Haar, legte es sich über die Schulter und sagte: Wir waren uns nicht immer grün. Aber diese Pest hätte ich ihm nicht an den Hals gewünscht. Wenn er gewusst hätte, dass er mal so endet, hätte er sich selbst die Kehle durchgeschnitten.

Es lag keinerlei Wärme in ihrer Stimme, und Foole bemerkte die Strenge ihres Mundes, die Zeit musste sie hart gemacht haben. Die Scheite knackten im Kamin, ein leises Knistern, Asche stob auf. Fooles Hände krampften sich um die Lehne. Er betrachtete sie und zwang das Mitleid, das in ihm aufkam, zu einem kleinen schwarzen Knäuel in seinem Herzen. Er sagte: Wo warst du nur, Charlotte?

Unwillig wandte sie den Blick ab.

Ich dachte, du wärst tot. Du musst doch gewusst haben, dass ich hier bin.

Ich habe gehört, dass du mich suchst, ja.

Also warst du in London.

Sie nickte.

Und trotzdem hast du mich nicht kontaktiert. Kein Wort gesagt.

Sie wandte sich um, die Hände ineinander verschränkt. Warum hätte ich dich kontaktieren sollen? Du hast dich doch mit William Pinkerton verbrüdert. Ich habe deinen Fludd mit ihm vor einem Kaffeehaus am Haymarket gesehen.

Pinkerton hat deinen Mörder gesucht, sagte er leise.

Meinen Mörder.

Deinen Mörder. Genau.

Sie trat neben den Sessel und sagte: Aber William Pinkerton weiß doch, dass ich lebe.

Foole musterte sie, den tanzenden Feuerschein auf ihrem Arm, ihrem Hals.

Er hat mich gesehen. Letzten Monat. Er hat mich auf der Straße verfolgt. Warum habe ich mich wohl sonst die ganze Zeit versteckt?

Er konnte sich viele Gründe vorstellen, aber er sprach sie nicht aus. Ihre Geheimnisse gingen niemanden etwas an, und es stand ihm nicht zu, sie zu bedrängen, er kniff die Augen zu, wie um sich selbst zu überzeugen. Molly und Japheth werden Fragen stellen, sagte er stattdessen.

Und du? Du musst doch auch Fragen haben.

Er zuckte mit den Schultern. Das ist deine Sache.

Könnte aber auch deine sein.

Nun ja …

Was denn?

Der Detektiv, den du in deinem Brief erwähnt hast. Im Dezember. War das Pinkerton?

Ja.

Was wollte er? Wie hat er dich gefunden?

Sie fuhr sich jäh mit der Hand über den Hals. Ich kannte ihn nicht. Ein amerikanischer Detektiv in London? Er hätte Monate hinter mir her sein können, ohne dass ich Verdacht geschöpft hätte.

Wie bist du auf ihn aufmerksam geworden?

Ich dachte, durch Zufall. Aber es war kein Zufall.

Er hat sich dir gezeigt.

Er hat sich gezeigt. Eines Tages in der Untergrundbahn hat er sich an den Hut getippt und nicht mehr weggeschaut. Dann ist er mir durch die halbe Stadt gefolgt, und ich konnte ihn nicht abschütteln. Am nächsten Tag hat er an meiner Tür geläutet und ist wieder verschwunden. Das ging eine Woche lang jeden Morgen so. Er wusste, dass ich zu Hause war, er wusste, dass ich ihm die Tür nicht öffnen würde. Das brachte mich zum Grübeln, machte mich so wütend, dass ich ihn beim nächsten Mal zum Tee hereinbat. Er lehnte ab. Aber da habe ich seinen Namen erfahren. Er hat mir seine Karte dagelassen.

Was wollte er?

Charlotte sah ihn lange und prüfend an, als erwartete sie, dass er sich seine Frage selbst beantworte. Senkte den Blick. Zuerst war es mir egal, dass er mich beschattete, höchstens lästig. Gewiss, es erschwerte das Vorhaben, meinen Onkel aus Millbank zu holen, aber mehr auch nicht. Dann wurde es bedrohlich. Er stand nachts vor dem Haus. Drinnen fand ich Fußabdrücke auf dem Teppich. Einmal wurde ich in der Potter Street auf die Straße geschubst und wäre um ein Haar überfahren worden. Das war er.

Das klang nicht nach William Pinkerton, dachte Foole. Andererseits wusste er, wie unberechenbar der Mann sein konnte. Er sagte: Und da hast du mir den Brief geschrieben.

Da habe ich dir geschrieben, ja.

Ich habe deinen Brief an Heiligabend bekommen.

Sie schwieg.

Ich hatte nicht damit gerechnet, noch einmal von dir zu hören. Nach der Verhaftung deines Onkels hatte ich darauf gehofft. Jahrelang habe ich gehofft. Aber geglaubt habe ich nicht daran.

Sie setzte zu einer Antwort an, hielt jedoch inne. Das zwischen uns, sagte sie stattdessen. Hatte immer einen Platz in meinem Herzen.

Aber –

Es ist vorbei.

Er nickte, verspürte einen stechenden Schmerz.

Auch du bist nicht mehr derselbe, Adam.

Er nickte.

Ich war verheiratet, sagte sie.

Ich hörte davon, ja. Er räusperte sich, schwieg. Bist du es nicht mehr?

Ich habe auf dich gewartet, sagte sie plötzlich, einen Hauch von Verbitterung in der Stimme. Wusstest du das? Monatelang. Ich habe ein halbes Jahr im Haus meines Onkels in Whitechapel gewohnt, bis die Miete fällig war. Du hattest die Adresse. Du hättest schreiben können. Hast du aber nicht.

Er nickte unglücklich, starrte ins Feuer und dachte zurück. Ich war jung. Ich war wütend.

Du warst dumm.

Er lächelte schwach. Das auch.

Ich dachte, ich hätte mich in dir getäuscht. Ich dachte, mein Onkel hätte recht behalten. Wehmut und Trübsal huschten über ihr Gesicht.

Recht womit?

Charlotte warf ihm einen langen Blick zu. Drei Wochen

nach meiner Rückkehr stand ein Besucher vor der Tür meines Onkels. Ich erkannte ihn sofort. Es war der französische Händler aus unserem Hotel in Port Elizabeth. Er hatte uns bespitzelt. Mein Onkel wusste alles über uns. Ich weiß noch, wie er mich in sein Studierzimmer rief. Der Franzose sagte, du hättest in Brindisi ein Treffen mit einem Käufer arrangiert. Er erzählte, du hättest uns längst betrogen, schon vor deiner Reise nach Norden eine Überweisung an eine Privatbank in Venedig veranlasst. Er sagte, das alles hättest du jemandem am Lagerfeuer im Veld anvertraut. Sie suchte in seinen Augen ein Zeichen der Bestätigung. Mein Onkel brach wutentbrannt nach Brindisi auf. Ich durfte nicht mitkommen. Sechs Wochen war er fort. Und als er wiederkam, tja. Da warteten die Beamten am Pier auf ihn. Ich habe ihn nie wieder auf freiem Fuß gesehen.

In Brindisi war ich krank, Charlotte. Ich hatte Fieber.

Im Gefängnis sagte er, du hättest uns gedroht. Er hatte einen Brief in deiner Handschrift, in dem du die Diamanten für dich beanspruchst und sie mir absprichst. Seine linke Hand war verbunden. Er sagte, du hättest ihn in einer Hafengasse mit dem Messer angegriffen.

Das stimmt nicht.

Nein?

Herrgott noch mal. Foole schüttelte den Kopf, wandte sich ab, drehte sich wieder um. Ich hatte nichts, kein Geld, gar nichts. Ich konnte mich kaum auf den Beinen halten. Martin hat mich betrogen. Er hat die Diamanten mitgenommen und mich zurückgelassen.

Ich weiß.

Ich verstehe es bis heute nicht. Warum hat er das getan?

Aus Liebe, sagte sie schlicht.

Foole hielt inne, musterte sie. Er wusste nicht genau, was sie meinte. Vor ein paar Wochen habe ich ihn besucht, sagte er. In Millbank. Ich wollte ihn informieren, wegen dir, wegen dem, was passiert war. Foole räusperte sich. Er sagte, es hätte ein Kind gegeben.

Sie schwieg.

Das wusste ich nicht, sagte er. Hätte ich damals gewusst, dass du …

Sie warf ihm einen prüfenden Blick zu. Hat er gesagt, es wäre von dir gewesen? Hat mein Onkel das behauptet?

War es das denn nicht?

Nein.

Fooles Miene verfinsterte sich.

Ich war erst zwei Jahre nach Port Elizabeth schwanger, Adam. Es war nicht von dir. Sie stand reglos da, die blassen Hände vor dem Bauch verschränkt, das Haar wie ein gefallener Vorhang über der Wange. Er war nicht von dir, sagte sie noch einmal.

Er, murmelte Foole. Du hast einen Sohn bekommen.

Ihre Stimme war leise, sanft. Erschreckt dich das? Es war, als hätte das arme Ding überhaupt keinen Lebenswillen. Vom ersten Augenblick an hatte ich Angst um ihn. Er gab keinen Ton von sich, zwei Tage lang. Sie sah ihn an. Ich habe es verwunden.

Foole schluckte.

Er sah genauso aus wie sein Vater. David war Taschendieb und Trickbetrüger. David Aldergate. Verwegen, flink, stark. Du hättest ihn gemocht. Ich weiß nicht, ob Liebe im Spiel war, aber wir verstanden uns blind. Was hätte ich auch machen sollen? Im Herbst gingen wir nach Kent, wo er einen Schwindel aufzog und mich als Lockvogel benutzte: Ich war seit kurzem Witwe und hatte mein Erbe an Verwandte in Schottland verloren, David war mein treuer Diener, der sich um meine und die Sicherheit meines Kindes sorgte. In der Nähe lebte eine Baronin, von der bekannt war, dass sie ihren Enkel verloren hatte. Zunächst lief alles glatt, und als das Baby kam, brachte uns die Baronin auf ihrem Anwesen unter. Dort lebten wir eine Weile ganz bequem. Sie nahm uns die Geschichte ab.

Foole hörte, wie unter dem Fenster die Straße erwachte. Ein Hausierer rief heiser seine Waren aus.

Es ging eine ganze Weile gut, und dann nicht mehr, wie immer. Wir mussten mitten in der Nacht fliehen, David hatte einen Koffer mit dem Silber der alten Dame auf der Kutsche festgezurrt, mit der wir davonpreschten. Die Kutsche kam vom Weg ab, und wir saßen fest, mitten im Winter.

Das Baby …

Starb. Und David starb ein Jahr später bei einem Unfall in Newcastle. Ich glaube, er hat sich nie verziehen. Da lag unsere Ehe bereits in Scherben. Eine ganze Weile war nur Charlottes ruhiger Atem zu hören, dann sagte sie: Nach der Sache in Kent bin ich krank geworden. Ich wollte auch sterben.

Er schaute ihr in die Augen. Auf einmal kam es ihm vor, als wäre überhaupt keine Zeit verstrichen, als hätte sich ein Loch in ihrem Leben aufgetan, durch das sie zurück in die Vertrautheit von früher geschlüpft waren, nun jedoch war sie von Trauer gefärbt.

Sie zeigte ihm ihre Handgelenke, und er sah die Schraffur aus alten Narben.

Ich habe zu viel verloren, sagte sie. Ich will nicht noch mehr verlieren.

Foole nickte.

Millbank wird geschlossen, Adam. Sie wollen meinen Onkel nach Portsmouth schicken. Auf die Gefängnisschiffe. Er wird dort verrotten, bis er stirbt, und dann sehe ich ihn nie wieder. Ich wollte dich nicht darum bitten. Aber Gabriel dachte, du wärst vielleicht bereit dazu.

Foole starrte ins Feuer. Ich bin deinetwegen nach London gekommen. Nicht deines Onkels wegen.

Das ist dasselbe.

Er runzelte die Stirn.

Er soll am Mittwoch verlegt werden. Ich kenne einen Wärter, der sich an einer Rastschenke beim Durchzählen irren wird. Bei Chichester. Ich werde dort sein, um ihn verschwinden zu lassen.

Mittwoch.

In drei Tagen, ja. Sie runzelte die Stirn, als suchte sie nach Anzeichen für einen Verrat in ihm. So war es nicht geplant, sagte sie. Mein Onkel sollte eigentlich erst im Frühjahr verlegt werden.

Aber du willst es dennoch versuchen.

Ich muss.

Sie sah ihm in die Augen. In ihrem Blick lag kein Vorwurf, keine Bitterkeit, nur endlose müde Trauer. Wieder meinte er eine zweite Charlotte zu erhaschen, eine verborgene Schattengestalt. Sie krallte die Finger in die Sessellehne, stand unbewegt da und sagte dann: Pinkerton hat mich immer wieder nach einem Mann gefragt, hinter dem er her war, einem Hochstapler. Ein gewisser Shade. Edward Shade.

Die Uhr tickte im Zwielicht. Ein Scheit brach im Feuer, Funken stoben leise knisternd im Kamin auf und wurden vom Schwarz verschluckt.

Das bist du, nicht wahr?, sagte sie. Er ist hinter dir her. Du bist dieser Edward Shade.

Wie kommst du darauf?

Sag mir, dass ich mich täusche.

Ein leises, ungläubiges Lächeln. Schwaches Tageslicht kroch über die Regalbretter, kroch auf sie zu. Über ihnen im Haus hörte er Molly und Fludd erwachen, hörte ihre lauten Schritte.

Adam?

Edward Shade ist lange tot, sagte er schließlich. Und die Toten kehren nicht zurück.

Sie schüttelte den Kopf.

Ich schon.

Achtunddreißig

Wenn man von den Toten spricht, hört man sie röcheln.

Am nächsten Morgen kam Blackwell ins Hotel. Es war Dienstag. William stand am Fenster und befestigte seine Manschettenknöpfe, als der Inspector sich unten auf der Straße fledermausartig aus einer vierrädrigen Kutsche faltete. Er hielt seinen Hut in der Hand und wischte mit dem Ärmel darüber, dann blickte er plötzlich herauf zu William. Die Spiegelung der Scheibe verbarg ihn, dennoch wich er erschrocken zurück.

Als es klopfte, öffnete er Blackwell die Tür, wandte sich ab, sprach über die Schulter. Sie haben Ihre Ermittlungen also abgeschlossen.

Nahezu, Sir. Ich glaube, es war der Mann, von dem ich Ihnen erzählt habe. Der Schankwirt.

William zwängte sich in seinen Gehrock, zupfte den Kragen mit den dicken, narbenüberzogenen Fingern zurecht. Und die Frau ist nicht Charlotte Reckitt.

Nein, Sir. Blackwells Tonfall war gedämpft, dringlich. Wenn Sie Ihren Hut holen würden, Sir …

William griff über den gebürsteten Bowler des Inspectors hinweg nach seinem eigenen Hut am Haken und hielt ihn verkehrt herum in den großen Händen, als wäre er zerbrechlich, als wäre die Leere darin überaus selten und von großer Kostbarkeit.

Dann lassen Sie mal sehen.

In einem offenen Hansom schoben sie sich mit einer schweren, klammen Decke über den Knien durch den Verkehr. Dicht an dicht auf der Straße die Karren und alte Klepper mit hängenden Köpfen, schwerbeladene Arbeiter und in Lumpen und Schultertücher gehüllte Frauen, auf deren Handkarren sich die Wäsche türmte. Eine erbärmliche Herde Schweine zwängte sich grunzend an ihrem Fuhrwerk vorbei. Unterwegs berichtete ihm Blackwell, was er herausgefunden hatte.

Sie hieß Ellen Shorter, war erst Schankkellnerin und dann Ehefrau eines Kneipenbesitzers im Nordwesten von London gewesen. Der Pub hieß Baker's Dwarf, und auch wenn Mr Shorters Name es nahelegte, hatte er ihn nicht gegründet, sondern ihn gut zwölf Jahre zuvor bei einer Zwangsversteigerung erstanden. Blackwells Einschätzung nach war er über vierzig, die Frau war vorigen April neunundzwanzig geworden. Zwei totgeborene Kinder, ein Junge war mit sechs Monaten an Fieber gestorben. Schwarze Haare, schwarze Augen, und durch ihre Familie mütterlicherseits aus Brighton hatte sie ganz passabel Französisch gesprochen, was sie bei einer gewissen Klientel vom Festland beliebt gemacht hatte. Dem Vernehmen nach eine freundliche, attraktive Frau.

William fuhr sich mit der Hand über den Nacken. Was meinen Sie mit freundlich?

Freundlich eben. Zur arbeitenden Bevölkerung, Sir.

Sie war also Prostituierte?

Nein, Sir.

Sie schäkerte gern.

Blackwell wirkte verlegen. Shorter selbst gilt bei allen als sanfter Riese. Ein Berg von einem Mann, Sir. Aber keiner der Zeugen hat ihn je wütend oder gar gewalttätig erlebt, im Gegenteil, er hat wohl ein Herz für Studenten. Unter denen ist sein Pub die erste Adresse für ein Gläschen oder eine warme Mahlzeit.

Aber?

Aber einer der Studenten, Sir, ein gewisser James McKinnon, hat Shorter einmal fuchsteufelswild gesehen. Wie es schien, hatte er fälschlicherweise einen Brief an seine Frau geöffnet, und aus diesem Brief gingen einige pikante Details hervor. Offenbar hat er ihn im Beisein von Mr McKinnon geöffnet.

Ein Liebesbrief.

Eine heimliche Verabredung.

Ist das nicht dasselbe?

Unter Umständen.

Also ein sanfter Riese, außer wenn es um seine Frau geht. Und wo ist die Frau jetzt?

Besucht eine kranke Tante in Frankreich.

William runzelte die Stirn. Verstehe.

Allem Anschein nach ist sie recht überstürzt aufgebrochen, Sir.

Hm.

Seit sechs Wochen hat niemand mehr von ihr gehört. Obgleich Shorter darauf beharrt, sie hätte ihm mehrmals geschrieben.

Und die Briefe?

Versehentlich verbrannt. Verlegt. Von streunenden Katzen gefressen.

Was ist mit den blinden Insekten von Dr. Breck? Hat der Pub einen Keller?

Das weiß ich nicht, Sir. Noch nicht.

William schüttelte den Kopf. Das ist alles? Eine Frau auf Krankenbesuch bei Verwandten und ein jähzorniger Mann?

Blackwell runzelte die Stirn. Erklärte, ein Constable habe Shorter befragt, und dieser habe auffallend desinteressiert an der Geschichte mit der Erbschaft gewirkt. Er habe sich die Zeichnung angesehen und behauptet, die Frau nicht zu kennen. Mehrere Gäste hätten sie jedoch als Ellen Shorter identifiziert. All das habe den Constable misstrauisch gemacht, doch er habe noch einigen anderen Hinweisen folgen müssen, außerdem sei zu der Zeit noch nach Charlotte Reckitt gesucht worden. Gestern habe sich ein Zeuge mit Angaben zu einem möglichen Verdächtigen im Fall des Gemäldediebstahls gemeldet, ein Mann, der den Diebstahl einer Taschenuhr auf einem amerikanischen Dampfer kurz nach Silvester zu beklagen hatte. Nach der Zeugenvernehmung sei er zufällig an der Befragung eines älteren Herrn vorbeigekommen, der das Verschwinden seiner Tochter meldete. Blackwell putzte sich die Nase mit einem roten Taschentuch, und William erkannte es als sein eigenes. Der Inspector erklärte, der ältere Herr sei eigens aus Brighton gekommen, denn seine Tochter werde vermisst, und ihr Mann behaupte, sie wäre nach Frankreich gereist, um eine kranke Verwandte zu besuchen.

Doch William hörte längst nicht mehr zu. Moment mal,

sagte er. Dieser Mann mit der Taschenuhr, der Zeuge im Farquhar-Fall ...

Sir?

Von dem Passagierdampfer. Wer war das? Was hat er gesehen?

Ein Arzt aus Liverpool, Sir. Er sagte, ihm sei an Bord eine Taschenuhr gestohlen worden, und er habe den Dieb kurz vor dem Gemäldediebstahl in Farquhars Galerie getroffen. Er war sehr beharrlich.

Mehr nicht? Wie sah der Mann denn aus?

Der Arzt?

Der Dieb.

Blackwell räusperte sich. Er gab an, der Dieb sei ein Gentleman aus Boston gewesen, der mit seiner kleinen Tochter an Bord war. Nicht sehr groß, weißes Haar, gepflegt, stechender Blick.

William lächelte. Er beobachtete einen Wagen, der langsam zu ihnen aufschloss, sein hohes nasses Rad spuckte Schlamm. Hat noch jemand mit ihm gesprochen?

Ich habe einen Bericht geschrieben, Sir. Aber die Aussage wirkte eher unglaubwürdig.

Und dieser Mann aus Brighton. Das wird wohl Ellen Shorters Vater gewesen sein?

Blackwell nickte. Das Sonderbare ist, dass dieser Mann selbst nichts von einer kranken Verwandten wusste. Er glaubt, seine Tochter sei in Schwierigkeiten. Und er hat ausgesagt, dass er den Schwiegersohn weder möge noch ihm vertraue.

Er hat also Ihren Verdacht bezüglich Shorter noch bestätigt.

Ja, Sir.

Schwein gehabt. Der Hansom hüpfte übers Granitpflaster, und William packte den Haltegriff. Was sagt Shorter zu alledem?

Ich habe einen Constable hingeschickt. Er sagt, seine Frau und ihr Vater seien zerstritten. Sie habe seit Jahren nicht mehr mit ihm gesprochen. Er gab an, sein Schwiegervater schulde ihm mehrere hundert Pfund.

Natürlich. Wessen Ärmel sind denn zerschlissener?

Verzeihung, Sir?

Schon gut. Er winkte ab. Verraten Sie mir eines: Wie viel bei der Sache ist Bauchgefühl, Blackwell?

Bauchgefühl, Sir?

Instinkt. Ja.

Blackwell gab empört zurück: Das ist Detektivarbeit, Sir. Reine Logik.

William lächelte, wandte sich ab. Zwei Drittel der Detektivarbeit geschieht, ohne dass Sie Ihren Kopf benutzen, Inspector. Ihr Bauch sagt Ihnen, was Sache ist. Sie müssen nur lernen, darauf zu vertrauen.

Der Baker's Dwarf war ein alter Pub am Ende der Edgware Road, unmittelbar gegenüber dem Gelände, auf dem der grausige Torso gefunden worden war. Das Gebäude sei im achtzehnten Jahrhundert errichtet worden, erzählte ihm Blackwell, als Gasthaus für Reisende nach London, die ihre Pferde wechseln mussten. Es war die Zeit der Straßenräuber gewesen, als London noch innerhalb fester Mauern lag und das Tageslicht den Lebensrhythmus bestimmte. Inzwischen hatte die Stadt ihre Außenbezirke geschluckt, und was einst als Vorposten gedient hatte, war nun eine gewöhnliche Schenke, in der die Arbeiter nach ihrer Schicht einkehrten.

Um diese Uhrzeit waren nur wenige Menschen unterwegs. Der Dwarf befand sich in einem windschiefen, freistehenden Haus und hatte Fremdenzimmer im ersten Stock, ein uraltes verblichenes Schild baumelte an einer Kette über dem Türsturz. Eine schwache Gaslampe brannte auch am Tage, doch sie gab kein Licht, William fröstelte und klappte den Mantelkragen hoch. Ein Dunstschleier hing grau in der Luft.

Meinen Sie, drinnen ist es wärmer?, murmelte William.

Ich fürchte nicht, Sir.

Sie traten sich die Kälte aus den Stiefeln, warfen die Tür zu und gingen zur Theke. An den Tischen hockten zusammengesunkene Gestalten, die sich an ihren Pints festhielten, zwei träge Huren blinzelten schläfrig aus einer Ecke herüber. William und Blackwell nahmen den Hut ab, William bestellte lautstark Whiskey, da schwang die schmale Küchentür auf und heraus trat der Besitzer Shorter höchstpersönlich.

William sah ihm ins Gesicht, in die Augen, und wusste sofort, dass er ein Mörder war. Er hätte nicht in Worte fassen können, woher. Ein leises Kribbeln auf der Haut, als der Mann auftauchte, ein rotes Dunkel hinter den Augenlidern.

Shorter war riesig, stiernackig, seine blauen Augen quollen aus den Höhlen, als er auf sie zukam. Seinen Bewegungen wohnte enorme Kraft inne, aber er war schwer und langsam. William war einst mit seinem Vater losgeritten, um einen Grizzly zu erlegen, der Vieh riss, und Shorters Schultern strahlten die gleiche ungezügelte Kraft aus wie dieses Tier.

Er war bärtig und seine Stimme laut wie die mahnenden Worte eines Weissagers.

Was darfs sein?, schallte es ihnen entgegen. Shorter stützte die gewaltigen Hände auf die Theke und lächelte.

William erwiderte sein Lächeln. Der Mann überragte ihn um einen ganzen Kopf, doch er hatte in dunkleren Zeiten schon ganz andere Hünen niedergestreckt. Whiskey, wiederholte er. Den besten, den Sie haben.

Amerikaner, hm? Shorter griff unter die Theke und holte eine eingestaubte Flasche hervor, zwischen die Finger der anderen Hand klemmte er zwei Gläser. Gegen den hier kann kein anderes Gesöff anstinken, das sag ich euch.

William sah sich demonstrativ im Gastraum um. Wo ist denn Ihre Gattin?

Was?

Die Frau Gemahlin.

Shorters Lächeln erstarb. Kennt ihr die?

William hob abwehrend die Hand. Nein, nein, sagte er. Aber letztes Jahr um die Zeit waren wir schon mal hier, da war sie ausgesprochen nett zu uns.

Woher kommt ihr denn eigentlich?, fragte Shorter. Die Flasche war noch nicht entkorkt, doch jetzt beugte er sich vor und zapfte ein Bier, wischte die Schaumkrone hinunter und schob es einem Mann in Arbeitsmontur hinüber, dessen Kopf auf dem Messinghandlauf der Theke ruhte.

Florida.

Ihr beide?

William sah von Blackwell zu Shorter. Ja.

Shorter gluckste. Sieht gar nicht wie ein Yankee aus.

Er ist Kanadier.

Und was führt euch nach England?

William zuckte mit den Schultern. Ach, Arbeit. Vergnügen.

Na, was denn nun?

William lachte. Kommt drauf an. Haben Sie auch noch ein feineres Stöffchen?

Die Whiskeyflasche stand zwischen ihnen. Shorter stützte beide Pranken auf die Theke und holte tief Luft, sein Brustkorb wurde noch breiter, die Nähte seines Gehrocks spannten sich. Er blähte die Nasenflügel beim Lächeln. Besseren Whiskey kriegt ihr in keinem Gasthaus, wo man nicht Mitglied sein muss. Von den Hebriden ist der her.

William beäugte die Flasche vor sich, dann die anderen hinter der Theke.

Meint ihr, ich lüge?

William warf Blackwell einen Blick zu, schenkte Shorter ein Lächeln. Haben Sie nicht noch etwas Edleres?

Und den hier wollt ihr nicht mal probieren?

William zog die Augenbrauen hoch.

Shorters Lächeln wirkte inzwischen sehr verkniffen. Na, ganz vielleicht könnte noch einer da sein, sagte er. Aber das kostet.

William griff in die Tasche und legte einen Fünfpfundschein auf die Theke.

Habt wohl beide richtig Durst, was? Shorter sah Blackwell an und präsentierte sein breites rotgesichtiges Lächeln. Hat der seine Zunge verschluckt?

Er wird immer erst gesprächig, wenn er ein Gläschen vor sich hat, sagte William.

Blackwell lächelte.

Schließlich bohrte sich Shorter den Daumen in die Nase und schniefte laut. Na schön, sagte er. Dann wolln wir mal sehen. Jedem Tierchen sein Pläsierchen, was? Betts!, schrie er.

Eine verhärmte alte Frau erschien in der Küchentür. Was denn?

Pass mal hier vorne auf. Ich geh kurz runter, die Herrn hier wollen einen Blick auf den Besondren werfen.

Wohin?

Er gestikulierte mit dem Daumen. Runter.

Mit einer schmierigen Laterne ging er zum Kamin und entzündete den Docht in der Glut. Sie folgten ihm durch einen schmalen Gang hinter der Theke. Die Treppe war uralt und aus Holz, knarrte verdächtig unter ihren Füßen. Shorter ging voraus, sein gewaltiger Rücken und der haarige Nacken versperrten die Sicht. William spürte eine Anspannung, die ihn überlief wie Elektrizität, wie früher, wenn er als kleiner Junge im Kornfeld gestanden und zugesehen hatte, wie ein Gewitter auf ihn zurollte.

Im Keller roch es nach Moder und Sägespänen und Exkrementen, William kniff die Augen zusammen. Die Decke war niedrig, der unebene Boden aus Stein gehauen, und der Laternenschein spiegelte sich glänzend an den glitschigen Mauern. An zwei Wänden standen aufgereihte Bierfässer und klafterweise Feuerholz, an einer dritten lehnte ein Regal, auf dem sich die Flaschen türmten. William suchte Blackwells Blick, doch der Inspector folgte Shorter auf dem Fuß. An der Treppe war der Boden mit Sägespänen von einem Hackklotz bedeckt, doch die Späne wirkten sonderbar dicht und gleichmäßig verteilt und bedeckten den Boden gute anderthalb Meter um den Klotz herum. William scharrte sie mit dem Absatz beiseite.

Darunter kamen dunkle Flecken zum Vorschein.

Was ist denn hier passiert?, fragte er.

Shorter hatte zwischen den Flaschen gekniet und richtete sich nun lachend auf. Der verfluchte Schlachterstreik, sagte er. Seelenruhig drehte er sich wieder um.

William ging zum Hackklotz und hob die Axt an. Selbst im schlechten Licht konnte er getrocknetes Blut und Haare daran erkennen. Und dafür nehmen Sie die Axt?

Shorter stand auf und wischte sich die freie Hand an der Schürze ab. Die andere umklammerte den Hals einer Flasche. Kommt vor, sagte er.

Ich fürchte, wir haben da ein paar Fragen, Sir, sagte Blackwell.

Shorter schüttelte den Kopf. Also, kanadisch klingt der nicht gerade.

Richtig, sagte William. Er hielt noch immer die Axt in der Hand.

Wo war Ihre Frau noch gleich, Sir?

Shorter warf dem kleineren Inspector einen flüchtigen, zornigen Blick zu, dann sah er William an.

Willst du mich umlegen?, fragte er. Egal, was du dafür kriegst, ich geb dir das Doppelte.

Stellen Sie die Flasche hin, sagte William.

Wir wollen Ihnen nichts zuleide tun, Sir. Blackwell machte einen Schritt auf ihn zu. Ich bin Detective Inspector Blackwell vom Yard. Das ist mein Kollege.

Das glaubt doch kein Schwein.

Stellen Sie die Flasche hin, wiederholte William.

Was ist Ihrer Frau zugestoßen, Sir?, fragte Blackwell sanft.

Shorters Gesicht wurde aschfahl, die Muskeln in seinen breiten Schultern traten deutlich hervor, und einen unbehaglichen Augenblick lang fürchtete William, der Mann müsse überwältigt werden. Doch es war keine Wut, sondern Reue, die ihn zittern ließ. Shorter starrte auf die Flasche in seiner Hand, als wüsste er nicht, wie sie da hingekommen war, dann stellte er sie vorsichtig auf dem Boden ab und ließ den Kopf hängen, das lange fettige Haar fiel ihm in die Stirn.

Mr Shorter, Sir. Wollen Sie uns davon erzählen?

Ich wollte doch nicht, dass ihr was passiert, flüsterte er.

Das verstehe ich, Sir.

Ich hatte das nicht geplant. Er hob den Blick.

Ach.

Ich hab sie auf frischer Tat ertappt. Ich wusste, da stimmt was nicht, und hab so getan, als müsst ich Montagabend weg, was erledigen. Dann hab ich mich wieder reingeschlichen. Hab sie mit gepackten Koffern oben im Pub erwischt, wollte nach Gravesend. Hatte einen Männeranzug an und wollte mit so einem verfluchten Maler durchbrennen. Hatte sich sogar die Haare abgeschnitten.

Und was ist dann passiert, Sir?

Shorter legte eine Pranke auf das Flaschenregal, das unter dem Gewicht klirrte. Ich hab sie geschlagen. Ich wollt ihr doch nicht weh tun. Das war bloß ne Ohrfeige, das schwör ich bei Gott. Aber sie hat die Augen verdreht und fiel tot um. Shorter sah William an, der noch immer die Axt in der Hand hielt. Ich hab sie hier runtergebracht und gefesselt und ein paarmal angepikt, um zu sehen, ob sie doch wieder

aufwacht. Ich dachte, sie legt mich vielleicht nur rein. Dazu
wär sie imstande gewesen, schlau wie sie war. Aber sie war
tot. Ich wusste nicht, was ich machen sollte.

Also haben Sie sie zerstückelt, sagte William.

Der Mann blinzelte heftig, schwankte, doch er schwieg.

Und was ist mit dem Maler geschehen, Sir?

Michael Witten, sagte Shorter leise. Ich hab natürlich
nach dem Scheißkerl gesucht.

Und?

Und hab ihm im Schlaf die Kehle durchgeschnitten.

Wo ist er jetzt?

Shorter starrte sie mit glasigem Blick an. Schwimmt irgendwo im Fluss, murmelte er. Ich würds sofort wieder tun,
wenn er aus dem Grab aufstehen und die Treppe da runter-
kommen würde, o ja, das würd ich, so wahr mir Gott helfe.

Wir müssen Ihnen jetzt leider Handschellen anlegen, Sir,
sagte Blackwell ruhig.

Shorter nickte.

Der Inspector holte die Handschellen hervor, schraubte
sie auf und legte sie um die breiten Handgelenke des Mannes, der Wirt leistete keinerlei Gegenwehr.

William blickte ihn finster an. Nur wurde Ihre Frau nicht
erschlagen, sagte er. Sie wurde vergiftet.

Vergiftet?

Mit Chloroform.

Der Mann blinzelte, kratzte mit dem Absatz im Sägemehl.

Es war wohl doch nicht ganz so versehentlich und un-
geplant, wie Sie uns weismachen wollen, nicht wahr?

Ich hab sie geliebt, sagte Shorter.

Auch eine Art, das zu zeigen, sagte William schlechtgelaunt. Er schob mit dem Fuß das Sägemehl beiseite. Hier ist nicht genug Blut für so ein Gemetzel, sagte er.

Mr Shorter, Sir?, fragte Blackwell.

Doch der Wirt blickte bloß schweigend auf seine gefesselten Hände.

Und da stieß William auf etwas. Eine Falltür unter der Treppe. Er hebelte sie auf, und zum Vorschein kam ein schmaler Schacht, in dem einst Feuerholz gelagert worden sein mochte, am Boden entdeckte er ein Seil und ein Paar Männerschuhe. Die Wände waren schwarz vor Blut.

William polterte die Kellertreppe hinauf und versprach demjenigen eine Guinea, der als Erster mit einem Constable zurückkam, dann kehrte er zurück zu Blackwell, der dem Pub-Besitzer gerade eine Pfeife anzündete. Die drei stiegen mühsam die Treppe hinauf, dann standen sie zwischen ungespülten Töpfen, Messern und einem Spanferkel über dem Feuer in der Küche und warteten. Als endlich ein Constable eintraf, warf William Blackwell einen langen, matten Blick zu und verließ den Pub, und zu seiner Überraschung kam Blackwell hinterher. Auf der Straße war es kalt, die Luft feucht. William zog die Handschuhe an. Die Tür fiel hinter ihnen zu.

Irgendetwas störte ihn noch, aber vielleicht war es nur die geheimnisvoll-schäbige Aura, die auch den schnödesten Mord umgab. Daran würde er sich wohl nie gewöhnen. Das verblichene Holzschild quietschte an seiner Kette über der Tür. Er nickte dem jungen Inspector zu. Gute Arbeit, Blackwell.

Blackwell errötete. Danke, Sir.

Doch William hatte sich längst abgewandt. Er dachte an

Margaret, und plötzlich blitzte eine Erinnerung an sie auf, einen Ellbogen auf die Verkleidung der Kutschentür, das Gesicht in die Hand gestützt, sah sie ihn aus dem Augenwinkel an und lächelte. Der Duft von Gardenien. Wo war das gewesen? Er schloss die Augen und rieb sich die Schläfen. Er war schon viel zu lange fort von zu Hause.

Soll ich Ihnen einen Hansom rufen, Sir?, fragte Blackwell.

Er starrte den Inspector an, als hätte er ihn völlig vergessen, dann schüttelte er den Kopf. Nein, sagte er. Danke, ich gehe zu Fuß.

Und mit diesen Worten zog er den Hut ins Gesicht und schritt hinein in die engen Gassen, stadteinwärts, ein Mann mit einem Ziel.

Neununddreißig

Aber erwarte bloß nicht, dass ich ihr traue, sagte Molly am nächsten Tag beim Frühstück.

Grimmig fuhr sie sich mit dem abgekauten Daumen unter den rotgeränderten Augen entlang. Vor ihr stand ein Ei, die Schale makellos weiß, und ihr Löffel funkelte im Licht wie etwas ausgesprochen Kostbares.

Aye, grunzte Fludd später auf der Treppe. Schloss die Pranke um das Geländer und senkte die Stimme. Molly hat nich ganz unrecht, Mr Adam. Die Art Weibsbild klaut dir glatt den Stuhl unterm Hintern wech, das sag ich dir.

Beides hatte er sich schweigend angehört, sie unter gesenkten Lidern hervor betrachtet, hatte sich über den Backenbart gestrichen und schließlich abgewandt. Immer wieder grübelte er über Charlottes Plan nach, ihren Onkel aus dem Gefangenentransport in Chichester zu befreien, doch er kam zu keinem Schluss. Sie hatte um seine Hilfe gebeten, und er hatte ablehnen wollen, es jedoch nicht übers Herz gebracht. Derweil raufte sich Fludd mit finsterem Blick den Bart, und Molly stampfte missmutig durchs Haus. Charlotte hielt sich fern.

Soso, murmelte Molly. Ist sich wohl zu fein für uns.

Fludd hob demonstrativ eine Braue.

Foole hingegen war im Taumel, von Schwindel erfasst.

Wenn er wusste, wo Charlotte war, mied er sie, und wenn
nicht, ging er von Zimmer zu Zimmer, von Stockwerk zu
Stockwerk und suchte sie. Weder verteidigte er sie seinen
Verbündeten gegenüber, noch kritisierte er sie, was Molly
ihm als Schwäche, Fludd ihm als Stärke auslegte. Foole,
mit den Gedanken ganz woanders, wusste, dass keiner von
beiden recht hatte. Was auch immer sie verbunden hatte, es
würde natürlich nie wieder sein wie früher, das war ihm bewusst. Am Nachmittag spürte er jemanden hinter sich, dann
ruhten ihre Finger in seinem Nacken, an seinem Hals, und er
hörte sie murmeln: Ich hatte ganz vergessen, wie deine Haut
riecht. Wie Flusswasser. Doch als er sich umdrehte, war sie
nicht da. Als er am Abend mit einer flackernden Kerze nach
oben ging, traf er sie auf dem Treppenabsatz an, grau und
verschwommen wie eine Erscheinung, und als er die Kerze
hob, sah er, dass sie geweint hatte. Er hielt den Atem an.
Sie kam auf ihn zu, nahm seine freie Hand und zog sie an
ihre Brust. Ihre Finger waren eisig. Das heiße Wachs tropfte
schmerzhaft auf sein anderes Handgelenk.

Als er sie küssen wollte, wich sie zurück, funkelte ihn
rätselhaft an und verschwand im Dunkeln.

Der nächste Tag war ein Montag. Foole, Molly und Fludd
saßen im Hinterzimmer des Emporiums, studierten die Tageszeitungen, gingen die Einzelheiten ihres Plans durch. Der
Diebstahl vom Samstag hatte es aufs Titelblatt der meisten
Londoner Zeitungen geschafft, und der Aufschrei der Öffentlichkeit war gewaltig. Die einen beschuldigten die Iren,
die anderen die Franzosen, in einem Leitartikel der *London
World* wurde gar angedeutet, George Farquhar könne selbst

in die Sache verwickelt sein. Es wurde über den wahren Wert des Gemäldes spekuliert und der Anspruch der Nation auf das bedeutende Kunstwerk verhandelt. Der Auktionstermin wurde verschoben. In Leserbriefen erhielt die Polizei Ratschläge, wie sie das Gemälde aufspüren könne. Foole las ungeduldig, die schweren roten Vorhänge sperrten das Tageslicht aus, die Gaslampen waren nur ein schwacher Ersatz. Fludd verlor das Interesse, wühlte gedankenverloren in Bergen von Wollvlies in einer offenen Kiste. Dann pustete er Staub aus seinem Bart, griff mit beiden Händen in die Kiste und zog behutsam eine polierte hölzerne Maske heraus. Menschenhaar fiel über die Stirn, die Innenseite der Maske war dunkel, wie mit Blut befleckt.

Na, die können wir doch vielleicht ma gebrauchen, prustete er. Was soll das denn sein? Ne Verkleidung?

Die Maske grinste ihr tückisches Grinsen, Dutzende winziger Menschenzähne waren kreisförmig um die Augenhöhlen herum eingearbeitet. Alte Münzen spanischer Prägung klimperten lose an der Kieferpartie. Ein schauriges Ding, furchteinflößend und hässlich.

Fludd hielt sie sich vors Gesicht und linste durch die Augenschlitze. Seine Stimme klang dumpf. Und, wie seh ich aus?

Sehr viel besser, sagte Molly lachend.

Fludd nahm die Maske ab, sah Foole an. Und?, fragte er. Müssen wir nochma drüber nachdenken?

Über unsere Forderung? Nein. Foole ließ das Handgelenk kreisen, hörte es knacken. Farquhar dürfte sich durch so viel Aufmerksamkeit bestärkt fühlen. Das garantiert ihm einen guten Preis in der Auktion. Aus dem Brief weiß er, dass Gabriel Kontakt mit ihm aufnimmt. Das wird er abwarten. Freitag ist der große Tag.

Ein Gemälde klauen, murmelte Molly. In dem scheiß Palast voller Diamanten nichts anrühren, aber das Bild? Klar.

Foole hob beschwichtigend die Hand. Gabriel wird Farquhar am Donnerstag die genauen Anweisungen zukommen lassen. Wie geplant, erwarten wir den Mann dann Freitag um elf Uhr in Billingsgate. Molly, du triffst dich mit ihm. Du machst den Anfang, den Rest übernehmen Japheth und ich. Meinst du, du erkennst ihn?

Son aufgeblasenes Arschloch? Kein Problem.

Und die Puhler?, fragte Fludd. An den Billingsgate Stairs wimmelts nur so von denen. Und du glaubst doch wohl nich, dass der alleine antanzt?

Foole schüttelte den Kopf. Ein paar Constables werden ganz bestimmt da sein, rein zur Vorsicht. Farquhar ist ein bedeutender Mann. Aber er will sein Gemälde wiederhaben, er wird kein Risiko eingehen. Solange sie am Kai bleiben, kann uns das egal sein.

Aye. Fludd beugte sich vor, rieb sich den Bart mit dem Handrücken. Übrigens, hast du die Dampfer gemietet, Kleine?

Molly nickte. Die warten nur noch auf die zweite Rate. Ihr Blick wanderte von Foole zu Fludd und wieder zurück. Und ihr seid sicher, dass die Puhler nicht hinterherkommen?

Es sei denn, die schwimmen wie die Fische.

Also, ich schwimm jedenfalls nicht wie n Fisch, sagte Molly plötzlich. Ich schwimm wie n scheiß Anker.

Dann plumps ma lieber nich rein in die Suppe, sagte Fludd grinsend.

Adam …

Du schaffst das schon, Molly. Da kann nichts schiefgehen.

Molly zog die Stirn kraus. Und ihr beide? Wie stehts mit euren Vorbereitungen?

Japheth?

Aye. Oben in Albert Courts gibts nen Hufschmied, der seinen ollen Growler verleiht. Da kümmer ich mich morgen früh drum. Biste mit den Abgüssen fertig, Mr Adam?

Foole nickte. Bis Freitag auf jeden Fall. Eins noch. Mrs Sykes hat uns eine neue Bleibe organisiert, in Newington. Wir müssen sofort umziehen. Mrs Sykes und Hettie werden das Emporium schließen und hierbleiben.

Fludd sah Molly an. Weil der verfluchte Pinkerton das Haus hier jetzt kennt.

Genau.

Meinst du echt, der macht uns Ärger? Ich mein, mit der *Emma* und allem? Woher soll der denn wissen, dass wir das waren, Mr Adam. Es wird nichma ne Anzeige geben, wenn Farquhar mitspielt.

Wir müssen uns noch ein paar Tage unauffällig verhalten. Ich möchte einfach nicht, dass etwas schiefgeht, nur weil wir zulassen, dass Pinkerton hier ein und aus geht.

Und was hast du mit der Dame des Hauses vor?, fragte Molly sarkastisch.

Die Dame des Hauses?

Aye.

Damit meinst du wohl Charlotte.

Na, von Jappy hab ich bestimmt nicht geredet.

Du machst Witze, sagte Fludd. Dabei seh ich im Korsett echt reizend aus.

Foole sah Molly an, deren Augen im Licht der Gaslampen seltsam aufblitzten. Charlotte hat mit der Sache nichts zu tun. Seine Stimme war leise. Sie braucht nichts davon zu erfahren.

Molly biss die Zähne zusammen. Willst du sie hierlassen, oder was?, zischte sie. Bei Mrs Sykes?

Nicht unbedingt.

Fludd kratzte an einem Dreckrand in seiner Handfläche, rieb mit dem Ballen darüber, als wollte er sein Schicksal ausradieren. Er sah Foole in die Augen. Wir glauben doch wohl alle nich, dass das n Zufall war, dass Pinkerton in London auftaucht und Charlotte dir wegen nem Ding schreibt. Sie is immer noch ne Reckitt, Mr Adam. Vergiss das nich.

In sorgenvolles Schweigen gehüllt, saßen sie da, dann stand Foole auf seinen Spazierstock gestützt auf, öffnete die Tür und rief laut nach Charlotte. Er klopfte zweimal fest auf das Treppengeländer, und der Ton übertrug sich in die oberen Stockwerke. Er drehte sich um und ließ die Tür offen. Charlotte soll euch selbst erzählen, was sie vorhat.

Molly sprang auf.

Ruhig, Kleine, sagte Fludd.

Charlotte tauchte im Türrahmen auf, blieb darin stehen und warf Foole einen flüchtigen, undurchdringlichen Blick zu. Sie verschränkte die Hände vor dem Körper und schaute die drei an. Was ist denn?, fragte sie.

Erzähl ihnen, was du mir erzählt hast, sagte Foole.

Sie zierte sich nicht. Mein Onkel sitzt in Millbank, sagte sie. Wenn er nach Portsmouth verlegt wird, werde ich dem Transport folgen, das ist am Mittwoch. Ich will ihm zur Flucht verhelfen und habe Adam um Unterstützung gebeten.

Langes Schweigen.

Na, davon war bisher aber nich die Rede, sagte Fludd zögernd.

Das isn verdammter Scherz, rief Molly. Du hast natürlich nein gesagt.

Charlotte starrte Foole mit festem Blick an, dunkel und voller Hoffnung, und Foole sah verlegen weg. Er ist ihr Onkel, Japheth, sagte er. Ich erwarte nicht, dass du das verstehst.

Ihr seid euch also schon einig, sagte Fludd. Das war gar keine Frage.

Foole nickte.

Verdammt, Adam, murmelte Molly. Tus nicht.

Er fixierte sie mit seinen stechenden Augen. Ich bin doch nur eine Nacht weg, Molly. Du und Japheth, ihr kümmert euch währenddessen weiter um alles. Ich werde rechtzeitig wieder da sein.

Molly blickte finster drein. Und was, wenn nicht?

Fludd baute sich wutentbrannt auf wie eine Urgewalt, er roch nach den Gassen der Stadt und funkelte schweigend auf Foole herab, dann schob er sich an ihm vorbei zur Tür. Molly, rief er über seine Schulter. Komm, Kleine. Wir ham genug gehört.

Molly warf Foole einen mürrischen Blick zu. Du solltest dich mal fragen, was dir wichtig ist.

Und damit drückte auch sie sich an ihm vorbei.

Im Zimmer herrschte Stille. Foole verzog das Gesicht. Über sich hörte er Mollys zornige Schritte, dann Fludd, der den Boden erbeben ließ. Irgendwo knallte eine Tür.

Also hast du dich entschieden?, fragte Charlotte in seinem Rücken. Das Kind ist nicht einverstanden.

Foole drehte sich um, betrachtete sie. Molly ist wie eine Tochter für mich. Ich brauche ihre Zustimmung nicht.

Vielleicht hat sie nicht unrecht, Adam. Es wird kein gutes Ende nehmen.

Was?

Charlotte glitt auf ihn zu. Das mit uns.

Foole erstarrte, rührte sich aber nicht vom Fleck. Ich muss dich etwas fragen. Als du mir den Brief geschrieben hast …

Ja?

Er zwang sich, ihr in die Augen zu sehen. Hast du da schon angenommen, ich wäre Shade? Dachtest du, ich sei der Mann, den Pinkerton sucht, als du mich in die Sache hineingezogen hast?

Charlotte hielt inne. Fragst du mich, ob ich dich hergelockt habe, in Pinkertons Arme?

Ja.

Sie schwieg, und plötzlich verspürte Foole eine seltsame, vage Scham. Dann wandte sie sich schweigend ab und ging zur Tür. Als sie sich noch einmal umdrehte, sah sie ihn aus zusammengekniffenen Augen verletzt an. Wenn du mir das zutraust, setzte sie an. Doch sie führte den Satz nicht zu Ende.

Eine, wie er im Nachhinein denken sollte, höchst beeindruckende Darbietung.

Am Dienstag mietete Fludd den ramponierten alten Growler des Hufschmieds, verstaute ihre Schrankkoffer und Reisetaschen darin, dann machten Molly und er sich in ihren dicken Mänteln nach Süden Richtung Newington auf. Foole und Mrs Sykes beobachteten ihren Aufbruch vom Salonfenster aus. Am Vormittag nahmen Charlotte und er einen Hansom und besorgten eine Reihe von Dingen. Sie kauften Fahrkarten für die Postkutsche nach Portsmouth, die am nächsten Morgen um vier Uhr abfahren sollte, Mr und Mrs Balderdash, genau, B-A-L-D-E, ah, sehr gut, Sir, vielen Dank. Sie schlenderten durch die Geschäfte, ihre Hand ruhte leicht auf seinem Handgelenk, sein Spazierstock klackerte über das Pflaster. Päckchen wurden verschnürt und in die Half Moon Street vorausgeschickt. Sie bummelten durch das Gedränge und machten sich über die Theaterplakate in der St. Martin's Lane lustig, die ganze Zeit blickte Foole sich unauffällig um, doch er entdeckte weder Polizei noch Pinkerton. Am frühen Nachmittag gingen sie hinunter an die Themse, flanierten unter den kahlen Bäumen am Embankment entlang, und Foole hatte das eigenartige Gefühl, ein geliehenes Leben zu führen. Er malte sich aus, wie es hätte sein können, wäre alles anders gekommen, wäre die Zeit nicht, wie es ihre Art ist, vorangekrochen.

Auf der Blackfriars Bridge blieben sie stehen, und Charlotte starrte hinunter auf die strudelnde Themse und die vorbeifahrenden Frachtkähne, und Foole überlief ein Schauer. Der Nachmittag war ebenso trüb wie der Rest des Tages.

War es hier?, fragte er. Bist du von hier gesprungen?

Sie schwieg.

Warum machst du so ein Geheimnis daraus?, fragte er.

Sie sah ihn missbilligend an. Der Verkehr lärmte auf der Brücke, Rufe dickvermummter Männer über die Rücken der Pferde hinweg, eine wütende Schweineherde auf dem Weg zum Schlachthof. Die Steinbrüstung unter seinen Handschuhen vibrierte leicht.

Du vertraust Menschen nicht, sagte sie.

Unserem Sohn hätte ich vertraut. Er hatte es nicht aussprechen wollen und hob erschrocken den Blick. Verzeih.

Sie zog die dünnen Augenbrauen zusammen. Mein Sohn, sagte sie, ist tot.

Ja.

Er ist in Kent gestorben.

Dann schwiegen sie.

Charlotte schüttelte den Kopf. Sie sagte: Ich kam von da. Es war Abend. William Pinkerton war hinter mir her wie ein wild gewordener Stier. Kaum war ich hierher eingebogen, wusste ich, dass ich einen Fehler gemacht hatte. Dort drüben bin ich auf die Brüstung geklettert, stand auf dem Brückengeländer. Und dann habe ich mich einfach fallen lassen. Sie schien mit ihren Gedanken weit weg zu sein, den Blick auf den eisigen Fluss unter ihnen gerichtet. Ich dachte, ich müsste sterben, sagte sie. Ich habe nichts gespürt. Ich habe einfach die ganze Zeit an mein Baby gedacht. Sie sprach leise, und Foole hatte Mühe, sie zu verstehen. In der Nähe der Stelle, an der unsere Kutsche sich überschlug, war ein Fluss, erklärte sie. Ich weiß noch, wie wir hinabstiegen und ich es in eine Decke wickelte und in ein Körbchen legte. Der Fluss war reißend. Ich verlor es sofort aus den Augen. Daran habe ich gedacht.

Foole trat von einem Fuß auf den anderen. Der Fluss strömte rußschwarz und rücksichtslos dahin.

Wir saßen noch drei Tage an dieser Straße fest, flüsterte sie. Ein schrecklicher Ort. Die Nächte waren eisig und meine Arme leer.

Sein Blick wanderte hinab zu ihrem Handgelenk, dem

sichelförmigen Stückchen Haut, das zwischen Lederhand-
schuh und Ärmel aufblitzte.

Wir sollten nach Hause gehen. Morgen müssen wir früh
aufbrechen, und es ist noch viel zu tun.

Doch während er sprach, ruhte sein Blick auf ihr, und als
sie aufsah, lag in ihren Augen eine Trauer, die er dort noch
nie gesehen hatte.

Du hast dich verändert, sagte sie.

Vierzig

Am Morgen trat die Stadt aus dem Nebel hervor, rußschwarz, geschäftig. William verließ das Hotel und
lief durch enge Kopfsteinpflastergassen, trat an den Kreu-
zungen wieder ins Getümmel aus Menschen, Pferden und
Fuhrwerken, die auf dem vereisten Pflaster unter Eisen-
bahnunterführungen ins Schlittern gerieten. Er dachte über
Ellen Shorters Mann nach, dessen Liebe sich zuerst selbst
und schließlich ihr Objekt vernichtet und nichts als Leere
und Schmerz zurückgelassen hatte. William hatte sein ganzes Leben unter Männern wie diesem verbracht, doch war
ihm noch immer ein Rätsel, was derartige Gewalt in einem
Menschen entfesselte. Er glaubte nicht, dass sie in der Natur
des Mannes lag, und dennoch neigte er stets dazu. Er und
alle anderen, dachte er. Als er auf eine Lücke im dichten
Verkehr wartete, erblickte er in einem Schaufenster sein eigenes verzerrtes Spiegelbild, düster und gesichtslos stand es
wabernd zwischen den vorbeieilenden Passanten wie eine
Alptraumgestalt. Er wandte sich ab.

Es war Mittwoch. In der Half Moon Street angekommen,
schaute er am Emporium hinauf. Er sah auf den ersten Blick,
dass Foole, dass Shade fort war. Die Vorhänge waren zugezogen, die Schornsteine kalt. Als die Haustür aufging, fuhr
William überrascht herum.

Es war Fooles Haushälterin. Die dralle, beherzte Frau hatte sich das Wolltuch eng um die Schultern gezogen, ihre Haube saß schief. Sie hatte harte, kluge Augen.

Der Herr ist nicht zu Hause, rief sie.

William trat einen Schritt auf sie zu. Erwarten Sie ihn bald zurück?

Schweigen, man sah ihr förmlich an, wie sie angestrengt nachdachte. Sie! Vor zwei Wochen, das waren doch Sie.

William hielt inne. Ja. Er öffnete das Tor und ging auf sie zu. Auf den Stufen überragte er sie, ihre Knöchel leuchteten weiß in der Kälte, so fest umklammerte sie ihr Tuch. Durch den Türspalt hinter ihr erhaschte er einen Blick auf das elegante Innere, über die Konsole in der Eingangshalle war bereits ein Laken gebreitet. Ein geisterhaftes Mädchen stand mit einem Schrubber in der Tür zum Salon und beäugte ihn, doch als ihre Blicke sich trafen, erschrak sie und verschwand.

Wie lange wird Mr Foole denn verreist sein?

In seiner Branche kann man das nie so genau sagen. Sie kniff ein Auge zu, funkelte ihn an. So ist sie, die heutige Zeit. Da kann es sich kaum noch einer leisten, vorm heimischen Kamin zu hocken.

Es muss doch eine Nachsendeadresse geben. Wenn ich ihm eine Nachricht hinterließe –

Kommt nicht an. Der Himmel weiß, für wie lange nicht.

Und was ist mit Mr Fludd? Ist der da?

Das reicht jetzt, entgegnete sie scharf. Meine Tochter und ich haben alle Hände voll zu tun. Verschwinden Sie, Mr Pinkerton.

Er sah sie erstaunt an und trat einen Schritt auf sie zu.

Aye, ich weiß, wer Sie sind, zischte sie und wich zurück. Und solche wie Sie, die kenn ich genau.

Solche wie mich?, fragte er leise.

Sie presste die Lippen aufeinander und knallte die Tür zu, William hörte, wie die Riegel vorgeschoben wurden. Obgleich er sich nicht vom Fleck gerührt hatte, wurde er das unheimliche Gefühl nicht los, eine Schwelle überschritten zu haben, von der es kein Zurück mehr gab.

Am Himmel verdichtete sich ein brauner Nebelschwaden und glitt vorüber.

Doch noch war Foole nicht weg. Egal, was die Haushälterin behauptete. Das wusste er mit derselben kühlen Gewissheit, die ihm sagte, dass der elegante Dieb hinter dem *Emma*-Coup steckte. In einem Speiselokal an einem menschenleeren Platz setzte er sich ans Fenster und zog beim Essen die alte Fotografie der Pinkerton-Agenten in Cumberland aus der Tasche. Shades verwischte jungenhafte Gestalt. Sein Vater, bärtig, grimmig, gnadenlos, eine Hand im Gehrock, als griffe er nach einer Waffe. Was für ein unwahrscheinlicher Zufall, dass der Junge, den er ausgebildet, und der Sohn, den er aufgezogen hatte, einander nun in einer fernen Stadt belauerten, jeder von seinem eigenen Kummer getrieben. Er legte das Bild beiseite und blickte hinaus in die Februarkälte.

Am Nachmittag machte er sich auf den Weg zu Scotland Yard und fand Shore dort in Hemdsärmeln und ohne Hut vor, den Kopf auf dem Schreibtisch, schnarchend. William war lautstark in das Büro geplatzt und starrte ihn verblüfft an, seine rotfleckige Kopfhaut schimmerte durch das lichte Haar.

William, murmelte Shore. Rieb sich die bärtigen Wangen und verzog schläfrig das Gesicht.

Ich wollte dich nicht wecken.

Komm rein. Mach die Tür zu, Herrgott noch mal.

William schloss die Tür und drehte seinen Hut in den Händen. Harten Morgen gehabt?

Harte Nacht. Irgend so ein Irrer hat es auf die Huren südlich von Ludgate abgesehen. Versetzt selbst brave Bürger in Angst und Schrecken. Er kratzte sich einen Nasenflügel mit dem Daumennagel, schnaubte. Egal. Hast du Zeitung gelesen? George Farquhar steht hier beinahe täglich auf der Matte. Hält das Warten nicht aus.

Tja. Muss schwer sein für ihn.

Schwer für ihn? Shore ächzte. Du kannst dir nicht vorstellen, unter was für einem Druck ich stehe. George Farquhar isst regelmäßig mit Lord Hattersby zu Abend. Der ist mit dem halben Parlament per Du. Ich kann mir nicht leisten, dass ein Mann wie er ruiniert wird, nicht unter meinen Augen.

William verzog mitfühlend das Gesicht.

Kein Mucks vom Dieb bisher, fuhr Shore fort. Wenn's so weit ist, treffen wir uns bei Mr Farquhar. Shore hob den Blick, hielt inne. Deine Anwesenheit wurde erbeten.

Meine?

Aye. Anscheinend will Farquhar dich anheuern. Sollst wohl für seine Sicherheit sorgen oder so.

Also ist er mit dem Rückkauf einverstanden?

Daran hab ich nie gezweifelt bei einem wie ihm. Tut mir leid, William.

Also gibt es keine Anzeige.

Aye. Und somit auch keine rechtliche Grundlage, die Kerle hopszunehmen, die dahinterstecken. Keine Spur von Spott, es schien Shore wirklich leidzutun. Mr Blackwell erzählte, der Reckitt-Fall ist so gut wie abgeschlossen?

Tja. Es war gar nicht Charlotte.

Nein.

William rieb sich die alte Knieverletzung, die wieder einmal schmerzte. Es ist seltsam, sagte er und lächelte verhalten. Wir haben keinerlei Beweis dafür, dass sie überhaupt tot ist. Vielleicht taucht sie ja wieder auf, vielleicht führt sie mich doch noch irgendwann zu Shade, wer weiß?

Spielt keine Rolle. Ohne triftigen Grund kannst du gegen den Mann nicht vorgehen.

Ich finde einen.

Nicht hier in London. Muss ich das noch mal betonen? Das Letzte, was ich brauche, ist ein berüchtigter amerikanischer Detektiv, der sich hier zum Rächer aufschwingt.

William schwieg. Er musterte Shore und plötzlich fiel ihm etwas ein. Hat Breck endlich den Brief unter die Lupe genommen?

Shores Augen verengten sich zu zwei hellen Punkten. Die ganze Zeit dachte ich, ihr wärt hinter einem Geist her. Du und dein Vater. Er zückte seine Pfeife und zündete sie an. Er schob William die Tabakdose hinüber, und die beiden wurden von einer Wolke weißen Qualms eingehüllt. Aye, wir haben einen Treffer, sagte Shore schließlich. Die Fingerabdrücke gehören deinem Edward Shade.

Einundvierzig

Die Postkutsche nach Portsmouth ratterte im Rot der aufgehenden Sonne südwärts. Eisiger Wind pfiff durch die geborstenen Scheiben und trug die Stimmen des Kutschers und des jungen Passagiers neben ihm herein. Der Kutscher, ein älterer Mann mit buschigen braunen Koteletten, hatte seinen grünen Schal doppelt um den Hals geschlungen und trug fingerlose Handschuhe. Vor dem Wirtshaus, von dem die Kutsche abfuhr, hatte er im Halbdunkel gestanden, sich in die Hände gepustet, seine Passagiere kühl gemustert, ohne beim Verladen der Koffer zu helfen, war erst hinterher aufs Dach geklettert, um sie festzuzurren.

Charlotte wirkte aufgewühlt. Schweigsam und mit verkniffenem Mund starrte sie hinaus auf die vorbeiziehenden Äcker, die Bauernhäuser mit weißen Rauchfahnen über den Schornsteinen, die geschwungenen Hecken, die das Weideland umsäumten. Foole beobachtete sie ab und an aus dem Augenwinkel, ließ sie jedoch in Ruhe. Traurigkeit stieg in ihm auf, ohne dass er sagen konnte, warum.

Mit ihnen in der Kutsche saß ein älterer Herr mit Drahtbrille und unmodischem Zylinder, der lächelte und nickte, als sich ihre Blicke begegneten.

Prächtige Sache, hm, mal aus dem Dunst rauszukommen, sagte er. Auch nach Portsmouth?

Foole schüttelte den Kopf. Chichester. Zur Schwester meiner Frau. Leider geht es ihr nicht gut.

Ach, sagte der Mann, wich unmerklich zurück und sah Charlotte an, dann wieder Foole. Ein Jammer. Aber Sie sind nicht von dort, oder?

Nein.

Dachte ich mir schon. Wegen Ihrer … Der Mann wies vage auf sein Gesicht.

Meiner was?

Der Mann blinzelte unsicher hinter seiner Brille. Nun ja, Ihrer Hautfarbe.

Sie ratterten eine Weile schweigend dahin, dann sagte der Mann: Ich hatte auch mal eine Schwester. Sie hatte ganz komische kleine Zähne. Stummelchen haben wir sie immer genannt deswegen. Nun ja. Ewigkeiten her. Der ältere Herr beugte sich über seine Ledertasche nach vorn. Drei Sprösslinge hatte sie. Alle innerhalb eines Jahres gestorben. Der vierte hat sie mitgenommen. Gedankenverloren schnalzte er mit der Zunge. Schlimm war das.

Foole sah aus dem Fenster.

Was hat denn Ihre Schwägerin?

Eine Krankheit, antwortete er finster.

Ein Jammer, sagte der Mann wieder. Und gewiss noch so jung.

Die Kutsche rasselte und klapperte dahin. Foole blickte stur auf die vorbeiziehende Landschaft, um den Mann von weiteren Gesprächsversuchen abzuhalten. Gegen Mittag erreichte die Kutsche Guildford, Foole und Charlotte stiegen am Wirtshaus aus. Das einzige Gericht auf der Speisekarte war Rindereintopf, hauptsächlich aus Möhren und Zwie-

beln, und Foole aß mit Appetit, doch Charlotte ließ den
Löffel wieder sinken, bleich im Gesicht. Hinterher gingen
sie am Hühnerhof vorbei, bis sie am Ende des Wegs einen
kleinen Stall erreichten, Charlotte klopfte und fragte nach
Hadfield Swindler.

Das kann doch nicht sein richtiger Name sein, sagte Foole
grinsend. Unmöglich.

Sie lächelte abwesend.

Ein glattrasierter kleiner Mann mit einem auffälligen
Feuermal am Hals kam heraus und zog sich im Gehen den
Mantel an. Wie kann ich Ihnen helfen?

Mr Swindler?

Aye.

Wir haben Ihnen geschrieben, sagte Charlotte. Es hieß,
Sie hätten eine Kutsche zu vermieten.

Der Mann brummte. Jawoll, Ma'am.

Doch was er ihnen präsentierte, war keine Kutsche, sondern ein offener Karren mit einem uralten Klepper davor,
und nach einem entgeisterten Blick auf den Zustand der
Räder wandte sich Foole zum Gehen.

Ganz wie Sie wollen, sagte der Mann namens Swindler.
Aber was anderes werden Sie nicht finden. Die Leute hier
vermieten nix, was sie selber brauchen.

Foole tippte sich an den Hut. Wir finden schon etwas.

Doch Charlotte hatte der zottigen Stute eine Hand auf
die Flanke gelegt. Gib dem Mann sein Geld, sagte sie. Wir
nehmen ihn.

Sie luden ihre Koffer auf die Ladefläche des Karrens und
machten sich am frühen Nachmittag auf Richtung Midhurst.

Immer wieder mussten sie wegen des gefrorenen Schlamms das Tempo drosseln. Sie fuhren durch West Sussex, den westlichen Weald, durch Eichenwäldchen und über Hügel mit mittelalterlichen Grenzsteinen, alles war blau und trist in den kalten Winterdunst gehüllt, der tief über dem Boden hing. Er wallte um die quietschenden Räder ihres Fuhrwerks, verdichtete und schloss sich hinter ihnen, als wären sie nie da gewesen.

In Midhurst machten sie in der beißenden Kälte halt, spannten das arme Zugtier ab und fütterten es im Hof einer Schenke. Im Gastraum bestellten sie ein Glas Porter und zweimal heißen Cider, standen mit ausgestreckten Händen vorm Feuer und sprachen mit niemandem. Dann schirrten sie die Stute wieder an, kletterten auf den Bock, überquerten den Rother und fuhren die fünf Kilometer bis nach Heyshott. Das Dorf wirkte trostlos und verlassen. Sie passierten die St. James's Church mit ihren langen schmalen Grabsteinen und der kleinen nicht umzäunten Rasenfläche, wo ein einsamer Hund am Wegesrand vorbeitrottete, dann hielten sie vor dem Unicorn Pub. Sie bemerkten beide sofort die Ebenholzkutsche mit dem königlichen Wappen und den vergitterten Fenstern, die bei den Stallungen stand und deren Laternen im schwindenden Licht bereits brannten. Das musste der Gefangenentransport sein.

Charlotte kramte aus ihrem Koffer einen dicken Wollmantel sowie eine Herrenkniehose und ein Paar steifer neuer Stiefel hervor und stopfte alles in eine Umhängetasche, dann betraten sie das Gasthaus. Sie setzten sich an einen Tisch in der hintersten Ecke. Der Pub war gut besucht, verraucht, im Kamin brannte ein schwaches Holzfeuer, und Foole sah

Charlotte an, doch sie wirkte unnahbar, wachsam, kühl. Die Häftlinge waren natürlich nicht unter den Gästen.

Kurz darauf trat ein Wärter mit roter Jacke, Faustschild aus Messing und Knüppel am Gürtel an ihren Tisch. Er hielt einen halbvollen Humpen in der Hand und nickte den beiden unverbindlich zu.

Sie kommen wohl geradewegs aus London, was?, fragte er freundlich.

Charlotte musterte ihn mit kühlem Blick. Bitte, Mr Bailey, setzen Sie sich.

Dachte mir schon, dass Sie das sind, sagte der Mann mit gedämpfter Stimme. Wir wollen gleich die Pferde wechseln.

Charlotte hatte einen kleinen Filzbeutel aus der Innentasche ihres Mantels gezogen, er klimperte, als sie ihn auf den Tisch legte. Damit sind wir quitt, sagte sie.

Bailey schaute sich verstohlen um, dann schnappte er sich den Beutel und steckte ihn ein.

Wo ist er?, fragte sie.

Ein durchtriebenes Grinsen. Wird versorgt. Die sind zusammengekettet, siebzehn Mann. Kriegen gute alte Erbsensuppe, dann was zum Runterspülen, und ab ins Scheißhaus. Er tippte sich an den Hut. Verzeihung, die Dame.

Wie wollen Sie es machen?

Och, der geht einfach als Letzter aufn Pott. Wie viel weiß er denn? Nicht dass der mir hier alles zusammenschreit. Bailey quittierte ihr Schweigen mit einem Achselzucken. Ich zähl dann jedenfalls durch, wenn wieder alle eingeladen sind. Bis Portsmouth sollte das keiner merken. Er warf Charlotte einen grimmigen Blick zu. Und das war's dann von meiner Seite.

Foole runzelte die Stirn. Wann fahren Sie ab?

Achselzucken. Viertelstunde etwa. Kann auch früher sein. Sie kommen aber auch auf den letzten Drücker, was? Dachte schon, Sie haben kalte Füße gekriegt.

Die Straße war kaum passierbar, sagte Charlotte. Schaffen Sie ihn einfach auf den Abort, Mr Bailey. Um den Rest kümmern wir uns.

Sie warteten zehn Minuten, ehe sie aufstanden und hinaus in die Kälte traten, dann gingen sie um den Pub herum, standen im schwindenden Tageslicht an der Hausecke und beobachteten, wie Bailey die gefesselten Häftlinge einen nach dem anderen zum Plumpsklo und wieder zurück führte. Sie hörten die gebellten Befehle der anderen beiden Wärter, das schwere Klirren der Ketten, und schließlich sahen sie, wie Bailey einen gebrechlichen Alten zum Abort führte und die Tür hinter sich schloss. Dann kam Bailey allein wieder heraus und stieg in die Kutsche.

Warte, sagte Foole. Er legte Charlotte eine Hand auf den Arm.

Sie sah ihn an.

Ich gehe vor.

Die schweren Schläge des Gefangenentransports fielen zu, wurden einmal, zweimal verschlossen, dann kletterten zwei Wärter vorn auf den Bock, einer auf den Hochsitz hinten, die Pferde wurden mit Peitschenknallen in Bewegung versetzt, und schon preschte der Transport davon.

Foole überquerte den Hof mit dem hellen Lehmboden und stieß die Tür des windschiefen Holzhäuschens unsanft auf. Drinnen hockte in seiner braunen Gefängniskluft der gebrechliche Martin Reckitt. Verdattert blinzelnd schaute er auf.

Sie!, sagte er. Stecken Sie etwa hinter alledem?

Foole hielt die Tür einen Spaltbreit offen, damit Licht hereinfiel. Auf dem Abort war es eng, die Wände waren dreckverkrustet, und es stank erbärmlich nach alter Scheiße und Pisse. Martin Reckitt wirkte fahl, seine Haut wie gebleicht, die Augen stumpf, farbig waren an ihm eigentlich nur die gereizten roten Lider und der Ausschlag an Hals und Handrücken. Keine Spur mehr von dem gefährlichen Mann, den Foole in Millbank besucht hatte, er war bloß noch ein verwirrter, jämmerlicher Greis. Foole untersuchte die Handschellen. Er kannte den Schließmechanismus, einen doppelten Frobisher, seit gut dreißig Jahren überholt. Den würde er mit links knacken.

Was machen Sie da?, fragte der alte Mann. Was soll das?

Wie viel hat man Ihnen gesagt?

Reckitts Kopf wackelte, ganz leicht nur.

Machen Sie kurzen Prozess mit mir, zischte er. Wenn Sie das fertigbringen.

Da wurde die Tür aufgerissen, und Foole drehte sich in jäher Wut um, doch es war nur Charlotte, die sich hinter ihm hereinzwängte. Als er sich wieder umdrehte, starrte Martin Reckitt mit offenem Mund seine Nichte an, die lebendig und wohlbehalten vor ihm stand. Zu dritt hatten sie kaum Platz in dem engen Abort.

Lieber Gott im Himmel, bei allem, was heilig ist, murmelte Reckitt. Mein Herr und mein Gott. Staunend sah er Foole an, dem der schwarze Mundgeruch des Mannes in die Nase stieg. Wie ist das möglich?

Seine Hände bebten.

Wir haben jetzt keine Zeit, sagte Charlotte knapp. Adam. Die Handschellen.

Foole verließ den Abort und holte das schwarze Futteral mit den Dietrichen aus seinem Koffer, sah sich verstohlen um und kehrte in das Häuschen zurück. Er kniete sich in den Dreck neben dem Loch im Boden, machte sich an den Handschellen zu schaffen, und als er sie nach wenigen Minuten geknackt hatte, warf er sie mit einem Platschen in die Grube.

Charlotte hatte die Kleider aus der Tasche geholt, und Foole half dem alten Mann beim Ausziehen. Immer wieder stießen sie mit den Ellbogen an die glitschig-kalten Holzwände. Die Haut des Alten starrte vor Dreck, wunde Stellen blühten auf Bauch und Oberschenkeln.

Charlotte, sagte der alte Mann ungeniert. Meine kleine Charlotte.

Sparen Sie sich das für später auf, blaffte Foole. Wir müssen los.

Charlotte starrte ihren Onkel gequält an wie einen Fremden, doch als sie Fooles Blick bemerkte, wandelte sich ihre Miene abrupt, sie stieß die Tür auf und verschwand.

Auf dem Bock des Karrens zusammengedrängt fuhren sie vom Hof des Pubs, die ausgemergelte Stute legte sich ins Geschirr, im Osten brach bereits die Dämmerung herein. Im Westen über dem Horizont lag ein Streifen hellgrauen, fast weißen Himmels, und noch während sie Heyshott Richtung Weald verließen, wurde er schmaler und verschwand.

Martin saß in der Mitte, gebrechlich, zitternd, das Gesicht Charlotte zugewandt. Sie schwiegen. Foole konnte die Miene des Alten nicht deuten, doch er bemerkte den verkrampften Ausdruck um Charlottes Augen, die Reckitts

Blick mieden. Die Straße breitete sich im Halbdunkel vor ihnen aus. Foole wusste nicht, was genau in Charlotte vorging, doch es war weder Freude noch Erleichterung.

Als das Pferd eine Rast brauchte, zogen sie den Karren ein Stück abseits der Straße in ein Eichenwäldchen und gingen noch knapp dreißig Schritte weiter, wo sie auf eine alte Feuerstelle stießen. Verrußte Steine, das verkohlte Skelett eines Wildtiers. Foole sammelte im Zwielicht einige tote Äste, holte einen Armvoll Heu vom Karren und entfachte ein Feuer. Mit einem jähen Zischen fing das Heu Feuer und ging lodernd in Flammen auf. Er trat einen Schritt zurück, fächelte sich mit dem Hut die Funken aus dem Gesicht.

Das Holz ist noch feucht, sagte er. Viel Wärme wird es nicht geben.

Martin schwieg. Charlotte war nicht zu sehen, und Foole nahm an, sie hole etwas zu essen vom Karren.

Immerhin spendet es Licht, murmelte er.

Es brennt immer ein Licht für uns, sagte Martin leise, wenn wir nur richtig hinschauen.

Foole ging in die Hocke, schob einen Ast tiefer ins Feuer.

Wir glauben immer, wir wären der Mittelpunkt der Geschichte, aber das stimmt nicht, sagte Martin. In seinen Augen spiegelte sich der Feuerschein. So viel habe ich inzwischen verstanden. Es ist nicht Ihre Geschichte, Adam Foole, in der Sie sich befinden. Ebenso wenig ist es meine. Sie gehört dem Herrn und nur dem Herrn, und er erzählt sie, wie es ihm beliebt.

Wir müssen etwas zu essen auftreiben, sagte Foole. Wie groß ist Ihr Hunger?

Der Alte schien ihn nicht zu hören. Er saß auf einem

umgestürzten Baum und starrte mit dunklen Augen ins Feuer, sein Kopf bebte auf dem dürren Hals. Es ist nicht mein Fleisch, das hungert, sagte er. Mir fehlen die Worte, mir fehlen die Worte dafür. Er streckte die klauenartigen Hände zum Feuer. Das ist schrecklich, Adam Foole. Von Worten gelebt zu haben und sie in solch einem Augenblick zu verlieren.

Foole sah ihn an. Was für ein Augenblick?

Doch der alte Mann gab keine Antwort.

Da tauchte Charlotte plötzlich aus der Dunkelheit hinter ihrem Onkel auf, das Gesicht blutleer wie ein fahler Geist, legte einen schlanken Arm um den Kopf des Mannes, riss ihn zurück, setzte ein Messer unter der Halsschlagader an und stach zu. Ein schwarzer Blutregen ergoss sich über den Moosboden, dann stürzte ein ganzer Schwall aus der Kehle über Gehrock und Knie. Reckitt stieß ein ersticktes Ächzen aus, verdrehte die Augen und stürzte nach vorn in den Schmutz.

Foole war aufgesprungen. Charlotte!, rief er. Himmel!

Keuchend stand sie da, sah ihn entsetzt an, begann zu zittern.

Der alte Mann lag auf dem Bauch, sein Blut versickerte dampfend im gefrorenen Boden.

Sie gab keinen Ton von sich. Mit dem Dolch in der Hand stand sie da.

Foole wich aus dem Feuerschein. Auf einmal verstand er. Das wolltest du, sagte er. Die ganze Zeit. Das hast du die ganze Zeit geplant.

Blind starrte sie durch Foole hindurch, dann kam sie zu sich, schauderte kurz und wandte sich ab.

Er beobachtete, wie sie ihre Habseligkeiten zusammenraffte und im Koffer verstaute, dann folgte er ihr zum Karren. Sie löste die Fußfessel des Pferdes und streifte ihm behutsam das Geschirr über.

Sie hielt inne. Er konnte ihren Atemhauch in der Kälte sehen. Vor fünf Jahren sprach mich ein Mann in einem Pub in Lambeth an. Er hielt mich für eine Hure. Er sagte, ich sei einer Frau wie aus dem Gesicht geschnitten, für die er einst geschwärmt hatte. Meine Mutter, wie sich herausstellte.

Foole stand fröstelnd in der kalten Nacht. Das Feuer brannte jenseits der Bäume.

Er erzählte mir von meinem Vater. Sagte, er wäre ein schlauer Mann gewesen, ein guter Mann, der mit einigen sehr schlechten Menschen in Konflikt geriet. Sagte, sie hätten ihn umgebracht, meine Mutter in den Ruin getrieben. Sie gewissermaßen ebenso getötet. In der Gegend, in der wir wohnten, fand ich noch andere, die sich an sie erinnerten. An mich. Von mehreren hörte ich den Namen des Mannes, der dafür verantwortlich war. Es bestand kein Zweifel.

Martin.

Sie nickte. Ihr Blick bekam etwas Irres.

Du hättest ihn einfach verfaulen, in Portsmouth sterben lassen können.

Hättest du das an meiner Stelle getan? Wirklich?

Foole kräuselte die Lippen. Er dachte an seinen eigenen Vater, an Mrs Shade. Er dachte an Allan Pinkertons väterliche Hand auf seiner Schulter. Wo willst du jetzt hin?, fragte er. Was hast du vor?

Ich will nicht, dass du mich so in Erinnerung behältst, sagte sie. Du musst mich für einen Unmenschen halten.

Das tue ich nicht.

Doch, das wirst du.

Warte, sagte er. Er zog seinen Koffer den Hang hinunter und warf ihn auf die Ladefläche. Im Schein der einzelnen Laterne des Karrens öffnete er ihn, holte eine dicke Wolldecke, ein Päckchen Zwieback und sein schwarzes Täschchen mit den Dietrichen heraus, dann klappte er den Deckel zu und trat vom Wagen weg.

Du könntest doch mitkommen, sagte sie.

Aber das konnte er nicht. Er schüttelte den Kopf. Sah die Erschütterung in ihrem Gesicht und würde dieses Gesicht nie wiedersehen, hatte es wohl nie wirklich gesehen.

Sie fragte kein zweites Mal. Sie packte die Leinen und ließ das Pferd wenden. Als sie davonfuhr, schwankte und flackerte die Laterne und verschwand allmählich außer Sicht. Falls sie zurückblickte, sah er es nicht.

Zweiundvierzig

Der Mann, der William und Shore in George Farquhars Studierzimmer im ersten Stock führte, hatte einen Fischmund, schlechte Zähne und die arglosen Kuhaugen eines geborenen Schwindlers. Er war Farquhars Butler, und William hielt kurz inne und musterte den Mann, dann schob er sich an ihm vorbei. Das Haus, das am Samstagabend im Schein der Gaslampen palastartig und blendend gewirkt hatte, war bei Tageslicht kalt, marmorn und feindselig, nur die weißen Säulen des Treppenaufgangs schienen von innen heraus zu leuchten.

Farquhar erhob sich von seinem antiken Schreibtisch, um sie zu begrüßen. Er trug einen makellos schwarzen, hochgeschlossenen Anzug, das hagere Gesicht zugleich angespannt und überheblich. Nun, Sir? Was gedenkt Scotland Yard zu unternehmen? Er machte keine Anstalten, ihnen die Hand zu geben.

Mr Farquhar, Sir. Sie erinnern sich an Mr Pinkerton.

Natürlich. Ihre kleine Darbietung hat meiner Frau ausnehmend gut gefallen, Sir. Und mir ebenso.

Das Studierzimmer war lang und schmal, mit tiefen Kirschholzpaneelen an der Decke und einem Kamin mit lackiertem Eichensims. Auf dem Schreibtisch des Mannes stach William ein auffälliger silberner Kerzenleuchter ins

Auge, der mit kunstvollen Schnörkeln und Symbolen verziert war und um dessen sieben Arme sich eine silberne Weinranke wand.

Gefällt sie Ihnen?, fragte Farquhar, der seinem Blick gefolgt war. Das ist eine Menora aus Russland. Ein jüdisches Ritualobjekt. Hübsch, nicht? Ich möchte sie unten in der Halle aufstellen. Seltenes Stück.

Und die Rabbis haben nichts dagegen?, fragte William.

Farquhar lächelte wissend, als hätte William einen Witz gemacht. Er sagte: Meine Frau ist leider unpässlich, Sir, sie hätte Sie sonst gern persönlich begrüßt. Ich habe sie gedrängt, sich auf unser Anwesen in Yorkshire zurückzuziehen. Der halbe Hausstand ist bereits dort. Ich frage mich wirklich, was sie hier noch hält.

Vielleicht, wenn sie sich wieder besser fühlt, Sir.

Vielleicht. Die ganze Angelegenheit hat sie sehr aufgewühlt. Haben Sie mal einen Blick in die Zeitung geworfen, Mr Shore? Haben Sie gesehen, was über mich geschrieben wird?

Das ist doch nur Klatsch und Tratsch, Sir.

Die behaupten, ich wäre selbst in die Sache verwickelt. Die behaupten, ich wäre der Drahtzieher hinter der ganzen Affäre. Und warum? Nur um Aufmerksamkeit zu erregen.

William brummte. Er nahm den Hut ab und legte ihn auf den Schreibtisch, dann sank er erschöpft in einen der Sessel, ließ allen Anstand fahren. Mr Shore sagte mir, Sie wollen den Dieb nicht anzeigen?

Die Diebe, berichtigte ihn Shore. Das war eine Bande, ganz sicher.

Farquhar schüttelte den Kopf. Die Diebe kümmern mich

nicht. Die *Emma* ist es, um die ich mich sorge. Ich möchte sie wiederhaben, Mr Pinkerton. Und das sollte doch bitte sichergestellt sein, wenn ich schon zehntausend Pfund investiere.

Shore stand noch immer, wirkte angespannt, und erst jetzt, als Farquhar an seinen Schreibtisch zurückkehrte und sich setzte, nahm auch der Chief Inspector Platz. Es ist meine Aufgabe, dafür zu sorgen, Sir, sagte er.

Es wäre Ihre Aufgabe gewesen, dafür zu sorgen, dass so ein Unglück gar nicht erst geschieht. Sind unsere Straßen denn nicht mehr sicher? Es erstaunt mich, Mr Pinkerton, dass Sie überhaupt in unsere Stadt gekommen sind, so durchseucht, wie sie vom Verbrechen ist. Sie müssen uns für die reinsten Barbaren halten.

Es ist niemals die Stadt, Mr Farquhar. Es sind immer die Menschen.

Die Stadt, Sir, bringt die Menschen hervor.

Shore räusperte sich, zog ein Notizbüchlein und einen Bleistift hervor. Würden Sie uns mitteilen, welche Informationen Sie erhalten haben, Mr Farquhar? Zehntausend, sagten Sie? Kann ich daraus schließen, dass die Diebe sich gemeldet haben?

Farquhar nickte ernst. Verlangt werden zehntausend Pfund, zur Hälfte in Banknoten, die andere Hälfte in Wertpapieren, Sir. Ich habe heute Morgen einen Brief von einem Anwalt erhalten. Behutsam schob er die Menora an den Rand des Schreibtischs und bedachte Shore mit einem strengen Blick. Ist es nicht sonderbar, dass die Diebe sich anwaltlich vertreten lassen, Sir? Macht sie das nicht angreifbar?

Angreifbar?

Nun, man könnte sie doch über diesen Mann aufspüren, diesen … Farquhar stand abrupt auf, schnappte sich einen Bogen Papier von einem Zigarrentischchen und überflog ihn. Gabriel Utterson?

Utterson, knurrte William.

Shore warf ihm einen flüchtigen Blick zu. Gabriel Utterson ist uns einschlägig bekannt, Mr Farquhar. Ein gerissener Bursche. Völlig skrupellos. Das Problem ist jedoch, Sir, dass er in diesem Falle gegen kein einziges Gesetz verstößt. Ein jeder hat das Recht auf juristischen Beistand. Und solange Sie keine Anzeige erstatten, hat Scotland Yard keinerlei rechtliche Handhabe.

Mr Pinkerton, sagte Farquhar und hakte den Daumen in die Westentasche. Auf Empfehlung eines meiner ältesten Freunde, Mr Busby, habe ich beschlossen, Sie zu engagieren, Sir. Wie ich hörte, sind Ihre Konditionen ziemlich –

Henry Busby?, unterbrach ihn William. Unsere Ermittlungsergebnisse waren für ihn alles andere als zufriedenstellend.

Er war von Ihren Methoden höchst beeindruckt, Sir.

William fragte sich, wie viel der Galerist über die Erpresserbriefe im Fall Busby wusste, aber viel konnte es nicht sein. Henry Busby war wegen Unzucht erpresst worden, und am Ende hatten sämtliche von Pinkerton-Agenten aufgetriebenen Beweise darauf hingedeutet, dass der Mann, reich, unverheiratet, exzentrisch, die Erpresserbriefe selbst geschrieben hatte. Der Fall war zu den Akten gelegt worden.

Farquhar legte die Finger zusammen. Wollen wir zu Ihrem Honorar kommen, Sir?

Fünfzig Dollar pro Tag, zuzüglich Spesen, erwiderte

William wie aus der Pistole geschossen. Das ist unser Standardhonorar und nicht verhandelbar. Aber in diesem Fall wird es für Sie wohl eine ziemlich günstige Angelegenheit. Den Papierkram erledigen wir später.

Also sind Sie einverstanden, Sir?

Ich muss Sie daran erinnern, dass die Pinkertons nicht die Polizei sind, Mr Farquhar, sagte Shore.

Farquhar warf Shore einen vernichtenden Blick zu. Um eines klarzustellen: Ich wünsche, dass Mr Pinkerton für die sichere Rückkehr der *Emma* sorgt. Ich wünsche nicht, dass die Männer, die dafür verantwortlich sind, belangt werden. Rache liegt mir fern.

William verzog das Gesicht. Ob das so klug ist?

Wie meinen?

Wenn Sie denen geben, was sie wollen, präsentieren Sie sich als lukratives Ziel. Fürs nächste Mal.

Morgen wird das letzte Mal sein, verkündete Farquhar. Derartiges wird sich nicht wiederholen.

Morgen?

War in dem Brief von morgen die Rede, Sir? Shore fuhr sich über den Backenbart. Ziemlich kurzfristig.

Farquhar reichte ihm Uttersons Brief, der Chief Inspector überflog ihn.

Das sind aber ungewöhnlich wohlorganisierte Diebe, sagte Shore. Normalerweise dauert es Wochen und Monate, bis die von sich hören lassen. Erstaunlich. Er blickte auf. Sie werden das Lösegeld umgehend beschaffen müssen, Sir. Ich schlage vor, Sie gehen nicht allein zur Bank. Ich kann Ihnen jemanden zur Seite stellen.

William nahm Shore den Brief aus der Hand. Sie wissen

also noch nicht, wo die Übergabe stattfinden soll? Habe ich das richtig verstanden?

Richtig, Sir. Der Anwalt will sich morgen früh mit den Einzelheiten an mich wenden. Ich soll das Haus nicht verlassen.

Shore nickte. Kommen Sie unverzüglich zum Yard, wenn Sie mehr wissen.

Wie wird denn das Ganze vonstattengehen, meine Herren?, fragte der Galerist zweifelnd.

Ganz einfach, sagte William. Sie tun, was von Ihnen verlangt wird. Sie bringen das Geld an den vereinbarten Ort, übergeben es, im Anschluss händigen die Diebe Ihnen das Gemälde aus. Es läuft alles nach deren Bedingungen.

Und mir bleibt nichts anderes übrig, als denen zu vertrauen, Sir? Daran zu glauben, dass sie Wort halten und mir die *Emma* wirklich zurückbringen?

William sah den Mann gelassen an. Ja, sagte er. Genau so ist es.

Dreiundvierzig

Martin Reckitt lag im Mondlicht, das Gesicht bleich auf der Erde, und Foole saß da und starrte ihn hilflos an. Etwas in ihm war zerbrochen, unwiederbringlich. Zehn Jahre lang hatte er von Charlotte geträumt, hatte ihre Daguerreotypie bei sich und sie in seinem Herzen getragen, sie zum Maßstab gemacht, und die ganze Zeit über hatte er sich in ihr getäuscht. Hatte sie nicht im mindesten gekannt. Schließlich erhob er sich, rutschte auf den Fersen einen flachen nassen Grashang zu einem Eichengrüppchen hinab und kauerte sich gegen einen umgestürzten Baumstamm, doch er schlief nicht. Das unheimliche Gefühl, nicht allein zu sein, ließ sich nicht abschütteln. Bei Tagesanbruch stand er auf und betrachtete den Himmel, dann ging er zurück, beugte sich wieder über den kalten Leichnam, zog schließlich eine Brieftasche, die Charlotte ihrem Onkel gegeben hatte, aus der Tasche des Toten und verließ den Ort für immer.

Bis Midhurst waren es sechs Kilometer durch taunasse Felder, und schließlich stand er in seinen durchnässten Schuhen auf dem Marktplatz und wartete darauf, dass das Postamt öffnete, dann folgte er dem Beamten hinein und kaufte eine Fahrkarte nach Hause. Ihm war egal, ob sein Verhalten verdächtig wirkte. Der London & South Western fuhr jeden Tag um zehn Uhr fünfzehn in Midhurst ein.

Foole, der einzige Fahrgast auf dem Bahnsteig, kletterte erschöpft an Bord, der Schaffner gab das Abfahrsignal, und die Maschinen schnauften und dampften wieder los. Er fuhr durch bis Waterloo Station, und so kehrte er nach London zurück, stumm, finster, allein.

Er sagte Fludd und Molly nichts von der Hinrichtung.

Als er durch den senfbraunen Nebel zum Penton Place gestapft kam, öffnete Fludd ihm mit finsterem Blick die Tür. Das Haus, das Mrs Sykes für sie aufgetan hatte, wirkte kalt, die Besitzer waren ausgeflogen und die Nachbarn selbst in Nöten, niemand würde sich für sie interessieren. Die Straße war einst sehr gefragt oder zumindest wohlhabend gewesen, doch die Zeiten waren längst vorbei, und nun waren die Häuser verrußt und verwahrlost.

Siehst aus, als hättest du draußen geschlafen, brummte Fludd. Oder gar nich.

Krachend schloss er die Tür, drehte den Schlüssel um.

Foole zog den an Kragen und Manschetten noch feuchten Gehrock aus, sah sich um und hängte ihn dann an den Hutständer in der Ecke. Ich könnte einen Happen vertragen, sagte er. Was gibt es denn?

Meinste was Warmes? Bloß n bisschen Haferbrei. Fludd trat einen Schritt zurück, rieb sich den Bart. Wir ham uns die ganze Zeit gefragt, ob du alleine zurückkommst, Mr Adam.

Foole blähte die Wangen. Wie du siehst, sagte er.

Also is alles gutgegangen?

Er zuckte mit den Schultern, wollte nicht darüber reden. Erzähl mir lieber, wie es hier steht, sagte er stattdessen. Was ist mit der Kutsche? Hat sich Gabriel gemeldet?

Na, wo ist dein Liebchen?, posaunte Molly, die aus dem Salon kam. Sie hatte schlammverkrustete Stiefel an den Füßen und hinterließ Abdrücke auf dem Teppich. Als sie Fooles Miene sah, verstummte sie.

Charlotte is nich mitgekommen, sagte Fludd. Genau wie Mr Adam gesagt hat.

Also wart ihr erfolgreich? Ist Martin Reckitt raus aus dem Bau?

Gewissermaßen.

Doch das Kind schien seine Bedrängnis zu bemerken und warf ihm einen sonderbaren Blick zu, und dieses Zeichen von Rücksichtnahme machte Foole plötzlich rasend.

Er verzog das Gesicht. Wir haben noch viel zu tun. Wo ist mein Koffer? Ich hoffe, den habt ihr nicht in der Half Moon Street gelassen?

Fludd deutete auf die Treppe.

Ich hab ihr nie über den Weg getraut, Adam, sagte Molly. Von Anfang an nicht.

Das ist jetzt egal.

Und wennse doch wiederkommt?, fragte Fludd.

Wird sie nicht.

Und wenn doch?

Wir werden sie nicht wiedersehen, sagte Foole zornig. Keiner von uns.

Die ganze graue Zugfahrt nach London hatte er gegrübelt. Das Schlimmste war, dass er es nicht hatte kommen sehen. Er hatte eine Veränderung an Charlotte bemerkt, einen Hinweis, eine Mahnung, aber er hatte dem nicht genug Bedeutung beigemessen. Das Bedürfnis nach Rache war

Foole nicht fremd, er konnte es ihr nicht einmal verübeln. Er dachte an Allan Pinkerton und verspürte einen heftigen schwarzen Stich im Herzen.

Fludd und Molly blieben unten, als er müde die Treppe hinaufstieg und ein kleines Schlafzimmer im Obergeschoss betrat, von dort führte eine Leiter unters Dach. Auf dem Dachboden stand ein schmales Bett, darauf Fooles geöffneter grüner Koffer mit flüchtig hineingeworfener Kleidung. Papiere und Akten stapelten sich an der Wand. In der Ecke stand ein Porzellanwaschtisch, über dem ein Handtuch lag, und Foole wusch sich den Schmutz und Straßenstaub von Gesicht und Händen, seifte auch den Nacken ein und trocknete sich mit dem Handtuch ab. Als er sich umdrehte, stand Fludd auf der Leiter.

Was ist?, fragte er ruppiger, als es gemeint war.

Er ahnte, was der Riese wollte, aber es ging nicht um Charlotte Reckitt.

Deine verfluchte Molly, begann Fludd stattdessen. Rate ma, wer gestern die scheiß Kutsche in ne Baustelle anner Lambeth Road gelenkt hat, gegen n Gerüst dagegen, wo ne Eisenplatte drauflag, die wie ne Guillotine auf mich runtergesaust is. Hat den Gaul glatt in zwei Teile gehauen. Fast wärs mir selbst an den Kragen gegangen.

So schlimm wars nun auch wieder nicht, ertönte Mollys Stimme von unten.

Von wegen nich schlimm!

Foole funkelte Fludd böse an, der die Bodenluke fast vollständig ausfüllte. Er wollte nur noch schlafen. Müssen wir das jetzt besprechen? Kann das nicht warten?

Doch da drängte sich Molly die Leiter herauf, steckte den

Kopf durch die Luke und sagte mit schiefem Grinsen: Mir ist ne Ratte am Bein hochgeklettert, die war so groß wie n Schinken. Was hättest du denn da gemacht?

Foole legte sich in seinen Kleidern aufs Bett, eine Hand über den Augen. Was wollt ihr mir damit sagen?, fragte er widerwillig.

Unser Pferd ist tot.

Das geliehene?

Aye.

Er hob den Kopf. Haben wir noch ein anderes?

Fludd warf Molly einen Blick zu, die plötzlich mit großem Interesse einen Fettfleck an der Wand betrachtete.

Besorgt eins, sagte Foole. Heute noch.

Aye.

Molly, sagte er. Du gehst zu Appleby Barr. Sag ihm, dass wir morgen Nachmittag ein Geschäft mit ihm abzuwickeln haben. Er hat lange genug gewartet. Er rieb sich mit dem Handrücken die Augen, dann sagte er: Japheth. Warte. Wenn ich es recht bedenke, miete uns auch gleich einen neuen Wagen. Etwas deutlich Erkennbares, Auffälliges. Einen Arbeiterkarren. Gab es da nicht etwas an der Waterloo Station, das sich in unseren Kreisen bewährt hat?

Du meinst Old Monkey Abbott, sagte Fludd. Aye, ich weiß, wo das is.

Doch Foole schlief nicht. Am Nachmittag zog er sich bis aufs Unterhemd aus und ging in die Spülküche, erhitzte einen Topf mit Wasser, schürte das Feuer, bis die Flammen hochschlugen. Die Hitze war unerträglich. Er wickelte die Wachsabdrücke von Farquhars Schlüsseln aus den Tuchstreifen, in denen er sie aufbewahrt hatte. Es waren insgesamt sieben. Er arbeitete sorgfältig und ohne Hast, erhitzte, was er brauchte, mit dem sonderbaren kleinen Schmelzofen, den er sich aufgebaut hatte, goss das Metall, ließ es abkühlen. Immer wieder hielt er inne, schürte das Feuer und horchte über dessen Prasseln hinweg ins leere Haus hinein. Erst spät am Abend war er fertig, und als er aufblickte, stand Molly in der Tür, die Hände an der Stirn, Schweiß trocknete auf ihrem Hals, und er wusste nicht, wie lange sie schon dort stand. Er fühlte sich dünnhäutig, und das hatte nichts mit den Vorhaben des folgenden Tages zu tun.

Weiß er Bescheid?, fragte er schließlich. Empfängt Mr Barr uns?

Aye.

Gut.

Und das Bild ist sicher verstaut wie ein Baby in seinem Körbchen.

Foole nickte erschöpft.

Gabriel hat eine Nachricht geschickt. Farquhar kennt unsere Forderungen. Es ist alles vorbereitet. Molly wies mit dem Kopf auf die alchemistische Apparatur hinter ihm. Und du und Jappy?, fragte sie. Seid ihr auch bereit für euren Part?

Ich denke schon.

Wie wollt ihr das in der kurzen Zeit bloß schaffen?

Foole zog die Augenbrauen hoch. Schaffen? Was denn schaffen?, fragte er unschuldig.

Molly grinste.

Vierundvierzig

Dann war der Freitag da. Im Dunkeln zog er sich an, stand rauchend am Fenster, die Hände hinter dem Rücken verschränkt. Ein alter Klepper trottete geisterhaft durch die leere Straße, ohne Reiter oder Karren, und verschwand im Dunst wie ein böses Omen. William beobachtete, wie das Loch im Nebel sich langsam hinter ihm schloss. Kurz darauf tauchte ein Kehrjunge auf, arbeitete sich langsam auf dem Pflaster voran. Zwei Kontoristen hasteten vorbei. Der Nebel lichtete sich.

Um acht Uhr legte William sich den Chesterfield über den Arm, setzte den Zylinder auf und ging hinunter. Er war ohne Frühstück aufgebrochen, hatte keinen Hunger. Im Hansom auf dem Weg zu Scotland Yard kam eine eigenartige Ruhe über ihn, er kannte dieses Gefühl und wusste, heute würde etwas schiefgehen.

Der Yard wirkte trist, düster, trostlos in seinem Grau. Er nickte dem Sergeant am Empfang zu, ließ die Handgelenke kreisen und trug sich mit steifen Fingern ein. Vor Shores Tür blieb er stehen, warf einen unbehaglichen Blick in den Korridor und hob die Hand zum Klopfen, doch dann drückte er einfach die Klinke und trat ein.

Du kommst spät, knurrte Shore.

Er stemmte sich mit beiden Händen vom Schreibtisch

hoch. Ein Teller mit kaltem Hühnchen stand neben ihm. Die Vorhänge waren offen, die Scheibe beschlagen. Hast du gefrühstückt?

Ist das ein Angebot?

Shore schenkte ihm ein schiefes Grinsen. Aye. Das kostet aber.

William nahm den Hut ab, fuhr sich durchs Haar. Wo ist Farquhar? Ich will den Ablauf noch mal mit ihm durchgehen.

Shore zuckte mit den Schultern. Mit Blackwell gegenüber im Gilly's. Ich bring dich hin. Bist du denn bereit?

Ich schon, er auch?

Glaub mir, George Farquhar hat mehr Mumm, als du denkst. Shore schloss die unterste Schreibtischschublade auf, nahm einen Revolver und eine Schachtel Munition heraus. Er sagte: Bei unserem Pub-Mörder hat Blackwell wirklich ganze Arbeit geleistet. Ihr beide. Ich habe den Bericht gestern abgezeichnet. Meine Vorgesetzten sind hocherfreut. Er öffnete die Trommel des Revolvers und lud sie, dann schob er die Waffe über den Schreibtisch. Die arme Frau, sagte er und sah William an. Selbst nach dreißig Jahren kann mich der Ausgang eines Falls noch überraschen.

Das glaub ich gern. Er wies mit dem Kopf auf die Waffe. Wofür soll die sein?

Für dich. Sicherheitshalber.

William zog seinen eigenen geladenen Colt aus der Manteltasche und hielt ihn Shore hin, der Chief Inspector schenkte ihm ein spöttisches Grinsen. William, William, sagte er kopfschüttelnd. Londons Straßen sind nicht sicher, wenn du in der Stadt bist.

Wenn ich nicht in der Stadt bin, meinst du.

Shore hielt inne. Noch was. Martin Reckitt wurde gestern ermordet aufgefunden.

Ermordet?

Aye.

William hatte das Gefühl, als verlangsamte sich das Blut in seinen Adern, er ballte die Hände zur Faust, spreizte die Finger, und schüttelte schließlich den Kopf. Wie kann das sein?

Gescheiterte Flucht? Ein Streit? Wer will das schon so genau wissen? Der Mistkerl sollte auf die Gefängnisschiffe in Portsmouth verlegt werden, und auf dem Transport hat sich jemand verzählt. Alle anderen Häftlinge sind ordnungsgemäß angekommen. Ein Bauer aus Heyshott hat Reckitts Leiche im Wald gefunden. Mit durchgeschnittener Kehle. In der Schenke, wo der Wärter sich verzählt hat, wurde eine auswärtige Frau gesehen. Shore reichte William ein Telegramm, William überflog die Personenbeschreibung und schaute Shore an.

Charlotte Reckitt, sagte er verblüfft.

Aye. Kannst du mir das mal erklären?

William saß in seinem dicken, schlammbespritzten Chesterfield da und starrte seinen Hut an, legte ihn auf dem Knie ab. Ich habe keinen blassen Schimmer, sagte er leise. Glaubst du, sie wurde auch ermordet?

Ich glaube, sie hat etwas damit zu tun.

Mit dem Mord an ihrem Onkel?

Aye.

Sie ist doch keine Mörderin. Mit Mördern kenne ich mich aus.

Jeder kann zum Mörder werden, William. Es braucht nur die richtigen Umstände.

Er wusste, dass Shore recht hatte, aber das meinte er nicht, er schwieg und stand schließlich auf. Farquhar wartete sicher. Er zog den Hut tief in die Augen.

Shore steckte schon mit einem Arm im Gehrock. Martin Reckitts Herz war rabenschwarz. Ein mieser Gauner war das. Mit Leib und Seele.

Dasselbe hat er über dich gesagt.

Das tun sie doch alle, sagte Shore und lächelte müde.

Sie überquerten die Great Scotland Yard Street im trägen Verkehr und traten durch eine schmale Holztür unter einer roten Markise. Das Gilly's war ein kleines Lokal mit Séparées im hinteren Bereich. Shore schob einen Vorhang beiseite, hinter dem sich ein Korridor auftat, und blieb an der dritten Tür stehen. Normalerweise gibt es bei derartigen Verhandlungen keinen Grund zur Sorge. Haben ja beide Seiten was davon, wenn das Diebesgut zum rechtmäßigen Besitzer zurückkommt. Aber ich kann nicht einschätzen, was dieser Edward Shade macht, wenn er dich sieht. Sei bloß vorsichtig.

Bin ich doch immer.

Dass ich nicht lache. Mr Blackwell ist angewiesen, sich bereitzuhalten. Er wird natürlich im Hintergrund bleiben. Unmöglich kann ich euch ohne jeden Schutz dort hinschicken. Wir haben es hier nicht mit Amateuren zu tun.

Wenn Shade auf Blutvergießen aus wäre, würde er die Sache anders aufziehen, John.

Shore warf ihm einen langen mitleidigen Blick zu, als hätte er etwas Dummes gesagt, dann öffnete er die Tür.

Blackwell saß in Hemdsärmeln an einem Tisch. George Farquhar ging nervös vor dem Fenster auf und ab, eine Zigarre
im Mund. Er trug einen feinen Wintermantel mit grauem
Hut, unter seinen Augen lagen tiefe Schatten. Hektisch sog
er an seiner Zigarre, strahlte Unruhe aus. Mit dem linken
Arm umklammerte er eine schwarze Ledertasche.

Meine Herren, sagte William. Sind wir so weit?

Blackwell stand auf und räusperte sich. Mr Shore, Sir,
Mr Pinkerton.

Ein verfluchtes Ärgernis ist das, sagte Farquhar. Seine
Stimme klang krächzend und seltsam hoch.

William schälte sich aus dem Chesterfield und legte ihn
über eine Stuhllehne, trat an den Barschrank und schenkte
vier Gläser Sherry ein. Setzen Sie sich, sagte er. Wir haben
einiges zu besprechen.

Farquhar sah William fragend an, doch er kam zum Tisch,
drückte die Zigarre aus und nahm Platz.

William deutete auf die Tasche. Da ist das Geld drin?

Ja.

Darf ich mal sehen?

Farquhar reichte ihm widerwillig die Tasche. Es ist die
komplette Summe, Sir. Das versichere ich Ihnen.

William öffnete die Tasche. Stapelweise Scheine, nicht
zurückverfolgbare Wertpapiere. Er zählte alles. Sah erst
Blackwell an, dann den Kunsthändler, und seufzte. Er fragte:
Waren Sie schon einmal in einer Situation wie dieser?

Wieso? Stimmt etwas nicht mit dem Betrag?

William gab die Tasche zurück. Die Summe stimmt, sagte
er. Die Schwierigkeit besteht eher darin, einen kühlen Kopf
zu bewahren. Heute sind nicht Sie es, der das Sagen hat.

Mr Farquhar, Sir. Shore verschränkte die roten Hände vor sich auf dem Tisch. Damit will Mr Pinkerton ausdrücken, dass er diese Art von Transaktion schon Dutzende Male durchgeführt hat. Sie werden ihm vertrauen müssen. Aber machen Sie sich keine Sorgen. Mr Blackwell wird sich die ganze Zeit über in Zivilkleidung in der Nähe aufhalten, um Ihre Sicherheit zu gewährleisten. Und doch sind solche Übergaben stets heikel. Wir wollen tunlichst vermeiden, dass jemand kalte Füße bekommt.

Verzeihen Sie, sagte Farquhar blasiert. Aber ich möchte um jeden Preis verhindern, dass die Diebe einen Polizisten sehen und glauben, ich hätte sie verraten.

Das ist absolut übliches Vorgehen, Sir. Sie werden damit rechnen.

Mich werden die Diebe sicher nicht zu sehen bekommen, Sir, fügte Blackwell hinzu. Es sei denn, sie geben mir Anlass.

Was halten Sie davon, Sir?, fragte Farquhar an William gewandt.

Der runzelte die Stirn. Alle Beteiligten haben das gleiche Ziel.

Sie meinen die sichere Rückführung der *Emma*, Sir.

Genau.

Und nicht, die Diebe zu schnappen.

William zögerte. Richtig.

Shore sah ihn forschend an. Ich hoffe, das ist die Wahrheit, William.

Kaltes Februarlicht fiel ins Fenster, Staubkörner tanzten darin. William verschränkte die Hände. Das Tageslicht blitzte in Shores Pupillen auf, verlieh ihm einen finsteren Ausdruck. Nichts als die Wahrheit, sagte William leise.

Fünfundvierzig

Foole knöpfte sich gerade den Kragen um, als Molly mit einer Orange in der Hand auf den Dachboden kam. Sie setzte sich mit finsterer Miene.

Gabriel hat einen Laufburschen geschickt, berichtete sie. Der sagt, er wär um elf vor Ort.

Foole öffnete eine längliche Eichenholzkiste und kramte darin. Schließlich wählte er einen verfilzten grauen Schnurrbart und buschige Augenbrauen und entkorkte eine Kleisterflasche.

Der Dampfer legt erst in sechs Tagen in Liverpool ab, fuhr Molly fort. Ich dachte, Devon wär vielleicht n schöner ruhiger Ort zum Untertauchen.

Nein. Liverpool. Jedes Mal, wenn wir reisen, laufen wir Gefahr, gesehen zu werden.

Foole hatte eine runzlige Gipsmaske aus dem Kistchen genommen und machte die Oberfläche mit Rizinusöl geschmeidig. Ich habe Japheth losgeschickt, sagte er mit dem Pinsel in der Hand. Er soll die letzten Vorbereitungen treffen und mit dem Karren zurückkommen. Wir warten am Treffpunkt, bis du losgehst. Weißt du, welcher Pier?

Aye. Billingsgate Stairs. Sie schälte die Orange mit dem Daumennagel in einer einzelnen langen Spirale und hielt sich die Schale unter die Nase. Und du bist sicher, dass der olle Farquhar uns nicht doch noch einen Strich durch die Rechnung macht?

Ganz sicher.

Und wenn er nicht alleine kommt?

Das wäre sehr dumm von ihm. Und George Farquhar ist nicht dumm. Aber mach dich darauf gefasst, dass es auf dem Pier vor Polizisten nur so wimmelt. Er bog den Rand der Maske um, die Augenhöhlen waren leer, der Mund war zu einem stillen Schrei aufgerissen. Dann legte er die Maske auf ein Wachstuch und knetete sie wie einen Teig. Er sagte: Der Austausch geht flussabwärts über die Bühne. Nach der Geldübergabe wartest du dreißig Minuten, dann kommst du zurück. Achte darauf, dass Gabriel das Geld zweimal durchzählt. Er soll sich Zeit lassen, aber das weiß er selbst, er macht das nicht zum ersten Mal. Ich gehe nicht davon aus, dass es Schwierigkeiten gibt, aber …

Ich weiß. Trau Utterson nicht über den Weg.

Foole verzog das Gesicht. Um Gabriel mache ich mir keine Sorgen. Er lässt sich das Ganze gut genug bezahlen. Wie steht es um deine Schwimmkünste?

Das hast du mich doch schon mal gefragt. Immer noch nicht besser. Es sei denn, treiben lassen zählt.

Foole lächelte. Sobald dir etwas auch nur im Geringsten faul vorkommt, möchte ich, dass du über Bord springst und dich so schnell wie möglich ans Ufer treiben lässt.

Molly teilte die Orange, schob sich ein Stück in den Mund. Und was ist mit euch?, fragte sie kauend.

Japheth und ich werden die Zeit schon zu nutzen wissen.

Sie grinste.

Denk du nur an deine Aufgabe, Molly.

Keine Sorge, ich werd den alten Sack schon ablenken. Aber was ist eigentlich mit seiner Frau?

Die hat die ganze Geschichte anscheinend so mitgenommen, dass sie aufs Land geflüchtet ist.

Sie runzelte die Stirn. Kaute.

Was ist?

Hm. Meinst du, Pinkerton wird uns Ärger machen?

Foole reckte das Kinn und drückte sich die Maske mit zusammengekniffenen Augen aufs Gesicht, fuhr mit den Fingern am Haaransatz und Kiefer entlang und passte sie an. Sie war kühl, wie ein feuchtes Handtuch. Undeutlich sagte er: William Pinkerton wird ganz bestimmt sehr gespannt sein, wie der Morgen verläuft. Er hat noch nie etwas übers Knie gebrochen. Für ihn ist entscheidend, dass die Übergabe erfolgreich abgewickelt wird. Wenn nicht, wird er seine Chancen schwinden sehen, uns auf die Schliche zu kommen.

Die Puhler werden sich Gabriel ganz genau anschauen.

Die Augen noch immer geschlossen, den Kopf in den Nacken gelegt, sagte er: Und dich auch.

Das hat Pinkerton eh schon.

Foole blinzelte. Gabriel tut nichts Illegales. Es gibt kein Gesetz, das die Abwicklung von Privatgeschäften verbietet. Es ist unerheblich, ob er dabei gesehen wird. Und du bist nur ein armes kleines Straßenkind, das angeheuert wurde, um das Treffen einzufädeln. Er fuhr sich vorsichtig über Tränensäcke und Krähenfüße. Wie sehe ich aus?

Molly blickte ihn an, mit einem Mal ganz ernst. Sei bloß vorsichtig, Adam.

Bin ich doch immer. Foole betrachtete sein Spiegelbild und empfand einen Augenblick lang den vertrauten Nervenkitzel, den er immer spürte, wenn ihn plötzlich ein fremdes Gesicht ansah. Was Mr Farquhar angeht …

Der bleibt auf dem Fluss, ich weiß.

Genau. Lass dich ja nicht verfolgen. Foole schraubte ein Döschen auf, fuhr mit einem angefeuchteten Finger hinein und verrieb die Schminke auf seiner neuen Haut.

Adam.

Er sah ihr im Spiegel in die Augen.

Das mit deiner Charlotte tut mir echt leid. Dass nichts draus geworden ist und so.

Meine Charlotte. Er blickte auf seine Hände. Er wusste nicht, wie viel das Kind ahnte, aber er wusste, dass es nicht dumm war. Meine Charlotte, sagte er, ist sie offenbar nie gewesen.

Sechsundvierzig

William drückte Farquhars Tasche fest an die Brust. Der Straßenlärm hüllte ihn ein, Händler strömten von der London Bridge nordwärts, Schlepper rannten hinter den Omnibussen her und brüllten heiser die Fahrpreise. Farquhar knüllte seine Handschuhe in der Faust, die Handgelenke stachen spitz aus den Mantelärmeln. Wie vereinbart stiegen sie am unteren Ende der Threadneedle Street vom Polizei-Brougham, und William führte Farquhar an der Schulter im lichten Nebel über die belebte Durchgangsstraße. Mit finsterem Blick blieb er unter der Statue von Cornwallis stehen.

Von Shade weit und breit keine Spur.

Plötzlich stand ein Gassenkind mit übergroßer roter Kappe und schmutzigem Gesicht nägelkauend vor ihnen. Eine milde Gabe, Mister?

Fort mit dir!, bellte Farquhar.

William zögerte. Das Kind musterte ihn interessiert. Sie sollten doch gar nicht kommen, sagte es. Dann wandte es sich an den Galeristen. Und Sie sind dann wohl Mr Farter?

Wie bitte?

Das Kind verdrehte die Augen. Dann kommen Sie mal mit. Fürs Rumlungern ist noch nie einer bezahlt worden. Der Wachhund bleibt hier.

Als der Galerist sich nicht rührte, sagte William: Das wird wohl eine Komplizin des Diebes sein. Wir werden ihr folgen müssen.

Angewidert musterte Farquhar das Mädchen. Der da?

Wen hamse denn erwartet, die Queen höchstpersönlich?

In Ordnung, sagte William. Geh vor.

Doch das Kind sah ihn nur böse an. Ich soll den da alleine bringen.

Niemand rührte sich. Eine ganze Weile starrte das Mädchen William an, als überlegte es, dann setzte es sich achselzuckend in Bewegung.

Durch ein Gewirr von Stallungen und Hintergassen wurden sie Richtung Fluss geführt, bis sie plötzlich in einer brodelnden Menge von Passagieren standen, die auf den steinernen Kai über ihnen zudrängte. William erkannte ein Schild des London Bridge Steam Wharf und bahnte ihnen einen Weg. Die Menge teilte sich wie das Meer. Dann zwängten sie sich durch eine überdachte Passage, die mit Plakaten für *Collins Wunderseife, McMullens Haar-Elixier* und die *Magischen Porträts der Starr Brothers am Coomb's Court* zugepflastert war. Das Gedränge und der Lärm würden Shade zum Vorteil gereichen, so viel war klar.

Wo ist dein Auftraggeber?, fragte William barsch. Treffen wir ihn hier?

Doch das Gassenmädchen reagierte nicht.

Sie stiegen eine morsche Holztreppe hinab, die so steil war, dass William die Füße seitwärts setzen musste, um sich auf den Beinen zu halten. Von dem kleinen Schwimmdock im Schatten der Brücke wirkte die Themse schwarz, schaumig und kalt. An Holzbuden prangten große Schilder mit der Aufschrift FAHRKARTEN, Männer warben laut schreiend um Passagiere, doch das Mädchen bog ab und eilte einen schmalen Bohlenweg unter der Brücke entlang.

Die Brücke wölbte sich hoch über ihren Köpfen, Vögel glitten durch die Luft und verschwanden im kathedralenhaften Dunkel. Leere Fährdampfer preschten im Hochwasser zwischen den Pfeilern hindurch, nah genug, um an Bord springen zu können, das schwache Tageslicht drang wie Rauchschwaden unter die Steinbögen, und auf einmal kam es William vor, als befände er sich in einer anderen Stadt, einer anderen Zeit.

Das Mädchen führte sie zu einem maroden Dock, auf dem die Ausrufer ihnen die Fahrtziele der Passagierfähren entgegenschrien und Pendler Schlange standen. Billingsgate Stairs. Noch immer keine Spur von Shade. Mitten im Gewirr der an- und ablegenden Fähren lag ein einzelner Mietdampfer mit rotem Rumpf, der untersetzte Kapitän stand im Gehrock an der Seilreling und schaute zu ihnen herüber. Das Deck hob und senkte sich in der Dünung. *Goliath*, der Name des Schiffs, prangte in weißen Lettern knapp über der Wasseroberfläche. Und da begriff er. Die Übergabe würde auf dem Wasser stattfinden.

Farquhar verlangsamte seinen Schritt. Wir sollen auf den Fluss?

Was haben Sie denn gegen den Fluss?

Farquhar suchte Williams Blick. Ich war an Bord der *Cricket,* als sie am Adelphi-Pier explodiert ist, Sir. Seitdem habe ich keinen Fuß mehr auf einen Dampfer gesetzt.

Das Schiff ist in die Luft geflogen?, fragte das Mädchen. Es warf dem Galeristen ein schiefes Grinsen zu, wischte sich mit dem Handrücken die Nase. Dann wird das heut kein Vergnügen für Sie.

William packte das Kind am Arm. Dich kenne ich doch, sagte er. Woher kenne ich dich noch gleich?

Das Kind schüttelte ihn ab. Doch da fiel es ihm ein. Es war das Mädchen, das er vor Fooles Emporium in Piccadilly angesprochen hatte.

Die Erkenntnis war ihm wohl anzusehen, denn das Mädchen schaute ihm furchtlos in die Augen, fletschte die Zähne.

Ich kenne Sie auch, Mr Pinkerton.

Sie legten ab, steuerten zügig in die Fahrrinne und flussabwärts. Unzählige Schiffe waren auf dem Wasser, dunkle Kähne, die sich durch den Nebel tasteten. Sie hielten Abstand, und der Kapitän, der das Mädchen lediglich mit einem Brummen begrüßt hatte, sprach kein Wort und wandte die ganze Fahrt über nicht einmal den Blick von William ab. Er war bullig mit torfbraunem Backenbart und imposantem schwarzen Zylinder, der schief auf seinem Kopf thronte, und wahrscheinlich eher ein angeheuerter Gehilfe als zu Shades Bande gehörend. William hatte den Colt im Mantel und die schwere Tasche unter dem linken Arm, es wunderte ihn, dass er nicht durchsucht worden war. Schließlich drosselte der Kapitän die Geschwindigkeit, ins Steuerrad gestemmt drehte er bei, die reißende Strömung der Themse schob den Bug, und da sah William durch den Dunst das zweite Boot auf sie zukommen.

Es war eine dampfbetriebene Barkasse, ihrem Mietdampfer nicht unähnlich, aber mit schrägem Bug und grünem

Rumpf. Die Gestalt, die mit den Händen hinter dem Rücken an der Reling stand, trug einen schweren pelzgefütterten Mantel, der offen im Wind flatterte, weißen Anzug und Hut wie ein Irrer aus den Tropen, ein Aufzug, der alles andere als geeignet war für das kalte Londoner Wetter. Niemand sagte ein Wort. William warf dem Mädchen einen Blick zu, doch das spähte nur auf das tiefe Wasser und den Dunst hinab, der sich darüberwand.

Farquhar erstarrte neben ihm. Ist er das? Ist das der Mann, den ich treffen soll?

William sondierte schweigend die Lage.

Ihr beide!, blaffte das Mädchen. Ihr bleibt da stehen und wartet.

Schließlich drosselte die Barkasse das Tempo und drehte bei, und als die Boote auf gleicher Höhe waren, konnte William das Deck deutlich erkennen. Zwei Männer, einer davon im Steuerhaus. Und der Mann in Weiß war nicht Shade. Er war beleibt, das rote Gesicht vom zerzausten Backenbart umkränzt wie das eines Bankiers, eine Hand hatte er zum Gruß erhoben. Es war Gabriel Utterson.

Mr Pinkerton, murmelte Farquhar. Ich nehme an, das ist der Bevollmächtigte, ja?

William starrte den Mann finster an.

Mr Pinkerton.

Er schüttelte sich, wandte den Blick ab. Das ist sein Anwalt. Ja.

Besorgt sah Farquhar William an. Haben Sie jemand anderes erwartet? Stimmt etwas nicht?

William beobachtete, wie sich das Mädchen die rote Kappe vom Kopf streifte und sie in den Mantel stopfte. Es kletterte über die Seilreling und balancierte nur ein paar Zentimeter über dem eiskalten Wasser, während die Barkasse herankam. Er nahm die Hand vom Revolver. Es war naiv gewesen zu glauben, Shade würde persönlich auftauchen.

Schon gut, murmelte er. Bringen wir's hinter uns.

Gabriel Utterson winkte ihnen von der Reling der Barkasse aus zu. Ich gehe davon aus, dass Sie nicht mit leeren Händen gekommen sind, Gentlemen!

William hielt die Tasche hoch.

Utterson nickte. Ich prüfe den Inhalt, wenn ich darf, rief er.

William gab die Tasche an das Mädchen weiter, das damit Schwung holte, zwei schnelle Schritte machte und auf die Barkasse sprang. Die Schiffe schaukelten und schwankten, trieben auseinander und wieder zusammen.

William zog unauffällig seinen Revolver.

Wo ist das Gemälde?, zischte Farquhar. Ich kann es nirgends sehen, Sir.

Geduld, Mr Farquhar.

Was, wenn wir hereingelegt werden?

William warf dem Galeristen einen strengen Blick zu. Meiner Erfahrung nach sind Betrüger in den meisten Fällen ehrbar. Die haben kein Interesse daran, Sie übers Ohr zu hauen, Sir. Sie sichern deren Lebensunterhalt.

Farquhar spähte unbehaglich in den Nebel, der auf sie zukroch, an ihnen vorbeiwehte. Ein Kohlenschiff glitt geisterhaft hindurch.

Utterson kniete sich in seinem schweren Mantel hin, zog die Handschuhe aus und öffnete die Tasche. Schweigen.

Die Decks rollten leicht in der Strömung. Dann erhob er sich endlich steif, gab Molly ein Zeichen und verschloss die Tasche sorgfältig. Die Barkasse stampfte, der Schlot spuckte eine weiße Dampfwolke aus, und Farquhar schnappte nach Luft.

Ganz ruhig, sagte William.

Die Barkasse kam noch näher heran, Utterson kletterte über die Reling, streckte vorsichtig den Fuß aus und hangelte sich an Bord des Dampfers. William packte ihn an der Hand und zog den korpulenten Anwalt an Bord.

Lieber Himmel, japste Utterson. Der denkbar schlechteste Ort, um Geschäfte zu machen. Er strich sich den Kragen und die dicken Ärmel seines Mantels glatt. Mr Pinkerton, Sir. Man hat mich nicht über Ihre Anwesenheit in Kenntnis gesetzt. Und Sie müssen Mr Farquhar sein. Hocherfreut, Sir, selbst unter diesen Umständen.

Diese Umstände, Sir, sagte Farquhar eisig, haben wir einzig und allein Ihnen zu verdanken.

Utterson legte die Hand aufs Herz. Bitte glauben Sie nicht, dass ich ein solches Verhalten billige. Ich gewährleiste lediglich, dass beide Seiten sich an die Abmachung halten, Sir. Darüber hinaus hege ich kein persönliches Interesse am Ergebnis.

Es sei denn, man haut uns übers Ohr, sagte William.

Sir?

Wenn das Mädchen mit dem Geld abhaut, werden Sie zur Rechenschaft gezogen.

Soso. Utterson lächelte angespannt. Von wem denn, wenn ich fragen darf?

Von mir.

Farquhar fuhr sich mit dem Finger übers Kinn. Mr Utterson, ich bin es nicht gewohnt, warten zu müssen. Wo ist mein Gemälde?

Immer langsam, Sir. Utterson gab einen Wink, das Mädchen rief dem Kapitän etwas zu, und die Barkasse verschwand im Nebel.

Die macht sich mit dem Lösegeld aus dem Staub, stieß Farquhar hervor, Mr Pinkerton – Er stürzte zur Reling, packte das Seil.

William nahm den Kunsthändler am Arm. Reißen Sie sich zusammen, sagte er. Die Kleine kommt gleich wieder. Die werden das Gemälde wohl kaum direkt mitgenommen haben. So viel Vertrauen wäre Dummheit.

Und wir sind nicht dumm?

William zuckte mit den Schultern.

Zehn Minuten verstrichen, zwanzig. Nach dreißig Minuten fing Farquhar ungehalten an, auf dem Deck auf und ab zu gehen, als die erste Stunde vergangen war, setzte er sich in den Windschatten der Schlote, wo die Maschinen ein wenig Wärme verbreiteten. Es wurde kälter auf dem Fluss. Schweigend warteten sie, und William beschlich allmählich der Verdacht, es handle sich doch um Betrug, aber in Uttersons Miene las er nur Langeweile, Unbekümmertheit.

Endlich hörten sie ein Maschinengeräusch im Nebel, dann kam die Barkasse in Sicht. Am Bug stand das Mädchen mit einer langen Gemälderolle unter dem Arm, den Riemen ums Handgelenk geschlungen.

Da haben Sie Ihr Gemälde, Sir, sagte Utterson matt.

Alle drei froren. Als die Barkasse sich heranschob, holte

das Mädchen aus und warf die Rolle übers Wasser, Utterson versuchte zu fangen, ließ sie fallen, und sie rollte klappernd über Deck und gegen das Steuerhaus.

Panisch raffte Farquhar sie an sich.

Grundgütiger, fluchte er. Was ist in dieses Gör gefahren?

Utterson blickte das Mädchen finster an. Ich habe nicht den Hauch einer Ahnung, Sir. Ausnehmend töricht, dieses Verhalten.

Der Dampfer glitt träge auf den Pier zu. Ihr Kapitän stand mit verschränkten Armen und schiefem Zylinder am Steuerhaus und rauchte in aller Ruhe. Farquhar hatte die Rolle bereits geöffnet und das Wachstuchbündel vorsichtig herausgezogen. Er legte nur die obere Ecke des Gemäldes frei und strich sanft über den Farbauftrag.

Nun, Sir? Utterson stand neben dem Galeristen, rieb sich die Hände, um sie zu wärmen. Sind Sie zufrieden? Können wir endlich runter von diesem vermaledeiten Fluss?

Der Galerist schaute William an. Es ist die *Emma,* Mr Pinkerton. Über den Zustand kann ich keine Aussage treffen, bis wir uns wieder an einem angemessenen Ort befinden. Aber sie ist es.

Sie wird sich als unbeschädigt erweisen, Sir, da bin ich sicher.

Farquhar zog das Wachstuch behutsam über das Bild und verstaute alles wieder in der ledernen Rolle. Was sind das nur für Menschen?, fragte er plötzlich mit schroffer Überheblichkeit. Mr Utterson, Sie bewegen sich in höchst fragwürdigen Kreisen, Sir. Ich an Ihrer Stelle würde mich schämen.

Doch Utterson zuckte bloß ungerührt mit den Schultern. Ich vertrete die Interessen des Gesetzes, Sir. Mehr nicht.

Als William sich umdrehte, sah er die Barkasse mit dem Mädchen abdrehen, Fahrt aufnehmen und flussaufwärts im Nebel verschwinden. Grübelnd stand er da. Dann ging er forschen Schrittes an den beiden Männern vorbei zum Steuerhaus und befahl dem Kapitän, die Barkasse zu verfolgen.

Der Kapitän nahm die Pfeife aus dem Mund und sah ihn an. Verfolgen? Bei dem Verkehr?, fragte er zweifelnd. Ich wurd dafür bezahlt, dass ich Sie flussabwärts abliefern tu. Er hatte die starken Arme eines Seemanns und den tätowierten Stiernacken eines Faustkämpfers, William jedoch brachte das Anderthalbfache seines Gewichts auf die Waage und packte den Kapitän am Kragen.

Fahren Sie dem Boot hinterher, wiederholte er. Das ist eine Polizeimaßnahme.

Sie sind doch kein Polizist. Aber der Blick des Mannes verriet Unsicherheit.

Mr Pinkerton, rief Utterson barsch. Ich muss Ihnen doch stark von Ihrem Vorhaben abraten. Meine Klienten waren offen und ehrlich mit Ihnen.

William zog den Colt aus der Tasche, spannte den Hahn und drückte dem Kapitän die Mündung an die Stirn.

Schweigen.

Aye, sagte der Kapitän und rührte sich nicht. Wir fahren hinterher.

William entspannte den Hahn und ließ die Waffe sinken.

Der Kapitän stampfte zweimal auf die Falltür über dem Kessel, und der Dampfer nahm mit einem Ruck Fahrt auf, das Deck rollte, hob und senkte sich in der Gischt. Sie fuhren mit voller Kraft, der Rumpf pflügte klatschend durch die Wellen, doch die Barkasse war nirgends auszumachen.

Im beißend kalten Wind spürte William den Chesterfield hinter sich flattern, und er lehnte sich in das Auf und Ab der Planken unter seinen Füßen, um das Gleichgewicht nicht zu verlieren. Aus dem Augenwinkel sah er, wie Utterson sich auf ihn zubewegte, und hob mit einer halben Drehung den Revolver. Farquhar saß wieder im Windschatten des Schlots, hager, grau. Er hatte die Augen geschlossen und drückte das Gemälde in der Rolle an sich.

Zurück!, brüllte William. Der Wind klaubte ihm die Worte von den Lippen.

Utterson erstarrte. Versuchte auf dem rollenden Deck die Hände zu heben. Was haben Sie vor, Sir?

William antwortete nicht, drehte sich nur wieder um, betrachtete die vorbeiziehenden Schiffe. Männer, die über Kohlehaufen kraxelten, mit Pendlern vollbesetzte Fähren, Schuten, auf denen sich die Kisten stapelten. Einhändig hielt er sich an der Reling fest. Und dann drosselte der Kapitän das Tempo, zeigte auf den Fluss, und William entdeckte den schmalen grünen Rumpf der Barkasse vor ihnen.

Nicht überholen, rief er. Bleiben Sie auf Abstand.

Die Barkasse des Mädchens näherte sich einem baufälligen Pier unterhalb der London Bridge, William beobachtete, wie es geschickt an Land sprang, noch ehe das Schiff überhaupt angelegt hatte, und schon war es in der Menschenmenge unter der Brücke verschwunden. Langsam schritt er das Deck ab, starrte immer wieder mit einer Hand an der Seilreling auf die Stelle, an der das Mädchen verschwunden war, und sobald sie sich dem Pier näherten, schwang er ein Bein hinüber. Um keinen Preis durfte er die Kleine entkommen lassen. Sie war seine einzige Spur zu Shade.

Mr Pinkerton, Sir!, rief Farquhar. Schwankend kam er auf die Beine. Sie können mich doch hier nicht allein lassen, Sir. Ich habe Sie für die sichere Rückführung der *Emma* angeheuert.

Sie haben Ihr Gemälde doch.

Aber es ist noch nicht in Sicherheit.

Es ist sicher genug.

Dann kam auch schon der Pier in Reichweite, William hechtete über die Lücke zwischen Dampfer und Kai, rollte sich ab und kam auf die Füße, schnappte seinen Hut und drängte sich dem Mädchen nach durch die Menge.

Siebenundvierzig

Foole hatte in der Kälte auf der steinernen Fußgänger-brücke gestanden und beobachtet, wie Farquhar und Pinkerton aus ihrem Brougham gestiegen und in die Menschenmenge getaucht waren. Er trug einen zerschlissenen wollenen Arbeitsmantel, das Gewicht auf einem Bein wie ein verbrauchter, rheumatischer Alter, und ließ die Minuten verstreichen. Die Gipsmaske juckte und scheuerte an seinem Hals, er drückte den angeklebten Schnurrbart mit zwei Fingern fest. Hätte Pinkerton in seine Richtung geschaut, hätte er seine Silhouette vor dem Himmel gesehen, doch Pinkerton schaute nicht. Foole beobachtete, wie Molly auf die Männer zuging, sie Richtung Billingsgate Stairs führte, dann wandte er sich ab und überquerte eilig die Brücke. Fludd erwartete ihn in einer schmutzigen Schürze und strich der Stute murmelnd über die Flanke. Das Fuhrwerk stand in einem heruntergekommenen Hinterhof, wortlos kletterten sie auf den Bock, Fludd ließ die Leinen schnalzen, und der Karren setzte sich knarrend in Bewegung, mischte sich in den morgendlichen Verkehr.

Wie viel Uhr?, brummte Fludd.

Kurz nach elf. Wir haben eine Stunde.

Um den Butler haste dich gekümmert?

Der wurde heute Morgen wegen dringlicher Familienangelegenheiten abberufen. Seiner Schwester droht die Zwangsräumung.

Fludd grinste. Schönes Ding.

Fludd ließ noch einmal ungeduldig die Leinen schnalzen, und die Stute legte sich ins Geschirr, trotzdem kamen sie nur langsam voran und erreichten Farquhars Haus erst um kurz vor halb zwölf. Fludd stellte den Karren demonstrativ vor dem Eingang ab. Auf der Seitenwand prangte in fetten roten Lettern die Aufschrift *Abbots Umzüge & Spedition*. Fludd hob eine stattliche leere Holzkiste von der Ladefläche. ACHTUNG ZERBRECHLICH stand in Schablonenschrift darauf.

Foole griff sich mehrere graubraune Säcke. Er schob die Kappe in den Nacken, kniff ein Auge zu. Na denn, sagte er. Bringwa die Lieferung ma hinter uns, wa, alter Packesel.

Fludd ächzte.

Oi. Kling ich etwa nich wie ein waschechter Arbeiter?

Ach, n Arbeiter soll das sein.

Foole grinste. Der Morgen war sonnig und klar, auf dem Gehweg flanierten Damen in Begleitung von Zylinder tragenden Herren, Foole und Fludd tippten sich zum Gruß an die Kappe. Wie selbstverständlich näherten sie sich der gewaltigen Eingangstür, Foole zog den Bund mit Schlüsselkopien aus der Tasche und steckte seelenruhig einen nach dem anderen ins Schloss, bis der vierte schließlich passte, die schwere Eichentür zu George Farquhars Palast schwang auf, die beiden Männer blickten sich noch einmal um und traten mit der leeren Kiste und den Säcken ein.

Drinnen herrschte Stille. Einen Augenblick standen sie da und horchten in die Dunkelheit. Keine Schritte zu hören, nichts rührte sich. Foole hatte Fludd die Lage der Räume beschrieben, wie er sie am Abend des Banketts vorgefunden hatte, und nun bewegten sich die beiden lautlos wie zu einer Gestalt verschmolzen auf die Treppe zu. Farquhar wäre inzwischen irgendwo auf der Themse und Pinkerton bei ihm.

Am Fuß der Treppe trennten sie sich. Fludd verschwand mit der leeren Kiste in den Tiefen des Hauses, auf der Jagd nach Tafelsilber und was sich sonst noch Wertvolles im Speisezimmer befand. Foole stieg die Treppe hinauf. Ohne Umschweife begab er sich ins Schlafzimmer des Hausherrn, zog die Schubladen auf und durchwühlte sie, nahm Manschettenknöpfe heraus und begutachtete jedes Paar einzeln im gedämpften Licht, ehe er es in seinen Sack gleiten ließ. Farquhar besaß eine beachtliche Sammlung goldener und silberner Taschenuhren, auch diese nahm Foole an sich. Im Kleiderschrank entdeckte er einen kleinen Tresor, probierte die Schlüssel, bis er den richtigen hatte, und entdeckte im Innern eine beträchtliche Summe Bargeld und Wertpapiere. Er nahm alles. Er arbeitete effizient, lautlos, konzentriert. Die Bündel mit privater Korrespondenz rührte er nicht an.

Im Korridor bewunderte er ein kleinformatiges Aquarell der Themse, wollte es schon vom Haken nehmen, überlegte es sich dann jedoch anders. Er ging weiter ins Studierzimmer, wo er Farquhars Schreibtisch durchsuchte, doch den Brief, den er darauf hinterlassen hatte, fand er nicht. Auch in den Taschen der vielen Mäntel des Galeristen war er nicht. Er runzelte die Stirn, fasste sich an den Kopf und sah sich noch einmal sorgfältig um. Vor lauter Ärger ließ er ein vergoldetes Schreibset, einen edlen Briefbeschwerer aus Kristall und eine seltene Shakespeare-Ausgabe aus dem siebzehnten Jahrhundert mitgehen, dann schlich er zurück in den Flur.

Elf Minuten waren vergangen.

Im Schlafzimmer von Farquhars Frau hielt er mit der Türklinke in der Hand inne, auf einmal wachsam. Das mit Teppich ausgelegte Zimmer war schummrig, vollgestellt, ein ausladendes Himmelbett mit zugezogenen Vorhängen mitten im Raum. Er wunderte sich den Bruchteil einer Sekunde über die geschlossenen Vorhänge. Aber das Unbehagen verflog, das Zimmer lag still da, also ging er zum Sekretär und fing an, ihn zu durchsuchen. Da hörte er es: ein leises Seufzen, ein Knarren der Matratze.

Eine fahle Hand teilte die Bettvorhänge, zwischen denen die matte, schlafzerzauste Mrs Farquhar auftauchte.

Foole erstarrte. Er wich zurück ins Dunkel, aufgebracht, wutentbrannt. Ihr graues Haar stand wirr ab, die Schminke vom Vorabend war auf ihren Wangen verschmiert. Sie hustete bellend und spuckte etwas auf den Teppich zu ihren Füßen. Dann saß sie da, ließ die Schultern kreisen, schmatzte.

Foole hielt den Atem an.

Doch sie sah nicht in seine Richtung. Ächzend schob sie die Füße in ein Paar Samtpantoffeln, erhob sich, nahm einen Morgenmantel vom Stuhl neben ihrem Bett und verließ den Raum. Foole zitterte fassungslos, hielt seine halbvollen Säcke umklammert und folgte ihr zur Tür.

Sie ging die Treppe hinunter, alt, steif, erbärmlich.

Fludd würde unten seine Kiste füllen, und Foole überlegte kurz, ob er hinterherschleichen und ihn warnen sollte, doch dann schlüpfte er wieder ins Schlafzimmer der alten

Frau. Der Riese war gewieft, ihm würde schon etwas ein-
fallen. Im Sekretär fand Foole nichts von Wert, er spähte
besorgt zur Tür, doch als er keinen Laut vernahm, öffnete
er einen quietschenden alten Kleiderschrank, und da war
er. Der zweite Tresor. Er ließ sich mit demselben Schlüssel
öffnen wie der erste, Foole schüttelte verblüfft den Kopf.
Im Innern befanden sich mehrere Schmuckkästchen, Foole
klappte den Deckel des ersten auf und hockte einen Augenblick geblendet davor. Neun, zehn, nein, zwölf Halsketten.
Geschliffene Diamanten jeder nur erdenklichen Karatzahl
schimmerten ihm entgegen und erfüllten den Raum mit ihrem Leuchten. Erlesene Stücke. Er schloss den Deckel und
ließ das Kästchen in den Sack gleiten, die anderen öffnete er
gar nicht erst, sondern nahm sie unbesehen mit. Er schloss
den Tresor, schloss den Schrank, eilte in den Korridor.

Die alte Dame war noch immer nicht zurück.

Im Schummerlicht schlich er zur Treppe, lehnte sich über
die Brüstung und entdeckte in der Dunkelheit die unbewegte
Gestalt des Riesen, der sich mit dem Rücken an eine der Säulen in der Halle drückte. Soeben kam die alte Dame mit einem
Emailletablett aus dem Bedienstetentrakt, darauf eine Wasser-
karaffe und ein Teller kaltes Hühnchen. An der Säule würde
sie abbiegen und an dem Versteck des Riesen vorbeikommen.

Die alte Dame näherte sich.

Foole mochte sich nicht ausmalen, wozu Fludd gezwungen sein würde, sollte sie ihn entdecken. Er hatte gerade die
Säcke abgelegt und war bereit, über die Brüstung zu springen, da glitt Fludd in einer fließenden Bewegung lautlos um
die Säule herum, blieb im Verborgenen wie ein Schatten, ein
Geist, und die alte Dame schwebte arglos vorbei.

Sie kam die Treppe herauf, und Foole schlüpfte hinter einen Farn, schaute ihr auf ihrem Weg ins Schlafzimmer hinterher, dann hob er die Säcke behutsam an, damit sie nicht klirrten, und glitt mit vom Teppich gedämpften Schritten Stufe für Stufe die Treppe hinab.

Fludd erwartete ihn mit der gefüllten Kiste im Arm und funkelte ihn böse an, dann schlichen die beiden Diebe ins Freie, hinaus ins mittägliche Getümmel der Straße, einfache Arbeiter, der eine ein dümmlicher Riese mit Schürze, der andere ein vom Leben gebeugter Alter, froh, die Plackerei hinter sich zu haben.

Achtundvierzig

Im Laufschritt nahm William die windschiefe Treppe vom London Bridge Pier, die genagelten Holzbohlen ächzten unter seinem Gewicht, Passagiere und Wartende stieß er unsanft gegen das Geländer. Von der Kleinen keine Spur. Sie war erstaunlich professionell und abgeklärt gewesen, und es stand außer Zweifel, dass sie geschätzter Teil von Shades Bande war und nicht etwa eine angeheuerte Amateurin. Er erklomm eine eiserne Gaslaterne mit Steinsockel und ließ den Blick über das Gewimmel auf der Brücke schweifen, das sich Richtung King William Street ergoss, doch der Nebel hatte sie verschluckt, seine letzte Verbindung zu Shade. Ein Kehrjunge grinste ihn mit rußschwarzem Gesicht und barfuß in der Kälte an.

Na, wie ist die Aussicht da oben, Sir?

William schaute flüchtig zu ihm hinunter. Und als er wieder aufschaute, entdeckte er sie mitten auf der Brücke.

Auf halbem Weg nach Southwark, die rote Kappe hatte sie abgesetzt, die schmalen Schultern hochgezogen. Sie hatte es eilig, schlängelte sich geschickt durch das Karrengewirr, hielt die Ledertasche fest an sich gepresst.

William sprang ab und rannte los. Immer wieder blieb er stehen und stieg auf das Brückengeländer, um sie nicht aus den Augen zu verlieren. Endlich hatte er zu ihr aufgeschlossen und folgte ihr in einem Abstand von etwa zehn Metern, so dass er sie im wallenden Nebel gerade noch sehen konnte. Von der London Bridge ging es hinein in das Labyrinth der Borough High Street.

Der Verkehr war hier zäher, die Männer auf der Straße trugen Lederschürzen oder schmutzige Wollkleidung. Das Mädchen blickte sich um und schlüpfte in ein Süßwarenlädchen. William zog den Hut tief in die Stirn, wartete in einem Hauseingang gegenüber. Zehn Minuten später verließ ein Mann mit schlechtsitzendem Mantel das Geschäft, wischte sich die Hände an der Hose ab, ging die Straße hinunter zum Hansom-Stand, streifte dem Pferd den Futtersack ab und kletterte auf den Bock seiner Kutsche. Da trat auch die Kleine wieder aus der Tür. Mit gesenktem Kopf, die Augen unter der Krempe ihrer Kappe verborgen, ging sie schnurstracks auf die Kutsche zu und kletterte hinein.

William stieß einen Fluch aus und rannte los. Doch die Kutsche fuhr bereits, als er den Stand erreichte, außer Atem stützte er sich am ersten Hansom in der Schlange ab und rief nach dem Fahrer.

Aye, Sir, wohin solls denn gehen? Ein junger Mann trat gemächlich aus dem Schutz eines Unterstands. Er biss herzhaft in einen Apfel.

William wies auf die Kutsche, die zwischen den anderen Fuhrwerken verschwand. Ich muss hinter der Kutsche da her. Schaffen Sie das?

Der Kutscher spähte die Straße hinunter. Aye, ich denk schon, sagte er. Kostet aber ein, zwei Shilling extra.

Wenn Sie dranbleiben, zahl ich Ihnen das Doppelte.

Abgemacht, Sir. Dann mal rein mit Ihnen.

William schwang sich hinauf, der Kutscher kraxelte auf den Bock, und schon preschte der Hansom los. William packte die lederne Halteschlaufe und spähte vorgebeugt in den Nebel. Er dachte an den Shade seines Vaters. Auf der Fotografie aus Cumberland war von Liebe nichts zu sehen gewesen. Keine überwältigende, tiefe Verbundenheit, nichts, was man hätte fürchten müssen. Dennoch stieg Zorn in ihm auf, und er saß mit geballten Fäusten in dem schaukelnden Hansom.

Die Kutsche des Mädchens hielt am Ende der Newington Butts an einem kleinen Platz. Ungewaschene Kinder lungerten auf den Stufen herum, und vor einem offenen Tor stand einsam der Karren eines Scherenschleifers. Williams Hansom fuhr klappernd vorbei und hielt ein Stückchen weiter vorn. Beim Aussteigen schlug ihm die kalte Luft ins Gesicht, und er drückte dem Kutscher einen Fünf-Pfund-Schein in die Hand.

Das ist doch viel zu viel, Sir, rief der Mann verblüfft.

Doch William war längst losgeeilt. Das Mädchen bog zielstrebig auf den Penton Place ab. Die schäbigen Reihenhäuser dort schlossen unmittelbar an den Gehweg an. Er passierte Dienstmädchen in dicken Mänteln, Lieferanten, die ihre liebe Mühe hatten, die Fuhrwerke durch die tiefen schlammigen Wagenspuren zu dirigieren, und Müllmänner mit Handkarren. In der Luft hing der Gestank der Walrat-Raffinerie, den er nicht mehr aus der Nase bekam. Der Colt Navy baumelte schwer in seiner Manteltasche, und er musste ihn im Gehen festhalten. Diese Straße behagte ihm ganz und gar nicht.

Schließlich betrat das Mädchen ein Haus zu seiner Linken. Neben der Eingangstreppe welkte ein ummauertes Blumenbeet vor sich hin, vom einstigen Tor waren nur noch rostige Angeln übrig. Zu beiden Seiten standen traurig und düster die leeren Häuser der Zwangsgeräumten, mit verblichenen Zu-vermieten-Schildern in den nackten Fenstern. Dahinter lag ein Eisenbahneinschnitt, durch den alle naselang lärmend und qualmend ein Zug ratterte.

Langsam, ohne innezuhalten, schlenderte er vorbei. Ein bleiches Gesicht tauchte im Fenster auf, dann war es verschwunden, die Vorhänge schwangen zurück. Er wusste nicht, ob Shade sich in dem Haus aufhielt oder nicht, also ging er mit abgewandtem Blick weiter, bis er außer Sichtweite war, dann machte er kehrt und schlüpfte in eine dunkle Mauernische auf der anderen Straßenseite.

Er strich sich den Schnauzer glatt. Vergewisserte sich, dass sein Revolver geladen war.

Harrte aus.

Neunundvierzig

Fludd wuchtete die Kiste krachend auf die Ladefläche des Karrens und kletterte umständlich hinterher, um sie nach hinten durchzuschieben. Foole zurrte die beiden Säcke zu und stieg auf den Bock. Sie sprachen kein Wort. Wieder grüßten sie jede Dame, die vorbeikam, indem sie sich an die Kappe tippten, und Fludd pfiff ein fröhliches Liedchen, während er der Stute den Futtersack abnahm, sich schließlich ebenfalls auf dem Bock niederließ und die Leinen ergriff.

Sie fuhren langsam, hielten sich auf den Hauptstraßen, bald hatte das Durcheinander des Verkehrs sie verschluckt, und es ging den Strand hinunter nach Süden. Sie überquerten die Themse unter finsterem Himmel, auf dem Fluss glitten die Schiffe dahin.

Vor ihnen mischten sich braune Rauchfahnen in den Dunst von Southwark, wo die Schlote der Fabriken Tag und Nacht qualmten, sie fuhren ostwärts, bis sie die Tore der Booth Brothers' Factory erreichten und ein Stück weiter am Straßenrand anhielten. Im ersten Stock der Fabrik unterhielt Appleby Barr ein kleines schäbiges Büro. Foole wollte ihm die gesamte Beute zur Schuldentilgung und Wiederherstellung seiner Kreditwürdigkeit anbieten, dafür würde er sich mit einem kleinen Abschlag begnügen. Die zehntausend

Pfund aus dem Gemäldehandel würden sie eine ganze Weile über Wasser halten. Als er sich anschickte abzusteigen, legte Fludd ihm eine schwere Hand auf den Arm.

Mr Adam, der Sauhund hat bestimmt Aufpasser.

Foole nickte. Am Tor stehen auf jeden Fall zwei Polizisten.

Stehn die auch auf seiner Gehaltsliste?

Garantiert. Aber Barr hat nichts davon, wenn er die Beziehung zu mir auf die Probe stellt. Warte hier.

Foole stieg vom Karren und musterte beim Überqueren der Straße die Gesichter der Bettler, bis sein Blick an einer zusammengekauerten Kreatur hängenblieb, die im Schutz einer Toreinfahrt hockte, in viel zu große Lumpen gehüllt.

Geoffrey, murmelte er.

Der Straßenjunge beäugte ihn misstrauisch.

Foole zog eine Guinea aus der Westentasche und hielt sie dem Kind greisenhaft zitternd hin. Na los, sagte er. Nimm schon.

Ach, Sie sinds, Mr Foole, Sir, flüsterte der Junge. Und schnappte sich die Münze. Bin schon den ganzen Morgen hier, genau wie Sies gesagt ham, Sir. Hab gesehn, wie er rein is.

War er allein?

Greifer hatter jedenfalls nich dabeigehabt, wennse das meinen.

Foole ging in die Hocke, ein schmerzgeplagter Alter.

Sie sehn irgendwie ganz anders aus, Mr Foole, sagte der Junge verwundert. Wennich das sagen darf.

Du kannst dir noch eine Guinea verdienen, wenn du mir einen letzten Gefallen tust.

Aye, Sir.

Die beiden Polizisten da am Tor. Ich möchte, dass du sie in fünf Minuten weglockst. Sag ihnen, eine Kutsche wäre umgestürzt. Sag, eine Dame wäre verletzt. Schaffst du das?

Die Augen zusammengekniffen. Eine Zahnlücke vorn. In fünf Minuten?

Foole deutete auf die große Uhr an der Markthalle gegenüber. Kannst du die Uhr lesen, Geoffrey?

Ein plötzliches Grinsen in dem schmutzstarrenden Gesicht. Für ne Guinea kann ich so einiges.

Foole kannte sich in dem Hof aus, kannte die massiven Eisentore der Fabrik, die Waisen, die barfuß zwischen den Maschinen herumkrochen und die Ecken ausfegten, die Laufstege über ihren Köpfen, auf denen die Aufseher patrouillierten. Barr hatte den Betrieb vier Jahre zuvor von den drei Booth-Brüdern übernommen, ihnen im Austausch die Schulden erlassen und somit eine Tarnung für seine illegalen Machenschaften. Nun erschien er drei Tage die Woche pünktlich im Büro, setzte sich an den Schreibtisch, prüfte die Bücher und hielt Sitzungen ab wie ein mustergültiger Fabrikant. An den Eingängen waren Männer mit Messern und Knüppeln oder Pistolen postiert.

Zehn Minuten, sagte Foole, zurück am Wagen, zu Fludd. Dann gehst du rein.

Kommst du nich mit?

Foole schüttelte den Kopf. Wir treffen uns in Newington. Gib mir eine Stunde.

Hast wohl was Wichtigeres vor?

Sozusagen.

Der Riese beugte sich ächzend zu ihm herunter. Komm schon, murmelte er ungläubig. Das is nich dein Ernst, oder?

Ich muss mich noch von jemandem verabschieden, den ich wohl nicht wiedersehen werde, sagte Foole. Er sah seinen Freund an. Mr Barr erwartet uns, Japheth. Ich kenne den Mann seit Jahren, er schreibt rote Zahlen, das versichere ich dir.

Um den mach ich mir keine Sorgen.

Foole ging um den Karren herum, kletterte auf die Ladefläche und holte schließlich einen kunstvoll verzierten siebenarmigen Kerzenständer aus der Kiste. Fuhr mit den Fingerspitzen über die fremdartigen Symbole am Fuß, die verschnörkelte Weinrebe, die sich feingearbeitet an den Armen hinaufrankte. Dann sprang er vom Karren.

Also alles zum Festpreis?, fragte Fludd zweifelnd. Soll ich versuchen zu handeln?

Versetz es für die größtmögliche Summe, sagte Foole, aber übertreib es nicht. Was wir an Geld verlieren, gewinnen wir an Wohlwollen. Ein gutes Geschäft ist es in jedem Fall.

Und damit gab er Fludd die Hand und machte sich auf die Suche nach einem Hansom. Keine zwanzig Schritte weiter blieb er stehen, drehte sich einer plötzlichen Regung folgend noch einmal um. Fludd saß auf dem Karren, den struppigen Kopf hoch erhoben, starr wie ein Mahnmal zwischen Vergangenheit und Zukunft.

Fünfzig

William hatte noch keine halbe Stunde gewartet, als ein alter Mann in verschlissenem schwarzen Anzug den Penton Place hinaufkam, leichtfüßig über eine Pfütze stieg und auf das Haus zuging. William erkannte ihn sofort, Verkleidung hin oder her.

Er wartete ab, sah jedoch keine Bewegung in den Vorhängen, kein Licht angehen. Niemand sonst kam oder ging. Von dem Riesen fehlte jede Spur. Fludd hatte ein Leben in Brutalität und Gewalt geführt, aber Shade war um Längen gefährlicher. William löste sich aus dem Schatten, überquerte die Straße, stieg die Treppe hinauf und hämmerte mit der flachen Hand gegen die Haustür.

Shade!, rief er. Shade!

Er trat gegen den Türrahmen. Von drinnen war kein Laut zu hören, William machte einen Schritt zurück und blickte an der Fassade empor. Das Haus war dunkel und verschlossen.

In aller Ruhe nahm er seinen Colt und drehte die Trommel, sah eine geladene Kammer nach der anderen durch, denn er wusste, man würde ihn beobachten, und Shade sollte wissen, wie ernst es ihm war. Schließlich hob er den Ellbogen und schlug das Fensterchen neben der Tür ein. Er griff hindurch und öffnete die Tür.

Er hielt inne, horchte. Warf einen Blick zurück auf die Straße. Dann trat er mit entblößten Fäusten ein.

Er wartete, bis seine Augen sich an die Dunkelheit gewöhnt hatten und lauschte dem steten Ticken der Standuhr, dem Knacken der Balken. Glasscherben knirschten unter seinen Sohlen wie Reif. Die Salontüren standen offen. Er konnte einen blutroten Mahagonitisch ausmachen, einen leeren Vogelkäfig, eine Treppe, die ins Dunkel führte.

Edward, rief er hinauf. Ich will mit Ihnen reden.

Nichts als Stille und Dunkelheit. Er hielt seinen Colt auf Hüfthöhe.

Zeigen Sie sich, schrie er.

William hörte eine Tür zufallen, im Augenwinkel nahm er eine Bewegung wahr. Er fuhr herum und sah das Kind aus der Dunkelheit auftauchen, sah die flinke kleine Hand und dann den Schürhaken. Und schon hatte er die Kleine an der Kehle gepackt, sein Würgegriff reichte ihr von Ohr zu Ohr, er schlug ihr den Schürhaken aus der Hand und schleuderte sie von sich. Sie blieb an der Wand liegen, zusammengekrümmt und mit verdrehten Gliedern, doch ihr Brustkorb hob und senkte sich noch. Er blickte hinunter auf seine Hand, Blut quoll aus einer Stichwunde, und er schloss die Faust darum.

Und plötzlich hörte er ein tiefes Knurren von draußen, von der Treppe, und drehte sich um.

Es war Fludd. Schnaubend vor Wut stürzte er aus dem grauen Mittagslicht herein, eine Urgewalt mit einem Messer in der erhobenen Faust, und William wich zurück, rutschte auf den Scherben aus, hob den Revolver und drückte ab.

Einundfünfzig

Foole hörte das Krachen und Splittern von Glas, und einen fassungslosen Augenblick lang hielt er es für Einbildung. Außer ihm war nur Molly im Haus. Er hatte sich gerade die Maske vom Gesicht geschält und die Kleisterreste mit einem feuchten Handtuch von der Haut gewischt, als Pinkerton unten vor dem Haus anfing, nach Shade zu rufen. Foole wusste, dass keine Anzeige erstattet worden war, der Detektiv sich also außerhalb des Gesetzes bewegte und daher auch nicht daran gebunden war, und diese Erkenntnis machte ihm zum ersten Mal Angst.

Im offenen Koffer lag sein alter Revolver. Er war zerkratzt und schartig, doch er hatte ihn stets gut gepflegt seit damals in Virginia. Er überprüfte die Trommel und schob sich die Waffe in den Hosenbund. Er nahm die Ledertasche mit den Wertpapieren des Galeristen an sich. Dann rannte er zur Dienstbotentreppe.

Auf dem Treppenabsatz im ersten Stock gab etwas in seinem Knie nach, und er schnappte nach Luft, schluckte den Schmerzensschrei jedoch hinunter. Er blieb stehen und starrte ins Dunkel, hörte nichts, doch dann sah er Molly in der Küchentür auftauchen.

Adam, zischte sie. Hau ab! Sofort!

Edward!, rief Pinkerton. Ich will mit Ihnen reden.

Wir müssen weg, Molly, flüsterte er. Ihre Augen waren im Schatten verborgen.

Zeigen Sie sich! brüllte Pinkerton.

Er will nur dich, flüsterte sie. Hau ab. Ich halte ihn auf und verdünnisier mich dann.

Foole schüttelte den Kopf. Aber er wusste, dass Molly recht hatte. Er nahm sie am Arm. Du weißt, wo du mich findest.

Wütend deutete sie mit dem Kopf auf die dunkle Spülküche in ihrem Rücken. Jetzt hau endlich ab!

Im Gehen erhaschte er noch einen Blick auf das Mädchen, bleich und ätherisch im Dunkel der Küche, wie es mit einem Eisenschürhaken in der Faust auf die Tür zuschwebte. Dann öffnete er die Spülküchentür und stolperte hinaus in die Kälte.

Als der Schuss ertönte, war er oben am Rand des Bahneinschnitts, hielt inne und wollte schon umkehren. Der Schmerz in seinem Knie war unerträglich. Er hörte keinen zweiten Schuss. Mit offenem Mantel stand er ratlos da, der Nebel umwaberte ihn, er presste die Tasche an sich, tastete noch einmal nach dem Revolver in seinem Hosenbund, und als er durch den Dunst zum Haus zurückstarrte, war ihm einen Moment lang, als sähe er einen Schemen in den Garten stolpern.

Zweiundfünfzig

William verlor das Gleichgewicht, er hob den Revolver und drückte ab, doch die Kugel zischte ins Leere. Dann ging der gewaltige Arm des Riesen auf ihn nieder.

Er fegte William den Colt aus der Hand, als wollte er eine Wespe erschlagen. Revolver und Messer krachten zu Boden und schlitterten ins Dunkel. William warf sich zur Seite, um dem Riesen auszuweichen, aber es gelang ihm nicht. Der Mann nahm ihn in die Arme wie ein Liebender, hob ihn vom Boden.

William spürte die gewaltige, träge Kraft der Umarmung, der Reihe nach knackten seine Wirbel, er bekam keine Luft mehr. Ihm wurde schwarz vor Augen, er kniff die Lider zu, öffnete sie wieder, seine Ohren klingelten. Er roch den sauren Schweiß des Riesen, spürte seinen heißen Atem in den Augen, seinen kratzigen Bart wie eine groteske Liebkosung an der Nase. Er bleckte die Zähne und biss mit aller Macht zu, schmeckte heißes Blut und riss dem Mann ein Stück Wange aus dem Gesicht. Fludd zuckte, doch er ließ ihn nicht los. William versetzte ihm einen heftigen Kopfstoß und spürte die Nase des Riesen bersten wie eine reife Frucht, beiden strömte das Blut übers Gesicht, dann war er frei.

Japsend glitt er zu Boden.

Der Riese war in die Knie gegangen, hielt sich die Wange,

schüttelte den Kopf. William kam wacklig auf die Beine. Schwankte. Hob den Schürhaken auf, wo das Mädchen ihn hatte fallen lassen, schleifte ihn kratzend über die Dielen und holte aus.

Er blieb gerade lang genug, um zuzusehen, wie der Riese zu Boden ging. Als er aus der Hintertür in den Garten stolperte, entdeckte er hoch oben im Nebel über den Gleisen eine Gestalt, die nur Shade sein konnte. Er taumelte los. Keuchend erklomm er die Anhöhe, wischte sich mit dem Ärmel das Blut von Schnurrbart und Kinn, der rechte Arm baumelte nutzlos von der Schulter.

Oben angekommen, suchte er hastig die Bahnschwellen ab, die sich schnurgerade Richtung Stadt zogen wie ein Messerschnitt, doch von Shade war weit und breit keine Spur. Er lief weiter, in schwindelerregender Höhe, die Rückseiten der Reihenhäuser halb im Nebel verborgen, es kam ihm vor, als bewegte er sich hinter den Kulissen eines Theaterstücks.

Da entdeckte er Shade.

Der Dieb flüchtete nicht. William zugewandt, stand er da, das Gewicht auf einem Bein, und der Revolver in seiner Hand wirkte leicht, warm, als wäre er ein Teil von ihm, eine natürliche Verlängerung seines Handgelenks, nicht aus Eisen, sondern aus Fleisch und Blut. Diesen Körperteil streckte er ihm entgegen, wie ein Angebot, und William erstarrte.

Sind Sie allein?, rief Shade.

William schwieg. Er stand gute zehn Schritte entfernt und wusste, er käme nicht an ihn heran.

Gehen Sie zurück nach Chicago, rief Shade. Es ist vorbei.

Von wegen!

William.

Er machte einen Schritt nach vorn, die blutigen Hände erhoben. Erzählen Sie mir von meinem Vater, rief er. Was ist damals passiert?

Langsam wandte Shade den Blick und spähte hinunter auf die Gleise, als horchte er auf einen Zug, und dann spürte es auch William. Ein dumpfes Dröhnen im Stein unter ihnen, als würde die Erde selbst beben. Fernes Donnern und Zischen, ein jäher Luftzug.

Edward, rief er und wischte sich mit dem blutigen Handgelenk über die Stirn.

Wessen Blut ist das?

Die Waffe, sie zielte noch immer auf sein Herz. Der Zug näherte sich lärmend.

William musterte sein Handgelenk, als bemerkte er es erst jetzt, dann hob er erstaunt den Blick. Sie sind am Leben. Beide.

Shade erwiderte etwas, doch das Donnern des Zuges übertönte seine Worte, er schüttelte den Kopf und schrie wütend: So hätte Ihr Vater das nicht gewollt!

Ich tue es nicht für ihn.

Shade brüllte: Alles, was Sie je getan haben, war für ihn.

Und dann kam der Zug aus der Erde gedonnert, schwarz und lodernd in einem Wirbel aus Qualm, und Shade warf ihm einen seltsam bedauernden Blick zu, dann humpelte er an die Mauerkante. Brodelnd erfasste ihn der Qualm, der Sog riss an seinen Kleidern, verzerrte seine Silhouette, umwirbelte die Tasche mit den zehntausend Pfund und fegte ihm den Hut vom Kopf.

Nicht!, rief William.

Der Dieb schaute ein letztes Mal auf, doch William konnte sein Gesicht nicht erkennen, dann wandte er sich ab und tat, wie beiläufig, einen Schritt in den Mahlstrom.

Er fand keine Überreste, kein Blut. Keinen mitgeschleiften Leichnam, keine Spuren, keine Schlieren auf den Schienen. Nur den davongewehten Hut, der sich in einem Büschel Unkraut verfangen hatte. William kletterte hinunter auf die Gleise, hob ihn auf, dann schaute er sich um. Er spürte das kalte, knittrige Hemd auf der Haut, wo das Blut getrocknet war. Schließlich kletterte er wieder hinauf und erkannte den schwankenden Schein einer Handlaterne im Nebel, der blendende Lichtstrahl glitt unstet über die glatten Steine. Die Laterne gehörte einem jungen behelmten Constable, alarmiert von den Nachbarn, die den Schuss gehört hatten. Ein Laufbursche wurde geschickt, John Shore eilte herbei, das verlassene Reihenhaus wurde durchsucht, doch man fand nichts, was auf Shades Verbleib hingedeutet hätte.

Er ist also einfach weg, sagte Shore. Er stand am Rand der Gleise, schlug sich den Hut ans Bein. Edward Shade ist weg.

William schloss die Augen, öffnete sie wieder. Und auf einmal vermisste er Margaret mit solcher Macht, dass er zitternd dastand, zitternd und ausgebrannt.

Sieht so aus, sagte er. Sieht ganz so aus.

Am Ende holt die Trauer jeden ein. Auch in seinem Land warteten die Toten.

Am folgenden Morgen ging er ins Fahrkartenbüro der Dampfschiffgesellschaft auf dem Strand und löste einen einfachen Fahrschein nach New York, das Schiff sollte in zehn

Tagen auslaufen. Als er wieder auf die Straße trat, war er jäh überwältigt von der schieren trostlosen Schönheit der Stadt. Der Verkäufer hatte ihm mit geringem Aufschlag einen Fahrschein für die erste Klasse angeboten, woraufhin William den jungen Mann gemustert und dann genickt und dankend angenommen hatte. Der Winterhimmel über der Themse war sehr blau, sehr kalt. Er rieb sich die Hände, ging mit forschem Schritt. Saß eine Stunde mit dem Eisenbahnfahrplan in einem Kaffeehaus am beschlagenen Fenster und studierte die Verbindungen nach Norden. Wenn ihm noch zehn Tage blieben, konnte er nach Glasgow fahren. Nur raus aus London.

Mittags ging er zu einem Hutmacher in einer Seitenstraße des Piccadilly und erstand für Frau und Töchter einige kunstvolle Exemplare nach französischer Mode. Sie hatten ausladende weiche Krempen und waren mit geschwungenen Straußenfedern geschmückt, er nannte seine Adresse in Chicago und bat den Verkäufer, sie sorgfältig zu verpacken. Seinem Bruder kaufte er eine Reihe ledergebundener Dickens-Ausgaben. Er schrieb an Margaret, er schrieb an Robert. Er verschickte mehrere Telegramme, in denen er seine Ankunft in New York ankündigte. Dann kehrte er ins Hotel zurück, schlief traumlos und wachte gegen Abend erfrischt auf. Seinen alten Schrankkoffer packte er gemächlich, um die Zeit herumzubringen, die gefalteten Hemden verschnürte er mit Zwirn, und die Ledermappe mit Edward Shades Körpermaßen und Fingerabdrücken legte er zwischen die Kleiderstapel. Er schloss den Koffer ab und ließ den Schlüssel stecken, anklagend wie ein Finger zeigte er auf ihn. Nein, er hielt den Dieb nicht für tot. Am Abend rasierte er sich mit heißem Wasser aus dem Badezuber und trocknete sich das Gesicht mit einem sauberen Handtuch. Er wischte den Spiegel frei und musterte sein erschöpftes Gesicht, unbefriedigt.

Am nächsten Morgen, einem Sonntag, klopfte es an der Tür. Er öffnete in Hemdsärmeln und stand einem barhäuptigen John Shore gegenüber, der Chief Inspector zupfte an dem Hut in seiner Hand, dann hob er den Blick und sagte: Es gibt da etwas, das du wissen solltest.

Solltest du nicht in der Kirche sitzen?

Shore lächelte müde. Er reichte ihm einen Zettel, auf den mit brauner Tinte eine Adresse gekritzelt war.

William warf einen Blick darauf. Was ist das?

Das ist im Südwesten. Hinter Sands End. Mr Blackwell hat sich mal für mich umgehört.

William stand wie angewurzelt da, sie schwiegen, dann sagte Shore grimmig: Anscheinend ist sie doch nicht tot.

Und damit legte er William eine Hand auf die Schulter, Wärme lag in der Geste, vielleicht sogar Mitleid, dann setzte er den Hut wieder auf und ging.

Er fuhr nicht nach Schottland. Am Nachmittag bestieg er am Waterloo Pier einen überfüllten Passagierdampfer, fuhr flussaufwärts durchs Getöse und stieg am Pimlico Pier wieder aus, hielt Ausschau nach Regen. Dann mietete er ein in die Jahre gekommenes Ruderboot, an den Riemen ein alter Mann mit einem einzigen gelben Zahn im Unterkiefer. Er sprach mit breitem Akzent, William verstand kein Wort. Langsam ruderten sie westwärts, passierten die tropfenden Bögen der Battersea Bridge und machten im seichten Wasser einen großen Bogen um die flachen Kohlenschiffe, die in der Mündung des Chelsea Basin bei den Gaswerken vor Anker lagen. Der Himmel verdüsterte sich. Am Nordufer wurde eine karge braune Wiese sichtbar, der Mann ruderte schweigend in seinem Ölzeug dahin, den Blick fortwährend auf William geheftet. Der Schiffsverkehr lichtete sich. Schließlich erreichten sie Broomhouse Dock, William stieg mit steifen Gliedern aus und ging die Gasse hinauf, vorbei an Bauernkaten bis zur Fulham Road. Die Luft war kühl, klar, Bäume und eingezäunte Felder säumten die Straßen. Er bog noch einmal nordwärts Richtung Walham Green ab, da fing es an zu regnen, doch er zog nur den Hut tiefer in die Stirn. Er musste nach dem Weg fragen, denn weit und breit war kein Straßenschild zu sehen, doch schließlich fand er die niedrige Mauer des Westminster Cemetery und das Häuschen in Sichtweite des Friedhofs.

Er säuberte sich die Schuhe an dem eisernen Kratzer vor der Tür, stampfte sicherheitshalber noch zweimal auf. Erst dann klopfte er, und das Warten kam ihm endlos vor, während der Regen vom Dachvorsprung tropfte. Ein Riegel knirschte. Die Tür ging auf.

Vor ihm stand eine alte Frau, zusammengesunken und schief in ihren Lumpen wie eine heruntergebrannte Kerze. Mit einer knorrigen Hand stützte sie sich bebend am Türrahmen ab. William schüttelte den Kopf, und sie blinzelte aus dem Nebel ihres schwindenden Augenlichts zurück, als hätte sie einen Geist gesehen.

Ach, du bist doch nich gescheit, krächzte sie schließlich und machte eine wegwerfende Geste. Wieder und wieder räusperte sie sich und blähte die Nasenflügel, als bekäme sie schlecht Luft, in ihren trüben Augen ein unbestimmtes Flackern.

Sally Porter, sagte er. Den Hut in den Händen, das Wasser troff ihm vom Gesicht. Sally Porter.

Die Kate war klein, aber das Holzfeuer im Kamin machte sie angenehm warm. William setzte sich in seinen nassen Kleidern auf ein schmutziges Sofa. Es lag kein Teppich auf den nackten Dielen, die Nägel hatten sich gelöst, der Boden knarrte unter seinem Gewicht. Das Zimmer war quadratisch, und er warf einen flüchtigen Blick auf die fleckige Tapete, die sicher seit zwanzig Jahren aus der Mode war, darunter kam an einigen Stellen bröckelnder Putz zum Vorschein. Sally schlurfte langsam vor sich hin, ihre Hände zitterten bei jedem Handgriff, und sie hielt den Blick gesenkt. Er legte den Mantel nicht ab. Auf dem Tisch in der Ecke stand ein siebenarmiger Kerzenleuchter aus Silber, der von einer Weinranke umschlungen wurde. Er musste keinen zweiten Blick darauf werfen, um zu wissen, woher er stammte.

Ich frag gar nich erst, wie du mich aufgespürt hast, sagte sie.

Er zuckte mit den Schultern. John Shore.

Pah! Dieser John Shore war doch sein Lebtag noch zu nix nutze.

Nun, da er hier war, überkam ihn eine unbändige Traurigkeit, und plötzlich wünschte er sich, er hätte sie nicht gefunden. Halbherzig deutete er mit dem Hut in den Raum und sagte: Ist netter als das letzte. Schöner Kerzenständer. Ist der jüdisch?

Sie ächzte. Wir haben immer mal was zur Seite gelegt.

Ich habe deinen Brief bekommen.

Weiß ich doch.

Warum bist du nicht in Kalifornien?

Sally warf ihm einen strengen Seitenblick zu. Sie setzte sich in einen Schaukelstuhl mit hoher Lehne, eine zusammengerollte weiße Katze erhob sich von ihrem Platz unter dem Fenster, tappte herüber und sprang ihr auf den Schoß. Sally fuhr der Katze mit den Fingern durchs Fell. Ohne Umschweife sagte William: Edward Shade ist weg.

Sie deutete ein Nicken an. Ihre Miene war hart, keine Spur von Bedauern.

Ich bin hier, weil ich die Wahrheit hören will, Sally.

Ich weiß.

Seine Lippen waren trocken, die Zunge lag ihm wie Watte im Mund. Er dachte an ihren Brief, an Edward Shade, und versuchte, beides zusammenzubringen, aber irgendetwas passte nicht, es wollte ihm nicht gelingen. Erzählst du es mir?, fragte er sanft. Erzählst du mir, was passiert ist?

Das verstehst du eh nich, sagte sie. Doch sie zögerte, Zweifel standen ihr ins Gesicht geschrieben, dann sagte sie: Er war immer ein guter Junge. Oder fast immer. Genau wie du, Billy. Und trotz allem is ein feiner Mann aus ihm geworden.

Du kannst unmöglich Shade meinen.

O doch.

Ihr hattet die ganze Zeit Kontakt?

Nich so wie du jetzt meinst.

Er schüttelte den Kopf. Shade hat meinen Vater betrogen, sagte er leise. Hat ihn belogen, gedemütigt. Mein Vater hat dir vertraut.

Jetz hör aber auf. Man versteht eine Katze nich, indem man ihr das Fell abzieht.

Die Katze der alten Frau horchte auf und verschwand leichtfüßig im Dunkel. William stand auf, stellte sich ans schmutzige Fenster. Er kam sich vor wie ein finsterer Riese, fleischgewordener Zorn. Was hätte Ben dazu gesagt?, murmelte er.

Sally wandte den Blick ab. Ihre knorrigen Hände steif und starr im Schoß wie Treibholz.

Da begriff William. Ben wusste Bescheid? Du und Ben? All die Jahre habt ihr meinen Vater belogen?

Sag so was nich.

Und mich auch: Du musst ja starr vor Angst gewesen sein. Wahrscheinlich dachtest du, ich wäre hier, um –

Nein.

Und dieser Brief, die Sachen, die du mir geschickt hast. Die hat er dir gegeben. Die hat Shade dir gegeben.

Billy.

Wie naiv ich war, sagte er verbittert.

Das verstehst du nich. Dein Vater hat den armen Jungen geliebt, als wär er sein Sohn. Als wär er du oder Robert. Ich glaub, das war sein größter Kummer. Und das sag ich nich, um dir weh zu tun.

Den Teufel hat er getan.

Sie blickte ihn forschend an, und es kam William vor, als schaute sie durch ihn hindurch, in ihn hinein, als hätte sie ihr Augenlicht gegen eine andere Art von Sehvermögen getauscht. Mein Mister Porter hat ihn gefunden, sechs Jahre is das jetz her. Hat als Lieferant gearbeitet und is einem kleinen Kneifer aus Bermondsey raus gefolgt, einem Mädchen, das hat ihn in einen Park geführt, und jetz rat mal, wer da stand. Edward höchstpersönlich. Edward hat nich mit der Wimper gezuckt. Is geradewegs zu Ben und hat ihn in den Arm genommen, als wollt er ihm die Luft abdrücken.

Er wusste, dass er verfolgt wurde.

Ich glaub, das hat er immer gewusst. Dein Vater, Gott hab ihn selig, der war auf irgendwas aus, der wollte was richtigstellen, das weißt du wahrscheinlich besser als sonst wer.

In Williams Magengrube regte sich etwas, eine düstere Vorahnung.

Nachdem der Krieg vorbei war, is Edward nach Chicago, um ihn zu suchen, sagte Sally. Sie spähte mit ihren milchigen Augen in seine Richtung, und als er schwieg, sagte sie: Dein Vater war grade zurück aus Texas, nach dem Mireau-Bandenmord. Da is Edward mit Messer und Pistole ins Studierzimmer von deinem Vater eingebrochen.

Er unterbrach sie nicht, und dennoch hob sie die Hand, als wollte sie seine Fragen abwehren. Edward hat auf deinen Vater gewartet und war felsenfest entschlossen, ihn zu erschießen, sagte sie. Nickte beharrlich beim Sprechen. Der Junge war grade mal achtzehn Jahre alt, die reine Mordlust hatte ihn gepackt. Hat am Schreibtisch von deinem Vater gesessen und euch im Flur reden gehört. Er wusste nämlich, was passiert war. Vier Jahre lang hatte er drüber nachgedacht und war zum Schluss gekommen, dass dein Vater Ignatius Spaar nach Richmond geschickt hatte, um ihn zu beseitigen. Er hat vermutet, dass dein Vater und General McClellan nach der Sache mit Lewis und Scully und dem armen Timothy Webster nix mehr riskieren durften.

Sally knetete ihre Lippen, als wollte sie Öl hineinreiben,

dann hob sie den Blick. Bloß eins hat der Junge nie verstanden, und zwar, wieso der Geheimdienst von den Konföderierten so schnell da war. Es kam ihm vor, als hätten die schon vor der Tür gestanden, bevor Spaar überhaupt auf ihn losging. Er hat Spaar abgewehrt und ihn dabei umgebracht, und in null Komma nichts standen die im Zimmer.

Sie holte tief und rasselnd Luft, dann saß sie einen Augenblick in der aufziehenden Dämmerung, als hätte sie den Faden verloren, schließlich nickte sie in seine Richtung. Spaar war übergelaufen, sagte sie. Ein Mordkommando war das. Aber wer hatte ihn beauftragt?

Nicht mein Vater.

Oder nich nur er, sagte Sally leise. Stellte sich raus, dass Spaar am zweiten Tag in Richmond von den Konföderierten geschnappt wurde und mit denen einen Handel geschlossen hat, um sein Leben zu retten. Und wenn ers geschafft hätte, wenn er Edward aus dem Weg geräumt hätte? Dann hätten die ihn trotzdem festgenommen und trotzdem gehängt. Genau wie sies mit Webster gemacht haben.

Wieso?

Sie zuckte die Achseln. Damals hat jeder jeden verraten.

Nur mein Vater nicht.

Nur dein Vater nich. Und Edward.

Ein Scheit brach im Kamin. William schnaubte abfällig. Woher willst du das überhaupt alles wissen?

Doch sie antwortete nicht. Stattdessen sagte sie: Edward wusste jedenfalls nichts davon, als er zu deinem Vater is. Er wollte deinen Vater totschießen, und als dein Vater reinkam und Edward gesehen hat, da wusste ers auch. Das hat er mir mal erzählt, er hat gesagt, an dem Abend war in den

Augen von dem Jungen nix Menschliches mehr. Das hat ihm ganz schön Angst eingejagt, das sag ich dir. Sie haben keine Kerzen angezündet, bis auf eine, und haben fast im Dunkeln gehockt, und im Haus ging alles weiter seinen Gang, wie jeden Abend, sie konnten das Hausmädchen auf der Treppe hören, hoch und wieder runter. Aber Edward hat nich geschossen. Was glaubst du, warum?

William saß still da, lauschte. Es hatte aufgehört zu regnen.

Dein Vater hat geweint. Das hat Edward die Hand gelähmt. Er hat kein Geräusch gemacht, aber er hat geweint. Edward konnte nich aus seiner Haut und hat ihm gesagt, warum er da war. Dein Vater hat ihn bloß angeguckt und gesagt, das wär verständlich. Und dass er ihn gesucht hätt nach dem Krieg, ob der Junge das überhaupt wüsste. Er hat gesagt, ein Grund für sein Ausscheiden aus dem Dienst zweiundsechzig war, dass die Regierung sich geweigert hat, über Edwards Freilassung zu verhandeln. Er hat gesagt, jeder Mann hat in seinem Leben was, was er tun muss, damit er weiß, wozu er fähig is, und begreift, dass man die Vergangenheit nich verändern und auch nix wiedergutmachen kann, und er hat gesagt, wenn Edward ihn unbedingt umbringen muss, dann soll er schnell machen und verschwinden. Und dann hat er was gemacht, was den Jungen noch mehr verwirrt hat als alles andere. Er is aufgestanden und um den Schreibtisch rumgekommen und hat ihn in den Arm genommen.

Shade hat gar nicht auf ihn geschossen?

Edward hat gesagt, er hätte immer das Gefühl gehabt, dein Vater wollte es sogar.

Sie saßen schweigend da.

Warum hast du mir das nicht gleich erzählt?, fragte er. Warum hast du mich angelogen?

Manche Wahrheiten gehören nich uns, Billy. Manches muss man loslassen, wenn man glücklich werden will. Dein Vater, der hat das nie verstanden.

Mein Vater.

Jetz hör mir mal gut zu, sagte sie barsch. Ich hab deinen Vater geliebt. Und mein Mister Porter erst recht. Es gab weiß Gott nix, was wir nich für ihn getan hätten.

Er zog den nassen Hut tief in die Stirn, ging zur Tür und wollte sie gerade öffnen, da hielt er noch einmal inne. Wo ist er jetzt? Wo ist er hin?

Wenn ich das je gewusst hätte, sagte sie schroff.

Wo ist er, Sally?

Sie fuhr sich mit der Zunge über die aufgesprungenen Lippen, funkelte ihn an. Jetz tu ma bloß nich so, als hätt ich keine Ahnung, wie er war. Dein Vater konnte hundsgemein sein und widerspenstig, und jeder Streit mit ihm ging so gut aus wie ein Ausflug mit nem Loch im Boot. Ich weiß genau, wie es zwischen euch war. Das will hier nur einer verdrängen, und ich bin das nich. Ihre Stimme krächzte, und sie verstummte, als wäre ihr die Puste ausgegangen. Ein Schatten huschte wie ein gewaltiger Flügel über die Wand.

Wo ist er?, fragte er zum dritten Mal.

Ach, Billy, sagte sie. Trauer legte sich über ihr Gesicht wie eine Maske. Er is unterwegs nach Argentinien. Er is weg. Lass es gut sein.

Argentinien, sagte er. Er sah sie an, als wäre es das letzte Mal. Weißt du noch mehr?

Sie blickte mit milchigen Augen zu ihm auf. Nichts, was ich dir sagen kann.

Er kehrte ihr den Rücken zu und öffnete die Haustür. Du kannst Gott danken, dass mein Vater tot ist, sagte er. Du hättest ihm das verdammte Herz gebrochen.

Es gab nur einen Dampfer nach Buenos Aires, und der sollte erst am Samstag in Liverpool auslaufen. Die ganze Woche schlief William aus, aß schwer und regelte seine Angelegenheiten bei Scotland Yard. Shore und Blackwell gegenüber erwähnte er nicht, was er von Sally erfahren hatte. Sein Zorn verrauchte. Am Freitagabend nahm er den Nachtzug nach Liverpool, und am Morgen verließ er den Bahnhof in Richtung des Flusspiers, eine tiefstehende rote Sonne im Rücken. Er stieg hinab auf einen knarrenden Holzkai. Durchquerte eine Schar Fremder, die in ihre Hände weinten. Der vertäute Dampfer ragte finster über ihm auf, und William schritt die gesamte Länge ab. An Bord befand sich der Sarg einer jungen Schauspielerin auf dem Weg nach New York, doch das ließ ihn kalt. Er schob sich durch Schaulustige und Trauernde, überragte die meisten um mindestens einen Kopf, mit seinem hohen Zylinder eher mehr. Ganz in Schwarz wie eine Alptraumgestalt, mit kalten Augen und beachtlichem Schnurrbart, wer seinem Blick begegnete, wandte sich schnell wieder ab. Er sprach mit niemandem, er hatte kein Gepäck dabei, er stapfte langsam die Gangway hinauf. Es war der letzte Februartag des Jahres 1885.

Er dachte nach über die Bestandteile eines Lebens. Was einen Menschen ausmachte und was nicht. Philosophische Grübeleien lagen ihm nicht, und er war eigentlich der Meinung, dass die Dinge im Großen und Ganzen das waren, wonach sie aussahen und wonach sie sich anfühlten, wobei auch das, wie er wusste, im Grunde Philosophie war. Nach der Beerdigung hatte er um seinen Vater geweint, aber es war eine seltsam verstohlene Form von Trauer gewesen, und was er jetzt fühlte, als er sich an den Gestalten mit wehenden Schnupftüchern und herumstehendem Gepäck vorbeidrängte, war nicht dasselbe, doch es kam dem sehr nahe.

Unter Deck begab er sich in der ersten Klasse zur zweitgrößten Kabine, wühlte in seinen Manteltaschen, doch sie waren leer, und als er die Klinke drückte, stellte er fest, dass die Tür nicht verschlossen war.

Neben der Koje standen mehrere Koffer und Taschen. Sie waren noch nicht für die Überfahrt verstaut, er warf nur einen flüchtigen Blick darauf. Vom Korridor drang Damengelächter, und er zog die Tür scheppernd zu und setzte sich auf das kleine Sofa unter dem Bullauge. Erhob sich wieder, ging auf, ging ab. Auf dem schmalen Schreibtisch lag eine Morgenzeitung, sie sah ungelesen aus, William nahm sie zur Hand und überflog die Schlagzeilen. Sie war sieben Tage alt, auf dem Titelblatt überschlugen sich die Artikel über das wiederaufgetauchte Gemälde, Mutmaßungen über die Drahtzieher und deren Motive wurden angestellt. Die Menschheit hat den Verstand verloren, dachte er. Da ertönte ein leises Kratzen an der Tür, die Klinke wurde gedrückt, und Edward Shade trat ein.

Er nickte nur, nahm seinen Hut ab und strich sich das weiße Haar glatt. Der Anblick des Detektivs schien ihn nicht zu überraschen, zumindest ließ er sich nichts anmerken. Er lächelte verschmitzt und holte eine Flasche Portwein aus dem Spirituosenschrank der Kabine, die Gläser hatte er zwischen die Finger geklemmt.

Ich hatte gehofft, dass Sie auftauchen, sagte er.

Er stellte die leise klirrenden Gläser auf den Tisch und zog den Korken aus der Flasche.

William lächelte misstrauisch.

Wir haben uns gar nicht richtig verabschiedet. Ist es nicht seltsam, wie sich manchmal der Kreis schließt?

Möwen kreischten am Morgenhimmel, William musterte Shade, der ihm ein Glas reichte und sich setzte, ein Bein über das andere schlug.

Sind Sie allein?, fragte Shade.

William neigte den Kopf.

Shade zuckte mit den Schultern, aber es lag Müdigkeit in der Geste. Meine rechte Hand, Mr Fludd, ist mit mir auf dem Schiff. Das haben Sie sich gewiss schon gedacht. Er langweilt sich bereits und ist auf der Suche nach Abenteuern.

Und sein Gesicht?

Nun. Mit der Bühnenkarriere wird's wohl nichts mehr.

William runzelte die Stirn. Und das Mädchen?

Molly.

Geht es ihr gut?

Sie steckt niemals ein, ohne auf Rache zu sinnen.

William nickte. Ich bin nicht hier, um jemandem Gewalt anzutun, sagte er.

Das hätte mich auch sehr enttäuscht. Der Dieb trug einen feinen gestreiften Anzug für wärmere Gefilde. Er nippte an seinem Port, das Morgenlicht brach sich im Kristallglas, doch William trank nichts, hielt das zierliche Glas zwischen den dicken Fingern und fühlte sich unkultiviert und müde.

Shade wartete.

Schließlich verlagerte William das Gewicht, der Gehrock öffnete sich, und darunter kam sein Colt zum Vorschein, er fuhr sich mit der Zunge übers Zahnfleisch, verzog das Gesicht und sagte: Ich hab Ihnen was mitgebracht.

Shade runzelte die Stirn. Er hatte sich den Spazierstock über die Knie gelegt, als wollte er sich wappnen.

William schob die Hand in seinen Gehrock und zog die Fotografie von Sally Porter hervor. Er klappte sie auf und betrachtete das schlammige Lager in Cumberland, das abgeklärte Grauen auf den Gesichtern der Agenten, seinen Vater in jüngeren Jahren, auf einer Zigarre kauend, die harten schottischen Augen pechschwarz. Das verschwommene Abbild des jungen Shade. Er reichte ihm das Bild, Shade murmelte: Das war in einem anderen Leben.

Shade seufzte, legte die Fotografie auf den Beistelltisch. Sie waren also bei Sally.

Ja.

Shade musterte ihn aufmerksam. Nippte an seinem Wein, schwieg.

William räusperte sich. Eine Sache verstehe ich nicht, sagte er. Mein Vater hat die Porters auf Sie angesetzt. Warum hat er Agenten geschickt, die Sie kannten und erkennen würden? Warum um alles in der Welt hat er zwei Schwarze nach London geschickt?

Er hat ihnen eben vertraut.

Er hat niemandem vertraut. Aber er hat Sally und Ben sehr geschätzt, und ich glaube, das beruhte auf Gegenseitigkeit. Trotzdem haben die Porters es nicht gemeldet, als sie Ihnen auf die Spur kamen, im Gegenteil, die beiden haben am Ende sogar angefangen, für Sie zu arbeiten. Sie waren die dienstältesten Beschäftigten meines Vaters, er hatte geholfen, sie in die Freiheit zu schmuggeln, im Krieg standen sie an seiner Seite, und trotzdem ließen sie sich am Ende von Ihnen verpflichten.

Shade schwieg. Ein verschmitztes Lächeln, samtweich, wie ein Handschlag im Dunkeln.

Die beiden haben Sie und Ihr Geheimnis nicht preisgegeben, beharrte William.

Was soll ich dazu sagen? Mein Charme ist eben unwiderstehlich.

So unwiderstehlich nun auch wieder nicht.

Shade zuckte die Achseln. Ich habe gut bezahlt.

Es ging ihnen nie ums Geld.

Es geht immer ums Geld.

William schüttelte den Kopf, überging die Bemerkung und sagte stattdessen: Sie sind an der Nase herumgeführt worden.

Die Falte zwischen Shades Augen vertiefte sich zu einem Stirnrunzeln.

Die ganze Zeit über dachten Sie, Sie hätten meinen Vater getäuscht –

Das habe ich ja auch, presste Shade hervor. Er hat mich nie erwischt.

Er wusste, dass Sie am Leben sind.

Ja.

Und er wusste genau, wo Sie zu finden waren.

Ein flüchtiges, ungläubiges Lächeln huschte über Shades Gesicht.

All die Jahre haben Sie sich vor ihm versteckt. Die ganze

Zeit. Und Sie haben es nie begriffen. Er wollte nicht, dass Sally und Ben Sie ans Messer liefern. Die beiden sollten achtgeben auf Sie.

Das ist doch lächerlich.

Sie und Ihr berühmtes Glück, fuhr William fort. Der Polizei in Montreal entwischen, kurz bevor die Pinkertons eintreffen. In Boston und New York ums Gefängnis herumkommen. Zufällig aus jedem Zug verschwinden, bevor er durchsucht wird, etliche Male den Atlantik überqueren, ohne erkannt zu werden. Und das hat Sie nie gewundert? Ihnen kam nie etwas faul vor?

William erhob sich matt, setzte den Hut auf und fuhr mit dem Finger über die Krempe, zog die Handschuhe an. Das Nebelhorn tutete dreimal, wie eine Warnung aus einem Traum. Er blieb mit der Hand auf der Klinke an der Kabinentür stehen, warf einen letzten Blick zurück und war erstaunt, als ihn so etwas wie Trauer überkam. Er blickte in die schönen Augen des kleineren Mannes und versuchte sich die Liebe vorzustellen, die sein Vater für ihn gehegt haben musste. Die sauberen, gepflegten Hände, die Bügelfalte seiner Nadelstreifenhose. Das Morgenlicht fiel ihm sichelförmig über Wangenknochen und Backenbart.

Ich bin nicht gekommen, um mich zu verabschieden, sagte William mit zusammengezogenen Brauen. Ich wollte nur, dass Sie Bescheid wissen.

Shade sah ihn unverwandt an. Die Hand mit dem Glas völlig reglos. Dass ich worüber Bescheid weiß?, fragte er.

Draußen spiegelte der kalte Fluss die Morgenröte. Möwen kreischten und segelten durch die Luft, ihre Schatten huschten gekräuselt über die Wasseroberfläche.

William schenkte Shade ein überlegenes Lächeln.

Dass ich Sie finden kann.

Anmerkung des Autors

Obwohl einige der in diesem Buch beschriebenen Ereignisse auf reale Orte und Begebenheiten zurückgeführt werden können, ist diese Geschichte ein Werk der Fiktion. Alle Figuren, ob real oder erfunden, entspringen der Phantasie des Autors. Das gasbeleuchtete London, wie es hier dargestellt wird, hat es nie gegeben.

Es gibt viele ausgezeichnete Sachbücher über die Anfänge der Pinkerton-Detektei, den Amerikanischen Bürgerkrieg und die Londoner Unterwelt im Viktorianischen Zeitalter.

Dieses gehört nicht dazu.

Danksagung

Dank gebührt dem großartigen Jonathan Galassi für seinen einfühlsamen und klugen Blick und seinen kritischen Scharfsinn; danke auch an Jo Stewart, Jeff Seroy, Rodrigo Corral, Lottchen Shivers und alle bei Farrar, Straus & Giroux. Juliet Mabey bin ich dankbar für ihre Gunst, ihre Begeisterung und ihr Verlegerinnenhändchen; außerdem James Magniac, dem talentierten James Jones und allen bei Oneworld Publishing. Ich bedanke mich für die wertschätzende Betreuung durch Kristin Cochrane, Anita Chong, Marion Garner, Aoife Walsh, Kelly Hill (für die wunderschöne Gestaltung), John Sweet, Shaun Oakey, Sharon Klein, Trish Kells und alle bei M&S. Trident Media hat alles möglich gemacht, allen voran Claire Roberts und Alexa Stark. Von Anfang an haben John Baker, Jeff Mireau und Jacqueline Baker das Manuskript debattiert und verbessert. Ellen Levine, meine Agentin und Freundin, war die treibende Kraft im Hintergrund, ohne die es diesen Roman schlichtweg nicht geben würde.

Ellen Seligman hat dieses Buch mit Leidenschaft und Inbrunst lektoriert. Ihre Klugheit, ihr Elan und ihr Durchblick sind auf jeder Seite spürbar. Sie ist unersetzlich.

Doch in allererster Linie verdanke ich dieses Leben Esi: meiner Geliebten, meiner Freundin, meiner ersten und treuesten Leserin.

*Bitte beachten Sie
auch die folgenden Seiten*

John Irving
im Diogenes Verlag

Laßt die Bären los!

Roman. Aus dem Amerikanischen
von Michael Walter

»*Laßt die Bären los!* ist die tragisch-komische, skurrile Geschichte von Siggi Javotnik und Hannes Graff, die sich eines Tages aufmachen zu neuen Ufern. Wichtige Rollen spielen dabei ein Motorrad, Mädchen und vor allem Bären, die Lieblingstiere des Autors. Der Roman ist ein verblüffendes, originelles und immer höchst menschliches Plädoyer für eine bessere Welt. Ein Buch, das man gerade in dieser Zeit dringend lesen sollte… es macht Mut zur Phantasie und zum aufrechten Gang, tröstet, wenn einen mal wieder die Bienen gebissen haben!«
Süddeutscher Rundfunk, Stuttgart

Die wilde Geschichte vom Wassertrinker

Roman. Deutsch von
Edith Nerke und Jürgen Bauer

Seine Frau will raus; seine Geliebte will ein Kind. Die Beschwerden, die er sich bei seiner einstigen Babysitterin geholt hat, machen ihm das Lieben zur Qual. Der Filmemacher, für den er arbeitet, will sein Leben verfilmen: als Dokumentation eines Fehlschlags. Dies ist die Geschichte vom Glück und Unglück des fluchbeladenen Fred Bogus Trumper, des eigenwilligen fahrenden Ritters im Kampf der Geschlechter, der ausschließlich seiner Waffe die Schuld an allem gibt. Seine Beschwerden sind ernster zu nehmen als die von Portnoy – der musste nie so viel Wasser trinken.

»Irvings bester Roman – virtuos, gerecht, bewegend.«
Le Point, Paris

Eine Mittelgewichts-Ehe
Roman. Deutsch von Nikolaus Stingl

In einer Universitätsstadt in Neuengland beschließen zwei Paare, es einmal mit Partnertausch zu versuchen, ein mittelgewichtiger Versuch, mit dem schwergewichtigen Problem der Ehe fertig zu werden und wieder gefährlich zu leben. Anfangs scheint in dieser erotisch-ironischen Geschichte einer Viererbeziehung alles zu klappen.

»Lust und Last beim Partnertausch, Traum und Alptraum, Irrsinn und Irrwitz, Klamauk und Katastrophe: Irving verschweigt nichts.« *FAZ*

Das Hotel New Hampshire
Roman. Deutsch von Hans Hermann

Eine gefühlvolle Familiengeschichte, in der Bären, ein Wiener Hotel voller Huren und Anarchisten, ein Familienhund, Arthur Schnitzler, Moby-Dick, der große Gatsby, Gewichtheber, Geschwisterliebe und Freud vorkommen – nicht *der* Freud, sondern Freud der Bärenführer.

»Eine üppig wuchernde Phantasie treibt skurrile Blüten, ein ausuferndes Bilderbuch, wild fabulierend und von köstlicher Ironie durchsetzt.«
Otto F. Beer / Der Tagesspiegel, Berlin

Gottes Werk und Teufels Beitrag
Roman. Deutsch von
Thomas Lindquist

Dr. Wilbur Larch und Homer Wells: Ein moderner Schelmenroman und zugleich eine herrlich altmodische Familiensaga von einem Vater wider Willen und seinem ›Sohn‹, der, wie einst David Copperfield, eines Tages auszieht, um »der Held seines eigenen Lebens zu werden«.

»Dieser Roman ist universal. Von einem Mann geschrieben, mit einem Mann als Held, kein bisschen feministisch und doch ein flammendes Werk für Frauen. Das mache mal einer nach.« *Die Zeit, Hamburg*

1999 von Lasse Hallström mit Michael Caine, Tobey Maguire und Charlize Theron in den Hauptrollen nach dem gleichnamigen Drehbuch des Autors verfilmt.

Owen Meany
Roman. Deutsch von
Edith Nerke und Jürgen Bauer

Die bewegende Geschichte der einzigartigen Freundschaft zwischen Owen Meany und John Wheelwright: *Owen Meany* ist John Irvings Auseinandersetzung mit einem halben Jahrhundert amerikanischer Geschichte, mit der Frage nach dem Glauben in einer chaotischen Welt, ein großartiger Roman in der Tradition der besten angelsächsischen Erzähler.

»Alles, was Irving stets beschäftigte: die Liebe und die Lüge, Erotik, Gewalt und Mystizismus und – bei Irving neu – scharfe politische Kritik. Sofort Urlaub nehmen und lesen, lesen, lesen.« *Wochenpresse, Wien*

Rettungsversuch für Piggy Sneed
Sechs Erzählungen und ein Essay
Deutsch von Dirk van Gunsteren und
Michael Walter

»Der ›Rettungsversuch für Piggy Sneed‹ leitet eine Sammlung von sechs Erzählungen und einem Essay über Charles Dickens ein, die beweist, dass Irving nicht nur ein großartiger Romancier ist, sondern auch die kleine Form meisterhaft beherrscht. Die Auswahl reicht von seiner ersten, 1968 publizierten Erzählung ›Miss Barrett ist müde‹ über die 1981 mit dem O. Henry Award prämierte Geschichte ›Innenräume‹ bis hin zu

der Geschichte einer wahnwitzigen Autofahrt quer durch die USA, die selbst nach einem offenbar tödlichen Zusammenstoß nicht enden will (›Fast schon in Iowa‹).«
Ulrich Baron / Rheinischer Merkur, Bonn

Zirkuskind
Roman. Deutsch von
Irene Rumler

Verführerisch bunt und schillernd wie Bombay, unberechenbar magisch und spannend wie ein akrobatischer Seiltrick, das ist John Irvings großartiges Buch, ein Arzt- und Zirkusdrama der ganz anderen Art. Dr. Daruwalla sucht das ›Zwergen-Gen‹ und einen Golfplatzmörder. Was er findet, ist Possenspiel und Grusel zugleich.

»So geschickt jongliert der Autor mit tausendundeinem Detail, so kunstvoll verwebt er die unzähligen Handlungsstränge, dass große Unterhaltungsliteratur entstanden ist: schrill, bunt, turbulent und doch philosophisch – wie eine gelungene Zirkus-Show.«
Franziska Wolffheim / Brigitte, Hamburg

Die imaginäre Freundin
Vom Ringen und Schreiben
Deutsch von Irene Rumler. Mit zahlreichen Fotos

John Irvings freimütiges Selbstporträt als Ringer und Schriftsteller, direkt und unverblümt: »Schreiben ist wie Ringen. Man braucht Disziplin und Technik. Man muss auf eine Geschichte zugehen wie auf einen Gegner.« Für die Vielschichtigkeit und beachtliche Länge seiner Romane bekannt, legt Irving hier eine schlichte und erstaunlich kurze ›Autobiographie‹ vor.

»In der Literatur hat John Irving für das Ringen getan, was Franz Kafka für Insekten, Henry Miller für Sex und James Joyce für Dublin getan haben.«
Rolling Stone, Hamburg

Witwe für ein Jahr
Roman. Deutsch von Irene Rumler

Liebe und Tod, Leidenschaft und Vergänglichkeit, Wirklichkeit und Fiktion sind die Pole, zwischen denen der Puls dieses Romans von John Irving schlägt. Im Mittelpunkt steht die Schriftstellerin Ruth Cole, eine starke und verletzliche Frau, die mit ihren Büchern Erfolg und mit ihren Freunden Pech hat ... Umwerfend komisch und aufwühlend. Und wie immer bei Irving gilt: Ein normaler Leser möchte wissen, wie das Buch endet, der Irving-Leser wünscht, es möge niemals enden.

»*Witwe für ein Jahr* ist ein grandioser Roman: traurig und komisch, bösartig und abgefeimt, manchmal atemraubend und herzergreifend. Eine Liebeserklärung ans Leben.« *Jeanette Stickler / Hamburger Abendblatt*

My Movie Business
Mein Leben, meine Romane, meine Filme
Mit zahlreichen Fotos aus dem Film
Gottes Werk und Teufels Beitrag
Deutsch von Irene Rumler

My Movie Business: John Irvings fesselnder und reich bebilderter Werkstattbericht über die Verfilmung seines Romans *Gottes Werk und Teufels Beitrag*.

»Praktisch, lebendig und amüsant berichtet Irving über die Mühen des Drehbuchschreibens und die Mühlen des Filmgeschäfts.«
Sebastian Feldmann / Rheinische Post, Düsseldorf

Die vierte Hand
Roman. Deutsch von Nikolaus Stingl

Während einer Indienreportage wird einem New Yorker Journalisten vor laufender Kamera die linke Hand von einem hungrigen Zirkuslöwen aufgefressen; Millionen Fernsehzuschauer sind Zeugen des Unfalls. In

Boston wartet ein verschrobener Handchirurg auf eine Gelegenheit, die erste amerikanische Handtransplantation vorzunehmen. Und eine junge Ehefrau in Wisconsin hat es sich in den Kopf gesetzt, dem einhändigen Reporter die linke Hand ihres Mannes zu geben – wenn dieser stirbt. Doch der Mann ist jung und kerngesund.

»Irvings Roman handelt von der Sehnsucht und vom Warten, von der Kraft der Liebe und der Notwendigkeit der Trauer um Verlust. Das alles kommt daher in der einmaligen Mischung aus derber Komik und zarter Melancholie, wie sie nur John Irving zu schreiben imstande ist.«
Bettina Schmidt / Sächsische Zeitung, Dresden

Bis ich dich finde

Roman. Deutsch von Dirk van Gunsteren
und Nikolaus Stingl

Bis ich dich finde ist die Geschichte des Schauspielers Jack Burns. Seine Mutter ist Tätowiererin, sein Vater ein Organist, der verschwunden ist. Ein Roman über Obsessionen und Freundschaften; über fehlende Väter und (zu) starke Mütter; über Kirchenorgeln, Ringen und Tattoos; über gestohlene Kindheit, trügerische Erinnerungen und über die Suche nach der einen Person, die unserem Leben endlich einen Sinn gibt.

»Ein gewaltiges Buch und zutiefst menschlich.«
Kurt Vonnegut

Auch als Diogenes Hörbuch erschienen,
gelesen von Rufus Beck

Die Pension Grillparzer

Eine Bärengeschichte. Deutsch von Irene Rumler

Die Leser von *Garp und wie er die Welt sah* werden sich erinnern: ›Die Pension Grillparzer‹ ist die erste Erzählung aus der Feder des 19-jährigen Garp – mit ihr erobert er Helen, seine spätere Frau. Eine Geschichte voller Verrücktheit und Trauer, mit wiederkehrenden Träumen, verzweifelten Akrobaten, Bären und Wien.

»*Die Pension Grillparzer* ist für mich etwas Besonderes – ich mag sie von all meinen Short stories am liebsten.« *John Irving*

Auch als Diogenes Hörbuch erschienen, gelesen von Klaus Löwitsch

Letzte Nacht in Twisted River
Roman. Deutsch von Hans M. Herzog

1954 in einem Flößer- und Holzfällercamp in den Wäldern von New Hampshire: Der 12-jährige Danny verwechselt im Dunkeln die Geliebte des Dorfpolizisten mit einem Bären, mit tödlichen Folgen. Der Junge muss mit seinem Vater Dominic, dem Koch des Camps, fliehen – zuerst nach Boston und von dort weiter nach Vermont und Iowa und schließlich nach Kanada, verfolgt von einem Rächer, der auch nach Jahrzehnten nicht vergisst.

»Die Geschichte hat etwas Urgewaltiges, beinahe Mythisches: ein Vater und ein Sohn, eine uralte Schuld und die Flucht vor einem Ungeheuer.« *Hannes Stein / Die Welt, Berlin*

Garp und wie er die Welt sah
Roman. Deutsch von Jürgen Abel

Dies ist die Geschichte von T. S. Garp, 1944 unehelich geborener Sohn von Jenny Fields, einer Feministin und ihrer Zeit weit voraus. Garps Welt ist voll von Wahnsinn, Komik und Kummer. Ein Kultroman über Ehe und Familie, über Sexualität und die Rolle der Frau – wild, schräg, provokant, abgründig, traurig, weise und heute so wahr und frisch wie 1978.

»John Irvings Bücher gehören zu denen, an die man sich erinnert wie an Abenteuer. Sie sind in die Haut

gewachsen, hinterlassen Spuren in den eigenen Jahres-
ringen, und sie bringen, während man liest, alles
durcheinander: Die Welt draußen stört nur noch, das
wahre Leben findet innen statt.«
Matthias Matussek / Der Spiegel, Hamburg

In einer Person

Roman. Deutsch von Hans M. Herzog
und Astrid Arz

Auf der Laienbühne seines Großvaters in Vermont
lernt William, dass gewisse Rollen sehr gefährlich
sind. Und dass Menschen, die er liebt, manchmal ganz
andere Rollen spielen, als er glaubt: so wie die geheimnisvolle Bibliothekarin Miss Frost. Denn wer sich
nicht in Gefahr begibt, wird niemals erfahren, wer er
ist.

»*In einer Person* ist ein typischer Irving – tragisch und
zugleich urkomisch und am Ende so wunderbar, dass
man traurig ist, diese liebgewonnenen Romanfiguren
alle wieder verabschieden zu müssen.«
Claudio Armbruster / ZDF-Heute Journal, Mainz

Straße der Wunder

Roman. Deutsch von Hans M. Herzog

Der neue Roman von John Irving über den hochbe-
gabten Waisenjungen Juan Diego und dessen hellsehe-
rische kleine Schwester, mit dem er an seine ganz großen Erfolge wie *Garp* und *Owen Meany* anschließt.
Ein berauschendes Buch über Glauben, Sex, Verlust
und Tod, mit Figuren, die einen irritieren und berühren. Und eine der überraschendsten und zärtlichs-
ten Liebesgeschichten, die Irving je geschrieben hat.

»Ein Roman über unbedingte Liebe und die rettende
Kraft menschlicher Beziehungen, jenseits von Regeln
und Konventionen. Eine hochaktuelle Geschichte,

herrlich altmodisch erzählt. Anspruchsvoll und dennoch leicht lesbar. Schräg und wunderbar menschlich.« *The New York Times*

»Ein Meisterwerk. Einer jener Romane, die noch lange nachhallen, über unvorstellbare Nähe und Verlust, mit Figuren, die einen tief anrühren.«
Anne Haeming / Spiegel Online, Hamburg

Außerdem erschienen:

Ein Geräusch, wie wenn einer versucht, kein Geräusch zu machen

Eine Geschichte von John Irving,
mit vielen Bildern von Tatjana Hauptmann
Deutsch von Irene Rumler

Erinnern Sie sich noch, wie Sie damals *Witwe für ein Jahr*, die Geschichte von Ruth Cole, verschlungen haben…? An die Erzählung von ihren Brüdern Tom und Tim? Das unheimliche Geräusch mitten in der Nacht, das sie aufweckt?
Ein Geräusch, wie wenn einer versucht, kein Geräusch zu machen – das Abenteuer eines tapferen kleinen Jungen, der schlecht träumt und mitten in der Nacht mit seinem Vater auszieht, ein gespenstisches Geräusch zu suchen und zu verjagen.

»Die Erkundungstour eines kleinen Jungen durch die vertraute Umgebung, die in der Nacht vollkommen anders wirkt, wird lebendig durch die Illustrationen von Tatjana Hauptmann. Ein wunderbares Erlebnis, Tom auf seinem Weg zu begleiten.«
Birgit Nerenberg / Sternschnuppe, Hannover

»Text und Bilder erzählen zusammen von Risikolust, Einsamkeit und wohliger Geborgenheit.«
Monika Osberghaus / Frankfurter Allgemeine Zeitung